应用型本科院校规划教材/经济管理类

Marketing

市场营销学

主编 韩 枫 陈丽燕

参编 刘秋艳 单 青 刘 岩 徐 静

李 伟 缪春光 贺玉德 徐耀芬

哈尔滨工业大学出版社
HARBIN INSTITUTE OF TECHNOLOGY PRESS

内容简介

　　本书依据国家教育部对普通高等学校本科专业教材编写的基本要求与"应用型本科院校系列教材"的编写原则及要求,为民办普通高等学校经管类专业应用型本科编写的主干专业基础课统用教材。

　　本书从中国市场营销活动的实际情况与民营高等学校经管类人才培养目标及特点的实际情况出发,系统而又全面地阐述了市场营销学的基本原理、基本方法及营销策略,并尽力融入实用性、前沿性、中国化的新内容,从而构建起一个新的理论与方法体系,使学生在掌握市场营销基本原理和方法的同时也能把握市场营销学发展的趋势,从而培养学生解决和分析市场营销实际问题的能力,使学生毕业后即能够适应新型企业市场营销工作需要。

图书在版编目(CIP)数据

　　市场营销学/韩枫,陈丽燕主编.—哈尔滨:

哈尔滨工业大学出版社,2011.2

　　应用型本科院校规划教材

　　ISBN 978-7-5603-3172-0

　　Ⅰ.①市… Ⅱ.①韩… ②陈… Ⅲ.①市场营销学－高

等学校－教材 Ⅳ.①F713.50

　　中国版本图书馆 CIP 数据核字(2011)第 018050 号

策划编辑　赵文斌　杜　燕
责任编辑　苗金英
出版发行　哈尔滨工业大学出版社
社　　址　哈尔滨市南岗区复华四道街 10 号　邮编 150006
传　　真　0451－86414749
网　　址　http://hitpress.hit.edu.cn
印　　刷　东北林业大学印刷厂
开　　本　787mm×960mm　1/16　印张 22　字数 476 千字
版　　次　2011 年 2 月第 1 版　2011 年 2 月第 1 次印刷
书　　号　ISBN 978－7－5603－3172－0
定　　价　36.80 元

序

哈尔滨工业大学出版社策划的"应用型本科院校规划教材"即将付梓,诚可贺也。

该系列教材卷帙浩繁,凡百余种,涉及众多学科门类,定位准确,内容新颖,体系完整,实用性强,突出实践能力培养。不仅便于教师教学和学生学习,而且满足就业市场对应用型人才的迫切需求。

应用型本科院校的人才培养目标是面对现代社会生产、建设、管理、服务等一线岗位,培养能直接从事实际工作、解决具体问题、维持工作有效运行的高等应用型人才。应用型本科与研究型本科和高职高专院校在人才培养上有着明显的区别,其培养的人才特征是:①就业导向与社会需求高度吻合;②扎实的理论基础和过硬的实践能力紧密结合;③具备良好的人文素质和科学技术素质;④富于面对职业应用的创新精神。因此,应用型本科院校只有着力培养"进入角色快、业务水平高、动手能力强、综合素质好"的人才,才能在激烈的就业市场竞争中站稳脚跟。

目前国内应用型本科院校所采用的教材往往只是对理论性较强的本科院校教材的简单删减,针对性、应用性不够突出,因材施教的目的难以达到。因此亟须既有一定的理论深度又注重实践能力培养的系列教材,以满足应用型本科院校教学目标、培养方向和办学特色的需要。

哈尔滨工业大学出版社出版的"应用型本科院校规划教材",在选题设计思路上认真贯彻教育部关于培养适应地方、区域经济和社会发展需要的"本科应用型高级专门人才"精神,根据黑龙江省委书记吉炳轩同志提出的关于加强应用型本科院校建设的意见,在应用型本科试点院校成功经验总结的基础上,特邀请黑龙江省9所知名的应用型本科院校的专家、学者联合编写。

本系列教材突出与办学定位、教学目标的一致性和适应性,既严格遵照学科体系的知识构成和教材编写的一般规律，又针对应用型本科人才培养目标及与之相适应的教学特点，精心设计写作体例，科学安排知识内容，围绕应用讲授理论，做到"基础知识够用、实践技能实用、专业理论管用"。同时注意适当融入新理论、新技术、新工艺、新成果，并且制作了与本书配套的 PPT 多媒体教学课件，形成立体化教材，供教师参考使用。

"应用型本科院校规划教材"的编辑出版，是适应"科教兴国"战略对复合型、应用型人才的需求，是推动相对滞后的应用型本科院校教材建设的一种有益尝试，在应用型创新人才培养方面是一件具有开创意义的工作，为应用型人才的培养提供了及时、可靠、坚实的保证。

希望本系列教材在使用过程中，通过编者、作者和读者的共同努力，厚积薄发、推陈出新、细上加细、精益求精，不断丰富、不断完善、不断创新，力争成为同类教材中的精品。

黑龙江省教育厅厅长

2010 年元月于哈尔滨

前　言

市场营销学是研究以满足消费者需求为中心的企业营销活动过程及其规律性的科学,是属于管理类的新型学科。它随着市场经济的产生与发展而产生与不断创新发展。由于其理论知识体系是建立在经济学、管理学、行为学、现代信息技术学等多学科理论知识共同支撑的基础上,而具有综合性、实践应用性的特点。它在美国首创其基本学科体系之后,相继传播应用于广泛的国际范围,并随着现代市场经济发展的实践而不断创新发展,日益形成具有各国不同特色的市场学理论知识体系。

在新中国成立前,虽已引进早期的美国《市场营销学》著作,但因商品经济发展滞后,未能广泛传播应用。新中国成立后,随着"改革开放"的深化,社会主义市场经济体制得以确立并使市场经济迅速发展,从而使国内外市场迅速扩展,推进了"商务"活动的普及化,特别是随着中国市场的不断国际化,使国外现代市场营销学的理论与方法快速传播并应用于中国市场经济活动的实践,不仅使其成为一切生产经营企业在快速变化、激烈竞争的市场中谋求生存与发展的经营管理利器,而且成为非营利组织、政府部门,以致所有社会成员的"通识",并将"市场营销学"列为普通高等学校经管类专业的专业基础课的主干课程,进而于 1999 年由教育部高教司列为高等学校工商管理类专业的核心课程。自此之后,一些学术组织与学者,相继编写了多类型、各具特色的《市场营销学》教材,以适应多类型学校、多类型专业的教学需要,并不断推进其创新化、中国化。

本书是依据教育部对普通高等学校本科专业教材编写的基本要求与"应用型本科院校系列教材"的编写原则及要求,以面向经管类本科专业的专业基础课的教学需要为重点而编写的,其基本定位是:民办普通高等学校经管类专业应用型本科主干专业基础课的统用教材。本书的编写指导思想,是以科学发展观为指导,从中国市场营销活动的实际情况与民营高等学校经管类人才培养目标及特点的实际情况出发,充分考虑社会经济发展对应用型人才的实际需要及其发展趋势,在充分借鉴国外先进理论与实践经验,并参考与借鉴国内现有教材优秀成果的基础上,尽力融入实用性、前沿性、中国化的新内容,从而构建起一个新的理论与方法体系,努力编写出一部应用性强、创新度高的高质量的新型教材。

本书的具体编写工作,实行以老带新、老中青相结合,不同类型的民营高等学校、市场营销学专职教师合理组配,形成一个结构优化的学者群体,以集体的智慧共同编写出一部应用型本科所急需的《市场营销学》教材。本书的编写,极力贯彻国外借鉴与国内创新相结合的原则、现实应用性与先进性相结合的原则、重点内容突出与理论知识全面相结合的原则、发挥个人的独立见解与确保学术的科学性相结合的原则、进行国内外比较研究与突出本书特色相结合的原则。在具体内容上，本着"基础知识够用、实践技能实用、专业理论管用"的基本原则，突出内容的应用性，不贪大求全。力求做到难易适度、理论联系实际；使基本概念完整、基本理论系统、基本知识内容准确、实例引述精练；使重点内容突出，注重基本能力塑造，务求先进性。

本书的编写分工（按各章先后顺序排列）：韩枫（哈尔滨理工大学远东学院），前言、第一章、第二章、第七章、第十五章；贺玉德（石家庄铁道学院），第三章；陈丽燕、徐耀芬（哈尔滨师范大学恒星学院），第四章；陈丽燕，第五章、第九章、第十二章；徐静（黑龙江科技学院利民校区），第六章；刘秋艳（黑龙江科技学院利民校区），第八章、第十六章；刘岩（哈尔滨理工大学远东学院），第十章；李伟（哈尔滨理工大学远东学院），第十一章；单青（哈尔滨商业大学广厦学院），第十三章；缪春光（哈尔滨工业大学华德学院），第十四章。

本书的编写思路、内容框架结构，由韩枫主编提出，经大家讨论决定，而后分工编写。其各章的编写初稿，分别由韩枫、陈丽燕进行了初审；最后由韩枫对全书进行统纂、定稿。

本书在编写过程中，借鉴了国内外营销学者大量最新研究成果，特别是吸纳了一些国内最近出版教材中的新内容与新观点，有的进行了摘引。在此，谨向这些同行师友们致以深深谢意。

由于编者水平所限，所成未及所想，存在不当与不足之处，敬请同行与读者批评指正，以期进一步完善。

韩　枫
2010 年 12 月 15 日于哈尔滨

目　录

第一章

Chapter 1

市场营销概论

【学习要点】
①市场及市场营销的基本概念；
②市场营销学的发展历史及在中国的传播与发展；
③市场营销学的基本理论；
④市场营销学的基本内容体系；
⑤市场营销学的研究对象与方法。

【引导案例】

　　知识可以改变世界，可以改变人生，可以给人带来财富。所以"知识就是力量"成为一条铁的定律，进而引发人们对知识的追求，从小学到大学，从学士到博士一味地读下去，目的就是获取知识。但是，在知识爆炸的时代，在各种媒体和知识载体几乎到了泛滥地步的今天，想获取知识并不难，只要你想学习就有机会，想学什么基本都能满足。因此，学习不是问题，关键是你想学什么，怎么学，学习的目的是什么，这取决于你的思维和意识。

　　我们所从事的行业是传统的服务业，但需要现代的理论、知识和技能。这些理论、知识与技能可以通过学校的学习，间接或直接地获得，学校的学习是获取知识的一种捷径。然而，要将知识转化成能力还要经过一个实践的过程。我们所从事的工作是一种学习，学习的内容不单单是理论，也不单单是实践，而是理论与实践糅合在一起的一种能力，因此，这种学习是一种重要的能力积累。

　　通过观察顾客，我们了解了人间百态；通过面对面的服务，我们知道了什么叫素养，什么叫道德，什么样的人是高尚的人，什么样的人是我们应该摒弃的人。对人的了解使我们成熟，使我们知道了什么叫做管理，怎样参与竞争。通过体会接待，我们的心态变得平和。

所以,我们应该珍惜这样的学习机会,将工作看做是一种学习,这样我们就会在这种学习中获得快乐,获得知识,获得能力。因此,多角度的思维方式、积极的思想意识是我们一切活动的出发点,决定着观察事物的角度和把握事物本质的力度,也是一个人能力的具体显现,从这个意义出发,单纯的知识就显得不那么重要了。公元前256年,秦国蜀郡太守李冰和他的儿子,肯定没有我们读的书多,见到的事物广,却建造了全世界迄今为止,年代最久、唯一留存、以无坝引水为特征的宏大水利工程,这一伟大的成就主要取决于李冰父子正确的思维方式和积极的思想意识。所以,解放思想、更新观念,学会从多角度观察事物、把握事物,是我们做好工作的出发点。

第一节　市场与市场营销的概念

一、市场概念的基本定义及其扩展

(一)市场概念的基本定义

市场,是社会生产分工、商品生产与商品交换的产物,是商品经济的范畴。哪里存在商品交换,哪里就有市场。市场的含义是随着商品经济的发展而不断延伸的。

原始市场概念的基本含义是:人们在一定时间内进行物物交换与商品交换的一定地点或场所。可把此称为"商品交换条件总体论"。它包含以下几个基本要素:

(1)进行商品交换的当事人,即买者与卖者,既包括个人、企业,又包括组织机构。

(2)进行交换的对象,即商品,既包括物质商品,也包括非物质商品。

(3)进行商品交换的场地,既包括商场场地,又包括街头场地与集市场地等。

(4)在商品交换场地上所提供的各种设施及相关的服务条件。

(5)进行商品交换的一定时间,如昼、夜与不同的季节。

可见,市场是商品流通的载体,它在地理空间上为商品流通活动提供了最基础的节点。市场的基本构成要素如图1.1所示。

(二)市场概念的扩展

随着商品交换实践与理论的发展,人们从不同的角度与层面,对市场的概念进行了不断的扩展,从而提出了不同的定义。主要有以下类型:

(1)马克思主义政治经济学家从经济活动实质的角度,认为市场的概念应为:商品交换关系的总和。可把此称为"商品交换关系总体论"。

(2)有些管理学家着重从具体的商品交换活动及其运行规律的角度去认识市场,他们认为市场的概念应为:市场是供需双方在共同认可的条件下所进行的商品或劳务的交换活动。可把此称为"商品交换活动总体论"。美国管理学家奥尔德森和考克斯认为:"广义的市场概念,

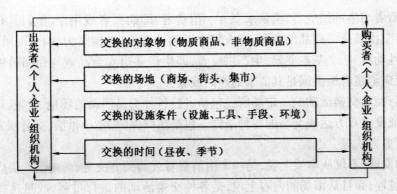

图 1.1 市场的基本构成要素

包括生产者和消费者之间实现商品和劳务的潜在交换的任何一种活动。"

(3)有些市场营销学家着重从商品交换最终实现的角度去认识市场,他们认为市场的概念应为:市场是消费者现实和潜在的消费需求。可把此称为"消费者需求总体论"。在市场供求关系中,需求是供应的出发点和归宿,生产由需求引起,生产行为成为满足需求的手段;消费的扩大,使市场扩大,市场的扩展又为生产的发展开辟道路。现实的市场就是"消费者有货币支付能力的需求"。市场是人口、购买力、购买动机三要素的集合体。美国著名营销学家菲利普·科特勒认为:"市场是指某种产品的实际购买者和潜在购买者的集合。这些购买者有某种欲望或需要,并且能够通过交换得到满足。因而,市场规模取决于具有这种需要及支付能力,并且愿意进行交换的人的数量。"

(4)有些市场学学者从一个完整的市场经济活动运行过程,或者从市场经济活动的基本要素及其相互关系的运行机制的认识出发,认为市场的概念应定义为:社会商品交换活动的总体及其运动的总过程。可把此称为"商品交换活动运行过程总体论"。

可见,一些经济学家与管理学家,分别从经济学与管理学的视角,对市场概念进行了不同的定义,这些不同的定义,在内涵上各有自己不同的侧重点。

(三)本书所采用的市场定义

笔者认为,市场的概念应为:是商品经济中生产者与消费者之间,为实现产品及服务价值与满足需求的交换关系、交换活动、交换条件、交换过程的集合体。其基本内含包括:

(1)市场是建立在社会生产分工和商品生产,即商品经济基础上的商品交换关系。它由一系列的交易活动体现与构成,并由商品交换规律所决定。其中最基本的交换关系是生产者与消费者之间的交换关系,由此交换关系,引出了多类型、多层次、多性质的交换关系,从而构成了交换关系的总体。商品交换关系,是通过商品交换的活动体现与实现的,没有相应的交换活动,其交换关系就不可能存在与发生,因而,市场又是商品交换活动的集合体。

(2)市场的存在必须具有基本的条件。没有这些基本条件,商品交换活动就难于正常进行。这些基本条件包括以下几点:

①具有消费者与生产供应者,酱供求双方。消费者,即购买者或用户,他们具有某种需要或欲望,并拥有交换其所需商品的资源,即人们常说的消费人口、购买力、购买动机(包括生理性动机与心理性动机)三个基本要素;生产供应者,即生产并出卖商品者与商品销售经营者或中间商,他们能向消费者提供满足其需求的产品或服务。

②具有进行商品交换活动的一定场所。包括进行各种交易活动的场地、设施、环境等。

③具有促成交换双方达成交易的各种条件。包括法律保障、货币供给、交易双方可接受的价格、时间和服务方式等。

(3)市场的发展,不仅从本质上说,是一个由消费者或购买方决定,而由生产供应者或出卖方推动的动态过程;而且从市场的内容上说,是各种交换活动的进行过程,或是这些交换活动由生产供应方向最终消费者的购买方移动的总的交换活动过程。

总之,要认识与把握市场,不仅要认识与把握其各种构成要素,更要认识与把握其以下本质属性,即它是以商品交换的场所为基础、以最终消费者需求为核心,由商品生产者与商品购买者相交换所发生的交换活动、交换关系、交换条件与交换过程的集合体,最终作为商品流通的载体,去完成"实现交换,投资增值"的商品扩大再生产的循环过程。现代市场经济中的基本市场流程,如图 1.2 所示。

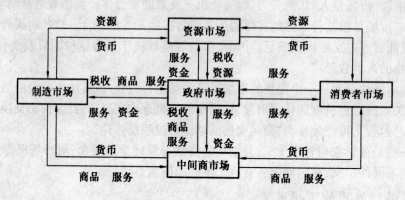

图 1.2 现代市场经济中的基本市场流程

二、市场营销概念的定义及其演进

由于市场营销学是一门正处于发展中的学科,因而,国内外不同的学者对市场营销概念的定义有着不同的表述,多达上百种。即使同一个学者或机构,对市场营销概念的定义的表述也在随实践的发展而演进。

美国学者基恩·凯洛斯将收集到的五十多个市场营销定义归纳为如下三大类:

(1)把市场营销看成是一种为消费者服务的理论。

(2)强调市场营销是对社会现象的一种认识。

(3)把市场营销看成是通过一定的销售渠道把生产企业同市场联系起来的一个过程。

随着市场营销理论与实践的发展,美国市场营销协会(AMA),对市场营销概念的定义在不同时期有着不同的主流表述。它在1960年的定义是"市场营销是引导货物和劳务从生产者流转到达消费者或用户所进行的一切企业活动";而到1985年,该定义则变为"市场营销是(个人和组织)对理念(或主意、计策)、货物和劳务的构想、定价、促销和分销的计划与执行过程,以创造达到个人和组织的目标的交换";到2004年8月,它在夏季营销教学者研讨会上则公布了市场营销的新定义:"营销既是一种组织职能,也是为了组织自身及利益相关者的利益而创造、传播、传递客户价值,管理客户关系的一系列过程。"

随着市场营销学在世界各国的广泛传播与应用,一些学者也相继提出了新的定义,对市场营销概念的内涵与外延进行不断的引申与扩展。

在市场营销概念定义不断演进的过程中,值得重视的是美国著名市场营销学家菲利普·科特勒在长期研究的基础上,提出的定义:"市场营销是通过创造和交换产品及价值,从而使个人或群体满足欲望和需要的社会过程和管理过程。"

本书采用菲利普·科特勒教授这一市场营销定义。根据这一定义,可将市场营销的概念归结为以下要点:

①市场营销目标能否最终实现,取决于市场营销活动能否"使个人或群体满足欲望和需要"。

②顺利实现"交换",是市场营销的核心,是实现交换的前提条件,是要通过创造向消费者提供适需的产品及价值。

③实现交换的过程,是一个主动、积极寻找机遇的社会过程与实施科学管理的过程。

第二节　市场营销学的产生与发展

一、市场营销学产生与发展的过程

市场营销学是一门新兴的学科。它最早创建于美国,是资本主义世界性经济危机和资本主义商品经济发展到一定阶段的产物。它从美国先后传播到欧洲、日本及其他国家,并随着实践的发展而不断完善。到现在,经历了一个产生、形成、发展的渐进过程。

(一)产生时期(19世纪初期,1900~1920年)

人类的市场经营活动从市场出现就已开始,但在19世纪之前,市场营销尚未形成一门独立的学科。进入18世纪之后,随着资本主义商品经济的发展,特别是在1857年爆发了第一次世界性经济危机之后,一些周期性经济危机每隔若干年就爆发一次。在经济危机期间,产品销售问题就成为生产经营者十分关注而又甚感头疼的问题,他们都希望能找到一个解决产品销售难这一问题的出路。随着买方市场的形成,产品销售问题越来越突出。面对这一实际问题,一部分经济学家开始研究市场商品销售问题,逐步编写了一些教材。1902～1903年,美国密执安、加州和伊利诺斯三所大学的经济学系开设了"市场营销学",但当时较多的称为"分配学",它已经涉及当前"市场营销学"的有关内容。例如,1902年密西根大学开设的这门课程的名称是"美国的分配和管理行业",1906年的俄亥俄州大学则称为"产品的分配"。自此十年之后,市场营销学的教育受到了广泛的重视,一些学者开始进行较为系统而深入的研究,对实践经验逐步进行理论概括。在这个研究中,威斯康星、哈佛两个大学的学者走在了前列。哈佛大学的教授赫杰特齐走访了若干企业主,调查了解了他们如何进行销售活动,在此基础上,于1912年出版了第一本以《市场营销学》命名的教科书,并正式出现在大学的讲台上,但这个著作的主要内容还仅限于分配学和广告学的内容,真正现代市场营销学的原理和概念尚未形成,并且只限于在大学里进行研究和应用,尚未引起社会的重视和广泛应用。

这一阶段的市场营销理论大多是以生产观念为导向的,其依据仍然是传统经济学,是以供给为中心的。当时研究营销学的学者大致可分为四个学派:威斯康星学派,主要以研究农产品分配问题为主;哈佛学派,以案例研究为特点;中西部学派,运用综合分析方法,构成了传统市场营销理论的基础;纽约学派,侧重于对批发、零售机构的研究。

(二)形成时期(1921～1960年)

随着20世纪30年代的经济危机的冲击和第二次世界大战后第三次科技革命的深入,市场问题越来越尖锐,产品销售问题越来越显得突出,因而,以服务于提高企业利润、争取消费者为目的的市场营销学受到了实业部门的广泛关注,在学术界形成了专门的研究组织去进行全面的研究,并从商品流通过程和企业管理两个方面进行深入的探讨,从而逐步形成了市场营销学的初步体系,确立了市场营销学的科学地位,使其成为一门独立的市场经营管理学。

美国随着工业化的发展与科技的进步,加之第一次世界大战后的和平条件,社会产品数量迅增,促使市场商品供应量及花色品种大大扩展,而其消费经济结构,在第一次世界大战以后的十几年间也发生了明显的变化。其主要表现是在广大消费者中存在着大量未被满足的消费需求。这种市场供求的矛盾状况,再度引起了学术界和实业界研究市场营销理论的热潮。这一阶段的最突出特点是着重研究市场营销功能,例如,1932年,克拉克和韦尔达在其著作《美国农产品营销》中,归纳出七种市场营销功能:集中、储藏、财务、承担风险、标准化、推销和运输。

第二次世界大战以后,社会主义国家纷纷诞生,殖民地国家相继独立,导致了资本主义世界市场相对狭小,而战时膨胀起来的生产力又急需寻找新的出路,随着新科技的不断出现,生产大量增加,市场竞争日益激烈,研究市场营销的人数成倍增加,市场营销学的研究更加深入与广泛。1952年,范利等人在《美国经济中的市场营销》一书中详细论述了营销如何分配资源,如何指导资源的使用,如何影响个人的收入的分配和如何受到个人收入的制约以及哪些因素影响人们需求和购买等问题。同年,梅纳德和贝克曼在其著作《市场营销原理》中,又归纳出研究市场营销的五种方法,即商品研究法、机构研究法、历史研究法、成本研究法、功能研究法。

此后,霍华德在其著作《市场营销管理:分析和决策》中主张从市场营销管理的角度论述市场营销理论和应用,但它只是从企业环境和营销策略两者的关系来论述营销管理问题,强调企业必须适应外部条件,但已经预示着营销管理时代的到来。麦卡西在其著作《基础营销学》中,则进一步提出了以消费者为中心,全面考虑企业内外部条件,以促成企业诸目标实现的营销管理体系,并特别强调了贯彻消费者导向的营销观念。他首先把消费者看做是一个特定的群体,称为目标市场,并首次明确地提出四部组合,形成了以消费者为中心,以企业可控的四部组合,去适应外部环境动态变化情况的理论。

可见,市场营销学不仅已形成自己的理论体系,其营销活动已被明确为是满足人们需要的行为,市场营销的理论和方法已受到实业界的广泛重视和应用;市场营销学已在整个社会范围内正式确立了自己的学科地位,已从经营管理学中独立出来。但其研究仍主要集中在销售推广方面,应用范围仍局限于商品流通领域。

(三)发展时期(1961年以后)

市场营销学在美国形成自己的独立学科体系之后继续发展完善;与此同时,其基本理论与方法相继传播到西方各主要国家,并于20世纪七八十年代逐步传入若干社会主义国家,在这些国家得到应用和发展,特别是一些主要资本主义国家,如日本、法国等国相继进行了程度不同的改进和本国化,并更多地吸收行为科学、管理科学,以及心理学、社会心理学和社会学等学科的若干理论,开始与之统合,使其研究的领域日益扩大,为企业扩大销售、改进企业组织结构、拟定销售策略和提高经济效益,提供了广泛的理论依据。

在美国,一是市场营销理论进一步成熟;二是市场营销概念和原理的运用日益普及。例如,乔治·道宁在其1971年出版的《基础营销:系统研究法》著作中提出:"市场营销是一个过程。在此过程中,公司不断地观察市场,发现和评估各种变化因素,然后作为投入物反馈到公司,作为公司制订新战略和行为计划的基础。"又如,作为当代市场营销学理论界最有影响的学者菲利普·科特勒在其1967年出版的《营销管理:分析、计划与控制》一书中,全面、系统地发展了现代营销管理理论。他提出营销管理就是:"通过创造、建立和保持与目标市场之间的有益交换和联系,以达到组织的各种目标而进行的分析、计划、执行和控制过程。"科特勒认为,营销管理体系包括分析市场营销机会、确定营销战略、制订营销战术、组织营销活动、控制营销行为;同时,他还认为,营销管理的任务是影响需求的水平、时机和构成,以帮助企业达到自己的管理。值得指出的是,美国在20世纪70年代之后,随着市场环境的变化,提出了一系列新的观念和论点,诸如"满足潜在需求观念"、"人道观念"、"生态准则观念"、"社会营销观念"等,在西方被人们称为市场营销学的一次"革命"。这些新观念的出现,导致了一系列新概念的出现。这些新概念,推动了市场营销学从策略到战略、从顾客到社会、从外部到内部、从一国到全球的全面系统的发展,从而把市场营销学的研究引向了更加深广的方向。

美国的市场营销学理论和方法不仅在西方国家得到广泛传播、应用与发展,而且在一些社会主义国家,随着改革开放的进行与中西经济文化交流的发展,也通过各种途径,在不同时间内从西方国家引入国内,并结合各自的国情有选择地应用其适用的营销理论与方法,进而创建了具有各自特点的市场营销学理论体系,不断地把市场营销学推向了新的发展阶段。

目前,市场营销学在全世界范围内得到广泛应用并正在继续发展和完善,但它仍是一门新学科,将随着实践的发展更趋完善。

二、市场营销学在中国的传播和发展

(一)初步引进与传播阶段

随着中国初始商品经济的发展与对外贸易活动的开展,于20世纪三四十年代引进了西方市场营销学,并进行了第一轮的传播。

所见最早的教材是丁馨伯编译的《市场学》,由复旦大学于1933年出版。当时,一些大学的商学院开设了"市场学"课程。教师主要是欧美留学归来的学者。但由于半封建半殖民地政治经济条件的限制,其研究和应用没能得到很好展开。

党的十一届三中全会后,中国确定实施以经济建设为中心,对外开放、对内改革的方针。逐步明晰了以市场为导向,建立社会主义市场经济体制的改革目标,为我国重新引进和研究市场营销学创造了良好的条件。1978~1983年是西方市场营销学再次被引进中国的启蒙阶段。北京、上海和广州等地的学者率先从国外引进市场营销学,并为这一学科的宣传、研究、应用和人才培养做了大量工作。通过论著、教材翻译评介,到国外访问、考察和学习,邀请境外专家学者来华讲学等方式,系统引进了当代市场营销理论和方法。高等院校相继开设了市场营销课程,组织编写了第一批市场营销学教材。在此期间,除高校图书馆从国外购买和通过交流获得外文原版教科书外,还翻印、翻译了多种多样的"市场学"课程的教材。一些大学也组织编写出版了一些"市场学"课程的教材,开设"市场学"课程的高校逐渐增多。

(二)全面引进与迅速传播阶段

1984~1994年是西方市场营销学在中国全面引进与迅速传播的时期。为适应国内深化改革、经济快速成长的需要和市场竞争加剧的环境,企业界营销管理意识开始形成。学习和运用市场营销理论与方法的热潮从外贸企业、商业企业、乡镇企业逐步扩展到国有工业企业;从消费品市场扩展到工业品市场。能源、材料、交通、通信企业也开始接受市场营销概念。市场营销热点也开始从沿海向内地推进。全社会对市场营销管理人才出现了旺盛的需求。

1984年1月,为加强学术交流和教学研究,推进市场营销学的普及与发展,全国高等财经院校、综合性大学市场学教学研究会在湖南省长沙市成立(1987年改名为"中国高等院校市场学研究会")。该研究会汇集了全国100多所高等学校的市场营销学者,每年定期交流研讨,公开出版论文集,对市场营销学的传播、深化和创新运用做出了积极贡献。

到1988年,国内各大学已普遍开设了"市场营销"课程,专业教师超过4 000人。不少学校增设了市场营销专业,有50多家大学招收了市场营销方向的硕士研究生。1992年前后,部分高校开始培养市场营销方向的博士生。与此同时,国内学者陆续编著出版了市场营销教材、专著 300 多种。

1991 年 3 月,中国市场学会在北京成立。该学会成员包括高等院校、科研机构的学者及国家经济管理部门的官员和企业经理人员。此后,中国高等院校市场学研究会、中国市场学会作为中国营销的主要学术团体,开展了一系列活动,用以促进学术界和企业界、理论与实践的结合,为企业提供营销管理咨询服务和培训服务以及建立对外交流渠道。他们为西方营销学的传播与应用做了大量卓有成效的工作。

1995 年以后,是市场营销理论研究与应用的深入拓展时期。"邓小平南巡讲话"奠定了建立社会主义市场经济体制的理论基础。此后几年,改革全方位展开,国有企业加快改革步伐,民营企业茁壮成长,外资企业大举进入和角逐中国市场,使中国内地在迅速成为"世界工厂"的同时,买方市场特征逐步明显,市场竞争进一步加剧。在这种形势下,强化营销和营销创新成为企业的重要课题。

(三)西方市场营销学在中国的创新发展阶段

1995 年在北京召开的"第五届市场营销与社会发展国际会议",标志着市场营销在中国的传播、研究与应用进入了一个新的发展阶段。此后,中国营销学界一方面全方位加强国际学术交流,举办了一系列市场营销国际、国内学术会议;另一方面,抓住中国高层领导日益关注、重视市场营销的机遇,展开了以中国企业实现"两个转变"为主题的营销创新研究以及"跨世纪的中国市场营销"、"中国市场的特点与企业营销战略"、"新经济与中国营销创新"等为专题的营销学术研究。在这一阶段,不少学者在市场营销学的中国化方面做了有益的探讨,使理论与实践结合更为紧密,取得了一批颇有价值的创新研究成果。到 21 世纪初,中国内地已形成庞大的营销教育与人才培养网络。全国有数千所高、中职专科学校及普通高校设立了市场营销专业。教育部在进入新千年之际,将"市场营销学"列为高校工商管理类各专业的核心课程。随着市场营销学科的发展和我国市场营销实践发展的需要,市场营销学的某些基本内容将出现独立化的趋势。诸如,市场营销战略学、市场营销决策学、市场营销预测学、市场营销谈判学、市场营销管理学、市场营销对策学等等。

总之,市场营销学作为一门新兴学科,随着我国市场经济的发展必将不断完善和发展,逐步实现中国化;必将以崭新的姿态立于世界市场营销学之林,在促进我国现代化建设与世界经济发展中发挥其重要作用。

第三节　市场营销学的基本理论

一、市场营销学的理论基础

市场营销学作为一门应用性经营管理学科,由于其活动内容的广泛性,在其发展过程中,不断吸纳与运用了经济学、管理学、社会学、行为学、信息技术学等多学科的理论，从而形成了自己独立的理论体系。但它具有自己最基本的理论基础，及由此所决定的相关理论基础。

市场营销学的最基本的理论基础是商品社会再生产理论中的产品价值实现论。在商品经济条件下，商品的社会再生产过程经历着生产、分配、交换、消费的运行过程。从一般意义上来说，人类的消费需要引发了生产行为，社会生产的最终目的是满足不断增长的消费需要。但在商品经济中，商品生产的直接目的是投资增值，生产的产品必须通过销售从而实现商品的使用价值与价值增值。要实现商品销售，必须进行与实现商品交换，而要实现商品交换，就必须按照消费需要去安排生产方向与规模、结构，从而形成适需的产品与服务的规模结构。因此，任何一个商品生产经营者，都必须面向消费、面向市场需求，不断提供能满足消费者需求和欲望的产品与服务，通过交换过程实现其价值，才能生存与发展；从一个国家的社会经济发展而论，只有使物质与非物质形态的社会总产品的规模、结构同其现实与未来持续发展的社会总需求的规模、结构相协调，并通过市场交换，实现其总供求之间相对的动态平衡，整个社会经济才能持续发展；从国际生产分工所形成的经贸活动而论，只有通过国际市场的交换，才能形成各国的良性经济大循环。总之，交换在人类经济与社会发展的进程中，无论在微观层面，还是在宏观层面，都居于重要地位，是实现产品价值的关键环节。因而，市场商品交换的理论是构成产品价值实现论的核心理论基础，从而成为市场营销学的核心理论基础。

由于市场营销的实质是在复杂的市场商品交换活动过程中，去营造各种顺利销售的要素，因而构成了市场营销学的基本理论体系：以满足消费需求、实现产品价值为切入点，运用系统论、信息论、决策论，构建起由适需论、产品创新论、渠道组合论、营业推广论以及营销哲学、营销战略、营销策略等理论所构成的市场商品交换理论体系，以解决交换中的各种矛盾。在微观层面，其重点是将营销者置于复杂的环境系统之中，研究其为实现价值交换而创造适合消费需要的理念、货品、服务等构成的交换物，制订与执行相应的营销战略与策略计划，达到以顾客为核心的相关利益方的满意和有别于竞争者的整个过程。在宏观层面，其重点是从整个社会发展与同自然界相协调的视野，研究为满足人类社会长期、整体的需要和欲望，去实现国家、地区和某一特定领域现实与潜在交换有效发展的目标。

市场营销学围绕实现有效交换的发展，在创立与演进过程中，逐渐形成了自己独立的具体理论体系。这一理论体系包括：营销是企业基本职能的理论；产品价值的创造与实现的理论；市场分析理论；适应环境，实施整体营销的理论；市场营销观念、理念演进与变革的理论；营销调研、预测理论；营销环境分析理论；消费者购买行为理论；市场细分与目标市场决策理论、市场营销组合理论；营销组织与控制理论，等等。

因此，市场营销学作为一门应用性的经营管理学，有着它的基础理论、核心理论与具体理论、方法论的系统理论体系。

二、宏观与微观市场营销学

市场营销学理论体系的构建,从企业微观层面开始,随着实践与理论的发展,逐步形成了微观与宏观市场营销学两个分支。

(一)宏观市场营销学

宏观市场营销学是从社会总体交换层面研究市场营销问题的市场营销学类型。它的研究,是以实现社会整体利益为目标,着重研究营销系统的社会功能与效用,并通过这些系统去引导产品和服务从生产领域进入消费领域,从而满足社会消费需要。它特别强调从社会经济发展、社会道德与法律的角度,去把握整个营销活动,并由政府、消费者组织、行业组织等社会机构去控制和影响营销活动过程,从而实现社会生产与社会需要之间的平衡,保持整个社会经济持续、有效的发展,同时保护与实现消费者的利益以及生产者的利益。

(二)微观市场营销学

微观市场营销学是从企业、组织、个人所构成的个体交换层面研究市场营销问题的市场营销学类型。它的研究,是以实现企业为主要代表的个体生产经营目标为目标,着重研究营销者的营销活动如何围绕产品与劳务或其价值的交换,而进行科学的营销决策与管理的过程。这一过程是通过先行调查研究消费者的特定需要,据以研制开发各种适需的产品与劳务;在分析消费者行为与市场营销环境的基础上,去制订可行的市场营销战略计划;最后为执行计划而实施适当的产品、分销、价格与促销策略,最终引导适需的产品与劳务从生产者流转到消费者的诸营销活动程序而完成的。微观市场营销学研究的主要营销活动,如图1.3所示。

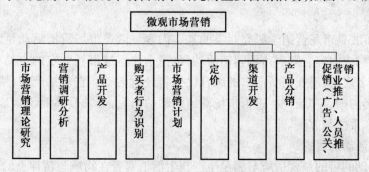

图1.3 微观市场营销的主要活动

第四节 市场营销学的研究对象与内容

研究市场营销学,必须首先准确地界定其研究对象;而后根据其研究对象,规划其研究的基本内容;最后依据市场营销学的研究内容与目的,科学选定其适宜的研究方法。

一、市场营销学的研究对象

市场营销学的研究领域,总的来说是商品营销过程中的商品交换活动及其发生的商品交换关系。从工商企业角度进行研究的微观市场营销学,其研究对象是:以消费者为中心的市场营销活动过程及其运行的规律。它的研究目的是:指导企业生产与采购适需商品并及时而顺利地推销给消费者,在满足其消费需要的同时,不断提高企业的经济效益与社会效益。上述研究对象包括以下主要构成要素。

(一)消费者的消费需求

以市场为出发点,以消费者为中心,着重研究消费需求,是研究市场营销活动及其规律的基础。人既是生产者又是消费者,为消费而生产,生产创造着消费的资料。消费首先表现为消费需要,消费需要又分为个人与社会消费需要、生活与生产消费需要。生活消费需要是最终消费需要。在商品经济的条件下,人们的消费需要则现实地表现为一定时期消费者有货币支付能力的商品与服务需求,它反映着市场消费需求的最大容量。因而,商品供不应求与供过于求都会影响商品生产者的生存与发展。消费者是商品销售的对象,购买者是市场的主人。商品能否完成销售,主要取决于该商品是否适合消费者需求和其是否购买;同时,又取决于供求状况与销售服务的质量。

市场营销活动,是围绕着消费者及其需求这个中心来进行的。离开了对这个中心的研究,对市场营销活动的研究就失去了基础,也难于引出市场营销活动的规律性。为了确立这个中心,就必须研究相应的营销观念与理念,树立起服务于这个中心的经营管理的哲学思想。

(二)市场营销活动

市场营销活动,是市场营销学研究对象的基本内容。微观市场营销活动是宏观市场营销活动的基础及其构成内容。微观市场营销活动,是指企业通过市场一定的交易程序,以适应、引导和满足消费者现实、潜在消费需求的综合性销售经营活动。它包括产前(或售前)、售中、售后活动,是三者的融合和统一。进行市场营销活动的研究,必须具体而深入地研究其目的、基本条件、内容和手段与方法。

1.市场营销活动的目的

市场营销活动的目的是要适应与满足生产与生活消费者在物质与精神上的现实与潜在需求及欲望,这也是市场营销活动的着眼点,而在使这些需求与欲望得到满足的过程中,取得最佳的经济效益与社会效益,则是市场营销活动的根本目的。

2.市场营销活动的基本条件

要顺利地进行市场营销活动,必须具有相应的基本条件,即有可供交换的商品或服务、可供交换的场所与设施、可供买卖双方沟通的信息联络、交易双方都能接受的交易价格、可供交易双方共同遵守的交易规则等有关条件。

3.市场营销活动的内容

按照一定的程序和方式进行和实现交易,是市场营销的主要活动内容。市场的其他活动,如商品的集中与分散,运输与储存,市场的货币流通,金融与信贷及其他各种服务性活动,都是围绕商品交易而展开的。而实现商品直接易手的销售经营活动则是市场营销活动的核心或主体。为了实现交易,还有赖于产前(或售前)、售中、售后的诸活动综合地指向满足消费者消费需要这一目标。因此,市场营销的活动内容,就成为以销售活动为核心的产前、售中、售后活动所组成的综合性销售经营活动。

4.市场营销活动的手段与方法

市场营销的手段与方法就是市场营销组合,它是按照最优化原则综合运用各种市场营销策略,来达成交易并顺利实现企业的经营目的。市场营销组合,是各种市场营销策略手段的最优化组合,一般是指产品、定价、分销、促销策略的大组合。由于各基本营销策略可以分解为若干具体的策略,因而,还有不同类型的次组合。

(三)市场营销活动的过程及其产生的交换关系

市场营销的过程,是市场营销学研究对象的重要内容。市场营销过程,按其本来的意义是指工商企业销售商品的经营活动过程,即将业已生产或购进的商品送达消费者或中间商手中的售卖过程。它具体表现为生产者→消费者、生产者→中间商、中间商→消费者。从各个具体企业考察,它有着各种形式与长短不同的过程;从社会整体考察,它表现为产品从生产企业到最终消费者的转移过程,并进一步广延为除具体生产技术与部分人事管理之外的从生产准备到最终消费后之间的一切企业活动过程,但商品销售过程是其主体过程。

在市场营销活动过程中,产生出各种不同的商品交换关系。总的表现为供求者之间的商品交换关系。同时,又具体表现为生产者与生产者、生产者与商业经营者、商业经营者与商业经营者、生产者与消费者、商业经营者与消费者之间的商品交换关系及其竞争关系。还可进一步广延为宏观调控管理者同被管理者之间的关系等。协调与处理好这些关系,也是市场学研究对象的重要组成内容。

(四)市场营销活动的规律

市场营销学的研究,必须揭示市场营销活动的规律。任何经济活动都有其连续不断的过程,任何经济运动的过程都是按照一定的规律进行的。在市场营销活动过程中,有着它自身运动的具体规律。市场营销活动过程中虽然有它自身所特有的诸多规律,但可称之为规律的主要有以下类型:一是,按需生产或进货以保证商品高度适销率的规律;二是,连续生产和销售或连续购进和推销以保证生产经营活动连续进行的规律;三是,实现货畅其流的规律;四是,价格的制订必须适合消费者的购买力水平的规律;五是,投资增殖规律。只有研究与遵循上述规律,使市场营销活动合理而有效地进行,推动生产发展与销售的不断扩大,才能在满足消费需要中取得企业和社会最佳的经济效益。

(五)市场营销的战略与策略

市场营销的战略与策略是市场营销学研究对象的重点内容。企业为了实现自己的经营目标,必须研究与制订科学而可行的市场营销战略方案及采取的营销策略与方法。市场营销战略,是对市场营销活动的整体谋划,是总体指导。市场营销策略,是对各种市场营销方式或因素的不同组合运用,不同的组合形成不同的市场营销策略,而不同的市场营销策略要有不同的方法来具体地进行贯彻,才能发挥其作用,因而,要注意研究市场营销策略的制订与运用,不断总结和创新市场营销的方法与技巧。

上述几个方面的研究对象内容,确定了微观市场营销学研究对象的内涵与外延。市场营销学的研究任务主要不是要阐述生产者、经营者同消费者之间或生产同消费之间的矛盾或其关系,而主要是运用对这些矛盾或关系的认识,在揭示市场营销活动规律的基础上,系统阐述解决这些矛盾的战略、策略与方法。

二、市场营销学的研究内容

市场营销学有着广泛的研究范围和研究内容。根据上述微观市场营销学研究对象的内涵与外延,其研究的基本内容可概括为以下几个部分:

(1)营销基本理论。主要包括:①市场营销概念定义的演进;②市场营销学的产生与发展及其理论基础;③市场营销学的研究对象及内容与方法;④市场营销观念及理念与市场营销手段;⑤市场营销环境的分析与市场宏观控制管理等。

(2)市场的功能与结构。市场是企业营销活动的舞台。要掌握和熟悉这个舞台,就要研究:①市场的功能;②市场的类型;③市场的一般特性和我国当前市场的基本特征;④市场的结构与市场商品交换关系;⑤各类市场的特点;⑥市场商品竞争关系和市场细分化问题。

(3)消费者及其需求。消费者包括生产消费者与生活消费者,同时,也包括现实的消费者和潜在的消费者。研究消费者主要是研究各类消费者的需求类型、规模与购买特点、购买心理、购买行为,以及影响购买的各种因素。

(4)市场营销活动。主要包括:①从流通过程看,有商品的购买、运输、储存、调拨、销售活动等,围绕商品实体的运动,还有财务、作价服务、宣传等活动;②从横向联系看,有产供销、工农商、商商等方面之间的商品交易活动。无论生产企业还是商业企业,为使产品适销对路,都必须研究生产活动对产品的影响,都要研究其生产经营的产品与市场营销密切相关的问题。一般要研究:①产品计划;②商品生命周期的演变;③老产品的更新换代;④新产品开发;⑤产品的厂牌、商标、包装和标准化的确定等问题。

(5)市场营销决策。为了正确地进行各种决策,必须研究市场营销决策的原则、内容、程序和方法,使决策奠定在科学的基础上。为了进行正确的决策,必须为决策提供全面而系统的数据、信息和情报,为此,就必须研究市场调查和市场预测的内容、程序和方法,就必须研究市场信息的分类、整理、运用等问题。

(6)市场营销战略、策略与方法。主要包括:①市场营销战略的类型、选择与制订;②市场营销策略的类型、内容及其选择与实施;③市场营销的有关方法与技巧。

(7)市场营销管理。主要包括:市场营销管理的职能;②管理任务;③管理过程;④管理制度;⑤管理方法等。

总之,市场营销学研究的中心内容,就是要深入分析影响消费需求的各种因素,科学地预测消费需求的规模、结构及其变动趋势,根据这种变动趋势去加以适应、引导和影响消费者的消费需求,做到生产和经营适需的产品,并在适当的时间和地点、按照适当的价格、通过适当的方式,将商品送达消费者手中,以满足其多种多样的消费需要,并因而取得最佳的企业经济效益与社会效益。

本书从微观市场营销学的角度,按照市场营销原理和市场营销管理程序两大系列相结合的方式,构建出市场营销学的内容框架结构,如图1.4所示。

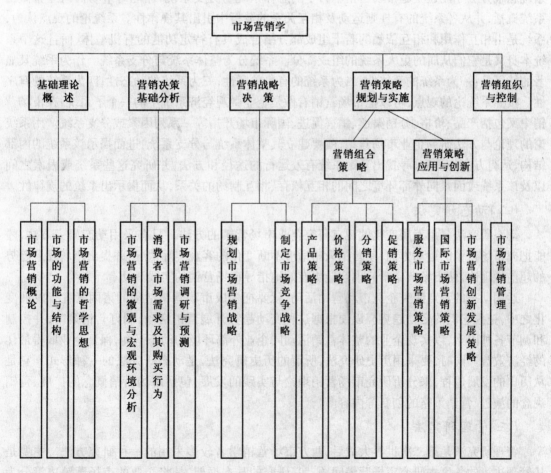

图1.4 市场营销内容体系架构

第五节　市场营销学的研究方法与意义

一、市场营销学的研究方法

对市场营销活动的研究可以通过结构研究、商品研究、职能研究多种途径进行。尽管不同的研究途径可以构成不同的市场营销学体系、不同的研究角度,从而形成不同的研究内容。但其主要研究方法则具有共同性。其常用的主要研究方法有如下几种。

(一)系统研究法

系统研究法是用系统论所提供的理论观点,研究市场营销诸方面问题的方法。只有采用系统思维方法才能建立起市场营销学科学的总体系统与分支系统,才能对市场营销经验做出系统概括,并从各系统的有规则运动及相互关系的分析中引出其规律性。系统论的观点认为,系统是由相互作用和相互依赖的若干组成部分结合成具有特定功能的有机整体,而且这个系统本身又是它们从属的更大系统的组成部分。系统分为整体系统与分支系统。作为系统其显著的特征是:一为系统的整体性;二为系统的有机关联性;三为系统的动态性;四为系统的有序性。按照系统论的观点,可以把市场营销看做是企业微观经济系统中的一个子系统,在市场营销中又包括产品、价格、分销渠道、销售促进、国际市场开拓等一系列因素或分支系统。用系统论的理论与方法研究企业市场营销,就要建立其整体系统与分支系统,进而揭示该系统的内部结构、运行方向与秩序,寻找出营销系统有效运行的途径和方法,并研究这些系统或因素之间以及该系统或因素同外部环境之间的相互依存、相互制约的关系,从而揭示出系统的规律性。

(二)动态研究法

动态研究法是用发展变化的观点研究企业市场营销的方法。只有采用动态研究方法,才能把握市场营销的运动方向,使营销策略适应不断变化的客观实际情况,并提出市场发展趋势的超前性理论,使市场营销学的内容能更有效地指导市场营销的实践活动。

运用动态的观点研究企业市场营销活动,就要把构成市场营销活动的诸因素置于发展变化之中,把握它们的变动趋势。以便根据这种变动趋势开展营销活动,制订营销策略,并控制和调节各种因素,以实现企业的整体营销活动同企业外部环境的动态平衡,保证企业取得最佳的经济效益。同时,要采用历史研究法,所谓的历史研究法,是动态研究法的一种形式。它是从历史的发展过程,来分析研究市场营销理论与实践的发展,包括市场营销概念的扩展、营销观念的演进、营销策略的创新等内容。

(三)管理研究法

管理研究法是第二次世界大战后,西方市场营销学者较多采用的一种研究方法。主要是从管理决策的角度去研究市场营销问题。其研究的基本框架,是将企业的市场营销决策分为目标市场决策与营销组合决策两大部分。着重研究企业如何根据市场环境因素变化的要求，即"不可控变数"，去结合自身的实际资源条件，从而进行合理的目标市场选择决策与市场营销组合决策。管理研究法，广泛采用了现代决策论的相关理论与方法，将管理问题及其决策具体化、科学化。把管理研究法运用于市场营销领域，对市场营销管理水平的提高及市场营销学科的发展，起着重要的推动作用。

(四)定性分析与定量分析相结合研究法

在科学研究中，确定事物及其状态的性质，叫做定性研究；对事物进行数量分析叫做定量研究。定性是定量的基础，定量是定性的精确化，必须把两者的研究密切结合在一起。因为，任何事物都是质和量的统一体，任何质量都表现为一定的数量，两者是辩证的统一，人们只有在区别事物的质的基础上，去进一步考察事物的量，找出决定事物质的界限，才能对事物及它的质获得准确的认识。研究市场营销学，必须运用质与量辩证统一的观点，或采用质与量统一论的研究方法，使定性分析与定量分析相结合，才能既把握市场营销活动的变动趋势和方向，又把握其实际存在的状态，做出适度判断和对策，从而提高市场营销决策的科学性和市场营销策略的作用效果。

(五)宏观与微观相结合的研究法

宏观与微观是相对的概念。微观是宏观的基础和构成部分，宏观是微观的总和或概括。微观不能脱离它的外部环境而孤立存在，特别不能脱离它的整体宏观环境而孤立发展，要在很大程度上受到宏观环境要素的牵动和制约。企业市场营销的微观经济活动，要受到宏观经济发展状况、目标和政策的影响和制约，企业的营销活动必须服从与适应国家对宏观市场的调控和管理，要在考虑和符合国家宏观利益的前提下，去努力争取自身的利益，把取得宏观经济效益与微观经济效益进行正确的统一。同时，市场营销过程具有共同性，而每一项市场营销活动过程或每一种商品的市场营销过程又有其特殊性，只有将两者的研究结合起来，才能在认识各个市场营销活动特殊的本质的基础上，揭示出市场营销活动的共同本质，从而引出其一般规律性。

二、研究市场营销学的意义

(一)有利于企业生产经营的顺利发展，不断提高经济效益

市场营销是沟通企业与市场、生产与消费的桥梁，商品销售是企业再生产、再经营的前提条件。市场营销学为企业开展市场营销活动提供着指导思想、原则、战略、策略与方法。因此，对它的研究与应用，能够推动企业在通过市场调研与预测获得有关信息的基础上，生产与经营符合市场需要的商品与劳务，并及时销售给消费使用者，从而迅速获得价值补偿，然后用收回的资金迅速购买生产资料与转卖经营的商品，顺利地进行再生产、再经营，从而保证企业的生产经营在经常保持良性循环的状态中顺利发展，并为整个社会经济的协调、持续发展奠定良好

的基础。

(二)有利于国家社会经济的稳定与持续发展

市场营销学提供着市场营销管理与市场运行的理论与原则,以及为进行市场调控管理而应当与可能采取的策略与方法。因此,对市场营销学的研究,有利于国家营建适宜的市场营销环境;提供充分适用的信息;进行营销调控的科学决策与实施有效的调管措施;有效协调各种交换关系;促进社会营销活动有规则、有效地运行,从而推动社会扩大再生产的顺利进行。

(三)有利于开拓与争胜国际市场

面对新的知识经济时代,人们的生活方式和社会生产方式发生了重大变化,国际经济环境更加复杂,全球范围内的市场竞争更加激烈。我国在不断深化对内改革、对外开放的进程中,将加速进入国际市场,并努力开拓国际市场进行必胜的市场竞争。这就必须研究不断变化的国际市场营销环境,学习与掌握进入国际市场的策略,运用进行国际合作与市场竞争的策略与方法,而市场营销学则能提供这方面的系统理论与方法。因此,研究市场营销学,有利于成功地开拓国际市场、占领更广大的市场空间,从而有效地利用国外资源,形成世界经济的良性大循环,成为国际经贸大国,促进国内与世界经济的协调发展。

本章小结

原始传统的市场概念经过演进与发展,直到现在,被人们普遍地定义为:是商品经济中生产者与消费者之间为实现产品及服务价值与满足需求的交换关系、交换活动、交换条件、交换过程的集合体;市场营销,是通过创造和交换产品及价值,从而使个人或群体满足欲望和需要的社会过程和管理过程;市场营销学初创于美国,经过了产生、形成与发展的演进过程,与此同时,不断传播于国际范围,相继进行了创新发展,在中国经过了初步引进与传播、全面引进与迅速传播、创新发展的历史过程,随着社会主义市场经济的发展,将更加中国化;市场营销学作为一门具有广泛应用性的经营管理类的新兴学科,在其发展过程中,不断吸纳与运用了经济学、管理学、社会学、行为学、信息技术学等多学科的理论,从而形成了自己独立的理论体系,其最基本的理论基础是商品社会再生产理论中的产品价值实现论,其营销是企业基本职能的理论;现代市场营销学包含宏观与微观营销学两大学科体系;微观市场营销学的主要研究内容是市场营销基本理论、市场及市场环境分析、消费者购买行为分析、营销调研与预测、营销组织与控制;进行市场营销学的研究必须采用科学的研究方法,一般是运用系统研究、动态研究、管理研究、定量与定性分析相结合研究、宏观与微观相结合研究等研究方法;学习与研究市场营销学,对于不断提高企业的经济效益、促进国家社会经济稳定与持续发展、争胜于国际市场竞争而形成世界经济的良性大循环等,都具有重大的意义。

思考题

1.现代市场概念与市场营销概念的基本含义是什么？

2.市场营销学在中国的传播与发展经过了哪几个阶段？中国如何创新发展？

3.市场营销学的理论基础是什么？

4.市场营销学的主要研究对象及内容是什么？

5.市场营销学的主要研究方法及其意义有哪些？

【综合案例分析】

中国厦华公司面对国外手机——摩托罗拉、诺基亚、爱立信在中国手机市场三足鼎立、一统天下的局面，于1998年大胆地创制了"华夏一号XG818"手机，标志着中国创制的手机正式进入国内市场，实现了从无到有的转变。接着，于1999年，大量国产品牌，如波导、科健、TCL、康佳等手机新产品也悄然崛起。这些产品的创制企业，成功地细分并找准了自己的目标市场，创新性地自建了各自的分销渠道。它们经过短短五年的奋战，则实现了中国产手机由市场份额不足5%，到占有半壁河山的飞跃；特别是波导品牌手机，在2003年即首次称霸中国手机市场第一的位置，从而，使中国手机新产品处于市场竞争的优势地位。但不久，这些中国的手机产品，则出现了利润率大幅度下降与市场占有率也不断下降的状态。例如，到2003年，TCL牌手机的毛利率比2001年下降了15%；到2004年国产手机的市场占有率下跌到40%，2006年仅为28%。造成上述萎缩状态的原因：一是技术创新度低，只在产品外观上改进，多依赖宣传造势与低价竞争，缺乏持久的核心竞争力；二是集力于产品大规模扩张，导致产品生产能力投资过大，随着低价格竞争的加剧，产品市场占有率下降，销量缩减，致使生产能力过剩、成本增加、利润率下降，最终导致整个行业处于亏损的边缘。面对上述局面，引起了各个企业家的反思，采取何种对策去改变这种状态，从而使国产手机在市场上再创辉煌？它们运用现代营销理论去调整自己的战略思维，进而进行营销战略转型，从而规划出一个新的市场营销战略方案体系。根据营销专家们的设计，这一体系主要包括：一是加大研发力度，发展核心技术，增强企业自身的核心竞争力；二是进行企业重组、并购，增强企业整体实力；三是拓展国外市场和国内农村市场，解决生产能力过剩问题；四是进行充分的市场调研，及时掌握消费者的需求变化，并按不同的需求进行产品和市场细分，提供更加个性化、差异化的增值服务，建立与提升其品牌忠诚度，从而提高其产品的市场竞争优势。按照这一规划设计去创新营销活动，国产手机会在市场上再创新的辉煌。

讨论题：

1. 中国国产手机市场变化的过程及原因？
2. 如何开拓国产手机的国内外市场？
3. 国产手机市场营销的历程给中国民族企业进行成功营销的启示是什么？

聚焦分析：

中国企业要想争胜于国内外市场，必须立足于满足不断变化的消费者差异化需求，去不断创新市场营销模式；创新不是简单的引进与模仿，必须从国内外市场的实际情况出发，对各个营销要素进行切实的改进与提升，真正打造起企业的核心竞争力；为了适应国内外市场的变化，必须系统掌握现代市场营销的基本理论与方法，并通过更新观念与营销战略模式，采用科学的方法去规划设计适时的市场营销战略方案，并通过科学的管理体制去实施战略方案，从而实现企业的市场营销目标与企业发展的目标。

【阅读资料1】

市场营销学，是属于经营管理类的新兴学科，也是建立在经济科学、管理科学、行为科学、现代信息技术科学等科学技术基础上的具有广泛应用性的学科。它随着市场经济中商品交换活动实践的发展而产生，并随其不断发展而不断发展与完善。自美国首创初始的市场营销学学科体系之后，在随其自身不断发展完善的同时，从而形成了具有各国特点的多类型的市场营销学理论体系。市场营销学的产生与创新发展，为推进各国市场营销活动实践的现代化与进行有效的市场竞争，提供了锐利的理论思想与方法的武器。随着市场经济国际化与现代化的发展，使"商行为"渗透于一切经济、社会活动领域，由此，不仅使其成为企业在竞争的市场中谋求生存与发展的经营管理利器，而且成为非营利组织、政府部门，以致所有社会成员的"通识"与"核心思维方式"，从而使其在经济、社会领域得到了广泛的应用，进而使企业营销向行业营销、城市营销、国家营销等领域延伸与创新发展，并通过成功地"营造顺利销售的要素"，去不断创造新的绩效、新的竞争力和发展优势。中国正在进行由计划经济体制向社会主义市场经济体制的根本转变。随着对内改革的不断深化与对外开放的扩展，中国的国内市场将不断国际化，并形成国内外市场的良性大循环。面对新经济时代所提供的发展机会和竞争风险的挑战，不仅要创新发展中国特色的市场营销学；而且要使每个组织、企业、个人去全面、系统地学习和掌握现代市场营销学的理论与方法；尤其是经济和管理类专业的大学生，更应站在人才强国战略实施的前沿，去深入地掌握和创造性地应用现代市场营销学的精髓，从而更好地完成自己的重要历史使命。

【阅读资料2】 市场营销的新概念

年代	新概念	提出者
20世纪60年代	"4P"组合	杰罗姆·麦克锡
	营销近视症	西奥多·莱维特
	生活方式	威廉·莱泽
	买方行为理论	约翰·霍华德
		杰克逊·西斯
	扩大营销概念	西德尼·莱维
		菲利普·科特勒
20世纪70年代	社会营销	杰拉尔德·泽尔曼
		菲利普·科特勒
	低营销	西德尼·莱维
		菲利普·科特勒
	定位	阿尔·赖斯
	战略营销	波士顿咨询公司
	服务营销	林恩·休斯塔克
20世纪80年代	营销战略	雷维·辛格
	大市场营销	菲利普·科特勒
	内部营销	克里斯琴·格罗路斯
	全球营销	西德尼·莱维
	关系营销	巴巴拉·本德·杰克
20世纪90年代	网络营销	
	差异化营销	葛斯·哈泊
	绿色营销	
	4R营销	唐·E·舒尔茨

第二章

Chapter 2

市场的功能与结构

【学习要点】

①市场的功能；

②划分市场的标志及市场的不同类型；

③市场的不同结构体系；

④不同市场类型的特点。

【引导案例】

日本著名企业"资生堂"(Shriseido)，最初以药房起家，以西式药品面向日本药品市场。直到 1888 年，面对人们卫生保健品的需要，成功研制出全日本第一瓶牙膏，然后大量展销于市场，迅即取代了当时流行的洁牙粉产品，而进入保健品市场。1957 年开始，不断开发国外市场。为了扩大其产品的国外市场，于 1965 年研制出可与西方产品竞争的 Zen 香水，并于 1978 年研制出 Mois – ture Mist 化妆品系列产品，从而展开了更广泛的国际市场竞争。同时，在国内大力拓展化妆品市场，并推行品牌分生策略，针对不同的目标顾客制定不同的产品价格，实施不同的推销策略；在 20 世纪 90 年代初，又推出了以年龄在 20 岁左右、购买能力较低、对知名品牌敬而远之、自主选购能力强的女性为目标顾客的"ettusais"系列化妆品，进一步进行化妆品的特定市场细分；此后，则不断转向个别推销，即对不同年龄段的女性顾客提供不同品牌的化妆品系列产品，同时，设立了不同品种、不同供应对象的专卖店(柜)，被称为"品牌店铺"策略，例如，在学校、游乐场、电影院附近年轻人较多的地方设立 RECIENTE 系列专卖店；在老年人出入较多的地方则设立 RIVITAL 专卖店等。该企业通过对市场的优化选择而调整产品类别，又根据适需产品类别进行市场细分，提供个性化服务，从而取得了国内外细分市场中的竞争优势地位，使其主体产品市场实现了彻底的国际化。

第一节　市场的功能与类型

任何企业都与市场有着千丝万缕的联系,企业只有在同顾客进行多种联系和交换中才能求得生存和发展。因此,了解与掌握市场的功能与类型,从而认识市场、适应市场、驾驭市场,使企业活动同社会与市场需要相协调,成为企业开展市场营销活动的前提。

一、市场的功能

市场是商品生产顺利进行的必要条件和其发展的推动力量,这是因为市场具有多方面的功能。认识与把握市场的功能,有利于生产经营者针对不同的市场功能,去开发市场,制订相应的营销战略与策略。

(一)经济结合的功能

经济结合的功能即实现不同商品生产者之间的经济联系和经济结合的功能,这是市场的基本功能。生产的社会分工必须以分工后又能紧密结合在一起为条件。而市场,既是社会分工的产物,同时,又成为社会分工得以存在和发展的保证条件。马克思指出:"分工使他们成为独立的私人生产者,同时又使……人与人的互相独立为物与物的全面依赖的体系所补充"。所谓"物与物的全面依赖的体系",就是市场商品交换体系。也就是说,分工使生产者相互分开,市场则使他们相互结合。即不同的商品生产者通过市场实现着自己商品的价值、取得他人商品的使用价值而相互结合在一起。正是由于这种结合,商品经济条件下的社会经济生活才得以正常运行。商品经济越是向前发展,市场在社会经济生活中的这种结合功能就越强化与重要。

市场的经济结合的功能如图 2.1 所示。

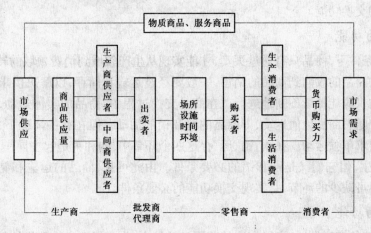

图 2.1　市场的经济结合的功能

(二)调节生产面向消费的功能

生产是为满足消费者的需要而进行的。因而,就生产的物质内容和数量来说,消费的需要决定着生产。每个商品生产者生产什么、生产多少,都要以市场需求为导向。这在商品经济中,首先反映为市场需求结构制约着产品的生产结构。一切产品都必须符合市场消费需要,才能在市场上顺利地销售出去,否则,生产中所耗费的劳动就会因产品卖不出去而成为无效劳动,再生产就会难以为继。因此,市场总是迫使商品生产者在开始生产活动之前就必须考虑将要生产的产品是否适销对路,从而去调节生产面向消费需求。

(三)比较劳动的功能

由于每个商品经营者在生产技术、劳动熟练程度、经营管理水平等方面不同,所以,在生产商品上所占用的劳动时间就会不同,但同一种商品一旦进入市场,社会只承认包含在其中的社会必要劳动。商品就是根据这个社会必要劳动所决定的社会价值进行交换的。如果商品的个别价值低于社会价值,这部分商品生产者就能获得额外收益,并能扩大市场占有率;反之,就会有一部分价值不能实现,最终减少利润,甚至亏损。可见,唯有通过市场,才能比较个别生产经营者的劳动耗费。市场所起的这种比较劳动的作用,督促商品生产经营者必须采用新技术、新材料、新方法,并注重加强经营管理,以取得良好的经济效益。

(四)交换的功能

市场的中心内容是进行商品交换或买卖活动。商品生产者为了实现其产品的交换价值,必须在市场上卖出自己的产品,即商品的使用价值。消费者为了满足自己的生活和生产需要,又必须从市场上购买自己所需的商品。这样,在商品经济条件下,各经济部门之间、各企业之间,以及个人彼此之间,必须在市场上进行商品交换。这种由市场提供交换条件而促进交换的作用,就是市场的交换功能。

(五)供应的功能

在商品经济条件下,商品只有通过买卖,才能实现从生产领域到消费领域的转移。在商品的流通过程中,从商品的收购到商品的销售,一般要经过运输和储存,以解决供求在时空方面的矛盾,使商品的供应能持续不断地进行。在商品交换过程中,商品的实体运动,即商品的储存和运输,总是伴随着商品价值运动,即商品的购和销的活动。但在有些情况下,商品的实体运动即物流,又要求单独运动。在购、销、运、存这四个环节中,购和销是起主导作用的,运和存则是购和销的派生,但它们又是购和销的必要条件。由此可见,商品的运输和储存的供给功能,是商品交换不可缺少的环节,是实现交换功能的必要条件。

(六)便利的功能

随着商品经济的高度发展,市场交换的范围日益扩大,为了保证交换和供给等功能的顺利进行,各种服务于市场的设施和机构,包括银行、信托、咨询、保险机构等,应运而生,都在市场上分别发挥其不同的功能作用。如银行和信用机构发挥着筹集资金、调剂社会资金余缺的作用;咨询机构起着收集、预测市场信息与沟通情报、传递行情的作用;保险机构起着承担各种商务风险和安全保护的作用等。所有这些服务功能,形成便利的功能,由其沟通着企业之间、行业之间、地区与国家之间在各方面的联系,从而有利于企业、机构高效地拓展国内外市场营销活动。

认识与掌握市场的上述功能,对于企业、机构的市场营销活动具有重要意义。任何企业都应当按照变化着的市场需要开展营销活动,都不可避免地在市场上与其他企业发生协作或竞争关系。这样,市场就成为企业的动力之所在,目标之所在,生机之所在,也是企业与社会经济发展保持协调的调节器。

二、市场的类型

市场按不同的标志可以划分为各种不同的类型。不同的市场类型,有其不同的交换内容及其具体的需求与特点。划分市场类型,有利于对细分市场及其营销目标的选择。

(一)按竞争程度划分

市场按竞争程度划分,可分为纯粹垄断市场、寡头垄断市场与竞争市场。

1.纯粹垄断市场

纯粹垄断市场主要表现为一个行业只有一家企业,或者是一种产品只有一个生产者或销售者,没有或基本没有替代者。该类市场在现实经济生活中很少存在,多存在于一些稀少行业与产品中,如公共事业中的电力公司、自来水公司、电信局等。所以,当一家公司独自拥有制造某种产品的全部或大部分原材料时,这家公司的市场,就是纯粹垄断市场;而通过取得专利和通过确立极高的声誉而占据垄断地位,则是纯粹垄断市场的另外两种类型。在纯粹垄断市场上,不存在竞争或基本不存在竞争。因此,其产品价格多依据最高利润点决定,称之为独占价格。在这种情况下,为了保证消费者和用户的利益,法律限制和政府干预会多一些,企业也必须考虑如何在合理的价格水平上去尽可能地保质、保量地满足市场消费需求。

2.寡头垄断市场

寡头垄断市场是指一种产品在拥有大量消费者或用户的情况下,由少数几家大企业控制绝大部分的商品生产经营量,剩下的一小部分产品量则由众多的小企业去生产经营。产生这种市场的主要原因,是资源的有限性、技术的先进性、资本规模的集中性,以及规模经济效益所形成的排他性。诸如汽车、手表、电视机、电冰箱、计算机等产品的市场,往往就属于这种市场。在这种市场上,控制市场的几家大企业是相互依存、相互制约的,其中任何一家企业的营销策略的变化对其他几家都会产生重大影响,并引起相关的反应。因此,每家企业在制订或改变营销策略时,都将仔细考虑竞争对手的反应;几家大企业之间的竞争激烈,主要表现为非价格竞争,尤其注重于树立企业形象;由于存在着少数大企业的垄断,新企业要加入这个行业十分困难,主要是要冒投资大和投资回收期长的风险。

3.竞争市场

竞争市场是指一个行业中有许多企业生产和销售同种产品,每个企业的产量或销量只占总需求量的一小部分。这种市场大量存在于食品、服装、百货、化妆品、日用杂品、农产品、餐馆、旅馆等市场中。在这种市场上,由于同行业企业很多,产品替代性很大,因而,其竞争激烈,多表现为价格竞争与非价格竞争。各个企业为提高市场占有率,都十分重视产品特色,力图使自己的产品与竞争者的产品相区别,同时,相对注重广告宣传、人员推销等促销活动。

总之,企业所面对的市场模式不外乎以上三种,每个企业都应当具体地认识自己所处的市场属于哪一类,以便采取正确的决策,制订并实施适应市场环境的营销策略。

(二)按流通区域划分

市场按商品流通区域划分,可分为国内市场和国际市场。

1.国内市场

国内市场是指在一国范围内可使商品和劳务发生转移的区域市场,是一定时期内国内商品交换关系与商品交换活动的总和。国内市场的发展与繁荣,不仅促进本国经济的发展,而且为发展对外贸易,进入国际市场,提供牢固的基础与条件。国内市场又可分为省区市场、地方市场等。

2.国际市场

国际市场是指越出本国的国境与其他国家进行贸易活动所形成的多国间的区域市场。国际市场又可分为国别市场、集团区域市场等。

(三)按产品形态划分

市场按产品形态划分,可分为有形产品市场与无形产品市场。

1.有形产品市场

有形产品市场是指具有物质形态的商品市场,它包括工业产品商品市场与农产品商品市场。工业产品商品市场又可分为轻工商品市场、机械商品市场、零配件商品市场、生产设施商品市场等;农产品商品市场又可分为种植类、养殖类、林产类等商品市场。

2.无形产品市场

无形产品市场是指不提供有形的物质产品,而经过交换提供各种形式的服务,用以满足非物质消费需求的市场。无形产品市场又可分为劳务市场、服务市场、信息市场等。

(四)按产品用途划分

市场按产品用途划分,可分为消费者市场与生产者市场,实际上是生活消费品市场与生产消费品市场。

1.消费者市场

消费者市场是指城乡居民生活消费品的商品市场。它撇开产品的工业产品、农业产品、劳务产品的具体形态,只考虑这些产品用于生活消费的用途,故称消费者市场。消费者市场又可分为食品市场、日用工业品市场等生活消费品市场。

2.生产者市场

生产者市场是指各类生产者所需各种生产资料的商品市场,即用于生产消费用途的商品市场。生产者市场又可分为原材料、生产工具与生产设施、肥料、种子等生产消费品市场。

(五)按生产要素划分

市场按产品生产过程中所需的基本生产要素划分,可分为物质产品市场、资金市场、劳动力市场、科技市场、信息市场、服务市场等。

1.物质产品市场

物质产品市场是指生产活动所需的原材料、生产工具、生产设施等生产资料商品市场。

2.资金市场

资金市场是指进行生产经营活动所需资金来源的资金交易市场。它可划分为资金借贷市场、证券市场、股票市场等。

3.劳动力市场

劳动力市场是指进行生产活动所需劳动力来源的交易市场。它可划分为零用工市场、人才市场等。

4.科技市场

科技市场是指进行生产活动所需科学技术来源的交易市场。它可划分为科技成果转让市场、科技成果出租市场等。

5.信息市场

信息市场是指进行生产经营活动所需各种信息来源的交易市场。它可划分为科技信息市场、商品供求信息市场、竞争者信息市场、社会经济发展信息市场、网络信息市场等。

6.服务市场

服务市场是指进行生产经营活动所需各种服务来源的交易市场。它可划分为中介服务市场、代理服务市场、承包服务市场等;还可按服务行业划分为:餐旅、洗染、维修、医疗以及劳务服务市场等。

除上述分类外,市场还可按流通环节划分为采购、批发、零售市场;按交易方式划分为直接、期货、网上交易市场等。

总之,市场有各种不同的类型,认识与掌握不同的市场类型,有利于生产者与消费者准确地选择市场,进行行业与业务范围定位,进而进行产品定位,找到最有利的市场空间,进行科学的生产经营决策。市场类型体系架构如图2.2所示。

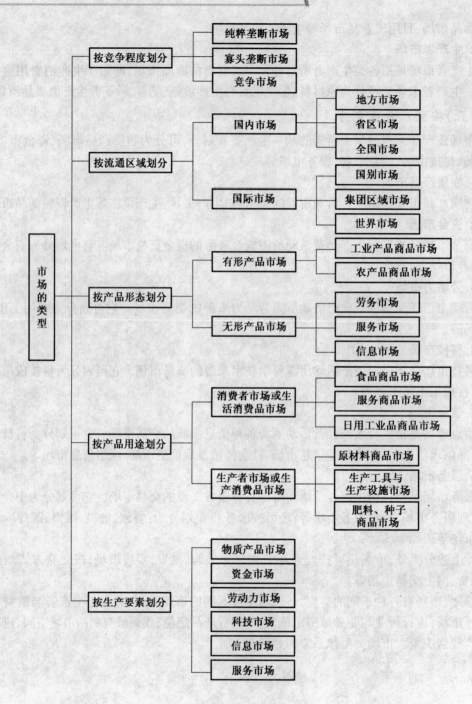

图 2.2 市场类型体系架构

第二节　市场结构

市场结构,就是由全部交换活动及其交换关系所组成的有机总体中的各个部分所占的比重及其相互关系。按不同的标志可以划分为不同类型的市场结构。分析不同的市场结构,有利于认识市场、选择市场,从而开展有利的市场竞争。

一、所有制结构

市场的性质取决于生产关系的性质,生产关系的性质又取决于生产资料所有制性质。生产关系的总和,构成了社会的经济结构。在市场经济条件下,社会经济结构又表现为市场结构,并最终表现为其所有制结构。

我国的市场是以公有制为主导,多种所有制并存的市场。市场所有制结构的构成呈多样性,并不断变化。现阶段,我国市场的所有制形式:一是全民所有制的国有企业。居于市场上的主导地位,是组织商品流通的核心。二是各种形式集体所有制的集体企业。包括合作企业、城镇街区集体企业和居民合作经营的企业,它们同国有企业一起成为市场上的主体。三是各种层次的私人所有制的城乡私营企业,这是改革开放以来,发展最快,而且发展潜力很大的形式。四是中外合资企业。这是改革开放以来,在引进外资、借鉴外国经营管理经验的基础上发展起来的形式,从开拓国际市场的角度看,这是今后一定时期内很有发展潜力的一种形式。五是股份制企业。股份制是中国在经济体制改革中涌现出来的新的所有制形式。股份制的形式是商品经济发展到一定阶段的产物,目前,股份制企业虽然在市场上占有的份额较小,但却是一种很有发展前途的形式。

在多种所有制形式或经济成分并存的市场上,国营和集体(包括股份制)企业的市场经营形式是市场上的主体;私营、个体、中外合资、外国独资企业的市场经营形式是重要的补充。它的结构的优化,有利于产品的市场化,从而加速市场经济的发展。

二、商品种类市场结构

商品种类市场结构,可以按不同的标志进行分类。不同的分类有不同的结构内容与状态。按商品的形态与用途两种标志进行划分,形成以下两种商品种类市场结构。

(一)按商品形态划分的商品种类市场结构

市场结构按商品形态划分,可分为物质商品市场结构与服务商品市场结构。物质商品市场又可分为农产品商品市场与工业产品商品市场;服务商品市场又可划分为劳务服务市场、科技服务市场、信息服务市场、餐旅服务市场等,从而成为其不同的市场结构要素。

1.物质商品市场结构

目前,我国的物质商品市场居于主体地位。在商品市场中,农产品商品市场居于基础地位,其中,粮畜产品商品市场居核心地位;工业产品商品市场居主体地位,其中,重工业产品商品市场居主导地位,轻工业产品商品市场居主体地位。

农产品商品市场需要大大扩展,并具有巨大的发展潜力与发展前景,尤其是其中的特优农产品商品市场,不仅在国内有广阔的空间,在国外更具有巨大的空间。工业产品商品市场,需要进一步优化其结构。在重工业产品商品市场中,需大大扩展先进技术装备产品的市场;在轻工业产品商品市场中,需要大大扩展具有特色化、名牌化、绿色化的食品与纺织品、家用电器等商品市场。

2.服务商品市场结构

目前,我国的服务商品市场有了快速的发展,并扩展了多种服务市场类型,但相对于物质商品市场而言,仍处于薄弱的地位,在市场份额中所占的比重较小,远落后于其他先进国家。

我国的服务商品市场,不仅需要扩展其类型,而且需要扩展其市场范围。需要大大扩展劳务服务市场、中介服务市场,尤其是需要加快其中的服务外包市场的发展;需要进一步扩展与优化旅游服务、信息服务等市场。

(二)按商品用途划分的商品种类市场结构

按商品用途划分,市场结构要素可分为生活消费资料商品市场与生产消费资料商品市场。生活消费资料商品市场又可分为衣、食、住、用、行等消费资料商品市场;生产消费资料商品市场又可分为原材料商品市场、机械设备商品市场等,以及农业生产消费资料、工业生产消费资料等商品市场。

目前,我国的生活消费资料商品市场,与生产消费资料商品市场相比,不仅种类较全,而且市场较为广阔;生产消费资料商品市场,在种类上发展不够平衡,而且市场的广度延伸度较低,尤其是农业生产消费资料商品市场,由于广大农村的农业生产尚处于个体化、小型化、手工化的状态,而大大局限了它的扩展。随着我国社会经济的发展,人民消费水平的不断提高,生活消费资料商品市场将继续扩展,尤其是其中的日用消费品商品市场,诸如家用电器商品市场等,将有较快的发展;生产消费品市场,随着现代科技的发展,其信息化、自动化的商品市场,以及先进装备品商品市场,将会有较快的扩大。商品种类市场结构的优化,不仅有利于提高人们的生活质量,改变人们的生活消费结构,而且有利于工农业生产结构的优化,从而加速工农业生产的现代化发展。

三、地区市场结构

地区市场结构,可以按城乡范围、国内外范围,划分为城乡市场结构与国内外市场结构。

(一)城乡市场结构

城乡市场结构的构成要素包括农村市场与城市市场。农村市场是我国国内市场的主体,这一方面是因为农村居民在全国人口中占有绝大比重,是生活消费品的主要消费者或购买者;

另一方面是农业生产资料商品的消费领域,在生产资料商品市场中占有较大比重。城市市场,虽然在范围上大大小于农村市场,但由于城市居民收入水平较高,消费领域广泛,特别是工业生产相对集中,是主要的工业生产资料商品消费地区,因而处于重要的市场地位。

当前,我国的城市市场比较发达,农村市场相对分散、落后。但农业工业化、现代化、集约化的发展,以及农村小镇市化的发展、城乡结合部的近郊市场的发展,会促使农村市场快速发展、结构优化。城市市场,随着城市人口数量的增长、工业生产规模的扩大、服务业的扩展,特别是中心城市与卫星城市向外辐射力的增强,使城市商贸活动的功能更加突出,从而使其市场向高层次推进。

(二)国内外市场结构

国内外市场结构的构成要素,包括国内市场与国外市场或国际市场。国内市场是我国市场的主体,国际市场是我国市场的重要组成部分。

国际市场包括国别市场、州别市场、经济区域市场等。经济区域市场包括东北亚区域市场、东南亚区域市场、西欧区域市场、北美区域市场等。在当前的国际市场中,我国的市场份额已占有一定的比重,但仍处于比较落后的状态。随着国内改革开放的不断深化,我国国内市场正在大幅度的向国际市场延伸,尤其是向东北亚、东南亚、南非、南美、中东等区域市场快速延伸。国际市场占有份额将大大提高,市场范围将不断扩展;发展中国家的市场将成为我国国际市场的主体,并不断进入先进国家的市场,而使我国成为国际贸易大国。

国内外地区市场结构的不断优化,有利于地区间经济的协调发展。在国内,可实现以城带乡;在国际,可促进国际市场的良性大循环。

四、商品流通渠道结构

市场是商品流通的载体。商品流通渠道表现为市场的商品供销渠道或产销渠道。商品流通渠道结构,按商品的产销形式划分,包括产销分离、产销合一、产销结合的流通渠道。

(一)产销分离的流通渠道

产销分离的流通渠道,是指有商人在其间的商品交换形式。产销分离的流通渠道是商品产销矛盾的产物,商业经营者介于其中,代行生产者的商品推销职能,而使商品到达消费者手中,会消除这种商品产销间的矛盾。在商品交换的实践中,绝大部分的商品都经过产销分离的渠道,把商品从生产领域转移到消费领域。作为批发商、中介代理商、零售商的中间商,在组织商品流通时,必须适应各类商品的产销特点,分别采取不同的产销分离的流通渠道,使货畅其流。

产销分离的流通渠道,是商品流通渠道中的主渠道,需要不断优化其渠道结构。除扩展批发与零售销售渠道外,要更加强化与扩展中介代理销售渠道的类型。

(二)产销合一的流通渠道

产销合一的流通渠道,是指生产者直接将自己的产品销售给生产与生活消费者的流通渠道。它在整个商品流通渠道中,居于从属与补充地位。

在商品经济中,只要有小商品生产者的存在,就必然有同小商品生产相联系的产销合一流通渠道的存在。当前,我国农村与城市发展的集市贸易市场,以及由生产者直接将产品送货到厂、到家销售形式,就是这种流通渠道存在的体现。随着城乡商品经济的发展,这种流通渠道的规模与类型,也将继续扩大与完善。

(三)产销结合的流通渠道

产销结合的流通渠道,是指一个生产部门或生产企业,将商品的生产、流通、销售活动统一组织进行,形成产、供、销一条龙,使产、供、销密切结合的流通渠道。这种流通渠道,不经过中间商环节,只是通过由生产者的自设销售机构进行独立的一体化运作,从而实现商品从生产领域向消费领域的快速转移。它在整个商品流通渠道中,居于重要地位。随着信息技术与生产经营集团化的发展,这种流通渠道将会继续扩展与优化。特别是特种产品与高新科技产品的流通渠道,尤为突出。

以上几种商品流通中的渠道形式,各具特点,各处于不同的地位,三者共同作用、相互补充,从而构成商品流通的渠道体系。

五、要素市场结构

在生产经营过程中,需要组合使用各种不同的生产经营要素。随着商品经济的发展,各生产经营要素必然日益市场化,从而形成各种不同的要素市场。要素市场结构主要包括资金市场、劳动力市场、科技市场、信息市场、物流市场与房地产市场等。由于各要素在生产经营过程中的地位、作用不同,从而使各类要素市场在整个市场体系结构中所处的地位也就不同。

(一)资金市场

资金市场结构的构成要素,包括资金借贷市场、证券市场、股票市场等。由于资金是生产经营的保障要素,因而,使资金市场在要素市场结构中处于极其重要的地位。建立完善的资金市场结构,是把企业推向市场,使其独立筹措所需资金的重要条件,也是优化整个市场结构的重点与热点。当前,资金市场发育尚不够完善,其结构尚不够合理,其类型与层次尚不齐全与高级化。继续扩展资金借贷市场、规范股票市场、提升证券市场,将是优化资金市场结构的重要方向。

(二)劳动力市场

劳动力市场包括零用工市场、人才市场、劳动力中介培训市场等。由于劳动力是生产经营的基本要素,因而,劳动力市场在要素市场结构中处于重要地位。随着市场经济的发展与国有企业改革的不断深化,企业将转向自主招聘生产经营管理人员与各种劳动力;一些待业人员将更多地独立谋取适合自己需要的劳动岗位,更多实行人才的自由流动。因而,劳动力的供求将日益市场化,劳动力市场将会获得快速发展,并日益国际化。当前,我国的劳动力市场结构尚不够优化与完善,主要表现是:零用工劳动力市场过于分散、规模小、变动性大;人才市场多限于中介市场,缺乏供求的直接交流渠道;中介培训市场多限于中介,缺乏中介与就业培训的有机结构;缺乏大型的、规范的劳动力交易中心市场。随着生产要素不断市场化的发展,劳动力市场的规模、类型将会获得快速发展,其市场结构将不断优化和完善。而它的结构优化,将加速整个市场结构的优化。

(三)科技市场

科技市场结构的构成要素,包括科技成果自由转让市场、科技成果的固定交易市场、科技成果的中介交易市场等。由于科技是第一生产力,因而,科学技术的研制与开发,对社会经济的加速发展具有重大作用。为了促进先进科学技术成果的推广应用,将会加速科技成果市场化的进程,使科技市场快速升级。当前的科技成果交易市场,多限于自由交易的分散市场;一些大型的、规范的、集中性的科技成果交易中心市场所占的比重较小;在其市场类型上,属于自然科学领域的多,属于社会科学领域的少。因而,需要进一步优化其市场结构,并加快其发展。

(四)信息市场

信息市场结构的构成要素,包括以国家的政策信息、市场供求变化信息、科技信息等信息为交易内容的信息交易中心市场、自由分散的交易市场、网上信息交易市场等。信息作为一种新知识产品,在生产经营活动中,处于引导地位,是制订与实施营销战略与策略的重要导向与依据,因而,信息市场的发展及其结构的优化与完善,会为企业的生产经营与购买者的购买决策科学化提供有利的条件。当前,信息市场发育尚不够充分、类型尚不够齐全,尤其是规范的信息交易中心市场较少。随着信息市场化的发展,不仅网上信息交易市场会有较快的发展,而且集团化经营的信息交易中心市场更会有较多的扩展。

(五)房地产市场

房地产市场结构的构成要素,包括城乡居民住房交易市场、生产经营机构房地产交易市场、房地产租赁市场等。房地产作为一个重要的生产要素正在日益商品化,其市场范围正在扩展,种类正在增加。在房地产市场中,生产机构的房地产交易市场占有主体地位;城乡居民住房交易市场占有重要地位;房地产租赁市场是重要的补充。当前,市场规模最大的是城市居民住房交易市场与房地产租赁市场。但从发展趋势上看,生产经营机构的房地产交易市场的占有率将大大上升,房地产租赁市场将大大延伸,农村居民住房交易市场更具有巨大的空间。随着人们"以末致财,以房地产守之"的财富观的日益强化,房地产交易市场必将成为一个重要的要素市场而划入要素市场体系中。

要素市场结构的不断优化,不仅有利于企业生产经营活动的协调发展,而且有利于整个社会扩大再生产的顺利进行,更有利于市场经济的升级,使整个社会经济实现现代化。

总之,分析与掌握市场结构的现状与其优化发展的趋势,有利于生产与经营企业把握投资方向、生产经营规模、市场竞争关系;有利于管理机构制订适宜的调控管理政策与措施;有利于各类型的购买者进行科学的购买决策,从而有利于优化自己的生产与生活消费结构。

第三节　各类市场的特点

由于各类市场的供求状况不同,特别是需求的状况不同,而具有不同的特点。这里,只按照商品的用途不同而划分市场类型,并着重从消费者消费行为与购买行为角度,揭示其市场特点。

一、消费者市场的特点

消费者市场,是指所有为了个人消费而购买货物与劳务商品的个人和家庭。市场营销学研究消费者市场,其核心是研究消费者的购买行为。购买行为是与购买商品有关的活动,如收集商品信息、比较商品优劣、进行购买和购买后的有关活动等。这些活动,不仅受消费者心理活动的支配,而且受消费者个人特性和社会文化因素的影响。所以,研究消费者的购买行为,除了要考察消费者在购买决策过程中的各种活动以外,还要分析支配和影响这些活动的各种因素,以便说明是什么人购买、购买什么、为什么购买、怎样购买、何处何时购买。相对于生产者市场,消费者市场具有以下特点。

(一)多样性

消费者人数众多,差异性大。由于在年龄、性别、职业、收入、受教育程度、居住地区、民族、宗教等方面的不同,消费者的需要、兴趣、爱好和习惯,以及对不同商品及同样商品的不同品种、规格、质量、式样、服务、价格等都会产生多种多样的要求。同时,随着经济体制改革的深入、生产的发展和消费水平的提高,消费者的需求在结构和层次上也在不断变化。因此,企业应进行市场细分,并分别采取适宜的营销策略,以适应其消费需求、购买行为多样化的要求。

(二)可诱导性

同生产者市场相比,消费者在购买什么商品品牌和何时、何地购买方面有较大的选择性,容易受企业营销活动的影响和诱导。其原因有:

(1)消费品的花色、品种、质量、性能各有差异,消费者很难全面掌握各种商品知识,属于非专家型购买者,他们购买许多商品,特别是新产品,需要卖方的宣传、介绍和帮助。

(2)不少消费品替代性强,需求弹性较大,消费者对商品规格、品质和要求也不如生产者那样严格,具有可说服性的特点。

(3)消费者一般自发、分散地做出购买决策,不像生产者市场的购买决策那样,常常直接或间接地接受国家政策和计划的制约与广告宣传的影响,企业只要有针对性地制订适当的营销策略,就能有效地引导消费者的购买行为。

(三)少量多次购买

消费者市场以家庭和个人为消费单位,多受需要量、购买能力、存放条件、商品有效期等因素的制约,因而,导致消费者购买的批量小、批次多,尤其是对日常消费品的购买比较频繁。因此,合理设置销售网点,延长营业时间,采取灵活多样的销售方式,都能适应这一购买特点。

二、生产者市场的特点

生产者市场,是指各类生产经营企业为制造其产品与进行相关业务活动而购买商品或劳务的市场。相对于消费者市场,生产者市场有如下特点。

(一)生产者市场需求属于派生需求

生产资料消费需求主要是基于生活资料消费需求而引起的,是以个人消费需求为转移的。在商品经济条件下,需求引导生产,生产适应与满足需求,而个人生活消费需求,是最终消费需求。生产消费是为满足个人生活消费需求而进行的。所以,生活资料生产的发展,是以生产资料市场的扩大为条件,而生产资料市场的扩大,则以最终消费需求的增长为前提。

(二)生产者市场的计划性较强

生产者购买生产消费资料的目的,是为了生产出供他人消费的商品,进而取得更多的利润。因此,必须考虑成本及利润,从而导致其理智因素多、决策过程较复杂与慎重。同时,其生产消费又多属集团消费,采购批量大,并且具有可替代性差、时效性强、专用性强等特点。因而,必须加强其计划性。

(三)生产者市场需求变动性较小

生产资料消费需求主要取决于经济发展速度和生产结构,在一定时期内,需求的品种、数量具有相对稳定性。同时,生产者对产品的规格、型号、性能、品质乃至厂牌、商标等的要求比较严格,不轻易采用代用品,故其需求对价格反应的灵敏程度和受广告宣传的影响程度都较小,特别是对价格涨落的反应,有时会产生相反的反应,即降价时,会延缓购买,而涨价时,又会全力购买。

(四)生产者市场技术性较强

由于生产消费资料,对制成品的质量、成本及劳动生产率均发生直接影响,因此,不仅要求对其按时、按质、按量均衡供应,而且对所生产的产品设计、产品性能、售后服务等的要求也较高,否则,易造成损失。因此,在其采购过程中,要求对所购商品具有充分的了解;对何时应更换供应者或采用其他竞争品的优点,应有深刻的认识。所以,专家型购买,是生产者市场的重要特征。同样,生产资料商品供给者为使其营销活动取得成效,也必须重视产品质量和技术服务,并对推销人员进行认真的甄选和训练,实行专家型推销。

(五)生产者市场用户比较集中

生产消费资料商品,其使用方向专一,购买者人数较之生活消费品购买者人数少,有些只限于极少数特殊工业生产用户购买,如主要设备中的熔矿炉(钢铁工业用)、发电机(电力工业与事业用),主要原料中的棉花、羊毛(纺织工业用)等等。因此,该市场具有专用性强、消费集中、潜在顾客相对较少的特点。在市场供应中,应采取相应的销售渠道。

三、服务市场的特点

服务,一般定义为:是以劳务来满足生产者或消费者的需求。服务是商品经济条件下实现劳务交换的一种形式。服务就是商品,具有特殊的使用价值和交换价值。服务劳动之所以称为"服务",在于它不是以物质产品形式,而是以活动形式直接满足人们的需要。服务市场,是提供劳务和服务设施,并实现劳务交换的场所。由于人们购买劳务的目的与用途不同,服务市场也可进一步分为消费者服务市场与生产者服务市场。服务劳动的特殊性决定了其具有以下特点。

(一)不可触知性

服务市场的供给者所提供的劳务服务,其顾客在购买之前,一般不能看见、听到、嗅到、尝到或感觉到。因此,广告宣传不宜着重介绍服务的本体,而应集中介绍购买该项服务可以得到何种利益。

(二)服务直接性

服务劳动者是通过服务产品直接地实现其具体劳动所创造的使用价值。服务通常不能与服务人员分离,其服务劳动过程、销售过程与消费过程紧密联结在一起,往往是随作随卖,如摄影师一面照相,一面出售其劳务,所以,直接销售是其唯一的分销途径。因此,服务网点设置要与社会对服务的需求相适应,要适当分散,尽量接近消费者。

(三)品质差异性

在服务市场中,同一服务,若由数人操作,其品质难以完全相同;若同一人作同样服务,其每次成果亦难完全一致。因而,服务的品质较难衡量,具有差异性,不像工业品那样便于标准化。所以,在制订市场营销计划时,对其产品的设计须特别注意保持服务的品质,力求始终如一地维持高水准,以取得顾客的信任,赢得良好的信誉。

(四)容易消逝性

服务具有易逝性,无法储藏待用。很多服务的使用价值,如不及时加以利用,就会"过期作废",如车厢中的空位、旅社中的空房间、赋闲的修理工人等,均为服务业不可补偿的损失。因此,服务业的规模设计、定价与推广,都必须为求达到人力、物力的充分利用。

总之,各类市场的商品供求状况不同,尤其是购买者的消费需求及其购买行为不同,而导致其具有各种不同的特点。企业在进行市场营销活动中,要针对不同市场的特点,采取相应的营销策略与方式,以取得最佳的营销效果。

本章小结

市场是商品生产顺利进行的必要条件及其发展的推动力量;市场的功能,即市场所具有的各种功效或作用的充分发挥,推动着商品生产与商品交换的顺利发展;市场类型,作为市场种类的形态,反映着不同的市场功能与市场交换关系及不同的交换内容;市场结构,作为各类市场在整个市场体系中所占的比重及其相互作用的关系,不仅反映着市场体系的现有组合状态及其优化发展的趋势,而且反映着商品供求结构,尤其是商品需求结构的变动趋势;各类市场的特点,反映着各种消费者对各类消费品的不同需求特点与其不同购买行为的差异;研究与掌握市场的功能、类型、结构及特点,对于企业及组织进行市场细分与目标市场定位,进而制订和实施正确的营销战略与策略,从而开发市场、占领市场、进行市场竞争,以取得长期的经济效益与社会效益,具有重要意义。

思考题

1.市场具有哪些功能? 划分的标志及目的是什么?
2.市场可分为哪些类型? 划分的标志及目的是什么?
3.什么是市场结构? 划分的目的是什么?
4.消费者市场与生产者市场的主要差异及其与服务市场的主要差异是什么?
5.分析与研究市场的功能、类型、结构及特点,在市场营销理论与实践中的重要意义是什么?

【综合案例分析】

美国 IBM 公司在托马斯·沃森的领导下,为适应市场需求的新变化,于20世纪50年代开始进入电子计算机行业。在此之前,经历了一个不断选择新的市场、调整产品类型的过程。它的前身是 CTR 公司,于1911年6月15日在美国纽约恩迪科特注册,由列表机公司、计算表公司与国际时代唱片公司合并而成。1917年,CTR 公司以国际商用机器有限公司之名进入加拿大市场,并于1924年2月14日改名为国际商用机器有限公司(IBM)。在三个公司合并之后,主要生产经营的产品是员工计时系统、磅秤、自动切肉机等方面的产品,一段时间之后,则集中精力专做穿孔卡片产品,面向其市场需求。第二次世界大战开始,为适应德国的市场需要,生产了穿孔卡片机,通过其海外公司向德国供应;同时,又创制生产了 MI 卡宾枪和勃朗宁自动步枪,还为美国海军建制了第一个大规模的自动数码电脑。到了20世纪50年代,IBM 公司成为美国空军自动防御系统的电脑产品的主要承包商,承揽制作第一代实时、数码计算机,开始提供电脑产品。20世纪60~80年代,IBM 公司成为当时最大的八大电脑公司的首位公司,主要生产经营主机系统的产品,面向电脑硬件市场。由于电脑硬件市场竞争加剧,IBM 公司于1992

年出现了 49.7 亿元的亏损,随之调整了产品结构,将其重点由硬件产品转向软件产品及其服务上,接着,于 2002 年之后,则着重于高价值芯片技术的研究、开发,重点推进咨询、服务业务与软件的生产经营活动,迅速扩展其市场。到了 2004 年,IBM 公司宣布出售其个人电脑业务给中国的电脑厂商联想集团,并于 2005 年 5 月以 6.5 亿美元现金和 6 亿美元的联想股票成交,从而拥有联想集团公司的 19% 的股权。由于该公司购买、承继了联想集团公司的产品线,从而使其引进技术后所生产的产品成为 IBM 公司的最成功的产品。由此,将其产品市场从美国扩展到国外市场的中国市场。目前,IBM 作为世界上最大的信息工业跨国公司,其业务已遍及160 多个国家和地区,拥有广阔的市场。

讨论题:

1. 该公司如何根据原有产品选择其市场?

2. 该公司如何根据市场需求的变化去试制新产品、不断调整产品结构?

3. 该公司如何由国内市场向国外的中国市场扩展?

聚焦分析:

IBM 公司的成功,取决于他们面向市场需求与适应市场需求的市场营销观念;取决于他们对产品市场的正确选择与根据目标市场需求的特点而进行产品的不断创新及产品结构的不断优化调整的市场营销决策;取决于他们通过各种有效方式从国内市场拓展为广阔的国际市场。归根到底,是实行了由产品的种类去寻找市场的类型,向及时捕捉市场需求变化的机遇去迅速调整产品类型、结构及营销策略的根本性转变。

【阅读资料 1】

现代市场营销学对市场的定义,就其基本内涵而言,是消费者或顾客的现实与潜在的消费需求。现代市场营销观念,要求企业的生产经营活动必须以消费者的需求为导向。作为消费者,包括生产消费者与生活消费者;作为其现实需求,是具有货币购买力的现实消费需要,它决定着企业所生产的物质产品与服务产品的价值实现程度,或其产品的销售程度。由于消费者的类型不同,其消费需求有着很大的差异性,这就要求企业辨认其不同的真正消费需求,进而设计、生产不同的产品,并通过相应的销售渠道与方式,满足其个性化的消费需求,从而实现产品到货币的"跳跃",并实现投资增值。企业为了针对消费者的不同消费需求,在其生产、销售活动中去营造顺利销售的各种要素,就必须对消费者的需求进行科学的分类,这种分类就称为市场细分。通过市场细分,准确地确定产品与经营项目的定位,以便准确而有效地选择和进入的目标市场,从而进行特定的服务。要进行科学的市场细分,就要首先界定市场的概念;进而分析与掌握市场的功能,并按照不同的标志对市场进行科学的分类,划分出相应的市场类型;然后,针对不同的市场类型,进行其结构现状与发展趋势的分析,揭示其市场的潜力;最后,对各类市场的特点进行深入的分析,以便选取有效的营销策略与方法。对市场进行如上的分析研究,其最终目的,就是要使企业或组织,根据自己的资源能力与最适宜的市场空间,选定自己最适宜的目标市场,以顺利实现其营销目标。因此,对市场功能、类型、结构、特点的分析研究,不仅是市场细分的基础,而且是进行整个市场营销活动的基础,因而,也是现代市场营销学不可缺少的重要理论知识内容。

【阅读资料2】

30年前,高德康带领11位农民在江苏省常熟县白峁公社用仅有的8台缝纫机开始了来料加工生产的创业之途。不久,他发现了贴牌生产的服装产品市场具有很大的盈利空间,便开设了我国第一个生产第一件羽绒服的上海飞达厂贴牌企业,使羽绒服产品顺利进入服装市场。到了20世纪80年代,面对市场上流行的皮夹克的竞争以及羽绒服产品本身颜色单调、样式臃肿的缺陷,高德康又对市场环境与服装市场的需求进行了深入的分析研究。结果发现,在人们生活水平提高之后,日益需要物美价廉的服装产品,需要对羽绒服产品进行改进,对其市场经营方向进行调整。于是,决定增强服装产品的美感度,改变羽毛的填充状态;同时,创新产品品牌,使产品更加适应求美度高的人群,打造出名牌,以扩展更广阔的市场。在做出此决策之后,一边产销原羽绒服装,一边组织技术人员不断研究与掌握制作羽绒服的一套新的成熟技术,将原占70%以上的羽毛填充料改变为占90%以上的羽绒含量,并全选优质羽绒,以使羽绒服装产品更轻、更暖、更贴体,并同时优选面料质地、颜色,进而全面引入时装设计,优化服装款式,使其成为一种时装。在新产品设计并试制成功后,于1992年注册了“波司登”商标,于1995年使新一代波司登羽绒服全面投入市场,到年底统计,该产品销量达62万件,销售额超过2亿元,纯利润达3 000多万元,可见,该企业进行了成功的“第一次时装”革命。接着,该企业面对市场上掀起的“弃鸭用鹅”的浪潮,迅即推出了高鹅绒绿色环保羽绒服,从而在该业界掀起了一股绿色风暴,而成功地进行了被称为“第二次”革命的“绿色革命”。总之,该企业面对市场需求变化,不断改进、创新产品去扩展市场,从而成为超百亿资产的名牌企业。

第三章

Chapter 3

市场营销观念与市场营销理念

【学习要点】

①市场营销观念和市场营销理念的联系和区别；

②市场营销观念的内涵；

③市场营销理念的内涵。

【引导案例】

新浪的整合营销传播

在 Web2.0 时代，如何设计出让年轻消费者感兴趣的话题、热点事件和活动，找到具有话题性的偶像以及更多的参与性，是能否带来营销效果的关键。新浪通过基于 NBA 巨星科比的整合营销传播，正在做出全新的尝试。活动以科比博客为主线，巨星与网友之间的互动交流、虚拟和现实对接，赋予了博客强大的影响力，全面带动了官网、论坛流量持续走高，自 4 月 9 日上线以来，活动专题及圈子流量超过 300 万。

2010 年 2 月 27 日，一个名叫安安的"无腿男孩"在新浪"绿丝带"论坛发表了《科比叔叔，我爱你》的帖子，信中安安对科比倾诉了对篮球的热爱，以及自己"不放弃梦想"的坚强心声。没过几天，他如愿以偿地得到了科比的签名篮球和海报，还收到了科比的亲笔回信和勉励。一位是中国的"无腿男孩"，一位是美国 NBA 巨星，借助一篇帖子打破了空间距离，这就是互联网超越时空的传播力。而热点话题本身更是为新浪的科比策划案起到了推波助澜的作用。

为了更好地实现和年轻族群的互动，新浪瞄准了当代大学生群体，提出了一个创新性概念"葱动一族"，即面临经济危机亟须拼搏精神的大学生。由此，新浪发起线下活动"2009 青葱计划——拜师科比葱动篮球争霸赛"，让科比与目标大学生群体近距离沟通，提升科比在大学生群体中的影响力，并与线上平台完美对接，支持线上营销平台的内容优势。

最终,"科比大弟子——葱动篮球争霸赛"席卷了全国 11 个城市的 44 所高校,在限制报名数量的前提下,仍有 3 369 支队伍、13 500 多人报名参赛,直接参与人数超过 6 万,直接影响人数则超过 60 万。

新浪还精心设计了一组凝聚科比精神的 Widget 插件和科比博客模板,供网友添加到个人博客上,截至 6 月底,Widget 插件已被添加 1.4 万次,引起了广泛的传播。而这种带有精神韵味的互动传播,为新浪赢得了年轻族群发自内心的认同。新浪充分利用了自己拥有的 Web2.0优势,将网民心中的"江湖"和篮球的"江湖"、营销的"江湖"融会贯通,推出了一场"年轻"江湖的营销盛宴。

第一节　市场营销观念与市场营销理念的概念及其关系

一、市场营销管理的指导思想

市场营销作为一种有意识的经营活动,是在一定的经营思想指导下进行的。这种思想是企业营销的导向,是一种观念。市场营销指导思想的正确与否对企业经营的成败兴衰,具有决定的意义。

企业的经营思想是在一定的经济基础上产生和形成的,并随着经济的发展和市场形势的变化而发展变化。在西方市场经济高度发达的社会里,企业营销管理的指导思想大体上有五种,即:生产观念、产品观念、推销观念、市场营销观念和社会市场营销观念。

二、市场营销观念

(一)市场营销观念的含义

市场营销观念是企业在从事生产和营销活动时所依据的指导思想和行为准则。它体现了人们对市场环境、企业在市场运行中所处的地位,以及企业与市场的相互关系等基本问题的认识、看法和根本态度,是企业所奉行的一种经营哲学或理念。

(二)市场营销观念的作用及其演进

市场营销观念作为一种指导思想和经营理念,是企业一切经营活动的出发点,它支配着企业营销实践的各个方面,包括从事市场营销活动的目的、组织市场营销活动的重点、应建立的市场营销组织结构和管理体制,以及采取的市场营销策略、方法和手段等。市场营销观念正确与否、是否符合市场环境的客观实际,直接影响着营销活动的效率和效果,进而决定企业在市场竞争中的兴衰存亡。因此,奉行正确的营销观念,是企业组织市场营销实践的核心和关键所在。然而,我们必须知道,市场营销观念的形成不是人们主观臆造的结果,而是社会经济发展的产物,是从营销活动的实践中总结出来的。它的演变是一个极其漫长的过程,截至目前,先后经历了以企业为中心的营销观念、以消费者为中心的营销观念、以社会长远利益为中心的营销观念等,每种营销观念的特点是不相同的,它要求每个企业都必须认真对待。

三、市场营销理念

(一)市场营销理念的含义

市场营销理念是指导企业市场营销运作过程中具体行为的依据,是市场营销运作中的知识和义化。在一定的历史阶段,在特定的市场营销环境中,营销理念可能会有多种表现,如表现为营销方针、营销使命、行为准则、工作作风等。从而形成企业市场营销运行中的理念系统。也可能会有所调整,如转变营销方针。事实上这是一个企业的文化系统在市场营销运行中的表现,是企业文化中的行为文化,或是在企业营销观念统领下所表现出的行为文化。

近年来,关于市场营销的理念较多,但归根到底,要想了解市场营销的理念,首先要知道市场营销是什么,以目前的市场营销研究对象来划分,可分为市场、销售两个版块。市场是什么,是由下向上的一个过程,即由消费者出发走向厂家;而销售则是由上向下,即由厂家出发走向消费者。从这两点出发,市场营销的理念就更容易理解了。现在运用较为广泛的几种营销理念有:以顾客需求为导向的营销理念、诚信营销理念、集团合力营销理念、明晰化管理理念、绿色营销理念等。

(二)市场营销理念的作用

1.指导作用

思想是行动的先导,有什么样的市场营销理念,就会指导企业做出什么样的市场营销活动。

2.规范作用

市场营销理念不仅是企业从事市场营销活动的行动指南,同时也是企业的行为准则。

3.统帅作用

正确的市场营销理念不仅能指导企业取得良好的经济效益,而且对统一企业的思想起着直接的作用,能够凝聚员工的思想,鼓舞员工的斗志和工作热情。

四、市场营销观念与市场营销理念的关系

市场营销观念与市场营销理念,二者之间既有区别又有联系。

(一)二者的区别

1.从英文含义的角度解释

观念即 concept、idea:概念、思想;理念即 mind:头脑、智力、知识、心、精神。

2.从字面上解释

观指统领;理指理性。观念是思想、意识,是客观事物在人脑中留下的概括的形象。理念是道理、事理,是主观思想对客观事物的指导与约束。具体到市场营销领域,其市场营销观念的概念,是指导企业市场营销活动的思想,即企业在市场营销活动中处理企业、顾客和社会三者利益方面所持有的态度、思想和意识;是指导企业市场营销运作的方针。市场营销理念的概念是指导企业市场营销运作过程中具体行为的依据。

3.从实践的角度解释

市场营销观念,是指统领市场营销的总体思想,在一定的历史阶段,由于有着特定的市场营销环境,这一思想只有一个,如生产观念阶段。而市场营销理念,其在一定的历史阶段,在特定的市场营销环境中,可能会有多种表现,如表现为营销方针、营销使命、行为准则、工作作风等,从而形成企业市场营销运行中的理念系统;也可能会有所调整,如转变营销方针。但它们都是一个企业的文化系统在市场营销运行中的表现,因为市场营销理念是企业文化中的行为文化,或是在企业营销观念的统领下表现出的市场营销行为文化。

(二)二者的联系

市场营销观念和市场营销理念二者密不可分。市场营销观念就好比捕鱼时候那根"渔网上的总绳",也就是"纲",而市场营销理念就好比"捕鱼网上的网眼",也就是"目",只有"纲举",才能"目张",所以,只有具备良好的市场营销观念,就好比抓住事物的关键,才能更好地贯彻市场营销理念,带动其他环节的顺利发展。同时,只有市场营销理念的不断发展与不断更新,才能更有力地促进市场营销观念的变革和进一步发展,去更好地发挥它的统领作用。

总的来说,市场营销观念是企业市场营销的方向,它确定着企业市场营销的着眼点,是企业市场营销理念的大纲。市场营销理念是市场营销观念的细化和贯彻、落实,它使企业市场营销运作更加系统化、制度化。

第二节 市场营销观念

市场营销作为一种有意识的经营活动,是在一定的思想观念的指导下进行的。这种观念是企业营销的导向,是一种思想。市场营销观念的正确与否对企业经营的成败兴衰,具有决定性的意义。一个企业的市场营销观念是在一定的经济基础上产生和形成,并随着经济的发展和市场形势的变化而发展变化的。在西方市场经济高度发达的社会里,企业营销管理的指导思想大体上有以下三种:以企业为中心的经营观念、以消费者为中心的市场营销观念、以社会长远利益为中心的社会市场营销观念。

一、以企业为中心的经营观念

在早期的企业经营活动中,企业的市场营销观念,多称为经营观念。其基本特征是以企业为中心,以资源和利润为导向。这是由于当时产品在市场上主要表现为供不应求,企业在销售方面基本上不成问题,企业间的竞争主要表现为以成本为基础的价格竞争。以企业为中心的经营观念按其发展顺序来看主要有以下三种。

(一)生产观念(production concept)

1.生产观念的含义

生产观念是一种传统的、古老的经营思想。在西方发达国家,20世纪20年代以前占支配地位。当时由于生产效率还不是很高,许多商品的供应还不能充分满足市场的需要,例如,当时小轿车产量很低,价格昂贵。因此,当时的工商企业把营销管理的重点放在抓生产、抓货源上,即以生产观念为导向。

所谓生产观念,就是企业的一切经营活动以生产为中心,"以产定销"。生产观念的假设前提是:消费者可以接受任何买得到和买得起的商品,因而企业的主要任务就是努力提高效率、降低成本、扩大生产。例如,20世纪20年代初,美国汽车大王亨利·福特的经营哲学就是千方百计地增加T型车的产量,降低成本和价格,以便更多地占领市场,获得规模经济效益,至于消费者对汽车颜色等方面的爱好,则不予考虑,他的T型车只有黑色的。

2.生产观念产生和适用的条件

生产观念产生和适用的条件一般是:商品需求超过供给,卖方竞争较弱,买方争购,选择余地不大;产品成本和售价太高,只有提高生产效率,降低成本,从而降低售价,方能扩大销路。也就是说,当市场的主要问题是产品的有无问题或贵贱问题,即当人们是否能买到或是否买得起成为市场主要矛盾时,生产观念适用。

3.生产观念的局限性

随着科学技术和社会生产力的发展,以及市场供求形势的变化,生产观念的适用范围必然越来越小,如到了20年代中期,福特T型车销量大减,市场主导地位被通用汽车公司所取代,就是一个例证。

(二)产品观念(product concept)

1.产品观念的含义

产品观念也是一种古老的指导企业市场营销的思想。这种观念认为,消费者最喜欢那些高质量、多功能和有特色的产品,因而,产品导向性企业中,管理当局总致力于生产高值产品,并不断地改进产品,使之日臻完美。

2.产品观念的局限性

许多经理认为,顾客欣赏精心制造的产品,他们能够鉴别产品的质量和功能,并愿花较多的钱买质量上乘的产品。然而,由于产品观念的奉行,曾使许多企业患有"营销近视症"。这些企业将自己的注意力集中在现有产品上,即集中主要的技术、资源进行产品的研究和大规模生产,而看不到消费者需求的不断发展变化,以及对产品提出的新要求;看不到新的需求带来的产品的更新换代;看不到在新的市场形势下,营销策略应随市场情况的变化而变化。以为只要有好的产品就不怕顾客不上门,以产品之不变去应市场之万变,因而,不能随顾客需求变化以及市场形势的发展去及早地预测和顺应这种变化,树立新的市场营销观念和策略,最终导致企业经营的挫折和失败。

生产观念和产品观念都属于以生产为中心的经营思想,其区别只在于:前者注重以量取胜,后者注重以质取胜,二者都没有把市场需要放在首位。

(三)推销观念(selling concept)

推销观念或推销导向,是生产观念的发展和延伸。20 世纪 20 年代末,西方国家的市场发生了重大的变化,特别是 1929 年开始的资本主义世界大危机,使大批产品供过于求、销售困难、竞争加剧,企业担心的已不是生产问题而是销售问题。于是,推销技术受到企业的特别重视,推销观念也就成为工商企业主要的指导思想。

1.推销观念的含义

推销观念是假设企业若不大力刺激顾客的兴趣,顾客就不会购买或不会大量购买它的产品。因此,企业必须建立专门的推销机构,大力施展推销和促销技术。

2.推销观念与生产观念的区别

推销观念与生产观念的区别是:后者以抓生产为重点,通过增加产量、降低成本来获利;前者则以抓推销为重点,通过开拓市场,扩大销售来获利。从生产导向发展为推销导向是经营思想上的一大进步,但基本上仍然没有脱离以生产为中心、"以产定销"的范畴。因为它只是着眼于既定产品的推销,只顾千方百计地把产品推销出去,至于销出后顾客是否满意,以及如何满足顾客需要,达到顾客完全满意,则未能给予足够的重视。因此,在商品经济进一步高度发展,产品更加丰富的条件下,它就不能适应客观需要了。而有些企业就会从市场上去寻求原因,就会考虑根据顾客的需要和市场的变化来调整自己的经营,新的企业经营观念就应运而生了。

二、以消费者为中心的市场营销观念

以消费者为中心的市场营销观念统称为市场营销观念。市场营销观念,是商品经济发展史上的一种全新的经营哲学,它是第二次世界大战后在美国新的市场形势下形成的,相继盛行于美国以及日本、西欧等经济发达国家和地区。

(一)市场营销观念的含义

所谓市场营销观念,是一种以顾客需要和欲望为导向的经营哲学,它把企业的生产经营活动看做是一个不断满足顾客需要的过程,而不仅仅是制造或销售某种产品的过程。简言之,市场营销观念是"发展需要并满足它们",而不是"制造产品并设法推销出去";是"制造能够销售出去的产品",而不是推销已经生产出来的产品。因此,"顾客至上"、"顾客是上帝"、"顾客永远是正确的"、"爱你的顾客而非产品"、"顾客才是企业真正的主人"等口号,成为现代企业家的座右铭。

(二)市场营销观念产生的历史条件及其与传统经营观念的区别

在西方资本主义社会,私人企业生产经营的根本动机和目的从来就是取得尽可能多的利润。之所以在此阶段提出以顾客为"上帝",是由于资本主义商品经济的发展,导致了全面买方市场的形成和卖方竞争的激化,因此,只有使顾客满意才能占有市场,所以为顾客着想实际上是为自己赢得信誉,赢得信誉才能赢得利润,才能生存和发展。

市场营销观念取代传统观念,是企业经营思想上一次深刻的变革,是一次根本性的转变。新旧观念的根本区别表现为以下四点:

1.起点不同

按传统观念,市场处于生产过程的终点,即产品生产出来之后才开始经营活动;市场观念则以市场为出发点来组织生产经营活动,市场处于生产过程的起点。

2.中心不同

按传统观念,主要以卖方需要为中心,着眼于卖出现有产品,"以产定销";市场营销观念则强调以买方需要即顾客需要为中心,按需要组织生产,"以销定产"。

3.手段不同

按传统观念,主要是以广告等促销手段千方百计推销既定产品;市场营销观念则主张通过整体营销(营销组合)的手段,充分满足顾客物质和精神上的需要,实实在在为顾客服务,处处为顾客着想。

4.终点不同

传统观念以销出产品取得利润为终点;市场营销观念则强调通过顾客的满足来获得利润,因而不但关心产品销售,而且十分重视售后服务和顾客意见的反馈。

可见,推销观念注重卖方需求,以公司现有产品为出发点,要求大力推销与促销,以实现有利的销售。而市场营销观念则注重买方需求,以目标顾客及他们的需求、欲望为出发点,通过融合和协调那些影响消费者满意程度的营销活动,来赢得和保持顾客的满意,从而获得利润。从本质上说,市场营销观念是一种对顾客的需求和欲望的导向,这种导向以旨在使顾客产生满意感而实施的企业综合营销努力为基础,它表明了对消费者主权论的信奉,即究竟应该生产什么的决定权不在企业手中,也不在政府手里,而在消费者手中,企业应该生产消费者所需要的东西,这样才能使消费者利益最大化,从而使企业赚取利润。

(三)市场营销观念的理论基础

市场营销观念的理论基础是"消费者主权论",即决定生产何种产品的主权不在于生产者,也不在于政府,而在于消费者。在生产者和消费者的关系上,消费者是起支配作用的一方,生产者应当根据消费者的意愿和偏好来安排生产。生产者只要生产出消费者所需要的产品,就不仅可增加消费者的福利,而且可使自己获得利润,否则,他们的产品就没有销路。这显然是在买方市场的前提下产生的,在卖方占支配地位的供不应求的市场上,很难有真正的消费者主权。

(四)市场营销观念的作用

市场营销观念的形成和在实践中被广泛运用,对西方企业改善经营起了重要作用,取得了重大成就,如美国的 P&G、IBM、麦当劳等公司都是运用市场营销观念并取得成功的范例。因此,在西方有人把这一经营思想的变革同产业革命相提并论,称之为"市场营销革命",甚至还有人说这是企业经营思想方面的"哥白尼日心说"。这虽然未免夸大其词,但这一经营思想的重要性及其影响之大,由此可见一斑。不过,近年来也有人提出,不应过分夸大市场营销革命的作用而忽视技术革命和新产品开发的作用,因为,新产品毕竟是占领市场的物质基础。

但由于资本主义企业生产经营的根本目的毕竟是为了利润,满足需要不过是获得利润的一种手段,许多企业为牟取暴利,往往置消费者利益和社会利益于不顾。例如,虚假的广告宣传、冒牌的或有害的商品、不择手段的推销等等,不一而足。于是,20世纪60年代以来,一个旨在维护自身利益的消费者保护主义运动,在西方发达国家蓬勃发展起来。在这一运动的推动下,许多国家的政府也加强了保护消费者利益的立法和执法。这就表明,市场营销观念需要补充和修正,需要一种更加完善的营销指导思想。

三、以社会长远利益为中心的社会市场营销观念

(一)社会市场营销观念形成的历史条件

20世纪70年代以来,西方国家市场环境发生了许多变化,如能源短缺,通货膨胀、失业增加、消费者保护运动盛行等等。在这种背景下,人们纷纷对单纯的市场营销观念提出了怀疑和指责,认为市场营销观念没有真正被付诸实践,即使在某些企业里真正确立了市场营销观念,但它们忽视了满足消费者个人需要同社会长远利益之间的矛盾,从而造成了资源大量浪费和环境污染等社会弊端。例如,举世闻名的软饮料"可口可乐"和麦当劳汉堡包等畅销商品,都受到美国消费者组织及环境保护组织的指责。针对这种情况,有些学者提出了一些新的观念来修正和代替单纯的市场营销观念,如"人类观念"、"理智消费观念"、"生态主宰观念"等等。著名营销权威菲利普·科特勒认为,可将上述不同的提法代之以"社会市场营销观念",这一提法已经为多数人所接受。

(二)社会市场营销观念的含义

所谓社会市场营销观念,就是不仅要满足消费者的需要和欲望并由此获得企业的利润,而且要符合消费者自身和整个社会的长远利益,要正确处理消费者欲望、企业利润和社会整体利益之间的矛盾,统筹兼顾,求得三者之间的平衡与协调。这显然有别于单纯的市场营销观念:一是不仅要迎合消费者已有的需要和欲望,而且要发掘潜在需要,兼顾长远利益;二是要考虑社会的整体利益。因此,不能只顾满足消费者眼前的生理上或心理上的某种需要,还必须考虑

个人和社会的长远利益,如是否有利于消费者身心健康;是否可防止环境污染和资源浪费;是否有利于社会的发展和进步,等等。例如,洗衣粉满足了人们对清洗衣服的需要,却污染了河流,不利于鱼类生长;有些美味食品满足了人们的口腹之欲,却因脂肪含量太高,有碍身体健康。

社会营销观念希望摆正企业、顾客和社会三者之间的利益关系,企业决策要兼顾三方面的利益,这样,企业既发挥特长,在满足消费者需求的基础上获取经济效益,又能符合整个社会的利益,因而具有强大的生命力。不少公司通过采用和实践社会营销观念,获得了可观的销售量和利润。

第三节 市场营销理念

一、市场营销理念形成的历史条件及其含义

(一)市场营销理念形成的历史条件

20世纪70年代中后期,随着生产的发展和消费者的日益成熟,市场环境发生了极大变化。一是各国国内市场发生了巨大变化。主要表现在:由于科学技术的飞速发展,促使各国的生产能力大幅增长,消费需求的增长落后于生产能力的增长,形成产品严重过剩的局面。使顾客要求发生了极大的变化;竞争的加剧,使所有行业都大幅度削价和打折扣,从而导致了为低价而买的顾客越来越多,产品的日益丰富,使消费者选择的余地进一步扩大,促使持币选购和储币待购成为顾客的主要购买行为。二是国际竞争态势发生了变化。主要表现在:各国贸易保护进一步加强,自20世纪70年代以来,国际市场竞争异常激烈,国际竞争态势发生了变化,出现了美、日、欧三足鼎立的局面,新兴工业化国家也加入了国际市场竞争的行列;消费者日益成熟和消费者权益保护运动的兴起,第二次世界大战以后,许多企业在"市场营销观念"指导下,虽然比较多地关注了市场和消费者的需求,但是,也有许多企业为了牟取暴利搞欺骗性广告宣传,以次充好,缺斤少两,甚至用冒牌货和不卫生、不安全的商品来欺骗顾客,损害消费者利益。在这种形势下,西方有的学者认为,消费者运动的兴起,证明工商企业并没有真正奉行市场营销观念,而大部分学者则对现行的市场营销观念提出了质疑,并在深层次上探求问题的根源。所以,市场环境的变化促进了市场营销的发展,也引起了市场营销管理思想的变革。因此不断提出了"顾客导向的营销理念",以及"关系营销"、"绿色营销"、"服务营销"等理念,使营销理念发展到一个新阶段。

(二)市场营销理念的含义

市场营销理念,是企业在组织和谋划营销活动过程中所依据的指导思想和行为准则,它是在一定的经济基础上形成并随着社会经济的发展和市场形势的变化而不断创新发展的。现代

市场营销理念随着实践的发展而不断深化、丰富,产生了许多新的类型,这些新的类型相互交融,共同构成了现代营销理念的体系与新特色。

二、市场营销理念的类型

(一)以创造顾客需求为导向的市场营销理念

现代市场营销理念的核心是以消费者为中心,认为市场需求引起供给,每个企业必须依照消费者的需要与愿望组织商品的生产与销售。几十年来,这种理念已被公认,在实际的营销活动中也备受企业家的青睐。然而,随着消费需求的多元性、多变性和求异性特征的出现,需求表现出了模糊不定的"无主流化"趋势,许多企业对市场需求及走向常感捕捉不准,适应需求难度加大。另外,完全强调按消费者购买欲望与需要组织生产,在一定程度上会压抑产品创新,而创新正是经营成功的关键所在。为此,在当代激烈的商战中,一些企业总结现代市场营销实践经验,提出了创造需求的新理念,其核心是指市场营销活动不仅仅限于适应、刺激需求,还在于能否生产出对产品的需要。日本索尼公司董事长盛田昭夫对此进行了表述:"我们的目标是以新产品领导消费大众,而不是问他们需要什么,要创造需要。"索尼公司的认识起码有三方面是新颖的:其一,生产需要比生产产品更重要,创造需求比创造产品更重要;其二,创造需要比适应需要更重要,现代企业不能只满足于适应需要,更应注重"以新产品领导消费大众";其三,"创造需求"是营销手段,也是企业经营的指导思想,它是对近几十年来一直强调"适应需求"的市场营销理念的发展。

(二)以建立顾客关系为核心的市场营销理念

关系市场营销理念是在交易市场营销观念基础上形成的,是市场竞争激化的结果。传统的交易市场营销观念的实质是卖方提供一种商品或服务以向买方换取货币,因而,实现商品价值,是买卖双方价值的交换,双方是一种纯粹的交易关系,交易结束后不再保持其他关系和往来。在这种交易关系中,企业认为卖出商品赚到钱就是胜利,顾客是否满意并不重要。而事实上,顾客的满意度直接影响到重复购买率,关系到企业的长远利益。由此,从20世纪80年代起,美国理论界开始重视关系市场营销,即为了建立、发展、保持长期的、成功的交易关系进行的所有市场营销活动。它的着眼点,是通过与同企业发生关系的供货方、购买方、侧面组织等各方建立良好稳定的伙伴关系,并最终建立起一个由这些牢固、可靠的业务关系组成的"市场营销网",以追求各方面关系利益最大化。这种从追求每笔交易利润的最大化而转化为追求同各方面关系利益的最大化,是关系市场营销的特征,也是当今市场营销发展的新趋势。

关系市场营销理念的基础和关键是"承诺"与"信任"。"承诺",是指交易一方认为与对方的相处关系非常重要,而保证全力以赴去保持这种关系,即它是保持某种有价值关系的一种愿望和保证。"信任",是当一方对其交易伙伴的可靠性和一致性有信心时产生的,它是一种依靠其交易伙伴的愿望、承诺和信任的存在,可以鼓励营销企业与伙伴致力于关系投资,并抵制一些短期利益的诱惑,而选择保持发展与伙伴的关系从而去获得预期的长远利益的心理与行为。因此,达成"承诺—信任",然后着手发展双方的密切关系,是关系市场营销理念的核心。

(三)以发展绿色营销为目标的市场营销理念

1.绿色市场营销理念的含义

绿色市场营销理念是指企业以环境保护为经营指导思想,以绿色文化为价值观,以消费者的绿色消费为中心和出发点的营销信念、营销方式和营销策略。它要求企业在经营中贯彻自身利益、消费者利益和环境利益相结合的原则。

2.绿色市场营销的含义

绿色市场营销,简称绿色营销,是指企业在生产经营过程中,将企业自身利益、消费者利益和环境保护利益三者统一起来,以此为中心,对产品和服务进行构思、设计、销售和制造。

由于绿色营销的核心,是按照环保与生态原则,来选择和确定营销组合的策略,因此,绿色营销是建立在绿色技术、绿色市场和绿色经济基础上的、对人类的生态关注给予回应的一种经营方式。绿色营销不是一种诱导顾客消费的手段,也不是企业塑造公众形象的"美容法",它是一个导向持续发展、永续经营的过程,其最终目的是在化解环境危机的过程中获得商业机会、在实现企业利润和消费者满意的同时,达成人与自然的和谐相处、共存共荣。

3.绿色产品市场的扩展

目前,西方发达国家对于绿色产品的需求非常广泛,他们的政府已经通过各种途径和手段,包括立法等,来推行和实现全部产品的绿色消费,从而培养极为广泛的市场需求基础,为绿色营销活动的开展打下坚实的根基,以绿色食品为例,英国、德国绿色食品的需求完全不能自给,英国每年要进口该食品消费总量的80%,德国则高达98%,这表明绿色产品的市场潜力非常巨大,市场需求非常广泛。而发展中国家由于资金和消费导向及消费水平质量等原因,还无法真正实现对所有消费需求的绿化。以我国为例,目前只能对部分食品、家电产品、通讯产品等进行部分绿化。

(四)以文化营销为内涵的市场营销理念

文化营销理念是指企业成员共同默认并在行动上付诸实施,从而使企业营销活动形成文化氛围的一种营销理念,它反映的是现代企业营销活动中,经济与文化的不可分割性。企业的营销活动不可避免地包含着文化因素,企业应善于运用文化因素来实现市场制胜。

在企业的整个营销活动过程中,文化渗透于其始终。一是商品中蕴含着文化,商品不仅仅是有某种使用价值的物品,同时,它还凝聚着审美价值、知识价值、社会价值等文化价值的内容。如"孔府家酒"之所以能誉满海外,备受海外华人游子的青睐,不仅在于它的酒味香醇,更在于它满足了海外华人思乡恋祖的文化需要。日本学者本村尚三郎曾说过:"企业不能像过去那样,光是生产东西,而要出售生活的智慧和欢乐……现在是通过商品去出售智慧、欢乐和乡土生活方式的时代了。"二是,经营中凝聚着文化,日本企业经营的成功得益于其企业内部全体职工共同信奉和遵从的价值观、思维方式和行为准则，即所谓的企业文化。三是，市场营销活动中渗透着文化，例如，市场营销活动中要尊重人的价值、重视文化建设、重视管理哲学及求新、求变精神，已成为当今企业市场营销活动的发展趋势。

(五)以服务营销为贯穿的市场营销理念

市场营销的实质是一种交换关系，物质产品营销的理论和原则也适用于服务营销。由于服务的前述特征，服务营销战略的形成和实施，以及服务营销组合均应有所调整，要将服务营销的理念贯穿于各个环节当中，让顾客时时刻刻都能感受到优质服务带给他们的便利和舒适感。服务市场营销理念要贯穿的要素是：

1．产品

服务产品必须考虑的要素是提供服务的范围、质量、品牌、保证以及售后服务等。服务产品包括核心服务、便利服务和辅助服务。核心服务体现了企业为顾客提供的最基本效用，如航空公司的运输服务、医院的诊疗服务等；便利服务是为配合、推广核心服务而提供的便利，如订票、送票、送站、接站等；辅助服务用以增加服务的价值或区别于竞争者的服务，有助于实施差异化营销战略。

2．分销

随着服务领域的扩展，服务销售除直销外，经由中介机构销售的情况日渐增多。中介机构主要有代理、代销、经纪、批发、零售等形态。如歌舞剧团演出、博览会展出、职业球队比赛等，往往经中介机构推销门票。在分销因素中，选择服务地点至关重要。商店、电影院、餐厅等服务组织，如能坐落于人口密集、人均收入高、交通方便的地段，服务流通的范围较广泛，营业收入和利润也就较高。

3．定价

由于服务质量水平难以统一界定，质量检验也难以采用统一标准，加上季节、时间因素的重要性，服务定价必须有较大的灵活性；而在区别一项服务与另一项服务时，价格是一种重要的识别标志，顾客往往从价格中感受到服务价值的高低。

4．促销

服务促销包括广告、人员推销、营业推广、宣传、公共关系等营销沟通方式。为增进消费者对无形服务的印象，企业在促销活动中要尽量使服务产品有形化。如美国著名的"旅游者"保险公司在促销时，用一个伞式符号作为象征，促销口号是："你们在'旅游者'的安全伞下。"这样，无形的保险服务就具有了一种形象化的特征。

5．人员

服务业的操作人员，在顾客心目中实际上是产品的一个重要组成部分。如这次发型是某位理发师的杰作，这首歌曲是某位歌星演唱的。服务企业的特色，往往体现在操作者的服务表现和服务销售上。因此，企业必须重视雇员的甄选、训练、激励和控制。另一方面，顾客与顾客间的关系也应受到重视。一位顾客对服务质量的认识，很可能受到其他顾客的影响。

（六）以集团合力营销为宗旨的市场营销理念

美国市场营销学界的权威菲利普·科特勒提出了跨世纪的营销新理念——整体营销，其核心是从长远利益出发，公司的营销活动应囊括构成其内、外部环境的所有重要行为者。这些重要行为者主要是：供应商、分销商、最终顾客、职员、财务公司、政府、同盟者、竞争者、传媒和大众。前四者构成微观环境，后六者体现宏观环境。公司的营销活动，就是要从这 10 个方面去营造市场营销的集团合力。

1.供应商营销

对于供应商，传统的做法是选择若干数目的供应商并促使他们相互竞争。现在越来越多的公司开始倾向于把供应商看做合作伙伴，设法帮助他们提高供货质量及其及时性。为此，一是要确定严格的资格标准以选择优秀的供应商；二是积极争取那些成绩卓著的供应商并使其成为自己的合作者。

2.分销商营销

由于销售空间有限，分销商的地位变得越来越重要。因此，开展分销商营销，以获取他们主动或被动支持它，成为制造商营销活动中的一项重要内容。具体来讲，一是进行"正面营销"，即与分销商展开直接交流与合作；二是进行"侧面营销"，即公司设法绕开分销商的主观偏好，而以密集广告、质量改进等手段建立并维持巩固的顾客偏好，从而迫使分销商购买该品牌产品。

3.最终顾客营销

最终顾客营销是传统意义上的营销，指公司通过市场调查，确认并尽力优质服务于某一特定的目标顾客群的活动过程。

4.职员营销

职员是公司形象的代表和服务的真实提供者。职员对公司是否满意，直接影响着他的工作积极性，影响着顾客的满意度，进而影响着公司利润。为此，职员也应成为公司营销活动的一个重要内容。职员营销由于面对内部职工，因而也称"内部营销"。它一方面要求通过培训提高职员的服务水平，增强敏感性及与顾客融洽相处的技巧；另一方面，要求强化与职员的沟通，理解并满足他们的需求，激励他们在工作中发挥最大潜能。

5.财务公司营销

财务公司提供一种关键性的资源——资金，因而财务公司营销至关重要。公司的资金能力取决于它在财务公司及其他金融机构的资信。因此，公司需了解金融机构对它的资信评价，并通过年度报表、业务计划等工具，以及相关的公关活动去影响其看法，用以提高公司的信誉度，从而获得其更大的资金支持度，这就构成了财务公司营销。

6.政府营销

所有公司的经济行为都必然受制于一系列由政府颁布的法规、政策。为此，开展政府营销，以促使其制订对自己有利的立法、政策等，已成为众多公司营销活动中的重要内容。

7. 同盟者营销

由于市场在全球范围的扩展，寻求同盟者对公司来说日益重要。同盟者一般与公司组成松散的联盟，在设计、生产、营销等领域为公司的发展提供帮助，双方建立互惠互利的合作关系。至于如何识别、赢得并维持同盟者，是同盟者营销需要解决的关键问题，须根据自身实际资源状况和经营目标加以选择，一旦确定，就设法吸引他们参加合作，并在合作过程中不断加以激励，以取得最大的合作效益。

8. 竞争者营销

通常的看法，认为竞争者就是与自己争夺市场和盈利的对手。事实上，竞争者可以转变为合作者。只要进行适当的"管理"，如协商、对最大竞争者联合竞争等，以形成最佳竞争格局、取得最大竞争收益的过程就是"竞争者营销"。

9. 传媒营销

大众传媒，如广播、报刊、电视等直接影响公司的大众形象和声誉。为此，传媒营销的目的就在于鼓励传媒作有利于本企业市场营销的宣传，尽量淡化不利的宣传。这就要求一方面与记者建成良好的关系，另一方面要尽量赢得传媒的信任和好感。

10. 大众营销

公司的环境行为者中最后一项是大众，公司逐渐体会到大众看法对其生存与发展有至关重要的影响。为获得大众喜爱，公司必须广泛搜集公众意见，确定他们关注的新焦点，并有针对性地设计一些方案加强与公众的交流。如资助各种社会活动、与大众进行广泛接触、联系等。

无论企业秉持哪一种市场营销理念，都应当兼顾企业、消费者与社会公众三者对市场营销活动的关注和要求，从而创造良好的社会环境。

本章小结

近百余年来，西方企业市场营销活动中，随着经济发展和形势变化，市场营销的观念和理念也相应的发生着变化。本章从介绍市场营销观念和市场营销理念的含义入手，将二者的区别与联系进行了较为详细的分析，同时分别就市场营销观念和市场营销理念展开论述。市场营销观念包括以企业为中心的营销观念、以消费者为中心的营销观念和以社会长远利益为中心的营销观念等。市场营销理念主要列举了以创造顾客需求为导向的营销理念、以建立顾客关系为核心的市场营销理念、以发展绿色营销为目标的市场营销理念、以文化营销为内涵的市场营销理念、以服务营销为发展的市场营销理念和以集团合力营销为宗旨的市场营销理念。企业要根据自己的实际情况，去贯彻现代的市场营销观念与理念，从而取胜于国内外市场。

思考题

1. 试述市场营销观念和市场营销理念的异同。

2.列举以企业为中心的营销观念类型。

3.市场营销理念有哪几种类型?

【综合案例分析】

苏珊·杜雷特(Suzanne Drolet)是某个城市的一家麦当劳餐馆的经理。这里常常有一些老年人光顾。

起初为了促销,餐厅采取了每月一次对55岁及以上老人以优惠价格供应早餐的策略,早餐价格是1.99美元,再加免费的咖啡。每月的第四个星期一会有100~150名老年人挤在苏珊的店里,希望享受这种优惠。她注意到现在越来越多的老年顾客几乎天天都到这里来,这些老年人开始成为餐馆的定期顾客,他们常常到这里来吃早饭,并且会一直呆到下午3点钟。快餐店似乎变成了大家聚会的场所。他们可以坐几个小时,拿着一杯咖啡与朋友们闲谈。几乎每天都会有大约100个人在这里呆1~4小时。

苏珊的员工会非常友好地招待他们,用他们的名字来称呼他们。实际上,当她的员工和这些老人建立起良好的关系后,她的店成了一个非常快乐的地方。一些雇员在有些顾客生病住院后还会到医院看望他们。"你知道,"苏珊说,"我确实依恋他们。他们就像我的亲人。我们从心里关心他们。"所有的人都是"朋友",与顾客友好相处,并且给所服务的社区有所回报,这就是麦当劳的合作理念之一。

这些老年顾客都友好地与每位走进来的顾客相处。他们是较为注重形象的一群人,每次离开前,都会仔细地清理干净他们的桌子。渐渐地,苏珊开始意识到经营存在着潜在的问题。苏珊担心她所为之奋斗的目标形象会发生改变。麦当劳是一种快餐店(在109个国家中有23 000多家麦当劳餐馆)。顾客的印象是快餐服务,餐后需要迅速离开。接受顾客长时间的停留及相互的交往会不会彻底地改变饭店的整体形象?

苏珊知道这些老年顾客的消费水平与平均消费水平相差不多。但是,这些老年人使用各种设施的时间确实相对要长一些。不过,大部分的老年顾客都会在中午的拥挤时段到来前,即11点半以前离开。

纸牌游戏在老年人中非常流行。如果决定要加强老年顾客的服务,苏珊还考虑为这些老年人提供可容纳150人的游戏室,对其进行纸牌游戏的服务,至少可以安排在上午不太忙的时段里,从早上9点到11点。除了食品和饮料以外,这也许可以成为一个新的收入点。她说她会对每个人玩两小时的收费为5美元,但将把此项收费的三分之二作为本店购买的赠券用出去。

讨论题:

1.评价苏珊·杜雷特为老年顾客服务的经营决策。这项决策会不会提高麦当劳的形象?

2.在如何对待老年顾客的问题上,给予苏珊·杜雷特以适当的建议,她应该鼓励还是拒绝她的老年顾客?

3.评价苏珊·杜雷特的纸牌游戏的设想。

聚焦分析：

社会市场营销观念告诉我们,不仅要满足消费者的需要和欲望并由此获得企业的利润,而且要符合消费者自身和整个社会的长远利益,要正确处理消费者欲望、企业利润和社会整体利益之间的矛盾,统筹兼顾,求得三者之间的平衡与协调。这显然有别于单纯的市场营销,此案例当中苏珊·杜雷特的做法既满足了普通消费者自身的利益和欲望,同时又符合了麦当劳发展的长远利益。

【阅读资料1】

1972年,杜邦公司发明了凯佛拉,它具有钢一般的硬度,重量只有钢的1/5,被认为是继尼龙之后又一最重要的新型纤维。杜邦公司的经理们设想出大量的应用领域和10亿美元的大市场,然而尽管凯佛拉是制造防弹背心的理想纤维,是可以用于造船帆、绳索和轮船的大有前途的纤维,但二十多年过去了,杜邦公司仍在等待着致富奇迹的出现。也许凯佛拉最终会被证明是一种神奇的纤维,然而这一时刻的来临肯定比杜邦公司所预料的要迟得多。当企业研发制造了一种新产品时,产品观念最容易滋生出来。即使有些企业形式上已放弃了产品观念,但由于管理层过分迷恋产品本身而往往丧失了正确观察事物相互关系的能力。

【阅读资料2】

哈尔滨松花江太阳岛北边现在有一个人造旅游景点"东北虎林园",是一块非常大的场地,用电网圈起来,里面没有笼子,养了四五十头东北虎,这些东北虎都是从过去东北虎繁育中心和动物园铁笼子里放出来的。为什么要建这个东北虎林园呢? 这是因为过去在繁育中心和动物园的笼子里养老虎,门票收入有限,国家补贴有限,老虎饭量又太大,一只东北老虎每天要吃30斤牛肉,而老虎每天只有100元钱的伙食费,结果个个吃不饱,饿得皮包骨头。

现在建起东北虎林园,饲养费问题马上就迎刃而解了。游客坐在带铁丝网的旅游面包车里面参观,可以集体出钱买活的鸡、活的兔子、活的羊、活的小牛给老虎吃,游客愿意掏钱看饿虎扑食,老虎的饲养费当然就由游客来掏了,饲养费问题也就基本上彻底解决了。更重要的是,东北虎是国家一级保护动物,而真正要保护它们,是让它回归自然,但是铁笼子里养大的老虎你要立即让它回归大自然,它会适应不了,这就需要有东北虎林园这个半自由转轨时期,让它适应一段时间,待这些老虎基本上适应这种半自由状态之后,再逐步把它们放归大自然。

同理,中国企业当前最薄弱的环节是经营,最差的能力是创新,最需要转变的是观念,最需要树立的是现代理念。

第四章

Chapter 4

市场营销环境

【学习要点】
①市场营销环境的概念和特点；
②市场营销环境的构成要素及其对企业营销活动的影响；
③国家对市场营销的调控管理环境。

【引导案例】

　　某服装店老板在确定开店地址时，面临这样两个选择：是开在还没有服装店的街上，还是开在已经有许多服装店的街上。如果是前者，其有利之处是没有同行的竞争者，"独此一家，别无分店"；由于没有竞争者，所以到这条街上购买服装的顾客都会光临这个店；但同时存在的问题是：由于服装店太少，给顾客选择的余地就少，顾客很可能在一家店中买不到他所需要的服装，所以，他就有可能不来这条街上买服装，而转向其他选择余地多的街上购买，如此，来的顾客会比较少。如果开在服装店较多的街上，尽管顾客可能会在任何一家选购，其他的同行店会抢走许多生意，但由于来这条街买服装的顾客多，即使只有其中一部分光临该店，而其业务量也会不少。所以，在这个案例中，服装店老板实际上面临着竞争者多少这个营销环境问题，即"店少拢市"和"店多对手多"，二者是同时存在的。

　　企业的市场营销活动既要受内部条件的制约，也要受外部条件的制约，为了实现营销目标，企业必须认真分析和研究市场营销环境的变化，把握环境变化的趋势，并努力谋求企业外部市场环境与企业内部条件和营销活动之间的动态平衡。研究市场营销环境，是企业制订营销策略的前提。

第一节 市场营销环境概述

一、市场营销环境的概念及其构成因素

(一)市场营销环境的概念

环境,是指事物外界的情况和条件。这里所说的外部条件,不是指整个外界事物,而是指那些与企业营销活动有关的因素的集合。任何企业都如同生物有机体一样,总是生存于一定的环境之中,企业的营销活动不可能脱离周围环境而孤立地进行。企业的市场营销环境,是指与企业市场营销有关的,影响产品的供给与需求的各种外界条件和因素的集合。这些外部条件影响着企业发展和维持同目标顾客保持良好的关系的能力,是企业营销活动的基础。

(二)市场营销环境的构成因素

根据营销环境对企业营销活动发生影响的方式和程度,可以将市场营销环境分为两大类:微观环境和宏观环境。微观环境,是指企业内部条件、供应商、目标顾客、竞争者、营销渠道企业和公众等对企业营销活动有直接影响的诸因素;宏观环境,是指一个国家或地区的政治法律、人口、经济、社会文化、自然、科学技术等影响企业营销活动的不可控的宏观因素。

宏观环境与微观环境是市场营销系统中的不同层次,所有的微观环境因素都受宏观环境的制约,而微观环境因素对宏观环境也有影响。企业的营销活动就是在这种外界环境互相联系和作用的基础上进行的。市场营销环境因素及其相互关系如图4.1所示。

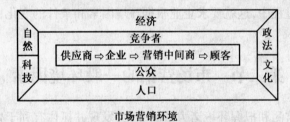

图 4.1 市场营销环境因素

二、市场营销环境的特点

市场营销环境是一个多因素、多层次而且不断变化的集合体,是企业营销活动的基础和条件。其特点主要表现在以下四个方面。

(一)客观性

企业市场营销环境不以某个营销组织或个人的意志为转移,它有自己的运行规律和发展

特点。营销环境对企业营销活动的影响具有强制性和不可控制性的特点。企业的营销活动只能主动地适应和利用客观环境,不能改变或违背。企业无法摆脱和控制营销环境,特别是宏观环境,如企业不能改变人口因素、政治法律因素、社会文化因素等。

(二)差异性

市场营销环境的差异性不仅表现在不同企业受不同环境的影响,而且同样一种环境因素的变化对不同企业的影响也不相同。在不同的国家或地区之间,宏观环境存在着广泛的差异;不同的企业之间,其微观环境也千差万别。正因为营销环境的差异,企业为适应不同的环境及其变化,必须采用各有特点和针对性的营销策略。

(三)关联性

市场营销环境不是由某个单一的因素决定的,而是受一系列相关因素的影响。关联性,表明市场营销环境各因素都不是孤立的,而是互相联系、相互渗透、相互作用的。如商品的价格不但要受市场供求关系的影响,而且要受到财政税收政策的影响。这种关联性,给企业营销带来了复杂性。

(四)变化性

构成企业营销环境的因素是多方面的,每一个因素又都随着社会经济的发展而不断变化。营销环境的变化性,主要表现在以下三个方面:一是由于相关性影响,某一环境因素的变化会导致另一环境随之变化;二是每个环境内部的子因素变化也会导致其他环境因素的变化;三是各因素在不同的形势下,对企业活动影响大小不一,如随着网络化、全球化、信息化的出现,尤其是电子商务的产生和发展,营销的内、外部环境发生了深刻的变化。由于市场营销环境总是处于不断变化的动态过程中,这就要求企业根据环境因素和条件的变化,不断去调整其营销活动,尤其是营销策略。

第二节 市场营销的一般环境因素

为了使企业及时监测和把握环境诸力量的变化,发现并抓住有利于企业发展的机会,并避开或减轻由环境带来的威胁,就必须系统研究与把握所面临的微观环境和宏观环境两大方面的因素体系。

一、微观营销环境因素

微观营销环境因素一般由六个要素构成,即本企业、供应商、营销中间商、目标顾客、竞争者和公众,如图4.2所示。

(一)本企业

企业要开展市场营销活动,必须注意各部门间的协调配合,如采购、新产品研究与开发、财

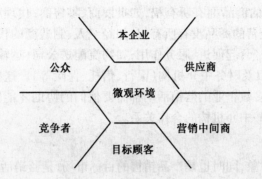

图 4.2　微观营销环境因素

务管理、市场营销等部门间的协调。因为正是这些部门构成了企业的内部微观环境因素,因而它们的状况对营销决策的制订与实施具有重大影响。市场营销部门在制订和实施营销目标与计划时,要充分考虑企业内部的环境力量,去努力争取高层管理部门和其他职能部门的理解和支持。企业内部的环境因素及其相互关系,如图 4.3 所示。

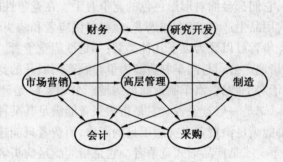

图 4.3　企业内部环境因素

(二)供应商

供应商是向企业及其竞争者提供生产经营所需资源的企业或个人,包括提供原材料、零部件、设备、能源、劳务、资金及其他用品等。供应商对企业营销活动有实质性的影响,主要表现在:首先,资源供应的可靠性,即资源供应的保证程度,供应商对企业供货的稳定性和及时性,是企业营销活动顺利进行的前提;其次,供应资源的价格及其变动趋势直接影响到企业产品的成本、价格和利润;最后,供应资源的质量水平直接影响到产品的质量。企业对供应商的影响力要有足够的认识,要重视与供应商的合作和采购工作。其主要策略是采取一体化经营策略和多渠道采购策略,以增强企业营销工作的主动性。

(三)营销中间商

营销中间商是协助企业促销和分销其产品给最终购买者的所有中介机构,包括商人中间商、代理中间商、辅助中间商等。商人中间商从生产者手里购进商品,然后转卖给其他经营者或消费者,他们对其经营的商品拥有所有权,如批发商、零售商;代理中间商替生产者寻找买主,帮助推销商品,对其经营的商品没有所有权,如经纪人、制造商的代理商等;辅助中间商不直接经营商品,但对商品经营起促进、服务作用,如物流配送公司(运输、仓储)、市场营销服务机构(广告、咨询、调研)以及财务中介机构(银行、信托、保险等)。这些组织或个人都是营销不可缺少的中间环节,大多数企业的营销活动都需要他们的协助才能顺利进行。企业在营销过程中,必须处理好同这些中介机构的合作关系。

(四)目标顾客

顾客是企业服务的对象,同时也是产品销售的目标市场,是营销活动的出发点和归宿。目标市场包括消费者市场、生产者市场、中间商市场、政府市场、非盈利组织及国际市场等。各类市场都有其独特的顾客,要求企业以不同的方式提供相应的产品和服务,从而影响企业营销决策的制订和服务能力的形成。企业的一切营销活动都应以满足顾客的需要为中心。因此,顾客是企业最重要的环境因素。

(五)竞争者

企业不能独占市场,它们都会面对形形色色的竞争对手。在竞争性的市场上,除来自本行业的竞争外,还有来自代用品生产者、潜在加入者、原材料供应者和购买者等多种力量的竞争。从消费需求的角度看,竞争者可以分为以下几种类型:一是欲望竞争者。它是指消费者想要满足的各种目前愿望。如房地产公司与汽车制造商为争夺顾客而展开的竞争。顾客现有的钱如用于汽车购买则不能用于房子购买,汽车制造商与房地产公司实际是针对购买者当前所要满足的各种愿望展开争夺。二是一般竞争者。它是指购买者能满足其某种愿望的种种方法。如汽车、摩托车或自行车都能满足消费者对交通工具的需要,消费者只能选择其中一种。这属于较大范围的行业内部竞争。三是产品形式竞争者。它是指能满足购买者的某种愿望的各种产品型号。如自行车既有普通轻便车,又有性能更优良的山地车。四是品牌竞争者。它是指能满足购买者的某种愿望的同种产品的不同品牌。如轿车中的"奔驰"、"宝马"以及"别克"等品牌之间的竞争。企业通过分析消费者如何做出购买决策,了解什么是主要竞争者,必须在满足消费者需要和欲望方面比竞争对手做得更好。只有知己知彼、扬长避短,才能在顾客心目中强有力地确定其所提供产品的地位,以获取战略优势,在市场竞争中取胜。

(六)公众

公众是指对企业实现营销目标的能力具有实际或潜在影响力的团体或个人。公众的态度,会协助或妨碍企业营销活动的正常开展。公司要花一定时间去注视公众的态度、预测他们的动向,并采取积极措施,去保持和他们之间的良好关系。

企业公众的类型很多,主要有以下七种。

1.金融公众

金融公众包括银行、投资公司、证券经济商、股东等,它们对企业的融资能力有重要的影响。

2. 媒介公众

媒介公众指那些刊载、播送新闻、特写和社论的机构,包括电视台、电台、报纸、杂志等大众媒体。他们主要通过社会舆论来影响其他公众对企业的态度。特别是主流媒体的报道,对企业影响极大。

3. 政府公众

政府公众包括负责管理企业有关行为的各种有关政府机构。企业管理人员在制订营销计划时必须认真研究与考虑政府各项政策与措施的发展变化。

4. 市民行动公众

市民行动公众包括消费者利益保护组织、环境保护组织、少数民族团体等。企业的营销活动可能受到它们的质询。

5. 地方公众

地方公众包括企业所在地区附近的社区居民群众、地方官员等。每个企业都要同当地的公众团体,如邻里居民和社区组织等保持联系,去积极参加社区活动、回答质询和向值得支持的事业提供资助。

6. 一般公众

一般公众指与企业经营活动无关的一般消费者。虽然一般公众并不是有组织地对企业采取行动,然而一般公众对企业的印象却影响着现实消费者对该企业及其产品的看法。

7. 企业内部公众

企业内部公众包括生产一线的职工、职能部门员工以及中高层管理人员、董事会成员等。企业应经常向员工通报有关情况,介绍企业发展计划,发动员工出谋划策,关心职工福利,奖励有功人员,增强内部凝聚力。当企业雇员对自己的企业感到满意的时候,他们的态度就会感染企业以外的公众,从而有利于塑造良好的企业形象。

二、宏观营销环境因素

宏观营销环境因素主要包括人口、社会文化、经济、科学技术、政治法律、自然环境等以及一些企业不可控制的环境因素。如图4.4所示。这些因素及其发展变化的状况对企业的营销活动产生间接的影响和制约,企业及微观环境的参与者,无不处在宏观环境之中。

(一)人口环境

市场是由有购买欲望,同时又有购买力的人构成的,所以,人口是构成市场的第一位因素。人口的数量决定消费者的数量,消费者数量的多少又在一定程度上决定市场的潜在容量。除了人口的数量,人口的其他指标,如人口结构、人口分布等,都会影响企业的市场营销活动。因此,人口环境对营销者而言是至关重要的。

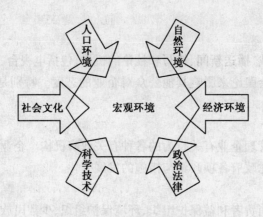

图 4.4　宏观营销环境因素

1.人口数量及其变化趋势

人口数量是决定市场规模和潜量的一个基本要素,因此,按人口数目可大略推算出市场规模。人口对市场的影响更多地表现在维持人们生存所必需的基本生活资料上面。某一市场范围内的总人口基本上反映了该消费市场生活消费品的需要量。在其他经济和心理条件不变的情况下,总人口越多,市场容量就越大,企业营销的市场就越广阔。

中国是世界上人口最大的国家,2010 年,约为 13.6 亿,随着社会主义市场经济的发展,人民收入不断提高,中国已被视为世界最大的潜在市场。

目前,世界人口环境正发生明显的变化,主要趋势是:

(1)全球人口持续增长。按目前的年增长率预测,2015 年世界人口将可能达到 71 亿,2050 年将达到 79 亿至 119 亿。

(2)美国等发达国家人口出生率下降,而发展中国家人口出生率上升。90%的新增人口在发展中国家,使得这些国家人均所得的增加以及需求层次的升级受到影响。

企业既要看到目前的人口数量,还要注意人口增长率,要把握人口变化趋势,去预测市场容量。

2.人口结构及其变化趋势

人口结构主要包括人口的年龄结构、性别结构、家庭结构、城乡结构、文化结构以及民族结构。

(1)年龄结构及其变化趋势。不同年龄的消费者对商品的需求不一样。老年人、中年人、青年人与儿童等的需要是大不相同的。企业应针对人口的结构特点开展营销活动。

随着社会经济的发展、科学技术的进步、物质文化水平的提高和医疗条件的改善,人口的平均寿命大大延长。人口年龄结构呈现以下趋势:①许多国家人口老龄化加速。人类寿命延长,死亡率下降,人口老龄化是当今世界发展的必然趋势。我国 2004 年人口统计数据表明,65 岁以上人口占总人口的比重为 8.58%,比 1990 年增加了 3.01%,15～64 岁人口负担老年系数为 11.9%,也比 1990 年增加了 3.55%。据联合国预测,到 2030 年,全世界 60 岁以上的老人将比 1990 年增加两倍,占全世界人口总数的比例将由 1990 年的 9% 上升到 16%,同时,由于女性的平均寿命普遍高于男性,因此,未来的老年人中妇女要占多数。随着老年人口的绝对数和相对数的增加,银色市场日渐形成并迅速扩大。诸如保健用品、营养品、老年人生活必需品等市场将会兴旺;同时,对社会保障体系和公共服务体系的压力加大。②出生率下降引起市场需求变化。美国等发达国家人口出生率下降,出生婴儿数和学龄前儿童减少,从而给儿童食品、童装、玩具等生产经营者带来威胁,但同时也使青年夫妇有更多的闲暇时间用于游泳、娱乐和在外用餐。

(2)性别结构及其变化趋势。由于男女性别上的差异,往往导致消费需求、购买习惯与行为有很大的差别。反映到市场上就会出现男性用品市场和女性用品市场。如生产烟酒的企业主要以男性为目标市场;由于女性多操持家务,大多数日用消费品由女性采购,因此,不仅妇女用品可设专业商店销售,很多家庭用品和儿童用品也都纳入妇女市场,同时,妇女就业率的上升也扩大了高档服饰市场的规模。

(3)家庭结构及其变化趋势。家庭结构包括家庭数量、家庭人口、家庭生命周期、家庭居住环境等。家庭是社会的细胞,也是商品采购和消费的基本单位。一个市场的家庭结构,对市场消费需求的潜量和需求结构都有十分重要的影响。如家庭数目多,对家具、家电的需求量必然就大。

随着社会经济、文化和观念的变化,各国家庭的特征也在发生变化,非家庭户有增加的趋势。注意这一变化会引起消费结构的变化,如单身家庭和单亲家庭数量的增加、家庭人数的减少、家庭规模的小型化发展,会使小型炊具市场越来越大,同时也必然带动较小的公寓,便宜且较小的家具、陈设以及分量较小的包装食品的需求量的上升。

(4)城乡结构及其变化趋势。我国的人口绝大部分在农村,农村人口约占总人口的 80% 左右。这种客观因素决定了企业在国内市场中,应当以农民为主要营销对象,市场开拓的重点也应放在农村。

改革开放以来我国每年农转非人口约 1 000 万,人口从农村向城市迁移,加大了城市化的进程。

(5)文化结构及其变化趋势。人口的教育程度不同,对市场需求会表现出不同的倾向。随着高等教育规模的扩大,人口的受教育程度普遍提高,收入水平也逐步增加。

(6)民族结构及其变化趋势。我国除了汉族以外,还有 50 多个少数民族。汉族人口增速大大减缓,少数民族人口增速仍然很高。2005 年 1% 人口抽样调查发现:在全国人口中,汉族人口为 118 295 万人,占总人口的 90.56%;各少数民族人口为 12 333 万人,占总人口的 9.44%。与第五次全国人口普查相比,汉族人口增加了 2 355 万人,增长了 2.03%;各少数民族人口增加了 1 690 万人,增长了 15.88%。民族不同,其生活习性、文化传统也不相同。反映到市场上,就是各民族的市场需求存在着很大的差异。

3.人口的地理分布及地区间的人口流动性

人口分布是指人口在不同的地理区域的密集程度。由于农村与城市、东部与西部、南方与北方、热带与寒带、山区与平原等不同区域的自然条件、经济发展水平、市场开放程度以及社会文化传统和社会经济结构与人口政策等因素的不同,使分布在不同区域的人口具有不同的需求特点和消费习惯。例如,在食品消费结构和口味方面,我国南方人以大米为主食,北方人以面粉为主食。由于各区域消费需求方面的显著区别,从而要求企业提供不同的产品和服务。

在市场经济条件下,经济落后地区向经济发达地区、一般地区向开发开放地区的人口迁移规模和速度都在增长,会出现地区间的人口的大量流动。因此,企业营销者应及时注意人口流动的客观规律,适时采取相应的对策。

(二)社会文化环境

社会文化是人类在社会历史发展过程中所创造的物质财富和精神财富的总和。它体现着一个国家或地区的社会文明程度,是人类知识、信仰、艺术、道德、习俗及后天所获得的一切能力和习惯的复合整体。从市场营销学研究的角度来看,包括物质文化、语言文字、教育水平、宗教信仰、价值观念、风俗习惯和审美观等的总和。

1.物质文化

一个社会的物质文化是指以产品和技术为标志的该社会的物质生产水平,以及受物质生产制约的该社会的人们的消费观念和消费水平。营销人员对物质文化的评估主要是经济基础设施的状况,其中包括运输、动力交通、通讯;金融基本条件如银行、信托公司和其他金融机构;行业以及相关行业的生产工艺能力与水平;行业中技术密集程度。这些方面会间接地影响企业在经营上的水平,从而影响企业的营销活动。

2.语言文字

语言文字是人类交流的工具,它是文化的核心组成部分之一。世界上不同的国家拥有自己的语言,仅官方语言大约就有 100 多种,而且许多国家有几种语言。以美国这个移民国家为例,英语是官方语言,在英语以外,美国本土使用较多的语言有西班牙语、法语、意大利语、汉语、波兰语、韩语、日语等二十多种,从而形成了独特的美国文化和高度复杂的社会形态。同时,在国际市场营销活动中,营销者在使用语言文字时,还应当注意一种特殊的语言:"身体"语言。因此,企业在开展市场营销尤其是国际市场营销活动时,应尽量了解国际市场的文化背景,掌握其语言文字的差异,以促使营销活动的顺利进行。

3.教育水平

教育包括了知识、技能、理想和观念的学习、培训和传播。教育水平是指消费者受教育的程度。一个国家、一个地区的教育水平与经济发展水平往往是一致的。不同的文化修养表现出不同的审美观,使购买商品的选择原则和方式不同。一般来讲,教育水平高的地区,消费者对商品的鉴别力强,容易接受广告宣传和接受新产品,购买的理性程度高。因此,在产品设计和制订产品策略时,应考虑当地的教育水平,使产品的复杂程度、技术性能与之相适应。

4.宗教信仰

宗教是反映人们对客观世界认识的一种社会意识形态,是文化的又一重要组成部分。世界上的主要宗教有佛教、基督教、伊斯兰教、印度教等。不同的宗教信仰有不同的文化倾向和戒律,从而影响人们认识事物的方式、价值观念和行为准则,进而影响人们的消费行为,带来特殊的市场需求。因此,对营销者来说,就必须研究各种宗教信仰,在尊重人们信仰的前提下,用恰当的营销策略满足各种宗教信仰的人们的需要。

5.价值观念

价值观念是指人们对客观事物的评价标准,即个人对他人或周围事务的看法、思维,是个人思维判断的结果。由于不同文化背景下的价值观各不相同,因而人们对于同一文化现象的认识、感受和理解也就不同。它包括了人们对时间、财富和物质享受、新事物和冒险等的态度等。

(1)在人们对时间价值观念方面。在经济高度发达的西方工业化国家,人们生活节奏普遍较快。他们对时间价值的观念很强烈,视时间为生命与金钱。所以他们对于节省劳动、节省时间的商品和服务的需求强烈。如邮购、网上购物、快餐、速溶咖啡、家务劳动社会化和机械化等会受到欢迎。而在经济较落后的发展中国家,人们对时间观念通常较差。他们讲究的是商品的物美价廉、适用性强和经久耐用等等。

(2)在人们对财富和物质享受的态度方面。提倡"节俭观"地区的人们对高消费商品和服务(包括信用消费)等会起到抑制作用;而崇尚"享受观"地区会直接影响到新产品和新的消费方式潮流的更替速度、奢侈商品和高档名牌商品的销售规模等众多方面。

(3)在人们对新事物的态度方面。在不同国家和地区,具有各自的民族性和传统性,消费者对传统文化和外来文化的态度截然不同。例如,韩国人的消费观的一个重要表现为"身土不二",他们十分重视自己的民族文化,提倡消费国产货抵御外国商品。在韩国,国民开的车大多数是国产车,如现代、起亚等等,奔驰、宝马的车主经常受到他人的歧视。

(4)在人们对冒险的态度方面。富有冒险精神的群体,一方面是对冒险性娱乐活动的大量需求,像登山探险、蹦极、攀岩等活动,从而刺激了与冒险相关的产业的发展;另一方面在消费观念上,对新产品和新的消费方式等好奇,敢于尝试。与此相反,不备冒险精神的群体,消费者的消费观念比较保守,对原使用的商品忠诚度很高,很少会冒险放弃原使用的商品去尝试新的替代产品或新的品牌。因此,导致新品牌的替代产品或新升级的产品在这些不具备冒险精神的地区很难打开市场。

因此,对于不同的价值观念,企业营销人员应采取不同的策略。企业在制订促销策略时应把产品与目标市场的文化传统联系起来。

6.风俗习惯

风俗习惯是人类社会代代相传的思想和行为规范,也是消费者的一种消费形式。它在饮食、服饰、居住、婚丧、信仰、节日、人际关系等方面,都表现出独特的心理特征、伦理道德、行为方式和生活习惯。不同的国家、不同的民族有不同的风俗习惯,它对消费者的消费嗜好、消费模式、消费行为等具有重要的影响。例如,在我国,春节前是购物高峰期;而在西方国家,每逢圣诞节来临,会购买圣诞树、礼品、食品,欢度圣诞节。禁忌是风俗习惯的一种特殊的表现形式,如我国壮族禁食牛肉,土家族禁食狗肉;德国人忌用核桃,认为核桃是不详之物,等等。企业营销者必须了解各地的风俗习惯,根据不同地区、不同民族的风俗习惯开展有针对性的营销活动。

7.审美观

审美观通常指人们对事物的好坏、美丑、善恶的评价。不同的国家、民族、宗教、阶层和个人,往往因社会文化背景不同,其审美标准也不尽一致,例如,在欧美,妇女结婚时喜欢穿白色的婚礼服,因为她们认为白色象征着纯洁、美丽;在我国,妇女结婚时喜欢穿红色的婚礼服,因为红色象征吉祥如意、幸福美满。因此,不同的审美观对消费的影响是不同的,企业应针对不同的审美观所引起的不同消费需求,开展自己的营销活动。

(三)经济环境

经济环境一般是指影响企业市场营销方式与规模的社会经济条件及其运行状况和发展趋势。它一般包括经济发展阶段与地区发展状况、消费者收入与支出状况、货币流通状况等因素。其中收入因素和消费结构对营销活动的影响较为直接。

1.经济发展阶段

美国学者罗斯托(W.W.Rostow)的经济成长阶段理论,把世界各国经济发展归纳为五种类型:传统经济社会、经济起飞前的准备阶段、经济起飞阶段、迈向经济成熟阶段、大量消费阶段。凡属前三个阶段的国家称为发展中国家,处于后两个阶段的国家称为发达国家。就消费品市场而言,处于经济发展水平较高阶段的国家和地区,在市场营销方面,强调产品款式、性能及特色,侧重大量广告及促销活动,其品质竞争多于价格竞争;而处于经济发展水平较低阶段的国家和地区,则侧重于产品的功能及实用性,其价格因素重于产品品质。因此,对处于不同经济发展阶段的地区,企业应采取不同的市场营销策略。

2.地区发展状况

我国各地区经济发展不平衡,在东部、中部、西部三大地带之间,其经济发展水平客观上存在着东高、西低的总体区域趋势。同时,在每个地带的不同省市,还呈现着多极化发展趋势。这种各地区经济发展的不平衡发展,对企业的投资方向、目标市场及营销战略制订等都会带来巨大的影响。随着我国西部大开发战略的实施,在今后一段时间内,国家将加大对西部地区基础设施的投资力度,其建材、钢材、水利等相关行业和部门的发展,也给市场营销带来各种影响。

3.消费者收入状况

购买力水平是市场形成并影响其规模大小的决定因素。消费者的收入是消费者购买能力的源泉。消费者收入,是指消费者个人从各种来源所得的全部收入,包括消费者个人的工资、退休金、红利、租金、赠与等收入。消费者收入水平的高低制约了消费者支出的多少和支出模式的不同,从而影响了市场规模的大小和不同产品或服务市场的需求状况。

在研究收入对消费者需求的影响时,常使用以下指标。

(1)国民收入。国民收入指一个国家物质生产部门的劳动者,在一定时期(通常为一年)内所创造的价值的总和,一个国家以一年的国民收入总额除以总人口,即得该国的人均收入。人均国民收入大体反映一个国家的经济发展水平和人民生活状况。

(2)居民收入水平。居民收入水平是影响购买力大小、市场规模及消费支出结构的一个重要因素。居民收入水平的分析,着重于区别"个人收入"、"个人可支配的收入"、"个人可任意支配的收入"。从国民收入中减去公司(或企业)所得税、公司盈余及社会保险等,称为"个人收入";个人收入减去应由个人直接负担的税收及其他费用,就是"个人可支配的收入"。从个人可支配的收入中减去用来购买生活必需品和固定支出(如房租、保险费、分期付款、抵押借款等)所剩下的那部分个人收入就是"个人可任意支配的收入",这部分收入可存入银行,也可用来旅游或购买耐用消费品等。这是影响消费需求变化的最活跃因素。使用这部分收入所购买的产品与劳务的需求弹性大,因此,提供这类产品的企业间竞争较为激烈,尤其在产品与品牌方面的竞争更是如此。此外,消费者收入还应区分为货币收入和实际收入,以及不同社会阶层、不同地区、不同职业的收入和收入增长率的差别,以深入认识各个细分市场的购买力水平。

4.消费者支出模式

消费者支出模式是指消费者各种消费支出的比例关系,也就是常说的消费结构。优化的消费结构是优化的产业结构和产品结构的客观依据,也是企业开展营销活动的基本立足点。

随着消费者收入的变化,消费者支出模式会发生相应变化,继而使一个国家或地区的消费模式也发生变化。居民个人收入与消费之间所存在的这个函数关系,在不同的国家和地区是不同的。德国统计学家恩格尔提出过:在一定的条件下,当家庭个人收入增加时,收入中用于食物开支部分的增长速度要小于用于教育、医疗、享受等方面的开支增长速度,即食物开支占总消费的比重越大,这便是恩格尔定律。食物支出占个人总支出的比例,称为恩格尔系数。恩格尔系数越高,生活水平越低;恩格尔系数越小,生活水平越高。企业从恩格尔系数的大小变化中可以了解市场的消费水平及其变化的趋势。

5.消费者储蓄和信贷情况

消费者的现实购买力还要受储蓄和信贷的直接影响。因为消费者个人收入不可能全部花掉,总有一部分以各种形式储蓄起来,这是一种推迟的、潜在的购买力。当收入一定时,储蓄越多,现金消费量就越小,其潜在消费量越大;反之,储蓄越少,现实消费量就越大。所以,储蓄的增减变化会引起市场需求规模和结构的变动,这就要求企业营销人员在调查、了解储蓄率的基础上,制订不同的营销策略,为消费者提供有效的产品和劳务。同时,消费者信贷也是影响消费者购买力和支出的一个重要因素。所谓消费者信贷,就是消费者凭信用先取得商品使用权,然后按期归还贷款以购买商品,这实际上就是消费者提前支取未来的收入,提前消费。其主要形式,有短期赊销、分期付款、消费贷款等。信贷消费允许人们购买超过自己现实购买力的商品,消费信贷的规模与期限在一定程度上影响着某一时限内现实购买力的大小,也影响着提供信贷的商品的销售量。如购买住宅、汽车及其他昂贵消费品,消费信贷可提前实现这些商品的销售,从而创造了更多的就业机会、更多的收入以及更多的需求。

6.货币流通状况

货币流通状况,主要是指货币的供应和银行利息率。具体表现为纸币发行量与商品流通量所需要的金属货币量的适应协调状况。如纸币发行过多,会导致通货膨胀,影响物价稳定,从而既增加了企业生产要素成本,又扰乱了市场正常秩序,造成了虚假市场机会,增加了营销的风险性和威胁性。同时,利息的高低对企业营销也有一定影响,银行利率低,市场价格波动就大,消费者就会减少储蓄,而把收入的大部分用于消费。

(四)科学技术环境

科学技术是第一生产力,科技的发展对经济的发展有巨大的影响,不仅影响企业内部的生产和经营,还同时与其他环境因素互相依赖、互相合作,给企业营销活动带来有利或不利的影响。例如,一种高新技术的应用可以为企业创造明星产品,使现有产品在功能、性能、结构上更趋于合理和完善,满足了人们的更高要求,产生巨大的经济利益;也可以迫使企业的某种曾获得巨大成功的传统产品不得不退出市场。新技术的应用会引起企业市场营销策略的巨大变化,也会引起企业经营管理的变化,如电子计算机、传真机、办公自动化等提高了信息接收、分析、处理、存储能力,从而有利于营销决策。还会改变零售商业业态结构和消费者购物习惯,商业中自动售货、邮购、电话订货、电子商务、电视购物等引起了分销方式的变化。科技应用使生产集约化和规模化、管理高效化,这些导致生产成本、费用大幅度降低,为企业制订理想价格策略准备了条件。因此,企业应特别注意科学技术这一重要的环境因素对企业营销活动的影响,以使企业能够抓住机会,避免风险,求得生存和发展。

(五)政治法律环境

政治法律环境是指企业市场营销的外部政治法律形势。一般分为国际政治法律环境与国内政治法律环境两部分。政治法律主要是指国家的政治变动引起经济势态的变化及政府通过法律手段和各种经济政策来干预社会的经济生活。它往往是市场营销必须遵循的准则。企业必须注意国家的每一项政策、立法和国际政治法律的约束及其对市场营销所造成的影响。此类环境包括以下内容:

1.一国经济体制

一国经济体制是一个国家组织整个经济运行的模式,是该国基本经济制度的具体表现形式,也是本国宏观政策制订和调整的依据。它由所有制形式、管理体制、经济运行方式组成。

2.政治形势

政治形势在国内主要是政治稳定性、社会治安、政府更迭、政治衔接、政策机构作风、政治透明度等。在国际主要是"政治权利"与"政治冲突",政治权利对于市场营销的影响,多表现为由政府机构通过采取某种措施来约束外来企业或其产品,如进口限制、外汇控制、劳工限制、绿色壁垒等等。政治冲突是指国际上的重大事件与突发性事件,这类事件在以和平与发展为主流的时代从未绝迹,对企业市场营销工作的影响或大或小,有时带来机会,有时带来威胁。

3.执政党和政府的路线、方针、政策

执政党和政府的路线、方针、政策是根据政治经济形势及其变化的需要而制定的,往往带有扶持或抑制、扩展或控制、提倡或制止等倾向性特点,直接或间接影响着企业的营销活动。

4.政治团体和公众团体

政治团体,如工会、共青团、妇联组织。公众团体,如中国消费者协会、企业家协会、个体劳动者协会、残疾人协会等。这些团体通过影响国家立法、方针、政策、社会舆论等,对企业营销活动施加影响。

5.法律和法规

各个国家的社会制度不同,经济发展阶段和国情不同,体现统治阶级意志的法制也不同。从事国际市场营销的企业,必须对有关国家的法律制度和有关的国际法规、国际惯例和准则进行学习和研究,并在实践中遵循。在国内,主要是指国家或地方政府颁布的各项法规、法令和条例等,尤其是其中的经济立法。这既可保证自身严格依法管理和经营;也可运用法律手段保障自身的权益。

(六)自然环境

自然环境是指影响企业生产和经营的物质因素。如企业生产前需要的物质资料、生产过程中对自然环境的影响等。自然环境的发展变化会给企业造成一些"环境威胁"和"市场机会"。

1.自然资源的拥有及其逐渐枯竭的趋势

地球上的资源由无限资源(如阳光、空气等)、可再生的有限资源(如森林、粮食等)和不可再生的有限资源(如石油、煤、铀、锡、锌等矿产资源)所组成。目前,第一类资源面临被污染的问题;第二类资源由于生产的有限性和生产周期长,再加上因森林乱砍滥伐,导致生态失衡、水土流失、灾害频繁,影响其正常供给;第三类资源都是初级产品,且政府对其价格、产量、使用状况控制较严。因此,对市场营销来说,面临两种选择:一是科学开采、综合利用、减少浪费;二是开发新的替代资源,如太阳能、核能。对从事研究与开发勘探的企业来说,在开发有价值的原料新来源和新材料方面,有着惊人的机会。

2.环境污染日益严重与重视生态平衡

工业污染日益成为全球性的严重问题,要求控制污染的呼声越来越高。这一方面造成污染控制不力的企业的压力,它们采取有效措施去治理污染;另一方面,又给一些企业或行业创造了新的机会,如研究开发不污染环境的包装、妥善处理污染物的技术等。由于生态平衡被破坏,国家立法部门、社会组织等提出了"保护大自然"的口号,使一些绿色产品被开发出来,营销学界也提出了"绿色营销"观念,从而促使企业营销活动必须按照生态平衡的要求,去确定自己的营销方向及营销策略。

3.许多国家对自然资源管理的干预日益加强

随着经济发展和科学进步,许多国家的政府对自然资源管理加强了干预。但是,政府机构保护环境的措施常常会与增加就业的计划背道而驰,加上强制企业购置昂贵的防污设备,使企业不能购买更先进的生产设备。有时,保护环境的问题不得不放在经济增长后面加以考虑。因此,企业的营销管理者要妥善解决这种矛盾,力争做到既能减少对环境的破坏,又能保证企业的发展。

三、企业对营销环境的反应

市场营销环境的动态性,使企业在不同时期面临着不同的市场营销环境,而不同的环境,可能给企业带来市场机会,也可能给企业带来环境威胁。有人曾经观察到有三种类型的企业:引起市场变化的,观察市场变化的,以及那些不知道发生了什么事的。以上三种类型的企业,面对环境的变化会有以下两种基本态度:一种态度是消极适应,许多企业认为,营销环境是不可控制的,必须去适应它,因此它们被动地去接受与适应环境,而不试图去利用和优化环境,依此去设计自己的营销战略;另一种态度是积极适应,这些企业不是简单地观察环境去做出反应,而是采取积极的措施去影响营销环境中的公众和其他因素,例如它们雇用一些说客去影响有关本企业的立法,发起媒体事件去获得有利的新闻报道,利用媒体评论进行广告宣传,以影响公众的观点、对违反规则的竞争对手提出法律诉讼以保证合法的竞争,等等。

第三节 国家对市场营销的调控管理环境

一、国家对市场营销宏观调控的目标

宏观调控是政府通过实施相关的法规与政策措施以调节市场经济运行的活动或行为。在市场经济中,商品和服务的供应及需求受价格规律及自由市场机制支配。这就导致市场在资源配置中起基础性作用。但市场的调节作用具有自发性、盲目性和滞后性的弱点,会引起市场供求失衡而不利于经济和社会的发展。而国家的宏观调控,是在发挥市场机制作用基础上,主要对社会总供给与社会总需求关系失衡,进行自觉与自动的调控,因而能够弥补市场自发调节的不足。因此,要保证社会主义市场经济健康、有续地发展,既要发挥市场机制的作用,又要加强宏观调控,把二者有机结合起来。国家对国民经济总量进行的调节与控制,既是保证社会再生产协调发展的必要条件,也是社会主义国家管理经济的重要职能。

我国宏观调控的主要目标是:促进经济增长,增加就业,稳定物价,保持国际收支平衡。其中,促进经济增长是国家宏观调控最主要的任务和目标。因为,经济增长是增强综合国力和实现社会全面进步的基础,是全面建设小康社会的物质保障。

(一)促进经济增长

持续快速的经济增长既是经济和社会发展的基础,又是实现国家长远战略目标与提高人民生活水平的首要条件。促进经济增长是在调节社会总供给与社会总需求的关系中实现的。因此,为了促进经济增长,政府必须调节社会总供给与社会总需求的关系,使之达到基本平衡。

(二)增加就业

就业是民生之本,是人民群众改善生活的基本前提和基本途径。就业的情况如何,关系到人民群众的切身利益,关系到改革发展稳定的大局,关系到全面建设小康社会的宏伟目标,关系到实现全体人民的共同富裕。促进充分就业是我国政府的责任。我国面临严峻的就业形势,一方面劳动供给数量庞大,另一方面劳动力需求显得有限。因此,必须坚持实行促进就业的长期战略和政策,将增加就业的目标落到实处。同时,要严格控制人口和劳动力增长。

(三)稳定物价

在市场经济中,价格的波动是价格发挥调节作用的形式。但价格的大幅度波动对经济生活是不利的。如果物价大幅上升或通货膨胀,会刺激盲目投资,重复建设,片面追求数量扩张,使经济效益下降;如果物价下降或通货紧缩,则会抑制投资,生产下降,失业增加。因此,政府要运用货币等经济手段对价格进行调节,必要时也可以采用某些行政手段,如制止乱涨价、打击价格欺诈,以保持价格的基本稳定,避免价格的大起大落。

(四)保持国际收支平衡

国际收支,是指一个国家或地区与其他国家或地区之间由于各种交易所引起的货币收付或以货币表示的财产的转移。随着国际交往的密切,平衡国际收支已成为宏观调控的重要目标之一。如果一个国家国际收支状况严重失衡,势必对国内经济形成冲击,从而影响国内经济稳定。平衡国际收支的政策,包括调整关税、汇率、出口退税等政策。

二、国家对市场营销宏观调控的手段

(一)国家对市场营销宏观调控的手段

国家宏观调控的手段包括经济手段、法律手段和行政手段。其中以经济手段和法律手段为主。

1.法律手段

法律手段是指国家通过制定和运用经济法规来调节市场经济活动的手段。主要通过经济立法和经济司法进行市场调节,有权威性和强制性。

2.经济手段

经济手段是指国家运用经济政策和计划,通过对经济利益的调整来影响和调节市场营销活动的措施。主要方法有:

(1)财政政策和货币政策的调整。

(2)制订和实施经济发展规划、计划等,对市场经济活动进行引导,是一种间接手段,但都是主要手段。

3.行政手段

行政手段指国家通过行政机构,采取带强制性的行政命令、指示、规定等措施,来调节和管理市场经济活动。如利用工商、商检、卫生检疫、海关等部门禁止或限制某些商品的生产与流通,有直接性、权威性、无偿性、速效性等特点。

(二)三种宏观调控手段的关系

1.区别

(1)内涵和外延不同。经济手段,是指国家运用经济政策和计划,通过对经济利益的调整,而影响和调节社会经济活动手段,常见的经济手段有国家制订与实施的社会经济五年计划、年度计划和各种经济政策、财政政策、货币政策、收入政策、产业政策、区域发展政策、投资政策、价格政策等。法律手段是国家通过制定和运用经济法规来调节经济活动的手段,它主要包括经济立法、经济执法、法律监督等;行政手段,是国家通过行政机构,采取带强制性的行政命令、指示、指标、规定等行政措施来调节和管理经济的手段,它包括行政命令、行政制度、行政规章和条例等。

(2)地位不同。经济手段是国家宏观调控的最主要手段;法律手段是国家宏观调控的重要手段;当经济手段和法律手段都不能有效调节经济活动时,就采取必要的行政手段进行调节。

(3)特点不同。经济手段调节具有宏观性、战略性、指导性和间接性的特点;法律手段具有普遍的约束力和严格的强制性,对经济运行的调节具有相对的稳定性和明确的规定性的特点;行政手段具有直接、迅速和强制性的特点。

2.联系

三种手段各有特长,各有特色,相互联系,相互补充,共同构成了宏观调控手段的体系。在运用这三种手段时,应以经济手段和法律手段为主,辅之以必要的行政手段,充分发挥宏观调控的总体功能。

本章小结

　　企业的市场营销环境,是指与企业市场营销活动有关的、影响产品的供给与需求的各种外界条件和因素的集合。市场营销环境包括微观环境和宏观环境。微观环境因素是指企业内部条件、供应商、目标顾客、竞争者、营销渠道企业和公众等对企业营销活动有直接影响的诸因素;宏观环境因素是指一个国家或地区的政治、法律、人口、经济、社会文化、自然、科学技术等影响企业营销活动的不可控的宏观因素。

　　市场营销环境的动态性,使企业在不同时期面临着不同的市场营销环境,而不同的环境,可能给企业带来市场机会,也可能给企业带来环境威胁。企业面对环境的变化会有两种基本的态度:一种是消极适应;另一种是积极适应。

　　宏观调控,是政府运用各种手段与措施以调节市场经济运行的管理活动。市场在资源配置中起基础性作用,但市场调节具有自发性、盲目性和滞后性的弱点,引起社会矛盾,不利于经济和社会的发展。而国家的宏观调控是建立在发挥市场机制作用的基础上的,能够弥补市场调节的不足。我国宏观调控的主要目标是:促进经济增长,增加就业,稳定物价,保持国际收支平衡。其中,促进经济增长是国家宏观调控最主要的任务和目标。国家宏观调控的手段包括经济手段、法律手段和行政手段,其中以经济手段和法律手段为主。

思考题

1.什么是市场营销环境,主要包括哪些内容?

2.消费者支出结构变化对企业营销活动有何影响?

3.结合我国实际,谈谈法律环境对整个营销活动有何重要影响。

4.结合实际,谈谈人口环境和社会文化环境对企业营销活动有何影响。

5.国家对市场营销的宏观调控目标及手段是什么?

【综合案例分析】

　　中国贵州茅台酒厂（集团）有限责任公司,是全国白酒行业唯一的国家一级企业,全国驰名商标第一名。是中华人民共和国国酒。

　　改革开放以后,与其他许多传统品牌一样,茅台酒遇到了老牌子如何跟上飞速发展的新形势的问题,首先是如何对待产品质量。在产品质量问题上,茅台酒确定并坚持了"质量第一,以质促效"的方针。但是,从1997年开始,白酒市场格局发生了新的变化,形成了多种香型、多种酒龄、不同酒度、不同酒种并存,各种品牌同堂竞争、激烈争斗的格局,我国酒业的生产也进入了前所未有的产品结构大调整时期,啤酒、葡萄酒等发展迅猛,风头甚劲。一批同行企业异军突起,后来居上,产量和效益跃居同类企业前列;同时,消费者消费习惯也发生了改变,传统的白酒生产面临着严峻的挑战。面对这种市场经济条件下严峻的竞争现实，白酒产量总体过大等因素的影响，全国白酒行业市场情况呈现了总体下滑的趋势，到 1998 年形势更加严峻，1 至 7 月，茅台酒全年销售任务只完成 33%。酒还是那个酒，但前所未有的困难却蓦然而至，根子到底在哪里？关键时刻，茅台酒厂集团领导班子进行了大调整。一次次决策会议上，领导班子成员展开了激烈的讨论，最后得出的结论让人并不轻松：排除宏观因素不说，就企业内部的微观原因而言，还是在于上上下下思想解放不够，观念还没有真正转变到市场经济的要求上面来，整个运作方式、思维模式事实上依然处于计划经济的状态。如果这种自以为"皇帝女儿不愁嫁"的状态没有得到及时而根本的改变和突破，企业的未来将会非常危险。就这样，以季克良带头的领导班子将大部分的时间都花在了市场调研上，马不停蹄地跑遍了全国许多有代表性的地方，一方面为自己"洗脑"，吸收新鲜气息，一方面寻求市场决策的突破口。稍后不久，一系列大气魄的面向市场的举措便在茅台酒厂集团接踵出台了。首先的一项举措是大力充实销售队伍，在全厂范围内公开招聘了一批销售员，经过一个月的培训，迅速撒向全国各地。紧接着，集团在全国 10 个大城市开展了多种形式的促销活动，季克良等领导带头出现在商场、专柜，亲自宣传自己的产品，一下拉近了与消费者的距离，效果极佳。半年的奋斗下来，年终盘点，茅台酒厂（集团）公司本部不但弥补了上半年的亏空，而且全年实现利税 4.41 亿元，销售收入 8.16 亿元，比上年又有大幅度的上升。

然而，"在有些人眼里，茅台酒这块金字招牌，却成了块不吃白不吃的肥肉"，茅台酒所遭受的商标、企业名称等知识产权的侵犯也呈现出不同的演变趋势：其一，侵犯"茅台"注册商标专用权；其二，伪造带有"茅台"二字的企业名称，或者把未经工商登记的名称使用在产品包装上，用以误导消费者；其三，仿冒茅台酒包装外观图形；其四，在宣传上有意进行误导，如某些企业生产的产品，将茅台酒厂集团全貌作为广告照片印在酒盒上；其五，玩书法游戏，如产品名称取名与"茅台"十分相近等，包装上再刻意写成接近"茅台"的字样。为了最大限度击退假冒侵权；为了保护名牌、保护企业和消费者的合法权益，茅台酒厂积极主动地打假，抓大案要案，同时大力协助各地工商、公安部门打假。在打假的同时，防假方面走出了几大步：第一步用激光防伪，第二步使用条码，第三步进口日本瓶子，第四步进口意大利瓶盖，第五步不惜高代价采用美国 3M 的防伪技术。茅台酒厂集团每年为此的花费都在千万元以上。当前，我国白酒产大于销、供过于求成为主要矛盾。1996 年白酒产量达到我国白酒产量最高水平，超过了 800 万吨。1997 年全国白酒生产开始出现负增长，为 780 多万吨，1998 年大幅下挫为 600 万吨。白酒总量下降，据专家分析原因有多种：国家对白酒行业实行限制发展政策，对葡萄酒、啤酒的饮用进行建议和推崇，造成市场的分流；由于白酒的"烈性"，人们对白酒需求降低；由于工作和生活的限制，人们不再放纵自己，且午餐时间饮酒减少以致酒量下降；高档的洋酒吸引了一部分消费。

讨论题：

1. 改革开放后，茅台酒的市场营销环境发生了哪些变化？

2. 你对茅台酒在弘扬中国名牌方面有什么建议？

3. 在此案例中，企业作为微观环境为什么特别重要？

4. 贵为国酒的茅台，为什么不能"俏也不争春，一任群芳妒"、无视市场环境的变化？

聚焦分析：

企业所面临的市场营销环境并不是固定不变的，而是处于经常变动之中的。监测和把握环境力量的变化，善于从中发现并抓住有利于企业发展的机会，避开或减轻由环境带来的威胁，是企业营销管理的头等问题。国酒茅台的成功之处在于时刻关注营销环境的变化，并随时调整经营的策略，使企业在市场竞争中立于不败之地。

【阅读资料 1】

美国皮尔斯堡面粉公司，于 1869 年成立，从成立到 20 世纪 20 年代以前，这家公司提出："本公司旨在制造面粉"的口号。因为在那个时代，人们的消费水平较低，面粉公司认为不需做大量宣传，只需保持面粉的质量，大批量生产，降低成本和售价，销量就自然大增，利润也继而增加，而不必研究市场需求特点和推销方法。1930 年左右，美国皮尔斯堡公司发现，在推销公司产品的中间商中，有的已经开始从其他的厂家进货，销量也随之不断减少。公司为了扭转这种局面，第一次在公司内部成立商情调研部门，并选派了大量的推销人员，力图扭转局面，扩大销量，同时它们更改了口号："本公司旨在推销面粉"。更加重视推销技巧，不惜采用各种手段，进行大量的广告宣传，甚至使用硬性兜售的手法，推销面粉。然而各种强力推销方式并未满足顾客经常变化的新需求，特别是随着人民生活水平的提高，这一问题也就日益明显，迫使面粉公司必须从满足顾客的心理及实际需要出发，对市场进行分析研究。1950 年前后，面粉公司经过市场调查，了解战后美国人民的生活方式已发生了变化，家庭妇女采购食品时，日益要求多种多样的半成品或成品，如各式饼干、点心、面包等等，来代替购买面粉回家做饭。针对市场需求的变化，这家公司开始生产和推销各种成品或半成品的食品，使销量迅速上升。

【阅读资料 2】

欧洲某食品企业生产了一批质量颇高的冻鸡，装船运给了某阿拉伯国家，但很快就被原封退了回来。企业便派人到该国家进行调查，调查后发现该批冻鸡质量没有问题，但却严重违背了阿拉伯民族的宗教习俗。该宗教习俗是杀鸡只能用人工，不能用机器，只许男人杀鸡，不许妇女杀鸡。后来巴西某企业吸取了欧洲企业的教训，不用机器、不用妇女杀鸡，严格按阿拉伯习俗由男人人工杀鸡，并邀请阿拉伯买主的代表到生产现场参观，获得了买主的信任，因而巴西冻鸡出口阿拉伯国家获得成功。这个例子再次证明国际企业适应东道国文化环境的重要性。

【阅读资料 3】

1997 年美国和加拿大之间围绕"古巴睡衣"问题发生了一场纷争，而夹在两者之间的是一家百货业的跨国公司——沃尔玛公司。美国的赫尔姆斯－伯顿法禁止美国公司及其在国外的子公司与古巴通商。沃尔玛加拿大分公司采购了一批古巴生产的睡衣，美国总部的官员发出指令要求其撤下所有古巴生产的睡衣，而加拿大则是因美国法律对其主权的侵犯而恼怒,他们认为加拿大人有权决定是否购买古巴生产的睡衣。这样,沃尔玛公司便成了加、美对外政策冲突的牺牲品。沃尔玛在加拿大的公司如果继续销售那些睡衣,则会因违反美国法律而被处以 100 万美元的罚款。但是,如果按其母公司的指示将加拿大商店中的睡衣撤回,按照加拿大法律,会被处以 120 万美元的罚款。通过这个案例,让人们看到了像美国这样的国家是如何将自己的国内的法律施加到本国在国外经营的企业中的。

第五章

Chapter 5

消费者市场与组织市场的需求及其购买行为

【学习要点】
①消费者市场的概念及消费者购买行为模型;
②影响消费者购买行为的因素及消费者购买行为决策过程;
③组织市场的概念及类型与特点;
④各类组织市场的特殊购买行为。

【引导案例】
  杭州"狗不理"包子店是天津狗不理集团在杭州开设的分店,地处商业黄金地段。正宗的狗不理包子以其鲜明的特色(薄皮、大馅、滋味鲜美、咬一口汁水横流)而享誉神州。但正当杭州南方大酒店创下日销包子万余只的纪录时,杭州的"狗不理"包子店却将楼下三分之一的营业面积租让给服装企业,却依然"门前冷落车马稀"。当"狗不理"一再强调其鲜明的产品特色时,却忽视了消费者是否接受这一"特色"。那么受挫于杭州也是必然了。其原因是:首先,"狗不理"包子馅比较油腻,不合喜爱清淡食物的杭州市民的口味。其次,"狗不理"包子不符合杭州人的生活习惯。杭州市民将包子作为便捷快餐对待,往往边走边吃。而"狗不理"包子由于薄皮、大馅、容易流汁,不能拿在手里吃,只有坐下用筷子慢慢享用。再次,"狗不理"包子馅中多半是蒜一类的辛辣刺激物,与杭州这个南方城市的传统口味相悖。
  营销的目的就是用一定方法来影响顾客对于企业及其所提供产品的想法和行为。为了影响购买行为的对象、时间和方式,营销人员必须首先了解购买行为的原因、影响因素和过程,必须要深入研究各类市场及其购买行为的规律性,并据此制订有效的市场营销组合策略。按照顾客购买目的或用途的不同,市场可分为组织市场和消费者市场两大类。每类市场的购买者有其不同的购买行为。

第一节　消费者市场及其购买行为

消费者市场是消费品生产经营企业市场营销活动的出发点和归宿点,也最终决定着工业品生产经营企业的市场需求水平。各类企业,特别是消费品的生产经营企业,要充分满足消费者需求,提高市场营销效益,就必须深入研究消费者市场和消费者购买行为的规律性。

一、消费者市场及消费者购买行为模式

(一)消费者市场的概念及特点

1.消费者市场的概念

消费者市场是指个人或家庭为了生活消费而购买产品和服务的市场。生活消费是产品和服务流通的终点,因而消费者市场也称为最终产品市场。消费者市场是市场体系的基础,是起决定作用的市场。

2.消费者市场的特点

(1)消费者市场分布的广泛性与分散性。在消费者市场上,不仅购买者人数众多,而且购买者地域分布广。从城市到乡村,从国内到国外,消费者市场无处不在。因此,消费品市场的购买者分布在社会的各个地方、各个层面,人多面广,极为分散。

(2)消费者需求的多样性与伸缩性。消费者在性别、年龄、职业、教育背景、收入、价值观念等方面存在不同程度的差异,使其消费需求多样化,并随商品供求变化而有很大的伸缩性,其中日常生活必需品的需求伸缩性较小,而非必需品的需求伸缩性较大。

(3)产品的替代性和关联性。市场竞争促进科技进步,科技的发明使产品推陈出新,使消费者市场上的产品花色、品种、规格等更加繁多,其相互之间往往具有较强的替代性。消费者为满足需要在购买某一商品时往往顺便购买相关的商品,如购买西服,可能顺便购买衬衫、领带、皮鞋等。

(4)购买行为的非专业性和可诱导性。消费者一般缺乏专门的商品知识和市场知识。消费者在购买商品时,往往容易受厂家或商家广告宣传、促销方式、商品包装和服务态度的影响。

(5)消费需求的发展性和流行性。人类社会的生产力和科学技术总是在不断进步,新产品层出不穷,消费者收入水平也在不断提高,因而消费需求就会呈现出由少到多、由粗到精、由低级到高级的发展趋势;消费需求不仅受消费者内在因素的影响,还会受环境、时尚、价值观等外在因素的影响,随着时代演进,其消费者的需求也会随之不同,因而消费者市场中的商品具有一定的时代、时尚流行性。

(6)消费者需求的层次性和非盈利性。由于消费者的收入水平不同,所处社会阶层不同,消费者的需求会表现出一定的层次性。一般来说,消费者总是先满足最基本的生存需要和安全需要,先去购买衣、食、住、行等生活必需品,而后才能视情况逐步满足较高层次的需要,购买

享受型和发展型商品。

(二)消费者购买行为模式

消费者购买行为模式,是指消费者购买行为比较规范的形式,或常见的购买类型,它通常用购买行为模型来反映。

1.消费者市场购买活动的内容

为了弄清消费者购买行为模式,就必须首先弄清消费者购买活动的内容,为此,有些市场营销学家提出了必须研究的以下七个问题:①消费者市场由谁构成?(who)——购买者(occupants)。②消费者市场购买什么?(what)——购买对象(objects)。③消费者市场为何购买?(why)——购买目的(objectives)。④消费者市场的购买活动有谁参与?(who)——购买组织(organizations)。⑤消费者市场怎样购买?(how)——购买方式(operations)。⑥消费者市场何时购买?(when)——购买时间(occasions)。⑦消费者市场何地购买?(where)——购买地点(outlets)。

2.消费者购买行为模式

消费者的"行为是在其动机支配下发生的,动机的形成是消费者一系列复杂心理活动过程的结果"。按照心理学上的"刺激 - 反应"学派的理论,人们行为的动机是一种内心活动过程,是看不见摸不着的,像一个"黑箱"。外部的刺激,经过黑箱(心理活动过程)产生反应,引起行为。在这种情况下,营销人员关注的核心问题是:对于公司采取的各种营销活动,消费者会有什么样的反应?首先让我们来研究购买者行为的刺激 - 反应模型。如图5.1所示。

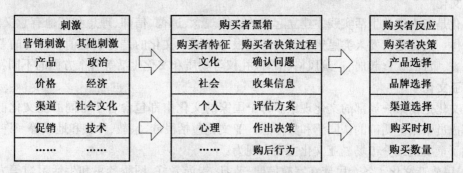

图5.1 消费者购买行为模式

运用这一模式分析消费者购买行为的关键:一是揭示形成购买者行为特征的各种主要因素以及相互之间的关系;二是揭示消费者的购买决策过程。前者影响购买者对外界刺激的反应;后者导致购买者的各种选择。

二、影响消费者购买行为的因素

消费者行为研究的对象是消费者个人和群体的消费行为,其研究内容和体系结构由消费者行为及其影响因素所决定。刺激 - 反应模式反映了影响消费者行为的主要因素,将这一模式所涉及的内容适当展开,可以用图5.2表示。

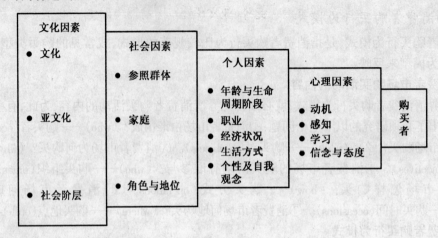

图 5.2　影响消费者购买行为的因素

消费者的购买行为受文化、社会、个人和心理特征的强烈影响。多数情况下,营销人员不能控制这些因素,但必须考虑这些因素。

(一)文化因素

1.文化

文化是指人类从生活实践中建立起来的价值观念、道德、信仰、理想和其他有意义的象征的综合体。文化是引发人类愿望和行为的最根本原因。文化的差异引起消费行为的差异,表现为婚丧、服饰、饮食起居、建筑风格、节日、礼仪等物质和文化生活等各个方面的不同特点。

2.亚文化

亚文化是指某一局部的文化现象。每个国家的文化中都包含若干不同的亚文化群,亚文化为其成员带来更明确的认同感和集体感。亚文化包括民族、宗教、种族和地域等。许多亚文化构成了重要的细分市场。亚文化主要表现为:

(1)民族亚文化。各个民族在宗教信仰、节日、崇尚爱好、图腾禁忌和生活习惯等方面,有其独特之处,并对消费行为产生深刻影响。

(2)宗教亚文化。不同宗教有不同的文化倾向和戒律,影响人们认识事物的方式、对客观生活的态度、行为准则和价值观,从而影响消费行为,其每种宗教都有其主要流行地区和鲜明的特点。

(3)种族亚文化。一个国家可能有不同的种族,各个种族都有自己独特的生活习惯和文化传统。比如,美国的黑人与白人相比,购买的衣服、个人用品、家具和香水较多,而对食品、运输和娱乐的消费较少。

(4)地理亚文化。不同的地区有不同的风俗习惯和爱好,使消费行为带有明显的地方色彩。例如,闻名中国的川菜、鲁菜、苏菜、粤菜、闽菜、浙菜、徽菜、湘菜八大菜系,皆风格各异,各成一派,就是因为地域不同而形成的。此外,亚文化还可以分为年龄亚文化、性别亚文化、职业亚文化、社区亚文化等。

3.社会阶层

社会阶层是指社会学家根据职业、收入来源、教育水平、价值观和居住区域对人们进行的一种社会分类,是按层次排列的具有同质性和持久性的社会群体。各阶层具有特定的作用和特定的社会地位。同一社会阶层的人,要比来自两个社会阶层的人行为更加相似。因此,社会阶层不仅是影响消费者行为的重要因素,而且被用做细分消费者市场的重要依据。社会阶层对消费者的影响主要体现在商店的选择、消费和储蓄倾向、消费产品的品位、娱乐和休闲方式、对价格的心态等方面。

(二)社会因素

消费者的购买行为同样受到诸如参照群体、家庭以及社会角色与地位等一系列社会因素的影响。

1.参照群体

参照群体也称相关群体或参考群体。是指一个人在认知、情感的形成过程和行为的实施过程中用来作为参照标准的某个人或某些人的集合。换言之,参照群体是个人在特定情况下作为行为向导而使用的群体。只要某一群人在消费行为、态度或价值观等方面存在直接或间接的相互影响,就构成一个参照群体。如家庭成员、亲朋好友、邻居、同事、同学、影视明星、体育明星等。这主要表现在:一是参照群体使一个人受到新的行为和生活方式的影响;二是参照群体还影响个人的态度和自我概念,因为人们通常希望能迎合群体;三是参照群体还产生某种趋于一致的压力,它会影响个人的实际产品选择和品牌选择。参照群体的影响程度因产品和品牌而异。对于那些能被购买者的偶像所注意的产品,参照群体的影响力较大。

2.家庭

家庭是社会中最重要的消费者购买群体,而且已经被广泛地研究。它包括家庭类型与家庭成员结构。不同的家庭类型有不同的购买行为,家庭成员结构不同,消费结构不同,其购买行为也就不同。家庭成员对购买者的行为影响很大。营销人员感兴趣的,是在研究不同产品和服务的购买决策中家庭成员所发生的作用与影响。

3.角色与地位

一个人一生中可能会从属于很多群体——家庭、俱乐部以及各类组织。每个人在群体中的位置取决于他的角色和地位。身份是周围的人对你的要求,是你在各种场合承担的角色、应起的作用。每一种身份又附有一种地位,反映社会对他的评价和尊重程度。人们往往结合身份、地位做出购买选择。许多产品、品牌,由此成为一种身份和地位的标志。

(三)个人因素

购买者的决策也受个人因素的影响,尤其是受年龄与生命周期阶段、职业、经济状况、生活方式、个性及自我观念的影响。

1.年龄与生命周期阶段

人们在一生中购买的产品与服务是不断变化的。人们在食品、服装、家具和娱乐方面的喜好与年龄有关。比如,三个月、六个月和一岁的婴儿,对玩具的要求会不一样;同一消费者年轻时与步入老年阶段,对食物的胃口、服装的爱好也会不同。

家庭生命周期阶段也影响着消费。家庭生命周期是一个以家长为代表的家庭生活的全过程,从青年独立生活开始,到年老后并入子女的家庭或死亡时为止。在不同阶段,同一消费者及家庭的购买力、兴趣和对产品的偏好都会有较大差别。

2.职业

一个人的职业也影响其消费模式。蓝领工人会买工作服、工作鞋、午餐盒和玩保龄球游戏。公司的总裁则会买贵重的西装、进行空中旅行等。

3.经济状况

个人经济状况会严重影响产品的选择,包括可花费的收入(收入水平、稳定性和花费的时间)、储蓄和资产(包括流动资产比例)、债务、借款能力等。

4.生活方式

生活方式是一个人生活中表现出来的活动、兴趣和看法的整个模式。可以由其消费心态表现出来,并影响对品牌的看法、喜好。由此影响到消费者对产品消费品种的选择与购买行为。营销者往往可以通过生活方式去理解消费者不断变化的价值观及其对消费行为的影响,如节俭者、奢华者、守旧者、革新者、高成就者、自我主义者、有社会意识者等等,从而在设计产品和广告时去明确地针对某一生活方式群体。

5.个性及自我观念

每个人都有影响其购买行为的独特个性。所谓个性,是指个人独特的心理特征,这种心理特征将使个人对环境做出相对一致和持久的反应。个性通常可用自信心、控制欲、自主、顺从、交际、保守性和适应等特征来描述。对于特定的产品或品牌选择,个性是一个分析消费者购买行为的很有用的变量。个性特征有若干类型,如外向与内向、细腻与粗犷、理智与冲动、乐观与悲观、领导与顺从、独立性与依赖性等。同时,不同气质的消费者的购买行为也有很大差别。他们都会将自己的气质贯彻于购买行为中。根据巴普洛夫的高级神经活动学说,个人的气质可以划分为活泼型、兴奋型、安静型和抑制型四种。

所谓自我观念,其基本前提是人们的拥有物决定和反映了其地位,也就是说"我们有什么就是什么"。因此,要了解消费者的购买行为,首先要清楚他们的自我观念和他们的拥有物之间的关系。

(四)心理因素

个人的购买行为还受四种主要心理因素的影响,即动机、感知、学习以及信念和态度。

1.动机

动机是推动个人进行各种活动的驱策力。动机是行为的直接原因,促使个人采取某种行动,规定行为的方向。动机也是一种需要,它促使人们去寻求满足。消费者的购买行为,是消费者促使他的需要得以满足的行为。由于不同的人有不同的需要,因而人们在生理上、精神上的需要也就具有广泛性与多样性。每个人的具体情况不同,解决需要问题轻重缓急的顺序自然各异,也就是存在一个梯进的"需要层次"。急需满足的需要,会激发起强烈的购买动机,需要一旦得到满足,则失去了对行为的激励作用,即不会有引发行为的动机。

心理学家提出了多种人类动机理论,最著名的两种理论——西格蒙德·弗洛伊德(Sigmund Freud)理论和亚伯拉罕·马斯洛(Abraham Maslow)理论——对消费者行为分析和市场营销有着特殊的意义。

西格蒙德·弗洛伊德(Sigmund Freud)认为,在人们行为的过程中,真正的心理因素大多是无意识的,随着人们的成长,他们压抑了许多欲望。根据弗洛伊德的假设,人们不可能真正了解自己的动机。

为了切实掌握消费者购买动机,进而掌握其购买行为,就必须对人们的消费动机进行研究。

亚伯拉罕·马斯洛(Abraham Maslow)提出了需要层次论,将人类的需要分为由低到高的五个层次,即生理需要、安全需要、社会需要、尊重需要和自我实现需要,如图 5.3 所示。

图 5.3　需要层次

(1)生理需要。指为了生存而对必不可少的基本生活条件产生需要。如由于饥、渴、冷、暖,而对吃、穿、住产生需要,它能保证一个人作为生物体而存活下来。

(2)安全需要。指维护人身安全与健康的需要。如为了人身安全和财产安全,而对防盗设备、保安用品、人寿保险和财产保险所产生的需要,以及为了维护健康而对医药和保健用品所产生的需要等。

(3)社会需要。指参与社会交往,取得社会承认和归属感的需要。在这种需要的推动下,人们会设法增进与他人的感情交流和建立各种社会联系。消费行为必然会反映这种需要,如为了参加社交活动和取得社会承认而对得体的服装和用品所产生的需要,以及为了获得友谊而对礼品产生的需要,等等。

(4)尊重需要。指在社交活动中受人尊敬,取得一定社会地位、荣誉和权力的需要。如为了在社交中表现自己的能力而对教育和知识产生的需要,以及为了表明自己的身份和地位而对某些高级消费品产生的需要,等等。

(5)自我实现需要。指发挥个人的最大能力,实现理想与抱负的需要。这是人类的最高需要,满足这种需要的产品主要是思想产品,如教育与知识产品等。

马斯洛需要层次论可进一步概括为两大类:第一大类是生理的、物质的需要,包括生理需要和安全需要;第二大类是心理的、精神的需要,包括社会需要、尊重需要和自我实现需要。马斯洛认为,一个人同时存在多种需要,但在某一特定时期每种需要的重要性并不相同。人们首先追求满足最重要的需要,即需要结构中的主导需要,它作为一种动力推动着人们的行为。当主导需要被满足后就会失去对人的激励作用,人们就会转而注意另一个相对重要的需要。一般而言,人类的需要由低层次向高层次发展,低层次需要满足以后才追求高层次的满足。例如,一个食不果腹、衣不蔽体的人可能会铤而走险,而不考虑安全需要。

2.感知

感知,是人们收集、整理并解释信息,形成有意义的客观世界图像的过程。人们通过视觉、听觉、嗅觉、触觉和味觉五种感官来获取信息,但是每个人感知、组织和解释这些感觉信息的方式各不相同。感知的性质及其在市场营销中的应用如下:

(1)感知的整体性。也称为感知的组织性,指感知能够根据个体的知识经验将直接作用于感官的客观事物的各种属性整合为同一整体,以便全面地、整体地把握该事物。有时,刺激本身是零散的,而由此产生的感知却是整体的。

(2)感知的选择性。指感知对外来刺激有选择地反映或组织加工的过程,包括选择性注意、选择性曲解和选择性记忆。选择性注意(selective attention),是指人们感觉到的刺激,只有少数引起注意、形成知觉,多数会被有选择地忽略。人们会过滤大部分接触到的信息,意味着营销人员必须尽力来吸引消费者的注意。选择性曲解(selective distortion),是指人们将信息加以扭曲,使之合乎自己意愿的倾向。人们对注意到的事物,往往喜欢按自己的经历、偏好、当时的情绪、情境等因素做出解释。这种解释可能与企业的想法、意图一致,也可能相差很大。受选择性扭曲的影响,人们在消费品购买和使用过程中往往忽视所喜爱品牌的缺点和其他品牌的优点。选择性记忆(selective retention),是指人们往往会忘记接触过的大多数信息,只记住那些符合自己态度和信念的信息。企业的信息是否能留存于顾客记忆中,对其购买决策影响甚大。

企业应当分析消费者特点,使本企业的营销信息被选择成为其感知对象,形成有利于本企业的感知过程和感知结果。

3.学习

学习是指由经验引起的个人行为的改变,学习反映在驱动、刺激物、诱因、反应和强化的交互作用中。

(1)驱动。指驱使人们产生行动的内在推动力,即内在需要。

(2)刺激物。指可以满足内在驱使力的物品。比如:人们感到饥渴时,食物和饮料就是刺激物。

(3)诱因。也称为提示刺激物,指刺激物所具有的能吸引消费者购买的因素,决定着动机的程度和方向。所有营销因素都可能成为诱因。

(4)反应。指驱使力对具有一定诱因的刺激物所发生的反作用或反射行为,比如是否决定购买某商品以及如何购买等。

(5)强化。指驱使力对具有一定诱因的刺激物发生反应后的效果。

4.信念与态度

信念是人们对事物所持的描述性的思想。人们通过实践和学习获得了自己的信念和态度,而它们反过来又影响人们的消费行为。因为信念构成了产品和品牌的形象,而人们是根据自己的信念行动的。如:"吸烟有害健康",是以"知识"为基础的信念;"汽车越小越省油",可能是建立在"见解"之上;某种偏好,很可能由于"信任"而来。如果存有错误的信念,并且阻碍了购买行为,企业就应进行促销来纠正这些信念。

人们对宗教、政治、服装、音乐、食品等几乎所有事物都持有态度。态度是人对某因素(人、物、事)的全面而稳定的评价。态度导致人们喜欢或不喜欢某些事物,并对它们亲近或是疏远。态度的基本特性是持久性和广泛性,持久性,指一种态度会在相当长的时间内维持不变,转瞬即逝的评价并不构成态度;广泛性,指一种态度适用于所有同类事物,而不仅仅适用于单一事物。营销人员可以通过测试营销组合因素,如产品、价格、渠道、广告、推销、服务等,以确定哪些因素才能最有力地影响消费者购买行为。

三、消费者购买行为决策过程

消费者购买行为决策,是指消费者谨慎地评价某一产品、品牌或服务的属性并进行选择、购买能满足某一特定需要的产品的过程。研究这个过程可以更有针对性地制订营销组合策略,从而满足需求,扩大销售。

(一)消费者购买决策过程的参与者

消费者在购买活动中可能扮演下列五种角色中的一种或几种:

(1)发起者。第一个提议或想到去购买某种产品或服务的人。

(2)影响者。有形或无形地影响最后购买决策的人。

(3)决定者。最后决定整个购买意向的人。比如买不买、买什么、买多少、怎么买、何时与何地买等等。

(4)购买者。实际执行购买决策的人。比如与卖方商谈交易条件、带上现金去商店选购等等。

(5)使用者。是指实际消费或使用产品或服务的人。

一个公司有必要认识以上这些角色,因为这些角色对于设计产品、确定信息和安排促销是有关联意义的。了解购买决策中的主要参与者和他们所起的作用,有助于营销人员妥善地协调营销计划,采取有针对性的营销策略,以较好地实现营销目标。

(二)消费者购买行为的类型

消费者购买行为决策随其购买决策的类型的不同而变化。阿萨尔(Assael)根据购买者在购买过程中参与者的介入程度和品牌间的差异程度,区分了消费者购买行为的四种类型。如图5.4所示。

	高介入度	低介入度
竞争品牌之间差异性大	复杂购买行为	寻找多样化的购买行为
竞争品牌之间差异性小	减少失调的购买行为	习惯性购买行为

图 5.4　消费者购买行为的类型

1.复杂购买行为

当消费者专心仔细地购买,并注意现有各品牌间的重要差别时,他们也就完成了复杂的购买行为。消费者一般对价格昂贵的、不常购买的、有风险的而且又非常有意义的产品的选择都非常仔细。即首先产生对产品的信念;然后逐步形成态度,对产品产生偏好;最后做出慎重的购买选择。例如购买计算机、汽车等,就属于复杂购买行为。

2.减少失调的购买行为

如果消费者属于高度参与,但是并不认为各品牌之间有显著差异,则会产生减少失调感的购买行为。减少失调感的购买行为指消费者并不广泛收集产品信息,并不精心挑选品牌,购买决策过程迅速而简单,但是在购买以后会认为自己所买产品具有某些缺陷或其他同类产品有更多的优点,进而产生失调感,怀疑原先购买决策的正确性。在这种情况下,不仅要优化自己的营销因素,而且要通过营销沟通去增强信念,使购买者对自己选择的产品在购买之后有一种满意感。

3.习惯性购买行为

许多产品的购买是在消费者低度介入、品牌间无多大差别的情况下完成的,我们称之为习惯性购买行为。购买食盐就是个很好的例证。消费者对这类产品几乎不存在介入情况。他们去商店购买某一品牌的食盐,如果他们长期保持购买同一个品牌的食盐,如加碘食盐,那只是出于习惯,而非出于对品牌的忠诚。消费者对大多数价格低廉、经常购买的产品介入程度很低。对于品牌差别很小的、低度介入的产品,营销人员要运用价格和销售促进作为产品试销的有效刺激,因为购买者并不强调品牌。

4.寻求多样化的购买行为

寻求多样化的购买行为是以消费者低度介入但品牌差异很大为特征的。以购买小甜饼为例,消费者第一次购买时挑选了某一品牌的小甜饼,但在下一次购买时,消费者也许想尝新,或想变换一下口味,而转向购买另外一种品牌的小甜饼,由此改变了品牌选择。但这种品牌选择的变化通常并不是因为对产品不满意,而多为寻求多样化。企业应采取多样化的营销策略去适应与鼓励消费者的多样化购买行为。

(三)消费者购买行为决策过程

不同购买类型反映了消费者购买决策过程的差异性或特殊性,消费者的购买决策过程也有其共性或一般性。消费心理学在对消费者进行研究的过程中发现,广大消费者在购买过程中的心理变化,一般遵循五个阶段的模式,即唤起需要、寻找信息、比较评价、购买决定和购后感受,如图5.5所示。

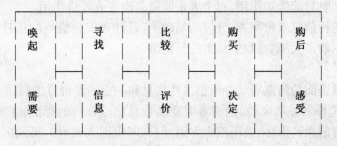

图5.5　购买决策过程的五阶段模式

这个购买决策过程模式适用于分析复杂的购买行为,因为,复杂的购买行为是最完整、最有代表性的购买类型,其他几种购买类型是越过其中某些阶段后形成的,是复杂购买行为的简化形式。这个模式强调,消费者购买决策在实际购买行动之前就已经做出,而且在商品购买中乃至购买以后,消费者的购买心理变化仍未中止。这就要求营销人员注意购买决策过程的各个阶段,而不是仅仅注意销售。

1. 唤起需要

消费者购买行为过程的起点是消费者的需要。消费者需要源于内部刺激或外部刺激,是指其具备主、客观条件(购买方与货源)的需要。因为,只有这样的需要才能形成购买需要,才对企业市场营销活动有实际意义。营销人员要了解与本企业产品有关的现实的和潜在的需要,了解消费者需要随时间推移以及外界刺激强弱而波动的规律性,并以此设计诱因、增强刺激、唤起需要,以最终促成人们采取购买行动。

2. 寻找信息

消费者为了满足消费需要,就要寻找信息。如果消费者的驱使力很强,可供满足的产品就在近处,那么他就很可能会购买该产品。否则,消费者的需要就只能保留在记忆之中。消费者也许不进一步收集信息,或进一步收集一些信息,或积极收集信息,这都与需求有关。

消费者信息来源主要有如下四种。

(1)个人来源。指家庭成员、朋友、邻居、同事和其他熟人提供的信息。

(2)商业来源。指营销企业提供的信息,如广告、推销员的介绍、商品包装的说明、商品展销会等。

(3)公共来源。指社会公众传播的信息,如消费者权益组织、政府部门、新闻媒介、消费者和大众传播的信息等。

(4)经验来源。指消费者的亲身经历和感受,直接使用产品得到的信息。以上这些信息来源的相对影响是随着产品的类别和购买者特征而变化的。一般来说,消费者经由商业来源获得的信息最多;其次为公共来源和个人来源;最后是经验来源。但从消费者对信息的信任程度看,经验来源和个人来源最高;其次是公共来源;最后是商业来源。因而,商业来源的信息在影响消费者购买决定时只起告知作用,而个人来源则起确定或评价作用。

企业要在对各种信息来源调查、分析的基础上,设计和安排恰当的信息渠道和传播方式,采用对目标市场影响最大、信息数量最多的促销组合。

3. 比较评价

消费者在获得全面的信息后就会根据这些信息和一定的评价方法对同类产品的不同品牌加以评价并决定选择。一般来说,消费者对商品信息比较评价的标准,主要集中在商品的属性、质量(包括品牌信念)、价格、效用四个方面,但有时也因人而异。不同的消费者,其消费需要结构不同,对商品信息的比较和所得结果必然有异。在价格不变的条件下,产品有更多的属性将增加其对顾客的吸引力,但是也会增加企业的成本。营销人员应了解顾客主要对哪些属性感兴趣,以确定产品应具备的属性。

4. 购买决定

消费者在评价阶段已经对品牌进行排序并形成了购买意向,肯定态度一旦形成,就会做出购买决定。消费者购买决定的内容是多方面的,除了包括对购买商品品牌的决定之外,还包括对购买地点、购买时间、购买数量、购买方式等的决定。但是,在购买意向和购买决策之间还有以下两种因素会起作用:一是他人的态度。他人的影响力取决于他人否定的强度、他人与消费者的关系、他人的权威性等几方面。二是未预料到的影响因素。如预期收入、预期价格、预期质量、预期服务等,如果这些预期条件受到一些意外因素的影响而发生变化,购买意向就可能改变。比如,预期的奖金收入没有得到、原定的商品价格突然提高、购买时销售人员态度恶劣等都可能导致顾客购买意向改变。

企业要想促进消费者增加在本企业的购买决定,就必须提供适销对路的商品和优质的服务,使其能在消费者心目中树立起良好的形象和较高的信誉,用以招徕更多的顾客。

5.购后感受

消费者购买了某一品牌的商品后,必然对商品进行观察、使用,产生相应的感受。这种感受大致有三种情况:很满意、基本满意、不满意。企业要懂得使消费者满意的重要性,用户满意是与消费者保持长久稳固关系的基础,顾客信赖产品,就会重复购买同一产品,推荐产品给周围人群,同时会继续从这家企业购买其他产品。而不满意的消费者的反应恰好相反,他们可能会抱怨或索赔、个人抵制或不再购买、劝阻他人购买、向有关部门投诉等等。可见,购后感受对购买行为有重要的反作用,甚至是唤起需要的重要因素。

企业应当采取有效措施减少或消除消费者的不满意情绪。比如,耐用消费品经营企业在产品售出以后,可以定期与顾客联系,感谢购买、指导使用、提供维修保养、征询改进意见等,还可建立良好的沟通渠道,处理消费者意见并迅速赔偿消费者所遭受的不公平损失。事实证明,购后沟通可减少退货和退订现象。

第二节　组织市场的类型及其购买行为

企业的市场营销对象不仅包括广大消费者,也包括各类组织机构。这些组织机构构成了原材料、零部件、机器设备、供给品和企业服务的庞大市场。因此,向这类市场提供生产资料和满足政府机构和公用事业所需产品的企业,必须研究组织市场的购买行为。

一、组织市场的类型及其特点

(一)组织市场的概念及类型

1.组织市场的概念

组织市场是指以某种组织为购买单位的购买者去购买所需产品与服务而构成的市场。其购买目的是为了生产、销售或履行组织职能。因此,与消费者市场相对应,组织市场是一个数量更大、范围更广的销售市场。就卖主而言,消费者市场是个人市场,而组织市场则是法人市场。

2.组织市场的类型

组织市场包括生产者市场、中间商市场、非营利组织市场和政府市场。

(1)生产者市场。指购买产品或服务用于制造其他产品或服务,然后销售或租赁给他人以获取利润的单位和个人。组成生产者市场的主要产业包括:工业、农业、林业、渔业、采矿业、建筑业、运输业、通信业、公共事业、银行业、金融业、保险业、服务业等。

(2)中间商市场,也称转卖者市场。指购买产品用于转售或租赁以获取利润的单位和个人,包括批发商和零售商。批发商,是指为了转手而进行大宗商品买卖的经济活动组织;零售商是指为了向最终消费者(包括个人消费者和组织消费者)出售商品而进行买卖的经济组织。

(3)非营利组织市场。泛指所有不以营利为目的、不从事营利活动的组织。我国通常把非营利组织称为"机关团体、事业单位",主要包括学校、医院、群众团体等,它们是以推进社会公益为宗旨的事业单位与民间团体。非营利组织市场,指为了维持正常运作和履行职能而购买产品和服务的各类非营利组织构成的市场。

(4)政府市场。指为了执行政府职能而购买或租用产品的各级政府部门。政府是特殊的非营利组织。各国政府通过税收、财政预算掌握了相当部分的国民收入,形成了潜力极大的政府采购市场。

从组织市场的构成可以看出,组织市场是一个综合性的市场,它既向生产企业提供生产资料以满足生产消费需要,又向商业企业提供消费品以满足消费者需要,还向社会机构提供各类满足社会活动和公共消费需要的产品。组织市场这一特点,决定了在组织市场中的各类购买者具有不同的消费行为,并受到不同因素的影响和制约。因此,开展对组织市场行为的研究,对于企业来说,具有特别重要的意义。

(二)组织市场的特点

由于商品的经济用途与购买决策的差异,组织市场的需求与消费者市场的需求有着不同的特点。其特点主要表现在以下几个方面。

1.从组织市场的需求特点分析

(1)派生性需求。相对于消费品需求这一初始需求来说,组织市场的市场需求属于派生需求。例如,消费者对服装的市场需求的特殊性,必然会引起服装厂对布匹和服装机械的需求的变化,同时又会引起纺织厂及机械厂对生产资料的需求的相应变化。派生需求往往是多层次的,形成一环扣一环的链条,消费者需求是这个链条的起点,是原生需求,是组织市场需求的动力和源泉。

(2)需求缺乏弹性。组织市场对产品和服务的需求总量受价格变动的影响较小。一般规律是:在需求链条上距离消费者越远的产品,其价格的波动越大,需求弹性越小。因此,原材料的价值越低或原材料成本在制成品成本中所占的比重越小,其需求弹性就越小。组织市场的需求在短期内特别无弹性,因为企业不可能临时改变产品的原材料和生产方式。例如,显像管的价格上涨,电视机厂不会因此而减少对该产品的需求。除非显像管的价格上涨幅度过大,已经严重影响到社会上对电视机的需求时,才会改变。

(3)需求波动性大。作为派生需求,受经济前景、科技发展及经济周期的影响较大,这就决定了组织市场对产品的需求变化要大于消费者市场需求,从而表现出较大的波动性。一些新企业和新设备尤其如此。如果消费品需求增加某一百分比,为了生产出满足这一追加需求的产品,工厂的设备和原材料会以更大的百分比增长,经济学家把这种现象称为加速原理。组织市场需求的这种波动性使得许多企业向经营多元化发展,以避免风险。

2. 从组织市场的规模与结构特点分析

(1)购买者的数目少。在组织市场上,购买者绝大多数都是企业单位,购买者的数目必然比消费者市场少得多。组织市场营销人员比消费品营销人员接触的顾客要少得多。

(2)采购次数少,每次采购数量大。一家生产企业的主要设备要若干年才购买一次,原材料与零部件也大都只签订长期合同。为了保证本企业生产的顺利进行,企业总是要保证合理的储备,因此,组织市场的顾客每次购买数量都比较大。

(3)购买者在地域上较为集中。组织市场的购买者往往集中在某些区域,致使这些区域的业务用品购买量占据全国市场的很大比重。例如,我国的北京、上海、天津、广州等城市以及苏南、浙江等地区的业务用品购买量就比较集中。

3. 从组织市场的购买者特点分析

(1)专业人员购买。组织市场的采购人员大都经过专业训练,具有丰富的专业知识,清楚地了解产品的性能、质量、规格和有关技术要求。

(2)多人决策。与消费者市场相比,影响组织市场购买决策的人较多。大多数企业有专门的采购组织,重要的购买决策往往由技术专家和高级管理人员共同做出,其他人也直接或间接地参与,这些组织和人员形成事实上的"采购中心"。一个企业所采购的生产资料在生产过程中所起的作用或所占地位越重,则参与采购决策的人员越多。

4. 从组织市场的交易特点分析

(1)销售访问多。由于需求方参与购买过程的人较多,供应者也较多,因而竞争激烈,所以需要更多的销售访问来获得商业订单,有时销售周期可达数年以上。调查表明,工业销售平均需要 4~4.5 次访问,从报价到产品发送通常以年为单位。

(2)互惠购买。组织市场的购买者往往这样选择供应商:"你买我的产品,我就买你的产品",即买卖双方经常互换角色,互为买方和卖方。有时买卖双方并不是直接的互惠者,从而出现了"三角形"甚至"多角形"互惠。互惠减少了企业的经营风险,因而被许多企业采用。

(3)供需双方关系密切。组织市场的购买者需要有源源不断的货源,供应商需要有长期稳定的销路,每一方对另一方都具有重要意义,因此,供需双方互相保持着密切的关系。近年来,客户和供应商之间的关系,由以前纯粹的对手关系,多变成了紧密合作的伙伴关系。

(4)直接购买。组织市场的购买者往往向供应方直接采购,而不经过中间商环节,价格昂贵或技术复杂的项目更是如此。

(5)租赁。组织市场往往通过租赁方式取得所需产品。对于机械设备、车辆等昂贵产品,许多企业无力购买或需要融资购买,较多采用租赁的方式,以便节约成本。

二、组织市场购买行为

组织市场购买行为除了区别于消费者市场购买行为之外,不同类型的组织市场内部也存在着各自不同的购买行为。

(一)生产者市场购买行为

在组织市场中,生产者市场的购买行为有典型意义,它与消费者市场的购买行为既有相似性,又有较大差异性,特别是在购买行为类型与购买决策过程等方面更为突出。

1.购买行为类型

(1)直接重购。指生产者用户的采购部门按照过去的订货目录和基本要求继续向原先的供应商购买产品。这是最简单的购买类型,通常由采购部门按常规原则处理,即采购部门对以往的所有供应商加以评估,选择感到满意的作为直接重购的供应商。被列入直接重购名单的供应商多尽力保持产品质量和服务质量,提高采购者的满意程度,极力保持重购关系。

(2)修正重购。指生产者用户改变原先所购产品的规格、价格或其他交易条件后再行购买。这类购买比直接重购复杂,由于以前的采购单在一些项目上发生了改变,购销双方需要重新谈判,因而双方均需要有较多的决策人员参加。用户会与原先的供应商协商新的供货协议,甚至更换供应商。原先选中的供应商感到有一定的压力,会全力以赴地继续保持交易,新的供应商感到这是获得交易的最好机会,则常提出更令采购者满意的供货条件以争取获得订货。

(3)新购。指生产者用户初次购买某种产品或服务。这是最复杂的购买类型。新购产品大多是不常购买的项目,如大型生产设备、建造新的厂房或办公大楼、安装办公设备或计算机系统等,采购者要在一系列问题上做出决策,如产品的规格、购买数量、价格范围、交货条件及时间、服务条件、付款条件、可接受的供应商和可选择的供应商等的决策。购买的成本和风险越大,购买决策的参与者就越多,需要收集的信息就越多,制订决策花费的时间也就越长,购买过程就越复杂。

2.购买决策过程

(1)购买决策的参与者。生产者市场的购买行为与消费者市场不同,它是一个有组织的活动。各单位由于规模不同,任务不一,购买组织的机构和决策权力也各不相同。因此,供应企业不仅要了解生产者市场的购买行为类型,还必须了解谁参与购买决策过程以及他们在决策中各充当什么角色、起什么作用,以便有针对性地开展工作,争取更多的订货机会。

购买组织的决策制订单位称为组织的采购中心,也就是那些参与企业决策制订过程的所有单位和个人。中心成员一般包括以下五种类型:①发起者。是指首先提议购买某种产品的人。发起者可能是使用者,也可能是基层管理者,还可能是工程技术人员。商品供应者应做好发起者的工作,以便让他们提议购买自己的产品。②使用者。是指未来实际使用产品或服务的人。使用者往往是首先提出购买某种商品建议的人,并在所购买产品的种类、规格等方面起着重要的作用。③影响者。是指组织内部和外部直接或间接地影响购买决策的人员。如财务部门会从成本核算的角度影响决策者;质量检查部门从所购买产品的质量和性能上施加影响;技术部门则从技术的要求提出建议;供应企业的推销人员和市场咨询机构,等等。④决策者。是指最终有权批准购买意向的人或集体。决策者不仅决定选择购买对象和供应商,也决定购买时间、购买批量。供应商应设法知道谁是决策者,以便最终有效地促成交易。⑤购买者。是指具体执行购买任务的人。他们受组织的派遣,参加与供应商的谈判。因此,他们在商品的价格和其他购买条件或者涉及产品的特殊要求等方面的决定,起着重要的作用。从以上五种类型的分析中可以看出:市场的购买决策是由集体做出的,这些人的意见可能一致,也可能不一致,他们分布在不同的岗位上。同时,应该指出的是,并不是所有的企业采购任何产品或服务都必须有上述五种人参加。一个采购中心的规模和参加的人员,会因欲购产品或服务的种类、企业自身规模及企业组织结构的不同而有所不同。所以,对于供应商来说,推销工作必须在对方购买活动开始以前进行,应做到既要保证重点,又要全面推销。

(2)购买决策过程。生产者市场购买过程,一般经过八个阶段:①提出需求。这是生产者用户购买决策的起点,当企业在经营中发现某个问题,有人提出可以通过增购某些产品和服务来解决时,采购过程便开始了。提出需求可以由内在刺激或外在刺激引起。从内部来看,企业可能要推出一种新产品,需要新设备或原材料来制造;机器发生故障,需要更新或需要新零件;已购进的商品不理想或不适用,需要更换供应商。从外部来说,采购人员通过广告、商品展销会或卖方推销人员介绍等途径了解到有更理想的产品,从而产生需求。②确定基本需求。确定所需项目的总特征和数量。标准化产品易于确定,而非标准化产品需由采购人员和使用者、技术人员乃至高层经营管理人员共同协商确定。卖方营销人员应向买方介绍产品特性,协助买方确定需要。③说明详细需求。由专业技术人员进一步对所需产品的规格型号、性能、特征、数量和服务等做详细的技术说明,同时需要做价值分析,目的是降低成本,并形成书面材料,作为采购人员采购的依据。卖方也应通过价值分析向潜在顾客说明自己的产品和价格比其他品牌更理想。④寻找供应商。采购人员根据产品技术说明书的要求寻找那些服务周到、产品质量高、声誉好的供应商。寻找的途径可通过工商名录或其他资料查找,也可通过其他企业介绍、观看商业广告、参加展览会、查找网上信息等,然后,对这些工商企业的生产、供货、人员配备及信誉等方面进行调查,从中选出理想的企业作为备选供应商。⑤征求供应建议书。指邀请合格的潜在供应商提交详细的书面供应建议书,以征求他们对供货的意见和建议。卖方的营销人员必须擅长调查研究、写报告和提建议。这些建议应当是营销文件而不仅仅是技术文件,以便引起对方的重视和信任。⑥选择供应商。指生产者用户对供应建议书加以分析评价,从中选出最具吸引力的供应商。评价内容包括供应商的产品质量、性能、产量、技术、价格、信誉、服务、交货能力等属性,各属性的重要性随着购买类型的不同而不同。此外,多数企业不愿仅依靠单一的供应商,而是取若干供货方,然后将其中较大的份额给予其中间的一个厂家,这样,买方企业不会仅依赖一个供应源。为此,各供应商都要及时了解竞争者的动向,制订相应的竞争策略。⑦签订合同。选定供应商后,买方即正式发出订单,订单上写明所需产品规格、数量、交货时间、退货条款、保修条件等。双方签订合同后,合同或订单附本被送到进货部门、财务部门及企业其他有关部门。许多生产者用户愿意采取长期有效合同的形式,而不是定期采购订单。买方若能在需要产品的时候通知供应商随时按照条件供货,就可实行"无库存采购计划",降低或免除库存成本而由卖方承担。卖方也愿意接受这种形式,因为,可以与买方保持长期的供货关系,增加业务量,抵御新竞争者。⑧绩效评价。产品购进使用后,采购部门将与使用部门保持联系,了解该产品使用情况,满意与否,并考察比较各家供应商的履约情况,以决定维持、修正或中止供货关系。购买者如果是新购行为,常常会经过全部阶段;如果是修正重购或直接重购,购买者可能会跳过某些阶段。

(二)中间商市场购买行为

中间商在地理分布上比生产者市场分散,比消费者市场集中。故中间商购买行为与决策具有自己的独特之处。

1.购买行为类型

(1)新购。新购指中间商对是否购进以及向谁购进以前未经营过的某一新产品做出决策。中间商会通过对该产品的进价、售价、市场需求和市场风险等因素进行分析后做出决定。购买决策过程的主要步骤与生产者市场的购买决策过程大致相同。

(2)直接重购。直接重购指中间商的采购部门按照过去的订货目录和交易条件继续向原先的供应商购买产品。中间商会对以往的供应商进行评估,选择感到满意的作为直接重购的供应商,在商品库存低于规定水平时就按照常规续购。

(3)选择最佳供应商。选择最佳供应商指中间商已经确定需要购进的产品,正在寻找最合适的供应商。当中间商拟用供应商品牌销售时,或由于自身条件限制不能经营所有供应商的产品时,就需要从众多的供应商中选择最优者。

(4)改善交易条件的采购。改善交易条件的采购指中间商希望现有供应商在原交易条件上再做些让步,使自己得到更多的利益。如果同类产品的供应增多或其他供应商提出了更有诱惑力的价格和供货条件,中间商就会要求现有供应商加大折扣、增加服务、给予信贷优惠等等。他们并不想更换供应商,但是会把这作为一种施加压力的手段。

2.购买决策过程的参与者

中间商购买过程参与者的多少与商店的规模和类型有关。在小型"方便店"中,店主人亲自进行商品选择和采购工作。在大公司里,由专人或专门的组织从事采购工作,重要的项目有更高层次和更多的人员参与。虽然不同类型中间商如百货公司、超级市场、杂货批发商等采购方式不同,同类中间商的采购方式也有差别,但是其中也有许多共性。

以连锁超市为例,参与购买的人员和组织主要有:

(1)商品经理。他们是连锁超级市场公司的专职采购人员,分别负责各类商品的采购任务,收集不同品牌的信息,选择适当的品牌和品种。有些商品经理被赋予较大的权力,可以自行决定接受或拒绝某种新产品或新品牌。有些商品经理权力较小,只是负责审查和甄别,然后向公司的采购委员会提出接受或拒绝的建议。

（2）采购委员会。采购委员会通常由公司总部的各部门经理和商品经理组成，负责审查商品经理提出的新产品采购建议，做出采购与否的决策。由于商品经理控制信息和提出建议，事实上具有决定性作用。采购委员会只是起着平衡各种意见的作用，在新产品评估和购买决策方面产生重要影响。

（3）分店经理。分店经理是连锁超市下属各分店的负责人，掌握着分店的采购权。美国连锁超级市场各个分点的货源，有 2/3 是由分店经理自行决定采购的。即使某种产品被连锁公司总部的采购委员会接受，也不一定被各个分店接受，这加大了制造商的推销难度。

（三）非营利组织市场、政府市场购买行为

1.非营利组织的类型

按照不同的职能，非营利组织可分为如下三类。

（1）履行国家职能的非营利组织。指服务于国家和社会，以实现社会整体利益为目标的有关组织，包括各级政府和下属各部门、保卫国家安全的军队、保障社会公共安全的警察和消防队、管制和改造罪犯的监狱等。

（2）促进群体交流的非营利组织。指促进某群体内成员之间的交流、沟通思想和情感、宣传普及某种知识和观念、推动某项事业的发展、维护群体利益的各种组织，包括各种职业团体、业余团体、宗教组织、专业学会和行业协会等。

（3）提供社会服务的非营利组织。指为某些公众的特定需要提供服务的非营利组织，包括学校、医院、红十字会、卫生保健组织、新闻机构、图书馆、博物馆、文艺团体、基金会、福利和慈善机构等。

2.非营利组织的购买特点和方式

（1）非营利组织的购买主要有以下特点：①限定总额。非营利组织的采购经费总额是既定的，不能随意突破，比如，政府采购经费的来源主要是财政拨款，拨款不增加，采购经费就不可能增加。②价格低廉。非营利组织大多不具有宽裕的经费，在采购中要求商品价格低廉。政府采购用的是纳税人的钱，更要仔细计算，用较少的钱办较多的事。③保证质量。非营利组织购买商品不是为了转售，也不是使成本最小化，而是维持组织运行和履行组织职能，所购商品的质量和性能必须保证实现这一目的，比如，医院的食堂以劣质食品供应给病人就会损害医院的声誉，采购人员必须购买价格低廉且质量符合要求的食品。④受到控制。为了使有限的资金发挥更大的效用，非营利组织采购人员受到较多的控制，只能按照规定的条件购买，缺乏自主性。⑤程序复杂。非营利组织购买过程的参与者多，程序也较为复杂。比如，政府采购要经过许多部门签字盖章，受许多规章制度约束，需要准备大量的文件、填写大量的表格等。

（2）非营利组织的购买方式。①公开招标选购。即非营利组织的采购部门通过传播媒体发布广告或发出信函，说明拟采购商品的名称、规格、数量和有关要求，邀请供应商在规定的期限内投标。有意争取这笔业务的企业要在规定时间内填写标书，密封后送交非营利组织的采

购部门。招标单位在规定的日期开标,选择报价最低且其他方面符合要求的供应商作为中标单位。②议价合约选购。即非营利组织的采购部门同时和若干供应商就某一采购项目的价格和有关交易条件展开谈判,最后与符合要求的供应商签订合同,达成交易。这种方式适用于复杂的工程项目,因为它们涉及重大的研究开发费用和风险。③日常性采购。指非营利组织为了维持日常办公和组织运行的需要而进行采购。这类采购金额较少,一般是即期付款、即期交货,如购买办公桌椅、纸张文具、小型办公设备等,类似于生产者市场的"直接重购"或中间商市场的"最佳供应商选择"等类型。

3.政府市场及购买行为

政府市场是非营利组织市场的重要构成部分,关于非营利组织购买行为的阐述同样适用于政府市场。此外,政府市场还有自身的特点与购买行为。

(1)政府市场的购买目的。政府采购的目的不像工商企业那样是为了营利,也不像消费者那样是为了满足生活需要,而是为了维护国家安全和社会公众的利益。政府采购的具体购买目的有:加强国防与军事力量;维持政府的正常运转;稳定市场,政府有调控经济、调节供求、稳定物价的职能,常常支付大量的财政补贴以合理价格购买和储存商品;对外国的商业性、政治性或人道性的援助等。

(2)政府市场购买过程的参与者。各个国家、各级政府都设有采购组织,一般分为:①行政部门的购买组织。如国务院各部、委、局;省、直辖市;自治区所属的各厅、局;市、县所属的各局、科等。这些机构的采购经费主要由财政部门拨款,由各级政府机构的采购办公室具体经办。②军事部门的购买组织。军事部门采购的军需品包括军事装备(武器)和一般军需品(生活消费品)。各国军队都有国防部和国防后勤部(局),国防部主要采购军事装备,国防后勤部(局)主要采购一般军需品。在我国,国防部负责重要军事装备的采购和分配;解放军总后勤部负责采购和分配一般军需品;此外,各大军区、各兵种也设立后勤部(局)负责采购军需品。

(3)政府购买方式。与其他非营利组织一样,政府购买方式有公开招标选购、议价合约选购和日常性采购三种,其中以公开招标为最主要方式。采用公开招标方式时,政府要制定文件去说明对所需产品的要求和对供应商能力与信誉的要求。议价合约的采购方式,通常发生在复杂的购买项目中,往往涉及巨大的研究开发费用与风险;有时也发生在缺乏有效竞争的情况下。

由于政府支出受到公众的关注,为确保采购的正确性,政府采购组织会要求供应商准备大量的说明产品质量与性能的书面文件;决策过程可能涉及繁多的规章制度、复杂的决策程序、较长的时间及采购人员更换。政府机构也会经常地采取改革措施简化采购过程,并把采购系统、采购程序和注意事项提供给各供应商。政府采购比较重视价格。因此,有实力的供应商要经常预测政府需求,设计适当低价的适用产品和服务,以争取中标。

本章小结

本章着重论述了消费者市场与组织市场的需求及购买行为。首先,介绍了消费者市场及其特点、消费者购买行为类型和购买决策过程、影响消费者购买行为的四大因素。其次,组织市场的类型分为生产者市场、中间商市场、非营利组织市场和政府市场;同时,对不同市场购买行为差异性进行了论述。生产者购买行为可分为直接重购、修正重购和新购三种类型,新购的购买过程最为复杂。生产者市场购买过程一般经过八个阶段,即提出需求、确定基本需求、说明详细需求、寻找供应商、征求供应建议书、选择供应商、签订合同、绩效评价。中间商的购买类型分为新购、直接重购、选择最佳供应商和改善交易条件的采购四种。中间商类别不同,购买决策的参与者也不同。非营利组织的购买特点主要有限定总额、价格低廉、质量保证、受到控制、程序复杂五个方面。通常的采购方式有公开招标选购、议价合约选购、日常性采购等。政府市场购买组织一般分为行政部门的购买组织和军事部门的购买组织两类。

思考题

1. 说明复杂的购买行为、减少失调感的购买行为、多样性购买行为和习惯性购买行为的产生条件以及相应的营销策略。

2. 组织市场有哪些特点?

3. 生产者用户一个完整的购买过程是什么?

4. 中间商的购买类型对购买决策过程产生何种影响?

5. 非营利组织有哪些类型? 主要购买方式有哪些?

【综合案例分析】

戴尔采购工作最主要的任务是寻找合适的供应商,并保证产品的产量、品质及价格方面在满足订单时,有利于戴尔公司。采购经理的位置很重要。戴尔的采购部门有很多职位设计是做采购计划、预测采购需求,联络潜在的符合戴尔需要的供应商。因此,采购部门安排了较多的人。采购计划职位的作用是什么呢 ? 就是尽量把问题在前端就解决。戴尔采购部门的主要工作是管理和整合零配件供应商,而不是把自己变成零配件的专家。戴尔有一些采购人员在做预测,确保需求与供应的平衡,在所有的问题从前端完成之后,戴尔在工厂这一阶段很少有供应问题,只是按照订单计划生产高质量的产品就可以了。所以,戴尔通过完整的结构设置,来实现高效率的采购,完成用低库存来满足供应的连续性。

"戴尔公司可以给你提供精确的订货信息、正确的订货信息及稳定的订单,"一位戴尔客户经理说,"条件是,你必须改变观念,要按戴尔的需求送货;要按订货量决定你的库存量;要用批量小,但频率高的方式送货;要能够做到随要随送,这样你和戴尔才有合作的基础。"事实上,在部件供应方面,戴尔利用自己的强势地位,通过互联网与全球各地优秀供应商保持着紧密的联系。这种"虚拟整合"的关系使供应商们可以从网上获取戴尔对零部件的需求信息,戴尔也能实时了解合作伙伴的供货和报价信息,并对生产进行调整,从而最大限度地实现供需平衡。

给戴尔做配套,或者作为戴尔零部件的供应商,都要接受戴尔的严格考核。

戴尔可以形成相当于对手9个星期的库存领先优势,并使之转化为成本领先优势。这就是戴尔运作效率的来源。

戴尔很重视与供应商建立密切的关系。"必须与供应商无私地分享公司的策略和目标。"迈克尔说。通过结盟打造与供应商的合作关系,也是戴尔公司非常重视的基本方面。在每个季度,戴尔总要对供应商进行一次标准的评估。事实上,戴尔让供应商降低库存,他们彼此之间的忠诚度很高。从2001年到2004年,戴尔遍及全球的400多家供应商名单里,最大的供应商只变动了两、三家。

戴尔也存在供应商管理问题,并已练就出良好的供应链管理沟通技巧,在有问题出现时,可以迅速地化解。当客户需求增长时,戴尔会向长期合作的供应商确认对方是否可能增加下一次发货数量。如果问题涉及硬盘之类的通用部件,而签约供应商难以解决,就转而与后备供应商商量,所有的一切,都会在几个小时内完成。一旦穷尽了所有供应渠道也依然无法解决问题,那么就要与销售和营销人员进行磋商,立即回复客户,这样的需求无法满足。

"我们不愿意用其他人的方式来作业,因为他们的方法在我们的公司行不通。"迈克尔说。戴尔通过自行创造需求的方法,并取得供应商的认同,已经取得了很好的成绩。戴尔要求供应商不光要提供配件,还要负责后面的即时配送。对一般的供应商来看,这个要求是"太高了",或者是"太过分了"。但是,戴尔一年200亿美元的采购订单,足以使所有的供应商心动。一些供应商尽管起初不是很愿意,但最后还是满足了戴尔的及时配送要求。戴尔的业务做得越大,对供应商的影响就越大,供应商在与戴尔合作中能够提出的要求会更少。戴尔公司需要的大量硬件、软件与周边设备,都是采取随时需要,随时由供应商提供送货服务。

供应商要按戴尔的订单要求,把自己的原材料转移到第三方仓库,在这个原材料的物权还属于供应商。戴尔根据自己的订单确定生产计划,并将数据传递给本地供应商,让其根据戴尔的生产要求把零配件提出来放在戴尔工厂附近的仓库,做好送货的前期准备。戴尔根据具体的订单需要,通知第三方物流仓库,通知本地的供应商,让他把原材料送到戴尔的工厂,戴尔工厂在8小时之内把产品生产出来,然后送到客户手中。整个物料流动的速度是非常快的。

讨论题:

1.戴尔的采购从哪些方面反映了产业购买者的共同行为特征?

2.作为产业购买者,戴尔的购买行为有哪些时代特点?

3.假设你所在的公司是一家生产液晶显示器的大型号企业,现在打算将戴尔由潜在客户变为现实客户,请你为自己的公司提出一套能够实现这一目标的方案。

聚焦分析：

生产者市场的购买行为有着独特的特征及购买方式,购买过程的参与者和购买决策过程除了具有组织市场的共性特征之外,还有其自身的个性特征,如何保持与供应商的有效合作,是企业顺利经营的关键因素。

【阅读资料1】

政府采购制度源于西方国家,已有200多年的历史,原先仅适用于国内采购,后来延伸到国际采购。

18世纪末至19世纪初,西方国家进入自由资本主义时期,一些发展较快的资本主义国家为了开展政府机构的日常政务活动、为社会公众提供公关服务、履行政府机构的职能,开始实行政府采购制度。如当时最发达的资本主义国家英国在1872年首先设立政府文具公用局,作为政府部门所需办公用品的采购机构。随着经济的发展,政府采购的内容逐渐丰富,适用范围逐渐扩大,制度也日趋完善。现代政府采购制度是伴随着经济的发展而发展起来的。1947年《关贸总协定》中"有关国民待遇的例外规定条款"标志着现代政府采购制度的诞生。20世纪60年代,欧洲经合组织(OECD)出台了《关于政府采购政策、程序和做法的文件草案》,首次将政府采购正式纳入国际组织文件之中。1979年东京回合中《政府采购协议》的出台,标志着世界上第一部国际性的政府采购法诞生。

我国的政府采购制度起步较晚,只有短短几年的时间,但发展十分迅速。1995年,上海开始使用国际通告的政府采购规划来规范政府采购活动,标志着我国政府采购制度实践的开始;1996年,我国首次进行政府采购制度试点;1997年,根据我国与亚太经合组织的协定,我国政府承诺在2020年之前向亚太经合组织其他成员国开放国内政府采购市场;1998年,政府采购试点范围逐步扩大;2000年,政府采购试点工作在全国范围开展,试点范围从试点初期的简单货物扩大到许多工程和服务领域,全国各地基本建立起政府采购机构;2002年,第九届全国人民代表大会常务委员会第二十八次会议通过了《中华人民共和国政府采购法》,标志着我国政府采购进入规范发展的新阶段。

【阅读资料2】

大宝护肤品,适宜工薪阶层选择。大宝是北京三露厂生产的护肤品,在国内化妆品市场竞争激烈的情况下,大宝不仅没有被击垮,而且逐渐发展成为国产名牌。在日益增长的国内化妆品市场上,大宝选择了普通工薪阶层作为销售对象。既然是面向工薪阶层,销售的产品就一定要与他们的消费习惯相吻合。一般说,工薪阶层的收入不高,很少选择价格较高的化妆品,而他们对产品的质量也很看重,并喜欢固定使用一种品牌的产品。因此,大宝在注重质量的同时,坚持按普通工薪阶层能接受的价格定价。其主要产品"大宝SOD蜜"市场零售价不超过10元,日霜和晚霜也不过是20元。价格同市场上的同类化妆品相比占据了很大的优势,本身的质量也不错,再加上人们对国内品牌的信任,大宝很快争得了顾客。许多顾客不但自己使用,也带动家庭其他成员使用大宝产品。使用大宝护肤品的消费者年龄在35岁以上者居多,这一类消费者群体性格成熟,接受一种产品后一般很少更换。这种群体向别人推荐时,又具有可信度,而化妆品的口碑好坏对销售起着重要作用。大宝正是靠着群众路线获得了市场。

第六章

Chapter 6

市场营销调研与预测

【学习要点】

①市场营销调研的概念和分类；市场营销决策中的信息需求；营销调研过程；

②学会确定营销调研的问题，掌握营销调研的设计，包括设计原始资料的收集方法、测量开发、问卷设计和抽样设计；

③培养针对企业所面临的特定营销决策问题，为其设计相应营销调研方案的能力。

【引导案例】在1985年，美国可口可乐公司放弃了原始配方可乐，取而代之的是有更甜、更柔味道的"新可乐"。起初，由于铺天盖地的广告及促销，新可乐销路不错。但销量很快下降，公众的反应令人吃惊：公司每天都会收到来自愤怒消费者的成袋信件和1 500多个电话。一个叫做"旧可乐饮用者"的组织发起各种抗议活动。仅仅三个月之后，就促使可口可乐公司重新提供旧可乐。为什么要引进新可乐？哪里出了问题？许多分析家认为错误出在糟糕的营销调研上。

在20世纪80年代早期，尽管可口可乐仍是软饮料中的领先者，但其市场份额却慢慢的被百事可乐侵蚀。多年来，百事成功地发动了"百事挑战"，通过一个口感测验，表明消费者更喜欢甜一点的百事可乐。到1985年初，尽管可口可乐仍在整体市场上占领先地位，但百事却在超市销售份额中领先了2%。可口可乐公司不得不采取行动阻止市场份额的流失，而解决之道，就是要改变可口可乐的味道。由此，可口可乐公司开始实施了其历史上规模最大的新产品调查计划。它用了两年多的时间和400万美元来进行调查，以确定新配方。在无商标的分别检验中，有60%的消费者认为新可乐比原来的好；有52%的人认为新可乐比百事可乐好。调查表明，新可乐一定会赢，所以，公司很自信地推出了这一新产品。但问题在于其将营销调研问题限定得太狭窄。调查只限于味道问题，没有考虑无形资产——可口可乐的名称、历史、包装、文化遗产以及形象。对许多美国人而言,可口可乐代表了美国社会中最根本的东西,它的象征性意义比它的口味更重要。如果调查的范围更广泛一些,是应该能发现这些强烈情感的。

因此,不仅要注重建立先进的营销调研系统,运用科学的调研方法去进行调研活动,更要正确地确定调研内容,并对调研结果进行科学分析,从而做出科学的营销决策。

第一节　市场营销信息

市场营销就是通过了解市场环境的变化和预测将来状况来准确地应对顾客需求的变化。所有的市场营销活动都以信息为基础而展开,其新产品的营销计划也开始于对顾客需求信息的全面了解。而且经营决策水平越高,外部信息和对将来的预测信息就越重要。目前,企业的经营管理已从注重内部管理的时代转移到致力于应对外部环境变化的时代,其经营管理已成为一种战略性管理,即要在充分把握环境和竞争结构变化的情况下,更多地解决营销如何创新的问题。而要进行这一突破,就更加有赖于企业所掌握的各类营销信息。

一、市场营销信息概述

(一)市场营销信息的含义

信息即消息,它是客观存在的,是对客观世界的反映,具有新知识性。信息与物质、能量是客观世界的三大要素。它是各种相互联系的客观事物在变化中以一定的传递形式而显示的有关特性内容的总和。

市场营销信息是一种特定的信息,是指有关市场及市场发展变化趋势规律的,并与企业市场营销活动相关的各种信息。它反映了市场活动和环境变化的状态、特征和趋势等情况。

(二)市场营销信息的作用

迅速、准确、及时地搜集和掌握国内外市场营销信息,对企业制订营销组合策略,建立产品销售渠道,实现企业营销目标和企业发展目标,具有十分重要的意义。具体来说,市场营销信息的作用主要体现在以下几方面:

(1)市场营销信息是企业制订正确的市场营销决策的基本保证。全面、系统、准确的市场营销信息是企业进行市场营销决策的直接依据和间接依据。因此,企业只有掌握了大量的市场营销信息,才能做出科学合理的营销决策。

(2)市场营销信息是企业进行市场预测的依据。在企业进行营销决策和实施营销决策前,通常都要进行市场营销预测,这是进行营销活动必需的环节。市场营销信息提供的资料、数据则是进行市场营销预测活动的依据。没有市场营销信息作为支撑的市场营销预测,本身就是一种冒险。

(3)市场营销信息是企业制订营销策略的基本前提。企业的营销策略是用于实现营销目标和营销战略的,而如何制订营销策略是个复杂的问题。营销策略的制订要以企业不能控制的环境为依据,要针对用户需求,发挥促进销售的作用。企业对不可控因素的掌握,则要通过了解市场营销信息来实现。

(4)市场营销信息是企业制订营销计划的基础。计划是企业的首要职能。营销计划作为企业计划的重要组成部分,它规定了企业营销活动的目标和达到目标的主要途径及措施。企业要想了解市场需求情况,制订营销计划,就必须掌握市场营销信息。如果企业不了解市场营销信息,就无法制订符合实际的营销计划。

(5)市场营销信息是企业营销控制的保障条件。市场是变化莫测的,企业在营销活动中会遇到许多新的问题和未知的情况,从而使原来的营销决策和销售计划无法适应已变化了的市场环境,这就需要企业领导针对新的变化,重新决策或修订计划,使营销计划与企业目标保持动态平衡。因此,企业在市场营销活动过程中,要随时注意市场营销变化的信息,据此进行营销控制。

(三)市场营销信息的类型

市场营销信息包含的内容非常广泛复杂,可依据不同的分类标准进行分类。市场营销信息可以分为以下不同的类型。

1.按照市场营销信息内容划分

可分为市场环境信息、产品信息、价格信息、销售渠道信息、促销信息和市场竞争信息等。

市场环境信息,主要指与企业营销活动有关的经济、政治、法律、社会文化、人口、技术和自然等方面的信息。

产品信息,主要是企业所处的国内外市场,特别是目标市场,对企业所经营的相关产品的需求信息、产品的服务水平与性能质量信息、产品寿命周期以及替代品和互补品的信息。

价格信息,主要包括市场上同类产品的平均价格水平、产品的价格弹性、价格的未来变化趋势等。

销售渠道信息,主要是市场上同类产品分销渠道的种类信息、不同渠道的特点及优劣的信息、各渠道成员的关系及各自实力的信息、渠道的未来发展趋势等信息。

促销信息,是指市场上有关人员推销、广告、营业推广和公共关系方面的信息。主要是不同促销方式在营销中所起作用的信息、与销售有关的人力资源信息、广告的方式及相关媒体的信息、营业推广的主要形式及效果的信息、在公众中树立良好企业形象的方式等方面的信息。

市场竞争信息,主要是企业所处市场的竞争特点信息,其中包括直接和间接竞争对手的营销战略和策略、市场份额和地位、对企业营销活动的反应等信息。

2.按照市场营销信息的来源划分

可分为企业内部信息和企业外部信息。

企业内部信息,包括会计记录、统计记录、业务记录、企业计划和总结、企业营销策略和市场预测、决策资料、企业经济活动分析等信息。

企业外部信息，包括政府机关有关经济活动的方针、政策、法令等信息，政府发布的经济公告，以及城市经济信息中心、公用企业事业单位以及同行业企业、科学技术部门的信息等。

3.按照市场营销消息获取的途径划分

可分为一手信息和二手信息。

一手信息，是当前为某种特定目的而收集的资料，又称原始资料。大部分市场营销调研方案需要收集原始信息。原始信息的收集费用较大，但比较准确、实用。

二手信息，是指某处已存放的信息资料或为某一目的已收集的信息。研究人员通常都首先借助二手信息资料来开展调研，如果可以达到目标，就能省去收集原始信息的费用，从而降低成本，提高效率。

4.按照市场营销决策的级别划分

可分为战略信息、管理信息和作业信息。

战略信息，是指企业最高层领导对经营方针、目标等方面进行决策所需要的有关信息。

管理信息，是指企业一般管理人员在有关决策中所需要的信息。

作业信息，是指企业日常业务活动所需要的信息。

此外，还可以根据信息的表示方式的不同，分为文字信息和数据信息；根据信息的处理程度的不同，分为原始信息与加工信息；根据信息稳定性的不同，分为固定信息和流动信息，等等。

二、市场营销信息系统选择

(一)市场营销信息系统的含义

市场营销信息系统(Marketing Information System , MIS)，是指一个由人员、机器设备和计算机程序组成的相互作用的复合系统，它连续有序地收集、挑选、分析、评估和分配恰当的、及时的和准确的市场营销信息，为企业营销管理人员制订、改进、执行和控制营销战略和计划提供依据。

(二)市场营销信息系统的构成

市场营销信息系统的作用是评估营销管理人员的信息需要，收集需要的信息，为营销管理人员适时分配信息。市场营销信息系统的结构如图 6.1 所示。市场营销信息系统包括以下子系统。

1.内部报告系统

营销管理人员使用的最基本的信息系统是内部报告系统。这是一个包括订单、销售额、价格、存货水平、应收账款、应付账款等等的系统。它包括以下两个部分：

一是，订单——收款循环系统。它是内部报告系统的核心。它的运作过程是先由销售代表、经销商和顾客将订单送交公司；订货部门准备数份发票副本，分送各有关部门；存货不足的

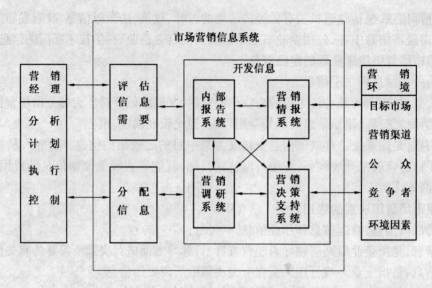

图 6.1　市场营销信息系统

项目留待以后交付;需装运的项目则附上运单和账单,同时还要复印多份分送各有关部门。因为大多数顾客偏爱那些能及时交货的公司。因此,要求各公司迅速和正确地执行这些步骤。

二是,销售报告系统。它能为营销管理人员提供当前销售的最新报告。计算机技术已经革命性地将销售代表的工作,从推销的"艺术"转变为工程业务过程。利用笔记本电脑,销售代表可以即时得到关于潜在和现行顾客信息的资料,利用计算机网上信息系统能迅速反馈和送出销售报告。

2.营销情报系统

营销情报系统是使公司管理人员获得日常关于营销环境发展的恰当信息的一整套程序和来源。内部报告系统为管理人员提供结果信息,而营销情报系统则为管理人员提供正在发生的信息。营销管理人员大多数是自行收集情报,他们常通过阅读书籍、报刊和同业公会的出版物;或同顾客、供应商、分销商或其他外界人员交谈;或同公司内部的其他经理和人员谈话等方法进行收集。但这种方法带有相当的偶然性,可能会有一些有价值的信息没有抓住或抓得太迟,而不能做出最好、最及时的反应。鉴于此,一些经营灵活的公司则采取进一步的措施去改进其营销情报的质量和数量:首先,训练和鼓励销售人员去发现和报告新发展的情况;其次,鼓励分销商、零售商和其他中间商把重要的情报报告给公司;再次,公司向外界的情报供应商与信息研究公司购买信息;另外,建立内部营销信息中心,即建立一个有关信息的系统档案,用以收集和传送营销情报,其职能人员通过经常审阅较重要的出版物,去摘录有关新闻,并制成新闻简报,送给营销经理参阅,同时协助经理们评估新的信息,这就大大提高了可供营销经理使用的信息质量。

3.营销调研系统

营销调研系统的任务就是系统地、客观地识别、收集、分析和传递有关市场营销活动各方面的信息,提出与企业面临的特定的营销问题有关的研究报告,以帮助营销管理者做出有效的营销决策。营销调研系统不同于营销信息系统,它主要侧重于企业营销活动中某些特定问题的解决。

4.营销决策支持系统

营销决策支持系统,是计算机技术、人工智能技术与管理决策技术相结合的一种决策技术。它涉及计算机软件和硬件、信息论、人工智能、信息经济学、管理科学、行为科学等学科,旨在支持半结构化决策问题的决策工作。它通过帮助分析者深入了解数据之间的关系及其统计上的可靠性,如与销售额变化相关的因素有哪些、各自对销售额变动的影响有多大等,来帮助决策者科学的做出营销决策,如确定最佳销售区域、零售网点配置、广告预算分配,是否开发新型号产品等。使决策者能够提高决策能力与水平,最终实现提高决策的质量和效果的目的。

第二节 市场营销调研

一、市场营销调研的含义和作用

(一)市场营销调研的含义

市场营销调研 1910 年首先在美国出现,第二次世界大战后逐渐推广到世界各国。市场营销调研,是指以营销管理和营销决策为目的的,而运用科学的方法,对有关信息进行系统收集、整理、分析和报告的过程。

市场营销调研应用的范围很广,企业中常见的一些调研项目有:宏观环境调研、市场需求分析、销售分析、市场占有率分析、竞争产品研究,以及价格研究、广告研究、分销渠道研究、消费者购买行为分析等。

(二)市场营销调研的作用

总体而言,市场营销调研在企业制订营销规划、确定企业发展方向、制订企业的市场营销组合策略等方面有着极其重要的作用。在营销决策执行过程中,为调整营销计划、改进和评估各种营销策略提供依据,而有着检验与矫正的作用。其作用具体来说有如下几点。

(1)市场营销调研可为企业发现市场机会提供依据。通过市场营销调研,可以确定产品的潜在市场需求和销售量的大小,了解顾客的意见、态度、消费倾向、购买行为等,据此可进行市场细分,进而确定其目标市场,分析市场的销售形势和竞争态势,作为发现市场机会、确定企业发展方向的依据。

(2)市场营销调研是企业产品更新换代的依据。通过市场营销调研,可以发现企业的产品目前处于产品生命周期的哪个阶段,以便适时调整营销策略,对其是否要进行产品的更新换代做出决策。

(3)市场营销调研是企业制订市场营销组合策略的依据。市场营销调研可以帮助营销人员从错综复杂的营销环境中看清问题的本质,找出问题产生的根源,以制订或调整营销策略去解决问题。例如,某产品在南方深受顾客青睐,可在北方却销售不畅,通过市场营销调研可以指出问题所在、找到原因,正确调整原有的产品策略。

(4)市场营销调研是企业增强竞争能力、提高经济效益的基础。通过市场营销调研,企业可以及时了解市场上产品的发展变化趋势,掌握市场上相关产品的供求情况,清楚顾客需要什么等等。据此制订市场营销计划,组织生产适销对路的产品,以增强企业的竞争能力、实现企业的赢利目标、提高企业的经济效益。

二、市场营销调研的类型和内容

(一)市场营销调研的类型

市场营销调研可按不同标准进行分类,最常见的是按调研方法分类和按调研目的分类。

1.按调研方法分类

(1)定性调研。定性调研是根据研究者的认识和经验,确定研究对象是否具有某种性质,或确定某一现象变化的过程和变化的原因的调研方法。它主要是回答"为什么"或"是什么"的问题。通常是用来获得对研究对象的一个初步的了解,或用来定义问题或寻找处理问题的途径,如为什么某些消费者购买甲产品而不购买乙产品。定性调研一般使用较小的样本组,常用的方法有焦点小组访谈法、深度访谈法、观察法、投射法等。

(2)定量调研。定量调研是一种使用结构性问题的调研方法,多通过开展样本调查,用数据去定量地解释问题。定量研究通常采用标准化的问卷,所有被访者的问题都是一致的而且顺序相同,并且预先给定答案供其选择。整体数据的形式和来源清晰而且详细,数据的编辑和格式化遵循程序进行,数据结果形成表格以利于统计分析。常规的定量调研方法主要包括:电话访问、邮寄调查、人员访问、计算机辅助访问等,另外,观察调研法也是定量调研中常用的方法之一。其调研结果一般是以数据形式呈现的,主要在于回答"有多少"或"多大"的问题。如有多少消费者使用甲产品,有多少消费者使用乙产品,平均收入多少等。

定量调研一般是作为定性调研的补充存在的,在定量调研之前常常都要以适当的定性调研开路。通过定性调研对市场做出科学而合理的描述,建立起理论假设,从而为定量调研提供理论指导。即使是定量调研,调研人员仍要凭自己的经验去判断获取的信息是否有价值等。基于定量调研与定性调研各自的优缺点,企业在调研实践中,通常是让定性调研和定量调研互为补充,以取得最佳的调研效果。

2.按调研目的分类

(1)探测性调研。探测性调研是指花费尽量少的成本和时间,对环境进行初始调研,以便确定问题和与问题相关的变量的总体特性的一种调研方法。探测性调研虽然有时也规定大致的调研方向和步骤，但是一般没有一个固定的计划。探测性调研主要用于帮助澄清或辨明一个问题，而不是寻求问题的解决办法。它往往是在大规模的正式调研之前开展的小规模定性研究，其研究目的只是对营销问题的本质作初步的评估，以便为进一步的研究确定范围和方向。例如，一家生产高压灭火器零件的美国厂家，想把它的一项最新改进设计推向欧洲市场，既它准备开展一项横跨欧洲的详细、正式的市场调研。在进行这个正式的调研之前，它展开了一些探测性的调研活动。这些活动根据二手资料来判断：谁可能是它的竞争对手；欧洲的安全标准与产品标准如何，等等。另外，它还开展了一些重要的访问活动，访问了德国、法国、英国的一些购买者，来研究在这些市场内顾客如何试用新产品，直至购买新产品的程序问题。通过这次探测性调查活动，为观察欧洲市场的特征提供了宝贵视角，使该厂家认识到，原来被认为相对统一的市场，其实也存在着很大的差异。这一实例表明，探测性调研活动有益于明确重点，了解调研应在哪些领域更深入地进行，并保证了在详细的调研计划之前，使公司最初的估计与期望得到验证。

（2）描述性调研。描述性调研是指通过详细的调查和分析，对市场营销活动的某个特定方面进行客观的描述，以说明它的性质和特征。描述性调研是营销调研中使用最多的一种类型，与探测性调研相比，它研究的问题更加具体，数据收集的具体目标更明确，而且通常在事先已形成了具体的研究假设。例如，在产品消费者的年龄构成、地域分配和收入状况的调研活动中，研究者可以做出"购买这类产品的主要是年轻人"、"购买者主要是城镇居民"以及"消费者属于高收入阶层"等研究假设，然后，通过描述性调研去验证这些假设，以对研究的问题给出明确的答复。可见，描述性调研能在事先拟定周密的调研方案，包括准备收集的资料、收集资料的方法和步骤以及调研活动的程序、路线和进度安排等。

（3）因果性调研。因果性调研是指调查一个变量是否会引起或决定另一个变量变化的一种调研方法，目的是识别变量间的因果关系。这种调研方法是以实验为基础的调研，因此，又被称为实验调研。以实验为基础的调研与以访问或观察为基础的调研有着根本的区别。在访问和观察的情况下，调研人员是一个被动的数据收集者，他们只是询问人们一些问题或是观察他们在干什么。在实验调研中研究人员成了研究过程中积极地参与者，他们会改变一些被称为自变量的因素，即能观察这些因素的变化对因变量因素的影响。在营销实验中，因变量经常是衡量销售的一些指标，如总销售额、市场份额等；而自变量则常是营销组合中的一些因素，如价格、广告支出、产品质量等。

（4）预测性调研。预测性调研是指在收集了历史和现实数据的基础上，对事物未来发展的趋势做出的预测。人们有时把这类预测归入调研范围，称作预测性调研。具体来说，预测性调研，是指专门为了预测未来一定时期内某一环节因素的变动趋势及其对企业市场营销活动的影响而进行的市场调研。如对市场上消费者对某种产品需求量变化趋势的调研、某产品供给量变化趋势的调研等。这类调研的结果就是对事物未来发展变化的一个预测。

(二)市场营销调研的内容

市场营销调研活动涉及企业营销管理中的整个过程,因此,营销调研的内容很广泛。常见的营销调研内容主要有以下几种。

1.消费者行为调研

消费者行为调研涉及八个方面的信息:购买者是谁(Who)、购买什么(What)、为什么购买(Why)、何时购买(When)、何地购买(Where)、购买信息来自何处(Where)、购买多少(How Much)、如何购买(How)。了解消费者的购买行为是营销管理的一项基础性工作,它所得到的信息是市场细分以及市场定位等战略决策的依据,也为市场研究提供基础数据。

2.市场调研

市场调研主要包括:通过市场潜力分析,了解某类产品或服务市场的现有规模以及潜在规模;通过市场占有率分析,了解提供的产品或服务品牌的市场份额以及变化趋势;通过市场特性分析,了解行业或市场的特征及变化趋势;通过分销渠道研究,了解市场中的主要分销渠道以及各渠道与顾客群体的关系,等等。

3.产品调研

产品调研包括许多种类型,常见的有产品创意检测调研、新产品测试调研、包装测试调研、品牌调研等内容。产品创意检测调研,是一种普遍使用的产品调研类型,它是指对新产品创意和对现有产品和服务有重大改进的创意进行的检测。新产品测试调研,是新产品研制和开发过程中的一项重要活动,其常用的方法就是将新产品提供给目标顾客,供他们使用,并在使用一段时间后,对他们进行访问,以了解顾客是否喜爱这一产品、顾客对产品各个属性重要性的评价,以及产品上市后他们购买的可能性等。包装测试调研,是为了检验包装的促销功能,是通过测试来判断货架上哪种颜色和图案的包装更能吸引顾客注意,购买者更希望何种包装方式以及哪种包装的外形更受顾客欢迎等。品牌调研,其内容有品牌的知名度、美誉度、忠诚度以及消费者对品牌的认知途径和评价标准等。

4.价格调研

价格调研,有助于做出正确的定价决策,能够使企业了解市场供求状况和影响价格的主要因素及这些因素的发展趋势。例如,企业在采用需求导向定价法时,就要运用价格调研这一工具,以此来衡量顾客对不同价格的满意程度,从而了解顾客认为可接受的产品价格。

5.竞争者调研

竞争者调研,指通过调研了解竞争者的资源、战略、顾客对竞争者的看法,以及竞争者可能给企业带来的威胁和它们易于受到攻击的弱点。

6.促销调研

促销调研,是指对各种促销方式效果进行的调研。其中最常用的是广告调研,它包括:为广告创作而进行的广告创意调研、为选择媒体而进行的广告媒体调研、为评价广告效果而进行的广告跟踪调研等。除了广告调研之外,对其他的促销方式(如人员推销、营销推广等)的效果也可以进行调研,如一家企业就聘请调研者对其三种不同形式的优惠券的促销效果进行测试:它们将不同的优惠券邮寄给三组消费者,并跟踪这三组消费者的兑付率;最后用统计方式,计算出兑付率的差异,并确定出最有效的优惠券形式。

7.公司的社会责任调研

随着社会营销观念以及绿色营销观念的兴起,一部分企业开始利用营销调研活动,开展有关公司责任的调研,包括消费者权益调研、企业营销活动对生态的影响调研、营销道德调研、广告和促销活动的法律限制调研等内容。

三、市场营销调研的程序

市场营销调研具有系统性的特点,所以,有一个普遍适用的一般程序。典型的市场营销调研过程分为以下三个阶段:调查准备阶段、正式调查阶段和结果处理阶段。这三个阶段又可进一步分为如下五个步骤:确定问题和研究目标、制订调研计划、组织实施计划、分析调查资料、提出研究报告。

(一)确定调研问题和调研目标

确定所要研究及解决的问题,是调研活动的首要步骤,也是调研过程中最重要的一个部分,它的正确界定可以为整个调研过程提供保证和方向。企业总会面临这样或那样的问题,但一项调研的目标不能漫无边际;相反,只有将每次调研所要解决的问题范围限定在一个确切的限度内,才便于有效地制订计划和实施调研。而且,问题提得越明确,越能防止调研过程中不必要的浪费,可将信息采集量和处理量减至最低。当然,也要避免调研的问题过于狭窄。如引导案例中,可口可乐公司的失误就在于进行调研时,调研范围定得太狭窄,没有考虑到传统可口可乐已经成为美国文化的一部分,在消费者中已有很深的心理需求,因此,造成了严重的后果。

由于企业的营销管理人员最了解有哪些问题需要调研,而市场调研人员则知道具体调研的方法,因此,二者有效结合,才能对所要调研的问题范围做出准确的界定。

(二)制订调研计划

调研计划是营销调研中重要的指导性文件。调研计划必须包含以下内容。

1.确定所需要的信息

确定所需要的信息是整个计划的基础。它一般包括:如某公司打算向市场推出家用电脑,在研究这种产品是否能很快达到一定的销售规模时,需要收集以下信息:有多少家庭的收入和储蓄水平已足以支付购买家用电脑的费用?人们购买家用电脑的主要目的是什么?哪部分人群对购买家用电脑更可能感兴趣?有多少人近期有购买家用电脑的打算?有哪些因素可能阻止人们的购买决心?

2.确定资料来源

调研资料,主要分为原始资料和二手资料两大类。一般来说,专业调查人员应掌握主要二手资料的提供源,尽可能利用二手资料,因为获得二手资料相对来说较容易且快捷,特别是互联网的发展为企业收集二手资料提供了极大的方便。不过,在正式的营销调研中,收集一手资料往往必不可少,这是因为,一手资料对解决特定的问题针对性更强;而二手资料往往存在时效性和准确性等方面的问题。实际上,营销调研的核心之一,就是如何有效地收集到必要、充分、可靠的一手资料。

3.确定收集资料的方法

确定收集资料的方法,主要是确定收集一手资料的方法,主要有:访问法、观察法和实验法。访问法,是研究人员通过询问受访者的特定问题,从受访者的回答中获取信息的一类常用方法,根据其访问方式的不同,又可分为人员访问、电话访问、邮寄访问和网上访问等。观察法,是一种非介入的调研方法,是研究人员作为一个局外人,通过观察特定活动的运行过程来收集信息的方法。实验法,是观察一种变量对另一种变量产生影响的研究方法,其目的是为找出各个相互独立的变量之间的因果关系,在实施这一方法时,一般要保持其他变量的稳定性。实验法主要用于大规模的定量调研,而访问法和观察法既可用于定量调研,也可用于定性调研,例如,在定性调研中经常用到焦点小组访谈法、个人深度访谈法以及投射法等。

4.确定抽样计划

抽样计划要解决下述三个问题:谁是抽样对象、调查样本有多大、样本应如何挑选出来。抽样方法,常见的有随机抽样和非随机抽样两大类。在随机抽样中,包括单纯随机抽样、分层抽样、分群抽样和地区抽样等几种具体方法;在非随机抽样中,包括任意抽样、判断抽样和配额抽样等几种具体方法。这些方法各有其利弊,需根据实际情况,加以权衡之后,进行选择使用。另外,只要在调查中采用的是样本,就会产生如下两种类型的误差:测量误差和抽样误差。前者发生于被调查者未能根据要求提供事实时;后者则发生于样本不能代表目标顾客群时。抽样误差,又分为随机抽样误差和非随机抽样误差。

5.确定调研工具

在收集原始数据时,有两类可供选择的调研工具:一是前面已提到的问卷;二是某些机械工具,如录音机、照相机、摄像机以及收视测试器、印象测试机、交通流量计数器等。其中最常用的是问卷,问卷由一组请被调查者回答的问题组成。如果决定了使用问卷,还有一个问卷的准确、系统的设计问题,例如,怎样将开放式(被调查者可以任意回答)、封闭式(被调查者只能从列出的有限的答案中做出选择)和程度测量式三种基本类型的问题结合使用、怎样排列问题顺序、怎样防止误解和遗漏等问题。

(三)组织实施计划

计划经上级主管部门批准后,就要按计划规定的时间、方法、内容去着手进行信息的收集工作,具体包括建立相应的调查组织、训练调查人员、准备调查工具、实地展开调查等。

(四)分析调查资料

对通过调查收集来的信息资料必须经过分析和处理才能予以使用。其分析整理工作的步骤为：①检查资料是否齐全；②对资料进行编辑加工，去粗取精，找出误差，剔除前后矛盾处；③对资料进行分类，包括制图、列表等；④运用统计模型和其他数学模型对数据进行处理，充分发掘现有数据的应用价值，建立相关信息之间的内在联系。

(五)提出研究报告

正规的市场调研必须就它所研究问题的结论提出正式的报告。其报告包括如下几项内容：一是，引言，说明调研的目的、对象、范围、方法、时间、地点等。二是，摘要，简明概括整个研究的结论和建议。三是，正文，详细说明调查目标、调查过程、结论和建议。四是，附件，包括样本分配、数据图表、问卷附件、访问记录和参考资料目录等。报告提出后，调研人员还须跟踪了解该报告所提的建议是否被决策者采纳；如果没有被采纳，原因是什么；如果采纳了，采纳后的实际效果如何；是否需要提出进一步的补充和修正意见等。

应特别指出，在营销调研过程中，有些常见的错误应引起注意。一是，搜集资料过多，或过分强调原始资料，使整个调查耗时长、费用大；计算机输出的报告冗长，却难以从数据中找出有意义的结论。二是，访问人员缺乏训练，导致其对调研目标和问卷的理解不当而误事；三是，调研人员的素质不高，导致某些调研结果不甚理想，不能为决策部门提出有意义的建议等。

四、市场营销调研的方法

市场营销调研的方法很多，可以按不同的标准进行各种不同的分类。企业在进行市场营销调研时，应根据调研的目的与调研的对象，选用适宜的市场营销调研方法。这里，按照对被调研对象的调研范围与获得信息资料的方式不同，可分为以下两种市场营销调研方法体系。

(一)按被调研对象的调研范围不同划分

在开展调研活动时，可以对调研对象进行普查，也可以采用抽样调查的方法。

1.普查法

普查法是指去调查被调研对象总体中的每一个个体信息的方法。市场调研中并不经常采用普查法，因为调研对象可能包括成千上万的个体，大规模地进行普查在成本和时间上的耗资都是巨大的。

2.抽样调查法

抽样调查法常被用于确定的调研对象。事实证明，一个相对较小，但精心选择的样本能准确地反映出总体的特征，而且在调研成本上也是可以接受的。可供选择的抽样方法的种类如图6.2所示。

(1)概率抽样法。在概率抽样中，总体的每一个单位都有一个已知的、非零的机会被选入样本中，每一个单位被选中的机会可能并不相等，但是被选中的概率却是已知的，而这个概率是由选择样本元素的具体程序来决定的。概率抽样的最大优点是可以估算出抽样误差，即可以知道推断出的总体特征与实际特征之间的误差，但概率抽样法比非概率抽样法要花费更多

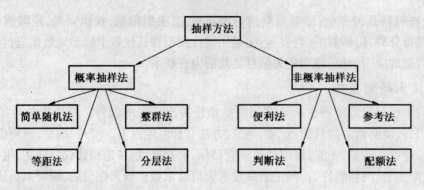

图 6.2 抽样方法的种类

的时间和成本。

①简单随机抽样法。它是按随机原则直接从总体 N 个单位中抽取 n 个单位作样本,这种抽样方式能使总体中每个单位有同等机会被抽中,这种方式是抽样中最基本的,也是最简单的方式。简单随机抽样满足了概率抽样的一切必要要求,能够得到具有有效代表性的样本,但是,它必须以一个完整的总体元素列表为依据,这在实际调研活动中并不容易做到。例如,调研人员所确定的总体是居住在一个城市中的所有的吸烟者,要得到全部元素的列表是非常困难的。

②等距抽样法。它是指在总体列表中,先随意选择一个起点,然后按照一个固定的间隔逐一选择起点之后的元素,直到达到预定的样本容量,其中,样本间的间隔等于总体容量与样本容量之商。例如,在一个容量为 40 的总体中选取一个容量为 5 的样本,则样本距离为 8,我们首先随意确定一个起点,比如从第 10 个元素开始,则被选入样本中的元素应该是:第 10 个、第 18 个、第 26 个、第 34 个和第 2 个。等距抽样比简单随机抽样所花费的时间和费用都会更少,而且也可以抽取出具有较大代表性的样本,所以,等距抽样比简单随机抽样更为流行。但是,它和简单随机抽样一样,需要一个完整的总体元素列表。此外,如果在元素列表中存在自然的周期性,等距抽样可能产生严重误差。

③分层抽样法。它是首先将总体分成相互独立的、完全的子集,然后再按照独立的随机抽样方法在各个子集中抽取一定数量的元素去构成所需的样本。所谓的独立的、完全的子集,是指总体中的每一个元素都要被分配到其中的一个子集中去,而且还能重复分配。分层抽样会花费更多的成本,但是这一缺陷可以通过较低的误差率来得到弥补。例如,一个剃须刀的生产商希望对某地区顾客的购买行为进行抽样调查。他所面对的实际情况是:在顾客中有 75% 都是为自己购买剃须刀的男性,而只有 25% 的顾客是为家人或朋友购买剃须刀的女性。如果采用简单随机抽样的方法,则可能在样本中被抽取的男性顾客只占到了样本总数的 55%,这显然不是一个能够很好反映总体特征的样本,必然会使最终调查结果产生较大误差;但如果使用分层抽样的方法,首先将总体分成男性和女性两个子集,在男性中选取 75% 的样本容量的顾

客,而在女性中只选取 25% 的样本容量的顾客,这样选出的样本在基本特征上与总体保持一致,其调研结果会避免或减少误差。

④整群抽样法。以上谈到的各种抽样方法都是按照一定的方法,一个一个地从总体的元素中抽取样本。整群抽样中的样本则是一组一组地从总体中被抽取出来,因此,整群抽样法也需经过以下两个步骤:首先是将总体分成相互独立的完全的子集;然后按照随机抽样的方法抽选子集来构成样本。子集被称为群,在有些时候,调研者对抽取出来的群中的全部元素都要进行观察,而有的时候还要从被选中的群中再次随机抽出部分元素来对它们进行观察。整群抽样与分层抽样都是要将总体分成相互独立的完全的子集,但是后者是从每个子集中都要抽取一定的样本,而前者则是只抽取部分子集,对子集中的全部元素或部分元素进行观察。

(2)非概率抽样法。任何不满足概率抽样要求的抽样都被归为非概率抽样。由于无法了解总体中的元素被抽入样本中的概率,所以评估非概率抽样的总体质量有很大的困难。但是,由于非概率抽样法所花费的时间和费用都相对较低,而且合理运用非概率抽样方法也可能产生极具代表性的样本,所以,这一方法仍然在实际中得到广泛运用。常用的非概率抽样方法主要有:便利抽样法、判断抽样法、参考抽样法和配额抽样法。

①便利抽样法。它是指运用最方便的方式来取得样本。例如,直接选用自己公司的雇员来进行新产品的使用测试。显然这种抽样方法很难保证调研结果的准确性,但调研人员有时出于成本原因仍然会使用这种方法。一般来说,这种方式只适合于对调研精度要求不高的探测性调研。

②判断抽样法。它是调研人员依靠自己的主观判断来选择样本。由于其主观判断往往是建立在历史数据或是个人经验的基础上,所以,利用这种抽样方法,调研结果的质量会受到调研人员素质的影响。

③参考抽样法。它是指调研人员要求初始被调查者推荐其他样本人群并给予样本以选择。这样做会使样本容量随着调查的进行而逐步增加,因此,这种方法又被称为"滚雪球法"。当调研人员所要调查的总体人群很难寻找时,往往会选用参考抽样的方法。这样,虽可以节约不少调查费用,但会因样本可能会具有较高的同质性而使调研质量受到影响。

④配额抽样法。它类似于概率抽样的分层抽样方法。它首先对总体进行分类,并根据主观标准在每一小类中按一定的比例选取元素构成样本。这种方法虽可以在一定程度上改善调研质量,但由于对样本的选择仍然依赖于个人主观的判断,所以,样本的代表性多会有偏差。

(二)按获得信息资料的方式不同划分

1.观察法

观察法又称实地观察法。是观察者根据研究目的,有组织、有计划地运用自身的感觉器官或借助科学的观察工具,直接搜集当时正在发生、处于自然状态下的市场现象有关资料的方法。有经验的调研人员可通过观察法方便地得到某些在其他场合很难得到的信息,并能排除被调查对象的紧张心理或主观因素的影响。例如,快餐连锁店和航空公司多雇用"神秘顾客"

去帮助测评其每个营业点或航班的服务情况。但观察法不适合需判断调查对象内心的情况,故更适合描述型调查,不适合因果型调查。

2.实验法

实验法是最科学的方法,最适合因果型调查。如研究包装、广告或价格对产品销量的影响,多运用此类方法。运用实验法,需挑选被实验者去组成若干相互对照的小组,给予不同的条件;同时,对其他变量加以控制;然后观察不同条件下所得结果的差异是否具有统计学上的意义,以找出因果关系。采用实验法的难点在于保持外部环境中所有因素不变是一件耗费高且不易做到的事。

3.询问法

询问法介于观察法的探索性和实验法的严密性之间,是最常见的方法,更适合于描述性调查。询问法在具体做法上又有如下多种形式:邮寄问卷、电话询问和直接面谈。邮寄问卷形式,就是将设计好的问卷邮寄给被调查者,请他们填好后寄回。这种方法的优点是询问面广,被调查者有充分的时间回答问题;缺点是时间周期长,问卷回收率低。随着互联网的发展,通过电子邮件向被调查者发送电子调查问卷成了一种可行的方式,它比向全国发送传统邮件快得多,反应率也高得多。电话询问形式,是以电话为媒介进行询问,由被调查者直接回答的一种询问方法。这种方法可立即得到所需信息,且提问灵活,成本也低;但交谈时间有限,很难提出较复杂的问题,还可能因消费者受到打扰而引起反感。直接面谈形式,即调研人员与被调查人员面对面地直接交谈的形式。根据每次面谈的地点和人数的多少,又可分为上门采访、商场现场采访、个别询问、集体询问、座谈会等形式。其优点是,在面谈中调查人员可充分地提问题,被调查者也能充分发表自己的意见;缺点主要是,成本太高、能访问的人数有限,故更适合探测性调查。在直接面谈中,还有一种做法是调查人员携带问卷访问被调查者,并帮助被调查者填写问卷,这种方式可弥补邮寄问卷回收率低、被调查者不理解问卷而导致回答不准确的问题,还可弥补访问法提问随意性大、结果难以进行统计分析的不足。

第三节　市场营销预测

一、市场营销预测的含义及意义

(一)市场营销预测的含义

市场营销预测,是在通过市场营销调研、掌握市场信息的基础上,运用科学的方法,对影响市场需求变化的各种因素进行分析和研究,推测未来一定时期内市场需求的情况和发展变化趋势的过程。进行市场营销预测,是企业开展营销活动的一项前瞻性的工作,对成功地进行市场营销活动有十分重要的意义。

(二)市场营销预测的意义

(1)为企业营销活动建立科学基础。市场营销活动面临着众多不可控环境因素,这些环境因素的变化会使我们的营销活动结果发生根本性的改变,甚至大相径庭。因此,通过市场营销预测,准确的把握环境因素的发展趋势,可为企业未来的营销活动奠定科学的基础。

(2)有利于规划市场营销组合。市场需求大多会因企业的市场营销活动表现出很大的弹性,营销者必须对企业营销活动未来的结果有一个预测。因此,通过预测各种营销手段作用的方向和程度,有利于对企业的营销组合活动进行统一规划,避免对消费者需求带来负面影响,从而提升营销效果。

(3)有利于创造市场新的需求。创新产品是扩大消费需要与引发新需求的一种重要手段。营销者的主要任务就是通过创新产品与营销方法去不断创造与满足新的消费需求。而通过市场营销预测,去发现消费者新的消费需要,有利于促进新产品的开发。

二、市场营销预测的常用方法

市场营销预测的方法很多,一般分为定性分析方法与定量分析方法两大类,每类中又有多种具体方法。这些方法各有特点、互有短长,使用时,应根据需要加以选择。

(一)定性预测方法

定性预测方法,是指不依托数学模型的预测方法。这种方法在社会经济生活中有广泛的应用,特别是在预测对象的影响因素难以分清主次,或其主要因素难以用数学表达式模拟时,预测者可以凭借自己的业务知识、经验和综合分析的能力,运用已掌握的历史资料和直观材料,对事物发展的趋势、方向和重大转折点做出估计与推测。定性预测的主要方法有指标法、专家预测法、销售人员意见综合预测法和购买意向调查预测法等。

1.指标法

指标法又称朴素预测法。是通过一些通俗的统计指标,利用最简单的统计处理方法和有限的数据资料进行预测的一种方法。

2.专家预测法

专家预测法是以专家为索取信息的对象,运用专家的知识和经验,考虑预测对象的社会环境,直接分析研究和寻求其特征规律,并推测未来的一种预测方法。其中主要包括个人判断法、集体判断法和德尔菲法。

3.销售人员意见综合预测法

这里所指的销售人员,是指直接从事销售的人员、管理部门的工作人员和销售主管等人员。销售人员意见综合预测法,是指在实施过程中要求每一位预测者给出各自的销售额的"最高"、"最可能"、"最低"的预测值,并且就预测的"最高"、"最可能"、"最低"数值出现的概率达成共识。

4.购买意向调查预测法

购买意向调查预测法是一种最常用的市场需求预测方法。这种方法是通过问卷形式征询潜在购买者未来的购买量，由此预测出市场未来需求量的方法。由于市场需求是由未来的购买者实现的，因此，被征询的潜在购买者能如实反映购买意向，那么据此做出的市场需求预测将是相当有价值的。在应用这一方法时，对生产资料和耐用消费品的预测比非耐用品的预测更为精确，这是因为潜在购买者对非耐用消费品的购买意向容易受到多种因素的影响而发生变化。

(二)定量预测方法

1.移动平均法

移动平均法是取预测对象最近一组历史数据的平均值作为预测值的方法。这种方法不是仅取最近一期的历史数据作为下一期的预测值，而是取最近一组历史数据的平均值作为下一期的预测值，这一方法使近期历史数据参与预测，会使历史数据的随机成分互相抵消，从而使平均值所含的随机成分相应减少，使预测值更加准确。

2.季节指数法

季节指数法是根据预测目标各年按月(或季)编制的时间数列资料，以统计方法测定出反映季节变动规律的季节指数，并利用季节指数进行预测的方法。测定季节指数的方法大体有两类，一是不考虑长期趋势的影响，直接根据原时间数列计算季节指数;二是考虑长期趋势的存在，先将长期趋势消除，然后计算季节指数。该法涉及季节变动值。季节变动，是指某些市场现象由于受自然气候、生产条件、生活习惯等因素的影响，在一定时间中随季节的变化而呈现出周期性的变化规律。如农副产品受自然气候影响，形成市场供应量的季节性变动;节日商品、礼品性商品受民间传统的影响，其销售量也具有明显的季节变动现象。对季节变动进行分析研究，掌握其变动规律，可以预测季节型时间数列的季节变动值。季节变动的主要特点是:每年都重复出现;各年同月(或季)具有相同的变动方向;变动幅度一般相差不大，因此，研究市场现象的季节变动，收集时间序列的资料，一般应以月(或季)为单位，并且至少需要有三年或三年以上的市场现象各月(或季)的资料，才能观察到季节变动的一般规律性。

3.指数平滑法

指数平滑法是取预测对象全部历史数据的加权平均值作为预测值的一种预测方法。指数平滑法对移动平均法有两个方面的改进:一是，全部历史数据而不是一组历史数据参与平均;二是，对历史数据不是采用算术平均而是采用加权平均，近期历史数据加较大权数，远期历史数据加较小权数。这同近期历史数据对预测有较大影响、远期历史数据对预测影响较小是一致的。

4.因果分析法

因果分析法也称回归分析法。它是分析市场变化的原因，找出原因与结果的联系，并据此预测市场未来发展趋势的方法。在生产和流通领域的活动中，经常遇到一些同处于一个统一体中的变量。在这个统一体中,这些变量是相互联系、相互制约的,它们之间客观上存在着一定的关系。为了深入了解事物的本质,需要利用适当的数学表达式来表明这些变量之间的依存关系。微积分是研究完全确定的函数关系。然而,在许多实际问题中,由于变量之间的关系比较复杂,使人们无法得到精确的数学表达式,或者,由于生产或实验过程中不可避免地存在着误差的影响,从而使它们之间的关系具有某种不确定性。因此,需要用统计方法,在大量的实践或观察中,寻找隐藏在上述随机性后面的统计规律性。这类统计规律称为回归关系,有关回归关系的计算方法和理论通称为回归分析法。

三、未来市场营销预测的方法

(一)时间序列软件包 TSP

时间序列软件包 TSP(Time Series Program),是由美国 TSP 公司开发的一种应用统计预测软件包,由于它具有命令容易记忆、操作简单、运用范围广等特点而被广泛应用。TSP 具有对样本数据进行统计描述、相关分析、回归分析等功能,并且能够进行移动平均、指数平滑、线性回归、非线性回归和给定方程的预测,还可以对联立方程及模型进行模拟等。

(二)SAS

美国 SAS 软件研究所创立于 1976 年,是全球第九大独立软件开发商,它创立了 SAS 系统。SAS 系统经过二十多年的不断发展和完善,已由最初的统计分析系统发展成为能够为用户提供企业级管理信息和决策支持系统的完整解决方案的集成应用系统和策略应用资讯系统(Strategy Application System),具有完备的数据访问、管理、分析和呈现功能。利用 SAS 系统的数据仓库管理工具(SAS/Warehouse Admin—istrator)、多维数据库技术(SAS/MDDB Server)和广泛的数据库接口,结合完备的数据处理能力、对分布式计算环境和 Intranet 技术的支持,使得用户可以方便地建立和维护数据仓库(Data Ware—house),进而通过简便快捷的开发工具和丰富的数据分析工具,实现对包括管理信息系统(MIS)、行政信息系统(EIS)、决策支持系统(DSS)、联机分析处理(OLAP)、数据发掘(Data Mining)等系统在内的广泛应用。

本章小结

市场营销信息系统对企业成功开展市场营销活动有着重要的作用,一个完善的营销信息系统由内部报告系统、营销情报系统、营销调研系统、营销决策支持系统及营销信息数据库等部分共同构成。各系统各司其职,相互配合,共同为企业开展营销工作提供及时、准确的营销信息。市场营销调研是针对组织特定的营销问题,采用科学的研究方法,系统地、客观地收集、整理、分析、解释和沟通有关市场营销各方面的信息,为营销管理者制订、评估和改进营销决策提供依据的一项营销活动。其内容主要包括消费者行为研究、市场调研、产品调研、价格调研、竞争者调研、促销调研、公司社会责任研究七个方面。进行市场营销调研有科学的程序和步骤,一般要经历如下步骤展开:确定问题和目标、制订调研计划、收集调研信息、分析调研信息、撰写调研报告、评估调研成果。要确保营销调研的准确性,还需准确地确定调研对象,大多数情况下采用的是抽样的方法,抽样的方法主要有概率抽样法和非概率抽样法两类。

估计市场需求和企业需求也是营销活动中的重要工作。包括对总市场潜量和地区市场潜量的估计,以及对行业实际销售量的估计等。为了正确估计未来一定时期内的市场需求量,必须对其需求量与其相应的营销活动进行科学的预测。预测的方法主要有传统预测法和现代预测法两类。

思考题

1. 解释以下概念:市场营销调研、探测性调研、描述性调研、因果性调研、询问法、观察法、实验法、市场预测等。

2. 简述市场营销调研各种类型的适用条件。

3. 如何开展市场营销预测?

4. 定性预测法和定量预测法的根本区别在哪里? 它们各自的适用条件是什么?

5. 李先生负责一家家庭体育用品公司的营销工作。李先生的上司希望他在两天内告诉他本地市场上有多少竞争者及其名称、地址,李先生可以用什么方法得到这些资料?

【综合案例分析】

20世纪中期,沈阳某公司的"百花"牌电视机曾一度出现积压,库存达23 000台之多。如何解决这一问题,公司着实费了一番工夫。公司领导分别从以下几个方面深入展开调查:目标市场在哪里? 公众对电视机的需求状况如何? 公众对电视机销售服务有什么要求和建议等。围绕上述问题,公司调查人员在省内走乡串户,又先后到黑龙江、吉林、山东、河南等地深入调查,获得了大量信息:黑白电视机在城市已基本饱和,而农村电视机的总拥有率只在10%,偏僻农村的普及率连5%都不到,沈阳市郊区的普及率也只有30%,大多数农民都希望能买到质优价廉的黑白电视机,只有少数人有购买彩色电视机的能力。农村电视机普及率与农民的购买心理也有关,大多数人主要是怕"四难",即购买难、安装难、调试难、修理难,担心花上几百元买来一个不会摆弄的"废物"。

详细准确的信息,为公司的经营决策提供了科学依据,公司决策层分析了各地传回的信息后,做出决策:销售重点从城市转向农村,并针对农村实际情况,开辟以农村供销社系统为主的多种渠道。实行赊销记账、群体联保、农行贷款、定期付款等一系列新的销售方法。同时加强售后服务工作,把销售网络、维修网络和信息网络有机结合起来,使农民的"四难"变成"四便"。仅一个月的时间就售出"百花"牌黑白电视机17 000多台,随后又出现了产品供不应求的局面。

讨论题：

1.该案例中的市场调查可分几个阶段？有什么标志？

2.该案例中的市场调查的内容有哪些？

3.结合该案例浅析城市市场调查和农村市场调查有什么不同？

聚焦分析：

该案例涉及的是,针对产品滞销问题而展开的市场调研活动,因为调研目的很清晰,就是要通过该次市场调研,明确该产品滞销的原因,并据此提出解决方案,故市场调研的内容也是围绕该目标而展开的。另外,市场调研活动的设计应根据被调者的特点来设计和进行,而农村居民和城市居民,无论是在对产品的理解方面,还是在购买力水平或对产品利益的追求等方面,都有很大的差异,所以,针对农村居民展开的市场调研和针对城市居民展开的市场调研是一定会有所差异的。

【阅读资料1】

南宁市某小型纺织企业,之前因忽视市场调查,未经科学决策就盲目生产,结果造成17万米的人造棉积压,占压资金约45万元。企业也因此停工,员工发不出工资。经过这一教训后,企业亡羊补牢,开始积极的对市场进行调研。通过认真的市场调研,企业发现涤纶布当时的市场需求较大,而企业也有这方面的生产能力上的优势,于是,致力于新工艺的设计开发,仅用了两个多月就上马生产,经过大力的市场推销,客户争相下订单,企业当年就盈利27万多元。可以说,企业正是利用市场信息拯救了自己。

【阅读资料2】

在某市区进行空调机需求的市场调查中,访问500个样本,被访者表明购买意向如下：

一定会买	150人	占30%	可能会买	75人	占15%
不能决定是否购买	125人	占25%	可能不会买	100人	占20%
肯定不会买	50人	占10%	总计	500人	占100%

对于上述的调查答案还必须进行某种加权处理才能得出符合实际情况的结论。如：被访者回答一定会购买或可能购买往往包含夸大购买倾向的成分。被访者之所以具有这种夸大购买倾向的原因,一是为了给访问者一种满足,另一方面是因为回答时往往没有慎重考虑会影响购买的多种因素,仅仅是脱口而出而已。类似的,即使是回答可能不会买或肯定不会买的被访者也有成为最终购买者的可能。根据这种分析,在实际处理时,可对每一种选择赋予适当的购买权重。如对一定会购买赋予权数0.9,可能会购买赋予权数0.2,肯定不会购买赋予权数0.02等等。

选择答案	回答百分比	指定权数	加权百分比
一定会买	30%	0.90	27%
可能会买	15%	0.20	3%
不能肯定是否购买	25%	0.10	2.5%
可能不会买	20%	0.03	0.6%
肯定不会买	10%	0.02	0.2%

平均购买可能性 = 27% + 3% + 2.5% + 0.6% + 0.2% = 33.3%

未来市场需求量 = 家庭总户数 × 平均购买可能性

假设这一地区共有家庭总数 200 万个,则该地区空调的未来可能购买量为:2 000 000 × 33.3% = 666 000

【阅读资料 3】

德尔菲法。是为避免专家会议法之不足而采用的预测方法。这种方法的应用始于美国兰德公司,在国外颇为流行。这一方法的特点是,聘请一批专家以相互独立的匿名形式就预测内容各自发表意见,用书面形式独立地回答预测者提出的问题,并反复多次修改各自的意见,最后由预测者综合确定市场预测的结论。德尔菲法进行市场预测的步骤:

(1)做好准备。准备好已搜集到的有关资料,拟定向专家小组提出的问题(问题要提得明确)。

(2)请专家作出初步判断。在做好准备的基础上,邀请有关专家成立专家小组,将书面问题寄发各专家(如有其他资料,也随同寄发),请他们在互不通气的情况下,对所咨询的问题作出自己的初次书面分析判断,按规定期限寄回。

(3)请专家修改初次判断。为使专家集思广益,对收到各专家寄回的第一次书面分析判断意见加以综合后,归纳出几种不同判断,并请身份类似的专家予以文字说明和评论,再以书面形式寄发各专家,请他们以与第一次同样的方式,比较自己与别人的不同意见,修改第一次的判断,作出第二次分析判断,按期寄回。如此反复修改多次,直到各专家对自己的判断意见比较固定,不再修改时为止。在一般情形下,经过三次反馈,即经过初次判断和两次修改,就可以使判断意见趋于稳定。

(4)确定预测值。即在专家小组比较稳定的判断意见的基础上,运用统计方法加以综合,最后作出市场预测结论。

第七章

Chapter 7

市场营销战略

【学习要点】

①市场营销战略的概念及其基本特征；

②制订与实施企业发展战略规划的程序；

③企业市场营销活动的组织管理程序；

④制订企业市场营销战略规划方案的具体工作程序；

⑤企业市场营销战略规划方案的构成内容。

【引导案例】

中国海尔集团公司是一个跨国经营的甚为成功的企业。它是在一个亏损的集体小厂——青岛冰箱厂的基础上，于1984年引进德国利勃海尔电冰箱生产技术后，经过一段发展，在1991年12月正式组建的。1992年后，面对我国改革开放后的市场经济新发展期，实施了集团化发展战略，及时兼并了青岛电冰柜总厂、青岛空调器厂和青岛红星电器股份有限公司等18个企业，并通过改制，进行以电冰箱厂为核心，以空调器厂、冷柜厂为紧密层企业的现代集团化经营，把生产经营领域扩展为冰箱、冷柜、空调、洗衣机、彩电、计算机、手机等产品领域，形成了多元化的产品群。之后，该公司全力实施企业与产品名牌化战略，通过立足市场提升名牌、强化管理巩固名牌、联合舰队延伸名牌、技术创新巩固名牌。为了推行名牌化战略，该公司采用了"真诚到永远"与"永创新高"两个广告语，使之成为其品牌形象的代言者；把技术创新、提高产品质量作为创建名牌的先决条件，从而坚持技术创新的"课题市场化"、"成果商品化"、"目标国际化"的三条基本原则；同时，立足于主导企业的自我优势，把提升自己的品牌作为主要依托，并整合相关企业的优势，形成品牌整合资源，创造出自己的"名牌"，以形成核心竞争力。接着，该公司又实施了市场营销国际化战略，他们认为，要想达到市场竞争的最高境界，必须进入名牌林立的欧美地区市场,进行"先难后易"的战略选择。为了大力拓展国际市场,在1990年到1995年间,主要进行产品出口;1996年后,则开始在国外投资建厂,向国外进行"本土化"扩展;1999年后,在美、德、中东等国大力扩展投资建厂领域,全力打造海尔的世界品牌。为了推行"先难后易"进入国际市场的战略模式,其核心攻略是产品的优新质量,即以产品高新质量带动品牌的战略。为了实施这一战略,他们实施了"三融一创"的战略对策,即融智、融资、融文化,创"本土化"品牌,从而将产品的高优质量融入世界各地消费者的心目中,形成对海尔产品与服务的持久认可。总之,海尔公司通过多种市场营销战略的创新与实施,使其迅速成长为1996年我国500强企业中的前30位的大型国际化企业集团,其产品进入广大的国际市场。

第一节 市场营销战略的特征及其意义

一、市场营销战略的概念

(一)战略的概念

战略,是一种军事用语,原意是指"将军"指挥军队的艺术,后广延为一种谋划战争全局的军事科学。战略广泛的定义为:指导战争全局长期发展的谋略策划。它通过战略方案的谋划,规划出战争的总目标、基本任务及其实现的基本对策措施。

策略与战术是为实现战略服务的。策略,是根据战争形势的发展而制订的行动方针和斗争方式,或是对一切可能采取的手段与方法的不同组合运用;战术,是为实现策略服务的,是指进行具体战斗而采取的原则与方法。战略具有全局性、整体性;策略具有局部性、随机性;而战术则更具有极大的灵活性、艺术性。战略是策略的指导;策略是实现战略的手段;战术是实施策略的方法与技巧。

第二次世界大战后,将战略理论思想逐步应用于社会经济领域,出现了经济战略、企业战略、市场营销战略的理论与实践;随后,将"战略"这一术语广泛应用于企业或组织,而成为对其经济活动整体长期发展的谋略策划。

(二)企业战略的概念

在西方企业战略管理文献中,对"企业战略"尚无统一的定义。大体存在以下类型:一是,广义的战略,即包括战略目标。美国的学者安德鲁斯(K. Andrews)认为,战略是一种决策模式,决定和揭示企业发展的目的或目标,提出实现目标的重大方针与计划,确定企业应该从事的经营业务,明确企业的经济类型与人文组织类型,决定企业应对员工、顾客和社会做出的经济与非经济的贡献等;又如奎因(J. B. Quinn)认为,战略是一种模式或计划,它将一个组织的主要目的、政策与活动,按照一定顺序结合成为一个紧密的整体。二是,狭义的战略,即不包括战略目标。如安绍夫(H. J. Ansoff)认为,总体战略考虑的是企业应该选择、进入哪种类型的经营业务;

经营业务类型的经营任务是什么;企业或战略经营单位应该如何在这一经营业务领域里进行竞争。

总之,企业战略的概念,虽然有不同的定义,并有不同的内涵与外延,但可普遍定义为:指导企业整体活动长期发展的谋划。其战略体系,一般包括总体战略、经营战略、职能战略三个基本层次。企业总体战略,是企业整体综合发展的最高层次的战略;企业经营战略,是企业二级独立经营单位或战略经营单位的战略;企业职能战略,是企业各职能部门的战略,包括市场营销、生产、财务等职能领域的战略。市场营销职能是企业运营的重要职能,因此,市场营销战略是企业职能战略的一个重要类型。

(三)市场营销战略的概念

市场营销战略的定义,可以从社会整体的宏观层面与企业的微观层面来界定。从宏观层面而论,是指对社会市场营销活动整体长期发展的谋划;从微观层面而论,是指对企业市场营销活动整体长期发展的谋划。

由于企业市场营销的基本职能是在其运营中负责引导企业与市场需求相适应,并重点解决满足目标顾客所需产品的顺利销售问题,或市场交换问题,因而,企业市场营销管理的基本任务是:识别、确认与评估市场上的需求与欲望;选择可以为之提供最佳服务的顾客群体,即决定最佳的目标市场;针对目标市场设计、研制与发展适销对路的产品或服务;建立销售渠道与安排销售网点、组织运输与储存,从而引导顾客购买及分销产品等;最终明确与实现企业的发展方向。上述市场营销所具有的基本职能任务,决定了企业市场营销战略规划的基本内容。

市场营销战略规划方案的基本构成要素应包括:战略指导思想与方针、战略指导原则、战略目标、战略任务内容、战略阶段、战略重点、战略突破口、战略对策。

总之,战略是对总体活动长期发展的指导;企业战略是对企业整体活动长期发展的指导;市场营销战略是企业发展战略的重要组成部分,是为贯彻落实企业发展战略目标与任务服务的,是对企业市场营销整体活动长期发展的指导。对市场营销发展战略的规划与实施的管理,就形成了市场营销的战略管理。

二、市场营销战略的特征

1.全局性

市场营销战略是从整体和综合的角度出发去总括地研究和规划企业市场营销发展的目标及其任务、重点、阶段、策略等。

2.长期性

市场营销战略规定的目标与实现措施是一个企业在一个较长的时期内努力实现的目标与所采取的基本对策,而不是一个具体的营销活动目标与实现措施。

3.纲领性

市场营销战略规定的是企业市场营销活动整体的长期发展目标、方向、基本步骤、重点、重大对策措施,具有原则性、概括性,是整个行动的纲领。

4.层次性

市场营销战略不是一项孤立的、单独的目标与措施。而是由不同层次的目标、措施所组成的体系,而且涉及很多领域的一系列目标、措施。它们相互协调和依存,形成总目标与系统的合力。

5.稳定性

市场营销战略是在较长时期内实施的总体规划,具有相对的稳定性。在实施过程中,一些必要的调整或修订只是局部的变动,大都属于量变的范围,不允许像市场营销策略那样随机灵活变动。

6.对抗性

战略是针对竞争对手、与之进行抗争而设计的行动纲领。因而,市场营销战略是针对市场上的竞争者的各种冲击、压力、威胁及可能遇到的困难而做出的规划设计;是为强化企业的市场竞争能力,迎接各种挑战,以求必胜,而做出的谋划。

7.实用性

市场营销战略的制订必须符合客观实际情况,适合实际需要,对市场营销活动的发展具有切实的指导性。同时,具有很强的针对性与可操作性。

8.多科性

市场营销战略涉及多学科的广泛领域和复杂的内容,是系统研究的综合性成果,是集体智慧的结晶。

三、市场营销战略的重要意义

(1)有利于企业的生存和发展。通过市场营销战略规划去指导企业的具体业务活动进行有规则、有目的的运行,就可以使实力雄厚的企业在竞争中稳操胜券,决战决胜;使实力相当的企业在竞争中捷足先登并改变力量对比关系;使处于劣势的企业出奇制胜,逐步转变其劣势地位,减少损失,保持生存并稳定发展。

(2)有利于企业获取长期最佳经济效益。通过市场营销战略规划,去科学地谋划出企业的整体营销方向、目标及实现目标的措施与策略,不仅能适应环境与市场的变化,而且能综合运用自身的各种实力去取得竞争中的优势地位,因此,就可以减少风险,扩展经营,增加销售,从而取得长期与稳定的经济效益。

(3)有利于企业制订正确的市场营销计划。企业的市场营销活动是在严密的计划指导下进行的。要制订一个科学的市场营销计划,就首先需要有目标导向和具体措施的实施依据。由于市场营销战略已科学地规划了较长时期内市场营销的发展目标、重点、阶段、力量部署、对策措施等,这就为各时期营销计划提出了总的目标导向与对策措施的主要内容,是其制订的总纲,为其提供着基础和方向。营销战略规划是营销计划的指导并体现在营销计划之中,营销计划是营销战略规划的具体化与实现形式。

第二节　制订市场营销战略的依据及其程序

一、制订市场营销战略的依据

(一)企业发展战略

市场营销战略是企业发展战略的重要组成部分,也是其内容的主要体现。因此,企业发展战略是企业市场营销战略的制订依据,必须同其衔接,置于企业发展的总体战略规划之中。

(二)企业的外部环境

企业的外部环境在不同时期有不同的变化,并直接影响市场营销活动。因此,在制订总体战略与分阶段战略时,要在适应国家宏观调控的过程中,避开不利因素,寻找与利用有利因素,发现有利于自己发展的空间,为自己开辟前进的道路。

(三)企业自身的营销条件

企业自身的营销条件是决定企业通过市场与消费者发生经济联系状态与程度的人力、物力、财力的大小及运用程度。一是企业市场营销的历史发展情况,包括历史地位、市场经营特点、购销渠道、市场占有率、企业声誉等;二是企业现有营销条件,包括网点数量及配置、从业人数及构成、营业额及利税额、设备及利用率、管理水平及经营优势、资金运用及内部体制改革等;三是对现有市场需求的满足程度、服务质量、信息网络的完善程度等。

(四)相关因素的未来变化

相关因素的未来变化包括国内外政治经济形势变化所引起的市场供求的变化、收入水平及消费结构的变化、市场物价及竞争关系的变化、生产的发展水平及结构的变化、重大经济政策的调整及经济体制改革的深化等。

总之,要统观全局、立足生产、着眼市场、面向消费,在综合研究与分析主客观条件、历史与现状、优势与劣势、目前与未来的基础上,以开拓精神、竞争意识、开放观念,去制订出一个能推动市场营销全局发展的正确战略规划。

二、制订市场营销战略的程序

现代企业要科学的制订市场营销战略,就必须遵循基本的规划程序并掌握每个程序的基本内容。一般来说,其规划程序包括企业发展战略规划程序、市场营销活动的组织管理程序、市场营销战略规划程序。

(一)企业发展战略规划程序

企业发展战略规划,是企业通过对外部环境及本身资源、条件的全面分析与估价,而对企业未来发展所作的整体谋划。企业发展战略规划程序,是制订其战略应采取的一系列重大步骤,实质是对环境、机会、能力和途径所进行的选择。因而,确定规划战略的程序是实施企业与营销管理的过程,实际是一种管理程序。

企业发展战略规划是由企业的最高领导层制订的。其基本程序是:规定企业任务、规定企业目标、制订企业发展战略、制订企业市场营销战略、制订实施计划与实现措施、制订企业投资计划等。

1.规定企业任务

企业任务是企业发展的指向,或是引导企业职工为之奋斗的方向,它主要规定企业要经营什么样的业务,主要的顾客是谁,业务经营的发展方向是什么。

确定企业任务时,必须综合考虑以下基本因素:一是企业发展的历史,包括经营的规模、范围、声誉、特色、风格等;二是企业领导者的意图,包括主管部门、股东及经营承包者的意图等;三是企业周围的环境,包括微观环境与宏观环境;四是企业可能利用的资源,包括土地、原材料、水力、能源等资源;五是企业的综合经营能力和独具的能力。

企业的任务要以任务书的形式表现和下达。任务书中的主要内容要求:一是市场导向性;二是所要经营的业务领域的可行性;三是任务的表述要有启发性与激励性;四是要具体地规定企业在实现其任务时应遵循的基本原则。

作为企业的任务,应当根据主客观情况的变化加以不断的修订,以确保其现实的指导性,但要有一定的稳定性,并应有较长的适用周期。

2.规定企业发展的战略目标

为了保证企业任务的实现,必须把企业任务转化为具体的目标。目标分为总目标和分目标。战略总目标是由企业的基本任务所决定的。为了实现基本任务需要规定一些具体任务,因而,需要确定实现具体任务的具体分目标。具体分目标的实现是总目标实现的保证,具体分目标是总目标的构成因素。为了正确确定各项目标并发挥其应有的作用,必须实现以下要求:一是要有层次性,不但有企业发展的战略总目标,还要有分层的具体目标,如在企业发展的战略总目标下,要有市场营销的战略目标、某项业务经营的目标等,就企业发展的战略总目标而论,可以是增加投资收益率、销售增长率,也可以是提高市场占有率。二是要定量化,企业目标要尽可能用数量表示,以规定明确的数量界限,如投资收益率要规定年、季、月的增长率为百分之几,销售增长率要规定年、季、月的增长百分比和绝对额,以便把时间与数量指标结合起来,利于管理和执行。三是要有可行性,要使选择的目标同企业的资源条件与能力以及外部环境与市场机会相适应,不能脱离客观实际条件而把目标定的过高或过低,以确保目标的实现。四是要使各项目标之间保持相互协调和衔接,防止相互抵消和脱节。

3.制订企业发展战略规划方案

企业发展战略规划方案,一般包括战略方针、战略目标、战略内容、战略步骤、战略重点、战略对策措施等内容。企业发展战略规划方案的制订是一个过程。战略规划方案的形成要经过以下程序:对战略方案进行总体构想;调研依据因素;拟定多种初步方案;论证初选方案;修改与审定最优方案。

企业发展战略是为实现企业任务服务的,因而,要正确选择与制订发展战略。企业发展战略有很多类型,可供选择的战略类型有如下几种。

(1)密集性成长战略。这是在企业现有产品和现有市场还有发展潜力情况下所应采用的战略。它可分为以下两类:①综合发展战略。以某项业务经营为主体,实行商品生产、经营、服务综合发展的产供销一体化;实行收购、批发、零售综合发展的批零购一体化等。②全方位拓展战略。以一个地区市场为主,实行向国内外、省内外等各地市场拓展,占领一切可能被占领的市场,经营一切可能经营的产品,建立一切可能建立的分支机构。

(2)一体化成长战略,又称为联合化、集团化战略。实行产供销联合、贸工农联合、商商联合,以及组成各种类型的联合集团,去共同成长。它是在企业所经营的行业很有发展前途并能通过与供应者、经销者联合来提高劳动生产率、扩大销售和增加盈利时,所应选用的战略。这种战略又可分为以下三种类型:①前向一体化。它是本企业通过与原材料供应者或与商品供应者实行联合或联营以致组成实体集团公司,从而拥有和控制供应系统,实行供产联合、供销联合的一体化发展。由于供应在产与销之前,故称前向一体化发展类型。②后向一体化。它是本企业通过与其产品经销商的批发企业、零售企业等中间商实行联合、联营以致组成实体集团公司,从而拥有和控制分销系统,实现产销、批零联合的一体化发展。由于销在产后,故称后向一体化发展类型。③横向一体化。它是本企业通过与其生产经营同类产品的竞争者实行联合、联营或组成集团公司,如生产集团公司、销售集团公司等,从而获得与龙头产品企业相当的优势,实现相互配合、相互补充的一体化发展。由于它是产产、批批、零零等同类企业间的横向联合,故称横向一体化发展类型。

(3)优势发展战略。它是在企业具有某种优势的情况下利用自己的优势地位与优势条件去发展企业的战略。它又可分为以下三类:①以企业的地理位置优势进行发展的战略。本企业位于交通枢纽、中心城市、外贸港口,或位于生产集中地与消费水平较高的地区,或位于商业中心位置,以其交通方便、供求及时、客流量大等优势来推动企业发展。②以企业生产经营优势进行发展的战略。本企业具有生产的传统技艺、经营的特色、独有的服务、很高的信誉,以其历史优势与生产经营优势来推动企业的发展。③以资源优势进行发展的战略。本企业能够掌握丰富而优质的独特资源,以其原材料优势来推动企业的发展。

4.制订企业市场营销战略规划方案

市场营销战略是企业发展战略的重要组成部分,并且是实现企业发展战略的重要保证。企业发展战略的实施很大部分要由市场营销战略的实施去完成。因此,要科学地制订专项的市场营销战略规划方案。

5.制订战略实施计划

战略规划方案是一种总体安排、轮廓性的设计。为组织战略规划方案的实施,需要制订能够具体体现它的较为详细的行动计划。它既包括对企业发展战略的实施计划,又包括企业市场营销战略的实施计划。为使实施计划与战略方案适用期及其战略阶段相适应,必须制订长期计划及贯彻落实长期计划的中期、短期分段执行计划。长期计划是战略方案的具体化,要有具体的指标和政策,以及更为具体的策略和措施,来体现战略方案。五年计划或三年计划作为常见的分段执行计划是长期计划的实现形式,一般称为中期计划,它的指标、要求与措施更为具体。年度计划是分段执行计划的主要表现形式,其安排比中期计划更为详尽具体,一般称为短期执行计划。为了保证年度计划的执行,还要制订更为具体的市场营销活动计划,作为具体行动计划。

6.制订企业投资计划

企业投资计划是执行战略规划方案的实施计划的重要组成部分。为了执行战略和实施策略,就要对企业现有的业务进行调整,致力于发展所决策的业务活动。为了发展这些业务活动,就要制订最佳的业务投资计划,使有限的资金用到经济效益最好的业务中去。制订企业投资计划一般要经过以下程序:一是认定本企业战略业务单位。二是评估战略业务单位的经济效益。三是确定各类战略业务单位的发展方向。四是根据各类战略业务单位的发展方向及其可能的变化,确定各类战略业务单位的投资计划目标。五是制订出推动企业长期发展的投资计划,保证企业战略目标的实现。

总之,企业发展战略的规划程序,既是实施企业整个生产经营管理的过程及营销管理的过程,又是设计与进行营销活动的过程,它为企业市场营销及其管理设计了基本蓝图。

(二)市场营销活动的组织管理程序

市场营销活动的组织管理程序是企业发展、分析、选择和利用市场营销机会,以实现企业发展战略目标所采取的一系列重大步骤。由于它作为实施企业发展战略的一种具体工作程序并由管理战略业务单位的营销部门来制订,因而,这种程序实质是一种市场营销活动的战略管理程序。其基本程序是:发现和评价市场营销机会;研究和选择目标市场;规划市场营销战略;制订市场营销组合策略;搞好市场营销工作管理。

1.发现和评价市场营销机会

市场营销机会客观地存在于市场经济活动中,而且处于不断发展变化的运动状态。发现和评价市场营销机会是市场营销人员的主要任务,也是企业得以扩大业务经营,制订与实现市场营销战略目标的重要环节。要发现和评价市场营销机会,必须做好以下方面的工作。

(1)分析市场环境,区别机遇与威胁。现代企业处于千变万化的市场环境中,要以高度的注意力和敏锐的观察力,密切注视市场环境诸因素的发展变动趋势,分析研究由此变动趋势给企业发展所提供的机会和造成的困扰与威胁。以便在确认的基础上,抓住和利用机遇,避开重大威胁,改善企业的所处状态。

(2)寻找市场营销机会。通过各种方式获得确切的信息,具体分析本企业经营领域中由于环境因素变动所引起的市场营销机会,如随居民收入增加,所引起的消费结构的变化,以及物价水平上涨或抑止,对本企业经营商品的需求量的影响等,都要从中寻找新的市场营销机会。

(3)评价与确定本企业的市场营销机会。在分析与确认、寻找与发现市场营销机会的基础上,要进一步确定可供本企业实际利用的机会。为此,就要对出现的市场营销机会加以评价,确定可供利用的程度与方向。进行本企业机会的评价,一要考察利用这些机会同本企业发展目标的一致性。二要考察利用这些机会进行业务经营所必备的条件是否具备。三要分析能否具有相对的优势,从市场营销机会中获得最大的差别利益。

2.研究和选择目标市场

按照确认的企业市场营销机会,通过深入的调查研究,进一步研究和分析市场需求的规模与结构,在市场细分化的基础上正确选择本企业的目标市场。具体步骤有如下几点。

(1)测定和预测消费需求。确认可供利用的市场营销机会后,首先要搞清机会领域内现有市场销售规模,即同类产品的市场销售总量;其次是分析该类产品的市场成长情况,即通过历年销售量增长率的比较,确定其现有的成长趋势处于续增、平衡、回落的何种状态;再次是对影响市场成长率的各种因素进行调查研究,预测其发展变化的趋势,其中特别是现实和潜在消费需求的变化趋势,从而测定未来市场成长的趋势和程度。

(2)市场细分化。在预测现实和潜在市场需求总量的基础上,还要进一步把顾客按不同的需求、不同特性和不同购买行为,划分为不同的消费者群体,每个消费者群体的消费需求可以构成一个特定的市场,这个市场称为细分市场,这种划分的过程称为市场细分化。市场细分化可以有很多划分标准,因而,可按不同标准划分出很多细分市场。

(3)选定目标市场。在市场细分化的基础上,就要根据企业实力与优势,去选定一至数个细分市场作为准备占领和开拓的市场,即目标市场。目标市场确定后,就要选定进入目标市场的方法。可供选择的方法主要有:一是企业只生产或经营某种产品,但只供应某一消费者群。二是企业只生产或经营某种产品,但向所有选定的消费者群供应该同种商品。三是企业生产或经营各种有关产品,但只向某一消费者群供应。四是企业经营各种有关产品向选定的所有消费者群供应。五是面向所有消费者群即整个市场,去生产或经营其所需的各种产品。

(4)市场定位。在选定目标市场后,就要确定以何种产品打入目标市场。企业选定进入目标市场的某种产品和决定这种产品在满足细分市场需要中所处的位置,以及该种产品同竞争者在目标市场上相互所处的地位,称为市场定位。产品的市场定位,可有如下两种选择:一是将目标产品置于和竞争对手的同样位置。二是避开竞争对手将目标产品选定在目标市场空间的空白处。

3.规划市场营销战略方案

在根据企业发展战略目标去选定目标市场与进行市场定位后,就要按照科学的程序去制订指导企业市场营销活动的市场营销战略规划方案。

4.制订市场营销组合策略

为了实现企业的市场营销的战略目标与具体目标,就必须科学的组合产品渠道、定价、促销等各种营销因素。这种对企业可控的市场营销因素的最佳组合和综合运用,称为市场营销组合。由于营销组合因素有不同的层次系统,因而,营销组合可分为大组合和次组合。由于市场环境与企业条件处于不断变化之中,因而,任何市场营销组合都是动态组合。

对企业可控市场营销因素可以根据不同的目标进行各种不同的组合,因而,这些不同的组合,就形成了各种市场营销组合策略。制订市场营销组合策略要遵循最佳效益、可行性、动态、交叉、适度等原则。可供采用的组合方式,有一元多因组合、多元多因组合、全元多因组合与整体系统组合,另外,还可以有多阶交叉组合;在国外,把产品、渠道、定价、促销的组合,称为四元大组合;把每个元素中的四个组成因素的组合称为次组合,如把广告、人员推销、营业推广、公共关系的组合称为促销组合等。这些营销因素的不同组合,形成了不同的营销组合策略类型。

制订市场营销组合策略,首先要制订一个组合策略方案;其次是对方案进行可行性论证,并从多种方案中优选出最佳方案。在需要开展的某一项业务活动中,既可以采用某一种策略,也可以将多种策略加以组合,形成不同的策略体系。

5.建立市场营销组织系统

整个市场营销活动过程是一个实施市场营销管理的过程。为了进行科学的管理,就必须建立与完善科学的市场营销组织系统。

营销部门的组织形式经过长时期的演变,基本形成如下几种结构类型:

(1)职能管理式结构。它是按不同的营销职能分别设立部门,如按营销研究、营销规划、新产品研制、广告、顾客服务、推销等不同职能设立部门。

(2)产品管理式结构。它是按产品的不同分类设立部门,每一个部门分管不同类别的产品,实行产品经理制度。

(3)市场管理式结构。它是按照细分市场的不同分工设立部门,每个部门分管不同的细分市场,实行市场经理制。

(4)地区管理式结构。按营销区域内的不同地区设置垂直型的地区组织,每个部门分管不同的地区,分层次设置"地区经理"、"地带经理"等。

(5)产品——市场管理式结构。它是兼顾产品与市场来设置部门,每个部门既分管不同的产品,又分别管理每个产品的不同市场,是一种混合型的组织形式。

以上几种结构形式各有优缺点和适用条件,各个不同的企业应视自身企业的实际情况与市场的分布状况加以选择。为了通过适宜的组织结构对营销活动进行有效的管理,还要建立科学的管理制度,并应根据环境的变化、企业发展目标与营销策略的实施,而不断地对其加以调整与完善。

总之,企业市场营销活动的组织管理程序,是企业实施市场营销战略管理的程序;市场营销战略规划方案的制订程序,是市场营销战略管理程序的重要组成内容。

(三)制订企业市场营销战略规划方案的程序

制订市场营销战略规划方案,是按照一定的程序进行的。完成程序的过程,是企业领导层实施营销管理的过程。

1. 战略方案的总体设想

制订战略方案需要由战略设计者对所要设计的对象领域的轮廓进行构想,然后再形成概念模型。这种对战略方案总体所进行的反复周密的思考,并由此思考所产生的总体设计构想,称为战略方案的总体设想。进行总体设想要把设计主持者的个人设想和领导层的群体设想与广大职工的设想正确结合起来。

2. 调查研究依据因素

为了缩小总体设想的偏差度以及深化、补充、完善原有设想,并使之转化为初步方案,需要从现实出发、未来着眼,以消费需求的发展趋势为前提,通过各种方式,深入系统地调查研究诸依据因素,对调查结果进行综合分析并取得科学的结论。调查研究依据因素的主要方式可有室内、会议与现场直接调研三种方式。室内调研是对已掌握的数据资料在办公室按照科学方法进行归类整理、研究分析与预测;会议调研是按照预定的调研内容通过各类人员的座谈会进行综合性与专业性的分析研究;现场调研是深入各有关现场进行实地考察、观察与测量,而去获得直观数据资料。进行调研,既要全面系统,又要重点突出;既要注意现状,又要充分考虑未来;既要进行综合分析,又要进行专项的深入研究。

3. 拟订多种战略初步方案

由于人们的指导思想、认识能力及预见能力不同,必然会有不同的方案提出,即使属于同类型的方案,也会有战略重点与战略措施的不同考虑。为了鼓励人们敞开思路,集思广益,要尽可能提出几套方案,以便按照最优化原则对几种方案进行比较分析,从中优选出一种最佳方案。

4. 论证战略初步方案

对战略初步方案进行可行性论证,是进一步完善方案、检验其科学性与可行性的过程,也是决策民主化、科学化的最重要的步骤。论证通常采用专家个人论证、专家集体论证、领导层与专家共同论证、群众论证等形式。论证要经过多次反复,并要倾听各种修改意见,特别要注意听取反面意见。论证结束后,需要提出综合性的论证报告。论证报告的主要内容是方案总评价、方案存在的主要问题、修改完善的意见。

5. 审查确定最终战略方案

专门工作机构要根据论证报告所归纳的修改意见,对原方案做进一步修改和补充,必要时,再针对有关重要问题作进一步的调查研究,作较大的修改。修改完善后再由有关人员讨论多次,最后形成最终方案。特别是企业的最高决策者,要对最终方案进行讨论审查,做出最后决定;必要时,需提交企业的主管领导部门审查批准。方案审定后,需通过一定形式公布和下达给下属机构与职工群众,并组织其实施。

第三节　市场营销战略规划方案的内容及类型

一、市场营销整体战略规划方案的构成内容

市场营销整体战略规划是一个严密的系统设计方案,由很多基本要素组成。一个完整的战略规划方案应包括以下内容。

(一)战略指导思想与战略指导方针

制订市场营销战略的指导思想是:适应并利用宏观经济环境,综合运用自己的各种力量,向着竞争对手最薄弱的环节与市场需求潜量最大的市场进行开拓,以优质产品和服务去最大限度地满足消费者的需要,以谋求企业长期整体经济效益与社会经济效益为目标,推动企业和社会主义市场经济的发展,加速实现社会主义现代化。

战略指导方针是制订市场营销战略的指针或指导方向,体现着规划战略的基本指导思想。规定着市场营销活动发展的基本方向和基本道路。确定正确的战略方针,应当紧密结合国家经济发展的基本指导方针和经济发展战略的基本指导思想,从企业市场营销的全局出发,充分考虑客观实际条件,做到扬长避短,勇于开拓,方向明确。

(二)战略指导原则

制订市场营销战略必须遵循正确的原则,也就是准则,以很好地贯彻指导思想。制订市场营销战略应遵循的原则有:全局性原则、客观性原则、超前性原则、效益性原则等。企业应从实际情况出发,通盘考虑各项原则,使之相互结合。

(三)战略目标

战略目标,是市场营销活动在较长时期内所要达到的境地或标准,高度集中了实施战略所要完成的基本要求、基本任务。它的正确与否,对市场营销活动和企业的发展有着延缓或促进的重大作用。战略目标的确定,必须以经济发展规律的客观要求为依据,从企业的经济环境和企业的实力出发,考虑需要与可能,在充分调查研究和科学论证后加以选定。可供选择的战略目标有:一是市场营销规模目标,用营业额、主要商品销售量与收购量等指标表示。二是市场营销增长速度目标,用销售额、收购额与主要商品销售量、收购量的年平均增长速度和递增速度表示。三是市场占有率目标,用在全国、地区的市场占有率,某行业市场的占有率,某主要商品市场的占有率表示。四是经济效益目标,用上交利税额、企业盈利额、外汇收入额等指标表示。五是服务质量目标,用购销网点服务的人口数及户数、送货上门占销售总额的比例等指标来表示。

战略目标一般应是能够牵动全局和左右整个市场营销活动并能取得长期经济效益的目标。在一个企业中,一般应确定一至两个主攻目标,在主攻总目标下再辅之以若干具体目标,

并分解为各战略阶段的分段目标。

(四)战略内容

1.总体战略规划内容

总体战略规划一般包括:市场营销战略模式选择、目标市场定位、产品市场定位、产品市场价格定位、营销渠道模式、市场竞争模式、促销组合模式、营销组织体系、营销管理体制等。

2.项目方案规划内容

由于营销活动可以按不同标志进行不同的分类,因而可分成各种不同的具体营销项目,从而构成不同的项目体系及其各项目的内容。一般可分为如下项目体系,对其进行具体的规划设计:一是按不同市场区域范围设计项目,如按省区、国内、国际市场设计。二是按产品类别设计项目。三是按营销方式设计项目,如直营、代理、股份合作等。四是按营销要素设计项目,如产品、定价、分销、促销等。五是按生产经营过程设计项目,如投资、生产、经营、管理,等等。

(五)战略步骤

战略步骤是实施战略的阶段。战略步骤的时间间隔一般以五年、十年划分,最短不得少于三年。战略阶段应同国家的经济发展战略阶段相适应。每个战略阶段应有相应的阶段目标,通过战略阶段目标的实现,最终实现总目标。

(六)战略重点与战略突破口

战略重点,是指对市场营销发展具有决定性的方面,它能带动全局,抓住了它就能保证战略目标的顺利实现。战略重点在不同阶段或不同企业是不同的。可供选择的战略重点有:提高管理水平、进行智力投资、应用先进科学技术、开创新产品、实行独特的服务方式、开拓某个目标市场等。在国际市场营销战略中可供选择的战略重点有:高技术出口、资本输出、资源输出、劳务输出、军火输出、农产原料输出、耐用消费品输出、特定目标市场开拓等。

战略重点选定后,还应选定战略突破口。战略突破口,是战略重点的关键部位,突破了这个部位,全局就会向战略目标推移。

(七)战略对策措施

战略对策措施,是指实现战略目标与战略重点的基本对策。它是战略目标与重点得以实现的保证。一般包括政策、策略、方法等。例如,在一个企业中,主要包括:奖励、按劳分配、民主决策等具有战略意义的政策;权限下放、专业划细、内部银行、目标管理、综合服务、增加先进设备、完善信息系统等对实现战略目标有重大作用的实施办法;运用经济、法律、行政诸手段及其组合以及带有整体性的主要营销策略等。

二、市场营销战略的类型

市场营销战略一般分为整体战略与分项战略两大类,分项战略是整体战略的分支系统,是整体战略的构成要素。市场营销战略可按不同标志划分为多种不同的类型,供企业依据一定的条件加以选择。根据创新程度的不同划分,其主要的类型有如下几种。

(一)传统型的市场营销战略类型

1.以开拓、占领当地市场,追求商品销售额增长速度为主要目标的战略

该战略主要立足于利用当地的自然资源进行粗加工、初加工,或利用农副业的原产品,以当地的地方市场为范围,而向当地消费者,以提高农产商品率或以扩大商品销售量为主要目标。这是一种以粗放为主的战略。

2.以突出的发展某个行业、某类与某种产品,以提高其市场占有率为主要目标的战略

该战略主要是谋求发展当地优势产业、优势产品或传统产品,以巩固和扩大现有市场占有率。这是一种重点突出的发展战略或倾斜发展战略。例如,在国内,以土特畜产品、林产品、水产品、手工艺品为主要生产经营品种,以其传统的产品优势占领与扩大市场;在国际,以传统手工艺品出口为主的战略、以特产山林产品出口为主的战略、以独特自然资源出口为主的战略、以劳务输出为主的战略、以某类耐用消费品出口为主的战略、以特产原料及其初加工品出口为主的战略等,均属此种战略类型。

3.以增加商业网点、职工人数、扩大企业规模,以谋求外延发展的战略

该战略主要立足于服务当地市场、满足当地生产与生活消费需求、提高当地产品的自给率、对外来产品进行封锁和抵制,着重谋求对地区市场的垄断地位,而忽视经济效益的提高。

(二)传统改良型的市场营销战略类型

1.以集约为主的战略

以集约为主的战略致力于加强营销基础设施建设、技术的进步和劳动生产率的提高,并优化销售组织机构、完善市场信息系统、提高服务质量,从而,在保持现有营销规模和市场地位的基础上,取得最佳的经济效益。这是一种以发展内涵为主的战略。

2.平衡发展的战略

平衡发展的战略主要面向广阔的国内外市场,经营多类品种,兼顾生产与生活消费需要,以所有市场作为开拓的目标市场,并通过多种服务、多种经营来扩大市场销售量,从而取得综合经济效益。

3.密集性成长战略

密集性成长战略是在企业现有产品和现有市场还有发展潜力情况下采用的战略。它又分为以下几种具体类型:

(1)市场渗透型。它是通过企业来采取更加积极的市场营销措施,在现有市场范围内增加现有生产、经营产品的销售量。

(2)市场开发型。它是企业将现有产品打进新市场,以增加现有产品的销售量,其市场开发的主要途径:一是扩大市场销售范围,可从地方市场扩至地区市场、国内市场以至国际市场,在扩大的销售区域内增加销售量。二是在原市场范围内进入新的细分市场,通过满足其未满足的需求来增加销售量。

(3)产品开发型。它是企业在现有市场上发展新产品或改良老产品,以吸引更多顾客来增加销售量。

(三)创新型的市场营销战略类型

1. 向国际市场全方位开拓的战略

向国际市场全方位开拓的战略是以整个国际市场为目标市场,主要以现有产品与不断创新的产品打向任何一个国家的市场,占领一切可以占领的市场空间。

2. 联合发展战略

联合发展战略是通过多种联合而形成群体优势和集团市场竞争力。联合的形式有多种,如:联合生产、联合销售、联产分销、联购分销、销售集团公司等。联合发展战略以谋求企业稳定的经济效益为目标。

3. 多角化成长战略

多角化成长战略是在企业所经营的行业缺乏足够的发展机会,或在所经营的行业之外又发现更有利的营销机会时,所选择的战略。它可具体分为以下三种类型:

(1)同心多角化型。它是企业以现有产品线为经营的主体,然后增加与该主体有关的、能综合运用原有技术和经营优势的新产品,从而吸收新的顾客,以推进营销发展的战略。

(2)水平多角化型。它是企业采用与原产品不相关的技术,来生产和经营新的产品,用以增加产品种类和品种,吸引更多的现有顾客,来推进营销发展的战略。

(3)混合多角化型。它是企业把与现有技术、产品、市场毫无关联的新产品、新业务,扩展到其他行业中,以吸引新的顾客,来推进营销发展的战略。总之,多角化成长战略,实际是以某一经营要素为主体,同时进行相关要素经营的综合性发展战略,用以取得稳定的综合经济效益。

4. 组合型的市场营销战略

组合型的市场营销战略又可分为以下两种具体类型:

(1)市场细分化战略。就是企业通过对市场的不断细分,不断找到本企业最适宜的目标市场,及时捕捉最好的市场营销机会,针对永存的市场空间,不断的占领、扩展,永保自己的市场优势的战略。

(2)市场营销组合战略。就是企业对自己可控制的营销因素进行不断的优化组合,建立与实施最佳的市场营销组合方案,形成企业市场营销的系统合力,永保动态优势,从而占有与扩大市场,有效利用市场营销机会,谋取长期整体经济效益的战略。

以上所述的战略类型,都是以各种方式从不同领域寻求市场营销的机会,谋求长期整体效益。有的从现有市场营销领域中寻找机会;有的从现有市场营销渠道的其他业务扩展中寻找机会;有的从现有市场营销渠道之外去发掘全新的机会,等等。

本章小结

市场营销战略分为宏观与微观两种类型;企业微观市场营销战略,属于企业职能战略的范畴,是由具体的营销战略规划方案来体现的;市场营销战略具有全局性、长期性、纲领性、对抗性等基本特征,制订战略方案必须充分体现这些特征;制订与实施科学的市场营销战略,有利于企业的生存、发展与获取长期最佳经济效益;要科学制订市场营销战略,必须系统、准确的分析企业内外部的客观条件及其相关因素的变化趋势,并采用科学的规划工作程序与方法,将其纳入整个企业发展战略规划的系统工程之内,以及企业市场营销活动的组织管理程序之内,而成为其规划与管理的一个重要程序、环节、内容,并处于核心地位;制订企业市场营销战略规划方案,必须经过战略方案总体设想、调研分析依据因素、拟定多种初步战略方案、组织专家论证与优选初步战略方案、最后审定最终战略方案的科学而系统的程序与方法;一个科学而完整的市场营销战略方案,由战略指导思想、原则、目标、内容、阶段、重点、突破口、对策八个要素所构成,而其中的原则、目标、内容、重点及实施对策为重点要素;市场营销战略具有多种具体类型,要从中优选,着力创新,突出特色,营造市场核心竞争力。

思考题

1.战略、企业战略、企业市场营销战略的基本含义是什么?

2.制订、实施市场营销战略的必要性及其重要意义是什么?

3.制订企业市场营销战略必须分析与依据哪些要素条件,为什么?

4.制订企业市场营销战略规划方案为什么必须首先要制订企业发展战略规划? 企业发展战略规划必须经过的工作程序与工作内容是什么?

5.一个完整、系统的市场营销战略规划方案必须包括哪些基本构成要素? 你如何策划一个市场营销战略规划方案?

【综合案例分析】

中国大连韩伟集团是主要从事生产经营咯咯哒品牌蛋品产品的大型企业,它制订与实施了企业市场营销覆盖战略,取得了成功的业绩。该企业从分析蛋品市场环境入手,立足于本企业的实际情况,制订了一个具有切实指导性的市场覆盖战略规划方案。这一战略方案的基本框架结构,包括以下主要内容。

1.企业蛋品市场营销战略的目标

(1)战略总目标。不断提高蛋品质量,优化其市场营销管理,快速扩大蛋品国内外市场的覆盖率与市场占有率,取得最佳的经济效益与社会效益。

(2)市场竞争地位目标。具体是:①若干年后不仅仅是中国最大的蛋鸡饲养企业、蛋品行业的市场领跑者,而且要成为该行业的真正市场领导者,成为世界有名的"鸡王";②成为地方知名企业,拥有地方名牌,若干年后依托绿色品牌营销将品牌打造为全国知名品牌,并适当进行品牌延伸,形成有企业主导特色的具有产业链条综合竞争力的国内、国际知名企业。

2.产品市场细分及产品定位

(1)产品市场细分。蛋品是一种大众化消费产品,随着消费水平的不断提升,人们对蛋品的消费水平也开始呈现出差异化。为此,韩伟集团对蛋品市场进行细分,首先按消费者消费水平划分出低、中、高端三个层次的市场,并进而对每个层次的不同蛋品种类市场进行细分。其市场细分如下图所示。

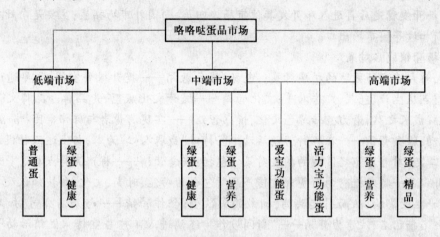

略略哒蛋品差异市场分布图

(2)产品差异化定位。根据不同层次的消费者市场对蛋品的质量、营养、功能及价格的接受水平与偏好不同,对不同档次的产品进行定位。如下表所示。

略略哒系列产品定位表

韩伟集团蛋品系列		蛋品特点	包装	消费者特征	参考价格（元/千克）
绿蛋	精品绿蛋	170~360天精选蛋	精	高端	9.6
	营养绿蛋	170~360天蛋	普	中端及高端	8.0
	健康绿蛋	360~374天蛋	散	中端及低端	6.4
功能蛋	爱宝	功能蛋	精	高端及中端	12.0
	活力宝	功能蛋	精	高端及中端	12.0
普通蛋		130~170天及374天以后蛋	散	低端	4.8

3.市场营销战略阶段及其战略重点

(1)战略阶段。分为近期与远期两个阶段。①近期阶段。近期市场拓展的战略重点是:"形成一个扇面辐射,一个攻点,一个打围。"一个扇面辐射:向东北快速延伸,只进超级大卖场,与零售巨头达成供货协议,抢占终端。一个攻点:攻坚北京市场,占领制高点,进入连锁超市、便民店,引导消费需求;以德清源为对手,向天津延伸。一个打围:开发上海周边市场,围而不攻,采取市场跟踪策略。②远期阶段。以"立足全局,确定重点区域,从重点区域寻求突破口,稳扎稳打,有攻有守,占领一个据点,稳固一个据点,然后以点带面,发展一片"为原则,以三大城市群为依托进行渐次开发:一是,以大连市场为基地,占领辽东半岛城市群,其战略目标为:进一步渗透大连市场,并积极开发沈阳、鞍山、营口等城市市场,在此基础上向北发展。二是,对外埠市场进行拓展:东北重点城市市场、京津唐城市群市场、长江三角洲城市群市场。三是,待上述市场开发稳定后再进入和开发其他市场。四是,向国外市场拓展,主要是向日本、韩国、俄罗斯、新加坡等国市场出口。

4.市场营销战略对策

一是,对大连市场区域的扩展对策。包括:绿色营销——提升绿蛋空间,主要通过整合营销传播,重点从生产、包装、广告入手;文化营销——提升文化底蕴,走品牌→品牌文化→文化品牌的品牌成长之路,着力宣传绿色文化;情感营销——实现消费者与韩伟集团(咯咯哒)之间的真情互动;服务营销——在各种营销活动中坚持以"赢取人心"为本,与上述三种模式中的一种并用。二是,对外埠市场区域的扩展对策。包括:概念营销——将产品特点与消费者需要紧密衔接,并以某一特定概念向消费者宣传产品所包含的功能、时尚、文化、科技知识及其将对消费者生活产生的影响,从而引起共鸣,刺激购买欲望;合作营销——与知名公司、知名媒体合作,借他之名扬己名;注意力营销——"新闻炒作+终端进入+广告宣传+促销活动",建立覆盖目标区域重点城市市场的销售网络体系;本土化营销——人员、促销、包装、公关等实行当地化策略,以绿色为基调。

讨论题:

1.韩伟集团的市场营销战略属于何种类型?

2.该公司的市场营销战略规划方案的构成要素是什么?框架结构是否完整?应如何完善?

3.该公司的市场营销战略规划方案的主要优点与特点是什么?如何进行正确的评价?

聚焦分析:

韩伟集团以主营的蛋品类产品为基点,选取了差异化的市场覆盖营销战略类型,对营销战略目标、市场定位与产品定位的战略内容、战略阶段、战略重点、战略对策等这些战略规划方案的基本要素进行了规划设计,都比较切合实际,特别是在实施对策上多具有创新性。但从现代市场营销战略规划方案的完整模式而论,尚需在战略指导原则、战略内容、战略对策的规划设计方面加以系统与完善。特别是在项目规划内容上,应进一步细化。

【阅读资料1】

韩伟集团是位居大连市、主要从事咯咯哒品牌蛋品的大型生产经营企业,首先对蛋品类产品宏观市场环境的状况进行了系统分析,其分析的主要内容包括以下几个方面。

(1)全国蛋品行业营销环境及发展走势分析。

①国内蛋品行业的特点:行业进入门槛较低;具有蚂蚁吃大象的蛋品行业结构特点;鸡蛋属于基础产品,其附加值不高、利润越来越薄;高附加值蛋品正处于市场导入期;普通蛋的生产与销售很难形成较高的市场集中度。②蛋品行业的发展趋势:中国蛋品市场潜力巨大,高品质和高附加值蛋品的绝对值市场具有非常诱人的利润空间;蛋品行业的发展前景是提升蛋品品质,打造绿色品牌,广泛地进行市场教育,转变市场的消费理念;进行蛋品深加工,为国内消费者提供营养、健康、方便、多样的蛋类食品;扩大出口比重,利用中国蛋品生产和制造成本优势,抢占国际市场。

(2)大连市蛋品市场基本情况分析。

①大连市蛋品市场消费人口情况与收入情况分析。一是,消费人口分析。据统计,2000 年大连市人口总数为589.4 万,其中,373.7 万城镇人口,约占人口总数的63%;215.7 万乡村人口,约占人类总数的37%;37.9 万流动人口,约占人口总数的6.4%。大连市人口自然增长率为1.08%,全市总计184.2 万户家庭,平均每户家庭2.99 人。二是,人口收入情况分析。2000 年大连市国内生产总值达1 110.8 亿元,环比增长11.8%;人均国内生产总值20 255 元,约折合2 447 美元,环比增长11%。在岗职工年人均工资11 901 元,城镇居民人均可支配收入6 861 元,农村人均纯收入3 740 元。②大连市蛋品市场需求分析与预测(详细分析过程略)。2010 年大连市城镇高端市场可开发目标份额按照25%计算,韩伟集团以占未来大连市高端市场的80%份额计算,2010 年咯咯哒蛋品销售量预测值为14 400 吨。

以目前饱和销售量为起点计算,要实现上述发展目标,2010 年每天销售量应该达到2000 箱(17.5 千克/箱),具体年度销售发展预测目标见下表。

韩伟集团大连市场远期咯咯哒蛋品销售目标预测

年份	2002	2003	2004	2005	2006	2007	2008	2009	2010
日销量/箱	500	600	750	900	1050	1250	1500	1850	2250
年销量/吨	3 190	3 830	4 790	5 750	6 710	7 980	9 580	11 820	14 370

【阅读资料2】

青岛啤酒拥有近百年的历史,是世界知名品牌,在国内外市场均占有较大的市场份额。但随着国内市场经济的发展,国外啤酒进入中国市场,中国啤酒也同时进入国外市场,从而使国内外啤酒市场竞争加剧。但面对此种变化,青岛啤酒厂仍保持原有的营销模式,形成"有品牌、无规模"的状态,直到20 世纪90 年代后,仍保持在年产量20 万至30 万吨的水平,致使其在国内市场的占有份额下降到2%左右,从而处于生产经营的困难境地。对此,1998 年该厂进行了营销战略调整,制订与实施了"市场扩张战略",进行"高起点发展,低成本扩张",也就是通过兼并小的啤酒厂以扩大生产规模、优化本厂的资源结构,以降低成本、提升产品质量与品牌效应,从而确立起以"名牌带动"资产重组为核心的"大名牌"发展战略,走向了低成本扩张的规模经济发展之路。

该啤酒公司市场扩张战略方案的规划与实施过程是:

(1)对企业环境进行系统、全面分析。该公司无论是在购并之初,还是在购并之后,都对目标企业进行深入、细致的分析、论证;对企业的内外环境、购并的可行性、企业的发展潜力进行认真分析和研究,以有力地保证购并企业的质量和集团整体的健康运作。

(2)正确制订战略规划方案。①确定战略目标。初步实现做"大"、做"强"的目标;最终实现跻身世界啤酒十强,利税总额上升到全国行业首位的总目标。②确定企业战略方针。不去"跟风转",盲目进入自身不熟悉或不相关的领域,而要充分发挥青啤的自身优势,坚持以啤酒为主导产品的扩张,即执行"巩固提高、促进健康发展、创新裂变"的战略方针。集中一切财力、人力、物力和技术在啤酒行业创造绝对优势,努力把"蛋糕"做大。③明确企业战略方向和指导原则。青啤公司购并多家啤酒厂始终遵循扩张的四项原则:市场布局合理——每个企业要有半径150千米以上的"市场圈",不能造成市场重叠;市场潜力大——这一地区的人口密度、消费水平、消费习惯等,符合啤酒企业的市场拓展要求;有一定的人才资源——被购并企业有熟练的操作工人,有一定的管理基础;长短期利益兼顾——既要在短期内见到效益,又有适合长远发展的巨大空间。④规划战略的基本内容:通过破产收购、政策兼并、控制联合等方式,逐步收购兼并相当数量的啤酒生产企业,使啤酒生产规模迅速扩大,跃居国内同行业的前列;优化组合本企业现有品牌、资金、技术、政策、人才等资源,并将被兼并企业的资源,特别是人才资源优化组合于本公司之中,以形成更大的绝对优势;提高产品质量、降低产品成本、扩展市场区域范围。⑤战略对策。一是大力推行贯彻原青啤企业的企业文化和管理思想;二是优化青啤公司的管理机构与管理体制、方法;三是全面推广与提升原青啤企业特色生产工艺操作方法;四是严格控制使用"青岛啤酒"商标,使被兼并的企业先使用原品牌,待其达标后再加注"青岛啤酒系列产品"和青岛啤酒的图案标识,以保护"名牌"效应。

(3)战略规划方案的实施。①加强扩张后的管理,通过向兼并后的企业的"管理输出",使子公司的管理水平上升到一个新高度。②进行"名牌"带动,形成"青岛啤酒"系列的家族产品,使名牌优势与地方产品优势相结合。③充分应用"青啤"的传统优势工艺技术,确立产品的质量与特色。④建立成本控制体系,降低产品成本。⑤划分市场区域,扩大营销队伍,攻打关键市场,提高市场竞争力,扩展市场范围。

青啤企业经过战略调整,实施市场扩展战略后,使企业的总生产规模由原来的30多万吨,增为现在的400多万吨,从而彻底改变了原来"有品牌、无规模"的局面,而走向持续、快速、健康发展之路。

第八章

Chapter 8

市场竞争战略

【学习要点】

①市场竞争的概念与作用；

②掌握市场营销竞争者分析的基本方法；

③市场竞争的基本战略；

④把握不同市场地位企业的竞争战略。

【引导案例】

　　企业间的竞争无处不在，腾讯QQ与奇虎360两家公司的竞争引起了人们的关注，与许多企业竞争者不同的是，他们的竞争，更多的是在虚拟世界中的刀光剑影，其激烈程度却不亚于一场你死我亡的领土争夺战。早在2010年2月25日，有网友反映，在用QQ医生查询系统漏洞并安装系统补丁时，360安全卫士会弹出对话框，向用户提示该补丁会造成系统异常，建议用户不必安装。360对腾讯客户端之争开启，随后，QQ发布了QQ电脑管家4.0,集成了QQ医生和QQ软件管理，且增加了云查杀木马、清理插件等核心功能(原360独有功能)。这也意味着腾讯开始与奇虎360全面竞争。9月27日,360安全卫士推出个人隐私保护工具360隐私保护器，目标直接瞄准QQ软件，这也意味着360与腾讯在客户端领域再起冲突。随后，QQ在科技频道发布《360浏览器涉嫌借色情网站推广遭公安立案调查》一文，对此进行了反击。360也发布了一则公告，阐明开发360隐私保护器的原因以及技术原理，同时，也对为何网友把记事本的文件名改成QQ.exe后，隐私保护器还会进行监测等问题进行了解释。9月30日360,隐私保护器发布第二版，新增对腾讯TM和MSN监控。声明，腾讯网刊发虚假新闻有违新闻道德;360致网民的一封信:用户隐私大过天。QQ晚间7点发布360隐私保护器真相。随后360再发声明:腾讯对QQ窥私解释纰漏百出。10月14日,QQ正式起诉360不正当竞争，要求奇虎及其关联公司停止侵权、公开道歉并做出赔偿。360随后回应,称将对腾讯发假新闻污蔑360涉黄,以及封杀360隐私保护器下载地址,提起反诉。10月27日,百度、腾讯、金山、傲游、可牛共同发表一份《反对360不正当竞争及加强行业自律的联合声明》。10月29日,360推出一款名为"扣扣保镖"的安全工具。11月3日,QQ发布"致广大QQ用户的一封信",决定将在装有360软件的电脑上停止运行QQ软件。此时,360与QQ的战火真正蔓延到了广大网民软件使用者的身上。11月10日,在工信部等三部委的干预下,QQ和360已经实现兼容。360发公告感谢用户,腾讯暂无回应。至此,360与QQ的网络用户争夺大战暂时告一段落。两家企业费尽周折,但到最后没有一个是赢家,两家企业都给自己的品牌和产品造成了负面影响。

第一节　市场竞争者分析

一、识别企业的竞争者

识别企业运营过程中的竞争者对于企业来讲并非易事,因为企业现实和潜在的竞争者的范围是极其广泛的,而且竞争形式也是多样化的,如果不能正确识别,就会使企业患上"营销近视症",因此,必须对行业的竞争性进行科学的分析,主要是分析本行业中的竞争格局以及本行业和其他行业的关系,由于行业的结构及竞争性决定着行业的竞争原则和企业可能采取的战略,因此,行业竞争性分析是企业制订战略最主要的基础。按照波特(M.E.Poter)的观点,一个行业中的竞争,不只是在原有竞争对手中进行,而是存在着五种基本的竞争力量:潜在的行业新进入者的威胁、替代产品或服务的威胁、购买商的讨价还价能力、供应商的讨价还价能力、现有企业间的竞争。其竞争力模型,如图8.1所示。

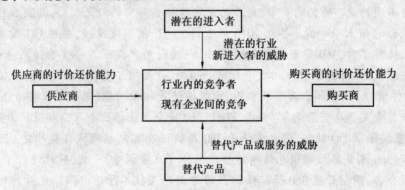

图8.1　波特的五种竞争力模型

(一)行业新进入者的威胁

这种威胁主要是偶遇新进入者加入该行业,会带来生产能力的扩大,带来对市场占有率的要求,这就必然引起与现有企业的激烈竞争,使产品价格下跌;另一方面,新加入者要获得资源进行生产,从而使得行业的生产成本提高。这两方面都能使企业的获利能力下降。新进入者威胁的状况取决于进入障碍和原有企业的反击程度。如果新进入障碍高,原有企业激烈反击,潜在的加入者难以进入该行业,加入者的威胁就小。进入障碍由以下几个主要因素构成。

1.规模经济

规模经济是指生产单位产品的成本随着生产规模的增加而降低。规模经济的作用是迫使行业新加入者必须以大的生产规模进入,并冒着现有企业强烈反击的风险;或者以小的规模进入,但要长期忍受产品成本高的劣势。规模经济形成的进入障碍表现在:一是企业的某项或某几项职能,如在生产、研究与开发、采购、市场营销等职能上的规模经济,都可能是进入者的主要威胁。二是某种或几种经营业务和活动,如钢铁联合生产中高炉炼铁和炼钢生产中较大的规模经济。三是联合成本,即企业在生产主导产品的同时并能生产副产品,使主导产品的成本降低,这就迫使新加入者也必须能生产副产品,不然就会处于不利地位。如钢铁联合生产中,焦炭可产生可利用的煤气,高炉生产中的高炉煤气以及炉渣都可以利用。四是纵向联合经营,如从矿山开采,烧结直至轧制成各种钢材的纵向一体化钢铁生产。这就使加入者必须联合起来加入,若不能联合加入,势必在价格上难以承受。

2.产品差异优势

产品差异优势是指原有企业所具有的产品商标信誉和用户的忠诚度。造成这种现象是由于企业过去所做的广告、用户的服务、产品差异或者仅仅因为企业在该行业历史悠久。产品差异化形成的障碍,迫使新加入者要用很大的代价来树立自己的信誉和克服现有用户对原有产品的忠诚。

3.资金需求

资金需求是指在行业中经营不仅需要大量资金,而且风险性大,加入者要在持有大量资金、冒很大风险的情况下才能加入。企业需要大量资金的原因有很多方面,如购买生产设备需要资金、提供用户信贷、存款经营等。

4.转换成本

转换成本是指购买者将购买一个供应商的产品转移到购买另一个供应商的产品所支付的一次性成本。它包括重新训练业务人员,增加新设备、检测新资源的费用以及产品的再设计等。如果这些转换成本高,新加入者必须为购买商在成本或服务上做出重大的改进,以便购买者可以接受。

5.销售渠道

一个行业正常的销售渠道,已经为原有企业服务,新加入者必须通过广告合作、广告津贴等来说服这些销售渠道接受他们的产品,这样就会减少新加入者的利润。产品的销售渠道越有限,它与现有企业的联系越密切,新加入者要进入该行业就越困难。

6.与规模经济无关的成本优势

原有的企业常常在其他方面还遇有独立于规模经济以外的成本优势,新进入者无论取得什么样的规模经济,都不可能与之相比。它们拥有专利产品技术、独占优惠资源、占据市场化的有利位置、政府补贴以及具有学习或经验曲线、政府的某些限制政策等。

(二)现有竞争者之间的竞争程度

现有竞争者之间多采用的竞争手段主要有价格战、广告战、引进产品以及增加对消费者的服务和保修等。竞争的产生是由于一个或多个竞争者感受到了竞争的压力或看到了改善其地位的机会。如果一个企业的竞争行动对其对手有显著影响,就会招致报复或抵制。如果竞争行动和反击行动逐步升级,则行业中所有企业都可能遭受损失,使处境更糟。在如下情况下,现有企业间的竞争会很激烈。关于销售量及产品差异程度,根据行业内现有企业的销售商数量及产品差异程度,产生了如下五种行业结构类型,如图8.2所示。

	一个销售商	少数销售商	许多销售商
无差别产品	完全垄断	完全寡头垄断	完全竞争
有差别产品	完全垄断	不完全寡头垄断	垄断竞争

图8.2　行业竞争的类型

1.完全垄断

完全垄断是指在一定地理范围内某一行业只有一家企业供应产品或服务。形成完全垄断的原因有:规章法令、专利权、许可证、规模经济等。在西方国家,完全垄断还可以分为"政府垄断"和"私人垄断"两种。如果该行业内出现了替代品或紧急竞争危机,完全垄断者会改善产品和服务,作为阻止新进入者进入的障碍。

2.完全寡头垄断

完全寡头垄断也称无差别寡头垄断,指某一行业内少数几家大企业提供的产品或服务占据绝大部分市场,并且顾客认为各企业产品没有差别,对不同品牌无特殊偏好。寡头企业之间的相互牵制导致每个企业只能按照行业的现行价格水平定价,不能随意变动。

3.不完全寡头垄断

不完全寡头垄断,也称差别寡头垄断,指某一行业内少数几家大企业提供的产品或服务占据绝大部分市场,并且顾客认为各企业的产品在质量、性能、款式和服务等方面存在差异,对某些品牌形成特殊偏好,其他品牌不能替代。

4.垄断竞争

垄断竞争指某一行业内有许多卖主且相互之间的产品在质量、性能、款式和服务方面有差别,顾客对某些品牌有特殊偏好,不同的卖主以产品的差异性吸引顾客,展开竞争。企业竞争的焦点是扩大本企业品牌与竞争品牌的差异,突出特色,更好地满足目标市场需求以获得溢价。在垄断竞争条件下,垄断企业变动价格不会引起竞争者的强烈反应。

5.完全竞争

完全竞争指某一行业内有许多卖主且相互之间的产品没有差别。完全竞争大多存在于均质产品市场,如食盐、农产品、水泥等。买卖双方只能按照供求关系确定现行市场价格来交易产品。都是"价格的接受者"而不是"价格的制定者"。

(三)替代产品的威胁

替代产品,是指那些与本行业的产品有同样功能的其他产品。替代产品的价格如果比较低,它投入市场就会使本行业产品的价格上限只能处在较低的水平,这就限制了本行业的收益。替代产品的价格越是有吸引力,这种限制作用也就越牢固,对本行业构成的压力也就越大。

(四)购买商的讨价还价能力

购买商在要求高质量的产品和更多的优质服务的同时,更加要求降低购买价格。其结果是使得行业的竞争者们相互竞争,导致行业利润下降。在下列情况下,购买商有较强的讨价还价能力。

(1)购买商们相对集中并且大量购买。如果购买商们集中程度高,由几家大企业控制,就会提高购买商们的地位。

(2)购买的产品占购买商全部费用或全部购买量中很大的比重,这时,购买商愿意花费必要的资金购买,购买商讨价还价的能力就大;反之,只占购买商全部费用的一小部分,那么购买商通常对价格不很敏感,无需讨价还价。

(3)从该行业购买的产品属标准化或无差别的产品。购买商在这种情况下确信自己总是可以找到可挑选的销售者,可导致销售者之间相互倾轧。

(4)购买商的行业转换成本低。高的转换成本将购买商固定在特定的销售者身上;相反,如果转换成本低,购买商讨价还价能力就大。

(5)购买商的利润很低。这样,他们会千方百计地压低购买费用,要求降低购买价格。高赢利的购买商通常对价格不太敏感,同时他们还可能从长计议考虑维护与供应商之间的关系和利益。

(6)购买商们有采用后向一体化对销售者构成威胁的倾向,他们宁愿自己生产而不去购买。

(7)销售者的产品对购买商的产品质量或服务无关紧要。如果销售者的产品对购买商的产品质量影响很大,购买商一般在价格上不太敏感。

(五)供应商的讨价还价能力

在下列情况下,供应商有较强的讨价还价能力。

(1)供应行业由几家企业控制,其集中化程度高于购买商行业的集中程度,这样,供应商能够在价格、质量的条件上对购买商施加相当大的影响。

(2)供应商无需与替代产品进行竞争。如果存在着与替代产品的竞争,即使供应商再强大有力,他们的竞争能力也会受到牵制。

(3)在供应商向一些行业销售产品且每个行业在其销售额中不占很大比例时则具有的价还价能力。

(4)供应商的产品是很重要的生产投入要素,这种投入对于购买商的制造过程或产品质量有很重要的影响,这样便增强了供应商讨价还价的能力。

(5)供应商对买主行业来说构成向前一体化的很大威胁,这样,购买商行业若想在购买条件上讨价还价,就会遇到困难,例如,矿石企业如果自己用矿石炼铁,则对炼铁企业来说构成很大的威胁。

二、判定竞争者的战略目标与竞争实力

(一)竞争对手的长远目标

对竞争对手长远目标的了解,可预测每个竞争单位对其目前位置可能进行的调整,并据此采取相应的竞争对策。为此,要了解与掌握竞争对手的如下情况:一是竞争对手将如何改变战略以及对外部事件(如经济周期),或对其他企业战略行动的反应能力。二是在其目标及所面临的上级企业压力一定的情况下,竞争对手在受到某些战略变化的威胁比其他对手受到的更大时,会进行报复的可能性及程度。三是竞争对手为达到某一个中心目标而采取的战略行动时,其上级企业是否会支持下属企业所采取的行动,确定它是否愿意做下属企业对付竞争对手行动的后盾。

如果竞争对手是某母公司中的一个经营单位,则对目标的了解应当是对多级领导目标的了解,如企业级的、经营单位级的,甚至职能部门以及个别经理的目标,都要了解。

(二)竞争对手的假设

竞争对手分析的第二个关键性因素是了解每个竞争对手的假设。有如下两类假设:

一是竞争对手对自己的假设。每个企业对自己的情况都有所假设。例如,它可能把自己看成是社会上的知名的企业、产业霸主、低成本生产商、具有最优秀的销售队伍等。这些对于本企业的假设将指导它的行动方式和反击方式。比如,某企业把自己定位为低成本生产商,那么它可能规定一个削价条例使得价格自行降低。

二是对产业及产业中其他企业的假设。既然是假设,那就有可能是正确的,也有可能是不正确的。对所有的假设的检验能发现竞争对手的管理人员认识其环境的方法中存在的偏见及盲点。

通过上述两方面假设的比较分析,从而采取正确的战略对策。

（三）竞争对手的现行战略

对竞争对手分析的第三个要素是列出每个竞争对手现行战略的清单。非常实用的一种方法是,把竞争对手的战略看成是各职能部门的关键性经营方针的总和,以及了解它是如何寻求各职能部门的相互联系的。

（四）竞争对手的能力

竞争对手的目标、假设和现行战略,会反映出它反击的可能性、时间性、性质及强烈程度。而其具有的优势与弱势,则反映着它的竞争实力,而其竞争实力将决定它发起进攻或反击的战略行动的能力以及处理所处环境或发生时间的能力。因而,必须正确判定竞争对手的竞争能力。

第二节　市场竞争的基本战略

一、成本领先战略

成本领先战略又称低成本战略,是使企业的全部成本低于竞争对手的成本,甚至是在同行业中最低的成本。实现成本领先战略需要一整套具体的措施:包括经营单位要有高效率的设备、积极降低经营成本、紧缩成本开支和控制间接费用,为此必须在成本控制上进行大量的管理工作。

（一）成本领先战略的实施条件

成本领先战略的理论基石是规模效益(即单位产品成本随生产规模增大而下降)和经验效益(单位产品成本随积累产量增加而下降),它要求企业的产品必须具有较高的市场占有率。如果产品的市场占有率很低,则大量生产毫无意义;而不大量生产也就不能使产品成本降低。为实现产品成本领先的目的,企业内部需要具备下列条件:

(1)设计一系列便于制造和维修的相关产品,彼此分摊成本。同时,要使该产品能为所有主要的用户集团服务,以增加产品数量。

(2)在现代化设备方面进行大量的领先投资,采取低价位的进攻性定价策略。这些措施短期内可能会造成初期的投资亏损,但长远目标是提高市场占有率,获得更多的利润。

(3)低成本给企业带来高额边际收益。企业为了保持低成本地位,可以将这种高额边际收益再投到新设备和现代化设施上。这种再投资是维持低成本地位的先决条件,以此形成低成本、高市场占有率、高收益和更新装备的良性循环。

(4)企业具有先进的生产工艺技术,以降低制造成本。

(5)降低研究与开发、产品服务、人员推销、广告促销等方面的费用支出。

(6)建立起严格的、以数量为基础的成本控制系统。

(7)企业建立起具有结构化的、职责分明的组织机构,便于从上而下地实施最有效的控制。

(二)成本领先战略的优点与风险

从国际范围角度来讲,在20世纪70年代成本领先战略逐渐成为多数企业所采用的战略。

1.实施成本领先战略的优点

(1)可以抵挡住现有竞争对手的对抗,只能保本的情况下,本企业仍能获利。

(2)面对强有力的购买商要求降低产品价格的压力,企业在进行交易时仍握有更大的主动权,具有抵御购买商讨价还价的能力。

(3)当强有力的供应商抬高企业所需资源的价格时,企业可以有更多的灵活性来解决困境。

(4)企业可使欲加入该行业的新进入者望而却步,形成进入障碍。

(5)在与代用品竞争时,企业往往比本行业中的其他企业处于更有利的地位。

2.实施成本领先战略的风险

如前所述,保持成本领先地位要求企业购买现代化的设备,及时淘汰陈旧的资产,防止产品线的无限扩充,对新技术的发展保持高度的警觉。而这些也正是实施成本领先战略的危险根源,这一战略的风险包括以下几点:

(1)生产技术的变化或新技术的出现可能使得过去的设备投资或产品学习经验变成无效用的资源。

(2)行业中新加入者通过模仿、总结前人经验或购买更先进的生产设备,使得他们的成本更低,而后来居上。

(3)由于采用成本领先战略的企业其力量集中于降低产品成本,从而使它们丧失了预见产品的市场变化的能力,而不能为顾客提供所欣赏和需要的商品。

(4)一旦受通货膨胀的影响,就不能与采用其他竞争战略的企业进行有效的竞争。因此,经营单位在选择成本领先的竞争战略时,必须正确地估计市场需求状况及特征,努力使成本领先战略的风险降到最低限度。

二、差异化战略

差异化战略,是企业使自己的产品或服务区别于竞争对手的产品或服务,创造出与众不同的东西。一般来说,企业可在下列几个方面实行差异化战略:产品设计或商标形象的差异化;产品技术的差异化;顾客服务上的差异化;销售分配渠道上的差异化等。应当强调的是,产品或服务差异化战略并不是说企业可忽视成本因素,只不过这时主要战略目标不是低成本而已。

(一)差异化战略的实施条件

实施差异化战略,企业需具备下列条件:

(1)具有很强的研究与开发能力,研究人员要有创造性的眼光。

(2)企业具有以其产品质量或技术领先的声望。

(3)企业在这一行业有悠久的历史或吸取其他企业的技能,并能形成很强的市场营销能力。

(4)研究与开发、产品开发以及市场营销等职能部门之间要具有很强的协调性。

(5)企业要具备能吸引高级研究人员、创造性人才和高技能职员的技术设施与工作、生活待遇条件。

(二)差异性战略的益处及风险

1.实施差异化战略的益处

企业通过差异化战略可建立起稳定的竞争地位,从而使得企业获得高于行业平均水平的收益。差异化战略的益处主要表现在以下几个方面:

(1)能建立起顾客对产品或服务的认识和信赖。当产品或服务的价格发生变化时,顾客的敏感程度就会降低,这时,差异化战略可为企业在同行业竞争中形成一个隔离地带,避免竞争对手的侵害。

(2)顾客对商标的信赖和忠实形成了强有力的行业进入障碍。如果行业新的加入者参与竞争,它必须扭转顾客对原产品的信赖和克服原产品的独特性的影响,这就加强了新加入者进入该行业的难度。

(3)差异化战略产生的高边际收益增强了企业应对供应商讨价还价的能力。

(4)企业通过差异化战略,使得购买商缺乏与之可比较的产品选择,从而降低了购买商对价格的敏感度,另一方面,通过产品差异化使购买商具有较高的转换成本,从而使其更依赖于本企业,这些都可削弱购买商的讨价还价能力。

(5)企业通过差异化战略建立起顾客对本产品的信赖,使得替代产品无法在性能上与之竞争。

2.实施差异化战略的风险

(1)实施差异化战略的企业,由于它要增加设计和研究费用,选用高档原材料等,这会使其成本提高,这就可能使购买者宁愿牺牲差异化产品的性能、质量、服务和形象,而去追求降低采购成本,从而降低企业的销售量。

(2)购买者变得更加精明起来,他们降低了对产品或服务差异化的要求。

(3)随着企业所处行业的发展进入成熟期,差异产品的优点很可能为竞争对手所模仿,从而削弱产品的优势。而这时如果企业不能推出新的差异化产品就要处于非常困难的境地。

三、集中化战略

集中化战略,是指企业的经营活动集中于一特定的购买者集团、产品线的某一部分或某一地域上的市场。如同差异化战略一样,集中化战略也可呈现多种形式。集中化战略的目的是很好地服务于一特定的目标,它的关键在于能够比竞争对手提供更为有效和效率更高的服务。

因此,企业既可以通过差异化战略来满足一特定目标的需要,又可通过低成本战略服务于这个目标。尽管集中化战略不寻求在整个行业范围内取得低成本或差异化,但它是在较窄的市场目标范围内来取得低成本或差异化的。成本领先战略、差异化战略和集中化战略这三种一般竞争战略的关系如图8.3所示。

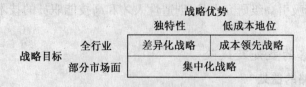

図 8.3　三种一般竞争战略的关系

1.实施集中化战略的益处

同其他战略一样,集中化战略也能在本行业中获得高于一般水平的收益。主要表现在:

(1)集中化战略便于集中使用整个企业的力量和资源,更好地服务于某一特定的目标。

(2)将目标集中于特定的部分市场,企业可以更好地调查研究与产品有关的技术、市场、顾客以及竞争对手等各方面的情况,做到"知彼"。

(3)战略目标集中明确,经济成果易于评价,战略管理过程也容易控制,从而带来管理上的简便,它对中、小型企业来说,可能是最适宜的战略。

2.实施集中化战略的风险

集中化战略也有相当大的风险,主要表现在:

(1)由于企业全部力量和资源都投入了一种产品或服务或一个特定的市场,当顾客偏好发生变化,技术出现创新或有新的替代品出现时,就会发现这部分市场对产品或服务需求下降,企业就会受到很大的冲击。

(2)竞争者打入了企业选定的部分市场,并且采取了优于企业的更集中化的战略。

(3)产品销量可能变少,产品要求不断更新,造成生产费用的增加,使得采取集中化战略企业的成本优势得以削弱。

第三节　市场地位与竞争战略的选择

根据不同企业在目标市场的地位,可以分为四种类型,即市场领导者、市场挑战者、市场追随者和市场利基者。处于不同市场地位的企业,有不同的市场竞争战略选择。

一、市场领导者的竞争战略

市场领导者是一个行业的"领头鹰",占有相对大的市场份额。在价格变化、新产品开发、分销渠道覆盖面和促销等方面,对其他企业起着榜样和导向的作用。同时,这一市场地位又常常使一个企业成为行业中的焦点。其他企业或者向它们挑战,或者模仿,或者避免与它们竞争。市场领导者企业要巩固自己的地位，反击竞争者进攻，保持第一，可从三个方面努力，即扩大整体市场、保卫现有的市场份额和增加市场份额。

（一）扩大整体市场

市场领导者占有的市场份额相对最大，市场总体扩大时受益更多。因此，可以通过开发产品的新用户，或为产品找到新用途，或增加顾客用量，设法扩大整体市场。

1.开发新用户

一是促使从未使用过的潜在顾客接受与购买。比如，航空公司要增加其顾客，可以通过广告比较说明空运与火车、汽车相比有什么优点，吸引习惯于陆地出行的消费者改乘飞机；又如，人们担心电热淋浴器不够安全而不愿购买、使用，企业可大力宣传它的多重安全保护装置，将这一部分潜在购买者转变为现实购买者；二是进入新的细分市场。例如，许多情况下总体市场可以根据潜在购买者、使用者的身份，细分为公务、商务和家用等市场。在我国，电话、电脑和轿车等产品，几乎都是在公务、商务市场日趋饱和之后，大举进入家用市场；三是开发新的地理市场，即寻找尚未使用该产品的地区。例如，我国的电视机和电脑在城市市场已经较为饱和，可着重发展农村市场；轿车在发达国家已经较为普及，可向发展中国家和不发达国家转移市场。

2.寻找新用途

通过发现产品的新用途，同样可以扩大销售。例如，许多食品企业在产品包装上印有多种烹制方法，使顾客了解这种产品的所有用法，增加了更多和重复购买的可能性；又如，我国一些地方的农民购买洗衣机，不仅用于洗涤衣物，还用来洗涤带泥山芋，海尔为此生产了也能洗净山芋的洗衣机。

3.增加顾客用量

一是提高使用频率，设法使顾客更多使用。比如：牙膏厂商说服顾客，由每天刷牙两次改为三次。二是增加每次用量。比如：生产洗发露的厂家，向顾客证明每次用其品牌洗发两遍，比只洗一遍效果更佳；又如：日本一家生产味精的企业，曾将其包装瓶盖上的漏孔略加扩大，使消费者不知不觉中增加了每次的使用量。三是增加使用场合。如：电视机厂商可以宣传，在卧室和客厅等不同的房间分别摆放电视机的好处，如观看方便、避免家庭成员选择频道的冲突等，还可宣传，这是美好生活的需要，是生活水平提高的表现，从而使有条件的家庭乐于购买两台以上的电视机。

（二）保卫现有的市场份额

占据市场领导者地位的企业还必须时刻保护自己的现有业务。最好的防御是最有效的进攻、不断创新，在新产品开发、成本降低、渠道建设和顾客服务方面成为本行业的先驱，持续增加竞争效益和顾客让渡价值。即使不主动进攻，至少也要加强防御，堵塞漏洞，不给挑战者可乘之机。市场领导者不可能防守所有的阵地。必须认真探查，哪些阵地应不惜代价严防死守，哪些阵地可以放弃而不会带来太大损失,将资源集中于关键处。防守战略的基本目标,是减少受到攻击的可能性,或将进攻目标引到威胁较小的区域并设法减弱进攻强度。

1.阵地防御

围绕企业目前的主要服务产品和业务,建立牢固的防线。根据竞争者产品、价格、渠道和促销方面可能采取的进攻战略,制订自己的预防性战略,并在竞争者进攻时坚守原有的产品和业务。阵地防御是防御的基本形式,是静态的防御。虽然在许多情况下是有效的、必要的,但是单纯依赖这种防御则是一种"营销近视症"。企业更重要的任务是技术更新、新产品开发和扩展业务领域。当年亨利·福特固守T型车阵地惨遭失败,使得年赢利10亿美元的企业险些破产。海尔没有局限于赖以起家的冰箱业务,积极开发了空调、彩电、洗衣机、电脑、微波炉等系列产品,成为我国电器行业著名品牌。

2.侧翼防御

市场领导者企业在自己主阵地的侧翼建立辅助阵地,以保卫自己的周边和前沿,并在必要时作为反攻的基地。例如,20世纪70年代,美国各大汽车企业的主要产品是豪华型轿车,并未注意小型省油车这一侧翼产品,受到日本和欧洲厂商的小型省油车攻击而失去大片市场。又如:超级市场提供广泛的、货源充足的冷冻食品和速食食品,以抵御快餐业的蚕食。

3.以攻为守

企业也可在竞争者尚未构成严重威胁,或向本企业采取进攻行动以前抢先发起攻击,以削弱或挫败竞争对手。"以攻为守"是一种先发制人的防御,应正确判断何时进攻效果更好,以免贻误战机。有的企业在对手市场份额接近于某一水平而危及自己的市场地位时发起进攻,先发制人的方式多种多样:可以运用游击战,这儿打一个对手,那儿打一个对手,使各个对手疲于奔命、忙于招架;可以展开全面进攻,如精工手表有2 300种品种,覆盖各个细分市场;也可以持续打价格战,如长虹数次率先降价,使未达到规模经济的竞争者险象环生;还可以开展心理战术,警告对手将采取某种打击措施,实际上不一定付诸实施,等等。

4.反击防御

市场领导者受到竞争者攻击以后采取反击,要注意选择时机。可迅速反击,也可延迟反击。如果竞争者的攻击行动并未造成自己的市场份额迅速下降,可延迟反击,弄清竞争者攻击的意图、战略、效果和其薄弱环节以后反击,不打无把握之仗。反击战略主要有:

(1)正面反击,即与对手采取相同措施,迎击对方的正面进攻。如果对手大幅度降价和大规模促销,市场领导者企业凭借雄厚的资金、实力和卓著的品牌声誉,以牙还牙地采取降价和促销,可以有效遏制对手。

(2)攻击侧翼,即选择对手的薄弱环节加以攻击。某企业的电冰箱业务遇到对手削价损失了市场份额,但是洗衣机质量和价格比竞争者有更多优势,于是洗衣机大幅度降价,使对手忙于应付洗衣机市场而停止对电冰箱市场的进攻。

(3)钳形攻势,即同时实施正面攻击和侧翼攻击。如竞争者的电冰箱削价,市场领导者企业不仅电冰箱降价,洗衣机也降价,同时推出新产品,从多条战线发动进攻。

(4)退却反击,即在竞争者进攻时,先从市场退却,避免正面交锋的损失;待竞争者放松进攻或麻痹大意时发动反击收复市场,以较小代价取得较大战果。

(5)围魏救赵,即在对方攻击我方主要市场时,攻击对方主要市场,迫使对方撤销进攻回师保卫大本营。如,康佳在四川市场发动进攻时,长虹进攻广东市场还以颜色。

(6)机动防御。机动防御指市场领导者不仅固守现有的产品和业务,还扩展到一些有潜力的新领域,作为将来防御和进攻的中心。

(7)收缩防御。企业主动从实力较弱的领域撤出,将力量集中于实力较强的领域。优点是在关键领域集中优势力量,增强竞争力。

(三)增加市场份额

许多市场领导者企业喜欢不断扩大市场份额。一般而言,如果单位产品价格不降低且经营成本不增加,利润会随市场份额扩大而提高。但是不可认为市场份额提高利润就一定增加。是否继续增加市场份额,应综合考虑以下因素:

1.经营成本

许多时候往往有这样的现象,市场份额持续增加而未超出某一限度时,利润会随市场份额而提高;市场份额超过某一限度继续增加,经营成本的增加速度就大于利润的增加速度,利润会随市场份额的提高而降低。主要原因是提高市场份额的费用增加。出现这种情况,则市场份额应保持在该限度以内,不应盲目扩大市场份额。

2.营销组合

如果采用了错误的营销组合战略,比如过分降低价格,过高支出公关、广告、渠道拓展、销售员和营业员奖励等费用,承诺过多服务项目导致服务费用大增,则市场份额的提高会造成利润下降。

3.法律约束

为了保护竞争、防止垄断,许多国家法律规定,某一企业的市场份额超出一定限度,就要强行分解为若干相互竞争的企业。西方国家的许多著名企业都曾因此而被分解。如果占据市场领导者地位的企业不想被分解,就要在市场份额接近临界点时主动加以控制。

二、市场挑战者的竞争战略

市场挑战者,是在行业中占据第二及以后位次,有能力对市场领导者和其他竞争者采取攻击行动,希望夺取市场领导者地位的企业。

(一)确定战略目标与竞争对手

军事上的"目标原则"主张,要求每次行动都必须指向一个明确规定的、决定性的和可以达到的目标。大多数市场挑战者的目标是增加市场份额利润,减少对手的市场份额。战略目标与要进攻的对手直接相关。

1.攻击市场领导者

这一战略风险大,潜在利益也大。当市场领导者在其目标市场的服务较差而令顾客不满,或对某个较大的细分市场未予足够关注的时候,采用这一战略的利益更为显著。例如,施乐公司用干印代替湿印,从3M公司那里夺走了复印机市场;佳能公司开发台式复印机,又从施乐夺取了大片市场。

2.攻击规模相当,但经营不佳、资金不足的企业

市场挑战者企业应当仔细调查竞争者是否满足了消费者的需求,是否具有产品创新的能力。如果它们在这些方面存在缺陷,就可作为攻击的对象。

3.攻击规模较小、经营不善、资金缺乏的企业

例如,在我国,许多实力雄厚、管理有方的独资和合资企业一旦进入市场,首先进攻当地资源不足、管理混乱的弱小企业。

(二)有效选择战略

市场挑战者选择战略,应当遵循"密集原则",把优势兵力集中在关键时刻和地点,有效达到目的。

1.正面进攻

正面进攻即市场挑战者向对手的强项而不是弱项发起进攻,比如以更好的产品、更低的价格、更大规模的广告攻击对手的拳头产品。决定正面进攻胜负的是"实力原则",即拥有更多、更优的人、财和物力资源的一方将取得胜利。当进攻者比对手拥有更大实力和持久力时,才宜采取这一战略。降价是一种有效的正面进攻战略,如果能让顾客相信进攻者的产品与对手相同但是价格更低,更加"物有所值",进攻就会取得成功。

2.侧翼进攻

市场挑战者企业也可寻找和攻击对手的弱点。寻找对手弱点的主要方法,是分析竞争者在各类产品和各个细分市场上的实力和绩效,把对手薄弱或表现不佳或尚未覆盖而又有潜力的产品和市场,作为攻击点和突破口。一是分析地理市场,选择对手忽略或绩效较差的产品和区域加以攻击。比如一些大企业易于忽略中小企业和乡村,进攻者可以在那里发展业务。二是分析其余各类细分市场,按照收入、年龄、性别、购买动机、产品用途和使用率等因素辨认细分市场并认真研究,选择对手尚未重视或尚未覆盖的细分市场作为目标。侧翼进攻使各企业的业务更加完整地覆盖各细分市场,进攻者较易收到成效,并且避免了攻守双方为争夺同一市场而造成的两败俱伤的局面。三是包抄进攻。市场挑战者企业也可在多个领域同时发动进攻,以夺取对手市场。比如向市场提供竞争者所提供的一切产品和服务,并比其更加质优价廉,同时,还配合大规模的促销活动。侧翼进攻适用条件:一是通过市场细分未能发现对手,或尚未覆盖的细分市场。二是与对手相比,拥有绝对的资源优势。三是制订了周密可行的方案,包抄进攻能够摧毁对手的防线和抵抗。

3.迂回进攻

避开对手的现有业务领域和现有市场,进攻对手尚未涉足的业务领域和市场,壮大自己的实力。这种战略的主要做法:一是多角化经营,涉足与对手现有业务无关的产品;二是现有产品进入新的地理市场;三是利用对手尚未涉足的高新技术制造产品,取代现有产品,以避免单纯模仿竞争者的产品和正面进攻的损失。

4.游击进攻

市场挑战者向竞争者的有关"领地"发动小规模、断断续续的进攻,逐渐削弱对手,使自己最终夺取永久性的市场领域。游击进攻适用于小企业打击大企业。主要做法是在某一局部市场上有选择地降价、开展短促的密集促销、向对方采取相应的法律行动等。游击进攻能有效骚扰对手、消耗对手、牵制对手、误导对手、瓦解对手的士气、打乱对手的战略部署,而己方不冒太大的风险。采用游击进攻,必须在开展少数几次主要进攻还是一连串小规模进攻之间进行选择。通常认为,一连串的小规模进攻能形成累积性的冲击,效果更好。

三、市场追随者与市场利基者战略

(一)市场追随者战略

市场追随者,是指那些产品、技术、价格、渠道和促销等大多数方面,模仿或跟随市场领导者的企业。市场追随者战略的一个重要特征,是"追随"市场领导者企业,提供类似产品或服务给购买者,尽力维持自己市场份额的稳定。在很多情况下,追随不仅可以避免挑战可能带来的重大损耗,还可让市场领导者和市场挑战者承担新产品开发、信息收集和市场开发所需大量经费,自己坐享其成,减少支出和风险。市场追随者必须了解如何掌握现有的顾客,并在新的顾客群中争取更多的顾客设法为其目标市场带来现实的利益。由于市场追随者往往是市场挑战者的主要攻击目标,因此,市场追随者还必须随时保持低的制造成本以及高的品质与服务,以免遭受打击。一旦有新的机会出现,市场追随者更应积极进入该市场。

1.紧密追随

紧密追随指企业在各个细分的市场和产品、价格、广告等方面模仿市场领导者,不进行任何创新。由于是利用市场领导者的投资和营销组合开拓市场,自己跟在后面分一杯羹,故它们往往被看成是依赖市场领导者而生存的寄生者。有些紧密追随者甚至发展为"伪造者",专门制造赝品。国内外许多著名企业都受到赝品的困扰,应寻找行之有效的打击方法。

2.距离追随

距离追随指在基本方面模仿领导者,但是在包装、广告和价格上保持一定差异。如果模仿者不对市场领导者发起挑战,则市场领导者不会介意。这种和平共处状态在资本密集且产品同质的行业(如钢铁、化工等行业)是很普遍的现象。这些行业产品差异很小,价格敏感度甚高,随时可能发生价格竞争。因此,企业通常彼此自觉地不互相争夺客户,不以短期的利益为目标,而是效法市场领导者企业为市场提供的产品,对市场份额保持高度的稳定性。

3.选择追随

选择追随指在某些方面紧跟市场领导者,在某些方面又自行其是。他们会有选择地改进市场领导者的产品、服务和营销战略,避免与市场领导者正面交锋,选择其他市场销售产品。这种市场追随者通过改进并在其他市场壮大实力以后,有可能成为挑战者。

虽然追随战略不冒风险,但也存在明显缺陷。研究表明,市场份额处于第二、第三和以后位次的企业与处于第一位的企业,在投资报酬率方面有较大的差距。

(二)市场利基者战略

1.市场利基者与利基市场

市场利基者(market nichhers)是一些专为规模较小或大企业不感兴趣的细分市场提供产品、服务的企业。立基市场,是市场利基者专心关注的被大企业忽略的某些细小部分的市场。他们通过拾遗补缺、见缝插针,在这些小市场上通过专业化经营来获取最大限度的利益,也就是在大企业的夹缝中求得生存和发展。虽然在整体市场上占很少的份额,但比其他企业更了解和满足某一细分市场,这种有利的市场位置在西方被称为"niche",通常音译为"利基",即对一个组织来说是最有利的位置,在这个位置上可取得最大限度的利益。理想的利基市场有以下特征:一是有一定的规模和购买力,能盈利。二是有潜力,三是对主要竞争者不具吸引力,或强大的企业对这一市场不感兴趣。四是本企业具备向这一市场提供优质产品和服务的资源和能力。五是本企业在顾客中建立了良好的声誉,能有效抵御竞争者入侵。

2.市场利基者的战略选择

市场利基者战略的关键是专业化。实现专业化的主要途径:一是最终用户专业化——专门为某一类最终用户提供服务,如航空食品企业专为民航企业提供乘客用航空食品。二是垂直专业化——专门为位于生产与分销循环中的某些环节、层次服务,如铸件厂专门生产铸件、铝制品厂专门生产铝锭和铝制部件去为装配厂服务。三是顾客规模专业化——专门服务于某一规模的顾客群体,如大企业不重视小顾客。四是特殊顾客专业化——专门向一个或几个大客户销售。许多小企业只向一家大企业提供其全部产品。五是地理市场专业化——企业在某一地点、地区或范围经营。六是产品或产品线专业化——企业只经营某一种产品或产品线。如一家制袜企业专门生产不同花色品种的尼龙丝袜。七是产品特色专业化——专门经营某一类的产品或者产品特色,如某个书店专门经营"古旧"图书。八是客户订单专业化——企业专门按顾客订单生产特制产品。九是质量/价格专业化——只在市场低层或上层经营,如惠普公司专门在优质高价的袖珍计算器市场经营。十是服务专业化——向大众提供一种或数种其他企业没有的服务,如某家庭服务企业专门提供上门疏通管道服务。十一是销售渠道专业化——只为某类销售渠道提供服务,如某家软饮料企业决定只生产大容器包装的软饮料,并且只在加油站出售。一般来说,市场利基者中的弱小者居多,多为行业的中小企业,它们一旦面临强大竞争者的入侵或目标市场的消费习惯变化,容易陷入绝境。所以,市场利基者善于创造利基市场、保护利基市场和扩大利基市场。

本章小结

本章共分三个部分对市场竞争战略进行学习,其中,市场竞争的基本战略——总成本领先战略、差异化战略和集中化战略是我们重点掌握的内容。每一种战略都有各自的特点和适用情况,具体企业应该采用哪种战略,要根据企业的实际情况而定。同时,企业在行业中所处位置不同,也应该采用不同的竞争战略,分别是:市场领导者的竞争战略、市场挑战者的竞争战略、市场追随者和利基者的战略。

思考题

1.如何识别企业的竞争者?

2.分别说明三种基本市场竞争战略的应用条件及存在的风险。

3.可供市场挑战者企业选择的市场竞争战略类型有哪些?

4.找出一个处于衰退阶段的产业,分析在此产业中的企业战略选择。

【综合案例分析】

可口可乐与百事可乐的百年博弈

可口可乐公司创建于 1886 年,百事可乐公司创建于 1898 年。近百年来,可口可乐以其独特的品质称霸世界软饮料市场。在与可口可乐的无数竞争者中,唯有百事可乐经过近半个世纪的不懈努力,自 1977 年以来,在美国软饮料市场的销售量开始赶上可口可乐。称霸近百年的可口可乐是怎样被百事可乐夺去市场的半壁江山的呢? 其中奥妙耐人寻味。

早在 20 世纪 30 年代,百事饮料便在世界上首次通过广播宣布,将当时最高价为 10 美分的百事饮料降价一半,从而拉开了软饮料工业中争夺战的第一幕。第二次世界大战期间,可口可乐公司的经营目标转向开拓国外市场,可口可乐随着战争行销世界。到第二次世界大战结束,国外可口可乐瓶装厂增加到 64 家。百事可乐利用这个机会,以其低廉的价格抢走可口可乐在国内的部分市场。然而好景不长,第二次世界大战后,可口可乐杀回马枪,使百事可乐销量猛跌,可口可乐的销路也以 5∶1 的优势领先于百事可乐。为扭转局势,百事可乐不断改进包装和味道,采取在局部市场与可口可乐竞争的策略,经过一番奋战,使可口可乐与百事可乐的市场差距缩小为 5∶2。60 年代是两家饮料公司在美国市场竞争的关键时期。1963 年,百事可乐声称其成功地掀起了一场称之为百事新一代的市场营销运动。该公司决定将重点放在考虑用户的需求上,做出了长期占领市场的战略决策。决定将产品打入当时尚未完全依赖于可口可乐的新一代消费者市场。公司认为,与其说艰难地吸引可口饮料的忠实客户,让他们变换口味改百事饮料,不如努力赢得尚未养成习惯的目标市场。大约 25 年后,百事可乐仍然依赖它的这种“世代”策略进行销售。1983 年,百事可乐将销售方针修正为“新一代的选择”,并一直持续到 90 年代。百事以它富有独创性的强有力的广告攻势,包括邀请著名演员等出面大做电视商业广告,来吸引新一代人。1985 年,百事花在广告上的费用估计有 4.6 亿美元。各种报道表明,"百事挑战"运动从 70 年代中期开始掀起时就困扰着可口可乐的董事们。1985 年,可口可乐公司突然宣布改变沿用 99 年之久的老配方,采用刚研制成功的新配方,并声称要以新配方再创可口可乐在世界饮料行业中的新纪录。但推出以后,却遭到许多人的反对,还有人举行示威,反对使用新配方。可口可乐公司宣布,为了尊重老顾客的意见,公司决定恢复老配方的可口可乐生产,同时,考虑消费者的新需要,新配方的可口可乐也同时继续生产。引人注目的是,百年来竞争的双方都各有千秋,很难分出胜负。

讨论题:

可口可乐和百事可乐分别采取了哪些竞争战略?

聚焦分析:

可口可乐和百事可乐之间的竞争一直贯穿在整个经营过程中,双方的相互竞争给对方带来了发展的动力,推动相互借鉴、共同提高和进步。在两家企业的相互竞争过程中,都分别采取了比较适当的和行之有效的市场竞争战略,认真分析并把握它们各自的竞争战略,并对其进行相互分析比较,对我们学习和深入理解市场的竞争战略很有益处。

【阅读资料 1】

国美 VS 苏宁:暗战的对手

哪里有国美,哪里就有苏宁。如果你在街上看到了蓝色的国美,那就意味着,你会在不远的地方看到黄色的苏宁。一个在资本市场上长袖善舞,霸气十足;一个无论在商业资本还是实业资本上左右逢源。究竟谁是中国家电零售业的老大?

国美电器成立于 1987 年元旦,在此后的发展中,由一家 100 平方米左右的小门店发展成一个资金雄厚、管理体制完善、产品种类齐全的全国大型家电连锁企业。国美电器在全国 240 多个城市拥有直营门店近 1 000 家,年销售总额 800 亿元以上。2007 年 1 月,国美电器合并了中国第三大电器零售企业永乐电器,同年 12 月,国美电器以 36.5 亿元,高于苏宁出价的 20%并购大中,成为具有强大竞争力的民族连锁零售企业。"薄利多销,服务当先,商者无域,相融共生"一直是国美电器所坚持的经营发展理念。

鉴于近年来销售利润的下滑,国美开始把目光转向了卖场的购物环境上。东方旗舰店在装修后呈现给顾客一副崭新的面貌:整齐的布局、宽阔的过道、明亮的灯光。此外,国美也致力于与供销商建立良好的合作伙伴关系。国美与海尔签订了战略协议,国美将不再向海尔收取合同外的费用和进场费。但是,国美并不是与所有的供应商的关系都很好。在国美与格力发生矛盾后苏宁立即展开空调促销。与苏宁相比,国美在对待供应商的态度方面有些强硬。不允许厂商悬挂自己的横幅,促销员说欢迎词时不允许带自己厂商的名字。强控卖场使得双方关系紧张。进入苏宁,厂商在此受到的限制就比较少了,大大小小的厂家横幅满目皆是。

那么,在国内一直与国美并驾齐驱的苏宁又是怎样的具体境况呢?

比国美小四岁的苏宁在刚成立的时候也只是一家南京专营空调的小公司。其服务理念是"至真至诚,阳光服务"。苏宁人始终认为服务是苏宁的唯一产品,顾客满意是苏宁的最终目标。在西安苏宁总店的办公楼走廊的墙壁上,你可以看见类似"苏宁人才观:人品优先,能力适中,敬业为本,团队第一";苏宁经营理念:"整合社会资源,合作共赢,满足顾客需要,至真至诚"的标语。

苏宁推出"3C+"模型,主动与厂商共同研发个性化产品,提供整个供应链的经营品质。还与一些厂商之间实现了从订单、发货、入库和销售汇总等数据的及时传递与交流。

为树立品牌形象,苏宁参加了许多公益性事业。其一年内捐赠善款1 000万元。此外,苏宁有一支强大的物流售后服务大军。他们中的大多数都是农民。苏宁还不断吸收安置下岗工人,还因此被评为"06年度全国就业与社会保障先进民营企业"。

最近,苏宁向公司骨干和特别贡献员工推出15亿元股票期权激励计划。然而,苏宁给员工都规定了最低的销售额,员工为了完成任务往往不得不超时工作。

苏宁与国美有着类似的组织结构和相似的扩张模式,都采用快速铺网战略。

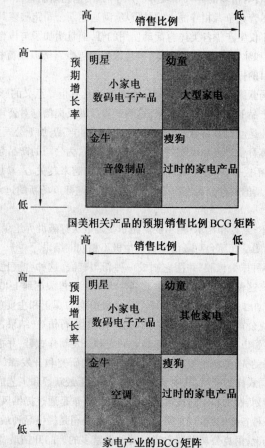

国美相关产品的预期销售比例BCG矩阵

家电产业的BCG矩阵

近期,由于国美的领导者风波,导致国美的内部领导层十分不稳定,公司管理受到影响。2010年11月15日,国美电器低调公布了前三季度成绩单:前三季度收入不足苏宁七成,净利润仅为苏宁一半。

如果拿整个国美集团抗衡苏宁,国美集团营业收入高出苏宁40亿元,门店数量比苏宁多20家。但是,苏宁此前在公告中表示,第三季度苏宁开店数量达到131家,达到其历年季度开店数量新高;其第四季度开店数量还会保持较高水平;同时,苏宁预计2010年全年净利润较上年同期增长30%~45%。目前仍未彻底平息内斗的国美将面临失去龙头地位的形势。

苏宁与国美无声的战斗,仍然在继续,而国美形式随着内部管理人趋于稳定,又将会出现怎样的反弹,一切尚是未知数。

【阅读资料2】

耐克跑鞋战胜阿迪达斯。20世纪70年代初期,阿迪达斯制鞋公司在跑鞋制造业中居统治地位,此时正值美国跑鞋需求量大幅度增加的前夕。随后几年间,准备从事跑步或散步活动的成千上万的人,以及不参加跑步锻炼的数百万人,都开始穿跑鞋。

然而,作为世界最大的跑鞋制造公司的阿迪达斯却没有充分利用本世纪跑鞋销售的大好时机,而且更为糟糕的是,它低估了美国竞争者对市场的介入和攻势。几年后,阿迪达斯制鞋公司便被耐克公司甩在后面。

在此之后的20多年里,尽管竞争者相继涌入跑鞋市场,阿迪达斯公司跑鞋以其高质量和新颖性似乎已成为不可超越的尖兵。同时它不仅生产供各类体育活动使用的鞋,而且增加了与体育有关的其他用品,如短裤、运动衫、便服、田径服、网球服和泳装、各类体育用球、乒乓球拍和越野雪橇以及流行的体育挎包,这些体育用品都印着"阿迪达斯公司"醒目的标志。

由阿道夫兄弟开创的市场营销策略已对整个制鞋业产生了具有指导意义的影响。阿迪达斯长期以来一直把国际体育竞赛当做检验产品的基地。许多年来,这些运动员的反馈信息对公司改变和改进鞋的设计具有重大的指导作用。公司与专业运动员签订合同,让他们使用公司的产品,加上公司醒目的标志,从而使著名运动员对产品的使用情况可被体育爱好者和可能的消费者耳闻目睹,为公司的产品起到了广告宣传的作用。

在20世纪60年代末70年代初,随着美国人对身体健康状况越来越关心,参加散步的人数不断增加,跑鞋业呈现出一派繁荣的景象,新的制鞋公司也纷纷涌现。在这批跑鞋市场新的进入者中,耐克公司是其中的佼佼者。

耐克公司的创始人是菲尔·索特和比尔·鲍尔曼。鲍尔曼是数次打破世界纪录的著名长跑冠军,他不断试穿各种运动鞋,并认为跑鞋的质量好坏会对赢得比赛产生极不相同的结果。

1975年,鲍尔曼发明出一种尿烷橡胶,并用它制成一种新型鞋底,这种鞋底比市场上流行的其他鞋底的弹性更强,随着市场行情转好,这种鞋底大受运动员欢迎。1976年销售额达到1 400万美元,而这前一年的销售额为830万美元。然而,推动耐克公司在美国市场上跨入最前列的真正和主要的原因还不是产品标识:意为"嗖的一声"。是仿造。耐克公司以阿迪达斯公司的制品为模型进行仿造,结果,仿造者战胜了发明者。

为充分发挥企业潜力,占领市场,耐克公司开始精心研究和开发新样式鞋,并推出比阿迪达斯公司种类更多的产品,开了鞋型千姿百态的先河。到70年代末,耐克公司的研究和开发部门雇用的研究人员将近100名。公司生产出140多种不同式样的产品,其中某些产品是市场上最新颖和工艺最先进的。这些样式是根据不同脚型、体重、跑速、训练计划、性别和不同技术水平而设计的。正是通过提供风格各异、价格不同和多种用途的产品,耐克公司吸引了各种各样的跑步者,使他们感到耐克公司是提供品种最全的跑鞋制造商。

同时,在急速膨胀的市场上,耐克公司发现它能以其种类繁多的产品开拓最宽广的市场。它可以把鞋卖给普通零售商,也可以与特种跑鞋店保持联系,甚至由于公司能供应各种型号和样式的鞋使不同类型的零售店可得到不同样式的鞋。因此,该公司是唯一能适当关照销售某些耐克鞋的廉价商店的公司。到70年代末和80年代初,市场对耐克公司的需求已十分巨大,以至于它的8 000个百货商店、体育用品商店和鞋店经销人中的60%都提前订货,并常常为货物到手等待半年之久。这给耐克公司的生产计划和存货费用计划的完成提供了极大的方便。到1979年,耐克公司在美国市场的占有份额为33%,居市场占有者之首。

两年之后,耐克更遥遥领先,其市场份额已达近 50%,阿迪达斯的市场份额则大大减少。

耐克公司种类繁多的产品,并未由于每种产品生产量小而使生产成本增加,这得益于它的生产方式。公司把 85%生产鞋的任务承包给国外的工厂,大多数是远东地区的工厂。由于许多外国工厂按照合同生产部分产品,因而,各种产品生产量小对耐克公司来说是一个无足轻重的经济障碍。

在经营策略上,耐克公司没有多少标新立异,在很多方面它还是沿袭了阿迪达斯公司几十年前树立起来的制鞋业公认的成功市场策略。这些策略包括:集中力量试验和开发更好的跑鞋;为吸引鞋市上各种消费者而扩大生产线;发明出印在产品上的、可被立刻辨认出来的明显标志;利用著名运动员和重大体育比赛展示产品的使用情况。甚至把大部分生产任务承包给成本低的国外加工厂,也不单是耐克公司一家这样做的。但耐克公司运用这些早已被证明行之有效的经营技巧可谓得心应手,比它的任何对手,甚至阿迪达斯公司运用得更好和更有攻势。

耐克公司成功地仿效了阿迪达斯,抓住阿迪达斯公司对跑鞋市场的增长情况估计不足和低估了耐克公司等美国制造商的攻势的时机,加强研制开发工作,加强促销宣传活动,最终在美国市场上夺取了头把交椅。

第九章

Chapter 9

产品策略

【学习要点】

①系统产品概念及其与营销策略的关系；

②产品市场生命周期及产品市场生命周期各个阶段的市场营销策略；

③商品品牌、商标与包装的内涵及产品品牌策略、商标策略和包装策略；

④产品组合概念和产品组合策略；

⑤新产品概念及新产品开发策略。

【引导案例】

周大福的产品策略

周大福，是集原料采购、生产设计、零售服务的综合性经营企业，拥有超过80年历史，是中国内地及香港最著名及最具规模的珠宝首饰品牌。于20世纪90年代开始进军内地市场，在短短几年时间里，在内地发展已近二百家，围绕时尚、新潮等消费心理，周大福推出了适合中国国情的五款系列产品组合：①"绝泽"珍珠系列，它将颗颗富有灵性与生命力的珍珠置于流畅、唯美的线条之中，增添了女性的清新风格，含蓄却耀目。是热爱自然，追求意境的女性之首选。②"绝色"红蓝宝石系列，它将性感魅惑、甜蜜动人与浪漫鲜明、前卫个性的元素完美结合，将女性妩媚动人的气质演绎到极致，打造出了一款款古典浪漫又兼具现代时尚气息的饰物，是摩登女郎心中之至爱。③"水中花"系列，它的设计概念源于"铂金如水"。主打吊坠和指环以女性"心湖中的涟漪"为主题，设计时尚优雅，将清雅与灿烂完美协调，灵巧地勾勒出盛放的花儿在平静心湖中泛起的丝丝涟漪！④"DISNEY公主"首饰系列，该系列设计主要以六个深受欢迎的迪士尼童话公主故事为主题，整个系列均围绕着公主的华丽、优雅及纯洁等特质设计而成，包括钻石系列、18K金、铂金及纯银系列，给首饰增添了灵性与神秘。⑤"惹火"系列，"惹火"单颗美钻系列吊坠和戒指,借助层次空间与柔美线条的完美结合,诠释极度的女性化风潮,在动感与和谐中,运用奇妙的层次空间,令钻石展现无与伦比的折射光芒,而撩人的曲线更是喻意了无限舒展的女性魅力,让新潮的女性叹为观止。

　　企业的市场营销活动,以满足市场需求为中心,而市场需求的满足只能通过提供某种产品或服务来实现。没有适合消费者需要的和具有竞争力的产品,企业的其他营销组合策略将无从谈起。因此,产品是企业市场营销活动的基础,产品决策直接影响和决定着其他市场营销组合因素的管理,对企业市场营销活动的成败关系重大。企业如何认识现有产品、开发新产品、改进和完善产品性能,既是占领市场的需要,也是企业合理、顺利经营的根源和基础。本章主要介绍产品及其生命周期理论、产品的品牌及商标和包装策略、产品组合策略以及新产品开发策略等。

第一节　产品概述

一、什么是产品

　　在经济学里,产品的概念是指人们为了生存的需要,通过有目的的生产劳动所创造的物质资料。把产品定义为物质产品,这只是狭义的理解。市场营销学中关于产品的概念有别于经济学上的产品含义,它是指能提供给市场,用于满足人们某种欲望和需要的任何事物,包括实物、服务、场所、设计、软件、意识等。由此可见,产品不仅是指其物质实体,而且指包括能满足人们某种需要的服务。

二、产品整体的概念

　　市场营销学中的产品概念已经远远超出了传统有形实物及生产劳动所得的范畴,这就是"产品的整体概念"。

　　市场营销学中的产品整体概念,是将产品分为三个层次:核心产品、形式产品、附加产品,这三个层次共同组成了一个有机完整的产品共同体,其构成体系如图9.1所示。

(一)核心产品

　　核心产品也称实质产品,是指向购买者提供的能够满足其需要的基本效用或核心利益。如电视机产品的核心是通过图像和音响使消费者获得各种信息与娱乐的效用,而不是为了使消费者获得装有某些机械、电器零部件的一个箱子。这只是产品的实体。产品实体只是产品效用或利益的载体,消费者购买产品的最终目的,不是载体本身,而是通过载体达到某种功效。离开了功效,产品就失去了存在的价值,因此,核心产品是产品整体概念中最基本最主要的部分。企业市场营销人员应善于发现消费者购买产品时所追求的利益,去积极销售消费者所追求的根本利益,而非产品的表面特色。

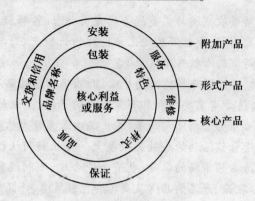

图9.1　产品整体概念

(二)形式产品

形式产品,是指核心产品借以实现的形式。是企业向消费者提供的产品实体和服务的外观。产品的外观出现于市场时,可以为顾客提供识别的面貌。它由五个标志构成,即质量水平、外观特色、式样、品牌名称和包装。具有相同效用的产品,其存在的形态可能有较大的差别。因此,企业在设计产品时,既要着眼于用户所追求的核心利益,也要重视产品的外观特色。

(三)附加产品

附加产品也称延伸产品,是指顾客购买形式产品时所获得的全部附加服务和利益。它包括提供信贷、免费送货、保证安装和售后服务等。附加产品的概念的提出,一是满足消费者的某种需要;二是企业为赢得竞争优势,而着眼向消费者提供比竞争对手更多的附加利益。

核心产品、形式产品和附加产品作为产品的三个层次,是不可分割并紧密相连的,它们构成了产品的整体概念。其中,核心产品是核心、基础和本质;核心产品必须转变为形式产品才能得以实现;在提供产品的同时,还要提供广泛的服务和附加利益,形成附加产品。产品整体概念的三个层次,清晰地体现了以顾客为中心的现代营销观念。可以说,产品整体概念是建立在"需求＝产品"这样一个等式基础之上的,没有产品整体概念,就不可能真正贯彻现代营销观念。

三、产品的分类

在现代营销观念下,产品分类的思维方式是,每一个产品类型都有与之相适应的市场营销组合策略。产品依据销售的目标对象(购买者的身份)及他们对产品的用途不同,大致可分成以下两大类:消费品和工业品。

(一)消费品

消费品,是最终消费者购买用于个人消费的产品。对消费品可从不同的角度按不同的标准,划分为多种类型。如从营销的角度来分析,可以根据消费者的购买行为特征把消费品分成以下四种类型。

1.便利品(Convenient Goods)

便利品是指价格低廉、消费者要经常购买或需要随时购买的消费品或服务。消费者在购买此类产品时的购买特征是:想花费的时间越少越好,消费者对这些产品几乎不作任何比较,希望就近、即刻买到。生活日用品,如肥皂、洗衣粉、手纸、牙膏、毛巾、饮料等类商品就是属于此类商品。对于生产经营此类商品的企业来说,应尽量增加销售此类商品的网点,特别要把网点延伸到居民住宅区的附近。

2.选购品(Shopping Goods)

选购品是消费者购买频率比较低的消费品和服务,如因其耐用程度较高不需经常购买,所以,消费者有必要和可能花较多时间和精力去许多家商店物色合适的商品,多注重产品的品牌、产品的特色及价格等。服装、皮鞋、农具、家电产品等是典型的选购品。为此,企业要根据消费者的购买行为,赋予自己的产品以特色,并且不断地向消费者传达有关商品的信息,帮助消费者了解有关产品的专门知识。

3.特殊品(Special Goods)

特殊品是指具有特殊效益或特定品牌,并拥有一批购买者愿意特别花精力去认定其品牌而后进行购买的消费品或服务。如具有特殊品牌和造型的奢侈品、名牌服装、特殊邮票、供收藏的钱币等商品。消费者对这类商品注重的是商标与信誉,而不注重它的价格,在购买时,愿意努力去搜寻。

4.非渴求品(Unsought Goods)

非渴求品指消费者不了解或即使了解也不想购买的产品。传统的非渴求品有刚上市的新产品、人寿保险、墓地、墓碑以及百科全书等。对于非渴求品,应加强广告宣传和人员推销工作,使消费者对这些产品有所了解,产生兴趣,吸引潜在顾客,扩大销售。

(二)工业品

工业品,是购买后用来进一步加工或用于企业经营的产品或服务。依据产品在进入生产过程的重要程度以及它们的相对成本来划分,工业品又分为原材料与零部件和半成品、资产项目、易耗品及商业服务四类。

1.原材料与零部件和半成品

原材料与零部件和半成品是指最终要完全转化到生产者所生产的成品中去的工业品。

(1)原材料。这是农、林、渔、畜、矿产等部门提供的产品,构成了产品的物质实体。如:粮食、羊毛、牛奶、石油、铜、铁矿石等等。这些产品的销售一般都有国家的专门销售渠道,按照标准价来成交,并且往往要订立长期的销售合同。

(2)零部件和半成品。零部件是被用来进行整件组装的制成品。如汽车的电瓶、轮胎、服装上的纽扣、自行车的坐垫等等。这些产品在不改变其原来形态的情况下,可以直接成为最终产品的一部分。半成品,是经过加工处理的原材料,被用来再次加工。如钢板、电线、水泥、白坯布、面粉等等。零部件和半成品一般由产需双方订立合同,由供方直接交给需方。产品的价格、品质、数量等由供需双方共同确定。

2. 资产项目

资产项目指它的价值部分进入产成品中,帮助购买者生产和运营的工业品。可以分成以下两大类。

(1)装备。由建筑物、地权和固定设备所组成。建筑物主要指厂房、办公楼、仓库等;地权指矿山开采权、森林采伐权、土地耕种权等;固定设备指发动机、锅炉、机床、电子计算机、牵引车等主要的生产设备。

(2)附属设备。这种设备比装备的金额要小,耐用期也相对要短,是非主要生产设备。如各种工具、夹具、模具、办公打字机等。购买者对此类产品的通用化、标准化的要求比较高,价格和服务是用户选择中间商时所要考虑的主要因素。促销时,人员推销要比广告重要得多。

3. 易耗品

易耗品并不直接参与生产过程,而是为生产过程的顺利实现提供帮助,这相当于生产者市场中的方便品。如打字纸、铅笔、墨水、机器润滑油、扫除用具、油漆等。易耗品主要是标准品,并且消费量大,购买者分布比较分散,所以往往要通过中间商来销售,购买者对此类产品也无特别的品牌偏好,价格与服务是购买时考虑的主要因素。

4. 商业服务

商业服务有助于生产过程的顺利进行,使作业简易化。商业服务主要包括维修服务和咨询服务,前者如清扫、刷油漆、修理办公用具等;后者主要是业务咨询、法律咨询、委托广告等。商业服务通常以签订合同的形式提供。

第二节　产品市场生命周期策略

一、产品市场生命周期的概念

产品市场生命周期是指一种产品从投入市场开始到退出市场为止的周期性变化的过程。每一种产品都有一个研制、生产、投放市场和被市场淘汰的过程。把一种产品从试制成功到开始投放市场,直到被市场淘汰的整个阶段,称为该产品的生命周期,即该产品从上市到退出市场的时间间隔。产品的生命周期是客观存在的,它主要取决于产品上市后的需求变化和新产品的更新换代速度。产品的生命周期是产品的经济寿命,即在市场上销售的时间,而不是使用寿命。产品的使用寿命是指产品的自然寿命,即具体产品实体从开始使用到消耗磨损废弃为止所经历的时间。

从理论上分析,完整的产品市场生命周期可分为导入期、成长期、成熟期和衰退期四个阶段。销售额和利润随产品推进市场时间而发生变化,通常表现为类似 S 型、近似正态分布的曲线,被称为产品市场生命周期曲线图。如图9.2所示。

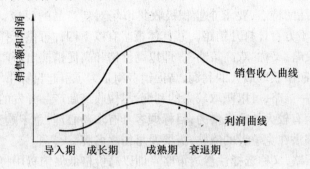

图9.2 产品市场生命周期曲线图

产品导入期,是指在市场上推出该项产品后,其产品销售呈缓慢增长状态的阶段。市场成长期,是指该产品在市场上迅速为消费者所接受,销售额迅速上升的阶段。市场成熟期,是指大多数购买者已经接受该项产品,产品市场销售额从明显上升逐步趋于缓慢下降的阶段。市场衰退期,是指销售额急剧下降的阶段。

图9.2中的利润曲线的变化趋向与销售额曲线大体相同,但是变化的时间却不一样。当销售额曲线还在上升时,利润额曲线已开始下降了,这是由于竞争而压低了售价所造成的。

需要说明的是,图9.2显示的是产品市场生命周期的一般性特征,在现实经济生活中,并不是所有的产品市场生命周期历程都完全符合这种理论形态,还有一些其他的特殊的表现形态。

二、产品市场生命周期各阶段的特点及营销策略

研究产品市场生命周期规律,就是要针对产品生命周期各阶段的市场特点,采取相应的营销对策。

(一)导入期的特点及企业营销策略

1.导入期的特点

(1)生产批量小,制造成本高。因为新产品刚开始生产时,技术不够稳定,不能批量生产,次品率较高,根据市场反应测试,改进费用高,因此制造成本较高。

(2)营销费用高。新产品刚进入市场,消费者对其性能、质量、款式、价格、优点等不了解、不认识、不认同,需要企业加大推销和宣传的力度,必然引起营销费用的提高。

(3)销售数量少。新产品投入市场,由于消费者不了解,大部分顾客不愿放弃或改变自己以往的消费行为,只有少数创新者、早期接受者购买产品,因而销售数量少。

(4)利润较少,甚至出现经营亏损,企业承担的市场风险最大。但这个阶段市场竞争者较少,企业若建立有效的营销系统,即可以将新产品快速推进引入阶段,进入市场发展阶段。

2.导入期的营销策略

根据导入期产品的特点,要求企业积极收集市场对新产品的反应,大力开展广告宣传活动,疏通销售渠道,千方百计打开销路。其具体策略有以下四种可供选择。

(1)快速掠取策略,又称"双高策略"。即以高价格和高促销推出新产品。实行高价格是为了在每一单位销售额中获取最大的利润,高促销费用是为了引起目标市场的注意,加快市场渗透。成功地实施这一策略,可以赚取较大的利润,尽快收回新产品开发的投资。实施该策略的市场条件是:市场上有较大的需求潜力;目标顾客具有求新心理,急于购买新产品,并愿意为此付出高价;企业面临潜在竞争者的威胁,需要及早树立名牌。

(2)缓慢掠取策略,又称选择性渗透策略。即以高价格低促销费用将新产品推入市场。高价格和低促销水平结合可以使企业获得更多利润。实施该策略的市场条件是:市场规模相对较小,竞争威胁不大;市场上大多数用户对该产品没有过多疑虑;适当的高价能被市场接受。

(3)快速渗透策略,又称密集式渗透策略。即以低价格和高促销费用推出新产品。目的在于先发制人,以最快的速度打入市场,该策略可以给企业带来最快的市场渗透率和最高的市场占有率。实施这一策略的条件是:产品市场容量很大;潜在消费者对产品不了解,且对价格十分敏感;潜在竞争比较激烈;产品的单位制造成本可随生产规模和销售量的扩大迅速下降。

(4)缓慢渗透策略,又称双低策略。即企业以低价格和低促销费用推出新产品。低价是为了促使市场迅速地接受新产品,低促销费用则可以实现更多的净利。企业坚信该市场需求价格弹性较高,而促销弹性较小。实施这一策略的基本条件是:市场容量较大;潜在顾客易于或已经了解此项新产品且对价格十分敏感;有相当的潜在竞争者准备加入竞争行列。

(二)成长期的特点及企业的营销策略

1.成长期的特点

(1)销售量增长很快。消费者对新产品已经熟悉,其销售金额大幅度上扬。厂家和商家在经营处于这一时期的产品时,一般都可获得丰硕的经营成果。

(2)产品质量日趋稳定。企业已形成规模化生产,并取得良好的规模效益。产品已定型,技术工艺比较成熟。

(3)市场竞争加剧。大批竞争者加入,其产销的垄断性基本消除。

(4)建立了比较理想的营销渠道。

(5)市场价格趋于下降。

(6)促销费用水平基本稳定或略有提高。为了适应竞争和市场扩张的需要,企业的促销费用水平基本稳定或略有提高,但占销售额的比率下降。

(7)企业利润迅速上升。这是因为促销费用分摊到更多销量上,单位生产成本迅速下降。

2.成长期的营销策略

这一阶段的主要任务是,防止产品粗制滥造,失信于顾客,设法使产品的销售和利润快速增长,回收投资。企业可选取的主要营销策略有以下几种。

(1)规模策略。这一策略是指集中人力、物力、财力迅速完善生产能力和生产工艺,以迅速增加或扩大生产批量,增加市场供应,形成规模效益。根据用户需求和其他市场信息,不断提高产品质量,努力发展产品的新款式、新型号,增加产品的新用途。

(2)形象策略。从质量、性能、式样等方面努力对产品加以改进,寻找并进入新的细分市场;采用注册商标,取得商标专用权;加强服务、加强促销,促销策略的重心从建立产品知名度转向树立产品形象,以建立品牌偏好,争取更多的顾客。

(3)降价策略。在扩大生产的基础上,选择时机,适当降低产品价格,以吸引对价格敏感的潜在消费者,进行有效、成功的竞争。

(4)渠道策略。重新评价渠道选择决策,巩固原有渠道,增加新的销售渠道,开拓新的市场。

(三)成熟期的特点及企业的营销策略

1.成熟期的特点

成熟期是产品市场生命周期的一个"鼎盛"时期,其前半期的销售额逐渐上扬而达到最高峰,在稳定一个相对短暂的时期后,其销售额开始缓慢回落,这时便进入了一个转折时期,即成熟期的后半期。成熟期进一步还可以分为如下三个时期:一是成长成熟期。此时期各销售渠道基本呈饱和状态,增长率缓慢上升,还有少数后续的购买者继续进入市场。二是稳定成熟期。由于市场饱和,消费平稳,产品销售稳定,销售增长率一般只与购买者人数成比例,如无新购买者则增长率停滞或下降。三是衰退成熟期。销售水平显著下降,原有用户的兴趣已开始转向其他产品和替代品。全行业产品出现过剩,竞争加剧,一些缺乏竞争能力的企业将渐渐被取代,新加入的竞争者较少。竞争者之间各有自己特定的目标顾客,市场份额变动不大,突破比较困难。

成熟期产品的特点集中体现在如下几个方面。

(1)产品质量稳定,产品结构基本定型,工艺成熟。厂家在研制、生产出新产品后,将其投放市场,经过导入期、成长期的试销和成批销售,厂家根据反馈的有关产品的信息,对产品结构进行了多次的调整,进而使产品结构定型。同时,在较长时间的试制和批量生产过程中,厂家已积累了许多宝贵的经验,其工艺日趋完善与成熟。正因为如此,成熟期的产品在性能及质量方面再度进行改进的余地已经不大。

(2)产品销售额在逐渐达到顶峰后开始缓慢回落。成熟期产品对广大消费者来说已属半新半旧产品,相当一部分人已购买和使用过这类商品,他们在使用这类商品时,已对产品的性能、质量有所了解,并大胆地进行重复购买,从而大幅度提高了购买量,致使销售额在成熟期的前半期达到顶峰。但是在成熟期的后半期,市场上已开始出现同类的新产品,一些勇敢的试用者和其他少数消费者已将眼光转向这些外观美丽、功能更先进的新产品,从而将成熟期的相同类型的半新半旧产品的购买量减少下来,因此,成熟期又是一个由"盛"转"衰"的转折时期。

(3)产品价格差距不大,竞争处于"白热化"。成熟期产品生产厂家众多,其技术水平和生产成本趋于平衡,因此,产品销售价格差距不大,从而导致市场竞争处于"白热化"状态。这里所要指出的是,在成熟期上半期,市场供应大都基本平衡,市场竞争的激烈程度较之下半期相对缓和。而下半期由于市场供大于求的趋势日益明显,厂家和商家为了减少库存积压,纷纷采取各种促销手段,从而加强了市场竞争的激烈程度。

(4)企业经营状况不尽如人意,利润开始下降。激烈的市场竞争使企业的宣传费用增加,加之库存产品的积压,资金周转速度缓慢,所付出的银行利息开始增加,企业的利润开始下降,其经营前景不容乐观。

2.成熟期的营销策略

成熟期的主要任务是集中一切力量,牢牢占领市场,尽可能延长产品成熟期,为企业带来更多的利益,积累更多的资金。企业在这一时期可以采取的营销策略有以下几种。

(1)市场改良策略。其包括寻找尚未采用本产品的新市场或市场中的新部分;增加产品新的用途,创造新的消费方式等,增加用户使用次数和用户每次使用量。

(2)产品改良策略。也称为"产品再推出",是指改进产品的品质(如提高耐用性、可靠性)、特点(增加适应性、方便性)、式样(如提高产品的外形美)或服务后再投放市场。

(3)营销组合改良。是指通过改变定价、销售渠道及促销方式来延长产品成熟期。但营销组合改进容易被竞争对手模仿,尤其是降价、附加服务等,对此,企业必须在事先作好充分考虑,以防不测。

(4)转移生产场地。即把处于成熟期的产品转移到某些生产成本低、市场潜力大的国家和地区。

(四)衰退期的特点及企业的营销策略

1.衰退期的特点

产品进入衰退期,呈现以下特点。

(1)消费者的兴趣已完全转移。市场上已经出现功能更先进、外形更美观的同类新产品。这些新产品转移了部分消费者的注意力。于是,在这部分人的眼中,衰退期的产品已彻底陈旧、老化且不屑一顾。

(2)产品的销售量急剧下降。由于大部分消费者已对衰退期产品不感兴趣,并将购买力投入同类的新产品或较新产品方面,因而,这一时期的旧产品的销售量开始急剧下降。

(3)利润明显下降,部分企业出现了亏损。由于产品销路受阻,企业库存出现严重积压,其仓储费增加,资金周转速度明显减慢,银行利息开始上升。由此导致企业成本大幅度上升,利润明显下降,部分企业开始出现了亏损。

(4)价格已下降到最低水平,大幅度削价处理库存产品,企业濒临破产的危机。严重的经营亏损,最终导致企业中断生产和经营。于是,企业正式转产,开始开发、生产其他的新产品。留在市场上的企业逐渐减少产品附带服务,削减促销预算,以维持最低水平的经营。

2.衰退期的营销策略

衰退期企业的主要任务是转入研制开发新产品或转入新市场,进行有计划的"撤",有预见的"转",有目标的"攻"。具体策略有以下几种。

(1)继续经营策略,也称为自然淘汰策略。它是指企业继续使用过去的营销策略,直到该产品完全退出市场为止。当企业在该市场占有绝对支配地位、且产品竞争者退出市场后该市场仍有一定潜力时,通常可采用本策略,尽力把销售维持在一个较低的水平上,等待时机,退出市场。

(2)集中策略。它是指把企业能力、资源集中在最有利的市场和渠道上,放弃那些没有盈利机会的市场。通过缩短战线,以最有利的市场赢得尽可能多利润。本策略一般在某中心市场顾客对本企业产品质量、品牌、服务有特殊感情与信任时采用。

(3)放弃策略。当某种产品已无改进和再生的希望时,企业要及时果断地停止该产品的生产和经营,转向对新产品的研究和开发。

第三节　产品品牌与包装策略

品牌策略和包装策略也是营销企业产品策略的重要内容。品牌与包装的作用,对于生产经营者和消费者都是不可或缺的。了解品牌与包装的含义及其在市场营销中的作用、掌握制订和实施产品品牌与包装策略的原理与方法,既有利于优化产品组合,也有利于优化营销组合。

一、品牌策略

(一)品牌及品牌资产的含义

1.品牌的含义

品牌(Brand)是用以识别某个销售者或某群销售者的产品或服务,并使之与竞争对手的产品或服务区别开来的商业名称及其标志,通常由文字、标记、符号、图案和颜色等要素或这些要素的组合构成。品牌是一个集合概念,它包括品牌名称(brand name)、品牌标志(brand mark)和商标三部分。一是品牌名称是指品牌中可以用语言称呼的部分,也称"品名",如可口可乐(Coca-cola)、奥迪(Audi)等。二是品牌标志,也称"品标",是指品牌中可以被认出、易于记忆但不能用言语称呼的部分,通常由图案、符号或特殊颜色等构成。例如,美国米高梅电影公司的怒吼中的狮子,迪斯尼乐园的米老鼠和唐老鸭图案。品牌标志主要是让消费者产生视觉效果。三是商标,是指经过注册登记受到法律保护的品牌或一个品牌的一部分。它作为区别不同种类商品的标记(或标志),往往印在商品的包装、标签上。企业产品品牌或品牌的一部分在政府有关主管部门注册登记以后,就享有其使用专用权,并受到法律保护,其他任何企业都不得仿效使用。应该指出,在我国,商标的概念有所不同。而是对所有品牌不论其注册与否,都统称商标。有"注册商标"与"非注册商标"之别。注册商标受法律保护;未注册商标则不受法律保护。

2.品牌资产的含义

品牌资产,是一种超过商品或服务本身利益以外的价值。它通过为消费者和企业提供附加利益来体现其价值,并与某一特定的品牌紧密联系。若某种品牌给消费者提供的超过商品或服务本身以外的附加利益越多,则该品牌对消费者的吸引就越大,从而品牌资产价值也就越高。如果该品牌的名称或标志发生变更,则附着在该品牌上的财产也将部分或全部丧失。品牌给企业带来的附加利益,最终源于品牌对消费者的吸引力和感召力。

由品牌带来的超值利益是品牌的价值体现,是由品牌这种特殊的资产生成的,故称品牌是特殊资产。这不仅是因为它无形,而且还因为它的真实价值并未在企业财务状况表中反映出来。品牌资产作为企业财产的重要组成部分,主要有无形性、可以在利用中增值、难以准确计量、波动性等特征,同时,品牌资产是营销绩效的主要衡量指标。

(二)品牌设计的原则

1.用词规范、知法守法

品牌的文字、名称、图案、符号要符合中国商标法的规定;不得同中国或外国的国家名称、国旗、国徽、军旗、勋章相同或相似;不得同国际组织的旗帜、徽记、名称相同或相似;不得同"红十字会"的标志、名称相同或相似;不得带有民族歧视性或带有欺骗性;不得有损于社会主义道德风尚的内容。

2.个性显著、暗示特色

一个与众不同、充满感召力的品牌,在设计上还应该体现品牌标示产品的优点和特性,暗示产品的优良属性,使消费者对企业及其产品留下美好印象。例如,BENZ(本茨)先生作为汽车发明人,以其名字命名的奔驰(BENZ)车,经过100多年的努力赢得了顾客的信任,其品牌一直深入人心。

3.构思新颖、美观大方

要造型美观、构思新颖,不仅能给人一种美的享受,而且能使顾客产生信任感。即能联想到企业的组织健全,经营有方,产品质量是可以信任的。

4.简洁通俗、易识易记

品牌所使用的文字、图案、符号应力求发音简洁、图案清晰、符号简明,使人易于接受。只有简单明了的品牌,才能迅速强烈地捕捉住受众的视线,并留下深刻印象。

5.出口品牌,适合国情

出口商品的品牌设计,要适应各国的宗教信仰、风俗习惯的要求,避免使用当地忌讳的发音和图案。要分别出口国家、地区、全球的实际情况,分别设计相应的出口商品品牌。

6.富蕴内含,情意浓重

富蕴内含、情意浓重的品牌,因其能唤起消费者和社会公众美好的联想而备受厂商青睐。

7.差别多样、避免雷同

为了减少风险,创造成功的机会,生产多种产品的企业要设计系列化的品牌或商标,互不影响,为企业品牌选择留下余地。这样做有利于企业适应不断变化的市场需求,在竞争中处于优势地位。

(三)品牌策略

企业的品牌策略,是指企业如何合理地使用品牌,以达到一定的营销目的。企业在进行品牌决策时,一般可以作以下选择。

1.无品牌策略

一般来说,绝大部分企业或产品都使用品牌或注册商标,但在某些特殊情况下,可以不使用品牌或注册商标,只注明产地或生产厂家名称,也可使用未经注册的临时商标。无品牌策略适用以下三种情况:一是产品技术要求简单,不同生产厂家其产品质量是同质的,故消费者没有必要凭品牌去购买,如原材料、煤炭、电力等;二是小范围的地产、地销商品,习惯只注明产地或厂家,也可使用未注册商标,如土特产、手工艺品等;三是企业临时性加工或一次性生产的产品,如接受外商的加工业务,一般是由经营单位重新包装使用经营者的商标。

2.品牌归属策略

品牌归属策略是指由谁来使用产品的品牌。可供企业选择的有以下三种策略。

(1)自有品牌。是企业使用属于自己的品牌,这种品牌称做企业品牌,或生产者品牌或自有品牌。如:索尼、福特、可口可乐等;企业品牌一直是品牌决策的主角,大多数企业都创立自己的品牌。

(2)他人品牌。他人品牌又可细分为以下两种:①中间商品牌。企业将其产品售给中间商,由中间商使用自己的品牌将产品转卖出去,这种品牌叫做中间商品牌。②贴牌。贴牌是指一家厂家根据另一家厂商的要求,为其生产产品和产品配件,亦称为定牌生产或授权贴牌生产。它既可代表外委加工,也可代表转包合同加工,俗称代加工,也称 OEM 或 ODM。具体说来,OEM(Orignal Equipment Manufactuce),即原始设备制造商,又叫定牌生产和贴牌生产;ODM(OOrignal Design Manufactuce)即原始设计制造商;此外,还有 OBM(Orignal Brand Manufactuce),即原始品牌制造商,例如, A 方看中 B 方的产品,让 B 方生产,用 A 方商标,对 A 方来说,这叫OEM;A 方自带技术和设计,让 B 方加工,这叫 ODM;对 B 方来说,只负责生产加工别人的产品,然后贴上别人的商标,这叫 OBM。近年来,这种生产方式在国内家电行业比较流行,如 TCL在苏州三星定牌生产洗衣机,长虹在宁波迪声定牌生产洗衣机等。

(3)混合品牌。是企业对部分产品使用自己的品牌,而对另一部分产品使用中间商品牌或者其他生产者品牌。

3.家族品牌策略

企业如果决定其大部分或全部产品都使用自己的品牌名称,还要决定其产品是分别使用不同的品牌名称,还是统一使用一个或几个品牌名称。对于企业来说,家族品牌策略共有以下四种选择。

(1)个别品牌。它是指企业决定其各种不同产品分别使用不同的品牌名称。企业使用个别品牌名称的好处是:第一,没有将公司的声誉系在某一品牌的成败上;第二,可以使公司为每一新产品寻找最佳的名称;第三,一个新的品牌可以造成新的刺激,建立新的信念。

(2)同一品牌。它是指企业决定其所有产品都统一使用一个品牌名称。例如,日本的索尼公司的所有产品都统一使用"SONY"这个品牌名称。企业使用同一品牌名称的好处是,一方面企业在引进一个新产品时的费用较少;另一方面,如原品牌声誉良好,会促进新产品的销售。但若某一种产品因某种原因(如质量)出现问题,就可能因此牵连到其他种类产品并影响全部产品和整个企业的信誉,即产生负面"株连效应"。

(3)类别品牌。它是指企业各大类产品单独使用不同的品牌名称。例如西尔斯·罗巴克公司对其所经营的妇女服装类产品,统一品牌名称为"瑞溪"。

(4)公司名称与单个产品名称相结合。它是指企业决定其各种不同的产品分别使用不同的品牌名称,而且各种产品的品牌名称前面还冠以企业名称。例如,海尔集团的洗衣机产品"海尔小神童"即是。企业采取这种决策的主要好处是:在各种不同的新产品的品牌名称前冠以企业名称,可以使新产品合法化,能够享受企业的信誉,并可使各种不同的新产品具有不同的特色。

4.品牌扩展策略

品牌扩展策略,又称特殊品牌策略,是指企业利用成功的品牌推出新产品或改良产品,包括推出新包装规格、香味和式样等。采用这种策略,可以节省新产品的宣传广告费用,利用消费者对品牌的信任感,使新产品能够顺利地迅速地进入市场;但若消费者不认可,也会影响该品牌的市场信誉,甚至会降低原有品牌的市场竞争力。

5.更换品牌策略

更换品牌策略,就是更换原有企业的品牌,采用新的品牌。

6.品牌再定位策略

品牌再定位策略是竞争者可能推出自己的品牌,以抢先市场份额;顾客偏好或许转移等情况下,要求企业所采取的品牌重新定位。

7.品牌联合策略

品牌联合策略是指对同一产品使用不分主次的两个或两个以上品牌。品牌联合可以使两个,或更多个品牌有效地协作、联盟,相互借势,进而提高品牌市场影响力与接受程度。如"Coca - Cola"+"Coke"+"可口可乐"、"Lenovo"与"Intel"、"三菱重工"+"海尔"、"索尼"+"爱立信"等。

二、包装策略

包装是商品生产的继续,商品只有经过包装才能进入流通领域,实现其价值和使用价值。

商品包装可以保护商品在流通过程中品质完好和数量完整,同时,还可以增加商品的价值。此外,良好的包装还有利于消费者挑选、携带和使用。产品包装作为重要的营销组合要求,在营销实践中成为市场竞争中的一种重要手段。

(一)包装的含义及其构成要素

1.包装的含义

包装是指对某一品牌商品设计并制作容器或包扎物的一系列活动。也就是说,包装有两方面含义:其一,包装是指为产品设计、制作包扎物的活动过程;其二,包装是指产品的容器和外部包扎。产品包装一般包括以下三个部分:一是首要包装,是产品紧靠着的包装容器,如酒瓶子;二是次要包装,是保护首要包装的包装物,又称销售包装,如酒瓶子外部的长方体小纸盒子;三是运输包装,是为了储存和运输的需要而形成的大包装,如集 12 瓶为一箱的大箱子。

2.包装的构成要素

一般来说,商品包装包括商标或品牌、形状、颜色、图案和材料等要素。其中:商标或品牌是包装中最主要的构成要素,应在包装整体上居于突出的位置;适宜的包装形状有利于储运和陈列,也有利于产品销售,因此,形状是包装中不可缺少的组合要素;颜色是包装中最具刺激销售作用的构成要素,突出商品特性的色调组合,不仅能够加强品牌特征,而且对顾客有强烈的感召力;图案在包装中如同广告中的画面,其重要性、不可或缺性不言而喻;包装材料的选择不仅影响包装成本,而且也影响着商品的市场竞争力,开发和选用新型材料是包装设计中的一项重要工作;此外,在产品包装上还有标签,在其上一般都印有包装内容和产品所包含的主要成分、品牌标志、产品质量等级、生产厂家、生产日期和有效期、使用方法等,有些标签上还印有彩色图案或实物照片用以促进销售。

(二)包装设计的原则

重视包装设计是企业市场营销活动适应竞争需要的理性选择。一般来说,包装设计应遵循以下几个基本原则。

1.安全第一,材质适合

安全是产品包装(包括运输包装和销售包装)最核心的作用之一,也是最基本的设计原则之一。在包装活动过程中,包装材料的选择及包装物的制作必须适合产品的物理、化学、生物性能,以保证产品不损坏、不变质、不变形、不渗漏等。

2.结构合理,方便运用

销售包装的造型结构,一方面应与运输包装的要求相吻合,以适应运输和储存的要求,另一方面要注意货架陈列的要求。此外,为方便顾客和满足消费者的不同需要,包装的体积、容量和形式应多种多样;包装的大小、轻重要适当,以便于携带和使用。

3.美观大方,个性新颖

造型美观大方,图案生动形象,给人以美感。包装设计时要考虑目标市场消费者的审美习惯,使消费者能从包装中获得美的享受,并产生购买欲望,这就在客观上要求包装设计必须注重艺术性。与此同时,包装还应突出产品个性,因为富有个性、新颖别致的包装,更易满足消费者的某种心理要求。

4.质价匹配,按档包装

一般来说,包装应与所包装商品的价值和质量水平相匹配。若包装在商品价值中所占的比重过高,即会因容易产生名不符实之感而使消费者难以接受;相反,价高质优的商品自然也需要高档包装来烘托商品的高雅贵重。

5.尊重文化,符合市场

必须尊重不同国家和地区的宗教信仰和风俗习惯等社会文化环境下消费者对包装的不同要求,切忌出现有损消费者宗教情感、容易引起消费者忌讳的颜色、图案和文字,以适应目标市场的要求。

6.符合法律,兼顾社会

法律是市场营销活动的边界。包装设计作为企业市场营销活动的重要环节,在实践中必须严格依法行事。例如,应按法律规定在包装上表明企业名称及地址;对食品、化妆品等与人民身体健康密切相关的产品,应表明生产日期和保质期等。不仅如此,包装设计还应兼顾社会利益,努力减轻消费者负担,节约社会资源,禁止使用有害包装材料,以实施绿色包装战略。

(三)包装策略

可供企业选择的包装策略有以下几种。

1.类似包装策略

类似包装策略是指企业在所生产的各种不同的产品的包装上采用相同的图案、色彩或其他共同的特征,使顾客极容易发现是同一家企业的产品。其优点在于能节省设计和印刷费用,树立企业形象,有利于新产品推销。但也会因为个别产品质量下降而影响到其他产品的销路。

2.组合包装策略

组合包装策略是指企业将几种有关联性的产品组合在同一包装物内。如家用药箱、针线包、工具箱等。该策略能够节约交易时间,便于消费者购买、携带与使用,有利于扩大产品销售,还能够在将新旧产品组合在一起时,使新产品顺利进入市场。但在实践中,还需注意市场需求的具体特点、消费者的购买能力和产品本身的关联程度大小,切忌任意配套搭配。

3.分量包装策略

分量包装策略是指对一些称重产品,根据消费者消费时间、地点、数量等的不同情况,采用重量大小不同的包装。如有一些价格较贵的产品,实行小包装给消费者以便宜感。

4.等级包装策略

等级包装策略是指企业对自己生产经营的不同质量等级的产品分别设计和使用不同的包装。显然,这种依产品等级来配比设计包装的策略可使包装质量与产品品质等级相匹配,一般是对高档产品采用精致包装,对低档产品采用简略包装,更便于消费者识别、选购商品,从而有利于全面扩大销售。

5.再使用包装策略

再使用包装策略是指在原包装的商品用完后,将空的包装容器移作其他用途。如常见的果汁、咖啡等的包装再使用即属此种。由于这种包装策略增加了包装的用途,可以刺激消费者的购买欲望,有利于扩大产品销售,并可使带有商品商标的包装物在再使用过程中起到延伸宣传的作用。

6.附赠品包装策略

附赠品包装策略是指在包装物内附加赠品,以诱发消费者重复购买。在包装物中附的赠品,可以是玩具、图片,也可以是奖券。该包装策略对儿童和青少年以及低收入者比较有效。

7.更新包装策略

更新包装策略是指企业以改变包装的办法,达到扩大销售目的。当企业某种产品与同类产品内在质量近似而销路不好,或当一种产品的包装已采用较长时间时,企业通过改变包装设计、包装材料,而使用新的包装,有利于增强消费者好感,而扩大销售量。

8.礼品式包装策略

礼品式包装策略是指在包装物上冠以"禄"、"福"、"寿"、"喜"、"如意"等字样及问候语。其目的在于增添节日气氛和欢乐、满足人们交往礼仪之需要,借物寓情,以情达意。

9.开窗式包装策略

开窗式包装策略是指在包装物上留有"窗口",让消费者透过"窗口"来直接认识和了解产品。其目的在于直接让消费者体会、认识产品的品质。

10.密封式包装策略

密封式包装策略是指将产品严实地包裹起来,接口处以胶、蜡等密封。常见于防潮、防晒、防尘等易损易变质的产品。其目的在于确保商品质量。

11.年龄式包装策略

年龄式包装策略是指按年龄段设计相应的包装,亦即包装采用适宜不同年龄的造型、图案、色彩等。其目的在于满足不同年龄消费者的需要。

12.性别式包装策略

性别式包装策略是指按性别不同采用相适应的包装。使男性用品包装富于潇洒、刚正、质朴;使女性用品包装崇尚温馨、软弱、秀丽、新颖、典雅。其目的在于满足不同性别消费者的需求。

第四节　产品组合策略

一、产品组合及其相关概念

（一）产品组合的含义

大多数企业往往都不只是生产一种产品，而是生产若干种产品，形成一定的产品集合体。产品组合是指一个企业生产或经营的全部产品线、产品项目所构成的整体，又叫产品的各种花色品种的集合体。它反映了一个企业提供给市场的全部产品线和产品项目的构成，即企业的业务经营范围和产品结构。产品组合包括四个衡量变量，即宽度、长度、深度和关联度。

（二）与产品组合相关的概念

一个企业应该经营哪些产品才是最有利的，这些产品之间应该有什么配合关系，这就是产品组合问题，企业为了实现营销目标，充分有效地满足目标市场的需求，必须设计一个优化的产品组合。在研究这个问题之前，先要了解几个相关的概念。

1. 产品线

产品线，是指能够满足同类需要，在功能、使用和销售等方面具有类似的一组产品或产品组合中的某一产品大类。比如，以类似的方式发挥功能、售给相同的顾客群、通过同样的销售渠道出售、属于同样的价格范畴等。所以，产品线亦称产品系列。如海尔有彩电、冰箱、洗衣机等许多产品系列。

2. 产品项目

产品项目，是指产品线中各种不同的品种、规格、质量的特定产品及同一品种的不同品牌。在企业产品目录中列出的每一种产品就是一个产品项目。

3. 产品组合的宽度

产品组合的宽度又称产品组合的广度。是指一个企业产品组合所包括的产品线的数量。产品线多，即其经营的产品组合宽度较大；产品线少，说明它们所经营的产品组合宽度较小。产品组合的宽度表明了一个企业经营的产品种类的多少及经营范围的大小。由图9.3可以看出，宝洁公司有5个产品线，即：洗衣粉、牙膏、肥皂、纸尿布、纸巾，所以宝洁公司的产品组合宽度是5。

4. 产品组合的长度

产品组合的长度是指企业产品项目的总和，即所有的产品线中产品项目相加之和。一般情况下，产品组合的长度越长，说明企业的产品品种、规格就越多，由于有时候一个产品项目就是一个品牌，因此，产品组合的长度越长，企业的产品品牌也就越多。如图9.3所示，产品项目总数是25个，这说明了它的产品组合长度。

5.产品组合的深度

产品组合的深度是指企业产品组合中各产品线各自包含的产品项目的数量。每条产品线中所包含的项目愈多,产品组合愈深。表示其在某类产品中产品开发的深度就越大。例如佳洁士牌牙膏有3种规格和2种配方(普通味和薄荷味),佳洁士牌牙膏的深度就是6。

6.产品组合关联度

产品组合关联度是指企业所有产品线之间相关的程度,具体是指各个产品线在最终用途方面、生产技术方面、销售方式方面以及其他方面的相互关联程度。产品组合的相关度与企业开展多元化经营有密切关系。如某家用电器厂除经营洗衣机外,还经营电冰箱、空调机、微波炉等多条产品线,因每条产品线都与电有关,这一产品组合就有较强的一致性,说明产品组合关联紧密;假如该厂还生产清凉饮料,那么,这种产品组合的关联性就显得松散了,在实行集团多角化经营的混合型公司中,其各类产品线间的相关性则较小,或毫无相关性。由图9.3可以看出,宝洁公司所生产经营的产品都是清洁用消费品,而且都是通过相同的渠道分销,就产品的最终使用和分销渠道而言,这家公司的这些产品组合的关联度大。

产品组合的宽度、长度、深度和关联度不同,就构成不同的产品组合。合理的产品组合对市场营销活动具有重要意义。

清洁剂	牙膏	条状肥皂	纸尿布	纸巾
象牙雪 1930	格利 1952	象牙 1879	帮宝适 1961	媚人 1928
德来夫特 1933	佳洁士 1955	柯克斯 1885	露肤 1976	粉扑 1960
汰渍 1933		洗污 1893		旗帜 1982
快乐 1950		佳美 1926		绝顶 1100 1992
奥克雪多 1914		爵士 1952		
德希 1954		保洁净 1963		
波尔德 1965		海岸 1974		
圭尼 1966		玉兰油 1993		
伊拉 1972				

图 9.3　P&G 公司的产品组合

二、产品组合策略

产品组合策略,是指企业根据市场状况、自身资源条件和竞争态势,而对产品组合的广度、长度、深度和关联度进行不同组合的选择与运用。一个企业产品组合决策并不是任意确定的,而是遵循有利于销售和增加企业总利润的原则,根据企业的资源条件和市场状况进行灵活选择。下面从静态与动态两个方面来分析企业的产品组合策略。

(一)静态产品组合策略

静态产品组合策略,是指在一种特定的市场环境和企业可能承担的风险水平下,有利可图的产品组合关系一经确定,计划期不再变动。这种情况要求预测分析准确可靠,确定的产品组合能够实现企业预期的利润目标。从静态的角度分析,可供选择的产品组合策略有:

1.全线全面型策略

全线全面型策略着眼于向任何顾客提供他所需的一切物品。特点是尽可能地增加产品线的宽度和深度,不受产品线之间关联性的约束,例如,日本索尼公司经营范围从电视机、收录机、摄像机、VCD、DVD 产品,到旅行社、连锁餐馆等的服务,十分宽广。全线全面型策略能较大限度地分散各种产品的经营风险,扩展企业的实力和声势,取得最大的市场覆盖面,最大限度地满足顾客的需要。一般大工业集团或大公司普遍采用这种策略。

2.市场专业型策略

市场专业型策略即向某个专业市场(某类顾客)提供所需的各种产品。例如,以建筑业为产品市场的工程机械公司,其产品组合由推土机、翻斗车、挖沟机、超重机、水泥搅拌机、压路机、载重卡车等产品线所组成。这种产品组合策略重视各产品之间的关联程度与组合的宽度,而组合深度一般较小,它能使某一类顾客在某种消费上从一个企业获得全方位的满足,由此方便了顾客,扩大了销售。

3.产品线专业型策略

产品线专业型策略企业集中某一类产品的生产,并将其产品推销给各类顾客。例如,中国一汽集团公司专门生产各类小汽车,以满足不同顾客的需要。其汽车产品有普通型小红旗轿车、独具风采的旅行车、别具一格的客货两用车等。该策略产品线数目少且各项目密切相关,产品品种丰富,能分别满足不同顾客、不同用途的需要。

4.有限产品线专业型策略

有限产品线专业型策略指集中企业的力量,生产单一产品线中的几个产品项目。它一般适合生产经营条件有限的中、小型企业,这类企业以单一的市场或部分顾客作为目标市场。该策略与产品线专业型策略相比,不仅产品线数目少,且产品线内部的产品项目有限,即产品组合宽度很小,深度有限,但关联度较强。

5.特殊产品专业型策略

特殊产品专业型策略企业根据自己所具备的特殊资源条件和技术专长,专门生产某些具有良好销路的产品项目。该策略具有组合宽度极小、深度亦不大、但关联度极强的特点,所能开拓的市场是有限的。因其资源、技术特殊,能创造出特色产品,市场竞争威胁小。如某些特效药品、名酒、特殊用途的器械等的企业就是采用这种策略。

6.特殊专业型策略

特殊专业型策略是指企业凭其特殊的技术、服务,满足某些特殊顾客的需要。如提供特殊的工程设计、咨询服务、律师服务、保镖服务等。本策略组合宽度小、深度大、关联性强。

(二)动态产品组合策略

动态产品组合策略,是指企业根据市场环境和资源条件变动的前景,适时增加应开发的新产品和淘汰应退出的衰退产品,从而随着时间的推移,仍能取得最大利润的产品组合。可见,及时调整产品组合是保证产品组合动态平衡的条件。动态平衡的产品组合亦称最佳产品组合。从动态的角度分析,可供选择的产品组合策略有以下类型。

1.扩大产品组合策略

扩大产品组合策略是指扩大产品组合的宽度或深度,增加新的产品系列或项目,去扩大经营范围,生产经营更多的产品,以满足市场需要。它是当企业预测现有产品线的销售额和盈利率在未来可能下降时,通过增加新的产品线或加强其中有发展潜力的产品线,去满足新的需要,而采取的策略。扩大产品组合的方式包括:一是在维持产品原有的质量和价格的前提下,增加同一产品的款式和规格;二是增加不同质量和不同价格的同类产品;三是增加相互关联的产品;四是增加与现有产品使用同一材料或相同生产技术的其他产品;五是增加可获得较高利润而与现有产品完全无关的产品。

2.缩减产品组合策略

缩减产品组合策略是指减少产品组合的宽度和深度,即从企业现有产品组合中剔除某些产品大类或产品项目,集中力量生产经营一个系列的产品或少数产品项目,以提高专业化水平,力图从生产经营较少的产品中获得较多的利润。在市场繁荣时期,较长或较宽的产品组合会为企业带来更多的盈利机会;但是,在市场不景气或原料、能源供应紧张时期,缩减产品线也能使总利润上升。

缩减产品组合有三种方式:一是保持原有产品宽度或深度,即不增加产品大类和产品项目,只增加产品产量,以降低成本;二是缩减产品大类,是企业根据本身特长和市场的特殊需要,只生产经营某一个或少数几个产品大类;三是缩减产品项目,即在一个产品大类内取消一些利润较低的产品,尽量生产利润较高的少数品种规模的产品。

3.产品线延伸策略

产品线延伸策略,指全部或部分地改变原有产品的市场定位。即改变企业原有的产品的高档、中档或低档。具体有向下延伸、向上延伸和双向延伸三种方式。

(1)向下延伸。是指企业原来生产高档产品,后来决定增加低档产品。实行这一决策需要具备以下市场条件:利用高档名牌产品的声誉,吸引购买力水平较低的顾客慕名购买此产品线中的廉价产品;高档产品销售增长缓慢,企业的资源设备没有得到充分利用,为赢得更多的顾客,将产品线向下伸展;企业最初进入高档产品市场的目的是建立厂牌信誉,然后再进入中、低档市场,以扩大市场占有率和销售增长率;补充企业的产品线空白。实行这种策略也有一定的风险,如处理不慎,会影响企业原有产品特别是名牌产品的市场形象,如对销售系统的重新设置等。所有这些,将大大增加企业的营销费用开支。

(2)向上延伸。是指企业原来生产低档产品,后来决定增加高档产品。这种策略适用于:高档产品市场具有较大的潜在成长率和较高利润率的吸引;企业的技术设备和营销能力已具备加入高档产品市场的条件;企业要重新进行产品线定位。采用这一策略也要承担一定的风险,如未能改变产品在顾客心目中的地位时,会影响原有产品的市场声誉;企业的销售代理商和经销商可能没有能力去经营新增的高档产品。

(3)双向延伸。是指企业产品原定位于中档产品市场,当其掌握了市场优势以后,决定向产品大类的上下两个方面延伸,一方面增加高档产品,另一方面增加低档产品,扩大市场阵地。

4.产品线现代化策略

产品线现代化策略是强调把现代化的科学技术应用到生产过程中。这是因为,产品组合的广度、深度和长度虽然适宜,但产品线的生产方式落后也会影响企业的生产和市场营销效率。在这种情况下,企业必须对现有产品线的技术进行更新改造。实现企业产品线的现代化有两种方式,一是逐步调整;二是全面快速实现现代化。

5.产品线特色化策略

产品线特色化策略是指在产品线中可以选择一个或少数产品项目进行特色化。即努力显示企业的产品与其他产品的不同,用以强化企业形象,吸引消费者的注意。

第五节　新产品开发策略

新产品开发是企业未来生命的源泉。在现代社会,消费者的需求不断变化,技术也在迅速发展和传播,产品生命周期则相应缩短,这就要求企业去积极寻找、发展新产品,以适应市场需求,提升自我。

一、新产品的概念及类型

市场营销学对新产品概念的解释同科学技术发展上新产品的含义不完全相同,其内容更为广泛。从技术角度来讲,只有采用了新工艺、新技术、新材料,从而使产品的功能、结构、技术特征等发生显著变化,才称其为新产品;而从市场营销的角度看,只要在功能或形态上得到改进或与原有产品产生差异,并为顾客带来新的利益,即视为新产品。据后者,新产品包括以下几种类型。

(一)完全创新产品

完全创新产品是指应用科学技术的新发明而研制成功的,具有新结构、新技术、新材料等特征的,市场上从未有过的新产品。一项科技从发明到科研成果转化为产品,需要花费很长的时间和巨大的人力、物力、财力,因此,绝大多数企业很难提供这样的全新产品。这种全新的产品,要经国家科学技术部门的鉴定批准,方可申请专利,得到法律保护。

(二)换代新产品

换代新产品是对原有产品采用或部分采用新技术、新材料、新结构,而制造出来的使原有的产品的性能有飞跃性提高的新产品。这种换代产品比原有的产品增添了新的功能,给顾客带来了新的利益。如彩色电视机是黑白电视机的换代产品,如今已发展到与计算机、录音机、自动电话、传真等兼容,可直接接受卫星电视,并带有立体声、遥控等设备。

(三)改进新产品

改进新产品不是由科学技术的进步而导致对产品的重大改革,只是对现有产品的品质、性能、款式等进行一定的改进。其类型有如下几种:一是采用新设计、新材料改变原有产品的品质、降低成本,但产品用途不变;二是采用新式样、新包装、新商标改变原有产品的外观而不改变其用途;三是把原有产品与其他产品或原材料加以组合,使其增加新功能。采用新设计、新结构、新零件增加其新用途,例如不同型号的汽车及不同款式、不同质量的服装等。

(四)仿制新产品

仿制新产品是指企业模仿市场上正在销售的产品的性能、工艺而生产的产品,是企业的新产品。开发仿制新产品,对于我国的许多新产品开发能力比较薄弱的中小企业来说很实用,但要注意在仿制的时候,应符合专利法等法律的规定。

新产品开发的实质,是推出上述不同内涵与外延的新产品。对大多数企业来说,多适宜于改进现有产品,而非创造全新产品。

二、新产品开发的策略

(一)独立研制策略

独立研制策略是指企业完全依靠自己的科研技术力量独立研究开发新产品。是企业利用自己的技术先进、信息灵通、资金雄厚等优势条件去独立研究与开发新产品,力争在竞争对手进入市场前即迅速将产品投入市场,以便先声夺人,抢先在市场上和消费者的心目中占据一个有利的位置,成为生产这种产品的第一名,在技术上处于领先地位,在竞争中处于有利地位。这一策略,具有容易形成系列产品、优势产品的优点,适用于科研力量强的大型企业。

(二)技术引进策略

技术引进策略即花一定的费用购买别人的先进技术和研究成果。其引进既可以从国外引进,也可以从本国其他地区引进。采用这种策略风险小、投资少、见效快,是许多技术力量不强的企业常用的策略。日本政府曾制定了"以引进带制造促出口"的政策,故使日本企业对引进技术"国产化"的意识非常强,采取"一号机引进,二号机国产,三号机出口",成了他们行动的准则。但在从外引进技术时要注意市场分析、时机分析、技术的先进性、适用性分析。

(三)合作开发策略

合作开发策略是指企业与企业或科研单位之间发挥各自的优势,联合开发新产品。是把企业的资金优势和高等院校、科研单位的技术优势结合起来,双方共担风险,共享成果。它适合目前我国大多数企业采用。合作开发的形式有:研究开发合作型、研究——生产合作型、生产合作型、生产——销售合作型以及资金合作型、人员合作型等。

本章小结

产品是市场营销组合中最重要、最基本的因素。企业必须根据目标市场的情况决定发展什么样的产品,以满足特定顾客的需求。产品,是指能够在市场上得到的,用于满足人们欲望和需要的任何东西,包括实物、服务、场所、设计、软件、意识等多种形式。系统(整体)产品概念是核心产品、形式产品、附加产品三个层次有机结合的系统。产品依据销售的目标对象(购买者的身份)及他们对产品的用途大致被分成两大类:消费品和工业品。产品市场生命周期是指一种产品从投入市场开始到退出市场为止的周期性变化的过程。它包括投入期、成长期、成熟期、衰退期四个阶段。不同阶段有其不同特点,应采取不同的营销策略。品牌策略和包装策略是企业产品策略的重要内容。产品组合是指一个企业生产或经营的全部产品线产品项目的集合体,它包括四个变数,即产品组合的宽度、长度、深度和关联度。产品组合策略是指企业根据市场状况、自身资源条件和竞争态势对产品组合的广度、长度、深度和关联度进行不同组合的选择与运用。新产品是指企业向市场提供的较原先已经提供的有根本不同的产品。新产品开发有独立研制、技术引进、合作开发三种策略类型。

思考题

1.产品整体概念的含义?产品的类别有哪些?

2.什么是产品生命周期?产品生命周期各阶段的特点及其营销策略的类型是什么?

3.如何认知品牌?品牌与包装设计原则是什么?品牌与包装策略的类型有哪些?

4.什么是产品组合?产品组合的宽度、长度、深度和关联度对营销活动的意义,产品组合策略类型有哪些?

5.新产品开发的形式和策略有哪些?

【综合案例分析】

摩托罗拉 V998/V8088 的产品策略

摩托罗拉的两款手机 V998 和 V8088 是“V”系列手机的代表,这一系列手机进入市场的四年多历程表明了公司针对 V998／V8088 系列的产品策略特点。

V998 款手机是公司在 1999 年春天推向中国市场的,其特点是:双频、体积小、大显示屏和大键盘。这些特点在市场上是绝无仅有的,再加上摩托罗拉先进的市场推广手段,很快便凭借功能和品牌,受到市场青睐。当时的市场定价是 13 000 元左右。

公司通过努力,使新产品的各方面情况渐趋稳定,并且新增加了"中文输入"和"录音"的功能,尤其是"中文输入"功能,深受短信息业务使用者的欢迎。此时,其市场价位也降到了7 000～8 000。

与此同时,摩托罗拉也在发展另一款手机——V8088。它除了具有V998的一切功能之外,还有WAP上网、自编铃声、闹钟提示和来电彩灯提示等功能,从外观的曲线设计上也独具特色。1999年伴随着新千年钟声的敲响,中国的手机市场刮起了"手机上网"的旋风。而号称"摩托罗拉网上通"的V8088恰恰选择在此时推向市场,风靡一时,售价8 000元以上,比同期的V998高出了2 000元。以V998/V8088为代表的"V"系列手机属于公司四类产品特色中的"时尚型",其市场目标是成功人士和一些追求时尚的人。

风光了近半年以后,随着摩托罗拉以及其他公司的一些新产品的推出,V998／V8088系列手机开始逐渐离开高端市场的位置,其市场价格都降到了4000元以下。同时,WAP上网的狂热逐渐冷却,V8088的价格也只比同期的V998高出不到￥1000元。价格的降低非常有效地刺激了市场,这两款手机的市场需求量大大提高。从2000年第三季度起,V998/V8088系列手机成为摩托罗拉的主打产品,其需求量在公司手机产品中名列第一。

接下来,伴随着市场的激烈竞争,这一系列的手机已定位于中低档,价位稳定在1 500～1 700元。这款手机轻巧且功能齐全,依然深受消费者的喜爱。此外,这一系列手机的工艺已经发展成熟、质量和服务稳定。因此,功能、价位和质量等多方面的特点使得这一系列的手机仍然在市场上有比较重要的地位。

值得关注的是,现在的手机市场竞争异常激烈,该系列的手机不断降价,2002年2月,在天津V998的市场定价约为1 700元,但是到了10月,就已经降至1 300元。同时,手机市场已开始向2.5G和3G发展,新的GPRS和CDMA取代GSM是一种发展趋势。因此,尚处在GSM时代的V998/V8088系列手机相对来说也进入了产品的衰退阶段。按照公司的产品策略,这一系列手机将在一年左右的时间淡出市场。

讨论题:

1. V998／V8088系列手机的市场寿命达到四年多的时间,试指出该系列手机主要的产品生命周期阶段分别是案例中所描述的哪一时期。

2. 公司针对V998手机在产品生命周期的引入期、成长期、成熟期、衰退期分别采取了哪些不同的营销策略? 试分析评价这些策略。

聚焦分析:

在手机产品生命周期的不同阶段,产品的市场占有率、销售额、利润额是不一样的。这就需要认真分析和识别产品所处生命周期不同阶段的特点,采取相应的营销组合策略。

【阅读资料1】

汰渍洗衣粉的出生——先有概念后有产品

汰渍(Tide)被称作"洗衣奇迹",自从1946年推出以来,汰渍经过了60多次技术革新及市场开拓。由于采用了新的配方,洗涤效果比当时市场上所有其他产品都好,再加上合理的价格,汰渍已成为全球最大的洗衣粉品牌之一。

1993年底,宝洁在中国的汰渍品牌小组成立,小组消费者需求与习惯研究中得到的数据显示,消费者关心的洗衣粉前三个基本功能是日常清洁、去油、衣领和袖口清洁,再通过概念开发座谈会和消费者尝试访问后,宝洁确定了两个待选概念:一个是油迹去无痕;另一个是领干净,袖无渍。在随后的概念测试阶段,由产品研究部开发配方,进行匿名产品测试,通过将品牌总体评价、功能评价购买意向的测试分数与白猫和活力28比较,得出两个概念皆有上市成功可能的结论。最终,品牌小组选择了"去油污"概念。然而,汰渍在"去油污"概念下销售了一段时间后,发现品牌生长并不理想。汰渍再次进行了大量调研发现,领子、袖口是消费者对他人形成印象的一个信号(signal),而当时并没有别的厂家想到这个概念。因此,这次他们选择了"领干净,袖无渍"。这一概念获得了很大成功,宝洁随后推出了柠檬汰渍来推动销量。在宝洁,永远是先有概念后有产品。宝洁推出的其实不是一个产品,而是一个概念、一个说法。产品只是概念的载体,如果调研发现消费者确实需要这个产品,宝洁就去开发这个产品。

【阅读资料2】

从六丁目108到金麦郎——华龙面产品组合策略分析

2003年,位于河北省邢台市隆尧县的华龙集团以超过60亿包的方便面产销量排在方便面行业第二位,与"康师傅"、"统一"形成了三足鼎立的市场格局,由一个地方品牌转变成为全国性品牌。华龙的成功与市场定位、广告策略等都不无关系,而产品策略的成功更是功不可没。其产品策略主要有以下两种。

(1)阶段产品策略。华龙根据企业不同的发展阶段,适时地推出适合市场的产品:①在发展初期,目标市场定于河北省及周边省份的农村市场。华龙一开始就推出适合农村市场"大众面"系列。由于超低价位,一下子为华龙打开了进入农村市场的大门,随后"大众面"系列红遍大江南北,抢占了大部分低端市场。②在企业发展几年,华龙集团先后推出了中档的"小康家庭"、"大众三代",高档的"红红红"等产品,由此深入北方农村市场。③从2000年开始,华龙的发展更为迅速,面向全国不同市场又开发了十几个品种、几十种规格。但在2001年,华龙主要抢占的仍然是中低档市场。④2002年起,华龙开始走高档面路线,开发出一个高档面品牌"金麦郎"。华龙大力开发城市市场中的中高价位的新策略,在北京、上海等大城市大获成功。

(2)产品延伸策略。①产品延伸策略是华龙重要的产品策略。每个系列产品都有其跟进的"后代"产品。如在推出六丁目之后,又推出了六丁目108、六丁目120、超级六丁目。②不仅对产品本身延伸,而且在统一市场也注意对产品品牌进行延伸。如在东三省推出"东三福"系列之后,又推出"可劲造"系列。

第十章

Chapter 10

价格策略

【学习要点】
①价格的定义和构成；
②影响企业定价的内外因素；
③定价程序与方法；
④定价策略和调价技巧。

【引导案例】

  桔子皮，中药称其为"陈皮"。罐头厂不生产中药，百货公司的食品部也不卖中药，但汕头某罐头厂在北京王府井百货大楼竟把桔子皮卖出33元钱一斤的价格！这事谁听了谁都会觉得有些"邪乎"，可你抽空到北京王府井百货大楼食品部看一看，就会发现这是真的，身价不凡的桔子皮，堂而皇之地躺在玻璃柜台上，每大盒内装有15克包装的10小盒，每盒10元，如此折算，每斤售价高达33元之多。

  汕头这家食品厂，原本生产桔子罐头，以前鲜桔装瓶后，桔子皮就被送进药材收购站，价格是几分钱一斤，近年来加工桔子罐头的多了，桔子皮几分钱一斤也卖不出去，于是，他们在桔子皮上打主意，难道桔子皮除了晾干后入中药用之外，就没别的用场了吗？他们组织人力开发研究其新的使用价值，终于开发了一种叫做"珍珠陈皮"的小食品。但是产品开发出来了，要以什么样的价格将其投放市场？他们进行了市场分析评估如下：①这种小食品的"上帝"多为妇女和儿童，城市的女孩和儿童多有吃小食品的习惯。②城市妇女既爱吃小食品又追求苗条、美容，惧怕肥胖；女孩子则视吃小食品为一种时髦。③儿童喜欢吃小食品，家长也从不吝惜花钱，但又担心小孩过胖。④珍珠陈皮的配料采用桔皮、珍珠、二肽糖、食盐，经加工后，味道很好。食后还有保持面部红润、身材苗条的功能，由于采用小包装，吃起来也很方便。⑤市场上当前很少有同类产品。于是,对这种小食品采用高价策略进入了市场。一斤桔子皮33元钱,就是那些领新潮消费之先的年轻女士也称太贵。可是,当她们买了尝过之后,又介绍给别人去尝,儿童们更是口手不离。于是33元/斤的桔子皮,真的成了"挡不住的诱惑",诱得求购者纷至沓来。奥运会期间,北京展览馆奥运购物中心举办的商品展销,评定出的单项商品销售冠军,竟然就是这33元/斤的"桔子皮"——珍珠陈皮。

第一节　影响定价的因素

产品定价的基本依据是价值规律,即产品价格的高低由产品中包含的价值量的大小决定。但从市场营销的角度看,产品的价格除了受价值量的影响之外,还要受其他诸多因素的影响,诸如企业定价目标、产品成本、市场需求状况、竞争者的产品和价格、市场商品供求关系、国家的政策和法律、消费者心理、货币流通状况、企业的经营战略等因素。这里只讨论几种影响价格的主要因素。

一、定价目标

定价目标,是指企业在对其生产或经营的产品制定价格时要达到的目标。它是影响企业制定价格的主要因素之一。通常定价目标主要有以下几种。

(一)维持企业生存

当企业面临产能过剩、激烈竞争和消费者需求变化等巨大困难时,通常会把维持生存视为首要目标。为使企业维持正常营业和使存货顺利出手,必须制定较低的价格。为此,其产品价格的底线就应该是该产品的变动成本,只要价格大于变动成本,就意味着企业除了能收回全部的变动成本外,还能收回部分固定成本。从长期利益考虑,这样的定价对于企业渡过难关是有利的,也只有这样企业才能得以维持生存。

(二)当期利润最大化

获取当期的最大利润是所有企业的共同愿望,但最大利润目标并不一定意味着高价。在一定时期内,当某个企业的产品在市场上处于绝对优势时,如垄断或享有专卖权时,当然可以实行高价,以获取超额利润;但随着市场竞争的加剧,势必会遭到来自多方面的抵制,价格也会随之回落到合理的水平。因此,从整体利益考虑,企业应有意识地将一些易引起人们兴趣的产品价格降低,借以带动其他产品的销售。例如,零售巨头家乐福始终有10%左右的低价商品,用以带动其他90%的正常价格商品的销售,从而促使当期整体商品的利润最大化。可见,它也是一种常见的定价目标。

(三)市场占有率最大化

市场占有率,是企业竞争能力和经营状况的综合体现,关乎企业成败。有些企业通过大幅降价,来抢占市场份额,获得领先者地位,通过市场领先地位去扩大销售规模,从而把成本降到最低,用以获得最大的长期利润,进一步提高企业的竞争实力。提高市场占有率通常采用的方法是低价打入市场,开拓销路。但低价并不是在任何情况下都能提高市场占有率,只有具备以下条件时,企业才能以提高市场占有率作为定价目标。这些条件包括:一是,市场对产品价格高度敏感,因此,低价能刺激需求的迅速增长,从而提高市场占有率。二是,企业的经济实力足以承受一定时期内低价造成的利润损失。三是,低价能有效地抑制现实的或潜在的竞争,但又不致演变为竞争者之间两败俱伤的价格战。

(四)产品质量最优化

企业为了在市场上打造自己的品牌,树立一个产品质量领先者的形象,通常在生产成本、产品研发以及促销方面作较大的投入。为了补偿这些支出,他们往往都给自己的产品或服务制定一个较高的价格,并在生产和市场营销过程中始终贯彻产品质量领先的指导思想。换言之,这种较高的价格也烘托出产品的优质形象,进一步吸引了那些追求高档产品的高消费者。但是,企业在定价过程中应考虑以下三方面的因素:一是,本企业产品的价格水平能否被市场接受,是否有利于企业整体策略的有效实施。二是,本企业产品的价格是否使消费者感到质价相称,独具特色。三是,本企业定价是否符合国家宏观经济发展目标,是否严格遵从了社会和职业道德规范。

二、产品成本

任何企业都不能随心所欲地制定价格。某种产品的最高价格,取决于市场需求的限度,某种产品的最低价格,取决于这种产品的成本费用。因此,在实际市场营销活动中,产品定价的基础因素就是产品成本。产品成本,是指产品生产经营过程中花费的物质消耗和支付的劳动报酬所形成的费用。企业定价的基本原则是使总成本得到补偿。所以,产品成本是企业核算盈亏的临界点,只有产品价格大于产品成本时,企业才有可能盈利。

产品成本,包括固定成本和变动成本两部分。固定成本,是指在一定范围内不随产销量的变化而按比例变化,而具有相对固定性质的各种费用,如固定资产折旧费、房地租、企业管理费用等。变动成本,是指随着产销量的增减而增减的各项费用,如原材料消耗、销售费用、储运费用、生产工人的工资等。产品成本还包括制造成本、营销成本、储运成本等。产品价格的制定必须能够补偿产品生产和营销的所有支出,并补偿企业为产品承担风险所付出的全部代价。在不同的生产规模和生产经营条件下,产品的生产成本有所不同。因此,企业营销管理者必须了解企业成本的变动情况对产品价格的影响,用以指导定价决策。

三、市场需求状况

某种产品的最高价格取决于市场需求,企业能把产品价格定多高,则取决于消费者的收入状况。通常,在分析产品的需求量与价格之间的关系时,依据的指标是经济学中的需求价格弹性,即需求量对价格变动的反应程度。对于不同需求价格弹性的商品的定价有以下两种策略:一是,对需求价格弹性大的商品,可用降价来刺激需求。二是,对需求价格弹性小的商品,当市场需求强劲时,则可适当提高价格以增加收益。那么,应当如何甄别某种商品的需求价格弹性的大小呢? 一是,商品与生活关系的密切程度。凡与生活关系密切的必需品,需求的价格弹性小,如柴、米、油、盐等生活必需品;反之,弹性大,如貂皮、跑车、游艇、花园别墅等奢侈品。二是,商品本身的独特性和知名度。越是独具特色和知名度高的产品,需求的价格弹性越小,如古董、名家字画、民俗工艺品、专利产品等;反之,弹性越大,如普通的服装、鞋帽、食品、手机等。三是,替代和竞争产品种类的多少。凡替代品和竞争产品少的产品,价格弹性小;反之,弹性大。

四、竞争者的产品和价格

企业在制定产品价格时还应将竞争者的价格和产品情况作为参考依据。要针对竞争者价格的变动,及时掌握有关信息,与竞争产品比质比价,更准确地制定本企业产品价格。如果自己的产品与主要竞争的产品相似,所定价格也应相似;如果比竞争者产品质量差些,价格也应较低些;如果比竞争者产品质量好些,则定价可高于竞争者。同时,企业也应估计到竞争者可能会调整其价格,并以此对自己的定价做出及时反应。即便不调整产品价格,也要调整市场营销组合的其他变量,从而与本企业争夺顾客。

第二节　定价的程序与方法

一、定价的程序

由于影响企业定价的因素很多,而适当的产品定价又事关重大,因此,遵循一个科学的定价程序显得十分重要。一般进行定价的主要程序或步骤是:选择定价目标→估算成本费用→测定需求的价格弹性→制定最佳价格。

(一)明确定价目标

定价目标是企业选择定价方法和制定价格策略的依据。企业在不同营销环境中进行经营,应该有不同的营销目标,因此,企业在选择定价目标时,应权衡各种定价目标的因素和利弊,慎重地加以选择和确定。与企业定价有关的营销目标主要有:维持企业生存、争取当期利润最大化、产品市场占有率最大化、产品质量最大化。

(二)估算成本费用

对于一款新产品,采购企业要评估供应商的报价是否合理时,要在对新产品评估价格前,首先掌握新产品的零件 BOM 表,然后,通过对原材料的认识,去作一个大概的市场调查,并将对原材料的调查结果列出系统的统计表格,再根据新产品加工精细要求去寻求一些相关的资料,进而去了解这些原材料行业的一些相关的质量标准;而后,再根据当时、当地的加工成本和加工费用,作一个大概的核定。这样,当供应商报价给采购企业时,企业就可以大概评判出供应商的报价是否合理。涉及的工艺技术超过采购企业的专业范畴时,一般就需要公司的工程技术人员从旁协助,以期达到最好供需双方的谈判效果。

(三)测定需求弹性

一般情况下,价格与需求成反比方向变化。价格上升,需求减少;价格下降,需求增加。这是供求规律的客观反映。测定需求弹性,就要计算价格弹性系数,即价格变动而引起的需求的相应变动率,它反映需求变动对价格变动的敏感程度。如用需求弹性系数 E_p 表示价格弹性,则:

$$E_p = 需求变动百分比/价格变动百分比$$

$E_p = 1$,反映需求量与价格等比例变化。这类商品价格的上升(或下降)会引起需求量等比例的减少(或增加),因此,价格变化对销售收入影响不大。

$E_p > 1$,反映需求量的相应变化大于价格自身变化。这类商品价格的上升(或下降)会引起需求量较大幅度的减少(增加)。对其定价时,应通过降低价格、薄利多销,去达到增加盈利的目的;提价则务求谨慎,以防需求量发生锐减,影响企业收入。

$E_p < 1$,反映需求量的相应变化小于价格自身变化。这类商品价格的上升(或下降)仅会引起需求量较小程度的减少(增加)。对其定价时,较高水平的价格往往会增加盈利,低价对需求量刺激效果不强,薄利并不能多销,反而会降低收入水平。

(四)制定最佳价格

产品的定价受许多因素的影响和制约。任何企业都不能主观地、孤立地制定产品价格。因此,企业在最终确定价格前,不仅要考虑产品成本、市场需求、竞争情况等因素,还需要考虑一些其他因素。这些因素主要有:一是,消费者心理,如有些顾客把价格作为衡量一种产品质量的指标,还有一些顾客更多地考虑价格因素,即参考其他同类产品的价格水平,对价格尾数有着不同的反应。二是,企业定价政策,拟定的价格必须与公司的定价政策保持一致。三是,其他营销因素对价格的影响,如品牌、产品质量、促销方式、渠道等因素。四是,价格对其他各方面的影响及其反应,如对经销商、供应商、推销人员、竞争者、顾客、公众、政府等方面的影响,以及其可能的反应等。

二、定价的主要方法

企业为了实现其定价目标,就要采取适当的定价方法。按照定价依据的不同,其定价的方法通常可以分为:成本导向定价法、需求导向定价法、竞争导向定价法。在这三类方法中,每一类又包含了多种不同的具体定价法。在制定价格策略时,必须慎重选择其定价方法。

(一)成本导向定价法

如果将价格作为企业获得经济收入的唯一要素,成本就成为价格制定的最低界限。当价格低于成本时,企业经营所能获得的收益不能补偿全部成本,就会发生亏损。所谓成本导向定价法,是指企业以提供产品或劳务过程中所发生的成本作为定价的基础,即根据此成本的高低来确定产品或劳务价格的定价方法。它主要包括以下几种具体方法:

1.加成定价法

加成定价法又包括完全成本加成定价法和进价加成定价法。

(1)完全成本加成定价法。该定价法多为蔬菜、水果商店采用,其计算过程是:首先,确定单位变动成本;然后,再加上平均分摊的固定成本组成单位完全成本;然后,再加上一定的加成率(毛利率);最后,形成销售价格。

其计算公式为

$$产品售价 = 单位完全成本 \times (1 + 成本加成率)$$

其中　　　　　　　成本加成率 = (售价 - 进价) ÷ 进货成本 × 100%

(2)进价加成定价法。该定价法多为零售业(百货商店、杂货店等)所应用。

其计算公式为

$$产品售价 = 进货价格 ÷ (1 - 加成率)$$

其中　　　　　　　加成率 = (售价 - 进价) ÷ 售价 × 100%

在以上两种定价方法中,加成率的确定是定价的关键。一般来说,加成率的大小与商品的需求弹性和企业的预期盈利有关。在实践中,同行业往往形成一个为大多数企业所接受的加成率。

2.目标收益定价法

目标收益定价法,又称投资收益率定价法。它是根据企业的投资总额、预期销量和投资回收期等因素,来确定价格的方法。例如,建设一空调厂的总投资额为 1 000 万元,投资回收期为 10 年,预期销售 2 000 台,总固定成本 600 万元,每台空调的变动成本为 500 元。其采用目标收益定价法,确定价格的基本步骤为:

(1)确定目标收益率:

$$目标收益率 = 1/投资回收期 \times 100\% = 1/10 \times 100\% = 10\%$$

(2)确定单位产品目标利润额:

$$单位产品目标利润额 = 总投资额 \times 目标收益率 ÷ 预期销量 =$$
$$10\ 000\ 000 \times 10\% ÷ 2\ 000 = 500\ 元$$

(3)计算单位产品价格:

$$单位产品价格 = 企业固定成本 ÷ 预期销量 + 单位变动成本 + 单位产品目标利润额 =$$
$$6\ 000\ 000 ÷ 2\ 000 + 500 + 500 = 4\ 000\ 元$$

目标收益定价法多适用于那些需求比较稳定的大型制造业的产品、供不应求且价格弹性小的商品、市场占有率高并具有垄断性的商品,以及大型的公用事业、劳务工程和服务项目等服务产品价格的制定领域。

3.盈亏平衡定价法

盈亏平衡定价法又称保本定价法或收支平衡定价法。是指在销量既定的条件下,企业产品的价格必须达到一定的水平,才能做到盈亏平衡、收支相抵。而既定的销量,就称为盈亏平衡点,故将其称为盈亏平衡定价法。科学地预测销量和已知固定成本、变动成本,是盈亏平衡定价的前提;盈亏平衡分析原理是其理论基础;盈亏平衡分析的核心点是确定盈亏平衡点,即企业收支相抵,利润为零时的状态。

其计算公式为

单位产品价格 = (固定成本/损益平衡销售量 + 变动成本)/(1 - 税率)

例:某旅游饭店共有客房 300 间,全部客房年度固定成本总额为 300 万美元,每间客房每天变动成本为 10 美元,预计客房年平均出租率为 80%,营业税率为 5%,求该饭店客房保本时的价格。

解:根据所给数据和公式,计算如下:

$$P = \frac{\dfrac{3000000}{300 \times 365 \times 80\%} + 10}{1 - 5\%} = \frac{34.2 + 10}{0.95} = 46.6(美元/间·天)$$

根据盈亏平衡定价法确定的旅游价格,是旅游企业的保本价格。低于此价格旅游企业会亏损,高于此价格旅游企业则有盈利,实际售价高出保本价格越多,旅游企业盈利越大。

成本导向法简单易用,因而被广泛采用。其缺点在于:一是没有考虑市场价格及需求变动的关系;二是没有考虑市场的竞争问题。

(二)需求导向定价法

需求导向定价法,是指企业在定价时不再以成本为基础,而是以消费者对产品价值的理解和需求强度为依据。这种方法主要包括以下几种具体方法:

1.认知价值定价法

所谓认知价值定价法,就是企业根据购买者对产品的认知价值来制定价格的一种方法。认知价值定价与现代市场定位观念相一致。企业在为其目标市场开发新产品时,在质量、价格、服务等各方面都需要体现特定的市场定位观念。因此,首先,要决定所提供的价值及价格;然后,企业要估计在此价格下所能销售的数量,再根据这一销售量决定所需要的产能、投资及单位成本;最后,管理人员还要计算在此价格和成本下能否获得满意的利润。如能获得满意的利润,则继续开发这一新产品;否则,就要放弃这一产品概念。认知价值定价的关键,在于准确地计算产品所提供的全部市场认知价值。企业如果过高地估计认知价值,便会定出偏高的价格;如果过低地估计认知价值,则会定出偏低的价格。为准确把握市场认知价值,必须进行市场营销研究。

2.需求差别定价法

需求差异定价法,是以不同时间、地点、商品及不同消费者的消费需求强度差别为定价的基本依据,进而针对每种差异,在其基础价格上进行相应加价或减价的定价方法。主要有以下几种具体方法:

(1)因时间而异。如在五一、国庆、春节三个长假日的三个购物黄金假期,将其商品价格比平时定的高些。

(2)因地点而异。如在国内机场的商店、餐厅向乘客提供的商品价格,定得比市内的商店和餐厅的商品价格高些。

(3)因商品而异。对特色商品、奇缺商品、重大社会活动特供商品等的价格,要定的比其他同类商品的价格高些。

(4)因顾客而异。对因职业、阶层、年龄等原因而形成不同需求的顾客,零售店在定价时要给予相应的优惠或提高价格。

总之,实行差别定价要具备以下条件:市场能够根据需求强度的不同进行细分;细分后的市场在一定时期内相对独立,互不干扰;高价市场中不能有低价竞争者;价格差异适度,不会引起消费者的反感。

(三)竞争导向定价法

竞争导向定价法,就是指以竞争各方之间的实力对比和竞争者的价格作为定价的主要依据,以在竞争环境中的生存和发展为目标的定价方法。其特征是,产品价格与成本及需求不发生直接关系,即使成本和需求发生变化,只要竞争对手的价格和其他竞争环境没有大的变动,价格也不变化,反之亦然。竞争导向定价法通常有两种具体方法:随行就市定价法、密封投标定价法。

1.随行就市定价法

随行就市定价法又称流行水准定价法。它是指在市场竞争激烈的情况下,企业为保存实力而采取按同行竞争者的产品价格定价的方法。这种定价法特别适合于完全竞争市场和寡头垄断市场。随行就市定价法主要适用于需求弹性比较小或供求基本平衡的商品,如大米、面粉、食油以及某些日常用品。这种定价法的主要优点:一是,平均价格水平在人们观念中常被认为是"合理价格",易为消费者接受。二是,可以避免挑起价格战,与同行业和平共处,减少市场风险。三是,可以补偿平均变动成本,获得适度利润,易为消费者所接受。采用这种方法既可以追随市场领先者定价,也可以采用市场的一般价格水平定价。这要视企业产品的特征及其产品的市场差异性而定。

2.密封投标定价法

密封投标定价法又称投标竞争定价法。它是指在招标竞标的情况下,企业在对其竞争对手了解基础上定价。报价时,既要考虑实现企业目标利润,也要结合竞争状况考虑中标概率。最佳报价应是使预期利润达到最高水平的价格。显然,最佳报价即为目标利润与中标概率两者之间的最佳组合。

　　密封投标定价法主要用于投标交易方式。如建筑施工、工程设计、设备制造、政府采购、科研课题等需要投标以取得承包合同的项目。使用这种方法定价的步骤如下：一是，企业估算此次竞标的标的物的成本，依据成本利润率计算出企业可能盈利的各个价格水平，确定几个备选的投标价格方案，并计算各方案收益。二是，估计各个竞标对手的情况和可能的报价，估计出各方案的中标概率。三是，根据每个方案可能的收益和中标概率，计算每个方案的期望利润，即每个方案的利润期望值＝每个方案可能的收益×中标概率（％）。四是，根据企业的投标目的来选择投标方案。运用这种方法，首先，要尽可能多地收集投标项目和竞标对手的信息；然后，通过对中标概率的历史数据的统计分析，估算竞标对手高于某一价格的概率；最后，计算出本公司赢得标的的概率。

第三节　定价的基本策略

　　定价策略与定价方法密切相关，定价方法侧重于确定产品的基本价格，而定价策略则侧重于根据市场具体情况，运用价格手段去实现企业定价目标。由于生产经营的产品和所处市场状况等条件的不同，企业在选择定价策略时应有所区别，并要及时修正或调整产品的基础价格，以顺利实现其定价目标。

一、新产品定价策略

　　新产品与其他产品相比，具有竞争程度低、技术领先的优点，但同时也会有不被消费者认同和产品成本高的缺点，因此，在为新产品定价时，既要考虑尽快收回投资、获得利润，又要有利于消费者接受新产品。常见的定价基本策略有以下三种。

（一）撇脂定价策略

　　撇脂定价策略，也称高价策略，是指在产品生命周期的最初阶段，利用一部分消费者的求新心理，定一个高价，像撇取牛奶中的脂肪层那样先取得一部分高额利润，然后再把价格降下来，以适应大众的需求水平的定价策略。企业采用这种定价策略的前提是消费者的收入和消费心理存在差异化。该策略的优点是：高价格、高利润，能迅速补偿研究与开发费用，便于企业筹集资金，并掌握调价主动权。其缺点是：定价较高会限制需求，销路不易扩大；高价会诱发竞争，企业压力较大；新产品的高价高利时期通常较短。

　　撇脂定价策略一般适用于生命周期较短，但高价仍有需求的产品。如家用电器在投入市场之初，大都采用该定价策略。

（二）渗透定价策略

　　渗透定价策略，又称薄利多销策略，是指企业在产品上市初期，利用消费者求廉的消费心理,有意将价格定得很低,使新产品以物美价廉的形象,吸引顾客,占领市场,以谋取远期的稳定利润。采取渗透定价策略不仅有利于迅速打开产品销路,抢先占领市场,提高企业和品牌的声誉;而且由于价低利薄,从而有利于阻止竞争对手的加入,保持企业一定的市场优势。采用渗透定价策略的前提,首先是产品的价格弹性较大;其次,是企业生产经营的规模经济效益十分明显。这样,成本能随着产量和销量的扩大而明显降低,从而通过薄利多销获取利润。但是,由于这种定价策略使价格变动余地小,故难以应付在短期内突发的竞争或需求的较大变化。

(三)温和定价策略

温和定价策略是介于撇脂定价和渗透定价之间的一种定价策略,在产品生命周期的最初阶段,将价格定在高价和低价之间,力求使买卖双方利益均衡。由于撇脂定价策略定价较高,易引起消费者的不满及激烈的市场竞争,有一定风险;而渗透定价策略又定价过低,虽对消费者有利,但企业在新产品上市之初,企业收入甚微,投资回收期长。所以,温和定价策略既兼顾二者的优点,又有效克服二者的缺点;既能使企业获取适当的平均利润,又能兼顾消费者的利益。但是,该定价策略的缺点是:比较保守,不适于需求复杂多变或竞争激烈的市场环境。

二、产品组合定价策略

产品组合,是指一个企业所生产经营的全部产品线和产品项目的组合。对于生产经营多种产品的企业来说,定价须着眼于整个产品组合的利润实现最大化,而不是单个产品。由于各种产品之间存在需求和成本上的联系,有时还存在替代、竞争关系,所以,实际定价的难度相当大。具体策略主要有以下五种。

(一)产品线定价策略

当企业生产的系列产品存在需求和成本的内在关联性时,为了充分发挥这种内在关联性的积极效应,需要采用产品线定价策略,即对同一产品线中不同产品之间的价格步幅做出决策。采用这种定价策略的一般步骤为:首先,确定某种产品价格为最低价格,它在产品线中充当招徕价格,吸引消费者购买产品线中的其他产品。其次,确定产品线中某种产品为最高价格,它在产品线中充当品牌质量象征和收回投资的角色。最后,产品线中的其他产品也分别依据其在产品线中的角色不同而制定不同的价格。如果是由多家企业生产经营时,则共同协商确定互补品价格。选用互补定价策略时,企业应根据市场状况,合理组合互补品价格,以有利于系列产品销售,充分发挥企业多种产品整体组合效应。

(二)互补产品定价策略

互补产品,又称连带产品,是指两种或两种以上功能互相依赖、需要配合使用的商品。一般说来,把价值高而购买频率低的主件价格定得低些,而对与之配合使用的价值低而购买频率高的易耗品价格适当定高些。如将隐形眼镜的价格定得适当低一点,消毒液的价格提高些;剃须刀架的价格定低一些,而刀片的价格适当高一些;饮水机的价格可适当定低些,桶装水的价格可适当定高些。

(三)选购品定价策略

选购品,是指在提供主要产品的同时,还附带提供选购产品或附件与之搭配。选购品的定价应与主要产品的定价相匹配。选购品有时成为招徕消费者的廉价品,有时又成为企业高价的获利项目。例如,美国的汽车制造商往往提供不带任何选购品的车型,以低价吸引消费者,然后在展厅内展示带有很多选购品的汽车,让消费者任意选购。又如,有些饭馆将饭菜的价格定得较低,而酒水的价格定得较高,靠低价饭菜吸引顾客,以高价酒水赚取厚利。

(四)副产品定价策略

在酿酒、榨油、生产石油化工产品的过程中,经常有副产品。如酿酒厂的酒糟、榨油厂的豆饼、石化厂的沥青。这些副产品的处理,需要花费一定的费用。如果副产品价值很低,处理费用昂贵,就会影响到主产品的定价。制造商制定的价格必须能够弥补副产品的处理费用。如果副产品对某一顾客群有价值,就应该按其价值定价。副产品如果能带来收入,将有助于企业整体利益的提升。

(五)产品群定价策略

为了促销,有时企业不是销售单一产品,而是将有连带关系的产品组合在一起,进行捆绑降价销售。例如,图书经销商将整套书籍一起销售,价格就要比单独购买低得多。旅游度假村不单独出租客房,而是将客房、膳食和娱乐一并收费。采用这种策略,价格的优惠程度必须有足够的吸引力,且要注意防止易引起消费者反感的硬性搭配。

三、心理定价策略

每一件产品都能满足消费者某一方面的需求,其价值与消费者的心理感受有着很大的关系。这就为心理定价策略的运用提供了基础,使得企业在定价时可以利用消费者心理因素,有意识地将产品价格定得高些或低些,以满足消费者生理的和心理的、物质的和精神的多方面需求,从而通过消费者对企业产品的偏爱或忠诚,扩大市场销售,获得最大效益。企业只有认真研究和掌握消费者的心理特点,才能制定出消费者乐于接受的价格。常用的心理定价策略有以下几种形式:

(一)尾数定价

尾数定价,又称"奇数定价"或"非整数定价",指企业利用消费者求廉的心理,制定非整数价格,而且常常以奇数作尾数,尽可能在价格上不进位。比如,把一种香皂的价格定为2.97元,而不定为3元;将相册价格定为19.90元,而不定为20元,如此,可以在直观上给消费者一种便宜的感觉,从而激起消费者的购买欲望,促进产品销售量的增加。使用尾数定价,可以使价格在消费者心中产生以下三种特殊的效应:一是,便宜。标价99.97元的商品和100.07元的商品，虽仅相差 0.1 元，但前者给购买者的感觉是还不到"100 元"，后者却使人认为"100 多元"，因此，前者可以给消费者一种价格偏低、商品便宜的感觉，使之易于接受。二是，精确。带有尾数的定价可以使消费者认为商品定价是非常认真、精确的，连几角几分都算得清清楚楚，进而会产生一种信任感。三是，中意。由于民族习惯、社会风俗、文化传统和价值观念的影响，某些数字常常会被赋予一些独特的含义，企业在定价时如能加以巧用，则其产品将因之而得到消费者的偏爱。例如，我国南方某市一个号码为"9050168"的电话号码，拍卖价竟达到十几万元，就是因为其谐音为"90 年代我一定一路发"。而某些为消费者所忌讳的数字，如英国的"13"、日本国的"4"，企业在定价时则应有意识地避开，以免引起消费者的厌恶和反感。当然，企业要想真正地打开销路，占有市场，还是要以优质的产品作为后盾，过分看重数字的心理功能，或流于一种纯粹的数字游戏，只能哗众取宠于一时，从长远来看却于事无补。

(二)整数定价

整数定价，是指企业有意将产品价格定为整数，以显示产品具有一定质量的一种定价策略。整数定价策略适用于需求的价格弹性小、价格高低不会对需求产生较大影响的商品，如流行品、时尚品、奢侈品、礼品、星级宾馆、高级文化娱乐城等，以及消费者不太了解的产品。这是因为，对于价格较贵的高档产品，顾客对质量较为重视，往往把价格高低作为衡量产品质量的标准之一，容易产生"一分价钱一分货"的感觉，从而有利于销售。例如，精品店的服装可以定价为 1 000 元，而不必定为 998 元。整数定价的好处：一是，可以满足购买者炫耀富有、显示地位、崇尚名牌、购买精品的虚荣心；二是，省却了找零钱的麻烦，方便企业和顾客的价格结算；三是，花色品种繁多、价格总体水平较高的商品，可利用产品的高价效应，在消费者心目中树立高档、高价、优质的产品形象。

(三)声望定价

声望定价，是根据产品在消费者心中的声望、信任度和社会地位来确定价格的一种定价策略。声望定价可以满足某些消费者的特殊欲望，如地位、身份、财富、名望和自我形象等，还可以通过高价格显示名贵优质，因此，这一策略适用于一些传统的名优产品、具有历史地位的民族特色产品，以及知名度高、有较大的市场影响、深受市场欢迎的驰名商标。比如，台湾宝丽来太阳镜价格高达 240~980 元，我国的景泰蓝瓷器在国际市场价格为 2 000 多法郎，都是成功地运用声望定价策略的典范。为了使声望价格得以维持，需要适当控制市场拥有量。例如，英国名车劳斯莱斯的价格在所有汽车中雄踞榜首，除了其优越的性能、精细的做工外，严格控制产量也是一个很重要的因素。在过去的 50 年中，该公司只生产了 15 000 辆轿车，美国艾森豪威尔总统因未能拥有一辆金黄色的劳斯莱斯汽车而引为终生憾事。但是，声望定价必须非常谨慎。这种策略只适用于著名企业和名牌产品价格的制定，一般企业或一般品牌则不能采用，否则，会给人一种质次价高的感觉。例如，70 年代末，我国某企业将出口到欧美的假发提价两至三倍，销路迅速下降，大部分市场被日本、韩国的企业抢去。

（四）习惯定价

经常购买的日用品,在市场上长期地形成了一种为人们习惯而熟识且愿意接受的价格,即"习惯价格",如大米、调味品等。企业对这类产品定价时要充分考虑消费者的习惯倾向,如果定价偏离了习惯价格则会引起疑虑,高于习惯价格往往被认为是不合理涨价,低于习惯价格又会被怀疑产品的质量和真实性。所以,对此类商品,企业定价时需注意按惯例定价,否则,会影响产品的销售。如果必须变动价格时,应采用一些措施,如改换包装或品牌,以减轻习惯价格心理对新价格的影响,尽可能不要采用直接调高价格的办法,以减少抵触心理,并引导消费者逐步适应新的习惯价格。

（五）招徕定价

招徕定价,是指将某几种商品的价格定得非常高,或者非常低,在引起消费者的好奇心理和观望行为之后,带动其他商品的销售。招徕定价策略常为综合性百货商店、超级市场、甚至高档商品的专卖店所采用。招徕定价运用得较多的是将少数产品价格定得较低,吸引顾客在购买"便宜货"的同时,购买其他价格比较正常的商品。美国有家"99美分商店",不仅一般商品以99美分标价,甚至每天还以99美分出售10台彩电,极大地刺激了消费者的购买欲望,商店每天门庭若市。一个月下来,每天按每台99美分出售10台彩电的损失不仅完全补回,企业还有不少的利润。在实践中,也有故意定高价以吸引顾客的。珠海九洲城里有种3 000港元一只的打火机,引起人们的兴趣,许多人都想看看这"高贵"的打火机是什么样子。其实,这种高价打火机样子极其平常,虽无人问津,但却引动它旁边3元一只的打火机销路大畅。值得企业注意的是,用于招徕的降价品,应该与低劣、过时商品明显地区别开来。招徕定价的降价品,必须是品种新、质量优的适销产品,而不能是处理品。否则,不仅达不到招徕顾客的目的,反而可能使企业声誉受到影响。

四、地理定价策略

地理定价策略是一种根据商品销售地理位置不同而规定差别价格的策略。其主要价格形式有以下几种。

（一）产地交货价格

产地交货价格,是卖方按出厂价格交货或将货物送到买方指定的某种运输工具上交货的价格。在国际贸易术语中,这种价格称为离岸价格(FOB)或船上交货价格。交货后的产品所有权归买方所有,运输过程中的一切费用和保险费均由买方承担。产地交货价格对卖方来说较为便利,其费用最省、风险最小,但对扩大销售有一定影响。但是这样定价对卖方也有不利之处,即远地的消费者有可能不愿购买这个企业的产品,而购买其附近企业的产品。

（二）目的地交货价格

在国际贸易术语中,这种价格称为到岸价格(CIF)或成本加运费和保险费价格。还可分为目的地船上交货价格、目的地码头交货价格以及买方指定地点交货价格。使用这种策略,是卖主出于竞争需要或为了使消费者更满意而由自己负担货物到达目的地之前的运输、保险和搬运等费用,虽然手续较繁琐,卖方承担的费用和风险较大,但有利于扩大产品销售。

(三)统一交货价格

统一交货价格,也称送货制价格,即卖方将产品送到买方所在地,不分路途远近,统一制定同样的价格。这种价格类似于到岸价格,其运费按平均运输成本核算,这样,可减轻较远地区顾客的价格负担,使买方认为运送产品是一项免费的附加服务,从而乐意购买,有利于扩大市场占有率。同时,能使企业维持一个全国性的广告价格,易于管理。该策略适用于体积小、重量轻、运费低或运费占成本比例较小的产品。这种策略的优点:一是,扩大了卖主的竞争区域。二是,统一价格的使用,易于赢得消费者的好感。三是,大大简化了计价工作。

(四)分区运送价格

分区运送价格,也称区域价格,指卖方根据顾客所在地区距离的远近,将产品覆盖的整个市场分成若干个区域,在每个区域内实行统一定价。这种价格介于产地交货价格和统一交货价格之间。实行这种办法,处于同一价格区域内的顾客,就能得到来自卖方的价格优惠;而处于两个价格区域交界地的顾客之间就得承受不同的价格负担。它适用于交货费用在价格中所占比重大的产品。

(五)运费补贴价格

运费补贴价格,是指为弥补产地交货价格策略的不足,减轻买方的运杂费、保险费等负担,而由卖方补贴其部分或全部运费。该策略有利于减轻边远地区顾客的运费负担,使企业保持市场占有率并不断开拓新市场。它一般适用于规格较大的商品,如钢铁制品。

五、折扣定价策略

折扣定价策略是指对基本价格做出一定的让步,直接或间接降低价格,以争取顾客,扩大销量的一种定价策略。企业根据产品的销售对象、成交数量、交货时间、付款条件等因素的不同,可将折扣的形式分为直接折扣和间接折扣。直接折扣包括:现金折扣、数量折扣、功能折扣、季节折扣;间接折扣主要包括:回扣和津贴。

(一)现金折扣

现金折扣,是对在规定的时间内提前付款或用现金付款者给予的一种价格折扣,其目的是鼓励顾客尽早付款、加速资金周转、降低销售费用、减少财务风险。采用现金折扣,一般要考虑以下三个因素:一是,折扣比例。二是,给予折扣的时间限制。三是,付清全部货款的期限。在西方国家,典型的付款期限折扣表示为"3/20, Net 60"。其含义是在成交后20天内付款,买者可以得到3%的折扣,超过20天,在60天内付款不予折扣,超过60天付款要加付利息。由于现金折扣的前提是商品的销售方式为赊销或分期付款,因此,有些企业采用附加风险费用、管理费用的方式,以避免可能发生的经营风险;同时,为了扩大销售,分期付款条件下买者支付的货款总额不宜高于现款交易价太多,否则,就起不到"折扣"促销的效果。由于提供现金折扣等于降低价格,因此,企业在运用现金折扣时要考虑商品是否有足够的需求弹性,能否保证通过需求量的增加使企业获得足够的利润。此外,由于我国的许多企业和消费者对现金折扣还不熟悉,运用这种折扣的企业必须结合宣传手段,使买者更清楚自己将得到的好处。

(二)数量折扣

数量折扣,是指按购买数量的多少,分别给予不同的折扣,其购买数量愈多,折扣愈大。其目的是鼓励大量购买或集中向本企业购买。数量折扣包括以下两种形式:一是,累计数量折扣,即按顾客在一定时期内购买商品所达到的一定数量或金额给予不同的折扣。此种方法可以鼓励顾客经常购买本产品。二是,一次性数量折扣,即按规定一次购买某种产品达到一定数量或购买多种商品达到一定金额时,给予一次性折扣,其目的在于鼓励消费者大量购买,节约营销费用。数量折扣的促销作用非常明显,企业因单位产品利润减少而产生的损失完全可以从销量的增加中得到补偿。此外,销售速度的加快,使企业资金周转次数增加,流通费用下降,产品成本降低,从而导致企业总盈利水平上升。运用数量折扣策略的难点是如何确定合适的折扣标准和折扣比例。假如享受折扣的数量标准定得太高,比例太低,则只有很少的顾客才能获得优待,绝大多数顾客将感到失望;购买数量标准过低,比例不合理,又起不到鼓励顾客购买和促进企业销售的作用。因此,企业应结合产品特点、销售目标、成本水平、企业资金利润率、需求规模、购买频率、竞争者手段以及传统的商业惯例等因素来制定科学的折扣标准和比例。

(三)功能折扣

功能折扣,又称贸易折扣,是指制造商根据中间商的不同类型和分销渠道所提供的不同服务,给予不同的额外折扣,以促使它们执行某种市场营销功能(如推销、储存、服务)。功能折扣的结果是形成购销差价和批零差价,例如,基本价为100元,给零售商折扣40%,即卖给零售商的价格是60元,再给批发商折扣10%,即为54元。鼓励中间商大批量订货,扩大销售,争取顾客,并与生产企业建立长期、稳定、良好的合作关系是实行功能折扣的一个主要目标;功能折扣的另一个目的是对中间商经营的有关产品的成本和费用进行补偿,并让中间商有一定的盈利。

(四)季节折扣

季节折扣,是企业给那些购买过季商品或服务的顾客的一种降价,使企业的生产和销售在一年四季保持相对稳定。例如,羽绒服制造商在春夏季给零售商以季节折扣,以鼓励零售商提前订货;旅馆、航空公司等在营业下降时给旅客以季节折扣。对季节折扣比例的确定,应考虑成本、储存费用、基价和资金利息等因素。季节折扣有利于减轻库存,加速商品流通,迅速收回资金,促进企业均衡生产,充分发挥生产和销售潜力,避免因季节需求变化所带来的市场风险。

(五)回扣和津贴

回扣是间接折扣的一种形式,它是指购买者在按价格目录将货款全部付给销售者以后,销售者再按一定比例将货款的一部分返还给购买者。津贴是企业为特殊目的,对特殊顾客以特定形式所给予的价格补贴或其他补贴。比如,当中间商为企业产品提供了包括刊登地方性广告、设置样品陈列窗等在内的各种促销活动时,生产企业给予中间商一定数额的资助或补贴。又如,对于进入成熟期的消费者,开展以旧换新业务,将旧货折算成一定的价格,在新产品的价格中扣除,顾客只支付余额,以刺激消费需求,促进产品的更新换代,扩大新一代产品的销售,这也是津贴的一种形式。

第四节　价格调整策略

一、调价策略的选择

调价策略,即运用价格获利的技术,针对具体的交易进行价格决策的技巧。盲目调价与一成不变的价格一样,是违背市场经济中价值规律的。由于市场竞争的加剧,调价策略的科学运用作为一种强有力的竞争手段实在不容忽视。

(一)降价策略的选择

企业抵御销售竞争,调整库存结构,回收占用资金时往往采取降价策略,以扩大需求,增加销售,实现企业利润的最大化。企业采取降价策略必须具备适当条件和掌握一定技巧。

1.企业降价的条件

(1)生产成本下降后,为了扩大产品市场占有率,企业可以采取降价策略。

(2)市场上同类商品供过于求,经过努力仍然滞销时,企业可以考虑降价销售。

(3)当竞争激烈时,如果竞争对手采取降价措施,企业也应进行相应的调整,以保持较高的竞争能力。

(4)产品市场占有率出现下降趋势后,降价竞销是企业对抗竞争的一个有效办法。

(5)需求弹性较大的商品,提价后会失去大量顾客,总利润也将大幅度减少。相反,降价则会吸引大批顾客,实现规模生产和销售。

(6)商品陈旧落后时,企业应该降价销售,以收回占用资金;残损变质的商品更需要采取降价措施,以最大限度地减少现有损失。

2.企业降价技巧

(1)掌握适时原则。所谓适时,就是要把握最佳的降价时机,及时、主动地降价,才能取得较好的效果。如果等到商品已经严重滞销时才被迫降价,将会使企业受到损害。一般说来,企业正常经营的商品,如果其销售量的增长趋于缓慢或呈现停滞状况,而企业尚有充足的货源供应,就可以考虑采取降价措施,以扩大销售量。在同一区域内,如果经营同类商品的企业降低商品价格时,本企业也应考虑采取降价措施,以吸引顾客,增加企业的竞争能力,扩大销售量。

(2)掌握适度原则。所谓适度,就是要保持正常的降价幅度。因为,降价仅是导致单位商品"薄利",而"多销"也并非目的,目的是扩大整体的经营成果,也就是增加企业的利润总额。同时,降价在增加商品销售量的同时,还会增加商品流通费用。因此,降价的适当幅度,就是使商品降低价格后由于增加商品销售量而增加的毛利额,能最大限度地超过所增加的商品流通费用,才能增加企业利润则总额。如果降价幅度过大,就会因入不敷出而得不偿失;如果降价幅度过小,就不能刺激需求,却增大了企业的风险。商品价格的上限是物价政策所规定的最高限价,下限则是商品的进价加直接费用。商品降价前,企业必须进行市场调查,尽可能客观地估计在商品降至某一价格水平时,大致可以达到的销售量,这是商品降价成败的关键。然后,测算由于增加销售量而增加的毛利额减去增加的商品流通费后之净利润,即通过"增益分析"来确定降价幅度。

例如,某种商品的正常单位销售价为 1 100 元,进价为 1 000 元,月销售量为 400 台,有以下几种降价方案:

销售价降价方案/元	1 090	1 080	1 070	1 060
预计销售量/台	460	520	580	640
增加的商品流通费/元	100	200	300	400

根据上述数据,测算各降价方案对企业利润额的增加量:

1.售价为 1 090 元的方案:

$(1\ 090 - 1\ 000) \times 460 - (1\ 100 - 1\ 000) \times 400 - 100 = 1\ 300$(元)

2.售价为 1 080 元的方案:

$(1\ 080 - 1\ 000) \times 520 - (1\ 100 - 1\ 000) \times 400 - 200 = 1\ 400$(元)

3.售价为 1 070 元的方案:

$(1\ 070 - 1\ 000) \times 580 - (1\ 100 - 1\ 000) \times 400 - 300 = 300$(元)

4.售价为 1 060 元的方案:

$(1\ 060 - 1\ 000) \times 640 - (1\ 100 - 1\ 000) \times 400 - 400 = -2\ 000$(元)

通过上述测算,售价为 1 080 元的方案为最佳降价方案,因其可使企业利润增加 1 400 元。而售价为 1 060 元的方案,由于降价幅度过大,反而使企业利润减少 2 000 元,故不宜采取。

掌握上述降价的适时和适度原则外,降价还要掌握适频和适地原则。所谓适频,即控制降价的次数。企业降价既不能一次定终身,无视市场变化坐失良机,又不能频繁调整,使顾客产生观望待购心理而延误销售时机。适当加大每次降价的幅度,有利于产品的价格和销售在一定时期内相对稳定。所谓适地,即注意地域的差别。不同地域由于自然环境、人口环境、经济环境和社会文化环境的不同,人们的消费行为也各不相同。企业要善于根据地域差别来调整降价的部署。

(二)提价策略的选择

1.企业提价的条件

(1)大多数企业因成本费用增加而产生提价意向时,企业可以适当提高产品价格。

(2)当市场上商品供不应求时,企业在不影响消费需求的前提下可以采取提价措施。

(3)需求弹性较小的商品,由于代用品较少,企业适当提价不但不会引起销售的剧烈变化,还可以促进商品利润的提高和总利润的扩大。

(4)当企业改进生产技术,增加产品功能,加强售后服务时,可以在广告宣传的辅助下,以与增加费用相适应的幅度提高产品价格。

(5)市场上品牌信誉卓著的产品,如果原定价格水平较低,可考虑适度调高价格。

2.企业提价策略的选择

企业提价技巧体现在提价策略的分阶段实施上。围绕提价日期,一般可以把调整过程分为三个阶段:准备阶段、变动阶段和稳定阶段。

(1)准备阶段。

一是,确定提价幅度。产品从出厂到消费,大致要经过总经销、分经销和零售三个流通环节,并由此形成其固有的价格体系。在经济规律作用下,价格体系中的各个价位都将随着市场的波动而变化。企业提价时不仅要考虑如何调整出厂价格,还要考虑如何调控产品整个批零价格体系。企业只有广泛收集市场信息、剖析产品价格形成的主要原因,才能摸清消费者的购买心理,确定合理的调价幅度。

二是,寻找提价时机。时机的选择对新价位能否顺利形成有着重要影响。淡季是企业提价的黄金季节,因为,淡季市场销售比旺季时小得多,这时提价即使销量发生锐减,对分销商和消费者的影响也不大,而厂方也可以有充足的时间和精力加强营销推广,启动市场。在旺季不适宜提价,因为提价后,由于本能反感,大批消费者将转向其他品牌,分销商也会因此放弃产品的经营,这就给竞争对手抢占市场提供了可乘之机;如果提价失败再恢复原价,后果将更加严重,单是品牌信誉的损失就足以使企业元气大伤。

三是,控制商品投放。提价后,如果市场上还存在着大量原价旧货,必然会有人乘机取利以稍高于原价的价格抛售旧货,造成新产品市场价格疲软无力,形不成新的批零价格体系,同时,新价格不到位,分销商无利可图,便会放弃经营,使产品流通严重受阻;若企业控制商品投放后,就可以借助供求关系来稳定产品在市场上的价格,加速产品从生产领域到消费领域的流动,减少流通领域的商品沉淀,避免出现价格不一的混乱局面。

四是,加强广告宣传。为了给商品提价创造合适的外部环境,企业应该提前加强广告宣传以激发需求,进而通过供求的影响去协助企业顺利完成提价。

(2)变动阶段。价格变动阶段应紧密围绕稳定价格恢复市场来进行,具体包括准备控制商品投放、加大广告力度、防御市场竞争等内容。其中以准确控制商品投放为中心内容。企业要有效控制货源,准确把握市场商品供求平衡,稳定经销商的经营。

(3)稳定阶段。经过前段的宣传调整,产品新的价格体系初步确立后,在价格的稳定阶段,企业的中心任务应转变为恢复市场、开拓销售。具体包括适度控制商品投放、维持广告宣传、加强售后服务等几个方面。

二、企业调价的误区

企业调价要有"调"不紊,实施价格策略还应特别注意避开以下误区:

(1)决策过程缺乏准确、真实的成本及创利能力信息。

(2)在施行价格策略之前,缺乏对销售人员的调整、培训。企业不仅应该确立明确的指导思想和决策规范,让供销人员遵照执行,而且应该辅以充分的信息来源以做出适当决策。决策时必须参考的信息,包括创利能力和总量目标、价格透明度、价格敏感度、订单决定的成本以及预期竞争力等。决策方法的选择以及决策参考信息的准确性同样重要,并且相辅相成。

(3)定价在大多数企业眼里被蒙上了一层神秘的面纱,调价策略得不到应有的重视,结果使很多企业在交易中白白损失了大量钱财,错过了进一步稳定客户和获得丰厚利润的时机,有时还会不自觉地将成本构成和价格决策透露给竞争对手。

总之,明智的调价策略给生产厂家和经销企业提供了一种重要的未开发的、能持久地带来丰厚利润的手段,谁能成功地选择和运用调价策略,谁将在市场竞争中立于不败之地。

本章小结

在营销组合策略中,价格具有任何其他营销组合因素所无法替代的作用。企业定价一般有成本导向型、需求导向型和竞争导向型等几种方式。在成本导向定价中,可按成本加成定价,也可按目标利润率定价和边际成本定价;在需求导向定价中,可按理解价值定价和需求差异定价;竞争导向定价则是以竞争各方之间的实力对比和竞争者的价格为主要定价依据。

企业定价面对的是复杂多变的环境。鉴于此,企业必须要在采用某种方法确定的基础上,根据目标市场状况和定价环境的变化,采用适当的策略。保持价格与环境得到适应性。差别定价、组合定价、折扣定价和某些新产品价格就是一些适应性定价策略。除此之外,在必要的时候还要对价格进行适当的调节。

思考题

1.影响企业定价的主要因素有哪些?

2.定价的主要方法有哪些?

3.举例说明定价的基本策略。

【综合案例分析】

广东绿碧爽日化用品有限公司将产品定位为大众化产品,目的是拓宽市场适应面,尽可能满足大多数人的需求。企业产品的定价与其市场定位一致,绿碧爽公司选择的目标市场是农村城镇市场,农村城镇市场的消费者的平均收入虽然有了很大的提高,但随着医疗、教育等支出的快速增长,以及农村城镇市场消费者更倾向于储蓄支出,于是其人均可支配收入仍然处于较低水平。另外,该市场对产品档次的要求较低,关键是产品质量有保证,因此,绿碧爽公司对企业产品的价格制定为低价位。一般是综合市场上同行业产品价格,再考虑企业让利的承受能力,制定出的产品价格大多数比同行业同等质量产品的价格低5%～10%。

农村市场与城市市场有个很大的区别,就是农村消费者不会也不可能会经常去商场、超市购物。农村消费者离乡镇市场所在地一般都有一段较远的距离,他们不可能像城市消费者那样方便地可以每时每刻都去商场超市购物。农村市场的消费者多数是集中在一个固定日期(如每月逢五为集市日)到集市去"赶集"。针对这个特点,绿碧爽公司通过广泛调查,收集到各个目标市场的赶集日期,然后充分利用赶集日的人气,采用多种促销方式吸引消费者。为了配合促销活动的开展,公司在产品的价格制定上也做了很大调整与变化。首先,绿碧爽公司在目标市场上实行会员销售制度。对于购买两瓶以上洗发水或购买系列产品的顾客,不仅可以享受到一定的价格折扣,还可免费获得一张绿碧爽公司的会员卡。同时,销售人员明确叮嘱拥有会员卡的顾客,下次购物时一定要带来,这样可以更优惠。其次,公司对其所有产品的定价都留有尾数,原本定价为12元的洗发水,通常都要求标价为11.97元。其三,对一次购买数量达到20元以上的顾客,都免费赠送公司的幻彩牌洗衣粉或星爽牌香皂。其四,一次购买两瓶或以上绿碧爽洗发水的顾客,再加1元,就可获得价值6元的绿碧爽公司幻彩牌洗衣粉或星爽牌香皂。其五,每次集市日都推出一款特价产品,或是洗发水,或是洗衣粉,或是香皂,价格低至平时的一半。对于特价产品,实行限量销售,每人每天只能购买一次,且只能是一包或一瓶。

讨论题:

1.绿碧爽公司对企业产品价格的制定,一般是以综合市场上同行业产品价格为基础,然后再考虑企业让利的承受能力,从而制定出本企业的产品价格,该方法属于那种定价法?

2.绿碧爽公司对购买两瓶以上洗发水或购买系列产品的顾客,给予一定的价格折扣优惠。这种价格折扣优惠是什么?

    A.销售折让   B.现金折让   C.现金折扣   D.数量折扣

3.绿碧爽公司对其所有产品的定价都留有尾数,原本定价为12元的洗发水,通常都要求标价为11.97元。试问这是怎样的定价策略,该策略是依据消费者怎样的心理?

4.绿碧爽公司在农村城镇市场的每次集市日上都推出一款特价产品,或是洗发水,或是洗衣粉,或是香皂,价格低至平时的一半。对于特价产品,实行限量销售,每人每天只能购买一次且只能是一包或一瓶。试分析公司采取的是怎样的定价策略,该种策略有什么特点?

5.结合案例,试分析绿碧爽公司可以采取哪些更有效的定价方法和策略,该公司面对竞争对手的降价促销应该采取怎样的应对措施?

聚焦分析:

本案例表明,企业产品的定价应与其市场定位相一致,绿碧爽公司选择的目标市场是农村城镇市场,农村市场与城市市场的特点有较大的区别。该公司针对每个市场的特点,在产品的价格制定上也做了很大调整与变化,又成功运用各种促销手段,最终为公司的产品销售打开了良好局面。

【阅读资料1】

家乐福是欧洲第一、全球第二的大型国际连锁零售企业,共有9 000多家店铺,其2001年的集团营业额为700亿美元。在中国,家乐福已经成为中国市场上外资零售企业中的"第一",2001年家乐福以27家大卖场创出80多亿元的销售规模,仅次于联华超市。2002年上半年家乐福总利润比去年上升25%,显示出这个企业的勃勃生机。家乐福的成功与它的快速扩张是分不开的,因为零售业是微利行业,只有达到相当的规模企业才能实现盈利。

目前家乐福所采用的定价方法主要是成本导向定价法和竞争导向定价法。

(1)成本导向定价法。家乐福的商品销售价格,是在一定的成本价上加上一个固定的毛利率来计算的。其商品的一般毛利率规定为:食品、饮料、日用品类为3%～5%,鲜活类为17%,服装类为30%,玩具类为20%,家具类为20%～30%,家电类为7%,文化用品为20%。以几种家具商品为例,其定价方法见下表。

几种家具商品定价方法

家具商品	长方桌	沙发床	大折椅	沙滩椅
进价/元	73.8	459	55.4	76
售价/元	94.9	595	72	96

这种方法,首先保证了商场的盈利,同时在竞争日趋激烈的市场上,也缓和了与对手的相互对抗。但如果只是使用这种方法,就不能很好地适应市场需要的变化,而且很容易被对手在价格上占领领先优势,所以家乐福同时也采用了竞争导向定价法。

(2)竞争导向定价法。家乐福的竞争导向定价法在其前期相对来说用得比较多。开业初期,它采用低价策略成功的打开了市场后,接着便针对主要对手来制定价格。每周三它都要派出大量人员到两个主要竞争对手燕莎望京、普尔斯马特区采价(尤其是地处同一区域内的燕莎望京),然后迅速汇总,星期四晚上调整价格,迎接双休日的销售高峰。

在竞争导向定价法中,它主要运用了随行就市法,它以燕莎望京的价格作为基础,只是稍微进行下调,从而既保证了价格的优势,又不会导致利润太低。其定价方法见下表。

家乐福以燕莎望京的价格为基础的定价方法

商品	统一100方便面	佳洁士牙膏	金鸡鞋油	洛娃洗衣粉	折床	电话架	西门子电话
家乐福	1.75	9.25	1.25	2.25	262	196	175
燕莎望京	1.80	9.45	1.35	2.30	262.5	198	180

然而，随着万客隆的开业，家乐福在价格上就无法与其进行全面竞争。所以，家乐福趋向于以成本导向定价为主，而把竞争导向定价主要放在了食品、饮料、干果类商品上，这样一方面保证了价格优势，另一方面也突出了商场的经营特色，迎合了当前的商场发展趋势。

【阅读资料2】

目前，汽车、航空、电信、医药、医疗服务、食品、大众传媒等很多从来没有价格之争的行业也都开始卷入价格战的搏击中。如今的中国市场已经进入了"泛价格战"时代。家电行业尤其是彩电业堪称"价格战"的典范。

在微波炉市场上，格兰仕素有"价格杀手"、"价格屠夫"的称号。通过多次降价，格兰仕不断抢占竞争对手的市场。格兰仕的绝对低价不仅令消费者趋之若鹜，同时又对竞争对手产生强大的威慑力，最终成就了它在世界微波炉市场上的霸主地位。1996年8月，格兰仕为了扩大自己的市场占有率，率先在全国宣布大幅度降价，幅度达45%。当时一些国外品牌的在华经销商及国内竞争对手没有意识到这是格兰仕人抢先一步争夺市场份额的狠招，反而错误并自负地认为格兰仕降价销售是在清理积压品。等到他们醒悟过来时，格兰仕已远远地冲在前面与他们拉开了距离，使那些国内外品牌再也无力追赶。通过降价，该月格兰仕创造了超过50%的市场占有率，全年的占有率也达到了35%。通过降价销售，格兰仕获得了长足的发展。2000年，格兰仕共生产微波炉1 200万台，占中国市场份额近70%，占全球市场份额近35%，稳居全球第一。如此庞大的产销规模，为格兰仕进一步实施总成本领先战略奠定了基础。

综合分析格兰仕这些年来的价格策略，我们可以看到以下显著特点：

一是，价格下调幅度大。格兰仕的降价策略是，要么不降价，要降就大幅度地降。所以，格兰仕每次下调价格，调价幅度都在20%以上，甚至达到40%。如此高的降价幅度，能够在消费者心目中产生极大的震撼效果，并对竞争对手形成巨大的震慑作用，这也是格兰仕降价策略较为成功的重要因素之一。

二是，降价策略多样。格兰仕的降价策略，每次都有所不同，有时是全面降价，有时是只调低一个规格，有时是调低一个系列。

三是，降价策略与其他促销形式密切配合。格兰仕的价格调整，变化多、力度大，同时配合强大的媒体炒作、促销攻势等方式，使其降价活动可以实现最大的效果，使格兰仕的降价事件几乎尽人皆知。从这一点来看，格兰仕在市场推广方面可谓优秀之极。

四是，以阶梯式降价打击竞争对手。这是格兰仕降价策略最显著的一个特点。格兰仕的降价策略受到充分的计划指导，基本是企业规模每上一个台阶，就大幅下调一次价格。其消灭散兵游勇，扩大自己市场占有率的目标十分明确。比如，一旦自己的规模达到125万台，就把出厂价定在规模为80万台的企业的成本价以下。此时，格兰仕虽然利润很少，但还有利润，而规模低于80万台的企业，多生产一台就多亏一台。在这种情况下，除非对手能形成显著的品质技术差异，才能与格兰仕一搏，以重新夺回被强占的市场份额并生存下去，否则只能破产。而当企业规模达到300万台时，格兰仕又把出厂价调到规模为200万台的企业成本线以下，结果使规模低于200万台且技术无明显差异的企业立即陷入亏本的泥淖。格兰仕通过这样的方式，不给竞争对手任何追赶其规模的机会，从而在家电业中创造了市场占有率达到61.43%的神话。

第十一章

Chapter 11

分销策略

【学习要点】
①分销渠道的职能与类型；
②分销渠道策略的设计与选择；
③批发商与零售商；
④物流管理策略；
⑤分销渠道策略管理。

【引导案例】

　　曾几何时,打火机被大家定义为低档消耗品,一般都在百货商店或是在附带卖香烟的杂货店里出售。可是,日本丸万公司在20年前推出瓦斯打火机时,把它交由钟表店销售。如今,日本的钟表店到处都是卖打火机的,这在以前是根本没有的现象。钟表店一向被认为是卖高档品的场所,在这里卖打火机,人们一定会视它为高级品。而在暗淡的杂货店、香烟店里,上面蒙着一层灰尘的打火机和摆在钟表店中的闪闪发光的打火机,这两者给人的印象当然是天壤之别了。由于采取的是反传统的销售渠道,使丸万公司的打火机出尽风头,令人们产生了丸万公司的打火机非常高级的印象,从而使他们的打火机风靡世界。

　　以上案例说明,仅有好产品是远远不够的,企业还必须建立、开发和设计一个有效的分销渠道。分销渠道,是产品从制造商向消费者流转的通道。企业以不同的分销渠道销售同一种产品,其成本和利润往往相差甚远。因此,在竞争日趋激烈的市场上,如何选择正确的分销渠道,已成为企业面临的最复杂和最富挑战性的问题。

第一节 分销渠道的概念及类型

在市场经济高速发展的今天,企业仅有适销对路的产品尚不能打开市场,还必须通过适当的分销渠道,使产品在适当的时间、地点,以适当的价格供应给适当的顾客,满足市场的需求。因此,分销渠道策略是市场营销组合中的一个重要策略。

一、分销渠道的概念及特点

(一)分销渠道的概念

分销渠道也称"营销渠道"、"流通渠道"或"营销通路",关于该词的定义有很多不同的表述。美国市场营销学会(AMA)为分销渠道所下的定义是:"企业内部和外部代理商和经销商(批发和零售)的组织机构,通过这些组织,商品(产品或劳务)才得以上市销售。"著名营销学家菲利普·科特勒则将分销渠道定义为:"某种货物或劳务从生产者向消费者移动时,取得这种货物或劳务的所有权的企业和个人。"也有一些学者认为,分销渠道是"促使产品(服务)顺利地经由市场交换过程,转移给消费者(用户)消费使用的一整套相互依存的组织。"

本书认为,分销渠道是指某种货物和劳务从生产者向消费者移动时取得这种货物和劳务的所有权或帮助转移其所有权的所有企业和个人。因此,分销渠道主要包括商业中间商、代理中间商以及处于渠道起点和终点的生产者与消费者。

(二)分销渠道的特点

在商品经济条件下,产品必须通过交换,发生价值形式的运动,才能实现其社会价值。产品从生产者转移到消费者手中,就形成了商流;同时,伴随着商流,还有产品实体的空间移动,称之为物流。商流与物流相结合,使产品顺利地从生产者到达消费者手中的过程,便是分销渠道或营销渠道形成的过程。基于以上过程,我们可以发现,分销渠道具有以下特点:

(1)每一条分销渠道的起点始终是生产者;终点始终是消费者或者用户。在商品从生产者流向最后消费者或用户的流通过程中,最少要转移商品所有权一次。

(2)分销渠道的实体是购销环节,产品在渠道中通过购销环节转移其所有权,由生产者流向消费者。最短的分销渠道是生产者将产品直接销售或租赁给消费者(用户),一次性地转移产品的所有权或使用权。但实际情况往往是,生产者通过一系列中间商转卖或代理产品的销售,经过多次转移才能将产品的所有权转移到消费者手中。因此,分销渠道的实体是购销环节,生产者选用不同的分销方式,将形成不同的分销渠道类型。

(3)分销渠道是一群相互依存的组织和个人的集合。分销渠道中的组织或个人为解决产品销售问题会发挥各自的营销功能,为共同利益而合作,从而结成共生伙伴关系。这些组织或个人,不仅包括产品(或劳务)的生产者、中间商(批发商、代理商、零售商)和消费者;还有承担分销工作的运输公司、独立仓库、市场调研公司、银行和广告公司等,而尤以各类中间商最为活跃。在合作的过程中,渠道成员之间会因种种利益关系产生矛盾,此时需要相互协调和管理,甚至做出利益上的割让才能达成合作。因此,分销渠道的各成员是相辅相成的合作关系。

(4)分销渠道是一个多功能的合作系统。一方面,分销渠道不但要能在适当的地点,以适当的质量、数量和价格去供应产品和服务用以满足消费者需求;另一方面,还要通过渠道成员的营销手段来刺激消费者的需求。因此,分销渠道是通过产生所有权效用、形式效用、时间效用和地点效用,为最终消费者创造价值的多功能协调运作的网络系统。

二、分销渠道的职能

分销渠道是将产品(或服务)从生产者向消费者移动时取得这种货物和劳务的所有权或帮助转移其所有权的所有企业和个人,其目的在于消除产品(或服务)与使用者之间的差距。分销渠道的主要职能有如下几种:一是研究,即取得制订计划和进行交换时所必需的各种信息。二是促销,即对所售产品进行说服性的沟通。三是接洽,即寻找可能的购买者并与其进行沟通。四是配合,即按照购买者的需要供应货物,包括制造、评分、装配、包装等活动。五是谈判,即为敲定最终价格及有关条件而进行斡旋。六是实体分销,即将商品进行运输和储存。七是融资,即对渠道工作的成本费用进行必要的资金取得与支用。八是风险承担,即承担与之相关的各种风险。

三、分销渠道的类型

在一般情况下,商品的分销渠道越短,其流通费用及时间越少;反之,其流通费用及时间就越长。生产企业总是希望把自己的产品直接销售给消费者,消费者也同样希望直接从生产者那里买到自己所需的商品,因为分销渠道的长短直接决定着同类商品的比较效益。但在现代经济社会中,绝大多数商品需要经过至少一级中间商转手才能送至消费者手中,因此,企业必须根据所销售商品特点和类型的不同,去选择不同的分销方式。依据研究问题角度的差别,可以对分销渠道做出以下分类。

(一)层级结构渠道

同一种产品的分销渠道,根据在生产者和消费者之间是否使用中间商或使用的中间商的类型和环节的多少,可将分销渠道分为零级渠道、一级渠道、二级渠道、三级渠道。基本的分销渠道结构类型如图11.1所示。

1.零级渠道

零级渠道是产品从生产商流向最终消费者的过程中不经过任何中间商转手的直接营销渠道。直接营销渠道多用于分销产业用品,因为许多产业用品要按照用户的特殊需要制造,有高度的技术性,制造商要派遣专家去指导用户安装、操作、维护设备;而且,产业用品的用户数目少,某些行业的工厂往往集中在某一地区,这些产业用品的单价高、用户购买批量大。当然,一

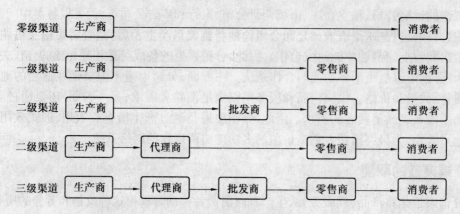

图 11.1　分销渠道的层次结构类型

些消费品也可通过直接营销渠道销售。直接营销的主要方式有上门推销、邮购、电子通信营销、电视直销和制造商自设商店等。如雅芳公司的推销代表基本上都是上门向女性推销化妆品。

2.一级渠道

一级渠道是一个渠道系统中只包括一级销售中间机构。在消费品市场,这个中间机构通常是零售商;而在工业品市场,它通常是销售代理商或佣金商。

3.二级渠道

二级渠道是一个渠道系统中包括两级中间机构。在消费品市场上,通常是批发商和零售商;在工业品市场上,它们可能是代理商或工业品批发商。

4.三级渠道

三级渠道是一个渠道系统中包括三级中间机构。即在代理商和零售商之间通常还有中间商或专业批发商以服务于一些小型零售商。例如,肉类食品及包装类产品的生产商通常采用这种渠道分销其产品。在这类行业中,通常有一个专业批发商处于代理商与零售商之间,该专业批发商从代理商进货,再转卖给无法从代理商进货的零售商。从生产者的观点看,渠道级数越高,渠道控制和管理也越复杂、困难。因此,生产商一般总是只和最近的一级打交道。

(二)直接与间接渠道

1.直接营销渠道

直接营销渠道是生产商将产品直接销售给消费者的分销渠道类型。在产业用户市场上,生产商通常采用直接营销渠道,如生产零配件的企业直接将产品出售给总装厂;生产矿石的企业直接将产品售予冶炼厂等。近年来,在消费者市场上,直接销售也有发展,如部分由生产企业直接组织的挨门挨户推销、邮购及电话订货等。服务业的渠道一般属于直接渠道,因为服务的提供和消费在时间和空间上具有同一性,既不能通过中间商间接销售,也不能储存待售,尤其是生活服务。

2.间接营销渠道

间接营销渠道是至少含有一层中介机构的分销渠道类型,并是消费者市场上占主导地位的分销渠道类型。根据其所含中间环节的多少,可分成上述的一级渠道、二级渠道、三级渠道等。

(三)长渠道与短渠道

渠道长短是根据中间机构级数的多少来划分的,其中间环节越多,分销渠道越长。显然,直接营销渠道最短。在通常情况下,通向消费者市场的分销渠道较长,通向产业市场的分销渠道较短;通向当地市场的分销渠道较短,通向远方市场,特别是国际市场的分销渠道较长。但是,不能就此断言,短分销渠道一定比长分销渠道更有效率、费用更低;只能说,在市场距离、用户和商品相同的条件下,选择短分销渠道比长分销渠道更符合经济性。

(四)宽渠道与窄渠道

渠道宽窄取决于渠道的每个环节中使用同种类型中间商数目的多少。企业使用的同类中间商较多,产品在市场上的分销面广,形成的渠道称为宽渠道;企业使用的同类中间商较少,形成的渠道称为窄渠道。宽渠道一般适用于普及性较强的商品的销售,例如一般的日用消费品及服装等商品,由多家批发商经销,然后又转卖给更多的零售商,使其大批量地销售产品。而窄渠道一般适用于专业性较强或贵重耐用的商品的销售,如医疗设备或大型锅炉等商品,由一家中间商统包,或由少数几家经销。窄渠道的优点是生产企业容易控制分销过程,缺点是市场分销面受到了限制。

(五)单渠道和多渠道

企业全部产品都由自己所设的直属门市部销售或全部交由批发商经销时,称为单渠道;而企业为扩大市场采用多种分销渠道混合使用时,称为多渠道。例如,企业可能对消费品市场采用长渠道,而对生产资料市场则采用短渠道分销;在本地区采用独家经销,在外地采用多家分销;在有些地区采用直接渠道,在另一些地区采用间接渠道,等等。

第二节　分销渠道策略的设计与选择

一、分销渠道策略的含义

分销渠道策略,是企业为了使产品进入目标市场所进行的路径选择,它涉及企业在什么地点、什么时间、由什么组织或公司向消费者提供商品和劳务。企业应选择经济、合理的分销渠道,把商品送到目标市场。因此,在对分销渠道策略进行设计之前,首先需要了解影响其设计的主要因素。

二、影响分销渠道策略设计的因素

分销渠道策略的设计是指为实现分销目标而对各种被选渠道结构进行评估和选择,从而开发新型的分销渠道或改进现有分销渠道的过程。在设计分销渠道策略时,有以下几点需要注意:要尽最大可能缩短渠道长度;分销渠道范围一定要与分销区域的大小相适应;确定终端分销形式(经销、代销、专卖、零售);不同分销渠道之间的价格政策必须统一;与渠道商分配好利益;努力挖掘有积极主动促销产品意愿的客户;不要被客户控制;保持畅通的信息交流,等等。渠道设计问题的中心环节是确定到达目标市场的最佳途径。为了正确设计分销渠道策略,必须系统分析其影响因素。影响分销渠道策略设计的主要因素有:

(一)内部因素

内部因素,主要是指企业内部影响分销渠道策略的各种因素。这些因素主要包括制造商特性、渠道控制程度、渠道畅通性、渠道费用等。

1.制造商特性

制造商的特性,可分为产品组合情况以及制造商对分销渠道的影响两个方面。一是产品组合情况。产品组合是营销学的一个重要概念,它的衡量指标主要是深度、长度、宽度和关联性。如果制造商的产品组合的宽度和深度大,即产品的种类多、规格全,则制造商可能直接销售给零售商。反之,如果制造商的产品组合宽度和深度小,即产品种类少、规格少,则制造商只能通过批发商、零售商再转售给消费者。而且,产品的关联性对分销渠道也产生很大影响,其关联性越大,越可能通过同一渠道销售,使分销渠道的效率越高;而产品关联性小的企业,在其产品分销过程中,往往需要选择多种渠道推销其不同种类的产品,这会降低分销渠道的效率。二是,制造商对分销渠道的影响。规模较大的制造商,因其产品美誉度高、资金状况良好、经营管理能力较强,并能在较大程度上控制分销渠道及选择渠道设计结构,甚至可以建立自己的销售力量,故对渠道成员进行选择时,更有较大影响力和控制力;反之,生产和经营规模较小的制造商,通常只能依靠中间商来销售产品,故对其施加的影响也相对有限。

2.渠道控制程度

高级营销观念特别强调对分销渠道的控制,以便及时了解产品的销售去向、销售时间、销售数量和销售地点,准确估计产品在市场上的地位及未来趋势,为企业营销组合的改进提供信息。因此,企业对产品营销渠道的控制程度越高,产品在销售过程中赢得更大利益空间的可能性就越大。

3.渠道畅通性

保持市场分销渠道的畅通,是企业持久占领市场的基本条件,而渠道能否持续畅通,在很大程度上取决于中间商在市场竞争中对产品作何选择。如果中间商不再经营本企业的产品,本企业的分销渠道就会中断。另外,企业的生产能力也是一项制约因素,一旦出现销售激增,而企业的生产不能及时跟上去,渠道的实物流程也会出现中断。因此,保持市场销售渠道的畅通性,是任何企业都不可忽视的重要问题。从某种意义上说,它比建设新的渠道显得更为重要。

4.渠道费用

渠道费用主要包括渠道的开发和维护所投入的资金。总的说来,高额投资有利于扩大销售网络、增加销售额、更能提高企业的知名度,但带来的结果可能是产品价格上升以及利润率下降;低费用经销有利于产品低价促销,但势必会由此缩小产品的销售网络,而丧失一部分市场。

(二)外部因素

外部因素,主要是指来自企业外部环境的、对分销渠道策略选择起着重要影响作用的因素,这些因素包括环境因素、消费者特性、竞争者渠道状况、市场潜力等。以上因素是我们在渠道运行过程中不易控制和把握的因素,但它们却常常决定着分销渠道最终运行的效果。

1.环境因素

环境因素对分销渠道设计的影响既多又复杂,其影响因素按总体性的不同可分为宏观环境影响因素和微观环境影响因素,还可按社会生产要素的不同分为社会文化环境、经济环境、科技环境、自然环境、竞争环境和政策环境等多个方面。环境因素存在着稳定和变化的两种倾向:一方面,环境因素存在着一定的稳定性和连续性,要求企业适应环境因素,特别是社会价值观念、文化传统等要素,以取得信誉,建立良好的形象和赢得市场;另一方面,环境因素随着科技进步、经济及文化环境改变、竞争对手情况改变等也在时刻变化,各种变化有快有慢、有渐变有突变。一般说来,环境变化是企业所不能把握的,但环境的变化客观上存在着一定趋势,企业和分销渠道成员可根据对相关信息的监控和分析,对未来趋势做出基本的判断,并从中找到拓展市场的新机遇。

2.消费者特性

首先,消费者可分为产业客户和一般消费者。通常,产业客户数量少、购买次数少,但每次购买数量大,制造商可以将产品直接销售给产业客户;而对于一般消费者,中间商则在分销渠道中起着重要作用。其次,消费者对不同产品的购买习惯也会影响分销渠道的设计。当消费品中便利品的消费者较多且购买频繁时,生产者可利用由批发商与零售商组成细密的分销渠道,通达到地区市场的各个角落,方便消费者购买;当消费品中,专业性较强或贵重耐用品的消费者较多且购买次数较少时,生产者可利用独家代理等方式进行分销。

3.竞争者渠道状况

竞争者的分销渠道对企业自身的分销渠道设计会产生重要影响,企业可以选择积极竞争或标新立异两种不同的竞争策略。在实力较为对等时,企业可以选择与竞争对手相同或类似的分销渠道;在实力对比悬殊、且不占优势时,也可以回避竞争对手,选择截然不同的分销渠道。

4.市场潜力

市场潜力包括销售潜力以及潜在的风险。通过对收集的公开数据和原始数据的评估,企业可大致预测市场潜力与潜在风险,并比较企业自身的生产能力和风险承受能力,以此做出正确的战略决策。

二、分销渠道策略选择的设计

(一)分销渠道策略选择的设计程序

生产者在设计其分销渠道策略时,需要在理想渠道与可用渠道之间进行选择。一般来讲,新企业在刚开始运营时,因其资本有限只得选用现有中间商。而在同一地区的市场上,中间商总是首先选择当地市场或某一地区的市场为销售对象,即采取在有限市场上进行产品销售的策略,所以,到达市场的最佳方式常是可以预见的。问题是如何说服现有可用的中间商来销售其产品。新企业一旦经营成功,它会扩展到其他新市场,这时,该企业在继续利用现有的中间商销售其产品的同时,会在不同地区使用各种不同的分销渠道,如在较小市场,它可以直接销售给零售商;而在较大的市场,它必须通过经销商来销售产品。总之,生产者的渠道系统,必须因时、因地去灵活变通。

渠道策略设计问题可从决策理论的角度加以探讨。一般来讲,要想设计一个有效的渠道系统,必须经过确定渠道目标与限制、明确各种渠道交替方案、评估各种可能的渠道交替方案等程序。

1.确定渠道目标与限制

有效的渠道设计应以确保企业的产品达到市场为目标。原则上,目标市场的选择并不是渠道设计的问题,然而,目标市场选择与渠道选择又是相互依存的。有利的市场加上有利的渠道,才可能使企业获得丰厚的利润。渠道设计问题的中心环节是确定到达目标市场的最佳途径。而渠道目标的确定受顾客、产品、中间商、竞争者、企业策略和环境等因素的限制。

2.明确各种渠道交替方案

在研究了渠道的目标与限制之后,渠道设计的下一步工作就是明确各主要渠道的交替方案。渠道的交替方案主要涉及四大基本要素,即中间商的基本类型、渠道成员的特定任务、分销渠道的宽度、生产者与中间商的交易条件及相互权责。

3.评价各种可能的渠道交替方案

每种渠道交替方案都是企业将产品送达消费者的可能路线。生产者所要解决的问题,就是从那些看似合理但又相互排斥的交替方案中挑选最能满足企业长期发展目标的方案。因此,企业必须对各种可能的渠道交替方案,逐一进行评估。评估标准,包括方案的经济性、适应性和控制性三个方面。

(1)经济性标准。使用经济性标准对分销渠道进行评价时,一方面,要评价不同渠道所能完成的销售额,如企业对渠道的控制能力较强、企业与渠道成员之间合作关系良好,则便于刺激渠道成员努力为企业销售产品;另一方面,评价不同渠道分销成本的变化,渠道的分销成本包含建立渠道的成本和维持渠道运行的成本,在一定的销售量范围内,总是存在一种分销成本最低的分销渠道。企业应根据产品销售特性对分销成本进行对比分析,从不同的分销渠道方案中找出分销成本最低的分销渠道。

(2)适应性标准。随着环境条件的变化,不同类型渠道的效率或适应性会发生一定变化,前期有效的分销渠道在环境发生变化后可能变成无效或低效的渠道。因此,适应性标准是指随着环境条件的变化,所选的分销渠道能否适应这种变化,或企业能否灵活地对其分销渠道进行调整。企业在分销渠道决策中,既要看到所选的分销渠道的短期效益,也要从考虑长期效益着手,正确评价所选的分销渠道对环境变化的适应性及企业对其调整的难易程度,以能使企业对所选的分销渠道具有较强的环境适应能力。

(3)控制性标准。对分销渠道控制能力的评价,一是看企业与中间商利害关系处理的难易程度,二是看同一层次中间商之间关系协调的难易程度。对于不同结构的分销渠道以及不同渠道的组织方式,企业所能表现出的控制能力有一定的差别,因而,要求企业在选择分销渠道时,必须对不同渠道的控制能力做出正确的判断,以选择控制能力较强的分销渠道。

(二)渠道长度策略的设计

通常情况下,渠道长度的设计,首先,要决定是采用直接渠道还是间接渠道,或者以哪种渠道模式为主;其次,如果采用间接渠道,则还要确定中间商的类型与层次。中间商可分为经销商和代理商,二者的区别主要在于它们是否拥有产品的所有权。经销商,是指从事产品买卖活动的批发商或零售商,产品经过经销商交易一次,产品的所有权将经过一次转移。代理商,是指促成产品的买卖活动得以实现的中间商,它不拥有产品的所有权,只是通过与买卖双方的商洽来促成产品的买卖活动,以从中赚取佣金或手续费等。

(三)渠道宽度策略的设计

分销渠道结构除长度以外,还有宽度问题。所谓分销渠道的宽度结构,是指分销渠道同一环节或层次选用中间商数目的多少,多者为宽,少者为窄。根据同一层次中间商数目的多少,可以有三种形式的渠道宽度结构,即独家分销渠道、密集型分销渠道、选择性分销渠道。

1.独家分销渠道

独家分销渠道是指在某一层次上只选择一家中间商的渠道。这是一种最为极端的常见的专营型分销渠道。由于产品本身技术性强,使用复杂而独特,所以需要一系列的售后服务和特殊的推销措施相配套,出于对规模经济效应的考虑,企业在一个目标市场上只能选择一个中间商来经销或代销它的产品。采用这一渠道的生产企业,必须与被选中的独家经销商签订独家经销的协议,即要求其在经销生产企业产品的同时,不得经销其他厂家的同类产品。生产企业还需要经常性地对产品的供应、运输和管理技术等方面给此经销商以特殊的便利条件或支持。采用独家分销渠道,可使企业十分容易地控制渠道行为。但由于采用这种渠道后,厂商与独家经销商之间的相互依赖性大大增强了,可能会使制造商受控于独家经销商,或由于经销商经营失误,使企业失去一条分销渠道,甚至失去一个目标市场。

2.密集型分销渠道

密集型分销渠道也称普通型或广泛型分销渠道,它是制造商在同一渠道层次选用尽量多的中间商经销自己的产品,使产品在目标市场上迅速普及,以达到最广泛地占领目标市场的分销渠道。目前市场上的日用品和大部分食品、工业品中的标准化和通用化商品、需要经常补充和替换或用于维修的商品、替代性强的商品等,多采用这种分销渠道。采用密集型分销渠道的企业必须充分预计到所面临的每个中间商可能同时经销几个厂家的多种品牌产品的情况,这使得中间商不可能为每种产品的促销都提供相应的费用,这就要求企业在资金上给予一定的支持,从而会相应的增加企业的渠道费用支出。从经济角度看,密集型分销所产生的费用较大;同时,由于中间商数目众多,企业无法控制各渠道成员的具体行为,这些都是采用密集型分销渠道给企业带来的不利之处。

3.选择性分销渠道

选择性分销是指在某一层级上选择少量的中间商进行商品分销的渠道,它是介于独家经销与密集型分销两种渠道之间的一种宽度渠道。制造商从愿意合作的众多企业中选择部分条件好的批发商、零售企业作为自己的中间商,它与密集型分销相比,可以更集中地利用企业的资源,相对节省费用并能较好地控制渠道行为,同时,企业可以获得与采用密集型或独家经销两种渠道相比更多的利益。但是,选择性分销渠道也不是尽善尽美的,它的效果取决于以下条件:一是,愿意参与渠道协作的中间商数目;二是,中间商是否能提供良好的合作;三是,制造商能为中间商提供多少市场畅销的产品,在供货方式、价格上给予多大优惠,在营销宣传方面给予多大的资金支持;四是,制造商与中间商之间的联系以履行合同来维系,无论哪方的行为有损于合同的执行,势必使产品在该渠道上的流通受阻,从而使采用这一渠道的预定目标落空。

三、分销渠道的选择策略

(一)终端销售点的选择策略

终端销售点,是指商品离开流通领域所要进入的消费领域的发生地。对于消费品而言,它是零售点;而对于生产资料而言,它是送货站。终端销售点是企业实现经营目的的前沿,它是否能够实现既定的经济效益,与它对终端销售点的选择和经营直接相关。正因如此,终端销售点的选择被企业定位为"进入市场组织商品销售的第一步",也是最重要的一步。企业要选择企业自身发展的终端销售点,需要考虑以下几方面的依据。

1.根据销售方式选择

销售方式,主要是指企业销售产品所采取的形式,它包括店铺销售和无店铺销售两种形式。企业在选择终端销售点时,既可以采取唯一一类销售方式,也可以两种销售方式同时使用。

2.根据消费者收入和购买力水平等选择

购买力水平是"市场"的重要构成要素之一,不同收入水平的消费者对商品购买的方式和地点不同。在竞争者数量不变的情况下,收入水平较高的区域,其消费者购买能力较高,对消费场所的规模、声誉、售后服务以及店面装潢等方面的要求也较高,因此,企业进入该地区设立终端销售点的必要性和可能性就大;反之,收入水平较低的区域,消费者购买能力也较低,企业进入时则需要谨慎。当然,在考虑消费者收入水平对终端销售点选择的约束时,企业自身所经营商品的特点也是需要考虑的重要因素。对于一般的大众消费品,在没有特殊市场进入困难的情况下,可以考虑在不同收入水平的地区广泛设点;反之,对于高档非生活必需品,则一般应考虑在收入水平较高的区域设点。

3.根据商品经营费用和投资风险选择

企业在设立销售点时需要考虑经营费用和投资风险问题,在进入收入水平较高的区域时,区域内的大型商场往往会收取企业较高的"产品进场费"、"上架费"、"条码费"等,这样会大大降低资金的盈利率。因此,企业在进入这些区域之前必须考虑自身整体实力,如果核算后的收益较差或者投资风险较高,则产品可以另辟蹊径。

4.根据目标顾客出现的位置选择

让消费者一旦发生需要就能够很方便地购买到商品,就意味着"商品必须跟踪消费者"。这就要认真研究企业产品的潜在消费者可能活动的范围。一般而言,人流密集的场所其目标顾客也较多,这些场所包括:商业街、交通干线、工作场所边缘、居民区、学校、游乐场、休闲场所等。

5.根据顾客购买心理选择

不同顾客的购买兴趣、关注因素、购物期望等心理特征是不同的。顾客的购买心理直接影响其购买行为。因此,如果不研究企业产品主要顾客的购买心理而盲目选点,往往难以达到销售预期。

6.根据竞争者策略选择

由于各类产品市场的竞争程度不同、企业之间实力强弱对比以及产品所处生命周期的阶段差异,企业在选择终端销售点时还需考虑竞争对手的数量、竞争对手的分销策略、企业自身战略目标以及产品所处生命周期阶段和时间的长短等诸多因素。

(二)终端销售点密度的选择策略

企业在衡量自身和市场环境的现状和发展趋势后,可以选择不同的终端销售点密度方案。

1.独家分销

独家分销即企业在一定区域内,同一时期只选择一家终端销售点销售自己的产品。在这种情况下,市场竞争程度较低,但企业与销售点之间更多强调的是联合与合作,只有相互合作才能取得共赢。这种选择终端销售点的方案比较适合于服务要求较高的专业产品。

2.密集分销

密集分销即凡是符合生产商的最低信用标准的终端销售点都可参与产品的分销。密集分销最适合便利品的销售,它可以最大限度地占领市场与及时满足消费者的需求;但其不足之处也源于此,密集分销会加剧经销商之间的竞争,损害一些销售点的利益,故在一定程度上会降低他们对企业的忠诚度。

3.选择分销

选择分销即企业在特定市场上有原则地选择一部分终端销售点。这种选择方案既具备了独家分销策略较强的控制力和低成本的优势,又具备了密集分销的市场覆盖面广的优势,因此,选择分销是如今生产商普遍采用的一种终端销售点选择方案。

四、分销渠道的评估

企业在设计和组建了分销渠道后,在运行过程中,往往会遇到各种来自自身和外界的干扰因素,因此,企业应该通过一系列对分销渠道运行过程的评估来做出及时的调整。对分销渠道运行状态的评估可分为对渠道运行成效的评估和对分销渠道赢利能力的评估两方面。

(一)对渠道运行成效的评估

对渠道运行成效的评估主要依靠五种绩效工具,即销售分析、市场占有率分析、市场营销费用对销售额对比分析、财务分析、顾客态度追踪等。其中,销售分析主要用于衡量和评估企业制订的销售目标与实际销售额之间的关系;市场占有率分析,用来考察企业本身的经营状况;市场营销费用与销售额对比分析,用来检查与销售有关的市场营销费用;财务分析,用来判别影响企业资本净值收益率的各种因素;顾客态度追踪,是企业对顾客偏好和满意度的分析。通过以上分析,当发现实际绩效与年度计划发生较大偏差时,企业可以采取相应措施,及时做出调整。

(二)对分销渠道赢利能力的评估

对分销渠道赢利能力的评估可以用来测定不同分销渠道的经济效益,此种评估可以帮助企业对各种产品或市场分销渠道应该扩展、减少还是取消做出客观的判断。在总投资一定的情况下,提高企业分销渠道赢利能力的主要方法是大量降低分销渠道成本,包括直接渠道费用、促销费用、仓储费用、运输费用等;同时,资产管理效率的提高,也会使渠道的赢利能力得到提升。

第三节　批发商与零售商的分销策略选择

一、批发商分销策略的选择

(一)批发商的含义

批发,是指一切将物品或服务销售给为了转卖或者商业用途而进行购买的人的活动。我们使用"批发商"这个词,主要是指那些专门从事批发业务的组织机构或公司,而不是指具体的个人。这个词的内涵排除了制造商和农场主,因为他们主要从事生产,同时也排除了零售商,因为,他们主要是进行直接零售销售的组织机构。

(二)批发商的类型

批发商主要有以下三种类型:经销批发商、代理批发商、生产者的分销机构和办事处。

1.经销批发商

经销批发商是指自己进货,取得产品所有权后再批发出售的商业企业,也就是人们通常所说的独立批发商、商人批发商或商业批发商。经销批发商是批发商的最主要的类型。经销批发商如按职能和提供的服务是否完全来分类,可分为完全服务批发商和有限服务批发商两大类。

2.代理批发商

代理批发商是指从事购买或销售,或二者兼备的洽商工作,而不取得产品所有权的商业单位。与经销批发商不同的是,它对其经营的产品没有所有权,所提供的服务比有限服务批发商还少,其主要职能在于促成产品的交易,借此赚取佣金作为报酬。与经销批发商相似的是,代理批发商通常专注于某些产品种类或某些顾客群。代理批发商主要分为产品经纪人、制造商代表、销售代理商、采购代理商等。

3.生产者的分销机构和办事处

生产者的分销机构和办事处是指由买方或卖方自行经营批发业务,而不通过独立的批发商进行。这种批发业务,可分为:销售分店、销售办事处和采购办事处。

二、零售商分销策略的选择

(一)零售商的含义

零售,是指所有向最终消费者直接销售产品和服务,用于个人及非商业性用途的活动。任何从事这种销售活动的机构,不论是制造商、批发商还是零售商,也不论这些产品和服务如何销售,如经由个人、邮寄、电话或自动售货机销售等;或者在何处销售,如在商店、在街上或在消费者家中销售的,都属于此范畴。因此,零售商或者零售商店是指那些直接零售销售商品的商业企业。

(二)零售商的类型

零售商的类型千变万化,新组织形式层出不穷。我们将它们分为商店零售商和无门市零售商两种类型。零售商店类型就像产品一样,也经过发展和衰退的阶段,这称为零售生命周期。一种零售商店类型在某个历史时期出现,经过一个迅速发展的时期,日臻成熟,然后衰退。老式的零售商店经过了很多年时间才发展到成熟阶段,但是新式的零售商店发展成熟所需要的时间就短多了。新型商店的出现是为了满足顾客对服务水平和具体服务项目的各种不同的偏好。我国国内贸易局在 1998 年 7 月将零售业商店分为八类:百货店、超级市场、大型综合超市、便利店、仓储式商场、专业店、专卖店、购物中心。而从发达国家情况看,可供选择的零售商店类型有:百货商店、超级市场、超级商店、联合商店、特级商场、专用品商店、方便商店、折扣商店、仓储商店、产品陈列室等。

(三)零售商分销策略的选择

零售商处于商品流通的最终端,直接将商品销售给最终消费者。他们是联系生产企业、批发商与消费者的桥梁。在零售业竞争中,零售商通常采取多种多样的经营形式,而其分销策略的选择则包括目标市场、货色搭配和服务与商店气氛、价格等方面的选择。

1.目标市场决策

零售商最重要的决策是选择目标市场,只有明确限定目标市场,零售商才能对货色搭配、商场装饰、广告媒体、价格水平等做出一致的决策。目标市场的决策包括商店应面向高档、中档还是低档购物者;对目标顾客的商品供应是多类化、专类化还是特色化等。

2.货色搭配决策

零售商的货色搭配应与目标市场的购物期望相匹配,这是决定零售商在激烈竞争中能否取胜的关键因素。零售商必须决定货色搭配的宽度、深度以及产品的质量,才能选择适合商品销售的渠道。

3.服务与商店气氛决策

一方面,零售商必须确定向顾客提供的服务组合,因为服务组合是竞争中商店之间实现差异化的主要手段,其中包括售前服务(是否接受订购、邮购等)、售后服务(是否接受调换、退货等)、附加服务(可否免费停车等);另一方面,商店气氛也是进行竞争的重要因素,商店必须具备井然有序、适合并吸引目标顾客前来购物的气氛。

4.价格决策

商品价格是一个关键的定位因素,零售商都希望产品能以较高的价格实现较大的销售量,但这不符合经济规律。因此,零售商只能在高价位、低销量和低价位、高销量这两个组合中任选其一。零售商必须根据目标市场、产品服务搭配组合和竞争情况来确定商品的最终价格。

第四节 物流管理策略

正确选择分销渠道后的一个重要问题是如何适时、适地、适量地将产品提供给消费者或用户，以完成产品销售的全过程，为此，要进行商品的仓储和运输，即进行物流管理。企业制订正确的物流策略，对于降低成本费用、增强竞争实力、提供优质服务、促进和方便顾客购买、提高企业效益等具有重要的意义。

一、物流的含义和职能

（一）物流的含义

物流，是随着商品生产和经营的出现而出现和发展的，所以物流是一种古老的、传统的经济活动。目前对物流的准确定义众说纷纭，有的学者将其定义为："为了满足客户的需要，以最低的成本，通过运输、保管、配送等方式，实现原材料、半成品、成品及相关信息由商品的产地到商品的消费地所进行的计划、实施和管理的全过程。"这个过程主要包括商品的运输、配送、仓储、包装、搬运装卸、流通加工，以及相关的物流信息等环节；而在我国国家标准《物流术语》中将其定义为："是物品从供应地到接收地的实体流动过程，根据实际需要，将运输、储存、装卸、搬运、包装、流通加工、配送、信息处理等基本功能实施有机结合。"本书认为，物流是指通过有效地安排商品的仓储、管理和转移，使商品在需要的时间到达需要的地点的经营活动，它主要包括商品的储存、保管和运输等环节。

（二）物流的职能

物流的职能是将产品由其生产地转移到消费地。物流作为市场营销的一部分，不仅包括产品的储存、保管、运输、配送，而且包括在开展这些活动的过程中所伴随的信息的传播。它以企业销售预测为开端，并以此为基础来规划生产水平和存货水平。传统的物流以工厂为出发点，并通过有效措施，将产品送达消费者手中。而从市场营销观点来看，物流规划应先从市场开始考虑，并将所获得的信息反馈到原料的需求来源。企业首先应考虑目标消费者的位置以及他们对产品运送便利性的要求；其次，企业还必须知道竞争者所提供的服务水平，然后设法赶上并超过竞争者；最后，企业要制订综合策略，其中包括仓库及工厂位置的选择、存货水平、运送方式，进而向目标顾客提供服务。

二、物流管理策略

（一）商品储存与保管策略

在商品流通过程中，商品从生产领域生产出来以后，往往要在流通领域停留一段时间才进入消费领域，这就形成了商品的储存与保管。为了能完好地保存商品的使用价值，必须对它们进行储存与保管,如堆存、管理、保养、维护等。储存与保管设施的配置、构造、用途及合理使用,以及保管方法与保养技术的选择等,都对商品的储存与保管起着重要的作用。商品的储存与保管涉及仓库的种类、规模大小以及选址的确定、存货的控制等多方面的决策。

1.商品储存与保管的原则

(1)库存数量合理化原则。一是储存量应与销售量成正比;二是周期越长,其储存量就越大,反之则越小;三是商品的销售速度快,在流通过程的时间就短,储存量就越大,相反则小;四是交通不便,运输周期长,其储存量需要大;五是易变质、易腐烂和需要特殊保管条件的商品,不宜大量和长久储存。

(2)储存时间合理化原则。一是季节商品要在季节前储备好,应季商品储存量要大;二是有失效期的商品,在库时间不能超过有效期。其他商品要注意保质期,以不降低或丧失商品使用价值为最高期限;三是商品的再生产周期、销售速度和运输条件应相适应;四是保本期是商品储存的最高期限,不得超过这一期限。

(3)储存结构合理化原则。一是要分析在库商品品种、花色、规格、质量的结构变化,掌握其规律、趋向性,使其结构优化;二是要分析在库商品在适销、平销、滞销以及有问题商品等方面的比重变化情况,及时采取措施,使其比重合理化。

2.商品储存与保管的策略

商品储存与保管的策略,主要涉及何时进货、进货数量以及存货的管理三个方面的合理组配与安排。

(1)何时进货。商品储存的基本特征是在两次进货期间商品储存量要下降,当商品储存量下降到一定水准时,就要提出进货的订单,而这一水准点称为订货点。订货点取决于订货到交货时间间隔的长短、商品销售速度等因素。如果订货到交货时间间隔较长、商品销售速度变化不定,则确定订货点时应加上安全系数,即应确定一个安全存货量。订货点应在衡量商品储存量过低的风险和过量存货的成本之后最终决定,在此基础上方可确定合理的进货间隔时间,从而及时组织进货。

(2)进货的数量。企业进货的数量与进货的频率直接相关,且两者成反比例关系。每次进货要花费成本费用,但保留大量存货也需成本费用,企业在决定进货数量时,就要比较这两种不同的成本。进货成本包括订货费用、运输装卸费用和检验费用等,存货的占用成本包括储存保管费用、资金占用费用、保险费用与税金、折旧与报废损失等。经济订货批量的计算公式为

$$Q = \sqrt{\frac{2DS}{A}}$$

式中　　Q——经济订货批量;

　　　　D——商品年需要数量或年销售数量;

　　　　S——每次进货的处理成本;

　　　　A——单位商品存货的年度占用成本。

(3)存货的管理

在大量的存货中,每种商品的重要性不同,占用的资金也不同。为了更好地加强对存货的管理,必须对存货进行分类。ABC分类控制法就是一种有效的库存控制管理办法。ABC分类法通常将库存商品分为三类:A类是品种少而资金占用大的商品,此类商品是存货管理的重点,C类是一些零碎的、种类多而价格低的商品,这类商品可集中和大批量进货;B类是介于A、C类之间的商品。要通过存货的科学管理使这三类存货保持适当的比例。

(二)商品的运输策略

商品的运输是指商品借助运力在空间上产生的位置转移。这里所谓的"运力",是指由运输设施、路线、设备、工具和人力组成的,具有从事客、货运输活动能力的总称。运输合理化,就是在现有的市场条件下,按照商品的合理流向,以最短的里程、最少的环节、最少的运力、最省的费用、最快的速度把商品安全完好地送达目的地。

1.合理运输的原则

(1)运送及时。根据产供销的具体情况,及时地将商品由产地运到销地或顾客手中,既能减少商品损耗,又能把握销售机会。

(2)运送安全。要求在运输过程中不发生损坏、丢失和霉烂等损耗,或把这种损耗控制在最低限度。

(3)运送准确。要求切实防止和避免运输过程中可能发生的错发、少发、错收等各种差错。

(4)运送经济。它指经济效益好,要求选择最合理的运输线路和运输工具,降低运输费用,节约人力、物力与财力。

2.运输合理化的有效措施

(1)近产近销,就近运输。运输距离的远近即运输里程的大小,是企业在组织合理运输时首先要考虑的因素,应尽量做到近产近销,就近运输,以降低运输成本,提高经济效益。

(2)发展直达运输。运输路线与运输距离和运输工具有关,应充分利用现有的运力资源,缩短运输路线,减少运输次数,尽量使商品从产地或起运地直接运送到销地或用户,从而提高运输速度,节省装卸费用,降低中转货损。

(3)减少动力投入,增加运输能力。不同运输工具的运输成本、时间、损耗会有所差异,应根据不同货物的特点,选择最合适的运输工具和最佳的运输路线,以减少动力投入,降低运输成本。同时,还应积极改进车船的装卸技术和装卸方法,提高技术装卸量,增加运输能力。

(4)发展社会化运输体系。发展运输的大生产优势,实行专业分工,打破一家一户自成运输体系的状况,实行运输社会化。统一安排运输工具,避免对流、倒流、空驶、运力不当等多种不合理形式,以实现规模效益。

(三)商品的配送管理策略

所谓配送管理,是指为了以最低的成本完成客户所要求的配送任务,而对配送活动进行的计划、组织、协调与控制。按照管理职能顺序的不同,配送管理可以划分为计划、实施和评价三个阶段。

1.商品配送管理的原则

(1)客户利益第一。在商品配送过程中,要牢固树立客户利益第一的思想,真正站在客户的立场上做好商品配送工作,使客户满意,从而建立起对企业及产品的品牌忠诚度。

(2)缩短配送周期。在市场需求千变万化的情况下,企业应尽量缩短配送周期,压缩订单处理时间,组织合理运输。

(3)减少货物缺损现象。货物缺损是商品配送工作中不应该出现的现象,这会影响客户的经济利益和企业形象。因此,商品配送过程中应杜绝货物缺损现象。

(4)随时为客户服务。在商品配送中,客户有时只需少量货物,有时又急需货物,希望提供紧急服务,有时还会对商品配送提出这样或那样的要求,这些都需要企业在商品配送过程中做好各方面的工作,始终对客户负责,随时准备为客户服务。

2.配送具体职能的管理

从职能上划分,配送管理主要包括配送计划管理、配送质量管理、配送技术管理、配送经济管理等。

(1)配送计划管理。它是指在系统目标的约束下,对配送活动中每个环带的计划进行科学的管理。管理的对象包括配送系统内各种计划的编制、执行、修正及监督的全过程。配送计划管理是配送管理工作的最重要职能。

(2)配送质量管理。配送质量管理包括配送服务质量管理、配送工作质量管理、配送工程质量管理等。配送质量的提高意味着配送管理水平的提高、企业竞争能力的提高。因此,配送质量管理是配送管理工作的中心问题。

(3)配送技术管理。配送技术管理包括对配送硬技术的管理和对配送软技术的管理。对配送硬技术的管理是对配送基础设施和配送设备的管理,如配送设施的规划、建设、维修、运用,配送设备的购置、安装、使用、维修和更新,提高设备的利用效率,对日常工具的管理等。对配送软技术的管理主要是指配送各种专业技术的开发、推广、引进,配送作业流程的制订;技术情报和技术文件的管理,配送技术人员的和培训等。

(4)配送经济管理。配送经济管理包括配送费用的计算和控制、配送劳务价格的确定和管理、配送活动的经济核算分析等。其中,成本费用的管理是配送经济管理的核心。

第五节　分销渠道管理策略

分销渠道建立以后,企业还必须对其进行有效的管理,目的是加强渠道成员间的合作,调解渠道成员间的矛盾,从而提高整体的分销效率。对分销渠道的管理策略主要包括对渠道成员的选择策略、激励策略与定期评估策略三个方面。

一、选择渠道成员的策略

生产者在确定中间商时,首先要明确所选的中间商需要满足的条件,这些条件一般包括从业时间、发展情况、信誉、财务能力、经营的产品组合、覆盖的市场面、仓储条件、发展潜力等。一般的中间商不可能做到各方面都很好,因而企业必须对所要求的条件按照重要性进行排序,然后按照预选中间商的条件与排序标准相对照,从中优选最适宜的中间商作为分销渠道成员。在生产者评估中间商的条件时,要注重评估中间商的经营时间的长短及其成长记录、清偿能力、合作态度、声望等重点条件。

二、激励渠道成员的策略

生产者不仅要选择中间商,而且要经常激励中间商,以使之尽职。促使中间商进入渠道的因素和条件已构成部分的激励因素,但仍需生产者在不断地监督、指导、鼓励的同时,还对其采取激励策略,以充分调动其尽职的积极性。为了采取有效的激励策略,必须做好以下几方面的工作。

(一)了解中间商的心理状态与行为特征

激励渠道成员使其具有良好表现,必须从了解各个中间商的心理状态与行为特征入手。许多中间商常受到如下批评:①不能重视某些特定品牌的销售;②缺乏产品知识;③不认真使用供应商的广告资料;④忽略了某些顾客;⑤不能准确地保存销售记录,甚至有时遗漏品牌名称。

(二)避免激励过分与激励不足

了解了中间商的心理状态与行为特征后,在采取激励措施时,生产者必须尽量避免激励过分与激励不足两种情况。当生产者给予中间商的优惠条件超过他取得合作所需提供的条件时,就会出现激励过分的情况,其结果是销售量提高,而利润量下降。当生产者给予中间商的条件过于苛刻,以致不能激励中间商的努力时,则会出现激励不足的情况,其结果是使销售降低,利润减少。所以,生产者必须确定应花费多少力量,以及花费何种力量来鼓励中间商。

(三)妥善处理生产者与经销商关系的策略

生产者在处理他与经销商的关系时,常依不同情况而采取三种激励策略:即促进合作、合伙和实行分销规划。

1.促进合作策略

大部分生产者认为,解决问题的办法是设法得到中间商的合作。他们常常采取软硬兼施的方法:一方面,使用积极的激励手段,如较高的利润、交易中的特殊照顾、奖金等额外酬劳、合作广告资助、展览津贴、销售竞赛等;另一方面,偶尔使用消极的制裁,如威胁减少中间商的利润、推迟交货、甚至终止关系等。在应用该种策略时,不要简单地套用"刺激-反应"模式,去混杂使用各种激励策略因素,要谨慎,使激励与制裁适应,否则会产生较大的负面影响。

2.促进合伙策略

生产者要着眼于与经销商或代理商建立长期的伙伴关系。首先,生产者要仔细研究并明确在销售区域、产品供应、市场开发、财务要求、技术指导、售后服务和市场信息等方面,生产者和经销商彼此之间的相互要求。然后根据实际可能,双方共同商定在这些方面的有关政策,并按照它们信守这些政策的程度给予奖励。

3.实行分销规划

所谓分销规划,是指建立一个有计划的、实行专业化管理的垂直市场营销系统,把生产者的需要与经销商的需要结合起来。生产者可在市场营销部门下专设一个分销关系规划处,负责确认经销商的需要,制订交易计划及其他各种方案,帮助经销商以最佳方式经营。该部门和经销商合作确定交易目标、存货水平、产品陈列计划、销售训练要求、广告与销售促进计划等,引导经销商认识到他们是垂直营销系统的重要组成部分,从而去积极做好相应的工作,以从中得到更高的回报。

三、定期评估策略

此外,生产企业还必须运用评估指标定期评估渠道成员的绩效,按其销售层级排出名次,以激励先进,鞭策后进。正确评估中间商,有利于生产者及时掌握情况,发现问题,以便更有针对性地对不同类型的中间商开展激励和推动工作,以提高渠道的分销效率。

本章小结

分销渠道,是指某种货物和劳务从生产者向消费者移动时取得这种货物和劳务的所有权或帮助转移其所有权的所有企业和个人。企业仅有好的产品并不是占领市场唯一的决定性因素,它还必须建立、开发和设计一个有效分销渠道,使产品能够顺畅地流转到消费者手中。因此,在竞争日益激烈的今天,能够选择正确的分销策略,已成为决定企业成败的又一重要因素。本章围绕分销渠道的概念及类型、分销渠道策略的设计与选择、批发商与零售商的分销策略选择、物流管理策略、分销渠道管理策略五大方面,对企业应如何正确选择其分销策略进行着重分析。

思考题

1.分销渠道的含义是什么?它包括哪些类型?

2.影响分销渠道策略设计的因素有哪些?分销渠道策略选择的设计程序包括哪几点?

3.企业在设计、管理、选择、评估和修正其分销渠道时应进行怎样的决策?

4.批发商和零售商的含义是什么?零售商分销策略的选择包括哪些内容?

5.什么是物流管理?它包含哪些方面内容?

6.企业为何需要对分销渠道进行管理？其管理包括哪些策略？

【综合案例分析】

LG 电子公司的渠道策略

LG 电子公司从 1994 年开始进军中国家电业，目前其产品包括彩电、空调、洗衣机、微波炉、显示器等种类。该公司是销售电子、移动通讯和家电领域的全球领导厂商和技术革新者，在全球设有包括 84 家分公司在内的 115 个运营机构，员工人数超过 84 000 人。2008 年 LG 电子全球销售额为 447 亿美元，包含 5 个事业部：家庭娱乐、移动通讯、家用电器、空调和商业解决方案。LG 电子在平板电视、音频视频产品、手机、空调和洗衣机等领域处于世界领先地位。它之所以取得成功，是由于实施了一下渠道策略。首先，LG 确定了以高性能和高质量产品为主打产品的发展路线，将产品大力推向客流量大、信誉度高的大型商场，从而使 LG 公司迅速提升了品牌知名度。其次，该公司克服了传统营销格局的弊端，大胆采用了"用户←零售商←LG＋分销商"的逆向分销模式，真正做到以消费者为中心，同时，减少了中间环节及销售成本，大大加快了物流速度，使产品在市场上更具竞争力。再次，LG 公司在对渠道成员进行严格管理的同时，也为渠道成员提供全方位的支持。为防止"窜货现象"反生，公司对同一产品实行统一的市场价格，并签订合同明确双方的权利与义务；同时 LG 公司还帮助渠道成员合理制订自己的销售计划、提高他们的管理方式，使之实现科学经营和自我完善的营销模式。最后，LG 公司对产品分销渠道进行了细化，使每一个经销商将营销重点投放在有限的品种之上，这样，他们能够更好地认识产品、把握市场、了解客户，最终实现较高的销售目标。多年来，LG 公司把分销渠道作为一种重要资产来经营。通过把握渠道机会、设计和管理分销渠道拥有了一个高效率、低成本的销售系统，提高了其产品的知名度、市场占有率和竞争力。

讨论题：

1.分析 LG 电子公司是如何选择分销渠道策略的。

2.该公司的分销渠道策略的类型有哪些？

聚焦分析：

一是，该公司准确进行产品市场定位和选择恰当的分销渠道，即将市场定位于那些对产品性能和质量要求较高，同时对价格比较敏感的客户上，并选择大型商场和家电连锁超市作为主要分销渠道。二是，改变分销模式，实行逆向营销，即 LG 将分销模式由传统的"LG→总代理→二级代理商→……→用户"改变为"用户←零售商←LG＋分销商"的逆向模式。三是，为分销商提供全方位的支持和进行有效的管理。这些支持包括提供合理的利润分配和经营管理方式以及 LG 独具特色的来自网络对经销商的支持。

在对渠道进行管理方面，LG 公司对分销商实行统一的市场价格，对渠道商进行评估时既考察销售数量更重视销售质量，同时通过签订合同来明确双方的权利与义务。四是，细化分销渠道，提高其效率。LG 依据产品的种类和特点对分销渠道进行细化，将其分为 LT 产品、空调与制冷产品、影音设备等分销渠道。

【阅读资料1】

据全球著名调查公司 AC 尼尔森公布的餐具洗洁精销量的数据统计,排在全国第一位的品牌一直是"白猫"。对于日用洗涤剂这种同质化非常严重的产品,企业间的竞争很大程度都体现在企业的营销能力和策略水平上。白猫是怎么打好自己的营销牌,在洗洁精市场独占鳌头的呢?

首先了解一下中国洗化行业市场情况。自 20 世纪 90 年代以来,跨国日化巨头逐渐占据中国洗化市场的主导地位,而他们最重要的竞争手段之一便是高密度的广告宣传和巨额的市场投入,仅宝洁公司在中国一年的广告投入就近 10 个亿,这几乎相当于几个中小厂家一年的销售额。20 世纪 90 年代前期,浙江纳爱斯公司的"雕牌"和山西南风集团的"奇强"这些民族企业纷纷崛起,他们的产品质优而价廉,基本上占领了中低档洗涤剂市场,这种情况对白猫集团而言可以用"前有狼后有虎"来形容。如何在市场推广费用极其有限的情况下,有效地拓展市场,成了摆在白猫高层经营管理者面前的首要问题。白猫集团在汇集公司主要经营团队的研究结论后,提出要靠"抢、拼、搏"三个字去开拓市场,并以此设计了适合公司白猫集团发展的分销渠道。一是,搭建深度分销机构——经营分公司。针对上海白猫产品的高、中、低档较为全面的情况,从中间向两头扩展是其最佳的市场策略。而搭建旨在进行深度分销的经营机构——各省级分公司,可以一方面充分地向农村乡镇市场渗透,进行深度分销,以弥补白猫传统上较为薄弱的市场环节;另一方面利用各省级分公司所在地的优势,在省辖的主要城市里充分做好自己的品牌。二是,深度分销继续拓展——经营部。从 1998 年始,上海白猫又开始着手新一轮的渠道创新,在各地的二、三线城市相继建立紧密结合型的经营部。多年来,白猫紧围绕着"抢、拼、搏"方针和理念,以当时中国日化业中堪称首创的"省级分公司"模式大胆出击,根据白猫产品的具体情况,利用从中间向两头扩展的市场策略,不断加强了深度分销的销售能力,最大限度地避免了几乎置许多日化企业于死地的呆账问题;又以科学有效的制度和考核控制住审货现象,保证了经销商、终端商和自身的正常盈利能力,并切实提高了经销商的经营积极性。

【阅读资料2】

1996 年起,国际著名感光材料跨国公司大举挺近中国,他们依靠雄厚的实力,在中国一方面加大营销投入,大建专卖店、连锁店,一方面投入巨资合资组建新的生产线,这给无疑给中国乐凯胶片集团公司带来了严峻的挑战。乐凯以市场为导向,根据产品特点和市场需求,制订了自己的渠道策略,取得了较好的效果。

胶卷的销售同其他产品相比有自己的特殊性,它更需要专业和营销网络进行分销和从事售后服务,因而,乐凯公司采取了建立自己的渠道网络和利用代理商分销相结合的渠道策略。一方面,乐凯公司长期以来致力于构筑自己的分销网络,早在 20 世纪 80 年代应全国大中城市设立了 32 个乐凯彩扩服务部,以此为基础,目前它在全国已拥有近千家专卖店和 1400 家特约彩扩店。另一方面,乐凯充分利用社会力量扩展营销网络。全国乐凯部重点加强了基础设施建设,逐步向区域营销中心过渡。以乐凯部为基点,在各地选择了一批信誉好、市场辐射能力强的商家作为乐凯的地区代理,建立一个乐凯代理分销体系,借助社会力量营造市场、拓展市场。

对销售网点的建设,乐凯公司注重从数量型扩张向质量效益型扩展,坚持"建一个成一个"。全国乐凯部、乐凯专卖店进行了整合,并大力推行规范化、标准化的管理与服务模式,重点提高各个网点的服务品质,树立品牌形象。

　　目前,乐凯已在国内建立了以三十多个乐凯部为中心,近千家乐凯专卖店,千余家特约冲扩店,联结数百个分销代理商,辐射数万零售冲扩点的分销网络。乐凯公司正在以其优良的产品质量,得力的分销网络,加之各种适应市场需求的营销策略,阔步向前,成功打造集膜材料及涂层材料、印刷材料、影像记录材料、精细化工于一身的民族品牌!

第十二章

Chapter 12

促销策略

【学习要点】
① 促销以及促销的作用，促销组合的概念，影响促销组合制订的因素；
② 人员推销的特点，人员推销的形式、对象、策略以及人员推销的过程，人员推销的管理过程；
③ 广告的类型、广告设计的原则以及广告媒体决策的内容；
④ 公共关系的概念及基本特征、公共关系的作用、公共关系的活动方式；
⑤ 销售促进的概念及特点，销售促进的方式。

【引导案例】

可口可乐的奥运营销

1928年，可口可乐公司用1 000箱可乐赞助了阿姆斯特丹奥运会。此后80年里，几乎每届奥运会上可以看到可口可乐的身影。可口可乐的奥运营销原则是将"奥运精神、品牌内涵、消费者联系"三点连成一线。

可口可乐的理念，在1996年的亚特兰大奥运会上得到近乎完美的体现。凭借与全球奥委会的深厚关系，可口可乐首先帮助"家乡"亚特兰大从雅典手中夺得了这次"百年奥运会"的举办权。然后，可口可乐制订了全方位出击的营销策略，并投入全年市场预算的近一半、总计6亿美元来打这场家门口的奥运战，力争让可口可乐"无处不在"。可口可乐一改过去以体育明星为代言人的表现方式，推出了"For the Fans"的营销主题，一心与消费者打成一片。通过全球范围各式各样的奥运抽奖、赠品活动、圣火传递、入场券促销、发行奥运纪念章和纪念瓶等举措，使人们亲切、真实地体验到了可口可乐与奥运的魅力。而亚特兰大整个城市，更是成了一片红色的海洋。亚特兰大奥运会后，可口可乐的盈利猛增了21%，达到了9.67亿美元，这届奥运会也被人们笑称为"可口可乐奥运会"。

2008年北京奥运会,作为整合传播的重要一环,可口可乐再次为世人送上营销创新的经典之笔——"QQ火炬在线传递"。这个创意相当简单,但收益巨大。仅仅几天时间,QQ火炬在网上已呈燎原之势。通过网络平台,可口可乐与几亿人联动一起共享奥运激情,大大提升了品牌的美誉度。后来的"中国心"图标行动,也是在火炬图标的带动和启发下出现的。

成功的市场营销活动不仅需要制定适当的价格、选择合适的分销渠道向市场提供令消费者满意的产品,而且需要采取适当的方式进行促销。这就需要与顾客形成互动沟通,促进产品的销售。与顾客进行信息互动的手段有很多,主要包括人员推销、广告、营业推广和公共关系。不同的促销组合,形成不同的促销策略。促销策略是四大营销策略之一。正确制订并合理运用促销策略是企业在市场竞争中取得有利的产销条件、获取较大经济效益的必要保证。

第一节　促销与促销组合策略

一、促销的含义

促销是促进产品销售的简称。从营销的角度看,促销是企业通过人员和非人员的方式,沟通企业与消费者之间的信息,引发、刺激消费者的购买欲望,使其产生购买行为的全部活动的总称。从这个概念出发,我们可以看到促销有以下几层含义:

1.促销活动的实质是沟通信息

在市场经济条件下,社会化的商品生产和商品流通决定了生产者、经营者与消费者之间客观上存在着信息的分离,企业生产和经营的商品性能、特点顾客不一定知晓,从而要求工商企业将有关商品和服务的存在及其性能特征等信息,通过声音、文字、图像或实物传播给顾客,增进顾客对其商品及服务的了解,引起顾客的注意和兴趣,帮助顾客认识商品或服务所能带给他们的利益,激发他们的购买欲望,为顾客最终做出购买决定提供依据。

2.信息传递方式体现为双方互动的特点

在现代营销理念下,促销作为一种沟通活动,其帮助和说服消费者所采取的信息传递方式可分为两类:一类是单向传递,指单方面将商品或服务信息传递给消费者的方式,也就是以"卖方→买方"方式传递商品或服务信息;另一类是双向传递,就是双方沟通信息的方式,亦即以"卖方↔买方"方式传递商品或服务信息,这种方式的信息传递,一方面向消费者宣传介绍商品和服务,激发购买欲望;另一方面同时直接获得消费者的反馈信息,从而不断提高商品和服务的适销对路程度,更好地满足消费者的需要。

3.促销的目的是引发、刺激消费者产生购买欲望

在消费者可支配收入既定的条件下,消费者是否产生购买行为主要取决于消费者的购买欲望,而消费者的购买欲望又与外界的刺激、诱导密不可分。促销正是针对这一特点,通过各种传播方式把产品或劳务等有关信息传递给消费者,以激发其购买欲望,使其产生购买行为。

4.促销的方式有人员促销和非人员促销两类

人员促销,亦称直接促销或人员推销,是企业运用推销人员向消费者推销商品或劳务的一种促销活动,它主要适合于消费者数量少、比较集中的情况。非人员促销,又称间接促销或非人员推销,是企业通过一定的媒体传递产品或劳务等有关信息,以促使消费者产生购买欲望、发生购买行为的一系列促销活动,包括广告、公关和销售促进等。它适合于消费者数量多、比较分散的情况。通常,企业在促销活动中将人员促销和非人员促销结合运用。

二、促销的作用

现代企业越来越重视促销活动,这是因为促销有以下几方面的作用。

(1)有助于加强买卖双方的有效沟通。

在促销过程中,一方面,卖方(企业或中间商)向买方(中间商或消费者)介绍有关企业现状、产品特点、价格及服务方式和内容等信息,以此来诱导消费者对产品或劳务产生需求欲望并采取购买行为;另一方面,买方向卖方反馈对产品价格、质量和服务内容、方式是否满意等有关信息,促使生产者、经营者更好地满足消费者的需求。

(2)有助于刺激并诱导需求,开拓市场。

有效的促销活动不仅能够诱导和激发需求,而且能在一定条件下创造需求。当企业营销的某种商品处于低需求时,促销可以招徕更多的消费者,扩大需求;当需求处于潜伏状态时,促销可以起催化作用,实现需求;当需求波动时,促销可以起到导向作用,平衡需求;当需求衰退、销售量下降时,促销可以使需求得到一定程度的恢复。

(3)有助于突出产品特色,树立企业形象。

在激烈的市场竞争中,企业的生存与发展越来越需要强化自身的经济特色。与众不同、独树一帜,是多数企业成功的秘诀。企业通过促销,突出宣传本企业经营的商品不同于竞争对手商品的特点,以及它给消费者带来的特殊利益,有助于加深对本企业商品的了解。

(4)有助于形成顾客偏爱从而稳定和扩大销售。

企业通过促销活动,能使消费者对本企业产品产生偏爱,成为企业的忠诚顾客,进而稳住已占领的市场,达到稳定销售的目的。偏爱本企业产品的顾客越多,企业的销售额也就越高,市场份额也就越大。

三、促销组合及促销组合策略

(一)促销组合的概念

为了把有关企业和产品的信息传递给消费者,有效地发挥促销作用,企业必须要采取一定的促销手段。促销手段可以分为两大类:一类是人员推销;另一类是非人员推销,进而可再分为广告、营业推广和公共关系。所谓促销组合,就是指企业为了达到促销目标,对人员推销、广告、营业推广和公共关系这四大促销手段的选择、搭配及其综合运用,以形成一个统一的促销整体。

(二)促销组合策略

1.促销组合策略的含义

促销组合策略是指企业如何通过对人员推销、广告、公共关系和营业推广这四个基本手段的不同组合方式,包括每个手段内部要素的不同组合方式的不同选择,以更有效地向消费者或用户传递产品信息、引起他们的注意和兴趣、激发他们购买欲望和购买行为,以达到扩大销售目的的营销活动管理行为。因此,不同的促销组合方式,形成不同的促销策略类型。

2.促销组合策略的类型

促销组合策略一般可分为促销整体组合策略与单项促销组合策略。整体促销组合策略,是指对促销的四个基本构成要素的不同组合方式,即对人员推销、广告、营业推广、公共关系的整体组合与差别组合所形成的策略类型,这里所说的差别组合,是指将人员与广告、公共关系组合,或将人员推销与营业推广组合等不同的组合方式。单项促销组合策略,是指促销组合基本要素各自内部要素的不同组合方式所形成的人员推销、广告、营业推广、公共关系组合策略。

我们目前常用的促销策略类型,多按促销组合要素划分为人员推销策略、广告策略、营业推广策略、公共关系策略,即单项组合策略。有的按生产者与消费者之间的互动关系不同,而划分出整体组合策略,即划分为推式策略和拉式策略两大类。其策略形式,如图 12.1 所示。

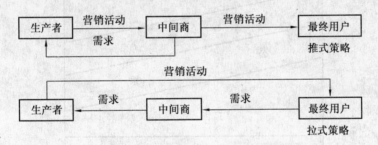

图 12.1 促销组合策略的主要形式

推式策略,是指企业运用人员推销的方式,把产品推向市场,即从生产企业推向中间商,再由中间商推给消费者,故也称人员推销策略。推式策略一般适合于单位价值较高、性能复杂、需要做示范的产品,即根据用户需求特点设计的、流通环节较少、流通渠道较短、市场比较集中的产品等。拉式策略,也称非人员推销策略,是指企业运用非人员推销方式把顾客拉过来,通过宣传,使消费者对商品或服务发生兴趣,使其对本企业的产品产生需求,以扩大销售。它适用于单位价值较低、流通环节较多、流通渠道较长、市场范围较广、市场需求较大的产品。企业在促进产品销售过程中,究竟是实行推式策略,还是实行拉式策略,要根据具体情况而定。一般说来,应当二者兼顾,各有侧重。这两种策略各具特点,在促销中各有作用、相辅相成。

(三)影响促销组合策略制订的因素

鉴于四种促销方式各有特点,适用于不同对象,企业在进行促销活动时就要根据营销目标和商品特点等,有针对性地进行单项与不同组合的选择。一般来说,确定促销组合策略,主要应考虑以下因素:

1.促销目标

企业促销目标不同,需采取的促销组合也不同。如促销目标为树立企业形象,提高产品知名度,其促销重点就应放在广告上,同时辅之以公关宣传;如促销目标是让顾客充分了解某种产品的性能和使用方法,则印刷广告、人员推销或现场展示是较好的办法;如促销目标为在近期内迅速增加销量,则营业推广最易立竿见影,并辅以人员推销和适量的广告;而公共关系手段则偏重于企业的长期促销目标。

2.产品因素

产品因素主要从两个方面来分析,包括产品的性质和产品的市场生命周期。

(1)产品的性质。不同的产品有不同的用途:满足不同消费者的需求,需要采取不同的促销组合。如图 12.2 列示了各种促销方式在消费品和工业品促销策略中的相对重要性。

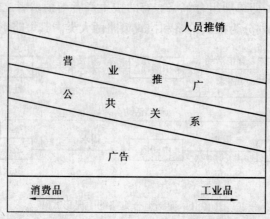

图 12.2　四种促销方式对消费资料和生产资料的相对重要性

可见,对营销消费资料的企业来说,最重要的促销手段是广告,其次是营业推广、人员推销,最后是公共关系。而对营销生产资料的企业来说,最重要的促销手段是人员推销,其次是营业推广、广告,最后是公共关系。各种促销手段对消费资料和生产资料有不同的重要性,这是由不同产品的特点所决定的,因为多数消费资料价格较低,使用简单,消费者市场人多面广,每次购买数量少,因此,广告是消费资料的最重要的促销手段,可以通过广告,以较低的相对成本达到广而告之的目的。相反,多数生产资料的价格较高,技术性强,用户数量较少,分布较为集中,每次购买数量较大,因而,适宜人员推销。

(2)产品的市场生命周期。在产品市场生命周期的不同阶段,由于促销目标不同,应相应地选择、编配不同的促销组合策略。表 12.1 概括介绍了促销组合策略及其目标重点。

表 12.1 产品市场生命周期不同阶段促销组合及其目标重点

产品市场生命周期	促销目标重点	促销组合
投入期	使消费者了解产品	各种介绍性广告、人员推销、导入 CIS 策略
成长期	提高产品的知名度	改变广告形式(如形象广告)
成熟期	增加产品的信誉度	改变广告形式(如形象广告)
衰退期	维持信任、偏爱	营业推广为主,提醒性广告
整个周期阶段	消除顾客的不满意感	利用公共关系

3.市场条件

(1)从市场地理范围大小看,若促销对象是小规模的本地市场,应以人员推销为主,而对广泛的全国甚至世界市场进行促销,则多采用广告形式。

(2)从市场类型看,消费者市场因消费者多而分散,多数靠广告等非人员推销形式;而对用户较少、批量购买、成交额较大的生产者市场,则主要采用人员推销形式。

(3)在有竞争者的市场条件下,制订促销组合和促销策略还应考虑竞争者的促销形式和策略,要有针对性地不断变换自己的促销组合及促销策略。

4.促销预算

企业确定的促销预算额,应该是企业有能力负担的,并且是能够适应竞争需要的、能在满足促销目标的前提下,做到效果好而费用省。促销费用多少,直接影响到促销方式的选择,一般说来,广告宣传的费用较高,人员推销次之,营业推广花费较小,公共关系的费用最少。

5.消费者的购买时间

对最早和早期购买者要进行针对性宣传,并通过广告以最快速度将商品信息告知购买者,以扩大影响;对晚期和最晚购买者,要采取各种优惠措施,以吸引顾客,扩大商品销售。

第二节 人员推销策略

人员推销是企业的推销人员直接向顾客进行介绍、说服工作,促使顾客了解、偏爱本企业的产品,进而采取购买行为的一种手段。在人员推销中,推销人员起着决定性的作用。

一、人员推销的概念及特点

(一)人员推销的概念

人员推销是企业运用推销人员直接向顾客推销商品和劳务的一种促销活动。在多数场合下,人员推销是一种最有效的促销手段,特别是在促使消费者对企业和产品产生偏爱、采取购

237

买行为等方面能发挥特殊的作用。通过推销人员与推销对象之间的接触、洽谈,让推销对象购买推销品,达成交易,实现既销售商品,又满足顾客需求的目的。

(二)人员推销的特点

人员推销与非人员推销相比,具有以下优势和特点:

1.面对面洽谈业务,信息传递双向性

推销人员直接和顾客洽谈业务,可进行双向信息沟通,使买卖双方能够清楚地了解各自的需要和特征,并能根据各种情况做出及时的调整。

2.推销具有选择性和灵活性

推销员在每次推销之前,可以选择有较大购买潜力的顾客,有针对性地进行推销,并可事先对未来顾客作一番调查研究,确定具体推销方案,提高推销的成功率。另外,他还可以及时发现、答复和解决顾客提出的问题,消除顾客的疑虑和不满意感。

3.推销过程完整性

人员推销过程,是从市场调查开始,经过选择目标顾客,当面洽谈,说服顾客购买,提供服务,最后促成交易,到反馈顾客对产品及企业信息的完整过程。

4.培养和建立友好关系与协作长期性

推销人员与顾客直接见面、长期接触,可以促使买卖双方建立友谊,密切企业与顾客之间的关系,有助于建立长期的买卖协作关系,从而稳定地销售产品。

二、人员推销策略的概念及内容

人员推销策略是指企业根据外部环境变化和内部资源条件建立和管理销售队伍的系统工程的策略。为了增加利润,企业应将较多的资源分配在人员推销上,并制订对营销人员的奖惩办法,最大限度调动营销人员的积极性和潜能。

其内容主要包括:一是确定人员推销在企业市场营销组合中的地位,选择适宜的人员推销的形式;二是人员推销的基本策略;三是人员推销的工作流程策略;四是人员推销的管理策略。

三、人员推销的形式策略

(一)人员推销的形式

一般来说,人员推销有以下三种基本形式。

1.上门推销

上门推销是最常见的人员推销形式,它是由推销人员携带产品的样品、说明书和订单等走访顾客,推销产品。

2.柜台推销

柜台推销又称门市推销或售点推销,是指企业在适当地点设置固定的门市,由营业员接待进入门市的顾客,推销产品。门市的营业员是广义的推销人员。柜台推销适合于零星小商品、贵重商品和容易损坏的商品的推销。

3.会议推销

会议推销是指利用各种会议向与会人员宣传和介绍产品,开展推销活动。例如,在订货会、交易会、展览会、物资交流会等会议上推销产品均属会议推销。

(二)人员推销的客体对象

推销对象是人员推销活动中接受推销的主体,是推销人员说服的对象。推销对象有消费者、生产用户和中间商三类。

1.向消费者推销

推销人员向消费者推销产品,必须对消费者有所了解。为此,要掌握消费者的年龄、性别、民族、职业、宗教信仰等基本情况,进而了解消费者的购买欲望、购买能力、购买特点和习惯等,并且要注意消费者的心理反应。对不同的消费者,施以不同的推销技巧。

2.向生产用户推销

将产品推向生产用户的必备条件是熟悉生产用户的有关情况,包括生产用户的生产规模、人员构成、经营管理水平、产品设计与制作过程以及资金情况等。在此前提下,推销人员还要善于准确而恰当地说明自己产品的优点;能对生产用户使用该产品后所得到的效益做简要分析,以满足其需要;同时,推销人员还应帮助生产用户解决疑难问题,以取得用户信任。

3.向中间商推销

在向中间商推销产品时,首先要了解中间商的类型、业务特点、经营规模、经济实力以及他们在整个分销渠道中的地位;其次,要向中间商提供有关信息,给中间商提供帮助,建立友谊,扩大销售。

四、人员推销的基本策略

在人员推销活动中,一般采用以下三种基本策略:

1."刺激－反应"策略

"刺激－反应"策略是在不了解顾客的情况下,推销人员运用刺激性手段引发顾客产生购买行为的策略。推销人员事先设计好能引起顾客兴趣、能刺激顾客购买欲望的推销语言,通过渗透性交谈进行刺激,在交谈中观察顾客的反应;然后根据其反应采取相应的对策,并选用得体的语言再对顾客进行刺激,进一步观察顾客的反应,以了解顾客的真实需要,诱发其购买动机,引导其产生购买行为。这种策略对于推销日用工业品效果较好。

2."配方－成交"策略

"配方－成交"策略是指推销人员在基本了解顾客某些情况的前提下,有针对性地对顾客进行宣传、介绍,以引起顾客的兴趣和好感,从而达到成交的目的。因推销人员常常在事前已根据顾客的有关情况设计好推销语言,这与医生对患者诊断后开处方类似,故称为"配方——

成交"策略。

3."诱发－满足"策略

"诱发－满足"策略是指推销人员运用能激起顾客某种需求的说服方法,诱导顾客产生购买行为。这种策略是一种创造性推销策略,它要求推销人员能因势利导,诱发、唤起顾客的需求,并能不失时机地宣传介绍和推荐所推销的产品,以满足顾客对产品的需求。

五、人员推销的工作流程策略

(一)寻找并识别目标顾客

推销人员首先要善于寻找产品购买者,包括有支付能力的现实购买者及潜在购买者。推销人员可以通过多种途径寻找目标顾客:一是本企业已经具有的推销对象的姓名和地址;二是请求介绍,可请老顾客、供应商、中间商、行业协会、亲戚朋友的社会关系等帮助介绍;三是通过参加某些团体以及各种社交活动来了解;四是通过报刊、工商名录、电话、信函等资料查寻;五是陌生访问。

(二)拜访准备

1.调研顾客信息

对于已确定的目标顾客,推销人员应当首先收集他们的有关资料,包括需求状况、顾客的经济来源和经济实力、拥有购买决策权对象、购买方式以及顾客的性格、脾气、嗜好等,以便制订推销方案。

2.准备洽谈资料

按照顾客的需求准备洽谈资料,重点是产品资料。如销售手册、样品、名片、笔记用品、协议书、客户资料卡和拜访计划书等。

3.自我准备

自我准备包括物质准备和精神准备两个方面。如仪容仪表、自信、乐观、热情。

(三)试探式接触,拜访客户

推销人员应以合适的方式接近客户,接近客户的方式包括约见和闯见两种。约见,是指与客户事先预约然后见面,约见的方式包括电话约、信函约、通过第三方约等几种方式。闯见,是指事先不与客户约见而直接贸然与客户见面,即不约而见。

(四)介绍和示范

在对目标顾客已有充分了解的基础上,推销人员可以直接向目标顾客进行产品介绍,甚至主动地进行一些产品的使用示范,首先要向顾客说明本企业产品的特点,然后说明该特点所产生的优点,最后向顾客说明能为顾客带来的实际利益,以增强目标顾客对产品的信心。

(五)处理异议

顾客往往会提出一些异议,如价格、发货时间、产品的某些特征等方面的不同意见,为了处理这些异议,推销人员要采取积极的态度,运用各种推销艺术,如向顾客解释某些误会,向顾客提供某些保证,以消除顾客的后顾之忧。

(六)协商谈判

顾客异议处理之后,双方合作的主要障碍基本消除,然后就要进入协商谈判环节,双方就合作数量、价格、结算、售后支持等方面进行磋商。

(七)达成交易

成交是推销的目标,当各种异议被排除之后,要密切注视顾客发出的成交信号,即通过顾客的言语动作、表情等表露出的购买意向,并抓住这一成交的良好机会及时达成交易。

(八)后续工作

交易达成后,并不意味着推销工作的结束,而应看做新的推销工作的开始,因此,各种后续工作必须及时跟上,如备货、送货、配套服务及售后服务等。推销人员还应再次访问顾客,以了解顾客的满意程度,处理事先没有考虑到的问题,并表示对顾客的关切,以促使顾客再次购买本企业的产品。不仅有利于企业同目标顾客建立长期稳固的购销关系,而且可以吸引新的顾客。

六、人员推销的管理策略

人员推销的管理策略是一个系统工程,企业要制订有效的措施和程序,加强对推销人员的选拔、培训、激励,使之为实现企业目标而努力。

(一)推销人员的选拔策略

一个企业推销能力的强弱不仅取决于推销人员的数量,更重要的还取决于推销人员质量。优秀的推销人员能为企业带来很大的经济效益,吸引许多新顾客。

1.选拔标准

一个优秀的推销人员应具有以下几个方面的条件:

(1)要有正确的经营思想和良好的道德修养。应具有强烈的事业心和责任感,具有集体利益高于个人利益的思想境界,具有公道、正派的思想作风和合作共事的精神,能以消费者为中心,以满足顾客需要为己任,不弄虚作假,不损公肥私。

(2)具有吃苦耐劳的实干精神和强烈的进取心。总是精力充沛,具有很强的进取精神,工作勤奋,能把握他人的感情,富有自信力,能随时应付各种困难和挑战。

(3)具有丰富的业务知识和一定的推销技能。一般来讲,一个优秀的推销人员应该懂得政治法律知识,懂得经济学、财务、市场营销学和推销业务知识,懂得社会学、心理学等多种知识。应有旺盛的求知欲,善于学习并掌握多方面的知识。合格的推销人员应具有业务推销能力、处理人际关系的能力、为顾客服务的能力以及较强的应变能力。

(4)具有健康的体魄。这是承受推销工作压力和强度的前提条件。

(5)具有一定的仪表和语言表达能力。在人员推销活动中,推销人员要注意推销礼仪,讲究文明礼貌,仪表端庄,热情待人,举止适度,谦恭有礼,谈吐文雅,口齿伶俐;在说明主题的前提下,语言要诙谐、幽默,给顾客留下良好的印象,为推销获得成功创造条件。

2.推销人员的甄选策略

甄选推销人员,不仅要对未从事过推销工作的人员进行甄选,使其中品德端正、作风正派、工作责任心强的胜任推销工作的人员走入推销人员的行列,还要对在岗的推销人员进行甄选,淘汰那些不适合推销工作的推销人员。

推销人员的来源:一是来自企业内部。就是把本企业内德才兼备、热爱并适合推销工作的人选拔到推销部门工作。二是从企业外部招聘。即企业从大专院校的应届毕业生、其他企业或单位等群体中物色合格人选。无论哪种来源,都应经过严格的考核,择优录用。

甄选推销人员有多种方法,为准确地选出优秀的推销人才,应根据推销人员素质的要求,采用报名、笔试和面试相结合的方法。

(二)推销人员的培训策略

推销人员需经过培训才能上岗,使他们学习和掌握有关知识与技能。同时,还要对在岗推销人员每隔一段时间进行培训,使其了解企业的新产品、新的经营计划和新的市场营销策略,进一步提高素质,以适应市场形势发展的需要。

1.培训内容

推销人员培训的内容主要有:

(1)企业知识,包括企业的历史、战略目标、组织机构、财务状况、主要商品的销售情况和政策、市场竞争对企业的影响等。

(2)产品知识,包括本企业营销商品的范围、结构,自己所负责推销的商品的性能、用途、使用和保管方法等。

(3)市场知识,包括本企业目标顾客的分布、需求特点、购买力水平、购买动机、购买行为、消费习惯,以及市场情况、本企业的市场地位、竞争者商品的市场地位和营销措施。

(4)推销技巧,包括推销原则和推销策略,推销人员的工作程序和责任,良好的个性,处理公众关系和人际关系的能力等。

(5)业务程序和职责。包括掌握如何制订计划、如何合理分配时间、洽谈、订立合同、结算方法、开销范围、编写报告等工作,尽可能节约费用、避免损失、增加销售。

2.培训方法

培训推销人员的方法很多,通常采用的方法:一是讲授培训。这是一种课堂教学培训方法。一般是通过举办短期培训班或进修等形式,由专家、教授和有丰富推销经验的优秀推销员来讲授基础理论和专业知识,介绍推销方法和技巧。二是模拟培训。它是受训人员亲自参与的有一定实战感的培训方法,具体做法有实例研究法、角色扮演法和业务模拟法等。比如,由受训人员扮演推销人员向由专家教授或有经验的优秀推销员扮演的顾客进行推销,或由受训人员分析推销实例等。三是实践培训。实际上,这是一种岗位练兵。让甄选的推销人员直接上岗,与有经验的推销人员建立师徒关系,通过传、帮、带,使受训者较快地熟悉业务,成为合格的推销人员。

(三)推销人员的激励策略

激励在管理学中被解释为一种精神力量或状态加强、激发和推动作用,并指导和引导行为指向目标。企业应该掌握影响推销人员工作的因素,并采取相应的鼓励措施。

为了调动推销人员的积极性,企业必须体现"按劳分配"的原则,为推销人员制订合理的劳动报酬制度。企业必须要确定推销人员报酬的组成部分,如固定收入、可变收入、费用津贴和附加利益。固定收入能使推销人员有稳定的收入;可变收入包括佣金(按推销额的一定比例提取的报酬)、奖金等,它们用来刺激推销人员积极推销产品;费用津贴能鼓励推销人员进行必要的推销工作;附加利益包括免费休假、伤病保障、退休和人寿保险等,它能使推销人员具有安全感和对工作的满意感。总的来说,推销人员的劳动报酬有薪金制、佣金制、薪金和佣金结合制三种基本类型。

为了调动推销人员的积极性,企业必须为推销人员创造一种受人尊敬的气氛。企业领导要经常关心推销人员的工作和生活,尽可能解决推销人员的困难,并使推销人员有晋升的机会,企业也可以定期召开推销人员的会议,相互交流经验,融通感情,企业还可以举办推销竞赛,并根据推销人员的工作成绩给予荣誉和物质奖励,采取礼物、奖金、旅游、利润分成、佣金制度等措施,把思想政治工作和物质刺激结合起来。

第三节 广告策略

广告作为一种积极有效的信息传递的促销手段,它是一门带有浓郁商业性的综合艺术。对实现"产品的惊险跳跃"有着极为重要的作用。广告已经成为产品进入市场的入场券。成功的广告可使默默无闻的企业和产品名声大振,家喻户晓,广为传播。而根据企业内外的环境、条件、广告目的而制订的广告策略对企业促进销售起着重要的作用。

一、广告的概念与类型

(一)广告的概念

广告,作为一种传递信息的活动,它是企业在促销中应用最广的促销方式。广告是由明确的发起者以促进销售为目的,付出一定的费用,通过特定的媒体传播商品或劳务等有关经济信息的大众传播活动。从广告的概念可以看出,广告是以广大消费者为广告对象的大众传播活动;广告以传播商品或劳务等有关经济信息为其内容;广告是通过特定的媒体来实现的,并且广告发起者要对使用的媒体支付一定的费用;广告的目的是促进商品销售,进而获得较好的经济效益。

(二)广告的类型

1.根据广告的内容划分

广告可分为商品广告和企业广告。

(1)商品广告,是以产品或服务本身为内容的广告,目的在于直接推销商品或服务。

(2)企业广告,又称商誉广告,着重宣传、介绍企业的品牌、商标、厂(场)址、厂史、生产能力、服务项目等情况,目的是提高企业的声望、名誉和形象,从而间接促进产品销售。

2.根据广告的目的划分

广告可分为商业广告和非商业广告。

(1)商业广告,以经营产品或服务为目的。

(2)非商业广告,主要包括政治广告、公益广告和个人广告。政治广告是指为政治活动服务的广告;公益广告也称公共广告,它是指维护社会公德、宣传公益事业的广告;个人广告是指为个人利益或目的运用媒体发布的广告,如启事、声明、寻人、征婚等。

3.根据广告在商品促销不同阶段的促销目标划分

广告可分为开拓性广告、劝告性广告和提醒性广告。

(1)开拓性广告,亦称报道性广告,是以激发顾客对产品的初始需求为目标,主要介绍刚刚进入投入期的产品的用途、性能、质量、价格等有关情况,以促使新产品进入目标市场。

(2)劝告性广告,又叫竞争性广告,是以激发顾客对产品产生兴趣、增进"选择性需求"为目标,它是对进入成长期和成熟前期的产品所做的各种传播活动。

(3)提醒性广告,也叫备忘性广告或加强性广告,是指对已进入成熟后期或衰退期的产品所进行的广告宣传,目的在于提醒顾客,使其产生"惯性"需求。

4.根据广告传播的区域划分

广告可分为世界性广告、全国性广告和地区性广告。

(1)世界性广告,通常是在主销市场或所欲打入的国际市场所做的广告。通过国际咨询及使馆商务部门的参谋等途径,来加以选择适当的媒介,广告内容要求符合所在国际市场的营销环境。

(2)全国性广告,是指采用信息传播能覆盖全国的媒体所做的广告,以此激发分散于全国的消费者对该广告的产品产生需求。在全国发行和发放的报纸、杂志、广播、电视等媒体上所做的广告,均属全国性广告。这种广告要求广告产品是适合全国通用的产品,并且因其费用较高,也只适合生产规模较大、服务范围较广的大企业,而对实力较弱的小企业实用性较差。

(3)地区性广告,是指采用信息传播只能覆盖一定区域的媒体所做的广告,借以刺激某些特定地区消费者对产品的需求。在省(县)报纸、杂志、广播、电视上所做的广告均属此类,路牌、霓虹灯上的广告也属地区性广告。此类广告传播范围小,多适于生产规模小、产品通用性差的企业和产品进行广告宣传。

5.根据广告的表现形式划分

广告可分为印象型广告、说明型广告和情感诉说型广告。

(1)印象型广告,广告时间一般很短,只宣传一个简单而最为重要的广告主题。

(2)说明型广告,要对产品进行较为详尽的说明。

(3)情感型广告,以特定的情感诉求方式影响消费者的态度。

此外,还有一些广告分类。例如,按广告的形式划分,可分为文字广告和图画广告;按广告的媒体不同,可分为报纸广告、杂志广告、广播广告、电视广告、其他媒体广告等。

二、广告策略的概念和内容

广告策略是实现广告活动目标的措施与手段。它是根据企业内外的环境、条件、广告目的而制订的决策方案。其主要策略有广告市场策略、广告实施策略、广告媒体策略。

(一)广告市场策略

广告市场策略主要包括三个具体策略:无差别市场广告策略、差别市场广告策略和集中市场广告策略。

企业的目标市场定位不同,销售策略不同,广告策略也不一样。目标市场是广告宣传有计划地向指定市场进行传播活动的对象。因此,在制订广告策略时,必须依据企业的目标市场的特点,来规定广告对象、广告目标、媒介选择、诉求重点和诉求方式等。

1.无差别市场广告策略

无差别市场广告策略是在一定时间内,向同一个大的目标市场运用各种媒介搭配组合,做同一主题内容的广告宣传。这种策略一般应用在产品引入期与成长期初期,或产品供不应求、市场上没有竞争对手或竞争不激烈的时期,是一种经常采用的广告策略。它有利于运用各种媒介宣传统一的广告内容,迅速提高产品的知名度,以达到创牌目的。

2.差别广告市场策略

差别广告市场策略则是企业在一定时期内,针对细分的目标市场,运用不同的媒介组合,做不同内容的广告宣传。这种策略能够较好地满足不同消费者的需求,有利于企业提高产品的知名度,突出产品的优异性能,增强消费者对企业的信任感,从而达到扩大销售的目的。这是在产品进入成长期后期和成熟期后常用的广告策略。这时,产品竞争激烈,市场需求分化较突出。由于市场分化,各目标市场各具不同的特点,所以广告设计、主题构思、媒介组合、广告发布等也都各不相同。

3.集中市场策略

集中市场策略是企业把广告宣传的力量集中在已细分的市场中一个或几个目标市场的策略。此时,企业的目标并不是在较大的市场中占有小的份额,而是在较小的细分市场中占有较大的份额。因此,广告也只集中在一个或几个目标市场上。采取集中市场策略的企业,一般是本身资源有限的中小型企业,为了发挥优势,集中力量,只挑选对自己有利的、力所能及的较小市场作为目标市场。

(二)广告实施策略

广告实施策略主要有广告差别策略、系列策略和时间策略等。

1.广告差别策略

广告差别策略是以发现差别和突出差别为手段、充分显示广告主企业和产品特点的一种宣传策略,包括产品差别策略、劳务差别策略和企业差别策略等三方面内容。产品差别广告策略,是突出产品的功能差别、品质差别、价格差别、花色品种差别、包装差别和销售服务差别的广告宣传策略。劳务差别策略的基本原理与产品差别相同,主要是突出和显示同类劳务中的差别性,从而说明本企业的服务能给消费者带来更多的方便与得益。企业差别策略包括企业设备差别、技术差别、管理水平差别、服务措施差别和企业环境差别等在内的各项内容。

2.广告系列策略

广告系列策略是企业在广告计划期内连续地和有计划地发布有统一设计形式或内容的系列广告、不断加深广告印象、增强广告效果的手段。广告系列策略的运用,主要有形式系列策略、主题系列策略、功效系列策略和产品系列策略等。广告形式系列策略是在一定时期内有计划地发布数则设计形式相同、但内容有所改变的广告的策略。广告主题系列策略,是企业在发布广告时依据每一时期的广告目标市场的特点和市场营销策略的需要、不断变换广告主题、以适应不同的广告对象的心理欲求的策略。功效系列策略则是通过多则广告逐步深入强调商品功效的广告策略。产品系列策略则是为了适应和配合企业系列产品的经营要求而实施的广告策略。

3.广告时间策略

广告时间策略就是对广告发布的时间和频度做出统一的、合理的安排。广告时间策略的制订,要视广告产品的生命周期阶段、广告的竞争状况、企业的营销策略、市场竞争等多种因素的变化而灵活运用。一般而言,即效性广告要求发布时间集中、时限性强、频度起伏大。迟效性广告则要求广告时间发布均衡、时限从容、频度波动小。广告的时间策略运用是否得当,对广告的效果有很大影响。广告的时间策略在时限运用上主要有集中时间策略、均衡时间策略、季节时间策略、节假日时间策略四种;在频度上有固定频度和变动频度两种基本形式。

(三)广告媒体策略

1.广告媒体的种类及特点

广告媒体,也称广告媒介,是广告主与广告接受者之间的连接物质。它是广告宣传必不可少的物质条件。广告媒体是随着科学技术的发展而发展的。

广告媒体的种类很多,不同类型的媒体有不同的特性。目前比较常用的广告媒体有以下几种。

(1)电子媒体。它是通过电台、电视、电影、幻灯、广播、电子显示大屏幕、互联网等媒体传递广告。

广播媒体的优越性有:①传播迅速、及时。②制作简单,费用较低。③具有较高的灵活性。④听众广泛,不论男女老幼、是否识字,均能受其影响。

使用广播做广告的局限性在于:①时间短促,转瞬即逝,不便记忆。②有声无形,印象不深。③不便存查。

电视广告媒体的优点有:①因电视有形、有色,听视结合,使广告形象、生动、逼真、感染力强。②由于电视已成为人们文化生活的重要组成部分,收视率较高,使电视广告的宣传范围广,影响面大。③宣传手法灵活多样,艺术性强。

电视广告媒体的缺点是:①时间性强,不易存查。②制作复杂,费用较高。③因播放节目和广告多,易分散受众的注意力。

互联网有其得天独厚的优势,表现在:①互联网传播范围广,网络广告可跨越时空,有广泛的传播力;②内容详尽,交互查询,互动性和针对性强,无时间约束;③广告效果易统计;④广告费用较低。

网络广告的不足之处表现在:①当前网络人口较少,受众群体较小;②有的网络广告缺乏诱惑力;③互联网的虚拟性致使网上浏览者对广告心存抵触。

(2)印刷媒体。它是通过报纸、期刊、电话簿、画册、火车时刻表等媒体传递广告。其中最为典型的是报纸和杂志这两种广告媒体。它们各有自己的优缺点。

报纸这种广告媒体的优越性表现在:①影响广泛。这是因为报纸是传播新闻的重要工具之一,与人民群众有密切联系,而且发行量大。②传播迅速,可及时地传递有关经济信息。③简便灵活,制作方便,费用较低。④便于剪贴存查。⑤可信度高。借助报纸的威信,能提高广告的可信度。

报纸媒体的不足是:①因报纸登载内容庞杂,易分散对广告的注意力。②印刷不精美,吸引力低。③广告时效短,重复性差,只能维持当期的效果。

杂志以登载各种专门知识为主,是各类专门产品的良好广告媒体。它作为广告媒体,优点有:①广告宣传对象明确,针对性强,有的放矢。②广告附于杂志而有较长的保存期,读者可以反复查看。③因杂志发行面广,可以扩大广告的宣传区域。④由于杂志读者一般有较高的文化水平和生活水平,比较容易接受新事物,故利于刊登开拓性广告。⑤印刷精美,能较好地反映产品的外观形象,易引起读者注意。

杂志广告的缺点表现在:①发行周期长,灵活性较差,传播不及时。②读者较少,传播不广泛。

(3)户外广告媒体。即在街头、建筑物、车站、码头、体育场(馆)、展览馆、旅游点等公共场所,按规定允许设置或张贴的路牌、霓虹灯、招贴等与媒体进行的广告,称为户外广告媒体。户外广告媒体的优点是醒目、易引人注意、复现率高、能够对目标顾客反复宣传;而其缺点宣传范围小、广告形式相对比较简单。

(4)交通广告媒体。即利用车、船、飞机等运输工具作为媒体,在其体内设置或张贴的广告,称为交通广告。由于各种工具常年定期、定点往返运行,客流量大,其具有影响广、针对性强、动态性好、成本低、媒介作用多的特点。它也有针对性不强、范围有限等缺点。

(5)售点广告媒体。是售货点和购物场所的广告媒体,如在商店、商品橱窗内设置广告。售点广告媒体有利于提醒消费者,促成购买行动;有利于营造气氛,吸引消费者;实效性强,认知度高。但也有对设计要求比较高,维护费很高的不足。

(6)邮寄广告媒体。通过邮政直接投递企业介绍、产品说明书等函件,称为邮寄广告媒体。邮寄广告媒体的优点是:①对象明确,有较强的选择性和针对性;②提供信息全面,有较强的说服力;③具有私人通信性质,容易联络感情。

邮寄广告媒体的缺点表现在:①宣传面较小并有可能忽视了某些潜在的消费者;②不易引起注意;③广告形象较差,有可能成为"三等邮件"。

此外还有一些广告媒体,如电梯、橱窗、霓虹灯、商品包装等。

2.广告媒体选择依据的因素

不同的广告媒体有不同的特性,这决定了企业从事广告活动必须对广告媒体进行正确地选择决策。正确地选择广告媒体,一般要考虑以下影响因素:

(1)产品因素。可以按照企业产品的不同特性,来选择相应的广告媒体,如需展示的、有色泽或式样要求的产品,应选择电视、电影或印刷品做媒体,以增加美感和吸引力;对只需要通过听觉就能了解的产品,应选择广播做媒体等。

(2)消费者接触媒体的习惯。一般认为,能使广告信息传到目标市场的媒体是最有效的媒体。例如,对儿童用品进行广告宣传,宜选电视作为媒体;对妇女用品进行广告宣传,宜选用妇女喜欢阅读的妇女杂志或电视,其效果较好。

(3)媒体传播范围。不同媒体传播范围有大有小,能接近的人有多有少。市场的地理范围关系到媒体的选择,因此,行销全国的产品,应选择全国性的报刊和中央电视台、中央人民广播电台做广告;局部地区销售的产品,企业可根据所销产品的目标市场,选择地方性的报刊、电视台、广播电台或广告牌及样品台等媒体作广告宣传。

(4)媒体的影响力。媒体的影响力应到达目标市场的每一角落,但越出目标市场则造成浪费。季节性强的产品,应考虑媒体的时效性,到期不能刊登或发行的媒体就不宜选择。

(5)媒体的费用。各广告媒体的收费标准不同。广告活动应考虑费用与效果的关系,既要使广告达到理想的效果,又要考虑企业的负担能力。应尽量争取以较低的成本,达到最大的宣传效果。

3.广告媒体选择策略的类型

(1)无差别策略,也称无选择策略,是指选择所有媒体同时展开立体式广告攻势,即不计时间段、不计成本的地毯式广告。

(2)差别策略,是指有针对性地选择个别媒体进行广告宣传。

(3)动态策略,是指根据广告媒体的传播效果和企业目标市场需达到的需求状态灵活地选择广告媒体。

第四节　公共关系策略

公共关系策略就是企业通过对周边生产经营环境进行沟通和协调,营造有利于企业的生产经营活动环境的组织或个人的行为方案。其目标就是营造企业的内外部良好的经营生态环境,通过对目标人群进行宣传、沟通和协调,以争取目标人群对自身的认可和支持。

一、公共关系的概念及基本特征

(一)公共关系的概念

"公共关系"又称公众关系,它译自英文 Public Relations,简称"公关"或 PR。按照美国公共关系协会的理解,"公共关系有助于组织(企业)和公众相适应",包括设计用来推广或保护一个企业形象及其品牌产品的各种计划。也就是说,公共关系是指企业在从事市场营销活动中正确处理企业与社会公众的关系,以便树立品牌及企业的良好形象,从而促进产品销售的一种活动。

公共关系的作用,在于工商企业通过种种公关活动使社会各界公众了解本企业,以取得他们的信赖和好感,从而为企业创造一种良好的舆论环境和社会环境。公共关系的核心,是交流信息,促进相互了解,宣传企业的经营方针、经营宗旨、经营项目、产品特点和服务内容等,从而提高企业的知名度和社会声誉,为企业争取一个良好的外部环境,以实现推动企业不断向前发展的目的。

(二)公共关系的基本特征

公共关系的基本特征表现在以下几个方面:

(1)公共关系是一定社会组织与其相关的社会公众之间的相互关系。具体的说,就是表现为公关活动的主体(一定的组织,如企业、机关、团体等)以各种信息沟通工具和大众传播渠道为媒介进行联系、沟通、交往、作用于公关活动的客体(内部公众和外部公众)的关系。

(2)公共关系是一种信息沟通活动,主客双方以真诚合作、平等互利、共同发展为基本原则。公共关系是企业与其相关的社会公众之间的一种信息交流活动。主客双方必须有诚意、平等互利,并且要协调、兼顾企业利益和公众利益。能沟通企业上下、内外的信息,建立相互间的理解、信任与支持,协调和改善企业的社会关系环境。

(3)公共关系的目标是在社会公众中创造良好的企业形象和社会声誉。企业以公共关系为促销手段,让社会公众熟悉企业的经营宗旨,了解企业的产品种类、规格以及服务方式和内容等有关情况。使企业在社会上享有较高的声誉和较好的形象,以求得社会公众的理解和支持。

(4)公共关系是一种长期活动。公共关系着手于平时努力,着眼于长远打算,需要连续地、有计划地努力,要追求长期稳定的战略性关系。

(5)公共关系可以消除公众思想上的疑虑,可信度高。公共关系的直接表现形式不是推销产品,而仅仅是某种形式的宣传,因此公众在思想上一般不存在受骗上当的戒心,从而消除公众思想上的疑虑。

二、公共关系策略

(一)公共关系策略的概念

所谓公共关系策略就是企业通过一系列活动的运作来树立并维护企业的公共形象,传递企业文化,建立企业与社会间的沟通桥梁,有目的、有计划地影响公众心理,从而使企业处于一个良好的社会环境当中的具体的措施和办法。

(二)公共关系策略的类型

1.宣传性公关策略

宣传性公关策略是运用报纸、杂志、广播、电视等各种传播媒介,采用撰写新闻稿、演讲稿、报告等形式,向公众宣传企业的经营思想、产品质量、服务项目、为社会做出的贡献等内容,以形成有利于企业形象的社会舆论导向,以扩大企业影响,加深顾客印象,激励推销人员及其他职工的工作热情。

2.交际性公关策略

交际性公关策略是通过语言、文字的沟通,为企业广结良缘,巩固传播效果,可采用宴会、座谈会、招待会、谈判、专访、慰问、电话、信函等形式。向公众进行市场教育,推荐产品,介绍知识,以获得公众的了解和支持。

3.服务性公关策略

企业可以各种方式为公众提供服务,如消费指导、消费培训、免费修理等。事实上,只有把服务提到公关这一层面上来,才能真正做好服务工作,也才能真正把公关转化为企业全员行为。

4.社会性公关策略

社会性公关策略是指企业通过赞助文化、教育、体育、卫生等事业,支持社区福利事业,参与国家、社区重大社会活动等形式来塑造企业的社会形象,提高企业的社会知名度和美誉度的活动,树立企业形象,以有利于企业市场营销目标的实现。

5.征询性公关策略

征询性公关策略是指通过开办各种咨询业务、制订调查问卷、进行民意测验、设立热线电话、聘请兼职信息人员、举办信息交流会等各种形式,逐步形成效果良好的信息网络。

第五节 营业推广策略

营业推广(sales promotion)也称销售促进。它是指企业在某一特定时期内,采用特殊的方法和手段对购买者实行强烈的刺激,以达到促进企业销售量迅速增长的一种促销策略。营业推广是与人员推销、广告、公共关系相并列的四种促销方式之一,是构成促销组合的一个重要方面。在我国,近年来企业为达到促销目的,越来越注重营业推广,各种营业推广方式随处可见。为了有效地发挥营业推广的促销作用,企业必须制订科学的营业推广决策。

一、营业推广的概念及特点

(一)营业推广的概念

营业推广是指企业运用各种短期诱因鼓励消费者和中间商购买、经销(或代理)企业产品或服务的促销活动。是刺激消费者迅速购买商品而采取的营业性促销措施,与配合一定的营销任务而采取的特种推销方式。它旨在激发消费者购买和促进经销商的效率,诸如陈列、展出与展览表演和许多非常规的、非经常性的销售尝试。

(二)营业推广的特点

1.即期刺激需求的效果显著

营业推广以"机不可失,时不再来"的较强吸引力,给顾客提供了一个特殊的购买机会,打破顾客购买某一产品的惰性,所以刺激需求效果显著,能花费较小的费用,在局部市场上取得较大的收益。

2.是一种辅助性促销方式

人员推销、广告和公共关系都是常规性的促销方式,而多数营业推广方式则是非正规性和非经常性的,只能作为它们的补充方式。它一般不能单独使用,常常配合其他促销方式使用。营业推广方式的运用能使与其配合的促销方式更好地发挥作用。

3.活动方式灵活多样,适应性强

可根据顾客心理和市场营销环境等因素,采取针对性很强的营业推广方法,向消费者提供特殊的购买机会。

4.有一定的局限性和副作用

有些推广形式,如有奖销售、赠送纪念品或货样等形式,如果选择和运用不当,求售过急,可能会贬低产品,引起潜在顾客怀疑其产品质量或价格的合理性,有损产品形象,导致不良结果。

二、营业推广策略

(一)营业推广策略的含义

是指企业在某一特定时期内,采用特殊的方法和手段对购买者实行强烈的刺激,以达到促进企业销售量迅速增长的一种促销策略。

(二)营业推广策略的类型

营业推广策略包括对消费者进行营业推广、对中间商进行营业推广、对推销人员进行营业推广三种策略类型,每种策略类型又有多种形式。企业在营销活动中应根据市场情况、政策、法令、企业性质、商品特点、销售情况等选择适当的营业推广形式。对这些形式的不同组合或选择就形成了不同的营业推广策略。

1.针对消费者的营业推广策略

它可以鼓励老顾客继续使用,促进新顾客使用,动员顾客购买新产品或更新设备等等。其策略一般有如下几种。

(1)代价券或优惠券。代价券是商业单位伴随广告或产品的外包装送给顾客的一种标有价格的凭证,但其价值只能在代价券责任者指定的商店里实现。

(2)买赠或附加交易。附加交易是一种短期的降价手法,其具体做法是在交易中向顾客给付一定数量的免费的同种商品。常见的这种方法的商业语言是"买几送几"。例如在北京的"必胜客"饼屋,客人如果在规定的店堂比较清静的时间里用餐,根据不同的用餐量,顾客可以得到不同的免费饮料。

(3)折扣或打折。折扣即在销售商品时对商品的价格打折扣,折扣的幅度一般从5%至50%不等。但其幅度过大或过小均会引起顾客产生怀疑其促销活动真实性的心理。

(4)回扣或退费优待。通常回扣的标志是附在产品的包装上或是直接印在产品的包装上,例如酒类的回扣标志一般都套在瓶口。消费者购买了有回扣标志的商品后,需要把这回扣标签寄回给制造商,然后再由制造商按签上的回扣金额数量寄发支票给消费者。

(5)有奖销售。有奖销售是采用发给奖券或号码中奖的办法,即使顾客在购买时不仅得到产品,而且还有额外收获的方法去刺激顾客的购买欲望。

(6)赠送样品。样品赠送可以有选择地赠送,也可无选择地赠送,如在商店或闹市地区或附在其他商品中较广泛地赠送等。这是介绍、推销新产品的一种方式,但因其费用较高,对高值商品不宜采用。

(7)现场演示。现场演示,就是通过在现场表演、展示商品与服务的方法,去进行推广。现场演示可以大量节约介绍产品邮寄广告的费用,并使顾客身临其境,得到感性认识。

(8)竞赛。竞赛的方法有多种,常用的多是智力和知识方面的竞赛,其内容多数都是与销售产品的公司或它的产品有关的问题。竞赛的奖品一般为实物,但也有以免费旅游来表示奖励的。竞赛的地点也可有多种,如在闹市街头、商店门口、会议厅等,有的企业还多通过电视台举办游戏性质的节目,并通过在电视节目中发放本企业的产品作为奖品来进行。

(9)廉价包装。工商企业可以采用简单包装、小包装换成大包装、除去精美包装等方式,达到降低费用及商品降价的目的,用以更多地吸引"经济型"顾客。此外,企业还可利用多用途包装、系列包装等,以不断吸引顾客,提高其重复购买率。

(10)商业贴花。商业贴花指消费者每购买单位商品就可获得一张贴花,待筹集到一定数量的贴花时,就可换取这种商品或奖品。

2.针对中间商的营业推广策略

它可吸引激励中间商扩大经营本企业的产品与服务、密切协作关系。其策略有以下几种。

(1)商业折让。商业折让是生产企业在零售单位向公众发放了代价券的有效期内,向发行代价券的零售单位出售产品时,进行折让,对其进行相应的补偿。

(2)批量折让。批量折让是指生产企业与中间商之间或是批发商与零售商之间,按购买货物数量的多少,给予一定的免费的同种商品。例如每购买十箱某种商品,即无偿赠送一箱的做法,就是批量折让。

(3)商业折扣。商业折扣是企业与中间商之间或批发商与零售商之间的交易中,给予一定比例的价格折扣,这种折扣因为是分销渠道内部的折扣,所以称为商业折扣。

(4)费用补贴。费用补贴是生产企业对零售商在配合本企业进行广告、店堂商品陈列等促销活动中,以及中间商自己从生产企业的仓库将产品直运至销售地所增加支出的费用,而给予的一定费用补贴。

(5)产品展销会、交易会。产品展销会、交易会是企业通过举办或参与展销会、交易会、订货会等这些广泛的营业推广活动,去展示自己的产品,显示自身的经济实力和贸易水平,从而与有关客户洽谈业务,最终按展示的样品达成交易。

(6)经销奖励。经销奖励指对经销本企业产品有突出成绩的中间商给予奖励。如采用现金、实物奖励或提供免费旅游等形式,来刺激经销商以达到促销之目的。

(7)演示。演示指企业安排经销者对产品进行特殊的现场表演或示范及提供咨询服务。

3.针对推销人员的营业推广策略

鼓励他们热情推销产品或处理老产品,或促使他们积极开拓市场。可采用的方式有:销售竞赛或有奖销售、比例分成、免费提供人员培训或技术指导等。

本章小结

促销是企业通过人员和非人员的方式,沟通企业与消费者之间的信息,引发、刺激消费者的购买欲望,使其产生购买行为的全部活动的总称。促销方式具体分为人员推销、广告宣传、公共关系、营业推广四种方式。促销策略是四种促销方式的单项运用和综合运用。企业在制订、选择促销策略时,应综合考虑不同产品的特点、营销目标、企业内部条件等因素,以便达到最佳的促销效果。人员推销策略是指企业根据外部环境变化和内部资源条件建立和管理销售队伍的系统工程的策略。为了增加利润,企业应将较多的资源分配在人员推销上,并制订对营销人员的奖惩办法,最大限度调动营销人员的积极性和潜能。其内容主要包括:一是确定人员推销在企业市场营销组合中的地位,选择适宜的人员推销的形式;二是人员推销的基本策略;三是人员推销的工作流程策略;四是人员推销的管理策略。广告策略是实现广告活动目标的措施与手段。它是根据企业内外的环境、条件、广告目的而制订的决策方案。其主要策略有广告市场策略、广告实施策略、广告媒体策略。公共关系策略就是企业通过一系列活动的运作来树立并维护企业的公共形象,传递企业文化,建立企业与社会间的沟通桥梁,有目的、有计划地影响公众心理,从而使企业处于一个良好的社会环境当中的具体的措施和办法。其策略有宣传性公关策略、交际性公关策略、服务性公关策略、社会性公关策略、征询性公关策略等。营业推广策略是指企业在某一特定时期内,采用特殊的方法和手段对购买者实行强烈的刺激,以达到促进企业销售量迅速增长的一种促销策略。营业推广策略包括对消费者进行营业推广、对中间商进行营业推广、对推销人员进行营业推广三种策略类型,每种策略类型又有多种形式。

思考题

1. 什么是促销? 促销的作用有哪些? 影响促销组合的因素有哪些?
2. 简述推销人员的主要推销步骤。
3. 什么是广告媒体? 如何选择广告媒体?
4. 什么是公共关系? 它的基本特征有哪些?
5. 什么是营业推广? 营业推广有哪些特点? 营业推广的方式有哪些?

【综合案例分析】

农夫山泉"有点甜"

大名鼎鼎的海南养生堂公司在 1997 年春夏之交,出人意料地做起了饮用水的生意。养生堂推出的饮用水,取名"农夫山泉",广告语是"千岛湖的源头活水"。在名称上与市场各品牌的纯净水、矿泉水、蒸馏水、太空水等截然不同,颇能引起消费者的好奇心。而其广告语令人耳目一新,它采用故事情节式的诉求方式,通过一个小学生在课堂上拉动瓶盖发出独特的声响而引起老师的不满来表现出农夫山泉的独特。而那句在广告最后出现的传播语"农夫山泉有点甜"是经典之作。

2000 年 4 月,海南养生堂有限公司突然公开宣称,纯净水对健康无益,而含有矿物质和微量元素的天然水对生命成长有明显促进作用。因此农夫山泉将不再生产纯净水,转而全力投向天然矿泉水的生产销售,随后又在全国一些地区的中小学中开展了纯净水与天然水的生物比较实验并广为传播。

农夫山泉的纯净水一直与特定的味觉"有点甜"联系在一起,加上有效的传播策略配合事件行销,使它成为消费者高度关注的产品,消费者使用比例也非常高。但是,它相对高的价格阻挡了理性消费者的选购欲望,而在水产品前两大品牌的影响力和众多纯净水企业的竞争下,一般的试用者对农夫山泉品牌忠诚度明显不够。较弱的消费者忠诚度和强大的竞争品牌压力阻碍了农夫山泉品牌的后续发展。农夫山泉此举从品牌角度来讲,实是完成一次品牌变身,割裂品牌原有的单一的"纯净"元素,向品牌中注入"天然"、"健康"等元素,增加附加值,使品牌再一次充满了活力。

更为重要的是,此时农夫山泉发动价格战的时机已经完全成熟:1998～2000年连续三年产量翻番,目前已拥有亚洲最具规模的瓶装水生产基地,规模的扩张为农夫山泉预留了较大的降价空间。

农夫山泉于2001年3月20日突然出招,在北京、上海、广州、南京、杭州等全国几大城市的主要媒体同时打出了一则广告:"支持北京申奥,农夫山泉1元1瓶。"事实上,经销商比消费者更早感受到农夫山泉的新招数。2001年年初,感觉打价格牌"有点甜"的农夫山泉通知全国各地经销商,凡在今年2月10日前打款进货者,每箱21元。而农夫山泉去年的出厂价是每箱30元,30%以上的跳水幅度,引得经销商携货款蜂拥而来。据《二十一世纪经济报道》估计,农夫仅这一招就吸纳了经销商不低于2个亿的资金。由于启用了价格利剑,2001年1～5月,农夫山泉的销量已完成去年全年销量的90%,而此时,中央电视台"一分钱"广告正渐入佳境:"再小的力量也是一种支持。从现在起,你买一瓶农夫山泉,你就为申奥捐出一分钱。"从2001年1月1日至7月13日止,销售每一瓶农夫山泉都提取一分钱,以代表消费者来支持北京申奥事业。随着刘璇、孔令辉那颇具亲和力的笑脸,这个广告每天在渗透着我们的生活。企业不以个体的名义而是代表消费者群体的利益来支持北京申奥,这个策划在所有支持北京申奥的企业行为中是一个创举。事实上,农夫山泉的出品人海南养生堂公司,与体育事业特别是中国奥运有着非同寻常的渊源。2000年7月,中国奥委会特别授予海南养生堂"2001～2004年中国奥委会合作伙伴/荣誉赞助商"称号,海南养生堂成为中国奥委会及中国体育代表团最高级别的赞助商之一,也是最早与中国奥委会建立合作伙伴关系的赞助企业。与国家奥委会建立长期紧密的合作关系,不是跨国公司,便是行业巨头,本身就是实力的象征。

2001年7月13日,中国北京申请2008年奥运会申办权成功,站在申奥队列中的农夫山泉同样是功不可没,深奥的成功大大提高了农夫山泉的知名度和美誉度。

讨论题:

1.请结合本案例,分析农夫山泉的促销手段和效果。

2.在竞争激烈的中国水市中要想提高市场占有率,应采用哪些策略?

3.农夫山泉赞助中国申奥的策略有何高明之处?假如中国申奥并未取得成功,农夫山泉这一策略的收效是否会打折扣?为什么?

聚焦分析:

促销是企业通过人员推销、广告、公共关系、营业推广这四种方式选择、编配和运用,从而达到与顾客形成互动沟通,促进产品的销售的目标。正确制订并合理运用促销策略,是企业在市场竞争中取得有利的产销条件、获取较大经济效益的必要保证。

【阅读资料 1】

雨伞——请自由取用

日本大阪新电机日本桥分店,有个独特的广告妙术——每逢暴雨骤至之时,店员们马上把雨伞架放置在商店门口,每个伞架有三十把雨伞,伞架上写着:"亲爱的顾客,请自由取用,并请下次来店时带来,以利其他顾客。"未带雨伞的顾客顿时愁眉舒展,欣然取伞而去。当有人问及,如果顾客不将雨伞送回怎么办?经理回答说:"这些雨伞都是廉价的而且伞上都印有新电机的商标。因此,即使顾客不送回也没关系,就是当做广告也是值得的。这对商店来说,是惠而不费的美事。"

【阅读资料 2】

借冕播誉

20 世纪 50 年代,法国白兰地已享有盛誉。白兰地公司把名酒白兰地打入美国市场时,他们没有采用常规的推销宣传手段进行宣传,而是策划了在美国总统艾森豪威尔 67 岁寿辰之际,赠送窖藏 69 年之久的白兰地酒作为贺礼,并特邀法国著名艺术家设计制作专用酒桶,届时派专机送往美国,在总统寿辰之日举行隆重的赠酒仪式,他们将这一消息通过各种新闻媒介传播给美国大众进行了连续报道,这些报道,吸引了千百万人,成了华盛顿市民的热门话题。当贺礼由专机送到美国时,华盛顿竟出现了万人围观的罕见现象。关于名酒驾到的新闻报道、专题特写、新闻照片等挤满了当天各报版面。法国白兰地就在这种氛围中昂首阔步走上了美国国宴和市民餐桌。

【阅读资料 3】

克莱斯勒公司折价促销

克莱斯勒公司折价促销做法有其绝招。它印制了烫金边的精美礼券寄给 40 万经过筛选的老克莱斯勒用户,并附加由该公司总裁署名的一封信。为感谢他们在该公司黑暗时期鼎力协助购买克莱斯勒汽车,特赠礼券一张,凡购 1985 年克莱斯勒任何车种的汽车,均可抵 500 美元。该公司发言人称:此次促销活动极为成功。仅几个月内,销售量较前年同期增长 30%,据估计共有 13 万辆克莱斯勒汽车,受此促销活动影响,顺利售出。

第十三章

Chapter 13

服务市场营销策略

【学习要点】

1.服务及服务市场的概念、分类与特征；

2.服务市场的营销策略；

3.国际服务营销战略；

4.服务营销促销策略。

【引导案例】

1979年,约翰逊·史密斯·尼斯利(Johanson Smith&Knisely)咨询顾问公司的一位主要负责人加里·尼斯利向从事服务营销工作的人员询问了服务营销与有形产品营销的区别。尼斯利还特别调查了几个高级营销管理人员,他们因其出色的营销才能而知名,具有丰富的产品营销经验,并已都转入服务行业。被调查的"假日饭店"(Holiday Inns Inc.)的经理詹姆斯.L.肖尔,以前曾在宝洁公司工作,他发现消费品企业的营销系统无法直接应用于服务企业,这表现在:首先,服务营销组合的变量要比消费品的多,肖尔认为服务业营销与运作的联结比制造业更为紧密,因此,服务生产过程是营销过程的一部分。其次,顾客介入是商品营销与服务营销的一个主要区别,是来自于有形产品企业的管理人员从未想过与顾客直接对话。肖尔认为,推销宾馆房间可归结成一种"人对人"的销售。被调查的罗伯特.L.卡特林在谈到他在航空业中的经历时说:"在顾客看来,与服务的其他任何特性一样,你的人员是产品的重要组成部分",认为人们购买产品是因为他们相信产品有效用,但对于服务来说,人们会与他们喜欢的人打交道,而且因为他们认为自己会喜爱这项服务所以才购买,这使得顾客与员工的接触成为服务营销工作中的一个关键部分。

1979年,当学者们开始争论商品与服务在营销管理上是否存在差别这一课题时,在这两个行业中都有经验的高层管理人员已经明显认识到这种差别,而这种差别今天依然存在。这些早期的服务营销人员所注意到的区别,是今天应用的许多服务营销观点、概念和战略的发展推动力。

第一节 服务市场营销概述

一、服务的分类与特征

(一)服务的基本概念

市场营销学界对服务内涵的研究大致从 19 世纪五六十年代开始。国内外学者和企业对服务概念的定义有上百种。概括起来,有以下几种具有代表性的概念。

(1)1960 年,AMA(美国市场营销学会)最先给服务下定义为:"用于出售或者是同产品连在一起进行出售的活动、利益或满足感。"

(2)1963 年,雷根(Regan)将服务定义为:"直接提供满足(交通、租房)或者与有形产品或其他服务(信用卡)一起提供满足的不可感知活动。"

(3)1974 年,斯坦顿(Stanton) 将服务定义为:"可被独立识别的不可感知的活动,为消费者或工业用户提供满足感,但并非一定与某个产品或服务连在一起出售。"

(4)1993 年,艾德里安·佩恩(Adrian Payne)认为:"服务是一种涉及某些无形性音速的活动,它包括顾客或他们所拥有财产的相互活动,不会造成所有权的更换。"

总之,服务是指能够带来某种利益或满足感的、可供有偿转让的、且具有无形特征的一种或一系列活动。

(二)服务的分类

对服务的分类,是制订服务营销策略的基础。通过分类可以研究企业提供该类服务的本质和主要利益;而通过对顾客服务经历的了解,则可以明确判断出影响顾客满意度的所有因素。依据不同的划分依据可将服务做出如下分类。

1.顾客参与度分类法

根据顾客在服务推广过程中的参与程度,可将服务分为如下三类:

(1)高接触度服务。即顾客在服务推广过程中参与其中全部或大部分活动的服务,如电影院、医院、铁路等部门所提供的服务。

(2)中接触度服务。即顾客在服务推广过程中只是在部分时间内参与其中活动的服务,如银行、律师事务所等机构所提供的服务。

(3)低接触度服务。即顾客在服务推广过程中与服务提供者接触较少的服务,如信息、邮电业等提供的服务。

2.服务活动本质分类法

根据提供服务的本质属性,可将服务分为如下三类:

(1)作用于人的有形服务,如民航服务、理发服务等,在传递这类服务的过程中,顾客必须在现场才能接受这样的服务所带来的预期效益。

(2)作用于物的有形服务,如快递服务、家电修理服务等,在这类情况下,被处理的物体必须在场,而顾客本身则不需在场。顾客的参与往往局限在提出服务要求、解释问题和支付费用等方面。

(3)作用于人的无形服务,如教育、心理治疗服务等,在这种情况下,顾客的意识必须在场,而顾客本人则不一定在场,只要能把信号传递到顾客的大脑即可。

(4)作用于物的无形服务,如银行、保险等服务,在此类服务中,顾客参与的程度更多的取决于传统惯例及顾客个人意愿,而非这种服务产生过程本身的需要。

(三)服务的特征

服务与有形产品相比具有本质区别,服务的多重特征表现在以下几个方面。

1.无形性

无形性,又称为不可感知性,是服务最明显的特征,也是最重要的特征。无形性主要体现在三个方面:首先,与有形的消费品或产业用品相比,服务的特质及组成元素是抽象的、无形的;其次,顾客在购买服务之前,无法看见、听见、品尝、触摸、嗅闻到他们能得到的服务内容,也无法明确说明他们希望得到的服务内容;最后,从使用服务后的利益来看,享用服务的人很难察觉,或要等一段时间后才能感觉到"利益"的存在。

2.综合性

综合性,又称为不可分离性。服务人员给顾客提供服务之时,也正是顾客消费服务之时,服务的生产、流通、消费三个过程同时进行,"三位一体"。顾客只有参与到服务的生产过程才能享受到服务;而服务的提供者在同一时间也只能在一个现场提供直接服务。因此,服务场所位置的选择对服务企业显得十分重要。

3.差异性

差异性是指服务的构成要素及其质量水平经常变化,很难统一界定。一方面,服务企业往往不易制订与执行统一的服务质量标准,提供给一个顾客的服务不可能与提供给下一个顾客的服务完全相同;另一方面,服务提供者在个人素质上存在差异,最终的服务质量会产生差异化的效果;最后,由于顾客直接参与服务的生产过程,顾客本身的因素也会直接影响服务的质量和效果。

4.不可储存性

服务的无形性和综合性决定着服务不可能像有形物品一样被储存起来。服务企业为消费者提供服务之后,服务就立即消失。如果服务的供给与需求难以匹配而又不采取相应的措施,顾客的需求就不能及时被满足或者服务供给资源浪费,如客房空置。因此,不可储存的特征要求服务企业必须解决由于缺乏库存而引起的产品供需不平衡问题;解决如何制订分销策略来选择分销渠道和分销商;以及如何设计生产过程和有效地弹性处理被动服务需求等问题。

5.缺乏所有权

由于服务具有无形性又不可储存,服务在交易完成之后便消失,致使消费者没有实质性地拥有服务,因此,服务的生产和消费过程中不涉及任何所有权的转移。如旅客乘坐火车到达目的地后,除了车票在手上外,其他一切都清算交割,同时,铁路部门也没有把任何东西的所有权转移给顾客。因此,缺乏所有权导致顾客在购买服务产品之前会感受到存有较大的风险。

二、服务市场营销的要素

(一)服务市场营销与有形产品市场营销的区别

1.服务市场营销的概念

服务市场营销,是企业在充分认识满足消费者需求的前提下,为充分满足消费者需要,而在市场营销过程中所采取的一系列活动。服务市场营销的核心理念是顾客满意和顾客忠诚,通过取得顾客的满意和忠诚来促进相互有利的交换,最终实现营销绩效的改进和企业预定的目标。

2.服务市场营销与有形产品市场营销的区别

服务的特征决定了服务市场营销与有形产品市场营销有如下本质的区别:

(1)产品特点不同。服务产品是无形的,顾客很难感知和判断其质量和效果,更多的是根据服务设施和环境或从他人之口来衡量,因此,顾客在购买服务产品之前冒有较大的危险。

(2)顾客参与生产程度不同。有形产品的生产因生产企业有固定的生产线和生产工艺,消费者一般不参与生产过程;而实施一项服务工作就是对实物设施、脑力和体力劳动这三者的某种组合的产出结果进行装配和传递,顾客直接参与到服务生产过程中,服务产品质量的高低与顾客的参与密切相关。

(3)人的因素影响不同。在服务产品的生产过程中,服务人员直接与顾客广泛接触,服务绩效的好坏既取决于服务提供者的素质及行为,又与顾客的行为密切相关。

(4)质量难以控制。因服务产品的生产过程中人的参与性很强,人为因素对服务的影响最大,所以服务产品难以用统一的质量标准来衡量,服务的提供过程也很难控制。

(5)服务难以储存。如果没有顾客需要而提供服务,就意味着生产能力的浪费,如果服务需求超过供应能力,又会因供应能力不足而使需求得不到满足。所以,如何使波动的需求同企业的生产能力相匹配,是服务生产企业管理中的重要课题。

(6)时间因素的重要性不同。许多服务是实时传递的,顾客必须在场接受来自企业的服务。服务的推广必须及时、快捷,尽量缩短顾客消费中的时间成本。

(7)分销渠道不同。同物质实体分销渠道把商品从工厂转移到顾客手中的制造商不同,服务产品因其生产与消费者的密不可分性,只能把市场生产、零售和消费的地点融在一起来推广产品。

(二)服务市场营销理念

服务市场营销理念是指企业在从事服务活动过程中的主导思想意识,它反映了企业对服务市场活动的理性认识。服务市场营销的核心理念包含以下三个内容。

1.顾客满意理念(Customer Satisfaction,CS)

顾客满意理念是指企业全部市场经营活动都要从顾客的需要出发,以提供满足顾客需要的产品和服务为企业的责任和义务;以满足顾客需要、使顾客满意成为企业的经营宗旨。顾客对服务的可感知效果与其预期效果相匹配,或超过期望值,顾客就会满意;否则就不满意。

2.顾客忠诚理念(Customer Loyalty, CL)

顾客忠诚理念是指顾客在持续消费过程中,由于不断积累高度满意感觉而形成的对某一企业及其产品或服务的固定消费偏好。在一般情况下,顾客忠诚的表现是重复购买、口碑传播、情感归属、意向购买和未来承诺等。

3.关系营销理念(Customer Relationship Management,CRM)

关系营销理念是指企业与顾客、供应商、分销商、经销商等利益相关者之间建立、保持和强化合作关系,并通过交换及共同履行诺言,使有关各方实现各自营销目标的营销活动的总和。

三、服务市场细分与定位

(一)服务市场细分

1.服务市场细分的概念

服务市场细分,就是根据服务消费者不同的需求特征将整体市场划分成若干个消费者群的过程,每一个消费群都是一个具有相同需求和欲望的细分子市场。通过服务市场细分,企业能够向目标子市场提供独特的服务及其相关的营销组合,从而使顾客需求得到更为有效的满足,并达到留住顾客和提高顾客忠诚度的目标。

2.细分消费者服务市场的依据

(1)按人口统计因素细分。将市场按人口统计变量,如年龄、性别、家庭人数、家庭生命周期、收入、教育、社会阶层、宗教和种族等进行划分。消费者对服务的需求、偏爱和使用率等经常与人口统计变量密切相关,而且人口统计变量比其他类型的变量更容易衡量。因此,依据人口统计变量来细分消费者市场是众多企业普遍采用的方法。实际上,即使企业首先采用非人口统计变量来细分市场,也还需要进一步分析这些细分市场的人口统计特征,这样才能准确估计市场规模并制订具体的营销方案。

(2)按地理因素细分。根据消费者工作和生活的地理位置进行市场细分,可用于细分消费者市场的地理因素,有国家、地区、城市、乡村、城市规模、人口密度、气候和地域文化等。按照国家来划分,就形成了不同的国别市场;按照地区来划分,就形成了不同的区域市场;按照城乡来划分,就形成了城市市场和农村市场。

(3)按心理因素细分。按照人们的生活态度、生活方式、个性和消费习惯等来细分市场。按照心理因素来细分市场是因为消费者群体所共有的价值观念往往决定着他们的购买模式。消费者通过购买特定形式的服务来显示自己是怎样的一个人、处在哪个社会阶层、向往何种生活方式和有什么样的价值取向等。以旅游为例,有的人喜爱寻求奇遇、冒险和活动量大的度假方式,他们的价值观和目标是带有竞争性的,对他们来说,刺激并能够衡量成就的事物是最有吸引力的。而有些人则回避风险,他们选择被动的、无压力的度假方式,并通常不选择会出现未知危险的目的地。旅行社就可以为不同个性的顾客群提供不同的旅游项目。

(4)按行为因素细分。根据消费者对某一种服务的了解程度、态度、使用情况或反应,将他们划分成不同群体。可以作为行为细分的变量主要有顾客追求的利益、使用状况、促销反应、忠诚程度、态度、代购阶段和购买时机等。有时候消费者的人文特征难以确定,销售人员可以从消费者行为直接入手,根据其行为特征差异来细分市场。

(二)服务目标市场选择

1.评估细分市场

(1)细分市场的规模与发展潜力。细分市场的规模是个相对的概念,指适度规模。一些实力雄厚的大公司往往重视销售量大的细分市场,而忽视销售量小的细分市场。而对小企业来说,小的细分市场未必不是好的目标市场。总之,目标市场的目前销售额和预期增长率要与企业的资源状况相匹配。

(2)细分市场结构的吸引力。细分市场虽然有理想的规模和发展潜力,但未必就有吸引力,这还要看细分市场结构的吸引力,即细分市场内其他组成要素对企业结构的潜在威胁。影响细分市场结构的吸引力的因素主要有以下五个:细分市场内竞争激烈程度;新参加的竞争者的状况;替代产品的状况;购买者的议价能力;供应商的议价能力。

(3)公司的目标和资源。某些细分市场的结构虽然有较大吸引力,但不符合公司长远目标,因此不得不放弃。即使这个细分市场符合公司的目标,公司也必须考虑本公司是否能够在该细分市场获取所必需的技术和资源。如果公司在某个细分市场中在某个或某些方面缺乏而且无法获得必要的能力,公司也要放弃这个细分市场。即使公司具备必要的能力,还要看它与竞争对手相比有没有优势,如果公司无法在市场或细分市场形成某种优势地位,它就不应该贸然进入。

2.目标市场的选择

企业在评估各个细分市场后,就要对进入哪些细分市场进行决策。通常情况下服务企业有五种进入模式可供选择。

(1)密集单一市场。服务企业只有选择一个细分市场进入,并向该市场只提供一种服务,这是最简单的进入方式。服务企业选择这种方式进入,可能是它本来就具备的在该市场获胜的必备条件。不少大企业选择该模式进入细分市场,作为未来服务延伸的起始点。但该模式由于进入的市场单一而存在较大的风险。

(2)产品专业化。服务企业集中提供一种产品,并向各类顾客进行销售,如软件公司向各类企事业单位提供财务软件。服务企业采用这种进入模式,可以使自己在某个服务产品方面获得很高的声誉,也可以降低成本。但企业会面临替代产品的威胁。

(3)市场专业化。服务企业专门为某个顾客群提供其所需要的各种服务,如软件公司为教育机构提供它所需要的各种软件产品。服务企业采用这种进入模式,可以使自己在某个特定的顾客群中获得良好的声誉,并成为该顾客群所需新产品的销售代理商。

(4)有选择的专业化。服务企业同时进入几个不同的细分市场,为不同的顾客群提供相应的服务,这种进入模式类似于若干个密集单一市场的组合。服务企业之所以采用这种进入模式,主要是因为每个被选择了的细分市场都有吸引力,并且符合企业的经营目标和资源状况。该进入模式比密集单一市场更容易抗拒风险。

(5)整体市场。服务企业全方位进入市场,用各种产品满足各种顾客群的需要,只有大型企业才有实力采用这种进入模式,如 IBM 公司。

3.目标市场策略

(1)无差异营销。即服务企业不考虑各子市场的特性,只注重子市场的共性,只推出单一产品,运用单一的市场营销组合,满足尽可能多的顾客的需求。选择这种策略可能是由于市场太小,在细分之后企业无法在细分市场上获利,也可能是因为该企业在市场上已经占据了主导地位,如果再选择其中的某些细分市场会造成企业整体利益的减少。无差异营销策略的优点是成本低,因为它只针对共性的市场需求,在生产、销售、研发、管理等方面能获得规模效益,它是一种与大规模的标准化生产相适应的营销策略。这种策略的不足在于,它不可能满足所有人的需求,容易产生某个市场的恶性竞争。随着消费者个性化、差异化需求的日趋明显,这一营销策略正面临着严峻的挑战。

(2)差异营销。即服务企业同时进入几个市场,设计不同的产品,并在渠道、促销、价格、展示等方面做相应的调整,以满足每个细分市场的需求。差异营销策略的优点表现为它能满足消费者差异化的需求,并因此而扩大销售,树立声誉;它的缺点是企业在研发、促销、生产等方面的成本要高于无差异营销策略下的成本,此外,由于要管理多个细分市场,其管理难度较大。因而那些资金、技术实力不强的企业要慎用该策略。

(3)集中营销。即服务企业进入一个或数个性质相似的子市场,为其生产一种或一类服务产品,集中精力满足这个市场的需求。它与无差异营销和差异营销的区别,在于它针对的既不是整个市场也不是多个市场,而是一个细分市场;它不谋求在整个或多个市场中占有较小的份额,而是在一个细分市场中占有较大的份额。集中营销策略的优点是,企业可以获得专业化的优势,增强在专业领域的竞争力,同时也有利于降低成本;它的不足是风险大,当目标市场出现剧烈的需求变动或遭遇强大的竞争对手时,企业有可能面临困境。

(三)服务市场定位

1.服务市场定位的概念

服务市场定位,是指服务企业根据市场上的竞争状况和自身资源条件,建立和发展差异化竞争优势,以使自己的服务产品在消费者心目中形成区别并优越于竞争者产品的独特形象。企业在进入市场之前,一方面要了解细分市场上顾客心目中所期望的最好的服务是什么,另一方面,也要考虑竞争对手所能够提供这种服务的程度如何,因此,市场定位又被称为产品定位或竞争性定位。

2.服务市场定位的原则

市场定位的目的是提供差异化的产品或服务,即要与竞争对手的产品或服务有明显的差别和优势。虽然服务产品的差异不如有形产品那么明显,但每一种服务都能让消费者感到互不相同的特征。服务市场定位一般包括以下原则:

(1)重要性。差异所体现的需求对顾客来说极为重要。

(2)显著性。企业产品同竞争对手产品相比具有十分明显的差异。

(3)沟通性。差异能够很容易地被顾客所认识和理解。

(4)独占性。这种差异很难被竞争对手所模仿。

(5)可支付性。目标顾客认为由于产品差异化而额外付出的成本是值得的,并且有能力购买这种差异化产品。

(6)盈利性。企业可以通过这种差异化获得更多的利润。

3.服务定位的步骤

(1)明确企业潜在的竞争优势。即明确其成本优势和差异化优势。服务企业可以通过价值链分析来寻找获得竞争优势的机会,这种方法可以帮助企业明确服务行业和企业的现有资源和潜在资源,并可以加强对竞争对手企业价值链的分析研究。服务差异化优势,可以通过对产品自身、服务交付方式、企业形象价值和人员服务质量等方面的分析来确定。

(2)选择相对竞争优势。企业的相对竞争优势是指企业拥有能够胜过竞争对手的某方面的能力。企业要选择那些优势大、符合企业长远利益、最具有开发价值的竞争优势。

(3)传播独特的竞争优势。服务企业要通过一系列的宣传、促销活动,将其独特的竞争优势准确地传递给潜在顾客,并在顾客心中留下深刻印象。因此,服务企业首先应使顾客了解、知晓、认同、喜欢和偏爱本企业的产品;其次,企业应利用一系列活动强化顾客对企业形象的了解,并保持市场形象的一致性。

第二节 国际服务市场营销组合策略

一、国际服务市场营销的产生与发展

(一)国际服务市场营销的兴起

服务市场营销学于20世纪60年代兴起于西方。1966年,美国拉斯摩教授首次对无形服务与有形实体产品进行了区分,提出要以非传统的方法研究服务市场营销问题。1974 年拉斯摩所著的第一本论述服务市场营销的专著面世,标志着服务市场营销学的产生。在该著作中,作者明确指出,仅把市场营销学的概念、模型、技巧应用于衍生物还不够,还必须认清服务市场营销学与市场营销学之间存在着某种质的区别,这样才能使服务市场营销学成为独立的学科。

(二)国际服务市场营销学的发展阶段

服务市场营销学从 20 世纪 60 年代诞生以来,大致经历了四个阶段的发展。

1.形成阶段(20 世纪 60 年代至 70 年代)

形成阶段主要是界定服务的基本特征。主要研究的问题是:服务与有形实物产品的异同;服务的特征;服务市场营销学与一般市场营销学研究角度的差异。

2.理论探索阶段(20 世纪 80 年代初至 80 年代中期)

理论探索阶段主要探索服务的特征如何影响消费者的购买行为,尤其集中在消费者对服务的特质、优缺点及潜在的购买风险的评估上。其主要研究的问题有:顾客评估服务与评估有形产品有何差异;如何依据服务的特征将服务划分为不同的类型;可感知性与不可感知性差异序列理论等。

3.理论突破及实践阶段(20 世纪 80 年代中期至 90 年代初期)

理论突破及实践阶段主要探索服务营销组合和服务质量问题。所谓服务营销组合,是指服务企业依据其市场营销战略对营销过程中的构成要素进行配置和系统化管理的活动。这一阶段主要的学术观点是 7Ps 理论,即在传统的产品、价格、分销渠道、促销组合之外,又增加了"人"、"服务过程"和"有形展示"。

4.理论深化阶段(20 世纪 90 年代初期至今)

理论深化阶段的研究呈现出系统性、整合性和深入性,模型研究成为一个重点。这一阶段学者们主要研究的问题是:消费者行为与服务购买决策过程;服务的顾客感知与顾客满意;服务营销调研;服务传递中的员工角色与内部营销;服务承诺与整合服务营销沟通;服务质量、顾客满意度与服务绩效评估;服务与实物产品的经济属性和服务的国际化与全球化等问题。

二、国际服务市场营销战略

国际服务市场营销战略是指从事服务营销的企业面对急剧变化的国际环境和激烈竞争的市场,为实现企业预定的企业发展目标而制订的市场营销总体规划。在急剧变化的市场环境和日益激烈的市场竞争中,企业营销战略的正确制订与有效实施,已成为企业能否成功的关键。

(一)国际服务市场营销战略的主要类型

1.密集式成长战略

(1)市场渗透。即在现有的市场上,通过现有的服务产品来扩大销售,主要是促使现有的顾客增加消费次数、消费数量,或者吸引新顾客来消费服务产品。

(2)市场开发。即利用现有的服务产品去开拓新的市场,例如可在现在有的销售区内进一步进行市场细分,满足新的细分市场的需求。

(3)产品开发。即在现有的市场上提供新的或改进的服务产品,从而满足现有市场上的不同需求。

2.多元化成长战略

(1)同心多元化战略。即面对新市场、新顾客,以原有的服务特长与经验为基础,增加新的服务产品,如银行提供的消费信用;住宅贷款、电子计算机转账服务等。由于企业从同一圆心逐渐向外扩展其服务领域,没有脱离其经营主线,所以利于发挥自己的优势,使风险相对较小。

(2)水平多元化战略。即针对现有的市场和顾客提供全新的服务。如航空公司经营酒店业务。由于企业进入了同一水平的新领域,其风险增大。

(3)综合多元化战略。即企业在更多领域以全新的服务进入全新的市场。而这些新业务、新市场和企业现有的业务与市场没有较多的联系,这种战略的风险最大。例如,企业同时从事金融业、旅游业、网络服务业务等行业的服务活动。

(二)国际服务市场营销竞争战略

服务市场营销发展战略与服务市场营销竞争战略是两个不同层次的概念:服务市场营销战略指出了企业市场营销的整体发展方向与目标;而服务市场竞争战略则设计了达到目标的基本途径。美国学者波特提出,企业在实现其战略目标的过程中,有以下三种一般性竞争战略。

1.总成本领先战略

采用总成本领先战略的核心是通过扩大生产规模,力争使其成本降到行业最低水平,从而以较低的售价赢得竞争优势,争取最大的市场份额。实现总成本领先战略目标要求企业具有如下条件:良好、通畅的融资渠道;服务产品的同质化较高;低成本的分销渠道;熟练的、高效率的服务从业人员;严格的成本控制体系、组织体系和责任管理等。

2.差别化战略

差别化战略的竞争优势主要依托企业形象、产品特色、客户服务、技术特点、客户网络等各个方面,把整体市场划分为若干不同需求的市场细分,然后根据企业的资源条件和营销实力选择细分市场作为目标市场,并为每个目标市场制订不同的营销组合。即针对不同的细分市场,设计不同的服务产品,采取不同的价格,通过不同的分销渠道,使用不同的促销方式,分别满足不同顾客的需求。

3.集中性市场战略

集中性市场战略是指在将整体市场划分为若干细分市场后,只选择某一个或少数几个细分市场作为目标市场,对这几个细分市场上的顾客实行专业化服务。该战略不求在较多市场上获得较小的份额,而求在较小的市场上获得较大的份额。

总之,企业在选择目标市场营销战略时,必须考虑企业的能力、服务产品的同质性、服务产品所处的生命周期阶段以及市场的类同性,同时,还需要考虑竞争者的战略。

三、国际服务营销组合策略

为了贯彻与实施企业的服务市场营销战略规则,必须制订与实施相应的服务市场营销组合策略,为此,就要研究市场营销组合的要素,及其不同的组合方式选择。

(一)国际服务市场营销组合的含义

企业制订市场营销策略的基础要素是营销组合。所谓服务市场营销组合,是指服务企业对可控制的各种市场营销手段的综合运用。具体地说,就是服务企业运用系统的方法,根据企业外部环境,把服务市场营销的各种因素进行最佳的组合,使它们相互协调配合,综合地发挥作用,实现服务企业的战略目标。

(二)国际服务市场营销组合的构成

服务的无形性及综合行,使得人员服务对质量有着不可避免的影响,员工与顾客之间的互动成为服务生产过程中不可缺少的环节。同时,服务的无形性及不可感知性,使得顾客在消费服务时感觉风险很大,促使顾客寻找有形证据来帮助自己识别服务。因此,服务营销组合在传统市场营销组合 4PS 的基础上,更加强调了人员(personnel)、有形展示(physical evidence)和过程(process)的要素。其组合要素,如表 13.1 所示。

表 13.1　服务市场营销组合要素

要　素	内　容
1.产品(product)	(1)领域(2)质量(3)水准(4)品牌(5)服务项目(6)保证(7)售后服务
2.价格(price)	(1)水准(2)折扣(3)付款条件(4)顾客认知价值(5)质量/定价(6)差异化
3.渠道(place)	(1)所在地(2)可及性(3)分销渠道(4)分销领域
4.促销(promotion)	(1)广告(2)人员推销(3)营业推广(4)宣传(5)公关
5.人员(personnel)	(1)人力配备(2)态度(3)其他顾客
6.有形展示(physical evidence)	(1)环境(2)实物装备(3)实体性线索
7.过程(process)	(1)政策(2)手续(3)器械化(4)员工裁量权(5)顾客参与度(6)顾客取向(7)活动流程

1. 产品

在服务产品要素中应考虑服务产品的范围、服务水准、服务质量、服务品牌、服务保证(承诺)以及售后服务等内容,要提高服务产品的综合竞争能力,就需要将这些要素有机的结合。

2. 价格

服务价格方面应考虑的要素包括价格水平、折扣、折让和佣金、付款方式和信用。价格是一种顾客判别服务质量的重要依据。服务价格决策体现在价格与服务定位的匹配性、差异化和灵活的定价上。

3.渠道

服务提供者的地理位置以及位置的便利性都是服务营销渠道策略中的重要因素。渠道的类型、地理范围等很大程度上影响这服务递送的效率。

4.促销

服务促销注重的是为不同的顾客提供个性化的服务和信息。服务促销包括人员促销与非人员促销，而非人员促销又包括广告、营业推广、宣传、公关等营销沟通方式。

5.人员

由于服务生产过程与消费过程同时进行，服务人员或者在服务企业担任生产(或操作性)角色的人在服务产品的生产与营销过程中起着服务表现和服务销售的双重角色，因而，在顾客看来其实就是服务产品的一部分，这在那些经营"高接触度"的服务企业尤其如此。所以，服务企业必须十分重视对服务人员的甄选、训练、激励和控制。

6.有形展示

有形展示会影响消费者和顾客对于一家服务企业的评价。有形展示包括的要素有：实体环境(装潢、颜色、陈设、声音)，服务提供时所需要的装备实物(餐饮企业盛菜用的餐具，出租汽车公司所需要的汽车)，以及其他实体性线索(如航空公司所使用的标志、市场包装用的方便袋)。

7.过程

服务过程对服务企业是一个十分重要的因素。在服务营销过程中必须重视服务表现和服务递送。在服务的过程中服务人员表情愉悦、专注和关切对提高顾客的满意度或消除顾客的不满都是有好处的。因此，服务企业的经营管理者必须重视企业整个服务体系的运作政策和程序方法的采用、服务供应中器械化程度、雇佣人员裁量权、顾客参与服务操作过程的程度、咨询与服务的流动、预约与待候制度等。

(三)国际服务市场营销组合策略

1.单元组合策略

单元组合策略是国际市场营销各个单项组合因素自身的具体组合策略。即产品、价格、渠道、促销、人员、有形展示、过程各营销要素的单元组合策略。由于对自身子系统要素的组合方式不同，就形成了不同的单元组合策略类型。如产品组合策略，可由质量、品牌、售后服务要素组合；也可由领域、品牌、服务项目、保证要素组合。不同的组合，形成各但愿不同的市场营销组合策略类型。

2.多元营销组合策略

多元营销组合策略是国际市场营销各单项组合要素之间的不同组合方式，所形成的市场营销组合。如可将产品、价格、促销、有形展示要素组合；也可由产品、价格、渠道、人员要素组合,形成不同的市场营销多元组合策略的类型。

第三节　服务市场营销策略的类型

一、服务营销策略指导原则

每个旨在满足潜在购买者需求、确立服务竞争优势的企业,要真正进入市场与扩展服务市场,其第一步就是要争取制订与有效实施其市场营销策略。成功的营销策略必须贯彻以下共性原则。

(1)有利于优势竞争资源的不断聚集。

服务产品缺乏专利保护,易于模仿,竞争优势很容易丧失。因此,营销策略必须引导企业坚持服务产品创新、改善服务过程的质量,以提高顾客认同感和满意度。

(2)有利于吸引绝大多数潜在目标顾客接受服务。

尽力扩大市场覆盖面,诸如增开分店、结盟、特许经营等多采用的措施,仍要广泛应用。

(3)有利于增加顾客与服务产品本身或服务员工的接触。

这一原则是目前制订无形产品有形化策略和服务人员促销策略的核心所在,是克服服务无形性带来的购买障碍的关键。

(4)有利于提高企业调节需求变化与生产能力之间平衡的能力。

一般而言,应当以供求调节策略为基础来反推其他策略,如当供求调节策略中的价格因素与价格策略相抵触时,通常要优先考虑供求平衡。

(5)反映建立服务营销信息系统的趋势。

服务营销信息系统的建立是服务营销未来的发展方向所在。信息系统的先行者所确立的竞争优势是对手很难模仿和赶超的。

二、服务市场营销策略的类型

(一)供求调节策略

由于服务供给受到资本、设备、技术,尤其是人员的巨大限制,因此,服务的供给是缺乏弹性的,供给曲线通常近似地用一条水平直线表示。但是,顾客对服务的需求却因时间的不同存在很大的差异,例如早晚上下班时间公交车的拥挤,上午下午就餐时间饭店的冷落。为了提高经济效益,采用适当的供求调节策略便成为服务企业必须即时调整的基本策略。这一策略分为以下两种类型。

1.需求调节策略

对服务企业而言,加强对需求的调节和管理,就是要在保持供给稳定的前提下,通过恰当的方法和措施,改变顾客的需求时间,将需求曲线的波动拉平,以减少供求不协调造成的顾客

不满或人员和设备的闲置。以下是几种可供参考的具体调节手段:

(1)实行差别定价。在需求高峰期,价格上浮,而在非高峰期进行让利或打折促销,以便将部分价格弹性较强的需求从高峰期释放到非高峰期,使人员和设备得到均衡使用。

(2)发展非高峰期服务,刺激需求。在非高峰期增设一些特别的或新的服务项目,比如餐厅午间特设学生餐等,以吸引消费。但要谨慎选择所要增设的服务项目,以防不同的需求对象之间发生冲突。

(3)提供辅助性的服务。为了暂时缓和供不应求的状况,在高峰期可以提供一些临时的辅助性的服务,让等候中的顾客享用,尽量留住他们,并尽量减轻他们等候时的不满。

(4)实行预收服务。通过预收,服务企业可以及时了解市场需求状况,并能对高峰期和非高峰期的需求进行综合评和,分散需求集中的时间,使企业不失盈利的机会。

2.供给调节策略

所谓供给调节策略就是根据服务需求的变化情况,及时调节企业的服务供给量,以达到服务供求的基本平衡,减少服务能力的浪费,提高经营效益。一般说,如下调节企业供给能力的策略可供应用。

(1)调节服务供给的时间和地点,如延长服务时间、增设临时服务网点。这是最直接的策略,但费用较高,只适用于临时、短期的供给调节。

(2)只提供主要的服务项目。需求高峰时,在保证服务质量的前提下,只提供主要的服务项目,把次要的服务内容略去,可以提高服务的供给效率。

(3)增强顾客的参与程度。鼓励顾客去做一些本来由服务人员完成的工作。这种自助式的服务方式起源于商业和餐饮业,正在向其他服务领域扩展,如银行业、交通运输业等。让顾客参与可以赢得他们对服务的认同和满意,降低生产成本,提高服务生产率。

(4)雇佣临时员工。存在淡旺季的服务企业,维持一定数量的基本员工应付平时服务供应,在供不应求时雇佣临时性兼职员工以增加服务供给量,并减轻基本员工的工作压力。

(5)加强企业职工的交叉训练。服务企业每个部门的员工都在强化本职工作的同时接受更多的交叉训练。当某部门人员吃紧时,可以抽调其他部门员工协助提供服务,如此,既提高了服务供给效率,也增强了员工的素质,还有利于减少营业费用。

(6)设计供给系统。企业应当在充分了解市场潜力、明确企业目标的前提下,设计相应的统计系统,使企业的设施和人员有一个适当的配比,有条件的企业,更应留有一定的、必要的工具设备和人员储备。

(二)服务定价策略

1.声望定价策略

服务产品质量很难形成客观统一的判别标准,所以在消费者眼中,价格便在一定程度上成为服务质量的标志。因此,服务企业完全可以根据自己在业内声望的高低去制订相应的价格。定价低可以刺激消费,吸引低端细分市场;定价高对应于高质量和优质服务,同样可促进销售。

当然,制订高价必须考虑企业的知名度和目标市场的支付上限,以免定价过高。

2.分级定等定价策略

由于服务产品复杂多样,质量参差不齐,服务企业一般可以把服务产品分为几个档次,每个档次对应一个价格,没必要定价过细。这样从价格上既反映了质量的差别,又简化了服务企业的工作,还为消费者进行产品比较提供了便利。此外,服务业中常与促销策略结合应用的一些定价技巧包括以下几种:

(1)折扣定价法。折扣是用适量的价格损失来换取两个目标的实现:一是促进服务的生产和消费,形成规模优势;二是鼓励提前付款、大量购买和淡季消费。折扣可以表现为现金折扣、数量折扣、交易折扣及季节折扣等。

(2)招徕定价法,亦称牺牲定价法。即第一次服务以优质低价招徕客户,以后再恢复到正常的价格和服务供应。这种定价技巧适用于顾客不满于原有服务商或对服务的提供不精通的情况。

(3)系列定价法。指的是价格本身维持不变,但服务质量、供应数量或服务水平等方面则充分反映出成本的变动,以实现价格的相对变动。这一定价技巧适用于固定收费的标准服务,服务过程必须容易为人所了解,如航空服务等。

(4)关系定价法。关系定价法是一种适合服务商与顾客之间的有持续接触的定价思路,是一种把顾客一生的价值都考虑到的基于价值的市场取向的定价方法。关系定价强调利益驱使的定价哲学,它允许企业为了战略和战术目的,在合适的时间使用亏损引导、竞争性降价和边际成本定价等定价方式。关系定价的目标是辅助服务定位并驱使顾客愿意为感觉到的核心服务和边缘服务所提供的额外效用支付额外的费用。

(三)质量管理策略

服务生产与消费的不可分割性决定了对服务无法像对实物产品那样在消费前通过检查而控制其质量。而服务质量作为一种感受,又产生于生产者和消费者间的互动过程。这些都决定了服务质量管理要比实物产品难度更大。

1.服务过程控制策略

服务过程控制是一个反馈控制系统,在系统中不断将输出结果与既定标准对比,将偏差反馈给输入端,通过系统调整使输出端保持一个可接受范围内。如以顾客等候时间、顾客投诉数量等为标准。至于那些由若干阶段组成,延续时间较长的服务,这一策略的投入产出效率是非常高的。

2.POKA – YOKE 策略

POKA – YOKE 策略意为"防误防错",亦即 Error & Mistake Proofing。日本的质量管理专家、著名的丰田生产体系创建人新江滋生(Shingeo Shingo)先生根据其长期从事现场质量改进的丰富经验,首创了 POKA – YOKE 的概念,并将其发展成为用以获得零缺陷,最终免除质量检验的工具。统计表明,大量服务错误的发生是由于员工的粗心大意,而不是员工不合格。所以,该策略实施的关键在于建立一套对"微妙点"的提示清单——我们称之为程序手册或检查表——用标准化作业限制员工判断，同时减少员工判断失误。

3.质量机能展开策略

质量机能展开(quality function deployment, QFD)是一种简单易行又非常有效的新的质量管理。它从顾客的要求出发，发展出四个虚拟模块：第一，质量模块，指出服务的特点和设计目标；第二，环节模块，把质量模块中的特点发展成为服务各个环节的特点；第三，计划模块，确定各个环节的计划操作程序；第四，生产模块，确定生产过程中"微妙点"的操作程序。四个模块逐渐升级，前一个模块提出的问题由后一个模块解决，在"问题——解决"的循环往复中，实现服务质量的提升。

(四)地理定位策略

服务企业要合理选择地理位置，其地理定位包含从地域到地区再到地点三个层次的定位。

1.地域定位策略

地域定位策略就是确定服务商圈的最大范围。一些结合经济学和数学的定位模型，如霍利的"零售引力法则"和茨巴斯的"商圈境界线模式法则"等，经常被用于分析和确定服务的地域定位。

2.地区定位策略

地区定位策略是在选定地域中选择最适于经营的城区或街区，诸如繁华区、商业中心、专业街等。地区定位主要考虑该地区的人口密集度、服务企业密度以及服务企业之间的结合力等

3.地点定位策略

地点定位策略是指最狭义的服务设施和店铺的位置选择策略。

(1)地点定位的原则。客观上地理定位往往由于先入者对地点的垄断性占据而受到掣肘，但主观上两点定位原则却是必须遵循的：服务地点选择必须尽可能接近顾客，同时考虑到同业的情况和交通的便利情况等；地里位置定位必须按"地域——地区——地点"的顺序进行。有些企业先考虑地点，对地区乃至地域的现状和发展趋势分析不够，结果，当地区域人口外迁、地域经济中心转移时，投资失败。

(2)地点地位的策略。首先是分散策略，即多店铺和多据点化。它通过将均衡局域放大，来扩大目标市场覆盖面，提高竞争能力和扩展能力，并由此获得至少如下三点经营优势：第一，可以扩大服务知名度，提高分店吸引力；第二，可以在开业之初取得良好的回报和效益；第三，增加了市场机会有利于激励分店扬长避短。其次是群落策略，是竞争群落和饱和群落策略的总称。"竞争群落"策略是基于对消费者在众多竞争服务之间做出选择时表现出的消费行为特征的分析总结出的。在众多竞争者集中的地方设立店铺，往往会导致共赢的经营效果。

(五)服务分销策略

随着服务需求的不断膨胀和服务业发展要求的不断升级，服务营销人员开始尝试在理论

上探索服务间接渠道的市场有效性,服务的间接渠道即存在中间商参与的服务分销渠道,这种分销渠道不同于实物产品的间接渠道,它所分销的只是一个在何时何地以何种方式提供服务产品的承诺,而不是服务产品本身。这同样是服务的综合性决定的。常见的服务间接渠道参与者包括如下几类:

(1)代理商。这类中间商广泛存在于旅游、住宿、运输、保险等服务行业。

(2)代销商。是由直销方式下的分支服务提供点形式演化而来的间接渠道,主要表现为以特许经营权授予为基础的服务分销。

(3)经纪商。在标准化程度或实物性程度较高的服务行业,可能产生大量的经纪人和媒介服务于销售,如证券业、广告制作业等。

(4)批发商和零售商。服务批发商采取服务批发形式,以大量、整批销售为主,连接大规模的服务提供商和服务零售商;服务零售商直接进入消费者市场,整合零散的个别的需求,可以直接与中小服务提供者联系,也可与服务批发商联系。这种批发零售的中介模式在商业、银行、照相馆、干洗店等服务领域得到广泛应用。

(六)促销宣传策略

服务无形性的特点,使服务企业的促销和宣传比工业企业困难得多。然而,近年来服务业的迅猛发展和服务竞争的不断升级,又使得成功的促销策略成为企业经营制胜的必由之路。服务促销策略是供求调节、定价、广告宣传等策略的组合形式。在此,着重强调企业的宣传、沟通策略,要遵循以下的几种思路。

1.进行形象化、有形化宣传

服务的无形性特征增加了顾客购买行为的知觉风险,因此,服务宣传策略应当为服务提供有形的线索,以消除顾客的疑虑,增强顾客对产品的青睐、信赖和品牌忠诚。这些有形线索有以下几点。

(1)服务环境,是构成服务产品内涵必要的有形的组成内容。它包括建筑、装潢、场所设计和背景条件等。服务环境的有形展示,可以体现服务的质量和企业管理的水平。如麦当劳采取透明厨房设计,使顾客看得到厨房的一举一动,以完全符合卫生标准的操作赢得了顾客对服务质量的信赖。

(2)品牌标识,是一个广义的概念,包括狭义的品牌、企业吉祥物、徽标、服务质保凭证等。品牌标识不同于服务名称,名称只能使人们识别服务;品牌则富有服务的个性和消费者的认同感,并象征着生产者的信誉。品牌标识展示可以利用视觉优势原理扩大服务的展露度和影响力,更生动地体现企业文化和精神,实现从企业理念识别到视觉识别的 CI 设计目标。

(3)员工形象展示,应从员工视觉形象(VI)出发,通过标准化的服务规范,展示企业和服务人员对顾客的爱心、热心和耐心。当然,培养和利用服务明星也是服务企业常用的宣传策略。

(4)企业业务信息,包括购销、价格、质量、销售条件、顾客反映等内容。它们并不直接反映服务产品的性状,但通过对服务的档次品位、服务的设施手段的描述,间接反映服务产品的形象和竞争能力。

2.注重企业形象的树立和服务提供者的宣传

服务企业在业内的声望不只是服务定价的依据,更是不少消费者选择服务的依据。企业形象越好、声誉越高,则顾客越认同其服务水平,对其管理水平越有信心。如律师、会计、医生、美容师和经纪人等行业。

本章小结

服务是指能够带来某种利益或满足感的可供有偿转让的且具有无形特征的一种或一系列活动。服务产品具有无形性、差异性、综合性、不可储存性和缺乏所有权等一般特点,这些特点决定了服务企业在营销过程中的特殊策略。在国际服务市场营销范围内,由于其服务市场发展阶段不同,特别是服务市场营销组合要素因有形产品市场营销组合要素不同,而具有不同的服务市场营销组合策略,可分为单元与多元营销组合策略。服务营销策略的主要类型包括供求调节策略、服务定价策略、质量管理策略、地理定位策略、服务分销策略、促销宣传策略。研究服务市场营销策略,不仅对服务企业而且对所有企业开展服务市场营销活动都具有重大意义。

思考题

1.服务产品区别于有形产品的特点是什么?
2.服务的无形性如何影响企业营销策略的制订?
3.研究国家服务市场策略的重要性是什么?
4.市场营销策略主要类型的特点是什么?

【综合案例分析】

欧洲迪斯尼:一个美国人在巴黎

早在20世纪50年代,沃尔特·迪斯尼就梦想创造一种新的娱乐形式,即以后我们所知道的主题公园。他认为,当时的娱乐公园是由粗俗的人经营的令人生厌、华而不实的地方,而他对此有更好的设想。20世纪80年代中期,公司将注意力转向了欧洲。对迪斯尼的高层经理来说,欧洲的新事业比他们第一个建在外国的主题公园——东京迪斯尼乐园受到更大的挑战。预计游客将来自欧洲各地,甚至欧洲以外。任何时候园内都可能有多达50 000名游客。与加利福尼亚州、佛罗里达州和东京的公园不同,欧洲迪斯尼不会以某国游客为主,因此,处理语言问题需要仔细筹划。

作为回应"美国文化帝国主义"之忧虑的一项早期的决定是,法语将成为欧洲迪斯尼的第一官方语言。一些景点将以法语命名,另一些则将保持英语的原名。所有员工都需掌握一些法语。尽管欧洲迪斯尼保留了其他迪斯尼主题公园的基本定位,但也为适应欧洲文化和语言做了调整。许多景点和游览车几乎无需解说,但是游客们在360度环形电影院"梦幻影院"中,可以通过使用语音接收器,选择使用多国语言代替法语。

1992 年 4 月 12 日,公园及度假地在嘹亮的号角声中开张。欧洲迪斯尼的一切看起来都更大、更华丽、饭店也更多。成人 225 法郎和儿童 150 法郎的门票不仅就欧洲标准来说很高,也超过了美国的两个迪斯尼公园。

尽管有大量游客,公园的第一季度并不成功。第二年,情况也无转机。秋冬时节,寒冷潮湿,虽然许多游览车能防风雨日晒,并且迪斯尼也组织了各类季节性活动,包括一次万圣节活动,但游客数量仍然特别少。问题之一是欧洲迪斯尼的客流未达到目标水平,特别是曾被视为早期市场中坚力量的当地法国人。游客的平均支出,包括食品和纪念品的购买也未达到预期计划水平。客流的季节变化也是个大问题,最低客流量仅为高峰时期的 1/10,其差距远超过其他三家姐妹公园。

迪斯尼的另一招牌就是微笑。但熟悉法国文化的人会注意到,被要求微笑的法国人常这样回应,"我想笑的时候会笑的,相信我。"美国人不得不为适应欧洲迪斯尼的员工们而改变培训方法。尽管迪斯尼强调百分之百的顾客满意,但在一些员工眼中,公司实施了过度的控制,员工缺乏必要的自主权来实现目标。

讨论题:

1. 欧洲迪斯尼前期业绩不佳的主要原因是什么?
2. 在营销方面,欧洲迪斯尼可以做哪些调整?

聚焦分析:

业绩不佳主要表现为客流不足。客流不足的主要原因是服务产品定位美国化、高价格、气候、选址。在预测客流时也没有充分考虑欧洲文化与美国文化的差异。与美国人不同,欧洲人不愿意为了父母的方便,把孩子在上课期间带出去旅游度假。在一些消费习惯上欧洲人与美国人也不同,但欧洲迪斯尼并未考虑这些问题。

根据欧洲人的消费习惯部分改变旅游产品。如减少对欧洲迪斯尼出售酒类的限制。酒是法国文化的代表之一,饮酒是法国经历的一部分;调整价格策略。在淡季游园和住宿时采用价格折扣;摈弃不适合欧洲人特点的一些管理手段。

【阅读资料】

1971 年 4 月,在美国的西雅图帕克市场(PikePlace),星巴克第一家店正式开业。到 2004 年全球分店已达 8 600 多家。星巴克从一家小小的咖啡豆零售店成长为一家大型国际咖啡连锁店的历程,正得益于其准确的市场定位及其全面的顾客服务战略。

以顾客为本:星巴克在对顾客进行细分的基础上,将咖啡产品的生产系列化和组合化,根据不同的口味提供不同的产品,实现一种"专门定制式"的"一对一"服务,真正做到真心实意为顾客着想。星巴克还将咖啡豆按照风味分类，让顾客可以按照自己的口味挑选喜爱的咖啡。口感较轻且活泼、香味诱人，并且能让人精神振奋的是"活泼的风味"；口感圆润、香味均衡、质地滑顺、醇度饱满的是"浓郁的风味"；具有独特的香味、吸引力强的是"粗犷的风格"。这种对于产品的"深加工"，从根本上提高了产品的"附加值"，使顾客"对咖啡的体验"成为有源之水、有本之木。

"神秘顾客制度"：是用以监督管理服务企业终端的重要武器。它并非星巴克的专利，在肯德基也有类似的制度。在星巴克，"神秘顾客"是为了检查"为顾客煮好每一杯咖啡"的服务标准而建立的一种考评机制。就是除了通常的理论知识考察和实际操作考察外，他们委托某个具有考察能力的公司，秘密派人扮作顾客，来到星巴克分店进行消费，其间对员工的服务、技能、环境氛围等全方位考察，然后结合业绩综合考量，才决定某店的服务质量如何、某店员能否升迁等。在星巴克，许多普通店员、资深店员、见习主管、主管及店长，均是通过这种方式一级级考察晋升。

员工关系：星巴克的成功主要得益于对"关系理论"的重视，特别是同员工的关系。1988 年，星巴克成为第一家为兼职员工提供完善的医疗保健政策的公司。1991 年，星巴克成为第一家为员工（包括兼职员工）提供股东期权的上市公司。虽然实际上许多员工在拿到股票之前就离职了，单这项措施，对占了星巴克员工2/3、收入从最低工资起跳的兼职员工，还是很具有鼓舞作用的。星巴克还给予员工很多教育训练，让大家有能力成为星巴克的咖啡大使。星巴克以实施"员工关系"计划培养出了忠实的员工，而员工也就服务出了高度忠实的顾客。高盛分析师指出，星巴克有十分之一的顾客一天上门消费两次，在零售店中是相当惊人的成绩。这才是星巴克的真正优势，让它几乎没有竞争对手。

总之，作为服务行业，需要的是标准与规范，需要的是执行，优秀的顾客服务来自于卓越的员工，"员工第一"才有"顾客第一"，通过服务情景的塑造，提升服务设施与关注服务细节，塑造服务差异化，进而不断提升了服务质量。

第十四章

Chapter 14

国际市场营销策略

【学习要点】

①使学生认识国际市场营销的特点及国际市场营销与市场营销的区别；

②了解国际市场营销环境的基本内容及企业进入国际市场的方式；

③掌握国际市场营销组合策略。

【引导案例】

2003年11月4日，中国TCL集团与法国汤姆逊公司签订了彩电业务合并重组协议，拟由双方共同投入生产电视机和DVD的资产，组建一家合资公司，TCL集团持有其67%的股份。在新的合资公司TCL-汤姆逊电子公司组建并运营后，使产品的年总销量达1 800万台，成为全球最大的彩电供应商。但不久，于美国当地时间2003年11月24日，美国商务部初步裁定中国长虹、TCL、康佳、厦华四家电视机生产商存在倾销，倾销价差为27.94%到45.87%。这个裁定，对这几家企业以及其他中国出口美国的彩电企业的打击几乎是致命的。由于这些具有制造成本优势的国内彩电业，在进军国际市场时，由于在目标市场的品牌知名度低、营销渠道不健全，特别是面临研发力量薄弱、贸易壁垒这些问题时，易使国内彩电企业在彩电技术升级浪潮和国际市场中遭遇重大挫折。

而TCL集团与汤姆逊公司合并重组，所形成的优势，使中国仍可保留在美国的市场，并为我国家电企业进军国际市场提供了更广大的出路。这是因为我们改变了以下条件：一是由无专利权到拥有专利权。以前我国彩电企业在核心技术方面，基本上没有专利权。而作为老牌彩电企业，汤姆逊在传统彩电领域拥有34 000多项专利，2002年年底，汤姆逊公司曾提出向我国彩电企业索要专利费。而联姻汤姆逊，TCL就轻易化解了专利危机。二是，由危机转化为机会。首先是绕开贸易壁垒，由于汤姆逊在欧洲和北美均拥有当地的强势品牌，而且在欧美已经建立了相对完善的营销网络,并且,因 TCL－汤姆逊采用的是主要零部件在国内生产,墨西哥、波兰等地整机装配办法,将可以继续发挥国内劳动力成本低廉的优势,不仅可进军广阔的国际市场,还会重新迈进美国市场的大门。

其次是节约了品牌推广成本。我国产品在进入国际市场时,需要花费高昂的品牌推广成本,而与汤姆逊的合作,TCL 面临的推广成本问题就迎刃而解了。百年品牌——汤姆逊目前为全球四大消费电子类生产商之一,是欧美消费者认可的数字巨人。旗下的 THOMSON 品牌和 RCA 品牌分别在欧洲与北美市场上拥有良好的品牌形象。经过多年经营,在欧美已有庞大的销售网络。利用这些有利条件,可以大大节约 TCL 进入欧洲数字彩电的品牌推广成本。

随着世界经济一体化进程的加快,市场营销也已经淡化了域别、国别色彩,日益成为一种全球性的企业行为。市场不再是某一个国家的内部市场,顾客也不再是某一个国家的内部消费者,企业间的竞争已经跨越国界,成为一场环球大角逐,因而,国际市场营销也逐渐成为一种新的营销趋势。

第一节　国际市场营销概述

一、国际市场营销的概念

国际市场营销,是指企业跨越国界的市场营销活动,是企业为满足其国外客户需要将产品和服务提供给国外的顾客,以求获得利润而采取的营销活动。由此我们可以看出,国际市场营销是企业跨越国界的生产与市场经营活动,它涉及生产和流通领域,其目的是通过提供产品和服务,以满足国外顾客的需要,从而使企业获取更多的利润。国际市场营销的实质,是企业通过为国外客户提供满意的产品或服务以获得更多合法利润的经济活动。

二、国际市场营销和国内市场营销的关系

由于国际市场营销是国内市场营销活动向国外的延伸,因此,国际市场营销与国内市场营销相比,既有相同之处也有不同之处。

(一)国际市场营销与国内市场营销的联系

国际市场营销与国内市场营销的联系,主要表现在以下三个方面。

1.基本原理相同

国际市场营销学与国内市场营销学都以经济学的基本原理作为理论基础,融合了现代管理学、统计学、数学、会计学、社会学、心理学等诸学科的内容。这个基本理论,既可以应用于国内的市场营销活动,又可广泛地运用于国际市场营销活动之中。

2.作为一门学科来讲,两者所研究的对象以及探讨的主要内容基本一致

国内市场营销学和国际市场营销学都要研究以满足顾客需求为中心的市场行为规律,都

要探讨企业的一系列市场营销活动和市场营销活动的规律。

3.从经营发生的过程看,国际市场营销是国内市场营销的延伸

一般来说,企业最初经营只面向国内市场,企业的经营范围、发展战略和营销组合策略,都以国内市场需求为导向,仅有部分产品由于某些偶然因素出口销往国际市场。随后,由于国内市场疲软,导致销售不景气,使企业被迫向国外市场寻找销路,伺机进入国际市场;但仍以国内市场为主。随着企业在国际目标市场上的逐步深入,对国际市场信息越来越敏感,对国际市场的需求变化的反应越来越敏捷,企业开始为国际市场需求安排生产、组织销售,将越来越多的产品投入国际市场。随着生产的发展、先进技术的采用、企业规模的扩大、经济实力的增强和国际营销经验的积累,企业有条件主要面向国际市场,进行全球跨国营销,实行国际化营销活动。从上述过程可以看出,企业一般先从国内经营开始,逐渐向国际市场扩展,并不断扩大国际市场的范围。

(二)国际市场营销与国内市场营销的区别

国际市场营销与国内市场营销所面临的环境大不相同,因此,从事国际市场营销和从事国内市场营销时也存在较大的区别。具体表现在以下几个方面。

1.国际市场面临的市场环境更复杂

国内市场营销在本国范围内进行,面临的是一种比较单纯的市场环境结构,它由企业营销人员比较熟悉的所在国的政治、经济、法律、文化等市场环境构成。国际市场营销所面临的市场环境则是多层次的复杂结构。这是因为凡是从事国际市场营销的企业,都不可避免地要受到整个世界市场环境的影响。

2.企业营销组合决策所要考虑的影响因素不同

由于国际市场营销与国内市场营销所面临的非可控性因素有较大差异,因而,使从事国际市场营销的企业在制订营销组合策略时,必须依据于与国内市场营销大不相同的营销决策变量,例如,国际营销者在制定价格策略时,要考虑到汇率变动风险对价格的影响,而这是国内营销者无需考虑的。

3.国际市场面临的市场营销难度更大

国际市场营销的难度,除了营销环境的复杂性、不确定性和营销方案的多样性等因素的影响外,还有其他诸多因素,使得国际市场营销比国内市场营销更加困难。

三、我国参与国际市场营销的必要性

(一)加速经济建设

世界各国经济、技术发展不平衡,特别是在科学技术高度发展的今天,任何一个国家都不可能拥有发展本国经济所需要的一切资源,更不可能拥有本国发展所需要的所有先进技术。因此,要加速发展本国经济,就需要积极开展国际市场营销,将国内产品打入国际市场,顺利实现产品的价值并获取更多的盈利;同时,通过出口创汇,引进先进的科学技术和设备,加速本国的经济发展。

(二)扩大产品销售

积极开展国际市场营销,为企业开拓了营销领域,可以寻求更广泛的市场,扩大企业的产品销售。通过扩大产品销售,可以扩大企业的生产规模,降低产品单位成本,获得规模效益,从而获得更大的利润回报。

(三)规避经营风险

积极开展国际市场营销,可以在本国经济不景气时,积极开拓国际市场,寻求有利的市场机会,在一定程度上避开国内市场饱和与竞争过度给企业带来的损失。同时,对于跨国公司来说,开展多国的市场营销,可以在全球范围内选择有利的市场机会,保证企业的健康发展。

(四)加快企业成长

积极开展国际市场营销,使企业投身到激烈的国际市场竞争中去,可以磨炼企业的生存发展能力,加快技术进步,提高经营管理水平,从而加速企业成长壮大。特别是我国加入世界贸易组织后,对众多的企业来说,既是压力也是动力,既有竞争又有机会。在我国现代化建设进程中,鼓励国内企业积极开展国际市场营销,参与国际市场竞争,可以在强手如林的激烈竞争中锻炼企业,使其在融入世界经济主流的同时,从根本上转变企业的发展思路,锻造出适应国际竞争趋势的新型现代企业。

第二节　国际市场营销环境

在当今世界经济全球化和区域经济一体化的浪潮中,各国之间的经济联系越来越紧密,相互影响也越来越大。作为经济载体的企业不可避免地要受到国外各种因素的影响。因此,企业进行国际市场营销活动,首先要了解、分析国际市场营销环境,这样才能找到国际市场营销的机会并制订出正确的市场营销策略。国际市场营销环境大体上可分为经济环境、政治法律环境、自然和技术环境及社会文化环境。

一、经济环境

国际市场营销的经济环境分为两个层次:一是国际经济环境,它影响与制约着各国彼此之间的贸易与投资活动,也必然影响着国际企业的跨国经营;二是有关国家国内的经济环境。

(一)经济制度与经济体制

从经济制度考察,各国经济可分为公有制占主导的经济和私有制占主导的经济。当前各国经济制度的一个新特点,是私有制主导的经济中也会有公有制经济的存在,而公有制主导的经济中也不排斥私有经济成分,二者相互补充、相互促进。在各国的市场经济体制中,具体的组织形式和政府对市场经济活动调控的程度也不尽相同。在国际市场营销中,首先要对东道国的经济制度,特别是市场经济体制予以充分了解,从而制订相应的营销策略。

(二)经济发展水平

各国的国民经济情况按其发展水平大致可分为原始农业型、原料输出型、工业发展型和工业发达型四大类。一般认为,原始农业型国家主要从事农业生产,基本属于自给自足的自然经济,少有商品推销机会;原料输出型国家某种自然资源十分丰富,其他资源贫乏,因而以该种自然资源的出口换汇便成了国民经济的支柱,对生活消费品的进口依赖性很强;工业发展型国家是众多的工业化初期已建立一定工业技术基础的国家,它们需要先进的设备和本国无力生产的关键性中间产品;工业发达型国家大多是高技术产品、资金、技术的出口国,但又是大量传统商品的最大市场。由此可以看出,这四类国家各自出口项目与货物很不相同,因而对进口货物的需求也各不相同,所以,对各国市场营销的内容和方式也应有所区别。

(三)市场规模

国际企业是否进入某国市场,首先需要考虑的是其市场规模。不同的产品,决定市场规模的因素不同,一般而言,主要由人口与收入因素决定。一是,从人口方面来看,总人口是最主要的指标。在其他条件相同的情况下,总人口数越大,表明市场规模越大,如一些日用百货品、食品、教育用品等市场容量与人口数量呈高度相关性;其他指标如人口增长率、人口年龄、人口性别等对不同的细分市场的规模起着决定作用。人口增长率高的国家或地区对婴儿用品、玩具的需求量大;年轻人居多的地区,对时装、娱乐的消费量就大;女性集中的区域,化妆品购买量会高。此外,人口的地理分布对于分销成本有着重要影响,人口密度大的地区,其购买力比较集中,对于促销、分销等方面的努力易取得较好的效果。二是,从收入方面来看,国民生产总值是衡量国家或地区总体经济实力与购买力的指标,对于评价工业品市场规模尤其重要。人均收入、个人可支配收入、个人可自由支配收入与消费品购买力呈正相关关系,当然,一个国家或地区的收入分配分布不均,会使这项指标的意义大打折扣;家庭收入与以家庭为单位的消费品,如家用电器、厨房用品、家具、汽车等,呈正相关关系;收入分配分布是否均匀对于营销有着重要的影响,许多国家存在着收入分配方面的两极分化现象,处于两极的人口,具有不同的购买力和需求,代表着不同的市场。国际企业的营销必须区分不同的市场,采取不同的策略。

(四)经济特征

经济特征主要包括自然条件、消费模式、基础设施、城市化程度等方面的情况,它们从各个方面影响着企业的营销。

1.自然资源条件

自然资源条件是指已开采的自然状况和潜在的各种资源。其自然资源条件不同,对营销的影响会有很大的差异。如中东因盛产石油而变富,购买力高,高档消费品普及率上升快;但由于缺水、多沙漠,导致农产品及水产品较少,一些农作物多需进口。

2.消费模式

消费模式是指消费者不同的消费类型,或其较规范的消费形式。它对营销组合的各方面都有特殊影响。恩格尔定律告诉我们,随着一个家庭收入的增加,用于食品方面支出的比重将逐渐减少,不发达国家的恩格尔系数可高达0.9,而发达国家则可低至0.2以下,如此,不同国家对产品的选择就大不一样;传统的消费习惯不同,产品品种的需求结构就不同,如欧美人多喜欢吃面包,而东方人素以大米为主食;消费方式的革新状况不同,其购买方式就不同,因而相应的供应方式就不同,如快餐是否流行、零售方便商店是否受欢迎,对于产品的选择、促销方式的选择、渠道的选择都深有影响。

3.基础设施

基础设施是指各国为经济发展提供服务的公共设施,主要包括能源供应、交通运输、通讯以及各种商业基础设施等设施。基础设施状况对国际营销活动影响甚大。以运输设施而言,不同种类与水平的设施,将影响运输方式、运输能力、运输费率高低,而对其不同的选择,都直接决定着产品实体分配的效率。一国的基础设施越完备,业务量越大,业务水平越高,在该国开展营销活动就越有成效。

4.城市化程度

城市化程度是指城市人口占全国总人口的比重。由于城乡差别的客观存在,就会导致消费水平与消费行为差别的客观存在,市场则由此进行细分。在通常情况下,革新产品、技术含量高的产品往往首先为城市所接受。在有些国家,城乡居民消费行为的差异小些;在另外一些国家,这种差别会显得很大。国际企业应对此进行深入研究、具体分析,以便制订不同的营销策略。

二、政治法律环境

政治法律环境,主要是指各国的政治体制及政局变化和对外投资、对外贸易的法规政策及其他相关的法规政策的状况。其状况不同,对市场营销的影响程度不同。这些影响因素,有些源自跨国营销企业的母国;有些来自于东道国;还有些则是国际性双边或多边协定等。在这里,我们主要论及东道国的政治法律环境。

(一)政治环境

1.政治因素

政治因素是一个国家或地区的社会性质和政治体制。如它是社会主义国家,还是资本主义国家;是发达国家,还是发展中国家;是一党制,还是多党制;是民主政府,还是专制政府。这些方面的差异,都会决定不同国家间的政治主张和经济政策的差异。

2.行政体制

行政体制是一个国家的行政组织体系与制度。是政府对经济的参与程度和政府对自身行为目标的界定。不同的行政体制,会有不同的行政结构与效率。东道国政府对外国企业在本国经营是鼓励或是限制,往往受其本身的行为目标的制约:自我保护目标,即要求主权完整;安全目标,即要寻求生存机会,反对外来威胁;繁荣目标,旨在提高国力与公民生活水平;声誉目标,即维护和改善本国的国际形象;意识形态目标,即保护其意识形态,免受外来文化干扰。

3.政治稳定性

政治稳定性是指一国政权更替的频率和政治冲突的状况。执政党的更替,往往意味着政府经济政策的变更或调整,因此,政权更替过于频繁,外国企业在该国的经营活动就难以正常进行。政治冲突,通常会导致对国际企业员工的冲击与伤害、财产破坏与损坏,而且也将预示着政府对涉外投资的态度和政策方面的变化。

4.政治干预

政治干预是指一国政府采取各种措施,迫使国外投资企业改变其经营性质、方式和政策的行为。其形式主要有没收、征用、国有化、本国化、外汇管制、进口限制、税收管制、价格管制以及对劳动力的限制等。东道国政府的没收、征用和国有化是跨国经营企业所面对的最严重的政治风险。一般而言,最容易被没收、征用和国有化的行业是公共事业、部分自然资源开采和大规模农业,这是因为这些行业被认为对国家的国防、主权、国民福利、经济增长等极为重要,所以,不能让它们掌握在外国人手中。

5.国际关系

国际关系是指一个国家与其他各个国家的政治外交关系的密切程度。东道国与其他国家的政治外交关系不同,也必然影响国际企业的经营业务,其中最重要的是东道国与国际企业母国的关系。此外,东道国是否属于某个区域性政治或经济组织、是否参加某些国际组织,也影响东道国的政治、经济政策,从而影响对外贸易与外来投资的政策与态度。

(二)法律环境

由于现代企业在市场经济中的行为主要是由法律来规范和约束的,因而,国际企业在从事国际市场营销活动时,自然必须了解与掌握国际法律环境各方面的因素。企业在开展国际市场营销活动时所面临的法律环境主要由三部分组成:东道国法律、国际法规、母国法律。

了解与掌握国际营销法律环境,最重要的是要了解东道国的法律。首先,要了解东道国法律属于何种体系。世界上大多数国家的法律体系大致可分为:英美法系和大陆法系。英美法系,又称为习惯法或不成文法,其最重要的特点是以传统为导向,重视习惯和案例,过去案例的判决理由对以后类似案件的判决有约束力。近几十年来,属于英美法系的大约 26 个国家也制订了大量成文法以作为对习惯法的补充,但是合同法和侵权行为仍受习惯法管束。大陆法系,又称为成文法,其最重要的特点就是以法典为第一法律渊源,法典是各部门法典系统的、综合的、首尾一贯的成文法汇编。世界上大约有 70 个国家的法律属成文法系,主要分布在欧洲大陆及受其影响的其他一些国家。

国际法规调整的是相互交往和国家之间的关系,其主体是国家而不是企业或个人,但是国家之间所签订的双边、多边条约、公约和协定也间接地影响着企业的国际市场营销活动。

母国法律,将会直接限制或鼓励企业产品的出口及涉外投资资本的流向、数额等。

三、自然和技术环境

(一)自然环境

自然环境主要包括气候、地理位置、地形等自然条件状况。这些自然环境因素,对于进出口商品结构都会有重大影响,因此,企业在开展国际市场营销活动时应因地制宜,使其决策适应不同国家或地区的自然环境。

(二)技术环境

技术环境,是指不同国家科技发展水平的状况。企业在开展国际市场营销时,要正确认识和分析东道国的科技发展水平,以增强市场营销决策的针对性和适应性。科技水平高的发达国家,其产业结构也正在进行重大调整,集中发展技术密集型产业,而技术性不强的产品往往需要大量进口,这就为发展中国家提供了市场机会。相对而言,发展中国家则往往由于科技水平不高,迫切需要进口先进的技术设备。因此,了解国际上的技术进步状况,有利于不同的国家发挥本国企业的技术优势。

四、社会文化环境

社会文化环境是指不同国家社会文化的差异情况。世界各国社会文化的差异,决定了各国消费者在购买方式、消费偏好、需求指向上都具有较大差别。在一个国家行之有效的营销策略,而在另一个国家未必可行。因此,开展国际市场营销,需要仔细研究各国的社会文化差异,以适应该国社会文化的感性形式,从而顺利进入该国市场,取得良好的营销效果。社会环境主要包括以下因素。

(一)社会结构

社会结构是指各类群体在社会总体中的地位及其相互关系,社会结构确立了人们的社会角色与社会关系形态。考察社会结构一般是考察亲属群体和社会群体两大类。亲属群体中最基本的单位是家庭,家庭又分为核心家庭和扩展家庭。通过对所进入国家的家庭结构、家庭生命周期等因素的研究,探求以家庭为购买单位的市场营销问题,对国际市场营销企业具有重大意义。社会群体,主要指家庭以外的其他群体,如年龄群体、性别群体、共同利益群体等。除了对不同年龄、性别群体的研究外,国际营销企业还必须对各种社会组织、协会、行会等共同利益群体给予高度重视,因为,在市场营销中,这些共同利益群体对该企业能否顺利在东道国及其社区顺利经营,有着举足轻重的作用。

(二)语言文字

语言是人类交流沟通的载体,反映了一种文化实质。在国内市场营销中,语言障碍尚不大,但在跨国界市场营销中,如不熟悉东道国语言,或不能准确表达自己的意愿,就会产生沟通障碍,无法进行销售宣传,难以达到营销目标。

(三)宗教信仰

宗教信仰是一种重要的意识形态。在当今世界上的各宗教及其教派中,存在不同的教义、宗教节日、禁忌,从而对信徒的价值观念和消费需求形成巨大的约束。在宗教色彩浓重的地区,撇开宗教因素的营销将寸步难行。

(四)价值观念

价值观念是人们对事物的态度和评估标准。不同国家和民族,以及同一民族不同的文化教育,都会影响价值观念的变化。不同的价值观,对人们的消费习惯和审美标准有很大影响,从而制约企业的市场营销决策。

(五)教育水平

教育水平是指一个国家人们所受教育的程度。一个国家的教育水平与其经济发展水平密切相关。教育水平的高低往往与消费结构、购买行为联系在一起。受教育程度高的消费者,一般从事较良好的职业并有较高的购买力,对产品质量、品牌等因素考虑较多;反之,则可能仅有较低的购买力,商品品牌选择力度也要弱一些。

(六)民风民俗

民风民俗是特定社会文化区域内历代人们共同遵守的行为模式或规范。一个社会、一个民族传统的风俗习惯对消费嗜好、消费方式起着决定性的作用。因此,国际营销企业在不同国家销售产品、设计品牌、广告促销时,都要充分考虑该国特殊的风俗习惯。

第三节　国际市场进入方式

企业进入国际市场的方式,是指企业将其产品、技术、工艺、管理及其他资源进入国外市场的一种规范化的部署。从经济学的角度看,企业进入国外市场仅有两条道路:一是,在目标国家以外的地区生产产品向目标国家出口;二是,向目标国家输送技术、资金、工艺及企业,直接地或者采用联合方式,运用其当地的资源,特别是劳动力资源,去生产产品并在其当地销售。从经营管理的角度看,上述两条道路可以分成几种对国际化经营企业具有不同成本和利益的进入方式。这些进入方式可分为下列三大类:贸易式进入方式、契约式进入方式和投资式进入方式。

一、贸易式进入方式

贸易式进入方式,是指企业在本国内进行产品的生产和加工,再通过国内或国外的中间商向海外市场出口的一种市场进入方式。贸易式进入的主要出口渠道可以分为两大类,即间接出口和直接出口。

1.间接出口

间接出口是指企业通过本国的中间商经销和代销出口产品,本企业与国外市场无直接的联系,也不涉及国外业务活动。从严格意义上说,间接出口并不属于国际市场进入方式,只有直接出口才是企业进行国外经营的起点。

2.直接出口

直接出口是指企业绕过国内中间商,直接将国内生产的产品销售给国外中间商和最终消费者,或者委托国外中间商在国际市场上代为销售。直接出口有以下三种形式:

(1)利用国外中间商。也就是直接把产品卖给国外中间商或由国外中间商代理。这种行为,就是企业自己在从事国际经营活动。国外中间商可分为国外代理商和国外经销商。国外代理商的任务就是促使其委托人(卖方)与第三方(买方)达成销售任务;而国外经销商则是先由企业将产品买入,然后,再转售给本国的各类客户,通过贱买贵卖获得利润。代理商和经销商都为供货方经销产品,其不同之处是代理商不拥有货物的所有权,与供货方只是代理委托关系;而经销商则拥有货物的所有权,与供货方是买卖关系。代理商的利润是来自代理佣金,而经销商的利润是来自买卖差价。

(2)在国外设立办事处。这是企业利用贸易式进入国际市场的一种重要形式。办事处的主要职能是搜集国外市场信息,推销产品,负责分销,提供服务、维修和零部件等。设立办事处需要最初投资,并需要持续的间接费用。利用这种形式进入国际市场,意味着企业要投入一定的资金和专业人员,并从事国际市场营销活动的专业管理工作。

(3)建立国外销售分支机构。国外销售分支机构的职能与办事处相似,不同的是它作为一个子公司在法律上和赋税方面具有独立性。

二、契约式进入方式

契约式进入方式,是指企业通过与东道国企业签订合同或协议,以向东道国企业转让企业专利、商标、设备等资产为条件而进入目标市场国家的方式。此方式,是企业通过与目标国家的企业法人之间订立长期的、自始至终的、非投资性的无形资产转让合同,而进入目标国家。契约式进入方式也涉及企业资产的转让,但它与直接投资方式是有区别的,即在契约式进入下,进入的企业并不拥有东道国企业的股权。企业的目的,在于通过契约式方式顺利进入目标市场,并获得相应的报酬,如提成费、转让费等。具体来说,契约式进入方式可分为以下几种形式。

(一)许可经营

许可经营,又称为技术授权。是指企业或许可方与国外另一企业或被许可方签订许可协议,允许授权对方在一定期间和范围内,使用本公司的专利权、版权、商标以及产品或工艺方面的诀窍等,从事生产和销售,并以向对方收取许可费用作为回报。

企业采用许可经营的形式进入国际市场,无需在生产和销售方面进行大量的投资,即使是中小企业,只要拥有适当的专利和技术就可进行。采用许可经营的方式可以避开关税、配额、高运费、竞争等不利因素,比较容易、快速地占领市场。由于向目标国提供了先进的技术,能够比较容易地获得东道国政府的批准。但是,许可经营也存在许多问题,如在许可费方面,对国外的被许可方依赖性较大。因为,它既取决于被许可方能否成功地经营和销售被授权生产的产品;又取决于许可方提供技术咨询和质量控制人员所增加的成本。

(二)特许专营

特许专营,是指特许方授权另一家独立的公司,按某种特定的方式从事业务经营。特许专营是一种专业化的许可协议,一般多为服务性企业所采用。如遍布全球的麦当劳快餐就是典型一例。在特许专营协议下,许可人通常按照被许可人经营收入的一定比例收取特许费。特许专营作为进入国际市场的一种形式,有利于企业避免独自开拓国外市场的过高成本和经营风险,从而使企业能去快速地进入国际市场。但特许专营这种方式,可能抑制被特许企业把自己的利润用于更广泛的经营领域。

(三)技术协议

技术协议,是企业同外方达成协议,向对方提供为发展其技术或解决其技术难题,而进行的各种有偿的技术咨询服务活动。其中,以新产品、新工艺方面的技术咨询服务为多;同时,也提供技术培训或其他方面的有偿服务。

(四)管理合同

管理合同,是指本企业根据与海外目标国家企业签订的合同,而全权负责合同期内该外国企业的全部业务管理。缔结管理合同,是进入国际市场风险最小的方式,合同开始生效就有收益。例如,国际希尔顿酒店、香格里拉、喜来登等承担了世界上众多国家的高级酒店的管理工作。

(五)交钥匙工程

交钥匙工程,是指国际企业将工程项目的设计、安装、测试等步骤都做好后,一揽子转让给当地企业管理。这类项目通常出现在技术与管理力量较为缺乏的发展中国家。在交钥匙过程中,承包人有责任提供诸如管理和操作培训一类的服务。这种安排有时被称为"交钥匙附加承包"。交钥匙工程,实际上是向其他国家出口工艺技术的一种方法。从某种意义上来说,这是一种高度专业化的出口。在化学工业、制药工业、炼油工业和冶金行业中交钥匙工程十分普遍。

三、投资式进入方式

投资式进入方式,是通过直接投资进入目标国家。即企业将资本连同企业的管理技术、销售、财务以及其他技能转移到目标国家,建立受本企业控制的分公司或子公司。投资式进入方式是国际市场进入方式的高级阶段。在所有权和管理控制范围内,国外的生产分公司可分为以下两种形式:一种是母公司拥有完全的所有权和控制权的独资企业;另一种是母公司和当地企业共同拥有所有权和控股权的合资企业。

(一)独资经营

独资经营是指国际化经营企业拥有被投资企业100%的股权,进行经营独管、利益独享、风险独担。采取独资经营形式有很多益处:一是,独占所有权,不与其他投资者分享利润;二是,没有合作伙伴,不会在利润、目标等方面产生冲突,从而使子公司的目标与母公司的目标保持一致,融为一体;三是,企业采取这种最直接的形式进入国际市场,可以更直接、更全面地积累国际市场营销经验。但这种方式也有以下的不足之处:企业投入的资金多、风险大;东道国政府和公众可能不欢迎外来独资企业,而不能得到当地合作者的帮助,故灵活性差等。

(二)合资经营

合资经营,是指国际化经营企业在目标国家与当地某家或少数几家企业或第三国企业共同投资,分享股权,利益共享,风险共担。合资经营形式,多在以下两种情况下采用:一是目标国家的投资商缺乏资金或管理能力,从而无法单独投资经营,而在国家经济政策的推动下,通过与国外企业联合投资,去进行企业的发展;二是有些国家规定只有同本国企业合资才能进入本国市场。采取合资经营,其优点是:潜在利润多;能便捷、迅速、更多地获取当地的市场信息;能更直接地获得国际市场营销经验。中国改革开放以来,更多的采用合资经营形式,实行"先进,后出"的方针,"引进"是为了更好的"外出"。在中外合资经营中,要正确处理好双方利益关系。

第四节 国际市场营销组合策略

国际市场营销组合策略,包括国际产品策略、国际定价策略、国际渠道策略和国际促销策略。

一、国际产品策略

(一)国际市场中的产品概念

从国际市场营销的观点来看,产品是能够满足消费者某种需要与欲望的物质形态和非物质形态的劳动产品的综合体,这里强调了产品的整体概念。产品的整体概念,将产品划分为:核心产品、形式产品或有形产品、附加产品或延伸产品。在国际市场营销中企业销售的产品同国内一样,不仅仅是产品实体,还必须提供一种整体的满足。企业必须树立整体产品概念,才能使产品在国际市场上更具有竞争力。

(二)国际产品标准化与差异化策略

国际产品标准化,是指在世界各国市场上,都提供同一种产品;国际产品差异化则是指对不同国家或地区的市场,根据其需求的差异,而提供经过改制、略有不同的产品。如在全世界各地,可以喝到从包装、品牌、口味都相同的可口可乐、吃到肯德基炸鸡;但对于电视机来说,因各个国家的电视线路不同、电源电压不同,因此,向不同国家供应的电视机就需略作修改,而略有不同。

国际产品标准化,可使企业节省研究开发费用和其他技术投入,也可以节省营销费用,因而可获得规模经济效益;有助于树立企业及其母国的国际形象。国际企业为了开拓国际市场,必须实施产品差异化策略,当然由此会增加额外的成本与费用。

影响产品标准化与差异化的因素很多,要作出正确的决策,必须考虑与依据如下因素:成本与利润、产品的性质、市场需求特点、产品技术标准、政府法律的要求、竞争状况等。

(三)国际产品生命周期策略

国际产品生命周期理论是由美国哈佛大学教授雷蒙德·维农在20世纪60年代提出来的。他认为,由于各国在科技和经济发展水平上的差异,而形成统一产品在各国开发、生产、销售、消费时间上的差异,因而,使在国际市场上产品的发展必须经过如下三个阶段:一是,新产品阶段。发明国通过研究开发出新产品,技术处于发明创新阶段,其需求主要来自本国市场,基本上没有出口;发明国拥有新产品生产的比较优势,在本国生产是最佳选择。由于新产品实际上是一种科技知识密集型产品,因此,新产品往往首先出现在少数发达工业国家。二是,成熟产品阶段。此阶段技术更加完善,产品日益成熟,生产规模扩大,发明国开始大量生产产品并向其他国家出口。国际市场上竞争对手增多,迫使发明国的企业对外投资,设立国外子公司或分公司,以保持和扩大国外市场份额。成熟的生产技术也随产品的出口转移出去。产品进口国迅速模仿,从而在本国生产差异化的产品,并与原产品展开竞争。由此,使最先出口这种产品的国家的出口量逐渐下降,并逐渐以成熟技术取代发明国而成为主要生产与出口国。三是,标准化产品阶段。生产技术和产品都已经标准化,新的竞争者和同类商品大量出现。技术和资本在产品的生产中逐渐失去重要性,而劳动力成本则成为决定产品是否有比较优势的主要因素。发展中国家在进口产品的基础上,应用最新的先进技术,以较低的成本投入生产,并以生产出的标准化产品出口到发达国家和最先发明新产品的国家。此时,最先出口这种产品的国家因失去竞争优势,逐步放弃市场上已趋于饱和的原产品,并迅速转向发展更新的产品和更新的技术。

国际营销企业根据上述国际产品生命周期的规律,制订相应的产品维持、改进、创新策略,生产出适需的产品,以因势利导的开拓国内外市场。我国作为发展中国家,企业应特别关注发达国家的产业结构调整和转移动向,抓住发达国家成熟产业转移到海外的有利时机,及时引进发达国家的新产品和新技术,迅速的与本国的自然资源及劳动成本优势相结合,生产出价廉物美的产品,然后再出口到国际市场,进而更快、更好的开拓国际市场。

(四)国际产品包装策略

产品包装策略,是企业销售策略的一个重要组成部分。国际市场的产品包装策略,主要有以下几种。

1.中性包装策略

中性包装策略是指企业在产品包装上不注明产品的原产地、国别、厂名、原品牌或商标等基本信息的一种包装。它主要适合于一些初涉国际市场、知名度不高、为外商定牌加工生产的国内中小企业采用。

2.类似包装策略

类似包装策略是指企业所有出口的产品都采用相同或相似的包装。这种包装,有利于在国际市场上树立企业的整体形象。

3.等级包装策略

等级包装策略是指企业将产品分为几个等级,对不同等级的产品采用不同的包装。

4.组合包装策略

组合包装策略是指企业按照不同国家消费者的习惯,将若干有关联的产品放在统一包装物中,去成套出售的包装。

5.附赠品包装策略

附赠品包装策略是指企业在产品的包装物中附赠一些能引起消费者购买兴趣的物品,从而诱发顾客重复或多次购买,如在包装中赠送试用装、小礼品等。

6.再使用包装策略

再使用包装策略是指企业将包装纸做得比较精美,除包装产品的功能外,还可另作他用。

7.改变包装策略

改变包装策略是指企业在产品销量下降、市场声誉跌落时,改变产品包装物的质地、样式、美观度等。

(五)国际产品品牌策略

1.品牌化策略

品牌化策略即企业使用品牌与否的策略。包括使用品牌、不使用品牌,以及品牌是否注册为商标。品牌具有相当重要的作用,产品使用品牌、商标,有利于企业宣传产品,也有利于购买者识别产品,但也增加了产品的成本。近年来,美国的一些日用消费品和药品又出现了"无品牌"倾向,据估计其超市中提供的无品牌商品的售价大约低于同类品牌产品的 30%～50%,很受低收入消费者的欢迎。

2.品牌归属策略

制造商在品牌决策之后,还要决定品牌归谁所有,由谁管理和负责。对此,企业可有三种供选择的策略:

(1)制造商品牌,又称全国性品牌。使用生产者品牌是品牌策略中应用最广泛的一种选择,制造商品牌一直在零售行业中占统治地位,绝大多数制造商都创立了自己的品牌。生产者采用自己的品牌出售产品可以建立企业的信誉和实施名牌战略;中间商使用生产者的品牌可节省宣传费用,便利地为消费者提供售后服务和保障。

(2)经销商品牌,又称专用品牌或私人品牌。即在销售过程中,不使用生产商的品牌,而采用经销商的品牌。经销商品牌也叫中间商品牌。在目前市场上,一些实力超群的中间商都建立了自己的品牌,以树立良好的企业形象,进而利用顾客的信任和良好的商誉,增强对供货企业的控制,从而降低进货成本,提高市场竞争能力。

(3)混合品牌。即企业将一部分产品使用自己的品牌,另一部分产品采用中间商品牌。

3.品牌统分策略

品牌统分策略是指某个企业或企业的某种产品在某种市场定位之下,采用一个或多个品牌,从而有助于最大限度地形成品牌的差别化和个性化,企业进而以品牌为单位组织开展营销活动。此策略分为如下两种策略:

(1)个别品牌策略。是指企业对不同产品分别使用不同的品牌名称。这种品牌策略的好处是:没有将企业的声誉系在某一产品品牌的成败之上,企业不会因某一品牌信誉下降而承担较大风险;可以使企业为每一新产品寻求最佳的品牌,而不必把高档优质产品的品牌引进较低质量的产品线,更有利于企业产品向多个细分市场渗透。个别品牌策略最大的缺点是:加大了产品的促销费用,使企业在竞争中处于不利地位;此外,品牌过多,不利于企业创立名牌。

(2)统一品牌策略。是指企业对所生产的多种产品使用同一品牌名称,如"百事"所有的产品都统一使用"PEPSI"。采用统一品牌策略,有利于提高顾客对新产品的信任感,使其容易在市场推广;可以集中利用宣传资源,节省品牌的设计和广告费用;可以确立企业的品牌在国际市场的信誉和威望,提高企业声誉,建立和巩固顾客忠诚度。但是,使用统一品牌策略,企业必须保证该品牌在市场上获得相当的声誉,且这种产品质量水平必须经常保持一致,否则,使用统一品牌就会影响品牌和整个企业的信誉。

4.品牌重新定位策略

品牌重新定位策略是指企业全部或部分调整或改变品牌的原有市场定位,故又称再定位策略。虽然品牌没有市场生命周期,但这决不意味着品牌设计出来就一定能持续到永远。为使品牌能持续到永远,就必须在品牌运营实践中去适时、适势地做好品牌重新定位工作。例如,"七喜"的"非可乐"定位,就是品牌重新定位的成功范例。

二、国际市场定价策略

(一)国际市场的产品价格构成

由于产品进入国际市场,而产生了产品分销渠道延长、关税、运输和保险费用、汇率差价等一系列问题,从而使同一产品的国际市场价格与国内市场价格存有较大的差异。一般来说,国际产品价格较国内产品价格增加了以下几项构成。

1.关税

进出口关税及其附加,是国际产品价格的重要构成因素。关税税率的高低、最惠国待遇、关税减免等,直接影响到国际产品的价格。例如,世界贸易组织成员国与非成员国之间,分别享受不同的关税税率,从而决定了其国际产品的价格的不同构成。

2.国际中间商成本

产品分销渠道的延长必然导致增加中间产品成本。分销渠道的长短和市场营销方式,因国别或地区不同而异,其进入国际市场可采用多种方式,所以,没有统一的国际中间商加成标准。这就使得出口商无法控制其产品在国际市场上的最终售价。

3.运输和保险费

出口需把产品运至异国,有的到岸为止,有的需运至出售地。这势必导致诸如运费、保险费、装卸等项运输成本费用的增加。

4.汇率变动

在国际贸易合同中的计价货币是可以自由选择的,但在实行自由浮动汇率的今天,谁都难以预测一种货币的未来实际价值。如果在长期合同中不考虑币种的选择和汇率的变化,企业可能会在不知不觉中遭受10%~20%的损失或获得同等的意外收入。

(二)影响国际市场价格确定的因素

1.定价目标

企业通常将定价目标与营销目标保持一致。一般定价目标包括:保本;拓展市场,获得适当的利润或利润最大;稳定或扩大市场占有率;回避或面对竞争者。

2.成本

企业在国际市场上的定价应考虑国际运输费、保险费、装卸费、关税、外汇汇率变化、融资与风险成本、分销成本等。在一些时尚品、易碎品、易腐品、急需品的价格中,运费要占很大比例。这些费用都要考虑到国际营销产品的价格中去。

3.市场需求和竞争者行为

在国际市场上,产品价格是随着供求关系的变动而变动的,产品供不应求,则价格上升;产品供过于求,则价格下降。同时,在国际市场上,由于卖主之间的竞争、买主之间的竞争、买主与卖主之间的竞争,也会导致国际市场上产品价格的变化。

4.公共政策

公共政策包括政府影响和集团影响。前者,国家的价格控制与管制、政府的价格补贴和优惠政策的影响。后者,包括国内的商会、企业集团和国际性的卡特尔组织等的影响。

(三)国际市场定价基本方法

国际企业在定价决策时,其基本方法同国内定价是相同的。一是以成本为导向的定价法,包括总成本加成法、边际成本法、目标收益法、盈亏平衡法;二是以需求为导向的定价法,包括理解价值法、区分需求法;三是以竞争为导向的定价法,包括随行就市法、产品差别法、密封投标法。

(四)国际市场定价策略

国际企业可选用的国际定价策略包括：一是以新产品定价的撇脂法和渗透法；二是以折让定价的数量折扣法、现金折扣法、职能折扣法和季节折扣法；三是以地理定价的 FOB 法、CIF 法、区域运送法、补贴运费法；四是以心理定价的非整数定价法、整数定价法、声望定价法、单位标价法。除上述外，在国际产品的市场定价时，还应特别重视如何正确选择计价货币、如何转移定价及反倾销问题。

1.记价货币

国际市场营销活动中，可使用多种计价货币。由于国际贸易的每笔交易周期较长、外币汇率波动较大，故正确选择计价货币是国际市场营销的重要定价策略。在选择计价货币时，应注意以下几方面问题：一是，出口国与进口国是否签订了贸易支付协定，是否规定使用某种计价货币；如果两国间没有签订计价货币的协议，一般要选用可兑换货币，可兑换货币是指那些可以在国际外汇市场上自由进行交易的货币，如美元、日元、英镑、德国马克等。二是，要采取出收"硬"、进取"软"的计价方法，即指在出口产品时，争取用"硬货币"计价；在进口产品时，争取用"软货币"计价。硬货币，是指该国外汇收支顺差、外汇存底较大、币值呈上升趋势、对外信用好的货币；软货币，是指该国外汇收支逆差较大、国家外汇储备较少、在国际外汇市场是抛售对象、可能贬值的货币。如因各种条件限制，只能以软货币计价时，可以根据该国货币币值疲软趋势予以适当加价；也可在交易合同中订立保值条款，规定该货币贬值时，按贬值率加价。

2.国际转移定价

国际转移定价是指跨国公司的母公司与各国的子公司之间，或各国的子公司之间，转移产品和服务时所采用的国际定价方法。许多跨国企业都把国际转移价格作为国际市场营销的重要定价策略，实际上都把国际转移价格定得偏离正常的国际市场价格，以实现其利润的最大化。常用的方法有如下几种：一是，当产品需从 A 国向 B 国转移时，如果 B 国采用从价税，且关税较高，则采用较低的国际转移价格，以减少应纳的关税。二是，高进低出的转移价格，而当某国的所得税较高时，如向该国转移产品，则把转移价格定得较低，从而降低跨国企业在该国的利润，以减少在该国交纳的所得税；当某国出现较高的通货膨胀率时，如向该国子公司转移产品，也可采用高进低出的转移价格，避免资金在该国大量沉淀；在实行外汇管制的国家，跨国公司转移产品进去时，采用高定价；转移产品出来时则采用低定价，以降低在该国的利润。如此，既可避免利润汇出的麻烦，又可少纳所得税，以求其整体利益的最大化。

3.倾销和反倾销

(1)倾销。是指出口到东道国市场上的产品价格按低于国内的价格销售，致使当地市场上生产和销售同类产品的企业受到实质性的损害和威胁。倾销可分为以下四种类型：①零星倾销。即制造商抛售库存，处理过剩产品，向海外市场倾销。②掠夺倾销。即企业实施亏本销售，以很快进入某个外国市场，并有利地排斥国外竞争者；一旦在市场上的地位确立，便依据其垄断地位而提价。③持久倾销。即企业在某一国际市场以比在其他市场低的价格进行持续地销售,其适用的前提是各个市场的营销成本和需求特点各有不同。④逆向倾销。即母公司从海外子公司向国内输入廉价产品,以低于国内市场的价格销售海外产品,而被控告在国内市场倾销。

(2)反倾销。是指进口国政府为了维护正常的国际贸易秩序,通过立法的形式对倾销产品征收高额的反倾销税等措施来遏制倾销的一种手段,目的是保护本国工业生产的发展。要决定是否对进口产品实施反倾销,其前提是要确定该产品是否构成倾销。构成倾销的条件主要有:一是产品出口价值低于正常价值;二是产品对进口国的产品造成实质性的损害和威胁;三是倾销与实质性损害、威胁和阻碍,存在着无法分割的因果关系。

三、国际市场渠道策略

国际市场渠道,又称国际市场营销渠道、国际市场分销渠道。它具有如下双重含义:一是指企业进入国际市场的渠道,即国家间的流通渠道,分为间接出口渠道和直接出口渠道两类;二是指在目标市场所在国的国内的销售渠道。国际市场渠道策略,就是对进入国际目标市场及目标市场所在国国内的确定销售渠道类型、渠道模式,以及中间商的不同选择。

(一)国际市场营销渠道结构

由于国际市场营销渠道的参与者,一部分在出口国,另一部分在进口国,因而,企业可以选择直接或是通过渠道成员把产品送达用户或消费者手中。其选择的方式不同,以及各国的市场环境不同,则渠道层次和数目的选择就有很大差别。不同的选择,就形成了不同的营销渠道的模式。而各种不同的营销渠道模式,就组成了国际市场营销渠道的实体结构。常见的国际市场营销渠道结构如图 14.1 所示。

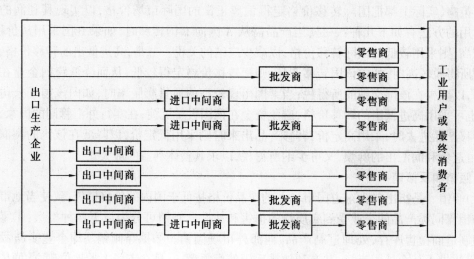

图 14.1　国际市场营销渠道结构

(二)影响国际市场营销渠道选择的因素

1.产品因素

产品因素包括以下具体因素：

(1)产品的单价。产品单价与营销渠道长短呈反方向变动,即产品单价越低,其产品所需营销渠道越长,故对单价低的产品,要选用短渠道。

(2)产品的性质。对于用户比较分散、购买频次高的消费品,要选择"批发—零售"的营销渠道,并构造尽可能广泛的营销网络。

(3)产品的技术性能。技术性能复杂的产品,宜采用直接销售方式;对技术性能较高的耐用消费品,不宜选择过多、过长的中间环节。

(4)产品的耐久程度。对那些易腐烂、破损、时令性较强的产品,宜选择短渠道。

(5)产品的体积与重量。对那些体积大、重量高的产品,最好直接销售给用户。

(6)产品的标准化程度。产品的标准化程度越高,宜选择较长的渠道;非规范化的产品,渠道选择越短越好。

(7)新产品。大多由生产企业直销,也可考虑利用原有渠道带动其销售。

2.市场因素

由于各国市场营销环境存在很大差异,因此,选择营销渠道时,必须考虑不同市场的具体情况。市场因素主要有:

(1)市场规模。市场规模大时,适于较长的营销渠道;市场规模小时,企业可自行组织销售。

(2)市场的集约化程度或顾客的集中程度。在顾客集中的地区,企业可采用直销方式;顾客过于分散的地区,最好通过中间商销售。

(3)市场的季节性。在农产品季节性的强季时,应收缩调整营销渠道。

3.企业自身因素

企业自身因素主要包括:

(1)企业的资本实力。资本实力雄厚的企业,选择营销渠道的自由度要大;资本实力薄弱的企业,必须借助中间商提供的营销渠道。

(2)企业的管理能力。企业管理能力(包括国际营销管理能力)强的企业,可利用自己力量进行销售;管理能力缺乏的企业,只能依靠中间商。

(3)企业控制渠道的需要。企业为了实现自己的战略目标,可采用较短渠道。

4.环境因素

其影响渠道选择的直接环境因素主要有以下几点:

(1)目标市场国政府颁布的相关渠道选择、渠道运作的政策法规。宜采用该项政策法规较宽松的渠道。

(2)各国经济状况。经济发达国家和地区的渠道较短,发展中国家渠道较长。对位置邻近的进口国家或地区宜采用短渠道。

(三)国际市场营销渠道成员

1.出口组织

出口组织主要包括:

(1)企业自设的出口组织。企业通过设立出口部或者出口公司,直接对外销售产品、联系出口业务。

(2)出口经销商。它是专门从事出口活动的中间经销商,出口经销商一般在国内,他们拥有产品的所有权,承担着对国外买主批发商品的职能,在从中赚取商业利润的同时,承担着整个经销活动过程的风险。

(3)出口代理商和经纪人。出口代理商,是接受本国企业的委托,在委托人授权的范围内。代其将产品卖到国外,而不拥有商品所有权的代理者。他们不承担信用、汇兑和市场风险,通常按达成交易的金额提取约定比例的佣金而不管交易的盈亏。经纪人,是主要经营大宗商品的代理服务、收取较低佣金的中间商的统称,他们也是只负责联系买卖双方,促成交易,不需要购进货物,而且也不实际持有货物,不代办运输。

2.进口组织

进口组织主要包括:

(1)进口商。是从国外进口商品,在国内市场销售从而赚取商业利润的贸易企业。他们一般要独自承担整个买进到卖出过程中的一切风险。

(2)进口代理商。是接受出口国卖主的委托,代办进口、收取佣金的贸易服务企业。它们一般不承担信用、汇兑和市场风险,不拥有进口商品的所有权。

(3)批发商。是主要进行批发交易,将进口商或国外代理商进口的商品在国内进行批发销售的企业。批发商的主要职能是购买、批发、运输、储藏、融资、承担风险等,并为生产企业和零售企业搜集信息、提供咨询服务。批发商进行交易的对象不是最终消费者,而是为转售或其他用途,是生产者和消费者之间的桥梁。

(4)零售商。是直接向消费者进行零散销售的企业。它处于分销系统的终端,是与消费者联系最密切的机构,也是分销渠道系统中数量最大、从业人员最多的组织。有的零售商既经营本国商品,也销售进口商品;较大的零售商还直接进行所售商品的进口活动。

(四)国际市场营销渠道策略

国际市场营销渠道策略,按不同的标准划分,可分为如下类型。

1.直接渠道策略与间接渠道策略

直接渠道策略与间接渠道策略是企业对市场营销渠道中,要不要中间商的不同的选择。

(1)直接渠道。是指产品从生产企业到国外消费者转移中不经过任何中间商。其具体形式有:①生产企业直接接受国外用户订货;②生产企业在本国设立经销部门或在国外设立分支机构,经营自己的产品;③生产企业通过电视、电话、电报、邮购等,将产品直接售给国外最后用户。选择直接渠道,由生产者直接销售,可以加强推销、提供中间商难以提供的技术服务、更好的控制价格、了解市场变化。其不利之处,是会增加生产企业用于经销的投资支出。

(2)间接渠道。是指利用中间商将产品售给国外消费者。中间商有出口国的外贸公司、进出口双方的代理商、进口方的经销商、批发商、零售商等。间接渠道在目前国际市场营销中被广泛采用,它可以节约生产企业用于产品流通的人、财、物和时间,发挥各中间商的条件、经验及市场渠道关系的良好作用。大众性商品或中、小生产企业,更需要使用该方式去扩大产品的出口。

2.长渠道策略与短渠道策略

长渠道策略与短渠道策略是企业对营销渠道中所需环节多少的不同选择。营销渠道的长短,是由其环节的多少决定的。商品在从生产者流向最终消费者的过程中,经过的环节越多,分销渠道就越长;反之则越短。选择时应考虑其优缺点。

(1)采用长渠道,可发挥各层次中间商的辐射、宣传作用,有利于扩大产品市场,但因其环节多、费用高,造成最终零售价格上升,不仅会增加消费者负担,且不利于信息的及时反馈,故在一般情况下,对低价的日用百货商品使用长渠道的较多。

(2)采用短渠道,其产品专营性强、市场影响面窄,且对中间商的约束较高、易控制,在一般情况下,对高价商品如电器、汽车、高技术产品等使用短渠道的较多。

3.宽渠道策略与窄渠道策略

宽渠道策略与窄渠道策略是指企业对同时使用多条分销渠道广度的选择。在一般情况下,对市场需求面广、重复性消费大、均衡性消费多的日用百货产品,宜选择宽渠道,以实现广泛经销;对市场挑选性强的选购品,如自行车、手表、照相机、彩电、服装等产品,多使用有选择性的分销渠道;对于某些特殊消费品,如小汽车、大型机电产品和技术性要求极高的产品,多使用独家经销、包销的专营分销渠道。生产企业在选择国际市场营销渠道策略时,要针对企业自身的条件、产品特点、出口规模、市场特性及其各中间商的能力、经验、信誉、市场影响等因素,进行科学而合理的决策,并注意搞好与经销商、代理商的关系,以更好地发挥其在国际市场营销中的渠道作用。

四、国际市场促销策略

(一)广告策略

1.广告的标准化或个性化策略

广告的标准化或个性化策略是企业对广告标准化与差异化的不同选择。国际广告活动究竟是采取有差异的个性化广告,还是无差异的标准化广告,应根据产品或服务的性质、各国市场的同质或异质性、各国政府的限制和社会文化差异的大小等来决定,采用绝对的标准化广告策略或绝对的个性化广告策略都是不正确的。所谓标准化广告策略,是指把同样的广告信息和宣传主题传递给各国市场。这种策略要求撇开各国市场的差异性,突出基本需求的一致性。其特点是可节约广告费用,有利于保持企业和产品在国际市场上的统一性。随着经济国际化的发展,越来越多的广告信息趋于标准化。所谓个性化广告策略,是指同一产品在不同的国家和地区传递不同的广告信息,突出各国市场的差异性。其依据是不同的国家和地区在政治制度、法律、自然地理、经济发展状况和社会文化等方面存在的巨大差异,广告信息的传递应针对这些差异性做出调整。这一策略的特点是广告成本高,但其针对性强、促销效果较好。

2.广告媒体选择策略

广告媒体选择策略是企业对多种广告媒体的不同选择。国际广告媒体种类繁多,如印刷媒体;电视、广播、电影广告;直邮和户外广告等。各有其特点和相同效果。企业在国际市场营销中,应根据产品的性质及各国市场的特殊性,去选择不同的广告媒体,从而快速、有效的传递产品信息及其市场供求信息。

3.国际广告控制策略

国际广告控制策略是母公司对所管机构开展广告活动,所采取控制方法的不同选择。随着广告费用的增加,对国外分销商或子公司的广告活动进行评估和控制,在广告促销中日趋重要。国际广告在控制方法上有如下三种选择:

(1)高度集中管理国际广告,以控制市场营销成本。

(2)分散管理广告,对国外分销商或子公司按销售额的一定比例提取广告费,促使其开展个性化广告促销。

(3)按广告职能的不同,分别采取分散或集中的国际广告管理。

(二)人员推销策略

国际市场营销中,人员推销特别受到目标市场国家的社会、文化和语言等因素的制约。人员推销在缺乏广告媒体的外国市场或工资水平较低的发展中国家的作用较大,特别是在生产资料的销售中的作用尤为突出。

1.销售人才来源策略

首先,选择目标市场国家中能驾驭两种特定语言的当地人,特别是那些具有销售经验的人才,既可利用他们在当地的社会关系资源,又能减弱国际企业在当地的外来形象。其次,选择母公司东道国移居到目标市场的人才,他们懂得两国的语言和文化,只需学习推销技术和公司的政策,就有机会成为优秀的销售人员。再次,选择母公司东道国具有外语基础,并愿意到国外工作和生活者,但他们需具有销售技能并懂得目标市场国家的社会文化、政治、法律等环境因素;选用这类人才易与母公司沟通,其忠诚度较高,会在新市场上加强公司的外来形象。

2.销售人员培训策略

企业在招聘不到理想的销售人才时,必须在母国和东道国选择基本素质较好的人员进行系统或重点培训,如社会文化和语言培训,或者市场营销技能培训。

3.销售人员激励策略

对销售人员进行激励是促销管理的重要环节。常用的激励方法有如下三种：

(1)固定薪金加奖励。推销人员实行固定酬金,完成任务较好者则发给一定的奖金。

(2)佣金制。根据推销人员完成的销售额或利润额的大小支付一定比例的报酬。国际上一般规定,完成基本任务可按5%提取佣金,超额部分按7%计酬。

(3)薪金与佣金混合制。即对推销员实行部分固定工资,另一部分酬金则按完成销售任务的业绩提取佣金。

(三)公共关系策略

在国际市场营销中,公共关系策略的地位越来越高。现代跨国企业为进入目标市场国家,特别是一些封闭性较强的目标市场,应采用各种公关策略,如与政府官员、当地名人、工会、社团、教育界人士等交往,为其产品进入市场领取钥匙;同时,通过开展各种公关活动,在东道国树立企业与产品的良好形象。公共关系部门开展公关活动,可供选择的主要方式有几下几种。

(1)尊重和支持当地政府的目标,与当地政府保持良好的关系,使当地政府认识到国际企业的经营活动有利于当地经济的发展。

(2)利用各种宣传媒体,以第三人身份正面宣传企业的经营活动和社会活动,使当地人群对国际企业产生好感。

(3)听取和收集各种不同层次的公民对本企业的各种意见,迅速消除相互间的误解和矛盾。

(4)同与国际企业业务活动有关的各重要部门和关键人物保持良好的关系。

(5)积极参加东道国的各种社交活动,对当地教育事业、文化活动、慈善机构等定期捐助,并积极组织国际教育和文化交流。

(6)协调企业内部的劳资关系,尊重当地雇员的社会文化偏好、习惯和宗教信仰,调动当地雇员的积极性。

(四)国际促销的特殊形式

1.争取政府支持,开拓国际市场

许多国家的政府都帮助本国企业在国际市场开展促销活动,各国驻外使馆一般都为本国企业提供一般性的当地市场信息。企业要积极参加本国政府组织的贸易代表团;积极参加并赞助本国机构组织召开的有关国际研讨会,参与组建海外贸易中心或出口开发办事处等;积极争取政府制定有利于本国企业开拓国际市场的外交和外贸政策。

2.积极参加与本企业有关的综合性和专业性国际博览会

国际博览会是一种很好的促销方式,它的主要作用是:把产品介绍给国际市场,宣传和树立企业和产品的良好国际形象;利用各种机会,就地开展交易活动。

3.积极参加或主办国际巡回展览

企业积极参加或主办国际巡回展览,向目标市场国家的消费者介绍企业的情况和产品信息,是当今跨国公司常用的促销策略之一。

本章小结

国际市场营销,是企业为满足其国外客户需要而将产品和服务提供给国外的顾客,以求获得利润,而采取的越出国界的市场营销活动。国际市场营销与国内市场营销既有区别又存在联系。国际市场营销在营销环境分析、目标市场战略以及市场营销策略组合等方面都有自身的特点。企业应根据本国及所进入国家的各种政治、经济、文化和法律环境的情况以及企业自身的条件,采用适当的贸易、契约、投资方式进入国际市场,并制订适当的营销组合策略,开展国际市场营销组合活动。

思考题

1.什么是国际市场营销? 开展国际市场营销的必要性有哪些?

2.国际市场营销环境包括哪些方面?

3.企业应该以何种方式进入国际市场? 各有什么优缺点?

4.影响国际市场产品价格的因素有哪些? 国际市场营销有哪些渠道策略?

5.国际市场营销组合策略与国内市场营销组合策略有哪些区别? 如何创新?

【综合案例分析】

在第七届北京国际车展上,奇瑞汽车获得了前所未有的"国际化"礼遇——第一次获得了来自发达国家以色列的进口订单。这家土生土长的自主品牌企业,在短短几年中走出了一条独特的国际化之路。

事实上,自1997年成立之初,奇瑞便已怀揣着"国际化"的理想。一方面,国际市场的阶梯型特征,以及发达国家市场对中国制造的汽车产品的需求,为奇瑞提供了国际化的契机;另一方面,欧美汽车市场的萎缩,跨国公司自身经营遭遇困境,也为奇瑞利用优势通过合作进入发达国家市场铺平了道路。

具体说来,奇瑞先后通过三种途径实现品牌国际化——首先,通过国际贸易方式,以扩大出口去初步建立品牌知名度。之后,奇瑞开始在海外建厂,以此建立开拓国际市场的根据地。"在海外建厂是为了输出奇瑞的技术和品牌,"金弋波称,"公司计划先在整车销售领域在国际上确立知名度,然后由知名度带动美誉度。换句话说,有了销售行为后,我们再围绕产品树立公司的形象。"此外,在国际资本运作上,奇瑞则采用了不拘一格的多元化战略。通过国际资本与技术合作,奇瑞不仅能引进和借鉴国际巨头的生产工艺与质量控制体系,更重要的是,这张"中国名片"在海外的迅速风行,昭示着奇瑞在品牌国际化上不容小觑的执行力。

"因地制宜"是奇瑞在执行过程中采取的策略。一般说来,奇瑞将海外市场分为俄罗斯市场、中东市场及欧美市场三类,根据不同市场的特性采取相应的品牌塑造方案。以俄罗斯为例,经济发展使得俄罗斯人对汽车的需求层次逐渐提高,不少跨国公司将其作为销售的主战场,所以奇瑞在俄罗斯的产品基本以高端为主。但在中东,由于那些区域比较封闭,人们对品牌的概念并不强烈,所以奇瑞的营销策略就相对简单,奇瑞要求经销商有意识地将"东方之子"的车型与奔驰、宝马放在一起销售,"借力"塑造奇瑞的高端形象。对于欧美这样的发达市场,奇瑞则选择了"审慎进入"。因为欧美采用了不少法规和技术壁垒将一些产品挡在门外。为了避免贸易纠纷,奇瑞并不急于进入,而是准备采取与一些跨国公司合资、合作的方式,打开这个市场。

如今,奇瑞的国际化战略已初见成效。公司的市场区域已覆盖全球70多个国家和地区,2007年,奇瑞汽车全年累计销售38.1万辆,出口11.98万辆,连续6年位居国内汽车出口第一位。在2008年度,欧美等世界权威研究机构的排行中,奇瑞品牌连续数届位居排行榜前列,奇瑞连续三届入选《财富》"最受赞赏的中国公司"明星阵营,并再次入选罗兰贝格"2008最具全球竞争力中国公司TOP20";美国《商业周刊》杂志将奇瑞评为"中国五大国际品牌",而英国的《金融时报》则将其称为"中国最具国际化的三十个品牌之一"。

讨论题:
1.奇瑞在进入国际市场时都用了哪种市场进入方式?
2.试运用国际市场营销的基本原理,分析奇瑞国际化的过程。
3.奇瑞的国际化发展对我国其他企业有何启示?

聚焦分析:
在国内汽车竞争加剧、中国汽车整体制造水平已得到一定提升的背景下,奇瑞作为一支新军,成为国内车企积极开拓海外市场的佼佼者,短短几年,奇瑞将自己的产品推向了国际市场的舞台,其自主品牌的出口领先地位已经成为其引以为豪的事情。

在进行国际市场销售的过程中,奇瑞很注重品牌的国际化,并通过国际资本与技术合作,奇瑞这张中国名牌在海外迅速风行。与此同时,奇瑞也有步骤的实现自己品牌的国际化,通过国际贸易方式,以扩大出口去初步建立品牌知名度。通过国际资本与技术合作,引进和借鉴国际巨头的生产工艺与质量控制体系,同时,在执行的过程中采取因地制宜的策略,针对各个国家特点进行相应的品牌销售。

奇瑞的国际化市场营销,为我国其他企业走出国门,走向国际开辟了一条新路,也成为我国其他企业效仿以及学习的榜样。

【阅读资料1】

奔驰与克莱斯勒的合并

德国戴姆勒的奔驰汽车公司与美国克莱斯勒汽车公司合并为戴姆勒-克莱斯勒汽车公司,这一重大战略决策就是基于对当代世界汽车市场的机会与威胁,及对各自优势与劣势所作的战略分析。奔驰的优势是:

轿车尤其是中高级轿车在全球无可争议的尊崇地位,以及由此带来的丰厚利润;是全球中型以上卡车生产的巨头之一;在欧洲市场占有率相对较高。奔驰的劣势是:产品数量不大,市场覆盖率不高;产品型号不全;价格昂贵。克莱斯勒的优势是:单厢式休闲车在美国市场占统治地位;多功能越野车风靡全球;在美洲市场占有率相对较高;中低价位汽车品种较多;轻型卡车在美国市场具有竞争力。克莱斯勒的劣势是:缺少高档汽车品种;在欧洲市场占有率很低。显然,它们的合并能产生很强的互补效应。

【阅读资料2】

高价与低价

1945年,美国雷诺公司新品"原子笔"上市时,成本不到1美元,而出厂价为10美元,零售价为20美元,十分畅销,被顾客当作礼品购买;第二年起,生产厂家剧增,产品迅速大众化,成为普通的"圆珠笔",雷诺公司鉴于竞争激化以及产品成本大大下降的情况,便降价至0.7美元。

1972年,日本石英电子表上市,售价为300美元;到1975年,降为64美元;1979年,降到29美元。

第十五章

Chapter 15

市场营销创新发展

【学习要点】

①市场营销创新的动因及其领域的类型；

②市场营销观念的创新类型及其基本特征与实施对策措施；

③主要营销创新策略的类型、内容及其实施的对策措施。

【引导案例】

日本丰田汽车公司创立于 1933 年，是当前日本最大的汽车公司，名列世界汽车公司的第三位。早期的丰田企业以制造纺织机械为主，创始人丰田喜一郎于 1934 年在原纺织机械制作所的基础上设立了汽车部，开始了丰田汽车公司制造汽车的历史。1935 年 GI 型汽车试制成功后，于 1937 年正式成立了丰田汽车工业株式会社，处于较缓慢的发展状态。到了第二次世界大战之后，开始注重技术创新，从欧美引进了先进的汽车生产和管理技术，并立足于日本民族的特点，创造了著名的丰田生产管理模式，即采取多品种小批量的 JIT 生产方式和全面质量管理，从而实施了创新生产技术、提高产品质量、多品种小批量、市场国际化的营销战略，走向了飞速发展的道路。丰田汽车公司的市场营销观是：以提供有利于环保的安全型产品为使命，通过提供多品种、低价格、低消耗的优质产品、保持同相关方面的共生共存、长期稳定的协作关系与创立完善的销售体系，尽力满足客户的消费需求，去开拓市场、赢得市场。

第一节　市场营销创新的动因及其领域

一、市场营销创新的动因

市场营销创新,是指市场营销观念、理论、战略、策略等方面的创新。这些创新发展的原因是,社会经济环境的变化引起市场供求关系的变化,最终引起市场营销要素内容的变化。

(一)人类社会经济环境的变化

1.人类文明的演进

人类社会文明,经过原始文明、黑色文明,现正向绿色文明推进。"绿色"是指安全、无污染、高质量的品质。"绿化"思潮与实践在世界范围内的涌起,引出可持续发展的理论与可持续发展战略。由此,就要求将人们的绿色消费、绿色生产、绿色文化等贯彻于社会经济生活之中;同时,也由此导致了世界经济"一体化"、世界经济的"大循环"的理论与实践,从而引致消除一些国家"绿色壁垒"的行动。

2.人类社会经济发展阶段的演进

人类社会经济经过了牧童经济、工业经济时代,现正向知识经济时代推进。知识经济的发展引起了人们的观念、理论与经济活动的变化。随着电子信息技术的发展,网络技术日益被广泛地应用于生产、交换、分配、消费的各个领域,并扩展到整个社会生活的各个领域,从而推进了市场营销各要素的创新;将更高的知识含量,渗透于生产经营的管理活动中,必然引起市场营销管理要素的变化。

3.市场区域范围发展阶段的演进

在商品交换所引致的市场经济发展中,其市场范围经过国内市场、区域集团市场的发展阶段,而日益进入全球市场交换的发展阶段。在这个阶段的市场上,既存在着协作,又进行着激烈的市场竞争,并趋于过度的市场竞争,从而引致国际市场营销协作与竞争的创新。

4.商业经营类型发展阶段的演进

在人类社会商品交换的发展中,其商业经营的类型经过了多以剥夺手段去单纯谋求资本原始积累的"奸商"阶段、以智能为主去降低成本从而争取"阳光"下利润的"智商"阶段,现正向以智能为基础、以"情感"为纽带,谋求"共利"、"双赢"的"情商"发展阶段推进,从而引致市场营销理念、方式等方面的创新发展。

(二)我国社会经济环境的变化

我国正在通过"对内改革、对外开放",实行由计划经济体制向特色社会主义市场经济体制的根本转变,以加速实现"四个现代化"的发展目标,由此,社会经济环境有如下深刻变化:一是,实现经济增长方式由粗放型向集约型的根本转变。二是,改变单纯追求经济高速增长的

"赶超型"战略,而全面实施可持续发展战略。三是,改变主要以资源与体力劳动的投入促进经济的高速增长,而实施科教兴国战略、人才强国战略。四是,在坚持国内经济独立自主发展的同时,积极开拓、占领、争胜于国际市场,成为国际经贸大国。以上基本变化,促使我国社会经济的发展,由生产主导型向流通主导型、模仿型向创新型、政府主导型向市场主导型、速度型向科学型等方面的转化;同时,使我国的市场营销观念、市场营销方式、战略与策略,也在从实际国情出发,进行创新发展,不断实现中国化。

总之,国内外社会经济的发展,引致了国内外市场需求的巨大变化,进而引致商品生产与商品供应方式的变革,最终导致市场营销领域及其营销要素的创新发展。

二、市场营销创新的领域

市场营销创新的领域,可以按照不同的标志进行分类。本书按照市场营销管理的标志进行分类,划分为市场营销哲学思想、市场营销方式、市场营销策略等的创新领域。

(一)市场营销哲学思想的创新

人们的思维、观念、理念、思想、道德都属于哲学的研究范畴。思维决定观念,观念决定理念,理念决定思想与道德,思想决定理论,理论支配行动,从而形成一个哲学思想过程。将思维、观念、思想等界定于市场营销活动领域,就形成了市场营销哲学思想的构成要素,即营销思维、观念、理念、道德等。随着社会经济活动的演进所引致的市场营销活动实践的发展,人们的营销哲学思想也在创新发展,并有力地影响与指导着市场营销管理活动与具体的营销方式及行为,从而引致营销战略管理与营销方式、营销策略的创新发展。营销哲学思想的创新发展主要体现在以下几个方面。

1. 横向思维与横向营销观念

由过去的纵向思维或垂直思维向横向思维或水平思维的转变。这种横向思维,是在过去产品、定价、分销到促销的纵向逻辑思维的基础上,更多的从宏观层面,从横向营销要素的重新组合上去思考市场营销问题,即在特定的市场内部采取新的市场细分及市场定位与在市场外部将已知信息进行横向重组,去发现新的市场机会。横向思维,引致横向营销观念的形成。由此,开创出横向营销或称水平营销的新领域。

2. 大市场营销观念

进入 20 世纪 80 年代以后,一些发达国家为了扩展国际市场、保护国内市场,相继采取了新的"贸易保护主义"政策,设置了关税壁垒及绿色壁垒,使一些发展中国家难于进入其控制的国内市场与国际市场,由此产生了寻找"政治力量"与广泛的"公共关系"去打破这种对市场封锁的新思考。这种力图在"4PS"之外寻求更多新的"PS",从而扩展国际市场的思考,就产生了大市场营销观念,由此,观念所支配的市场营销活动就形成了被称作大市场营销的新领域。

3. 整合营销观念

随着国内外市场竞争的日益激化,原有以企业生存发展为中心的产品营销,难以适应消费者需求的新变化,也难于同竞争者展开有效的竞争,于是,促使人们产生了必须通过各种形式的沟通与所据信息的整合,在真正了解与掌握消费者"心智网络"中的价值观的基础上,去切实了解与掌握他们个性化的消费需求,从而进行以满足消费者需求为中心的各种服务,用以扩大市场的新思考,这就形成了整合营销观念。由此,整合营销观念所支配的市场营销活动,就形成了整合营销的新领域。整合营销的产生与发展,使整合营销沟通或称整合营销传播的作用大大加强,于是,形成了整合营销传播的新观念,从而更新与强化了以消费者需求为中心的营销组合。美国唐·舒尔茨等,在其《整合行销传播》一书中提出了强化以消费者为中心的营销组合的"4C"新观念:一是消费者(Consumer),主要指消费者的需要和欲望,强调创造顾客比开发产品更重要,满足消费者需要与欲望比增加产品的功能更重要。二是成本(Cost),主要指消费者获得满足的成本或为取得满足而愿付出的成本价格。三是便利(Convenience),主要指消费者购买的方便性,强调重视销售过程中的服务环节,为其购买创造更为便利的条件,诸如提供的方式、时间、地点、保证等。四是沟通(Communication),指企业与用户的沟通,强调与顾客进行双向沟通,传播相互信息,增进相互理解,真正实现产品与服务的适销对路。上述"4C"观念的贯彻,为实现整合营销奠定坚实的思想基础。

4.知识营销观念

随着人类社会经济由工业经济时代向知识经济时代的演进,人们不仅注重发展现代高新技术与科学理论知识的更新提高,更加注重对新的科学技术的应用,从而创新为"知识价值观"。在市场经济现代化与国际化的趋势中,为了提升产品的市场价值与进行有效的国内外市场竞争,将知识价值观逐步引入市场营销领域,从而形成了知识营销观念。这一观念的核心是将高新科学知识、高新技术、高智能集于一体的密集知识,应用于整个营销过程的始终,通过其知识含量的高级化,去满足广大消费者的知识消费需要,从而提升营销活动的经济价值与社会价值,实现企业与整个社会、经济的可持续发展。

5.营销道德的扩展

(1)营销道德的概念及其道德观。道德是一种社会意识形态,是一定社会调整人们之间以及个人与社会之间关系的行为规范的总和。营销道德是社会道德在营销活动中的体现,营销道德一般界定为:是调整企业与所有利益相关者之间关系的行为规范的总和。由于道德是由一定社会的经济基础所决定,并为一定的社会经济基础服务,而使之具有历史演进性,因而,营销道德是随着社会道德的演进与市场经济的发展过程而不断演进的。伦理学提出了功利论与道义论两大评价理论。在西方的道义论中,英国罗斯(W·D·Ross)于1930年出版的《"对"与"善"》一书中,提出了"显要义务"的道德观,所谓"显要义务",是指大多数人们在一定时间的一定环境中自认为最合适的行为,并将此行为作为一种道德义务。继此之后,哈佛大学的伦理哲学家罗尔斯于1971年提出了社会公正论,指出"自由原则"与"差异原则",是社会公正的两条基本原则。

(2)营销道德的扩展。它随社会、经济环境的变化而演进与扩展。如在国际范围显现的环保道德观、灾害求助道德观等;在中国,随着特色社会主义市场经济的发展,创新型的营销道德观有了新的扩展,如和谐营销、可持续营销道德观等,正在形成与贯彻。以上这些道德观,体现在营销活动中,就形成了诚实、公正、公平、行善、不作恶、自由、差异等营销道德原则。作为现代企业的生产经营者,必须树立起正确的营销道德观,并力图采取被社会大众接受的道德行为,才能更好地生存与发展。

(二)市场营销方式的创新

方式是方法的模式,也是人们思想观念的一种反映。市场营销方式,是营造销售要素方法的模式,或营销理念的类型。营销方式是形式,营销观念是其核心;不同的营销方式,反映着不同的营销观念与理念,而不同的营销观念会采取不同的营销方式。营销方式可按不同标志进行不同的分类,例如,可按创新程度、国别、部门、生产要素等,划分为不同的类别。市场营销方式必然随着社会经济环境变化所引致的生产方式的变革、消费方式的变革以及营销管理原则的变革,而创新发展。主要表现在以下方面。

(1)社会、经济的可持续发展,绿色生产与绿色消费兴起,必然推进绿色营销、安全营销方式的发展。

(2)人们收入水平提高所引致的个性化消费的提升,必然推进直复营销、定制营销方式的产生与扩展。

(3)电子网络与通信技术的普及应用,必然推进网络营销、数据库营销、直接营销方式的广泛发展。

(4)经济全球化所推进的市场国际化及人们购买方式及购买心理的变化,必然引致全球营销、品牌营销等营销方式的创新发展。

(5)知识经济的发展及商业文化的提升,必然引起知识营销、文化营销、情感营销方式的创新发展。

(6)营销管理原则的创新发展,必然引致战略营销、整合营销、全过程营销、服务营销、关系营销等方式的创新发展。

(7)市场经营集团化的发展以及建立稳定的客户联系,以形成稳定的市场,必然引致合作营销、信用营销等营销方式的产生,并向深广方向延伸。

总之,市场营销方式在主体及综合要素的推动下,进行不断的创新发展。当前处于主流的创新型营销方式大致有:绿色营销、知识营销、战略营销、关系营销、合作营销、网络营销、数据库营销、直复营销、定制营销、全球营销等。

(三)市场营销策略的创新

市场营销策略,作为对营销方式与手段的不同组合应用,一般是指对"4PS"的不同组合应用。但随着市场营销要素延增了"2PS",即"政治力量"与"公共关系",从而使营销要素扩展为"6PS",特别是市场营销观念与方式的创新发展,使市场营销组合的形式进行了创新发展,这就推进了市场营销策略的创新发展。

当前,正在广泛应用的创新型的市场营销策略类型主要有:绿色营销策略、网络营销策略、关系营销策略、服务营销策略、国际市场营销策略、直复营销策略、定制营销策略、情感营销策略、品牌营销策略等。

第二节　市场营销观念的创新及其实施

一、水平营销观念及其实施

(一)水平营销观念的含义

美国的菲利普·科特勒与费尔南多·德·巴斯一起,在 2003 年完成了《水平营销》一书,他们强调横向营销需要水平思维的培养,即进行水平营销的思考,并把水平营销形象地比喻为"跳出盒子的思考",即要实现由过去的纵向或垂直思维向横向思维的转变。他们认为,"水平营销是一个非常简单的概念,从盒子外考虑的更有创造力、更开阔"。但作为水平营销观念的含义,一般被定义为:采取横向思考,去跨越原有的产品与市场的界限,通过原创性的理念和产品开发,去激发出新的市场和利润增长点。

(二)水平营销观念的主要特征

1.横向性

运用横向思维作为发现新的营销创意的平台,并运用这些新的营销创意,促进企业在同质化与过度竞争的市场中取得更大的优势。

2.重组性

对产品与服务的创新,不仅在特定市场内部通过新的市场细分与产品定位,去调整现有的产品与服务,找到企业新的生存与发展的空间;而且在市场外部通过对已知市场信息的重组,在更广大的宏观市场空间发现更多的企业市场机遇。

3.综合性

水平营销观念打破了产品功能、目标消费群、销售渠道、产品定价、促销以及组合方式等之间的界限,并进行适当的互相交叉,为原创性产品界定出一个新市场,从而带来比传统细分市场高得多的市场利益。

4.跳跃性或空白性

菲科普·科特勒认为水平营销观念是一种跳跃性思维,这种思维的基本步骤是:先选择一个焦点;然后进行横向置换以产生刺激或形成空白;最后再建立一种联结。制造"空白"是水平营销的基础,而对空白的联结,就形成水平营销。由焦点横向置换为空白的方法有:替代、反转、组合、夸张、去除、换序等。

(三)水平营销观念的实施

1.采用横向思维的方法,对营销要素与条件进行各种不同的联结

首先,思考出一个营销的创新点;其次,分析与选择可以横向营销的相关业务项目;然后,将最适合的相关业务项目与现有主体项目相联结;最后,组成一个新的横向组合体。例如,原进行单一营销项目的加油站,拟进行营销业务的扩展,就思考了一个如何方便司机在加油过程中购买急需物品与日常用品的超市;经分析研究,进行了开办一个多品种的食品超市的决策,如此,既方便司机饮食的急需,又方便其顺时购买家中需用的各类食品;之后,在加油站旁边的近距离内设立了一个适度规模的食品超市同加油站项目相联结,从而扩展了营销业务范围,并以超市的低成本取得比加油站更大的利润。

2.利用反转思维,开展新的营销项目

反转思维方法,可以说是对横向思维的变通应用,它可以创制出新的商品品种、款式,开发出新的营销业务项目,从而扩展横向营销的领域。例如,中国引进了西服,除从国外大量进口外,还在国内进行仿制,而中国款式的服装在西方国家相对缺乏竞争力。面对于此,有的中国企业家进行了反转思考,即既保持原西服的基本形状,又赋予中国传统立领服装的特色,创制了立领西装的新款式,不仅在中国扩大了市场,而且引致了广大西方消费者的热情购买,从而大大扩展了其国际市场。

3.进行市场相关要素的组合与替代,扩展新的营销项目与领域

市场是需求、时间、地点、情景与营销目标等要素的组合体,对这些要素进行不同的组合与对每一个要素内部的次要素之间进行不同组合与替代,也是横向思维所形成的水平营销的形式或方式。例如,松花粉茶,在满足解渴的需求外,又增加了保健的功能,从而满足了消费者免疫保健的需求;又如,卡拉OK厅,原有的职业歌手进行伴唱,只是让顾客享受听取音乐伴唱的快乐,现改变营销目标,让所有顾客都可以去伴唱,从而享受自己歌唱的快乐,以吸引更多的顾客,扩展更大的市场。

二、大市场营销观念及其实施

(一)大市场营销观念的含义

大市场营销观念,就是面对国际范围贸易保护的现状,在4PS营销要素之外去寻求与运用"政治力量"和"公共关系"这两个新的营销要素,即"2PS",从而顺利地开展广泛国际市场营销的观念。从大市场营销观念出发,美国的菲利普·科特勒对大市场营销的概念,做出了如下定义:企业为成功地进入特定的市场,并在那里从事业务经营,要在策略上协调地使用经济的、心理的、政治的和公共关系技能,以获得若干参与者的合作与支持。从上述定义可见,一个国家的企业要使自己的产品与服务进入国外特定的目标市场,必须借助国家的政治力量和开展多类型的公共关系活动,去积极主动地改变和影响外部环境和市场需求,由此赋予这两个新的营销要素以更鲜明的营销策略的内涵。

(二)大市场营销观念的特征

大市场营销观念与传统的市场营销观念相比,具有以下新的特征。

1.对外部环境的主动适应性

在企业营销活动与外部环境关系的认识与处理上,由过去强调适应外部环境与市场需求,而转变为主动地改变与影响外部环境与市场需求。

2.营销手段的扩展性

在企业的市场营销手段上,由过去强调从整体上综合安排调研、产品、价格、分销渠道和促销等营销手段,而转变为更多地运用政治力量和公共关系等新的营销策略手段。

3.营销对象的广泛性

在企业涉及的营销对象上,由过去比较狭小的产、供、销、消费者的范围,而扩展到立法机构、政府部门、政党、社会团体、宗教组织、利益集团等广阔的范围。

4.需求的引导性

在企业营销目标上,由过去仅以满足消费者需求为目标,而转变为在满足消费需求的过程中,更注重引导与开发其新需求,改变其过时的消费习惯与行为,扩展其消费的新领域,从而使企业更有效地进入与扩展新的广阔市场。

(三)大市场营销观念的实施

1.增强对大市场营销重要性的认识

明确与强化大市场营销观念,注重借助政治力量与广泛的公共关系,去积极主动地影响和改变外部环境,使产品与服务顺利地进入目标市场,以更好地适应消费者的需要。

2.积极主动地借助本国政府的支持

深入准确地分析国外市场的政治与经济环境,并系统掌握本国对外经贸的支持政策,针对国外有关政府所采取的关税限制、绿色标准限制、配额限制、反倾销限制等民族贸易保护政策及其所形成的贸易壁垒的类型与状态,积极主动地去寻求本国政府的最佳支持点,谋求本国政府运用政治力量,有力、有据地向实施市场封锁的国家政府施加政治的、经济的压力或沟通,使其减弱与改变所设立的限制,从而顺利进入广阔的国际市场。

3.广泛开展与非经济组织的公关活动

扩展传统的公关领域,采用各种公共手段与方法,更多地向国内外立法机构、政党、政府行政机构、政治团体、宗教组织等社会机构开展广泛的沟通与公共关系活动,争取他们更多的支持与协助,以顺利进入更广阔的市场,开展更有效的市场营销活动。

三、整合营销观念及其实施

(一)整合营销观念的含义

整合营销观念是以更有效地满足目标市场消费者的需求为导向,通过各种形式的沟通,在真正了解与掌握消费者"心知网络"中的价值观基础上,去整合企业营销活动,从而进行以满足消费者需求为中心的各种服务,用以扩展更大市场的新思考,就形成了整合营销观念。

菲利普·科特勒认为,企业所有部门为服务于顾客利益而共同工作时,其结果就是整合营销。这一整合营销的含义,包括两个基本内容,一是营销功能的整合,即销售力量、广告、产品管理、市场研究必须共同工作;二是相关部门之间业务活动的整合,即营销部门和企业的其他部门相协调。

(二)整合营销观念的特征

1.整合性

整合营销改变了以往仅把营销活动作为企业经营管理的一项职能的观点,而是要求把企业的所有活动进行整合和协调,集中于为顾客的利益服务。

2.引导性

强调企业与市场之间的互动关系与相互影响,特别强调以消费者需求为导向,在不断满足消费者现实需求的同时,去不断引导消费者的新需求,从而努力发现潜在市场与创造新的市场。

3.整体性

注重以企业、顾客、社会三方面的共同利益为中心,并不断调整其利益关系,而具有鲜明的整体性与动态性。

4.立体传播性

把企业与消费者或顾客之间的交流、对话、沟通放在特别重要的地位,尤其重视整合营销的传播或沟通。整合营销传播(简称 IMC),是指以潜在和现实的顾客为对象,开发并实行说服性传播的多种形态的过程。美国唐·舒尔茨教授将其定义为"IMC 把品牌等与企业的所有接触点作为信息传达渠道,以直接影响消费者的购买行为为目标。是从消费者出发,运用所有手段进行有力的传播的过程。"可见它是一种"立体传播"与"整合传播"。

(三)整合营销观念的实施

1.制订切实可行的整合营销计划

在整合营销观念的指导下,按照企业的营销目标,运用各种营销手段与工具,对整合营销的各个要素进行全面整合规划,从而制订出一个完整系统的整合营销计划方案及其具体执行计划。在规划设计中,要注重以企业、顾客、社会三方面的利益为中心,在其整体的动态变化中,把企业与消费者之间的交流、沟通放在特别重要的地位。要将广告、公共关系、促销、包装设计、企业形象识别系统和直接营销等手段进行整合运用,集中向消费者传播企业的产品与服务信息,以取得消费者的切实认同,从而以相对低的成本投入,取得更高效益的回报。

2.培育与提升执行整合营销计划的能力

培育与提升执行整合营销计划的能力主要表现在:一是,贯彻执行整合营销计划的能力,包括运用分配、监控、组织和配合的能力,即对资源优化配置、建立营销计划执行结果的灵敏反馈系统,以有效控制、建立完整的工作组织与借助外部力量形成有效实施计划的能力。二是,评估计划执行情况与评价计划执行结果的能力。

3.科学组织整合营销计划的执行过程

一是,各个管理层次要对所支配的资源进行合理配置。二是,要选配最得力的人员,组成相应的动态性的团队或组织机构,强化其学习,形成开放性思维与更大的合力,以确保重点项目、活动的完成。三是,建立相应的约束机制,特别是激励机制,充分调动全体职工的积极性与创造性。四是,加强计划执行的监督管理,针对出现的问题及时进行协调解决,以顺利实现既定的计划目标。

四、知识营销观念及其实施

(一)知识营销观念的含义

知识营销观念是指企业以现代高新科学技术为手段、以扩展知识含量为途径、以创新高科技产品为基础、以知识促销与知识服务为突破口,将现代知识要素渗透于各营销要素及营销活动的整个过程中,从而提高市场竞争力、扩展新的市场、进行持续发展的一种创新的营销观念。上述含义表明:企业必须将现代科学技术知识运用于市场营销要素及营销活动的整个过程中,不仅使知识要素成为产品生产、产品定价、产品分销、产品促销诸要素中的一个重要组成要素,而且成为一个新的营销领域或营销方式,并且成为营销管理的一种新理念,而进行营销的知识管理。

(二)知识营销观念的特征

1.营销过程的知识化

更加注重将现代高新技术知识、管理知识及广泛的社会知识,综合的运用于营销活动过程,不断增加其高新知识的含量,以满足消费者日益增长的知识消费需求。

2.营销手段的高新技术化

更加注重采用现代科学技术去营造销售的各种要素。现代科学,包括创新的哲学、社会学、经济学、管理学等科学思想、理论、方法;现代技术,主要是以信息技术为核心的现代高新技术,包括产品的制造技术、网络技术、广告技术、物流技术等技术,以及承载这些技术的设备、设施、工具等与体现这些技术的工艺、方法等。将这些高新科技不断应用于营销活动,从而提升营销活动的科技含量,使市场营销现代化。

3.市场竞争的高智能化

市场竞争日益激化,为进行有效而必胜的市场竞争,不仅要提高产品的科技含量,而且要更多地运用科学思想去制订科学的营销战略、策略、方法,采用新的适宜的信息传播、沟通、服务方式,以及动态的协作方式等,去进行国内外的市场竞争,从而以智能取胜、知识取胜。

(三)知识营销观念的实施

1.树立鲜明的知识营销观念

企业的全体职工,尤其是管理者,都必须树立起鲜明的知识营销观念,并切实贯彻于市场营销活动的全过程。在生产过程,要首选领先性、密集性的知识作为投入的要素;在营销管理上,要以高效率、高环保、高节能为主要标准;在物流过程中,要以无污染、可利用、保安全为准则;在分销与推销过程中,要以商智能为手段,进行协作与竞争,向消费者提供多方面的知识服务。为了强化全体职工知识营销意识并进而增加企业的知识营销实力,必须通过各种培训与教育形式,对其进行专门培训,特别要注重培养出一批知识营销型的专业人才队伍,从而开展高质量的知识营销活动。

2.开发知识型的新产品

企业要根据消费者个性化知识消费的需要,不断创制出适需的知识化的新产品,并根据"绿化"的要求生产出节能好、环保好的无污染、安全、高质量的绿色产品,使企业营销可持续发展。

3.大力开展网络化营销

企业要充分利用现代信息技术与信息网络,建立起内部的管理网络系统,尤其要注重扩展外部的网络营销系统,通过网络营销进行"一对一"的定制营销、服务营销,以及零库存营销等营销活动。

4.广泛开展知识型营销服务

企业要运用密集性知识,为消费者及社会群体提供多方面的服务。包括发布新产品信息与市场供求趋势信息、进行消费咨询与新产品使用指导、进行情感沟通与文化联谊活动等营销服务活动。

5.运用高智能开展国内外市场竞争

企业要运用各种创新的营销观念与高技术、高智能,去制订与实施企业的营销战略、策略与方法,尤其是进行国际市场竞争的营销战略与策略,不仅能顺利地进入国际市场,拓展国际市场,并能争胜于国际市场。

第三节　市场营销策略的创新

一、绿色营销策略

(一)绿色营销策略的含义

1.绿色营销的含义

(1)绿色的含义。绿色原指没有被污染的大地面貌的本色,是植物健康发展的标志,它象征着生命和活力,凡是与生命、资源、环境相关的事物都冠之以"绿色"。随着人类"绿色文明"的兴起而掀起了绿色运动,被人们称为"绿色革命",这时的"绿色",已被人们认为是"无污染"、"无公害"。因而,绿色的基本概念被定义为:无污染、安全、优质与旺盛的生命力,并蕴含着丰富的可持续发展的内涵。随着"绿色革命"的深化,"绿色"从经济到政治、从观念到行为,进行了普及化的过程,从而,也引入生产领域和生活环境中,由此相继提出了绿色生产力、绿色消费、绿色营销等一系列绿色名称和领域。

(2)绿色营销的含义。由于市场营销活动存在着宏观与微观的层面,因而,关于绿色营销的含义,也存在广义与狭义两个不同的范围。广义的绿色营销,是指整个企业与组织为实现自身价值,而自觉维护生态平衡、满足人们的绿色消费需要、充分实现社会价值,所进行的确保安全、无污染、高质量的社会营销活动过程及其管理过程。狭义的绿色营销,是指企业以保护生态环境为前提,以力求减少与避免各种污染、确保人们的生命安全、节约自然资源为内容,以谋求消费者利益、企业利益与环境利益的协调并进而实现企业与社会经济的可持续发展为目标,所进行的营销活动及其管理过程。

2.绿色营销策略的含义

策略是为实现战略服务的。作为策略,是指具体行动的方针和方式,或是对一切可能采取的手段和方法的组合运用。绿色营销策略,是运用生态营销观念与"绿色文化"思想,将"绿色"要素运用于营销组合策略的体系中,从产品设计到产品推销都赋予绿色营销的特征,从而树立起营销的绿色形象。

(二)绿色营销策略

1.绿色产品设计

绿色产品设计,是指对全新产品、改进产品的设计都要贯彻绿色标准,尽力提高产品的内在质量,力求减少对资源的消耗与对环境的污染,确保产品的安全,从而树立产品的绿色形象,提升产品的市场竞争力。

(1)设计产品,必须充分体现产品可拆卸、可分解、零部件可重复使用与再回收利用的特点,使之能够循环利用。

(2)设计产品,必须实现低耗能、低污染、高性能的要求,既使产品降低成本,又能节省资源与保护生态环境。

(3)设计产品,必须满足人们的绿色消费需要,确保产品消费的安全与产品的文化质量。

2.绿色包装

绿色包装,是指对商品的包装物进行"绿化",既避免对产品的污染与对生态环境的污染,又降低包装物成本与提高包装物的功能。通过对包装物的"绿化",确保商品的"绿化"质量,从而提升其市场竞争力。

(1)改变商品直接包装物的化学成分。将被称作"白色污染"的化学塑料包装物,改变为具有天然植物纤维成分的纸质包装物与"可降解"塑料包装物。同时,采用绿色外包装物,防止水与空气中有害成分对商品的污染。

(2)在包装物的生产过程中,力求采用新的生产技术与工艺,进行绿色生产加工,不渗入污染物的成分,同时也不污染环境。

(3)对使用后的包装废弃物,要进行及时回收、处理、再利用,形成良性循环。

3.绿色标志

绿色标志,多被称为环境标志、生态标志,是由政府部门或公共社会团体根据一定的环境标准,向企业颁发的绿色产品证明,是企业产品进入市场、扩展市场必备的"绿色通行证"。

(1)企业必须使产品的生产过程、使用过程及处置过程完全达到绿色标志的标准要求,也就是绿色产品的质量要求与绿色营销活动或行为的环保标准要求。

(2)企业必须申办与获得政府部门或公共社会团体的认证,从而获得绿色标志的有效证明。

(3)企业必须选取适宜的绿色标志类型,使其能鲜明地标识绿色形象。如德国"蓝色天使"的环保标志、中国的绿色食品标志等。

(4)企业必须按照各国绿色标志的规定标准进行国际绿色营销活动。一是要设法打破有些国家所设置的"绿色关税"壁垒,即一些发达国家以环境保护为理由,对一些影响生态环境的产品,除征收一般关税外,再加征额外关税,以作为本国环保基金的限制性规定;二是要设法打破有些国家的"绿色技术标准"壁垒,即一些发达国家通过立法手段,去制定严格的强制性的环保技术标准,以限制可能导致本国环境污染的国外产品进入的法制障碍;三是要设法打破有些国家的"绿色检疫"壁垒,即一些发达国家为限制国外产品进口而设置的严格卫生检疫标准的障碍。为了打破以上这些新的民族保护主义与贸易保护主义的进口壁垒或障碍,除了严格保持本国所规定的绿色标志所要求的标准外,应面对各国所设置的以上各类标准而提升自己的绿色标准的水平,从而使绿色技术与绿色产品质量达到其要求的标准,以顺利地进军国际市场,开展必胜的绿色市场竞争。

4.绿色定价

绿色定价就是对绿色产品与服务进行价格定位,使其既保持合理的价格水平,取得较高的经济效益,又便于开展市场竞争,取得竞争优势地位。

(1)确立生态环境有价的基本观点,贯彻"污染环境者付款"的原则,努力促进低污染、低消耗的生态化的绿色技术的开发与应用,以降低"绿化"成本费用。

(2)绿色价格的制定,应在正常成本的基础上,准确计算出进行生态保护与优化所增加的全部费用支出,使两者合计为绿色成本价格,然后由正常利润与绿化增加利润合计为利润总额,最终合计为绿色销售价格。

5.绿色渠道

绿色渠道是由绿色中间商与绿化程度高的储运设施与条件组成的分销渠道体系。正确有效的绿色分销渠道,是进行绿色营销的关键环节,必须进行科学的规划与选择。

（1）要在全面考查的基础上，慎重选择信誉好的绿色中间商，使其确实拥有进行绿色营销的标准条件，以确保分销过程的安全、消费的安全。

（2）要严格选择能避免污染、减少损耗的储运条件，包括避免对产品的污染与对环境的污染；减少对产品的损耗、储运设施的损耗与对各种能源损耗的条件。

6.绿色促销

绿色促销是企业运用传媒和社会活动，为企业的绿色行为或表现进行广泛宣传，从而在社会大众中树立起一个良好的绿色形象，以引导消费者扩展绿色消费，增加其对绿色商品购买的一种绿色营销行为。

（1）要充分利用各种广告传播媒体、人员推销，以及通过对有关环保组织及其活动进行赞助、捐赠等社会公关活动，为企业的绿色表现进行广泛的宣传，从而在社会公众中树立起一个绿色企业、绿色产品、绿色服务的良好绿色形象。其中，要特别重视利用广告媒体对绿色产品特点的宣传，突出树立绿色产品的形象。

（2）在利用各种传播媒体与社会公关活动，去传播绿色企业、绿色产品的过程中，要注重引导目标顾客的绿色消费心理与消费行为，不仅要扩大其对绿色产品的购买量，还要使其在消费中形成一种崇尚环境保护、节省资源的风气，形成一种绿色消费的潮流，为绿色营销的扩展，开辟广阔的道路。

二、关系营销策略

（一）关系营销策略的含义

1.关系营销的含义及其所涉及的关系类型

（1）关系营销的含义。关系营销是以系统论的思维，将企业营销视为一个在市场经济的社会大循环中，与消费者、竞争者、供应者、分销者、政府机构以及社会组织发生关系与进行互动的过程。关系营销的基本思想，是把企业建立与发展同所有利益相关者之间的密切关系，尤其是共利关系，作为成功营销的核心。

（2）关系营销涉及的关系类型。进行关系营销，就要与利益相关者建立起互惠、互利的关系共同体，这些关系共同体由以下关系类型组成：①企业内部关系。明智的企业家在心目中都装有顾客与自身的员工这两个"上帝"，保持与员工互利互惠的交换关系是企业的一种内部关系营销，也是与外部开展关系营销的基础。②企业与竞争者的关系。市场竞争虽然是一种常态，但在不同的企业之间既存在竞争关系，又存在着协作关系，即竞争中有协作、协作促进新的竞争。③企业与顾客的关系。顾客是企业的"上帝"，企业只有在满足顾客需求，使顾客满意，从而同顾客保持良好的产销、供销关系，才能顺利实现自身的盈利目标。④企业与供销商的关系。作为企业所需原材料、机器设备的供应者就是供应商，作为企业产品推销者的中间经销商，就是销售商，它们都有不同的渠道成员。无论任何类型的企业，都必然存在与渠道成员间的供销关系。⑤企业与影响者的关系。在企业营销活动中，都要与各种相关的金融机构、新闻媒体、公共事业团体、居民社区,以及政府机构等组织、单位发生不同的关系。在企业与其相互联系与交往中,其关系的状态会对营销活动产生直接与间接、积极与消极的不同影响。

总之,企业作为市场营销者,必须与企业内部职工、目标顾客、相关企业与机构及社会公众构建起良好的互动关系,形成一个关系营销的有机体系。

2.关系营销策略的含义

关系营销策略,是指对关系营销不同方式的选择与组合运用。按照不同的标志分类可以有不同的策略类型。关系营销策略的选择,应服从于关系营销目标的实现。关系营销的目标,就是通过建立以满足顾客需求为中心的良好供、产、销、消费者之间的关系以及与社会公共组织之间的关系,取得顾客的满意与忠诚,使之进行持续的重复购买,从而树立起企业的良好形象,取得更多的企业利润。

(二)关系营销策略

1.对关系营销项目的选择策略

关系营销主要由三个项目组成,可以突出不同的重点与内容。

(1)营销资料库。就是确认并建立潜在顾客资料库。资料库包括个人、家庭、企业与组织的资料库,不同的资料库有不同的资料内容。就家庭资料库而论,包括家庭成员的年龄、性别、收入、职业、教育程度等人口统计资料以及家庭类型、生活形态、购买行为等资料。

(2)传播不同的信息给不同的关系对象。针对不同类型顾客的需求,将其有关信息通过不同的媒体与传播渠道分别传播到关系紧密的目标顾客及相关的经营商,对其沟通与促销。可供选择的媒体有报纸、杂志、电视、广播、互联网等。如可选用发行量大的杂志发行广告,给其不同层次的客户提供两项新的服务,即选择性装订及喷墨式的印刷,以显示不同的产品形象及质量、功能等;又如,可选用领域广泛的互联网去发送促进顾客关系的服务信息等。

(3)追踪产品与顾客、销售成果与成本之间的关系。就是要长期监控和评估每一个顾客在关系营销中购买本企业产品的情况,包括购买数量、购买方式等变动情况;同时,要准确计算出对其支出的销售费用与取得效果之间的比率,如对目标对象的渗透率、关系促销后目标市场销售成果的增长率、为关系增进所增加的成本与由此增加销售成果间的比率等,并对追踪的重点与内容做出最优选择。

2.对关系层次的选择策略

关系层次有不同的分类,要对不同的关系层次进行不同的重点选择与组合选择。供选择的关系层次及其营销策略类型有如下几种。

(1)按顾客的数量规模划分的关系层次。①大规模顾客的关系层次。就是对那些数量庞大、边际利润低的顾客,要建立层次较低的基本关系,即更多地通过广告、促销、服务电话、电子网站来建立关系,去进行广泛的沟通,而不进行"一对一"的关系沟通。②小规模顾客的关系层次。就是对那些数量较少且边际利润很高的大型用户、大型零售商,要建立起全面伙伴关系,经常进行直接沟通,以期形成持久的客户联系关系。

(2)按关系内容划分的关系层次。①财务层次。即客户对选择能提供所需产品与服务企业的主要依据是其所取得的财务利益,无其他关系考虑;或者说,是指企业通过价格优惠等财务措施来树立顾客价值与满意度,是一种财务关系层次。故在这一层次上的关系营销策略,是以优惠价格、有奖销售、折扣回扣等手段,去刺激顾客购买本企业的产品。如一些企业所张贴的"大拍卖"、"折扣优惠"、"最低价"的招牌,以及一些宾馆为常客提供免费与降价服务等,就是这种策略类型。②社交层次。即通过加强社会交往来提高企业与顾客的社会联系,与常客保持互惠承诺的特殊友好合作关系。如企业主动举办常客集体旅游、座谈会、茶话会等各种形式的联谊聚会活动;向常客赠送礼品和贺卡、进行登门专访等表示友谊和感谢的活动;经常研究和了解顾客的需要与愿望,关心其利益,进而提供所需的服务活动;不断发布有关信息,让顾客了解并信任自己等活动。通过以上的社会联系方式,逐步使常客成为"忠诚客户"。企业在这一社交层次中,应重点选择自己的社交方式或进行不同的组合应用,而形成不同的社交关系策略。③结构层次。是指企业使用高新技术成果去精心设计特定的服务结构体系,使顾客得到更多的利益,从而增强与顾客的关系。如通过输出资本、技术、特殊产品与特殊服务等方式,同顾客形成某种内在结构的联系,使竞争对手在短期内难以模仿和取代,从而建立起牢固的购销关系,形成顾客忠诚。例如,一些厂商以低廉价格向客户输售生产流水线的组装主件,然后再逐步以较高价格出售特定的零部件,因购买方难于改变机械体系的技术结构,只能去专购厂商带有关键性的零部件,从而实现生产流水线的有效运行;又如一些宾馆运用数据库所储存的旅客居住档案,为再次旅居的顾客提供定制化的个性服务等。总之,企业通过对以上关系层次的重点选择与不同层次组合的选择,就形成了不同类型的关系层次选择策略。

三、网络营销策略

(一)网络营销策略的含义

1.网络营销的含义

(1)电脑网络。电脑,是计算机技术提供的综合功能,如同人脑一样,指挥与控制着人体的各个系统的运行。电脑网络,是将各自独立的电脑处理节点,通过线路的互相连接,使之成为能够彼此通信的系统,这个相互连接的电子信息系统构成一个复杂的网络群体体系。互联网,是将全球各国的电脑网络群体相互连接,构成不属于任何一个国家或企业所独立拥有的信息传递系统,而使全人类共享信息资源,所以,互联网可称为全球性的电脑网络。随着计算机技术的广泛应用与互联网功能的扩展,越来越多的个人与企业的网络进入互联网系统,从而使市场营销活动的信息逐步进入互联网的信息系统中,由此,形成了网络营销的新领域。

(2)网络营销。网络营销是以计算机互联网技术为基础,借助联机服务网络、电脑通信、数字交互式多媒体,直接同顾客接触、沟通,向其提供更好的产品与服务,以实现销售目标的营销活动。由于网络营销的广泛进行,其所采用的交易方式也随而出现与扩展,这种网上的交易方式被称为电子商务。

(3)电子商务。电子商务是指买卖双方利用现代化的信息技术和手段,进行数据交换或信息沟通,而实现交易的过程或方式。诸如海关的电子报关、网上谈判、电子结算、网上预定的各类服务、电子合同、电子商品目录等电子商务形式。

2.网络营销策略的含义

网络营销策略,是指对网络营销要素与网络营销手段不同组合的选择与应用。包括对网络营销类型、网络营销层次、网络营销形式不同组合的选择与应用。

(二)网络营销策略的内容

1.网络营销类型选择策略

企业网络营销有不同的类型,对网络营销不同类型及其组合的选择使用,就形成不同的网络营销类型选择策略。企业网络营销主要有如下三种类型:一是企业不设立实际的店铺与货仓,只在互联网上销售产品与提供服务,可称为"虚拟企业"网络营销;二是企业在设立店铺与货仓进行直接销售的同时,又在互联网上开辟销售渠道,进行网络营销,可称为"双兼型"网络营销;三是企业以店铺直接销售为基础,而再通过电话与产品目录传播,去进行产品销售;同时,也利用互联网进行产品销售,可称为"复合型"网络营销。企业应根据自己的条件与营销目标,去选择与使用适用的网络营销类型。

2.网络营销层次选择策略

网络营销有不同的层次,对网络营销不同层次的组合与以哪种层次为主体的选择使用,就形成不同的网络营销层次选择策略。企业网络营销一般分为如下三个层次:一是主要应用网络信息进行营销层,可称为基本网络营销层。它是指企业主要利用互联网发布有关信息,诸如通过各种产品信息邮件、产品推荐邮件、电子刊物、产品与服务介绍邮件等,去定期或经常的发布产品与服务的有关信息,通过这些信息与消费者进行沟通、交流,促进其网上购买,从而进行的网络营销活动。二是战术营销层,主要是通过互联网使用电子问卷进行网络营销调研,进行网上销售后对商品实体移动采用外包形式去完成,建立网上的库存管理、广告宣传、咨询服务等信息系统去进行网上管理与促销等活动。三是战略营销层,主要是将整个企业的营销组织、营销战略规划、营销理念等完全融入网络体系中,依靠营销网络的功能去制订与实施营销战略规划、组成企业集团化的战略联盟、采用战略性的网络营销对策措施等。企业应根据自己的网络营销目标,去优选主要从事的网络营销层次,从而确定网络营销的范围与重点。

3.网络营销形式组合选择策略

传统的营销要素是产品、定价、分销、促销,这些要素反映在网上营销中,就构成了网络营销的不同形式,对这些形式的不同组合应用,就形成了网络营销形式组合选择策略。在网络营销中,一般多选用网上调研、网上广告、网上商场销售、网上服务等营销要素及其营销形式。企业为了实现自己的网络营销目标,多进行不同的重点选择及组合选择。

(1)对网络营销形式的单项选择。网络营销形式,一般包括以下类型:一是,网上调研形式。网上调研分为:根据顾客的反馈信息,了解与掌握顾客的消费需求与购买行为,从而据以调整产品设计、商品销售结构与商品销售方向；免费获取对营销活动有用的市场动态信息，据以采取与调整网络市场竞争策略并进行相应的网上调研与咨询服务业务。二是，网络广告形式。一般分为以下三种形式，即 WWW 主页形式、电子邮件(E-mail)形式和其他形式，通过以上不同的形式，去传递不同的市场信息内容，达到不同的广告目的。三是，网上商场销售形式。网上商场可分为专类商店、多类商场、综合性大商场，其销售形式包括商品图像展示、文字介绍、技术参数指标列举、价格与售后服务标准及内容的诚信保证、同类产品的比较而显示本身产品的优势、用户反馈与专家评述信息的例证等形式，企业通过以上销售形式的不同选择，而进行不同的产品销售活动，从而达到自己的销售目标。四是，网上服务形式。包括网上专营服务公司与网上销售产品的企业，采用互联网访问、信息检索、软件开发、用户咨询服务与培训，以及将有关信息"原料"进行加工形成信息"商品"后销售给客户使用等，为客户提供多种信息服务，满足其信息需求。企业通过以上网上服务形式的择优选择，以扩展适当的网上信息服务营销。

(2)对网络营销形式的不同组合选择。①将网上产品销售与网上信息服务形式组合。②将网上广告与网上销售形式组合。③将网上市场调研、网上广告、网上产品销售与网上信息服务营销形式进行全面组合。

本章小结

本章从分析国内外市场环境变化入手，探索市场营销的创新领域及其基本内容，首先划分了营销哲学思想、营销方式、营销策略三个主要创新领域；其次是在营销哲学思想的创新领域中，重点选择了营销观念的创新，并突出地阐述了横向营销、大市场营销、整合营销、知识营销观念的含义及其所推动的市场营销创新领域的特征与对其推进的对策措施；再次是在营销策略的创新领域中，重点选择了绿色营销、关系营销、网络营销策略，对其概念含义、特征、策略内容进行了基本阐述。市场营销创新具有广泛的内容，可以从不同的视角进行分类研究与概括。营销创新的基本趋势，是要求更加强化以消费者为中心的营销组合的创新，通过营销要素组合观念与策略的更新，去更加突出顾客的核心地位。

思考题

1.社会、经济环境的变化为什么会引起市场营销的创新发展；市场营销创新发展的主要领域与内容是什么？

2.应当树立与掌握的主要创新营销观念是什么？如何贯彻与实施？

3.应当掌握与应用的主要创新营销策略有哪些？

4.中国在哪些方面进行了创新发展；应如何应用创新的营销策略去拓展国内外市场？

【综合案例分析】

日本丰田汽车公司的创始人丰田喜一郎，面对欧美轰轰烈烈的工业革命与美国通用汽车公司和福特汽车公司的兴起，经过考察与思考，认定汽车这一产品必然成为重要的交通工具，而具有广阔的市场。于是，在1934年于原丰田自动织机制造所这个企业内设立了汽车部，开始试制汽车产品，并于1937年(昭和12年)8月25日正式成立了独立的"丰田自动车工业株式会社"，创立起新型的独立生产汽车产品的丰田汽车工业公司，走向了崭新而广阔的发展道路。不久，一个AA型轿车开始投入生产，并于1939年在公司内设立了蓄电池研究所，着手进行电动汽车的研制，随于1940年推出了一款较为紧凑的新型轿车，配套4缸2.2升48马力的发动机，在外形上更接近瑞典的富PV60车型，从而走上了在模仿的同时给予改进，注重生产安全、牢固、经济、传统汽车的发展道路。二战后日本经济处于一片混乱之中，汽车工业的重建与发展，成为日本经济发展的重要支柱，面对于此，丰田公司于1945年(昭和20年)9月为避开与美国大型卡车的直接竞争，而决定在原有卡车批量生产体制的基础上组建起新的小型轿车工厂，并根据流体力学原理，采用流线车身和脊梁式车架结构，配以四轮独立悬架，以构成一种全新的车体机制，使其时速高达87公里。经过样车试制成功后，于1947年投入生产，并于1949年后批量生产，而走向了重新稳定发展的轨道。1965年后，日本的国际贸易大大扩展，丰田公司为迎接新时期的到来，一方面加紧了对性能更高的新型汽车产品的开发，另一方面则努力增强生产能力、提高产品质量水平，开始与国外汽车产品进行产品性能与价格的真正较量。1973年和1979年的两度石油危机后，丰田公司生产的小型车开始大幅度进入缺乏小型车的美国国内市场，并通过与美国通用汽车公司进行合作生产，在转让小型轿车生产技术的同时，去稳定保持在美国汽车市场的占有率。1983年为了与美国本田公司的雅阁系列轿车在北美市场的争夺，丰田公司在该区域市场推出了佳美车系，而成为颇受欢迎的车型。到了20世纪80年代后则开始了它全面走向世界的国际营销战略，该公司先后在英国以及东南亚等地区创立起独资或合资企业，并将汽车研究发展中心合建于各所在国家，从而具体实施其在当地研究开发设计汽车生产与进行产品销售的国际化战略。

丰田汽车公司为了大大提高了生产效率、生产规模与产品的市场竞争力，在产品高营销观的指导下，而采取了多品种小批量生产方式与全面质量管理的生产模式，在每一道工序都强调符合质量标准。同时，更加注重销售体系的建立与完善，将它的经销商分为"丰田"、"丰田宠儿"、"丰田花冠"、"丰田奥特"和"丰田威斯特"五大体系，使各个经销商系统出售不同种类的丰田车，各系统下设多个经销商，各自开设专卖店，但每个经销商只能在所在区域内或指定的区域内销售，以避免重复与自我竞争。

总之，它通过产品品种、生产技术、管理体系、销售体系与进入国际市场方式等的创新，使该公司拥有整个车系、数十个车型和车款的庞大家庭，而成为目前世界上第三大汽车公司。

讨论题：

1.该公司市场营销创新所经历的过程及其创新的领域与内容；

2.该公司市场营销创新的动因及目标；

3.该公司市场营销创新的过程及内容,反映出它在市场营销观念及理念上进行了何种创新发展;

4.我们应吸纳与借鉴的成功点是什么。

聚焦分析:

日本丰田汽车公司为了实现企业不断壮大发展的目标,从满足国内外顾客需求,为其提供充满魅力的产品与服务出发,及时反映市场环境的变化并准确捕捉市场机遇,以不断创新营销要素的战略思维,进行营销观念与理念的创新进而在各个营销领域进行创新发展,不断提高产品与服务的市场竞争力,从而占领与扩展广阔的国内外市场。

【阅读资料 1】

水平营销的方法

聚焦于生活中,总会有凋谢的花;将凋谢置换为不凋谢,就产生了"不凋谢的花"这一刺激,这一刺激会产生市场价值,但在实现过程中产生了逻辑思维的中断,引致置换中的"空白";这时,通过引入塑料等材质,而创造出永不凋谢的塑料花,这就成功地建立了置换中的联结。创造"空白"的方法有:替代、反转、组合、夸张、去除、换序等方法。表现在"情人节给爱人送玫瑰花"过程中:"替代"意味着可以在情人节送柠檬;"反转"意味着一年之中除情人节外,每天都送玫瑰花;"组合"意味着情人节送玫瑰花之余可以再送巧克力;"夸张"意味着情人节送 99 朵玫瑰花;"去除"意味着情人节送什么也不能送玫瑰花;"换序"意味着情人节由被爱的人向其倾慕者送玫瑰花……把横向置换运用在市场层面、产品层面和营销组合层面,可以发现如下"创意":用迪厅里的爆米花替代电影院里的爆米花(替代);情侣吵架后送玫瑰花(反转);在报刊亭可以买到汽油(组合);一种在顾客购买后总是被退回的画(夸张);没有任何广告的杂志(去除);先吃后付账(换序)……就是这样,利用水平营销理论可以为企业带来截然不同的营销效果,或是旧产品新功能,或是新产品新功能,或是新产品旧功能。不论哪一种结果,它总能给消费者眼前一亮的感觉,从而打动消费者,使企业获得更多的市场份额。

【阅读资料 2】

美国可口可乐公司在法国市场的"营销战"

美国可口可乐公司在 20 世纪 20 年代以前的业务范围仅限于北美地区;1936 年,专门进行海外业务的可口可乐出口有限公司成立,从此,开始扩展国际市场营销活动。"二战"以后,该公司决定拓展在法国的可口可乐市场,并与马赛地区的企业签订了装瓶特许权协议。但这一计划一开始实施,就遇到了来自法国各方面的阻力。法共的《人道报》指责这一计划是对法国的经济侵略;法国饮料业界,因担心原经营利润受损,而纷纷指责可口可乐危害公众健康和国内工业发展;政府内部的有关部门对可口可乐公司在法国市场的推广计划也存有反对意见,如财政部借口该计划会给法美贸易收支问题带来灾难而主张禁止可口可乐在法国经营。在各种力量的压迫下,法国政府于 1950 年 2 月拒绝了美国可口可乐出口有限公司向法国输送浓缩液的申请。可口可乐公司面对这一情况,并未退缩,而是重新制订了开拓法国市场的计划。它们在对产品的价格、渠道、促销等方面制订符合法国消费者需求计划的同时,则着力制订与实施公共关系策略。首先,该公司雇佣了大量的法国当地法律、科学及经济学专家,利用他们的关系支持可口可乐产品,如去调查证实产品符合健康法规;

广告属实;市场由法国人控制不会对本国的经济造成不良影响等。其次,可口可乐公司总裁前去拜访法国驻美大使,进行游说,促使其要求法国政府取消对可口可乐的禁令;再次,在美国制造舆论,把可口可乐看成是法美两国经济等方面友好的象征;最后,该公司在美国政界进行公关活动,去大力争取美国政府的支持。在上述公关活动下,终于成功的敦促美国国务院出面干预,使法国政府于 1954 年 4 月取消了有关可口可乐产品进口的禁令,使该公司成功地打开了法国市场的大门,并开拓出在法国的广泛可口可乐产品市场。

第十六章

Chapter 16

市场营销管理

【学习要点】

① 市场营销管理环节包括的三个阶段；

② 市场营销计划的特点与内容；

③ 市场营销组织的构建与职能；

④ 市场营销的控制方法。

【引导案例】

作为有志于打造百年"中华老字号"的全国名白酒厂——"洋河大曲"制造厂，致力于企业的品牌创新和全面发展，取得了品牌战略的突出成果。2003 年 9 月面市的洋河蓝色经典，以独有的"蓝色文化"、"绵柔"的风格口味和新颖的营销模式迅速占领了高端白酒市场，进入中国高端白酒的阵营。2008 年，洋河超越了剑南春而首次进入白酒行业的前四名；2009 年 10 月，洋河股份 IPO 成功上市，获批当月其股价即宣告破百。当年，洋河厂实现营业收入 40.02 亿元，同比增长 49.21%；实现净利润 12.54 亿元，同比增长 68.71%。预计该公司未来 3 年的收入，分别为 54 亿元、67 亿元、21 亿元；实现净利润，分别为 17 亿元、21 亿元和 25.8 亿元。

洋河"蓝色经典"短短几年取得如此大的成就，是与其制订完备的营销计划并妥善实施分不开的。

一是对消费者进行准确的分析："洋河蓝色经典"的重度消费者为 30 岁到 50 岁的中年男士；20 岁到 30 岁男性是"洋河蓝色经典"的潜在消费人群，可深度挖掘。二是正确进行价格定位。2003 年 9 月，洋河集团推出"洋河蓝色经典"，意即携海之蓝、天之蓝、梦之蓝出兵南京，将价格定位在 110 元、200 元、580 元。它放眼南京市场，不仅有其一定的品牌知名度，并在 100 元到 150 元这个价位带的空间向 108 元(口子窖)或 158 元(五粮春)靠拢，洋河蓝色经典"海之蓝"

将价位定在 110 元/瓶,这正好迎合了这部分消费者的消费水平,成为这些消费者的首选消费对象。"洋河蓝色经典"也依此迅速扩展南京市场,与五粮春、口子窖形成三足鼎立之势。三是大力推进广告促销。"洋河蓝色经典"大力投放广告。曾经冠名 2008 年中央电视台奥运会期间节目,2010 年的春晚和青歌赛等影响力极大的节目,与浙江卫视成为战略合作伙伴。通过以上这些措施,"洋河蓝色经典"的年销售总额由 2004 年的 0.741 亿元迅速上升到了 2008 年的 24.25 亿元。在短短的 4 年时间,其销售额净增为基数的 32 倍,而成为奇迹。

第一节 市场营销管理概述

一、市场营销管理的概念

市场营销,是企业经营活动的重要组成部分,也是企业管理工作的一个重要任务。所谓企业管理,就是在特定的环境下对企业所拥有的资源进行有效的计划、组织、指挥、协调和控制,以便实现既定的组织目标的过程。

市场营销管理也称营销管理,是指为了实现企业或组织目标,建立和保持与目标市场之间的互利交换关系,而对设计项目所进行的分析、规划、实施和控制的行为过程。

在营销管理实践中,企业通常都要首先制订市场营销计划,去规划与指导整个营销活动。而在其实际执行中,由于客观实际情况可能会同预期的情况有一定的差距,这就需要企业管理者针对不同的实际情况,特别是消费者要求的实际情况,去采取不同的有效管理对策,进行适时、适度的调整,以更好地满足市场需求,从而实现企业的营销目标。

二、市场营销管理过程

市场营销管理过程,是指在企业发展战略规划指导下去制订和实施企业市场营销计划的过程。

市场营销管理是一个复杂的过程,具体包括:规划与其具体执行计划的制订、组织、执行、调节、控制、总结评估等环节。其具体管理过程,如图 16.1 所示。

(一)企业市场营销战略规划管理

在市场营销管理过程中,企业的市场营销战略全面贯彻落实企业战略。企业战略是设立远景目标并对实现目标的轨迹进行的总体性、指导性谋划,属宏观管理范畴,具有指导性、全局性、长远性、竞争性、系统性与风险性六大主要特征。大体包括如下类型:

(1)发展战略:大力投资于有发展前途的产品。一是密集性发展战略:指在某一特定市场上存在尚未被充分满足的需求,企业可利用现有的生产,在现有的经营范围内谋求发展的战略,包括市场渗透、市场开发和产品开发。二是一体化成长战略:指企业通过把自己的业务活动伸展到供产销不同环节或与同类企业联合起来谋求发展的战略,包括:后向一体化——向后

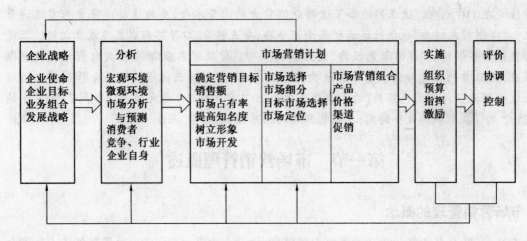

图 16.1　市场营销管理过程

控制供应商或由自己供应,实现供产结合;前向一体化——向前控制分销系统实现产销结合或将产品进一步深加工;横向一体化——也称水平一体化,兼并或控制竞争对手的产品或企业,或合资经营;三是多角化成长战略:指多样化或多元化,指向本行业外发展,跨行业经营。包括:同心多角化——指以现有的业务为中心向外扩展业务范围,开发新产品,增加产品门类和品种,寻求新的业务增长;横向多角化——又称水平多角化,指针对现有顾客的其他需求,开发新产品满足其需求,从而扩大业务经营范围;综合多角化——集团式多样化,指通过投资或兼并等方式扩展经营范围,跨行业经营,组成混合性企业集团。

(2)维持战略:维持现状,适于相对市场占有率高但是市场增长率比较低的产品。

(3)缩减策略:缩减投资,主要适用于相对市场占有率和市场增长率都不高的产品。

(4)放弃策略:清理处理,主要适用于没有前途和亏损的产品。

为了实施企业战略规划,又具体制订了企业市场营销战略规划。企业市场营销战略是指导企业市场营销全局长期发展的谋划,是为实现企业发展的长期目标而规定的企业市场营销发展的总目标,以及为实现该目标所采取的总方针、基本原则、基本内容和带有根本性的对策措施。企业市场营销战略规划管理,就是对企业市场营销战略方案制订、组织执行、调节控制的过程。

(二)市场营销计划管理

市场营销计划,是企业市场营销战略规划的具体化,是企业计划工作中的重要内容之一。它具体表现为分段执行计划、年度计划与季度计划。市场营销计划管理,就是根据企业的宗旨、经营方针及市场营销战略,确定一定时期的销售目标,以及为实现这一目标而安排的各种营销活动所进行的管理。

（三）市场营销计划的实施及评价

当市场营销计划制订以后就要组织协调企业中的相关部门进行有计划的实施，与此同时，当计划执行结果没有达到预期目的或者周围环境因素有所变化时，就需要对计划和执行之间的内在关系进行如下诊断：是因为计划不当造成的，还是执行不当造成的；具体问题是什么，应如何解决。

三、市场营销管理的目的和作用

（一）市场营销管理的目的

一是合理有效地拓展市场范围，提高市场竞争力；二是降低买卖双方信息不对称，更好地满足消费者需求；三是促进交易成交，扩展销售规模；四是节约交易费用，降低产品成本，提高经营利润。

在企业营销过程中，要取得利润最大化，就必须通过有效的管理方式来达到目的。为此，就必须首先不断地更新营销理念，要以"产品"为中心向以"顾客"为中心转变，把追求顾客满意放在第一位，与顾客建立密切联系，进行顾客关系的有效管理，实现顾客对品牌的忠诚。

（二）市场营销管理的作用

营销管理就是为了实现企业的目标，专业化地提高经济效益，它是企业得以实现其价值的核心。它是一种能辨识、预期及符合消费者与社会需求并且可以带来利润及连续经营的管理过程。营销管理将企业研发生产过程与消费者的消费联系起来，是一个中间环节。任何时候企业的营销管理做得不好，效益就不好，产品不好也会对营销产生负面影响。营销管理是系统化的，需要兼顾到生产、采购等许多其他方面，需要综合考虑，营销管理相比其他更重要。

第二节　市场营销计划

一、市场营销计划概述

（一）市场营销计划的概念

市场营销计划是指企业根据资源供应和环境条件，确定在一定时期、一定区域内的营销目标，并为实现这一目标安排相应的营销活动和控制措施。

（二）市场营销计划的种类

根据市场营销计划的对象，可以将其分为：①企业整体市场营销计划。企业整体市场营销计划是整个企业的总体计划，涉及的都是全局性的和影响力较大问题，其内容大致都是关于整个企业的发展、投资、战略目标等，并不详列各个部门的活动。②企业局部市场营销计划。企业局部市场营销计划主要阐明一个或多个部门的任务、目标、发展和获利能力等,其内容包括销售、财务、生产、人事等各项政策和目标。③产品品类计划。产品品类计划主要是描述特定产品品类的目标、策略及政策等。④产品计划。产品计划主要具体描述特定产品或产品群的目标、策略及政策。⑤品牌计划。品牌计划主要具体描述产品群中特定品牌的目标、策略及政策。⑥市场计划。市场计划是开发某一特定市场或为某一特定市场服务的计划。

【案例 16.1】

保洁产品的定位

"海飞丝"——头屑去无踪,秀发更出众;

"飘柔"——头发飘逸柔顺,洗发护发二合一;

"潘婷"——含维他命原 B5,令头发健康、加倍亮泽;

"润妍"——让秀发更黑更漂亮,内在美丽尽释放;

"舒肤佳"香皂——洁肤而且杀菌;

"碧浪"洗衣粉——对蛋白质污渍有特别的去污力;

"护舒宝"卫生巾——各有不同长度及厚度,以配合你的不同需求;

"玉兰油"——滋润青春肌肤,蕴含青春美。

(三)市场营销计划的作用

市场营销计划,可帮助企业把力量集中在能够达到或超过目标的行动上,是识别和利用机会、规避奉献的基本工具,其主要作用表现在以下几个方面:

(1)有助于企业预期目标的实现。企业营销计划详细说明了企业的预期收益,可以使企业的市场营销工作按照既定条件有条不紊地进行,减少经营的盲目性。

(2)有利于节约开支。市场营销计划确定了实现计划活动所需的资源,从而企业可以预先确定企业运行的资源需求量,并据此判断企业所要承担的成本费用,作到精打细算,节约开支。

(3)市场营销计划促使企业人员工作职责明确,有助于企业顺利实现目标;使企业能有效控制本企业的经营活动,协调各部门的关系,更顺利而卓有成效地去完成企业的各项任务和目标;使企业进一步获得巩固和发展。

二、市场营销计划的内容

(一)分析市场营销机会

分析市场营销机会包括环境分析、市场分析、竞争者分析等内容。要通过对环境的分析,识别机会和威胁,制订正确的市场营销决策。市场营销环境指影响企业市场营销活动的不可控制的参与者和影响力,这些参与者由供应商、中间商、顾客、竞争者和公众等构成。影响力包括人口环境、经济环境、自然环境、技术环境、政治法律环境和社会文化环境等。

(二)设计市场营销战略

市场营销机会分析是企业市场营销战略制订的依据。市场营销战略,是企业营销活动系统中根据企业条件、外部市场机会和限制因素,在企业发展目标、企业范围、竞争方式和资源分配等关系全局重大问题上所采取的决策,是企业选择目标和制订营销组合策略的指导。其内容为:①明确企业的任务或目的;②制订企业市场营销战略目标;③确定企业战略性业务单位;④评估目前的业务投资组合;⑤确定企业的新业务计划。

(三)选择目标市场

目标市场是企业决定进入的市场,是企业决定为之服务的顾客群体。企业要根据自身资源和市场环境条件确定目标市场,充分发挥优势,增强竞争力,在充分满足目标市场需求的条件下实现最大限度的利润。

(四)制订市场营销组合策略

企业确定了目标市场以后,必须运用一切能够运用的因素去占领它。市场营销因素是企业在市场营销活动中可以控制的因素,分为产品(product)因素、价格(ptice)因素 、分销渠道(place)因素和促销(promotion)因素四大类。企业通过综合协调地运用营销因素以吸引顾客、赢得竞争。

(五)组织、执行和控制市场营销活动的措施

一是建立执行计划的组织体系。由于企业内部各部门往往强调各自业务的重要性并独立开展活动,从而降低了整体市场营销的效率,因此,必须建立一个能够有效执行市场营销计划的组织,实现各部门之间的协调统一。营销部门和营销人员必须有效地执行营销计划,把计划任务层层分解,落实到人,监督实施,检查完成情况。为此,对内要注意营销部门和其他部门之间的整体配合;对外要动员经销商、零售商、广告代理商等对企业进行有力的支持。二是推进计划的执行及其控制。营销计划执行,是将营销计划转化为具体行动和任务部署,并保证这些行动有效实施和完成以实现营销目标的过程。有效的营销执行,要求将资源集中在对营销计划实现起关键作用的活动上,并制定相关的营销政策、建立完善的运作程序和有效的监控评估和改善体系,确保市场营销目标实现。

市场营销计划方案的内容,如表 16.1 所示。

表 16.1　市场营销计划方案的内容

序号	内容	页码	序号	内容	页码
1	前言	—	4	营销战略规划	—
2	执行提纲	—	5	营销计划目标	—
3	当前状况分析		6	营销策略	—
	假定		8	时间安排	—
	销售(历史/预算)		9	预算	—
	战略市场		10	损益核算	—
	主要产品		11	组织、执行与控制	—
	主要销售地区		12	活动内容的更新程序	—

三、市场营销计划的实施

市场营销计划的实施是把市场营销计划转化为业绩的"中介"因素,市场营销计划的实施包括相互联系的如下内容:

(一)制订行动方案

为了有效实施市场营销计划,市场营销部门以及有关人员需要制订详细的行动方案。方案必须明确市场营销计划中的关键性环境、措施和任务,并将任务和责任分配到个人或团队。方案还应包含具体的时间表,即每一行动的确切时间。

(二)调整组织机构

在计划实施过程中,组织机构起着决定性的作用。它把任务分配给具体的部门和人员,规定明确的职权界限和信息沟通线路,协调企业内部的各项决策和行动。组织机构应当与计划的任务相一致,同企业自身的特点、环境相适应。也就是说,必须根据企业战略、市场营销计划的需要,适时改变、完善组织机构。

(三)形成规章制度

为了保证计划能够落在实处,必须设计相应的规章制度。在这些规章制度中,必须明确与计划有关的各个环节、岗位、人员的职、责、权、利,各种要求以及奖惩条件。

(四)协调各种关系

为了有效实施市场营销战略和计划,必须使行动方案、组织结构、规章制度等因素协调一致、相互配合。

第三节 市场营销组织

一、市场营销组织的概念及其形式的演进

(一)市场营销组织的概念

市场营销组织是企业为了制订和实施市场营销计划,实现市场营销目标而建立起来的部门或机构。随着企业的不断发展,企业市场营销活动内容已经从单一的销售功能转变为复杂的功能群体,市场观念也从生产观念演变为营销观念、社会营销观念。随着市场营销活动由简单到复杂的发展,企业的市场营销组织也经历了由低级向高级的、由单一功能向复杂功能、由市场反应迟钝向市场反应灵敏方向的发展。

(二)市场营销组织形式的演进

在西方发达国家,企业的市场营销组织形式大体经历了以下五种典型形式。

1.单纯的销售部门

20世纪30年代,占主导地位的经营思想是生产观念,企业的市场营销组织也与种种观念相适应。企业只有财务、生产、销售和会计四个职能部门,财务部门负责资金筹措和管理,生产部门负责产品制造或提供服务;会计部门管理往来账务和计算成本;销售部门负责出售产品。

2.销售部门兼有营销功能

20世纪30年代以后,随着社会商品供应的增多和市场竞争压力的增大,企业的经营指导思想演变为销售观念,以强化销售为中心,经常性地开展推销、广告、促销和营销研究活动。销售部门的营销职能不断扩大并发展成为专门职能,主管销售的管理者就要聘用广告经理、市场研究经理等执行营销功能,并委派专门负责人统一规划和管理营销部门。

3.独立营销部门

随着市场竞争日益激烈,企业拥有的业务不断扩大,其市场营销调研、广告和顾客服务等市场营销工作大量增加且使其重要性日益增强,原先从属于销售部门执行附属营销职能的营销部门已经难以履行职责,主管销售的管理者也没有足够的经理做好此事,因此,设立一个独立于销售部门之外的市场营销部门已经势在必行;市场营销部门由主管市场营销的副总经理领导,与销售部门平行。销售部门主管主要考虑如何建立销售队伍、培训销售人员、运用适当的报酬和竞赛等方式激励销售人员以提高销售效率。市场营销部门主管要考虑影响产品销售的因素,如何制订市场营销战略,如何细分市场和确定目标市场,企业的产品是否与顾客需求相适应,价格是否为顾客所接受,分销渠道设计是否合理,分销渠道如何开拓,渠道冲突如何处理,广告投资是否得当,广告设计是否有利于获得顾客的注意和好感等。销售部门与营销部门相互配合,为企业发展发挥不同的职能。

4.现代市场营销部门

虽然销售部门和市场营销部门需要密切配合,但是由于其职能不同和看问题角度不同,常常形成一种相互竞争和不信任关系。销售副总经理着重于眼前销量,营销副总经理着眼长远规划;销售副总经理不愿销售部门在企业中的地位下降,营销副总经理则在制订长远规划和协调各职能部门步调实现顾客满意方面寻求更大的权力。在这种情况下,必须树立一个权威才能解决矛盾冲突。由于整体市场营销的重要性远远大于单纯的产品销售,所以,绝大多数企业选择了提高市场营销部门的级别,树立市场营销部门的权威,导致现代市场营销部门的产生。

5.现代市场营销公司

如果仅仅摆正了市场营销部门的位置,建立了出色的市场营销部门,但是,企业全体员工没有树立以顾客为中心的思想,其他部门不积极配合,把市场营销和开拓市场单纯看成是市场营销部门的事情,则市场营销职能就不可能有效地执行。只有全体员工都树立了以顾客为中心的现代市场营销观念,把满足顾客需要,开拓和巩固市场看成是每个人、每个部门的职责,积极自觉地配合营销部门做好工作,市场营销活动才能取得成功。这样的企业才能成为现代市场营销公司。

二、市场营销部门的组织形式

(一)职能型组织形式

企业按市场营销各个职能去设置组织部门,是最常见、最古老的营销组织形式。职能型组织机构的优点是结构简单、管理方便。它主要适用于产品种类单一,对相关专业知识要求不高,或经营地区情况差别不大的企业。随着企业产品品种的增加和市场的扩大,这种组织形式越来越暴露出其效益低下的弱点。一方面,由于没有人对该产品或市场负全部责任,所以,没有按每种产品和每个市场去制订完整的计划,从而使某些产品或市场容易被忽视;另一方面,各个职能部门常为获得更多预算或取得较其他部门更高的地位而竞争,使销售管理者经常面临协调难题。

(二)地区型组织形式

地区型组织形式适合销售区域大而经营品种单一的企业。为避免职能部门重复,市场调研、广告、行政管理等仍归原职能部门,且与地区部门并列。其优点在于可充分发挥每一地区部门熟悉该地区情况的优势。不足之处在于,当产品品种较多时,很难按不同产品的使用对象来综合考虑,从而使各地区的活动也难于协调。

(三)产品品牌型组织形式

产品品牌型组织形式适用于生产多种产品和品牌的公司。按照产品或品牌建立管理组织,并没有取代职能型组织,只不过是增加一个管理层而已。这种组织形式的优点是:各类产品责任明确,由于产品互不关联,彼此相互干扰不大,且组织形式灵活,增加新产品时,增加一个部门即可。其缺点是:缺乏地区概念,各产品不可能对每一地区都能兼顾,从而限制其做出适当的反应。

(四)顾客型组织形式

企业把顾客按其特有的购买习惯和产品偏好,进行细分并区别对待,以此设立顾客型组织机构。

(五)矩阵式组织形式

矩阵式组织形式是产品型和市场型相结合的矩阵式的组织形式,常见于生产多种产品并向多个市场销售的企业。其解决机构设置的方法有三种:一是采用产品管理组织制度,需要产品经理熟悉广为分散的不同市场;二是采用市场管理组织制度,需要市场管理经理熟悉销往各个市场的各种产品;三是同时设置产品经理和市场经理,形成矩阵型结构。

第四节 · 市场营销控制

在执行计划过程中难免遇到各种意外事件,所以,企业要对市场营销活动进行不断的或定期的监督、评价,并进而控制其发展方向。

一、市场营销控制的概念与步骤

(一)市场营销控制的概念

市场营销控制是指在衡量和评估营销计划执行情况的基础上,采取纠正措施,以确保营销计划目标的实现所进行的营销管理活动,即市场营销管理者经常检查市场营销计划的执行结果是否与原定计划一致,若不一致或没有完成计划,就要找出原因所在,并采取适当措施和正确的行动,以保证市场营销计划的实现。

(二)进行市场营销控制的步骤

市场营销控制是营销管理的主要职责之一,是营销管理过程中不可缺少的一个环节,它具有动态性和系统性。市场营销控制包含以下四个具体步骤:

1.确定应评价的营销业务范围

企业通常要评价市场营销业务的各个方面,包括人员、计划、职能等,甚至市场营销全部工作的执行效果。在界定范围内,再根据具体需要有所侧重。

2.确定衡量标准

评价工作要有一个总的尺度,借以衡量营销目标和计划的实施情况。衡量的标准主要是企业的主要战略目标以及为此而确定的战术目标,如利润、销售量、市场占有率、顾客满意度等指标。当然,这些指标不是一成不变的,同一企业不同时期的标准可能都会不一样,不同的企业具有不同的标准。

3.明确控制方法

基本的检查方法是建立并积累与营销活动相关的原始资料,如各种文字报告、报表和原始账单等,它们能及时、明确、全面、系统地记载并反映企业营销的绩效;另一种方法是直接观察法。至于选择哪一种方法,要根据实际情况而定。

4.及时纠正偏差并提出改进建议

对工作绩效进行绩效分析、对比分析,针对问题提出解决方案,及时纠正任务执行中的偏差。

二、市场营销控制的内容与方法

(一)市场营销控制的内容

市场营销控制主要包括年度计划控制、赢利能力控制、效率控制和战略控制。

1.年度计划控制

年度计划控制的内容,是对销售额、市场占有率、费用率等进行控制;年度计划控制的目的,是确保年度计划规定的销售、利润和其他目标的实现。控制过程分为四个步骤:确定年度计划中的月份目标或季度目标;监督市场营销计划的实施情况;如果市场营销计划再执行过程中有较大的偏差,要找出其中的原因;采取必要的补救或调整措施,缩小计划与实际之间的差距。

2.赢利能力控制

企业要从产品、地区、顾客群、分销渠道和订单规模等方面,分别衡量它们的获利能力。获利能力的大小,对市场营销组合决策有重要和直接的影响。

3.效率控制

效率控制就是要评价和提高经费开支效率及营销开支效果。

4.战略控制

战略控制的目的是确保企业的目标、政策、战略和措施与市场营销环境相适应。

(二)市场营销控制的方法

1.年度计划控制的方法

一是,销售分析。销售分析,是衡量并评估实际销售额与计划销售额的差距。具体有两种方法:一为销售差距分析,主要用来衡量造成销售差距的不同因素的影响程度;二为地区销售量分析,用来衡量导致销售差距的具体产品和地区。二是市场占有率分析。销售分析一般不反映企业在竞争中的地位。因此,企业还要分析市场占有率,揭示本企业同竞争者之间的相对关系。正常情况下,市场占有率上升表示市场营销绩效提高,在竞争中处于优势;反之,说明在竞争中失利。三是市场营销费用率分析。年度计划控制要确保企业在达到计划指标时,市场营销费用没有超支。因此,企业需要分析各项费用率,并控制在一定限度。如果费用率的变化不大,在安全范围内可不采取任何措施;如果变化幅度过大,上升速度过快,接近或超出上限,就必须采取措施。

通过上述分析,若企业发现市场营销实绩与年度计划指标差距太大,就要采取相应措施;或是调整市场营销计划指标,使之企业和实际;或是调整市场营销战略和战术,以利于计划指标的实现。如果指标和战略、战术都没有问题,就要在计划实施过程中查找原因。

2.赢利能力控制的方法

一是赢利能力分析。通过对财务报表和数据的处理,把所获利润分摊到诸如产品、地区、渠道、顾客等上面,衡量每个因素对企业最终赢利的贡献大小、获利水平如何;二是最佳调整措施的选择。赢利能力分析的目的在于找出妨碍获利的因素,排除或者削弱这些不利因素的影响。由于可供选择的调整措施很多,企业必须全面考虑,做出决定。为了评估和控制市场营销活动,国外有的企业专门设置"市场营销控制员"岗位,他们一般都在财务管理和市场营销方面受过良好的专业培训,能担负复杂的财务分析以及制订市场营销预算的工作。

3.效率控制的方法

一是销售队伍的效率。包括每次推销访问平均所需时间、平均收入,平均成本、费用及订货单数量;每次推销发展的新顾客数量,丧失的老客户数量;销售队伍成本的百分比,等等。二是广告效率。比如，以每种媒体和工具触及一千人次为标准，广告成本是多少；各种工具引起人们注意、联想和欣喜的程度；受到影响的人在整个受众中所占比重；顾客对广告内容、方法的意见，以及广告前后对品牌、产品的态度。三是促销效率。包括各种激发顾客兴趣和试用的方式、方法及效果，每次促销活动的成本及对整个市场营销活动的影响。四是分销效率。例如，分销网点的市场覆盖面；销售渠道各级、各类成员——经销商、制造商代表、经纪人和代理商的作用和潜力；分销系统的结构、布局以及改进方案，存货控制、仓库和运输方式的效果，等等。

4.战略控制的方法

由于在复杂多变的市场环境中，原来的目标和战略容易过时，企业有必要通过"市场营销审计"(marketing audit)这一工具，定期地、批判性地重新评估企业的战略、营销计划及其执行情况。

市场营销的目的与方法如表 16.2 所示。

表 16.2　市场营销控制的目的与方法

控制类型	主要负责人	控制目的	方　　法
年度计划控制	高层管理人员 中层管理人员	检查计划目标是否实现	销售分析、市场份额分析、费用与销售分析、财务分析等
赢利能力控制	销售主管人员	检查企业盈亏情况	赢利情况：产品、地区、顾客群、细分市场、销售渠道、订单大小
效率控制	营销主管人员	评价和提高经费开支效率及营销开支效果	效率：销售队伍、广告、促销、分销
战略控制	高层管理人员 营销审计人员	检查企业是否在市场、产品和渠道等方面寻找最佳机会	营销效率等级评价、营销审计、企业道德与社会责任评价

【案例 16.2】

"张裕"的销售管理体制

目前，张裕销售管理实施的是三级管理体制。

第一级：三大中心及各区域酒种销售部。作为销售系统的后勤管理服务部门，客户服务中心、综合管理中心和战略发展中心从职能上对各销售部门和分公司进行条条管理。各销售部作为大区或酒种销售管理部门，对各分公司及经销处进行各项职能的块块管理服务工作。

第二级：各销售分公司。分公司构架由分公司的经理、策划主任、人力主任、业务主任、各经销处主任及业务代表组成，分公司经理及其牵头的分公司决策小组，形成对分公司重大事项的领导集体。由策划主任、人力主任和业务主任负责分公司层面的市场营销、人力资源管理和业务销售工作，并对经销处主任的相应职能工作进行指导。

第三级：经销处。经销处是基层单位，人员组成包括经销处主任、业务代表。主任全面负责经销处工作，并对分公司经理负责；业务代表在经销处主任领导下负责其销售区域的市场开发和销售。

这个三级销售体制具有以下特点：一是一级管一级，权责分明。二是条块结合。既解决了酒种发展无人管的问题，又解决了一个城市中互相冲突、整体优势发挥不好的问题。三是三线职能明确。总部三个中心，各销售部经理三个助理、各分公司的三线主任，构成"三级三线"系统，保证了从上到下的营销线、人力线和业务线的有机统一。

本章小结

市场营销管理也称营销管理，是指为了实现企业或组织目标，建立和保持与目标市场之间的互利的交换关系，而对设计项目的分析、规划、实施和控制。市场营销计划是指导、协调市场营销活动的主要依据。营销计划的实施，涉及制订行动方案、调整组织结构、形成规章制度和协调各种关系等相互联系的内容。市场营销组织是实现企业目标、制订和实施营销计划的职能部门。企业市场营销组织形式随着经营思想的发展和企业自身的成长而演变。市场营销控制通过对营销活动的监督、评估，包括年度计划控制、赢利控制、效率控制和战略控制，以控制市场营销活动的发展方向。

思考题

1.简述市场营销管理的含义。

2.简述市场营销的管理过程。

3.简述市场营销控制的基本方法和途径。

4.简述市场营销部门的组织形式。

【综合案例分析】

摩托罗拉市场营销计划的变革

2010年7月13日，摩托罗拉在全球的第一家旗舰店正式在上海亮相。同其他销售终端不同，在这里，消费者看到的全部是真机，而不是模型。同时，消费者还可以通过激光雕刻技术，在手机上刻字和制作个性化的手机文身。

"为的就是增强消费者的体验。"摩托罗拉副总裁兼个人通信事业部中国区销售总经理任伟光透露，"两年内我们会在渠道上投入数亿元的资金。"任伟光毫不讳言，此次在渠道上大动干戈，目标就是超过诺基亚，重新回到中国市场第一的位置。

目前，诺基亚在中国的市场占有率保持在30%左右。任伟光称，2005年，摩托罗拉已经对其在中国的手机销售渠道进行了全面的变革，现在"该是全面发力争夺市场份额的时候了"。

渠道全面变革：据记者了解，为了开设旗舰店，摩托罗拉此前已经在全球进行了历时两年的调查研究——这项调查的主要目的就是为摩托罗拉开发新的零售概念。据摩托罗拉资深副总裁兼移动终端事业部北亚区总经理戴德迈透露，摩托罗拉一共将在中国设立四家这样的旗舰店，并会在随后将这样的模式推广到世界其他主要城市。而这只不过是摩托罗拉中国渠道策略调整的一部分。"两年内我们还将在中国的三、四级城市开设 500 家专卖店。"任伟光表示，此举的目的就是带动摩托罗拉手机在三、四级城市的销售。而对于上海、北京等一、二类大城市，任伟光表示，国美、苏宁等大卖场和迪信通等大型手机连锁店已经牢牢地把握住了市场，摩托罗拉只需要通过直供的方式，就可以让产品通过这些销售终端销售到消费者手中，"剩下的就是产品本身的问题了"。事实上，早在 2005 年，任伟光就拉开了摩托罗拉销售渠道变革的步伐。为了更好地覆盖各地市场，摩托罗拉一开始就将全国销售渠道重新划分为 4 大区、15 个小区、63 个销售区，全面覆盖了中国的 250 个城市。

2005 年 11 月，任伟光开始在北京、上海、江西、新疆四个省市正式实施 FD 模式。FD 从某种意义上来说就是"直供"，代理商只是充当资金和物流的平台，具体的分销则由摩托罗拉自己来操作。"这种模式的好处就是可以使区域的运作更精细化。"TCL 一位高层评价说。

据了解，为了保证 FD 模式的成功，摩托罗拉仅仅在江西省的销售人员数量就扩充了 3 倍以上。目前摩托罗拉在全国大概有 5 000 人的销售队伍，而随着 FD 模式的拓展，摩托罗拉的计划是将销售人员的数量扩展到 8 000 至 10 000 人的规模。

2005 年年底，为了使自己的销售渠道深入到三、四级城市，摩托罗拉甚至还通过同 TCL 结盟的方式，租用 TCL 在这些城市的渠道和超过 2 000 名促销员。

随着手机快速消费特性越来越明显，摩托罗拉在招兵买马过程中，特意开始从化妆品、食品等快速消费品行业，引进富有经验的职业经理人。据了解，在摩托罗拉的大区经理和小区经理中有一半以上都来自宝洁等快速消费品公司。到目前为止，随着渠道的不断调整，摩托罗拉在中国已经拥有 3 万个零售网点，这一数字是 18 个月前的三倍。"近期中国市场份额的目标是提升到 25%。"戴德迈对记者表示。事实上，随着摩托罗拉渠道调整的不断完善，摩托罗拉手机在中国的市场份额已经提升到了 21%。而在去年第二季度以前，摩托罗拉在中国的市场份额一直在逐步减少，其中，去年第一季度时更是已跌至 11%——这也是摩托罗拉进入中国市场以来的最低点。来自业内的消息称，目前摩托罗拉已经制订了一项"百日计划"，其主旨就是要在 100 天内提升手机销量，打败诺基亚，重新夺回龙头老大的位置。"三、四级城市的中低端机型销量会很大。"任伟光认为，随着其渠道在三、四线城市的巩固，接下来该是产品大规模进入这类市场的时候了。

实际上，在 CEO 爱德华·詹德的领导下，摩托罗拉已经开始在全球发起了新一轮低端手机攻势。在南非，2005 年，依靠售价近 30 美元的低价手机，头号运营商 Vodacom 的用户量提升了 35%，其背后的手机供应商就是摩托罗拉。

而在中国市场，虽然摩托罗拉并没有引入如此低价的手机，但是来自摩托罗拉内部的消息称，发展中低价手机已经是摩托罗拉的重要策略，其目标之一是在中国上市的手机中有 60% 的市场价格低于 1 500 元。调查显示，在中国的三、四级城市中，初次购机人群大部分选用的是价格低于 1 500 元的手机。

"摩托罗拉现在的中低端手机也越来越多了。"迪信通江苏分公司一位负责人告诉记者,此前,摩托罗拉被诺基亚超越很大程度上就是由于其中低端手机缺乏。诺基亚的 1100 系列的低端手机在市场一直销售业绩不俗,为诺基亚争取了很大的市场份额。

讨论题:

1. 摩托罗拉的营销计划还有哪些可改进之处?

2. 如何改进摩托罗拉公司的市场营销计划?

3. 摩托罗拉的营销计划改进的程序。

聚焦分析:

摩托罗拉过的市场营销计划也存在不完善的地方,企业在运营过程中在不断进行改进和修正。近几年,摩托罗拉不断进行营销渠道的变革,并且向低端市场进军,也就是在产品组合中采取了向下延伸的产品策略。

【阅读资料1】

宝洁是世界最大的日用消费品公司之一,产品包括美容美发、居家护理、家庭健康用品、健康护理、食品及饮料等。在全球 80 多个国家和地区设有工厂及分公司,旗下拥有 300 多个品牌,产品畅销 160 多个国家和地区。2007 财政年度,公司全年销售额近 765 亿美元。在中国,宝洁公司在洗发水、洗衣粉、香皂、化妆品、牙膏、女士用品等方面的众多品牌早已经家喻户晓。宝洁公司取得成功的秘诀之一是实行多品牌策略,即在同类产品领域经营两种以上的相互竞争的品牌。比如,洗发水产品,宝洁公司有海飞丝、飘柔、潘婷、沙宣等著名品牌;洗衣粉产品有汰渍、碧浪、兰诺;化妆品有 SK－Ⅱ、OLAY 玉兰油等。每个品牌的市场定位不同,销售对象不同。宝洁公司认为,如果同一产品领域还有其他品牌存在的空间,那么这个空间必须为宝洁所占有。宝洁公司的每一品牌都需要独立的营销组织去运作,每一品牌的营销组织从本品牌的目标市场选择、产品定位、产品研发、价格制定、分销与促销等方面制订全方位的营销计划,实施严格的控制与管理,以灵敏地适应市场变化,减少人力的重叠和顾客遗漏的弊端。宝洁公司的多品牌策略以及每一品牌独立的营销组织这种结构存在许多弊端,如宝洁内部各品牌之间竞争激烈,增加了经营成本等等。但是,宝洁公司认为,这种做法带来的利益更多,与其让竞争对手的品牌分抢自己的市场,不如用自己的品牌来抢占市场。事实证明,这种决策是正确的,宝洁公司的多个品牌以及相对独立的多个营销组织在相互竞争中为宝洁公司获得了更加广阔的市场空间,使得它成为市场领导者,成为全球最成功的企业之一。

【阅读资料2】

2009 年 8 月 24 日,丰田在华两家合资企业——广汽丰田、一汽丰田宣布,由于零部件出现缺陷,自 8 月 25 日开始,召回部分凯美瑞、雅力士、威驰及卡罗拉轿车,涉及车辆总计 688 314 辆。这是我国 2004 年实施汽车召回制度以来,数量最大的一项召回。在两周内,丰田章男从东京到华盛顿,再快马加鞭转赴北京。这位以"甩手掌柜"著称的丰田家族的"富三代"哪里想到会如此身先士卒,成为丰田汽车危机处理的第一人。

丰田危机是外包商业模式的危机。从"丰田生产系统"到"丰田供应商联盟",丰田企业的商业基因结构中的文化、流程、思维、控制和衡量等各个子系统都发生了本质的变化。现在,丰田的供应商可以各自选择配件的设计、材料、制造工艺,只要他们能够符合丰田整车设计的功能要求。在逐年降低成本的压力下,配件的耐用性和偏差容忍度都极度下降。供应商联盟成全了丰田全球快速增长的策略,但却毁了丰田生产系统的组织基因。丰田危机还是内部组织结构的危机。如丰田北美总裁所言,关于刹车问题在欧洲最早出现。问题的信息也储存在丰田信息系统中。但是,没有人对信息的相关性和重要性做出合适的判断。信息也就只是存在于数据的状态,始终没有上升到策略信号的地位。内部的地区条块划分和垂直权威结构阻碍了对信息的诠释。扫帚不到,灰尘不会自己跑掉,没有诠释,技术信息永远不会成为策略信号。同时,丰田的危机还是科技落后的危机。此次召回车辆由于加速踏板的踏板臂和摩擦杆的滑动面经过长时间使用,在低温的条件下使用暖风(A/C 除外)时,在滑动面发生结露,使摩擦增大,使用加速踏板时有阻滞,可能影响车辆的加减速。极端情况下,加速踏板松开时会发生卡滞,车辆不能及时减速,影响行车安全。

由于丰田的"召回"的策略中,采取了如下原则,"召回"行动取得了很好的效果。这些原则是:①消极事态积极处理;②负面影响正面补救;③在公关危机中寻找公关机遇;④用质量的瑕疵衬托性能的亮点;⑤将消费者对产品局部问题的认知变成对产品整体的认知;⑥将消费者对产品局部的疑虑转变成对产品整体的信任感。由于把握了以上原则,使丰田在中国化危机为无形。

同时,通过丰田"召回事件"促使丰田下决心彻底通过新科技解决这类问题的发生。丰田汽车公司副社长佐佐木真一在日本发布了一款 EDR 全球汽车数据采集器,该装置被俗称为"汽车黑匣子"。它使丰田公司能够极为迅速地查明存在的问题并做出决断。

参考文献

[1] 晁钢令.市场营销学[M].上海:上海财经大学出版社,2003.

[2] 邓剑平.调查与预测:理论、实务、案例、实训[M].北京:高等教育出版社,2010.

[3] 丁溪.市场营销学[M].北京:中国商务出版社,2007.

[4] 方光罗.市场营销学[M].大连:东北财经大学出版社,2004.

[5] 郭国庆.市场营销学通论[M].北京:中国人民大学出版社,2006.

[6] 郭国庆.市场营销学通论[M].2版.北京:中国人民大学出版社,2007.

[7] 韩枫.中国市场营销学[M].哈尔滨:黑龙江人民出版社,1993.

[8] 简明,胡玉立.市场预测与决策[M].北京:中国人民大学出版社,2009.

[9] 纪宝成.市场营销学教程[M].北京:中国人民大学出版社,2008.

[10] 柯惠新,丁立宏.市场调查[M].北京:高等教育出版社,2009.

[11] 刘传江.市场营销学[M].北京:中国人民大学出版社,2004.

[12] 刘昱.经典营销案例新编[M].北京:经济管理出版社,2008.

[13] 苗月新.市场营销学(理论与实务)[M].北京:清华大学出版社,2008.

[14] 魏炳麒.市场营销调查与预测[M].大连:东北财经大学出版社,2010.

[15] 卫海英.市场营销学[M]北京:经济科学出版社,2009.

[16] 吴健安.营销管理[M].2版.北京:高等教育出版社,2010.

[17] 吴健安.市场营销学[M].3版.北京:高等教育出版社,2007.

[18] 王德章,周游.市场营销学[M].北京:高等教育出版社,2009.

[19] 王天春.市场营销案例评析[M].大连:东北财经大学出版社,2009.

[20] 杨洪涛.现代市场营销学[M].北京:机械工业出版社,2009.

[21] 杨锡怀.企业战略管理[M].北京:高等教育出版社,2002.

[22] 岳俊芳.服务市场营销[M].北京:中国人民大学出版社,2007.

[23] 张先云.市场营销学[M].北京:机械工业出版社,2009.

[24] 赵志江.服务营销[M].北京:首都经济贸易大学出版社,2009.

[25] 菲利普·科特勒,加里·阿姆斯特朗.市场营销原理[M].北京:清华大学出版社,2007.

[26] 李必强.分销渠道管理研究[D].武汉理工大学硕士论文,2003.

[27] 韩敏.白猫的深度分销策略[N].经理日报,2006-05-19.

读者反馈表

尊敬的读者：

您好！感谢您多年来对哈尔滨工业大学出版社的支持与厚爱！为了更好地满足您的需要,提供更好的服务,希望您对本书提出宝贵意见,将下表填好后,寄回我社或登录我社网站(http://hitpress. hit. edu. cn)进行填写。谢谢！您可享有的权益：

☆ 免费获得我社的最新图书书目   ☆ 可参加不定期的促销活动
☆ 解答阅读中遇到的问题   ☆ 购买此系列图书可优惠

读者信息
姓名_____ □先生 □女士   年龄_____ 学历_____
工作单位_____ 职务_____
E-mail _____ 邮编_____
通讯地址_____
购书名称_____ 购书地点_____

1. 您对本书的评价

内容质量 □很好   □较好   □一般   □较差
封面设计 □很好   □一般   □较差
编排   □利于阅读 □一般   □较差
本书定价 □偏高   □合适   □偏低

2. 在您获取专业知识和专业信息的主要渠道中,排在前三位的是：
①_____   ②_____   ③_____
A. 网络 B. 期刊 C. 图书 D. 报纸 E. 电视 F. 会议 G. 内部交流 H. 其他:_____

3. 您认为编写最好的专业图书(国内外)

书名	著作者	出版社	出版日期	定价

4. 您是否愿意与我们合作,参与编写、编译、翻译图书?

_____

5. 您还需要阅读哪些图书?

_____

网址:http://hitpress. hit. edu. cn
技术支持与课件下载:网站课件下载区
服务邮箱 wenbinzh@ hit. edu. cn duyanwell@ 163. com
邮购电话 0451 – 86281013 0451 – 86418760
组稿编辑及联系方式 赵文斌(0451 – 86281226) 杜燕(0451 – 86281408)
回寄地址:黑龙江省哈尔滨市南岗区复华四道街 10 号 哈尔滨工业大学出版社
邮编:150006 传真 0451 – 86414049